결정판 아르센 뤼팽 전집

6

Arsène Lupin gentleman-cambrioleur
reviendra quand les meubles seront
authentique.

괴도신사 아르센 뤼팽,
"진품이 제대로 갖춰지면
다시 방문하겠음."

결정판 아르센 뤼팽 전집

모리스 르블랑 지음 | 성귀수 옮김

6

서른 개의 관

아르센 뤼팽의 귀환

여덟 번의 시계 종소리

arte

ARSÈNE LUPIN

Contents

【 일러두기 】

1. 번역에 사용한 저본은 다음과 같다.
   - 『모리스 르블랑(Maurice Leblanc)』 Ⅰ-Ⅳ, 르 마스크(Le Mask) 출판사, 1998~1999년
   - 「이 여자는 내꺼야(Cette femme est à moi)」, 1930년 타자원고
   - 「아르센 뤼팽, 4막극(Arsène Lupin, 4 actes)」, 피에르 라피트(Pierre Lafitte) 출판사, 1931년
   - 「아르센 뤼팽과 함께한 15분(Un quart d'heure avec Arsène Lupin)」, 1932년 타자원고
   - 『아르센 뤼팽의 마지막 사랑(Le Dernier Amour d'Arsène Lupin)』, 1937년 타자원고
   - 『아르센 뤼팽의 수십억 달러(Les Milliards d'Arsène Lupin)』, 아셰트(Hachette) 출판사 1941년 판본과 거기서 누락된 에피소드의 1939년 『로토』 연재원고 편집본
   - 「아르센 뤼팽의 귀환(Le Retour d'Arsène Lupin)」, 로베르 라퐁(Robert Laffont) 출판사의 1986년 판본 '아르센 뤼팽 전집' 제1권 수록
   - 「아르센 뤼팽의 외투(Le Paredessus d'Arsène Lupin)」, 마누치우스(MANUCIUS) 출판사, 2016년
   - 「부서진 다리(The Bridge that Broke)」, 인디펜던틀리 퍼블리쉬드(Independently published) 출판사, 2017년
2. 고유명사의 한글 표기는 국립국어원 외래어표기법을 따르는 것을 원칙으로 하되, 몇몇 예외를 두었다.
3. 모든 주석은 옮긴이의 것이다.

서른 개의 관

L'Île aux Trente Cercueils

1919년

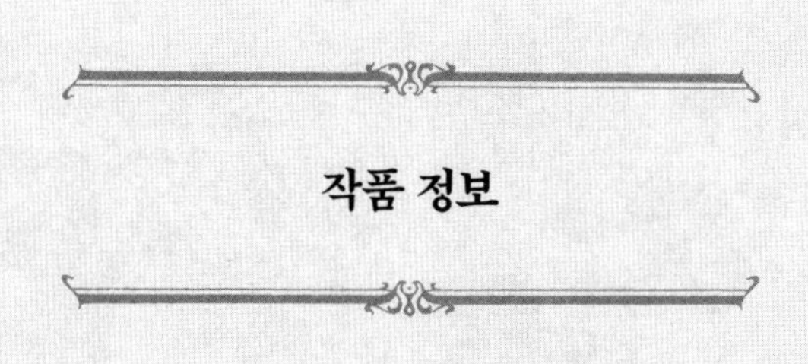

작품 정보

『서른 개의 관(L'Île aux Trente Cercueils)』(1919. 6. 6.~8. 3)은 전작(前作) 두 편과 마찬가지로, 제1차 세계대전이 한창인 1917년 어느 외딴 섬을 배경으로 한 악몽과도 같은 모험담을 펼쳐 보이고 있다. 그 당시 프랑스에서는 중세의 예언자 노스트라다무스의 예언시편들이 떠들썩한 화제를 불러일으키고 있었는데, 모리스 르블랑은 이런 유의 시편에서 영감을 받아 매우 섬뜩하고 피비린내 나는 한 편의 신비주의적 드라마를 구상한다. 1918년부터 집필에 착수한 그는 권위 있는 고대 프랑스 역사학자이자 고문서 전문가인 퓌스텔 쿨랑주(Fustel de Coulanges. 1830~1889) 박사와 카미유 쥘리앙(Camille Jullian. 1859~1933) 박사의 저작들을 꼼꼼히 참조하였고, 드루이드교와 켈트문명에 관한 자료들을 치밀하게 준비했다. 그토록 정성을 쏟은 이 작품은 그러나 처음부터 순탄치 않은 길을 걷게 된다. 그해 5월, 어느덧 150여 장에 달한 원고를 소지한 채 탕카르빌의 별장으로 가던 도중 그 모두를 분실하고 만

『서른 개의 관』 1922년 개정판. 로제 브로데르스 표지

것. 결국 전쟁이 끝난 1919년 6월에 가서야 『르 주르날』에 연재가 시작되고, 같은 해 10월 11일 단행본으로 묶인다. 그리고 1922년 4월에는 『황금삼각형』과 마찬가지로, 로제 브로데르스와 모리스 투생(Maurice Toussaint)의 그림 작업과 더불어 두 권으로 재간되었다.

역시 엄청난 호응을 불러일으킨 환상적인 추리, 모험소설은 당대 저명한 비평가 장바티스트 바로니앙(Jean-Baptiste Baronian)에 의해, "프랑스어로 쓰인 가장 열정적이고 매력적인 추리소설 중 하나"로 평가받는다. 요컨대, 이 작품은 특히 프랑스 고대문명에 뿌리를 둔 유구한 전설과 신비주의적 분위기가 이색적이며, 극단적인 위기상황 속에서도 항상 경쾌한 기지(奇智)를 잃지 않는 아르센 뤼팽의 개성이 유감없이 발휘되는 가운데, 특히 막강한 '구원자'로서의 뤼팽 이미지가 완벽하게 부각되고 있다. 그런가 하면 기발한 추리적 장치들도 풍부한데, 이를테면 운율을 맞추기 위해 끼적여놓은 중세의 시구들이 범행의 시기와 희생자 수를 결정하는 장면에서는 '암호화된 코드나 언어적 단서가 범죄 자체를 성립시켜가는' 매우 참신한 발상을 읽을 수 있다. 이런 발상은 훗날 S.S. 밴 다인(Van Dine)의 『비숍 살인사건(The Bishop Murder Case)』(1928)이라든가 애거서 크리스티(Agatha Christie)의 『그리고 아무도 없었다(And Then There Were None)』(1939), 엘러리 퀸(Ellery Queen)의 『더블, 더블(Double, Double)』(1950)에서보다 한발 앞서 시도된 것으로 평가받고 있다.

제1부

베로니크

프롤로그

전쟁의 참화로 엄청난 혼란에 휩싸이는 바람에, 지금으로부터 수년 전 일명 에르즈몽(Hergemont) 스캔들이라고 불리던 사건의 전모를 기억하고 있는 사람은 이제 거의 없다.

이 자리를 빌려 그 사건을 간단히 요약해보면 이렇다.

때는 1902년 6월, 브르타뉴 지방의 거석(巨石) 건조물에 관한 연구로 명망이 높은 앙투안 데르즈몽(d'Hergemont) 씨는 딸 베로니크와 블로뉴 숲을 산책하던 중, 네 명의 괴한으로부터 습격을 당하고, 지팡이로 얼굴에 타박상까지 입었다.

짧은 순간이나마 몸싸움이 있었고 극렬한 저항이 따랐으나, 친구들 사이에서 '이쁜이'라고 불리던 베로니크는 질질 끌려가다시피 어느 자동차에 강제로 동댕이쳐진 채, 생클루 방향으로 유유히 멀어져 갔다고 현장의 일부 목격자들이 증언했다.

그것만으로 보자면 단순 납치 사건이다. 하지만 다음 날이 되자 진실이 밝혀졌다. 풍채는 그럴싸하나 평판은 별로인 젊은 폴란드 신사 알렉시스 보르스키 백작은 늘 스스로 왕가의 혈통을 이어받았다며 떠벌리고 다녔는데, 베로니크와는 서로 사랑하는 사이였다. 한데 그녀의 아버지로부터 거부를 당한 데다 수차례에 걸쳐 모욕까지 당한 백작이 결국에는 베로니크 자신조차 전혀 모르도록 일대 음모를 꾸미기에 이르렀다는 것이다.

일부 편지글에서도 드러나듯, 평소 무뚝뚝하고 거칠며 괴팍한 성격일 뿐만 아니라 지독한 에고이즘과 완고한 탐욕으로 자기 딸을 불행에 빠뜨린 격이 되고 만 앙투안 데르즈몽은 이에 대해 가장 처절한 방법으로 복수하고야 말겠다고 공언했다.

일단 그는 딸의 결혼을 승낙했고, 두 달 후에 니스에서 결혼식이 거행되었다. 한데 그 바로 이듬해, 대단히 충격적인 소식이 연거푸 세간에 알려진다. 기어이 자기가 내뱉은 저주의 맹세를 지키겠다는 것인지, 이번엔 데르즈몽 씨가 딸과 보르스키 사이에서 난 자식을 납치해, 최근 새로 마련한 유람용 요트에 태워 빌프랑슈(니스 동쪽에 위치한 유명한 휴양지—옮긴이)로 향했다는 것이다.

한데 때마침 풍랑이 극심해져서 요트는 이탈리아 해안이 멀찍이 바라보이는 곳에서 침몰하고 말았다. 함께 승선했던 선원 네 명은 다행히 지나던 화물 수송선에 구조되었는데, 그들 얘기가 데르즈몽 씨와 아이는 그만 파도 속으로 사라져갔다는 것이다.

두 사람이 익사했다는 몇 가지 증거를 접한 베로니크는 그 길로 카르멜 수녀원에 들어가버렸다.

세간에 알려진 사실은 거기까지이다. 그러나 그로부터 14년이라는 시간적 거리를 두고, 그 일련의 사실들은 너무나도 충격적이고 기상천외한 사건으로 이어진다. 설사 일부 세세한 대목들에선 언뜻 지어낸 얘기처럼 황당무계한 측면이 있다 해도, 그 사건은 엄연한 현실이었다. 다만 전쟁 때문에 워낙 삶 자체가 경황이 없는지라, 이제부터 살펴보게 될 이야기처럼 그 테두리를 벗어나 벌어지는 사태는 다소간 엉뚱하고 비현실적이며, 이따금 기적과도 같아 보일 수 있을 것이다. 따라서 그 사건들에 현실적인 색채를 돌려주기 위해서는 어디까지나 진실에 입각한 명징한 태도로 다가가야 할 것이다. 결국 따지고 보면 그처럼 단순한 일도 없을 테니까.

1
버려진 오두막

5월의 어느 아침, 브르타뉴 지방 한복판에 위치한 파우에라는 그림 같은 마을에 마차가 한 대 도착했다. 안에는 회색빛 넉넉한 복장을 한 부인이 타고 있었는데, 두꺼운 베일로 가렸음에도 그 완벽한 아름다움과 우아한 매력을 알아보는 것은 그리 어렵지가 않았다.

부인은 마을의 가장 큰 여관에서 식사를 했고, 그곳 주인에게 지역에 대해 이런저런 질문을 던지며 짐을 잠시 맡아달라고 한 뒤, 마을을 가로질러 들판으로 접어들었다.

잠시 후 두 갈래 길이 곧장 그녀 앞에 펼쳐졌는데, 그중 하나는 캥페를레로, 다른 하나는 캥페르로 향하는 길이었다. 여자는 후자를 택해 작은 골짜기를 따라 죽 내려갔다가, 다시 오르막길을 올라가 우측 이웃 마을로 통하는 시골길의 초입에 다다랐다. 거기엔 다음과 같이 적혀 있는 표지판이 세워져 있었다.

로크리프 3km

'바로 여기야.'

여자는 속으로 중얼거렸다.

한데 주위를 아무리 두리번거려도 정작 찾고 있는 것이 보이지 않자, 그녀는 내심 놀라고 말았다. 뭔가 착각했다는 말인가?

멀리 구릉 지대와 숲으로 둘러싸인 브르타뉴의 평야 지대, 시선이 닿는 그 어느 쪽으로도 사람의 그림자 하나 눈에 들어오지를 않는 것이었다. 마을에서 그리 멀지 않은 지점, 막 생동하기 시작한 봄날의 녹음 속에서 오롯이 솟아 있는 작은 성채 하나가 온통 덧문으로 차단된 창문들만 빼곡히 자리 잡은 전면(前面)을 드러내고 있을 뿐이었다. 정오가 되자, 삼종기도를 알리는 종소리가 허공에 표표히 울려 퍼졌다. 그러고 나서는 적막. 거대한 평화가 사방을 가득 채웠다.

여자는 약간 경사진 곳에 돋아난 잡풀 위에 잠시 걸터앉아, 호주머니 속에서 여러 장으로 된 편지를 꺼내 펼쳤다. 첫 장 꼭대기엔 다음과 같은 회사명이 적혀 있었다.

뒤트레일리 흥신소

비밀 엄수

그리고 수신자로 이렇게 적혀 있었다.

브장송 의상실

마담 베로니크 귀하

편지 내용은 다음과 같았다.

마담,

1917년 5월의 귀한(貴翰)에서 제게 부여해주신 두 가지 임무를 이제야 완수했음을 알리게 되어 지금 얼마나 기쁜 마음인지 모릅니다. 지금으로부터 14년 전, 당신의 삶을 암흑 속에 몰아넣었던 일련의 사건이 일어났을 때, 저의 효율적인 협조가 가능했던 정황을 여태껏 단 한 번도 잊은 적이 없습니다. 사실 존경하올 부친 되시는 므슈 앙투안 데르즈몽과 사랑하는 아드님인 프랑수아의 사망과 관련한 모든 확증을 확보할 수 있었던 것도 저이니까 가능했지요. 저의 경력 중 최초의 개가(凱歌)라고 할 그 일 이후로도 물론 숱한 실적을 올린 바 있습니다만.

또 하나 잊지 마셔야 할 것은, 그 당시 모든 증오의 감정뿐만 아니라, 솔직히 말해, 당신 남편 되시는 분의 애정으로부터도 당분간 떨어져 계심이 좋으리라는 판단하에, 카르멜 수녀원에 들어가실 수 있도록 필요한 조치를 취한 것 역시 제가 아니면 안 되는 일이었지요. 그리고 마지막으로, 종교적 삶 또한 당신의 적성에 맞지 않게 되자, 이번에는 브장송의 평범한 의상실에 자리를 마련해드린 것도 바로 저였습니다. 그것도 특별히 당신의 어린 시절과 결혼 생활 몇 주 동안이 떠들썩하게 이어졌던 도시들로부터 되도록 멀리 떨어진 브장송에 말입니다. 아무래도 당신의 취향은 가만히 앉아 사고하는 것보다는 그저 일에 뛰어들어 살아가는 것에 가깝기 때문이었죠. 결국 당신께선 성공할 게 틀림없었고, 결국은 성공하셨습니다.

자, 그럼 지금 문제가 되고 있는 두 가지 현안에 대해 얘기를 꺼내보기로 하겠습니다.

우선 첫 번째 문제는, 서류상으로는 폴란드 혈통이며 자칭 왕가의 후

손이라고 하시는 부군(夫君) 알렉시스 보르스키 공(公)이 그 견디기 힘든 고통 중에 어찌 되었나 하는 점입니다. 간단히 말씀드리지요. 전쟁 발발과 더불어 수상쩍은 외국인으로 낙인찍혀 카르팡트라 근방 전시 수용소에 수감된 바 있는 보르스키 공은 그 후 탈출에 성공하여, 스위스로 건너갔다가 다시 프랑스로 돌아왔습니다. 그러나 곧바로 독일인 첩자로 지목되어 재차 체포되고 말았답니다. 그리고 이번에는 사형선고가 확실시되는 상황에서 두 번째로 탈옥에 성공해 퐁텐블로 숲 속으로 숨어들었는데, 급기야는 정체불명의 누군가에게 칼침을 맞았다고 합니다.

저는 지금 이러한 사실을 다소 덤덤하게 말씀드리고 있습니다. 이는, 말도 안 되게 자기 아내를 농락한 바 있는 그 존재에 대해 당신께서 얼마나 큰 경멸감을 품고 계신지 잘 알고 있을 뿐만 아니라, 사실 확인이 정확히 된 것은 아니나 대충 신문 지상을 통해 저간의 사정을 어느 정도는 파악하고 계실 것이라고 생각되기에 가능한 것입니다.

실은 그에 관한 증거 역시 엄존하며, 저 자신 그 모두를 직접 확인한 상태입니다. 거기엔 전혀 의심의 여지가 없는바, 알렉시스 보르스키라는 사람은 현재 퐁텐블로 숲에 매장되어 있는 상태입니다.

한데 마담, 지나는 길에 한마디 덧붙이자면, 그 죽음에는 괴이한 점이 있다는 사실입니다. 당신도 기억하시겠지만, 보르스키 공과 관련 있다는 흥미로운 예언에 관해 언젠가 제게 말씀해주신 바가 있지요. 그렇지 않아도 비범한 지성과 혈기가 그만 미신적인 정신에 오염되어 온갖 망상에 시달리던 보르스키 공이, 신비주의 학문에 경도된 일부 사람들이 제기한 그 같은 예언에 홀딱 사로잡혀서 평생을 짓눌려 살았다는 얘기 말입니다. 이런 예언이었죠. '왕의 자손인 그대 보르스키는 친구의 손에 죽음을 당하고, 그대의 배우자는 십자가에 매달릴 것이로다!' 저는 이 마지막 표현을 적으면서 웃지 않을 수가 없답니다. 십자가에 매달리다니! 난데없이 고리타분한 십자가형이라니 말입니다! 저로선 당신 안위에 대해서만큼은 안심하고 있는데 말이죠. 하지만 마치 신비스러운 운명의 질서에 부응하듯 보르스키 공이 칼침을 맞아 비명횡사했다는 사실은 대체 어찌 봐야 좋을까요?

어쨌든 골치만 썩인다고 되는 일은 없지요. 더욱이 현재로선…….

베로니크는 그쯤에서 편지를 무릎에 내려놓았다. 뒤트레일리 씨의 격의 없는 농담과 잔뜩 거드름을 피우는 어투 때문에 섬세한 마음이 다소 상처를 받은 데다 알렉시스 보르스키의 비극적인 이미지가 졸지에 머릿속을 점거해버린 것이었다. 그 남자에 대한 끔찍한 기억이 일순 온몸을 훑고 지나가면서 불안감이 엄습해왔다. 하지만 이내 마음을 가다듬고 다시 편지에 눈길을 돌렸다.

더욱이 현재로선 저의 또 다른 임무가 문제이지요. 나머지는 모두 과거사에 관련한 일이니, 이것이야말로 당신이 보기에도 가장 중요할 것이라고 생각됩니다.

사실 확인부터 정확히 하고 넘어가죠. 지금으로부터 3주 전 목요일 저녁, 당신은 생활의 단조로움을 깨뜨릴 몇 안 되는 기회를 맞아 직원들과 함께 영화관엘 갔습니다. 거기서 정말 이해하기 어려운 어떤 점 때문에 당신은 소스라치게 놀랐지요. 「브르타뉴의 전설」이라는 제목의 영화였는데, 카메라가 길을 따라 여기저기를 탐방하던 중, 어느 한 장면이 지금은 아무짝에도 쓸모없을 것처럼 버려진 어느 누옥(陋屋)을 비추게 되었습니다. 그야말로 우연히 화면 안에 들어온 것이지요. 한데 그야말로 엉뚱한 점이 당신의 주의력을 일시에 끌어당기고 말았습니다. 타르를 칠한 나무 문의 판자들 위에 손으로 휘갈겨 쓴 글자 세 개가 또렷이 눈에 띄는 것이었습니다. V. d'H. 그건 분명 처녀 시절 가족에게 편지를 보낼 때 당신의 고유 서명으로 써먹던 이름 이니셜이었으며, 그 후 14년이라는 세월 내내 더 이상 단 한 번도 사용하지 않은 글자가 아니겠습니까! 즉, 베로니크 데르즈몽(Véronique d'Hergemont)! 어떤 착각도 있을 수 없는 상황이었죠. 두 개의 대문자가 생략 부호를 겸비한 소문자 'd'로 연결되어 있는 형태. 더구나 서명 끝에 일종의 장식처럼 흘려 그은 'H'의 가로선은 그 당시 당신이 즐겨 사용하던 수법 그대로였습니다!

마담, 이 불가사의한 우연의 일치에 당신은 너무도 놀란 나머지 제게 도움을 요청하신 겁니다. 물론 저의 협조는 즉각적이었습니다. 또한 당신은 제 도움이 무척 효율적이라는 점도 이미 간파하셨을 겁니다.

그런 선견지명 덕택에 아마도 제가 이번 임무 역시 성공적으로 치르지 않았나 하는 마음입니다.

자, 이제부터 그 점에 대해서도 제 습관 그대로 간략히 정리해드리도록 하겠습니다.

마담, 우선 파리행 야간 급행열차를 잡아타고, 내일 아침 캥페를레에서 내리십시오. 거기서 마차로 파우에까지 가십시오. 그리고 시간 여유가 있으면 점심 식사 전후를 기해서 바로 「브르타뉴의 전설」이라는 영화의 경우에서 보듯, 더없이 기상천외한 장소에 세워진 생트바르브라는 무척이나 기이한 예배당을 한번 방문해보십시오. 그런 다음 곧장 도보로 캥페르까지 가는 겁니다. 처음에 나타나는 오르막길이 다 끝나갈 무렵, 로크리프로 이르는 시골길 조금 못 미쳐서 나무들이 반원을 그리며 둘러쳐진 지점이 나오는데, 바로 거기에 이름자가 새겨진 누옥이 있을 겁니다. 뭐 겉으로 봐선 별로 특별할 것 없는 그저 그런 오두막이지요. 물론 안은 텅 비어 있습니다. 이렇다 할 마룻바닥도 갖춰지지 않은 상태인 데다 다 썩어가는 널판때기 하나만 덩그러니 벤치 구실을 하고 있답니다. 지붕은 온통 벌레 먹은 틀만 너덜너덜한 상태이고, 그 사이로 빗물이 새고 있지요. 다시 한번 말씀드리지만, 그 다 쓰러져가는 누옥이 영화의 한 장면으로 포착된 건 의심할 바 없이 우연 때문이었습니다. 마지막으로 한 가지 덧붙이자면, 「브르타뉴의 전설」을 촬영한 게 작년 9월이므로, 거기 새겨진 이름은 최소한 여덟 달은 거슬러 올라간다고 보아야 할 것입니다.

자, 이렇게 해서 제가 맡았던 두 가지 임무가 완수되었습니다. 뭐 이렇게 짧은 시간 안에 그 모두를 완수하는 데 얼마나 기민한 수완과 노력이 들었느냐는 굳이 말씀드리지 않겠습니다. 만약 그걸 다 털어놓는다면 아마 제가 약소하게나마 신청한 총비용 500프랑이 너무도 보잘것없는 액수라는 걸 당신도 실감하게 될 것입니다.

그럼 항상 평안하시기를 바라며 이만…….

베로니크는 편지를 다시 접고서 몇 분간 묵묵히 마음을 다스리기 시작했다. 솔직히 이 편지를 꼭 읽어서가 아니라, 결혼 생활의 끔찍했던 나날을 되살리는 그 어떤 일로도 이같이 고통스러운 마음 상태는 피할 수가 없었다. 그중에서도, 바로 그 아픔에서 벗어나기 위해 저 수녀원의 어둠 속으로 도망쳤을 당시만큼이나 여전히 격렬하게 마음 한구석을 쥐어짜는 한 가지 감정이 있었다. 즉, 지금까지의 모든 불행, 아버지와 아들의 죽음을 비롯한 모든 화(禍)가 결국 보르스키라는 남자를 사랑한 자신의 잘못에 기인한 것이라는 가슴 아픈 확신 말이다. 사실 그녀는 그 남자의 막무가내식 사랑에 저항했고, 결혼도 보르스키에게 복수하려는 데르즈몽 씨의 생각을 어떻게든 바꿔보려는 마음에서 절망적으로 선택한 방편에 불과했다. 물론 어쩌다 그 남자를 사랑했던 것은 사실이다. 처음에는 그자의 눈빛 앞에서 기도 제대로 못 펼 정도였으나, 지금 와서 생각하면 도저히 용납할 수 없는 그때 그 무력함으로 인해 여태껏 시간이 치유할 수 없는 극심한 회한에 시달리고 있는 그녀였다.

"아……. 이제 그만, 몽상에 잠기는 건 그만하면 됐어. 기껏 눈물이나 흘리려고 여기까지 온 건 아니잖아."

여자는 그렇게 혼잣말로 중얼거렸다.

브장송에 은거하다시피 하고 있던 자신을 이렇게 바깥세상으로 끄집어 낸 왕성한 호기심이 다시금 몸에 생기를 불어넣자, 그녀는 벌떡 일어나 독하게 마음을 다지는 것이었다.

"가만있자, 로크리프로 통하는 시골길 조금 못 미친 지점이라……. 나무로 반쯤 둘러쳐진 곳이라고."

여자는 뒤트레일리 씨의 편지에 적힌 구절을 입으로 되뇌었다. 그렇다면 분명 장소를 지나쳐온 것일 터. 부랴부랴 오던 길을 되돌아간 그녀의 시야에, 우측 나무숲 속에 거의 가려진 채 숨어 있는 오두막집이 하나 포착되었다. 아니나 다를까, 점점 다가감에 따라 오두막은 서서히 그 남루한 모습을 드러내기 시작했다.

목동이나 도로 공사 인부들이 오다가다 비를 피할 만한 곳쯤 되어 보였는데, 온갖 악천후로 인해 엉망으로 해체되어가는 과정이었다.

가까이 다가가 살펴본 베로니크에게 문제의 글자들은, 빗물과 햇볕에 닳고 닳아서 그런지, 영화에서 볼 때보다 덜 선명하게 느껴졌다. 하지만 세 개의 글자 모두 알아볼 만했고, H 자의 가운데 장식 선 역시 말짱한 상태였다. 한데 그 아래, 뒤트레일리 씨가 미처 눈치채지 못했던 또 다른 표시가 있었는데, 화살표 그림과 9라는 숫자가 그것이었다.

순간 여자의 마음속이 부글거리기 시작했다. 누가 공연히 자신의 서명을 흉내 내려 했겠느냐마는, 이것은 분명 처녀였을 때 사용하던 서명

이 틀림없다. 생전 와보지도 않은 이 브르타뉴의 버려진 오두막에다 대체 누가 이 서명을 적어놓았다는 말인가?

더 이상 이 세상에 이렇다 하게 알고 지내는 사람도 없는 실정이다. 일련의 험난한 사태를 겪는 동안, 자신의 지나간 처녀 시절은 사랑하는 지인(知人)들 모두가 목숨을 잃음으로써 완전히 묻혀버린 셈이었다. 한데 어떻게 그 잊힌 서명이 자기 자신은 물론 더 이상 살아 있지도 않은 사람들로부터도 동떨어진 이런 곳에 버젓이 존재할 수가 있단 말인가? 도대체 어찌 된 영문인가?

베로니크는 일단 오두막을 빙 둘러 한 차례 살펴보았다. 문짝에 쓰인 글자 외에는, 주변 나무둥치에까지 그 어떤 표시도 없었다. 문을 열고 안을 살펴보았지만 아무것도 없었다는 뒤트레일리 씨의 말이 문득 머릿속에 떠올랐다. 하지만 왠지 스스로의 눈으로 직접 확인하고 싫어졌다.

문은 나사못에 걸린 단순한 목재 고리로만 닫힌 상태였다. 여자는 고리를 벗겨내면서 불현듯 뭐라고 말로 표현할 수 없는 거북한 기분을 느꼈다. 뭐랄까, 문을 당기기 위해서 육체적으로 힘을 들인다기보다는 왠지 정신적으로, 어떤 유별난 의지력을 발휘해야 할 것 같은 느낌이 드는 것이었다. 이제 막 사소한 동작 하나를 결행함으로써, 자기도 모르게 두려워하고 있던 어떤 세계 속으로 첫발을 내딛는다는 그런 기분…….

"나 참, 뭐가 어떻다는 거야? 못할 것도 없잖아?"

그렇게 중얼거리며 여자는 문을 확 당겼다.

바로 그 순간, 여자의 입에서 끔찍한 비명 소리가 터져나왔다. 오두막 안에 웬 남자의 시체가 떡하니 자리를 차지하고 있는 것이었다. 아울러 그녀의 눈에 들어온 것은, 기이한 시체의 상태였다. 다름 아니라 죽은 남자의 한쪽 손이 없는 것이 아닌가!

보아하니 백발이 목덜미 주위로 길게 늘어진 채 흐트러져 있고, 마찬가지로 희부연 수염이 마치 부챗살처럼 펼쳐진 노인이었다. 새카맣게 변한 입술과 잔뜩 부어오른 살갗의 심상치 않은 빛깔로 볼 때, 아마도 독살(毒殺)당한 것이 아닌가 싶었다. 그도 그럴 것이, 이미 수일 전 팔목 바로 위에서 절단된 것으로 보이는 한쪽 손목 외에는 이렇다 할 외상이 눈에 띄지 않는 것이었다. 복장은 전형적인 브르타뉴 시골 촌부 차림이었는데, 매우 낡긴 했지만 그런대로 깨끗한 편이었다. 시체는 바닥에 널브러져 앉은 채, 머리는 판자로 된 벤치에 기대어 있었고, 두 다리는 잔뜩 오그린 자세였다.

정신없이 시체의 상태를 이리저리 살펴는 보았지만, 필시 나중에 기억을 더듬어가며 모조리 다시금 되짚어볼 터였다. 그만큼 베로니크는

그곳에 멍하니 서서 시체를 뚫어져라 바라보고 있으면서도, 당장은 망연자실 벌벌 떨며 중얼거릴 따름이었다.

"시체야. 시체……."

언뜻 착각한 듯싶기도 했고, 혹시 남자가 죽은 것이 아니라는 생각도 들었다. 하지만 그 이마에 손을 갖다 대자 얼음장처럼 차가운 기운이 섬뜩하게 전해지는 것이었다.

반면 그 바람에 멍하던 정신에서 겨우 깨어날 수 있었다. 주변 들판에 아무도 눈에 띄지 않기에, 그녀는 일단 파우에로 돌아가 경찰에 알리기로 마음먹었다. 그리고 혹시라도 시체의 신원에 대한 일말의 단서라도 있을까 해서 다시 한번 죽은 몸뚱어리를 요모조모 뜯어보았다.

우선 호주머니는 텅 빈 상태. 옷에도 그 어떤 의문의 흔적 하나 눈에 띄지 않았다. 그렇게 시체의 상태를 살피던 중, 언뜻 몸을 건드렸을 때였다. 갑자기 고개가 앞으로 떨구어지면서 상체도 따라서 다리 위로 허물어졌고, 그 바람에 기대 있던 벤치의 아래가 눈앞에 드러났다.

한데 거기에는 붉고 가느다란 선으로 그림을 그려 넣은 종이가 심하게 구겨지고 거의 뭉개진 상태로 둘둘 말려 있는 것이었다.

여자는 얼른 그것을 주워 펼쳐보았다. 그리고 미처 완전히 펼치기도 전에 손부터 부들부들 떨면서 이렇게 더듬대기 시작했다.

"아! 하, 하느님……. 맙소사! 아! 하느님! 맙소사!"

여자는 안간힘을 다해 정신을 가다듬으려고 했고, 눈을 부릅뜨려고 애썼다.

하지만 그렇게 버틸 수 있던 것도 기껏해야 수 초나 될까? 그나마 그 짧은 시간 동안 점점 더 두껍게 눈앞을 뒤덮으려 하는 안개 너머로 망막에 붉은 빛깔로 각인되어오는 것은, 끔찍하게도 네 그루의 나무줄기에 십자가형을 당하고 있는 네 여자의 그림이었다.

그중에서도 전면(前面) 중앙에 위치한 첫 번째 여자는 베일에 가린 몸뚱어리가 이미 뻣뻣이 경직된 상태였고, 표정은 이루 형언할 수 없는 고통을 드러내고 있었는데, 맙소사! 그 얼굴이라는 것이 충분히 알아볼 만한 사람, 즉 자기 자신이 아닌가 말이다! 그랬다. 그것은 틀림없는 베로니크 데르즈몽 자신의 얼굴이었다!

게다가 머리 위, 나무줄기 꼭대기엔 고대 관습에 따라 카르투슈(꽃무늬 등으로 장식된 일종의 틀로 그 안에 잠언이나 가문(家紋) 따위를 새김—옮긴이)가 걸려 있고, 그 안에 꼭꼭 눌러 쓴 필치로 처녀 시절 베로니크의 서명 이니셜 세 글자와 장식 선이 선명하게 담겨 있는 것이었다. V. d'H. 즉, 베로니크 데르즈몽이라고 말이다!

엄청난 경련이 전신을 가르고 지나간 것은 일순간이었다. 여자는 벌떡 몸을 일으키면서 한 바퀴 핑그르르 돌아 곧장 오두막 밖으로 뛰쳐나가더니 잡초 더미 위에 그대로 쓰러져 정신을 잃었다.

베로니크는 키가 크고 건강한 데다 안팎으로 훌륭한 균형을 갖춘 여성이었다. 지금까지 살아오면서 많은 시련도 있었으나, 더할 나위 없이 조화로운 육체적 · 정신적 건강이 그로 인해 엉망이 되어본 적은 결코 없을 정도였다. 따라서 지금처럼 정신력과 신경이 한꺼번에 무너져 내린 것은, 이틀 밤에 걸쳐 계속된 기차 여행의 피로에다 전혀 예기치 못한 괴변이 일시에 닥쳤기 때문이라고 생각할 수밖에 없는 일이었다.

어쨌든 그나마 2~3분쯤 지나자 여자는 다시금 기력과 총명함을 되찾게 되었다.

몸을 털고 일어난 여자는 오두막 안으로 돌아가 그림을 집어 들고 뚫어져라 바라보았다. 물론 이루 형언할 수 없는 불안감은 여전했으나, 이번에는 적어도 눈앞의 희부연 안개도 가셔 있었고 머리도 비교적 맑은 편이었다.

일단 세부적인 사항은 별로 중요하지 않아 보였고, 무엇을 의미하는 것인지도 잘 파악되지 않았다. 좌측에 한 열대여섯 개의 칸으로 나뉜 공란이 있었는데, 제대로 쓰였다기보다는 대충 쓰다 만 듯한 글자들이 한데 버무려져 있었고, 무슨 의미가 있다기보다는 그저 여백을 채우기 위한 의도인 듯했다.

그럼에도 군데군데 몇 개의 글자는 대충 알아볼 만했다. 그중 베로니크가 읽어낸 글자들은 다음과 같았다.

네 여자가 십자가형을 당하리니…….

서른 개의 관(棺)…….

그리고 맨 마지막 줄은 이렇게 쓰여 있었다.

죽음 아니면 삶을 주는 신의 돌.

공란 전체는 붉은 잉크와 검은 잉크로 정연하게 그어진 두 개의 선으로 에워싸여 있었고, 맨 위에는 겨우살이 가지로 엮은 두 개의 낫이, 맨 아래에는 관(棺)의 윤곽이 새빨간 선으로 그려져 있었다.

뭐니 뭐니 해도 가장 중요하게 여겨지는 것은 우측이었는데, 온통 새빨간 선으로 된 그림이 옆에 있는 공란의 수수께끼 같은 설명 문구와 어우러지면서, 아예 기법 같은 것은 안중에도 없이 무척이나 조악하게 사람이 그려진 옛날 그림책의 한 페이지를 보는 듯했다.

십자가형에 처해진 네 여자의 그림…….

그들 중 셋은 옷과 머리쓰개 모두가 브르타뉴 지방 고유의 스타일이

되, 넉넉한 매듭 장식만은 양 끝이 마치 알자스 시골 처녀들의 것처럼 늘어진 모습으로, 지평선을 향해 점점 작아지도록 배치되어 있었다. 물론 베로니크의 질겁한 시선을 도저히 뗄 수 없게 만들고 있는 것은 바로 그 한가운데에 위치해 있었다. 한마디로 중심이 되는 십자가라고 할 수 있었는데, 낮은 잔가지들이 모두 제거된 나무줄기가 우뚝 솟아 있고, 그 양쪽으로 여자의 축 늘어진 팔이 을씨년스럽게 드리워져 있었다.

그렇다고 두 손과 발에 못이 박힌 것은 아니었지만, 서로 겹쳐진 두 허벅지와 양어깨까지 친친 동여맨 노끈으로 단단히 고정된 모습이었다. 희생자는 브르타뉴식 의상 대신 땅에까지 늘어진 수의(壽衣)로 고통에 찌든 앙상한 육체를 가리고 있었다.

찢어질 것 같은 얼굴 표정은 체념 섞인 고통과 함께 우수 어린 우아함을 담고 있었는데, 분명 베로니크 자신의 얼굴, 특히 20세 때의 얼굴 그대로였다. 암담했던 시절, 아무 희망 없이 흐르는 눈물 너머 거울을 들여다볼 때마다 보았던 것으로 기억하는 바로 그 얼굴 말이다.

그런가 하면 머리 주위로는 굽이치는 머릿결이 치렁치렁한 웨이브를 이루며 허리띠까지 내려뜨려져 있었고, 바로 그 위, V. d'H.라는 선명한 이니셜이 버티고 있었다.

베로니크는 한동안 아무 말 없이 생각에 잠겼다. 캄캄한 어둠 속에서 작금의 사태와 젊었던 시절의 기억을 서로 연결시키려고 애쓰면서, 그렇게 스스로의 과거를 캐 들어갔다. 하지만 정신의 어느 구석으로부터도 빛줄기 하나 솟아오르지 않았다. 그녀의 눈에 비치는 어느 글귀 하나, 어느 그림 하나도 일말의 의미나 설명을 내비치지 않는 것이었다.

수차례나 종이를 살피고 또 살펴보았다. 그러고는 여전히 골똘한 생각에 잠긴 채, 그 종이를 갈기갈기 찢어 바람에 흩날려 버렸다. 그렇게 마지막 종이쪽지까지 바람에 흩날려 가자, 급기야 마음속에 어떤 결심이 들어섰다. 일단 시체를 원상태로 밀어놓은 뒤, 문을 닫고 나온 베로니크는 빠른 걸음으로 마을로 향했다. 지금으로선 이 사건에 사법적 결론을 내리는 것이 급선무라는 판단이었다.

한데 그로부터 한 시간 후, 파우에의 면장과 자치 방범대원, 그리고 호기심으로 몰려든 일부 주민들과 함께 다시 그곳으로 돌아왔을 땐, 오두막이 텅 빈 상태였다.

시체가 온데간데없이 사라진 것이다.

이 모든 일이 어찌나 괴이하게 느껴지는지, 베로니크는 그렇지 않아도 혼란스러운 정신 상태에 누가 어떤 질문을 하든 제대로 된 답변을 할 수 없을 거라는 것을 단박에 깨달았다. 더구나 자신이 진술한 증언의 진실성에 대해 사람들이 제기할 것이 뻔한 온갖 의혹, 낯선 외지(外地) 여인으로서 갑자기 이곳에 나타난 이유에 대해 사람들이 품을 갖은 억측을 불식시키는 것 역시 불가능하다고 판단되자, 진실을 밝히려는 모든 노력을 아예 포기해버렸다. 다행히 모여든 사람들 중엔 짐을 맡겨둔 여관 주인도 섞여 있었다. 베로니크는 그를 붙잡고 한길을 따라 가장 가깝게 도달할 수 있는 마을이 어딘지, 그리고 거기에 파리로 돌아갈 수 있는 기차역이 있는지를 다그쳐 물었다.

그렇게 해서 얻어낸 두 이름은 각각 스카에르와 로스포르뎅이었다. 그녀는 마차로 짐을 찾아 싣고 오다가 도중에 자신을 태우도록 요청했고, 아주 우아한 태도와 위엄 있는 미모로 군중의 적의를 따돌리며 길을 떠났다.

말하자면 일단 되는대로 자리를 피해버린 셈이었다. 길은 생각보다 꽤 멀었다. 하지만 방금 겪은 불가해한 사건을 되도록 빨리 정리하고 싶었고, 어서 평정을 되찾고 싶은 마음에 부랴부랴 발길을 서둘렀다. 심지어 뒤에 따라오고 있는 마차 생각을 하면 굳이 이렇게 힘들여 걸을 필요도 없으련만, 그런 것은 안중에도 없었다.

오르막길이 있으면 올라가고 내리막길이 나타나면 다시 내려갈 뿐, 마음을 짓누르는 수수께끼들의 해결에 골몰할 생각일랑은 아예 단념한 채, 그저 멍하니 걷고 또 걸을 따름이었다. 난데없이 인생의 베일을 들추면서 불쑥 고개를 내미는 것은 바로 지나간 과거의 삶, 그녀는 그것이 무조건 두려웠다. 보르스키에게 납치당했을 때부터 아버지와 아이가 비명횡사하기까지의 지나간 삶이 말이다.

이제는 브장송에서의 몸에 밴 소박한 삶만을 생각하고 싶었다. 이렇다 할 고통도, 몽상도, 추억도 없는 그곳의 생활……. 하지만 소박한 집을 에워싸고 있는 일상의 사소한 습관 속에서도 불쑥불쑥 그 버려진 오두막과 절단당한 남자의 시체, 그리고 수수께끼 같은 글자가 표시된 끔찍한 그림에 대한 생각을 뇌리에서 지울 수 없을 거라는 사실은 이미 분명해졌다.

어느새 스카에르 마을 조금 못 미친 지점. 뒤쪽에서 말방울 소리가 들리는 순간, 언뜻 고개를 쳐들고 바라본 곳에는 로스포르뎅으로 곧장 통하는 길목 어귀, 반쯤 쓰러져가는 웬 가옥이 한 채 있었고, 그 허름한 벽체 한 곳에 그녀의 시선이 꽂혔다.

한데 그 벽체에는 흰색 분필로 10이라는 숫자와 화살표, 그리고 그 위에 다음과 같은 숙명적인 글자가 쓰여 있는 것이 아닌가!

V. d'H.

2
바닷가

순간, 베로니크의 정신 상태에 변화가 일어났다. 험난한 과거로부터 불쑥 고개를 내미는 위협에 대해 마음을 다잡고 외면하면 외면할수록, 눈앞에 펼쳐진 무시무시한 길을 끝까지 갈 수밖에 없도록 운명이 주어졌다는 예감이 드는 것이었다.

그처럼 돌연한 심경 변화는, 컴컴한 어둠 속에 느닷없는 불빛 하나가 둥실 떠오르는 듯한 느낌과 더불어 찾아왔다. 그렇다! 화살표는 방향을 나타내는 것이고, 10이라는 숫자는 이미 정해진 도정(道程)의 열 번째 단계를 표시한 거라는, 어찌 보면 간단한 사실을 불현듯 깨달아버린 것이다.

그렇다면 누군가 일부러 신호를 세워서 다른 누구를 어디론가 이끌어가고 있다는 얘긴데……. 하긴 무슨 상관이랴! 중요한 것은, 문제를 해결해갈 수 있도록 어떤 실마리가 주어져 있다는 사실 그 자체이다. 비극적인 사건들이 서로 얽히고설킨 가운데, 대체 무슨 변괴로 처녀 적 서명이 느닷없이 고개를 내밀고 있는가 하는 문제 말이다.

파우에로부터 보내온 마차가 마침내 여자를 따라붙었다. 그녀는 얼른 올라탄 다음, 마차꾼에게 되도록 천천히 로스포르뎅 쪽으로 가자고 말했다.

저녁 식사를 할 때쯤 되어서 그곳에 도착했는데, 역시 예상은 빗나가지 않았다. 갈림길에 접어들기 직전 두 번씩이나 자신의 서명과 더불어 숫자 11과 12가 적힌 표지판을 목격했던 것이다.

베로니크는 일단 로스포르뎅에서 하룻밤을 묵은 뒤, 동이 트자마자 다시 조사를 재개했다.

어느 묘지 담벼락에 쓰인 12라는 숫자는 그녀의 행로를 콩카르노 방향으로 인도했고, 그다음으로는 어떤 표시도 없는 길을 따라 목적지까지 거의 다다랐다.

하지만 워낙 표시가 뜸한 터라, 혹시 잘못된 길로 접어든 것이 아닐까 겁이 났고, 다시 오던 길을 되밟다 보니 하루 종일을 허탕 치고 말았다.

그렇게 생고생을 하던 중, 그다음 날이 되어서야 아주 희미하게 지워지다시피 한 채 푸즈낭 방향을 지시하는 13이라는 숫자가 눈에 들어왔다. 아울러 다른 단서들을 토대로 들판에 난 또 다른 길목으로 접어들었지만, 역시 얼마를 가다가 다시금 길을 잃고 말았다.

파우에를 떠난 지 나흘째가 되던 날, 급기야 베로니크가 도착한 곳은 벡멜이라고 하는 탁 트인 바닷가였다.

그곳 어촌에서 이틀 밤을 내리 묵으면서 이번에는 좀 더 조심스럽게 이런저런 질문을 하고 다녔는데, 좀처럼 이렇다 할 대답을 얻을 수 없었다. 그러던 어느 아침, 해변 군데군데 물에 잠긴 채 드러난 바위들 사이를 헤집고 다니다가 결국 나무와 덤불숲으로 둘러싸인 나지막한 벼랑까지 이르렀을 때였다. 두 그루의 벌거숭이 참나무 사이에 나뭇가지와 흙으로 빚어 만든 세관 징수인의 전용 움막이 눈에 들어왔다. 그곳 입구에는 자그마한 선돌 하나가 자리 잡고 있었는데, 아니나 다를까 거기에도 역시 서명과 함께 17이라는 숫자가 새겨져 있는 것이었다.

화살표는 더 이상 없었다. 단지 마침표가 찍혀 있는 것이 전부였다.

안으로 들어가보니 깨진 술병이 세 개, 그리고 텅 빈 통조림통이 몇 개 나뒹굴어 있었다.

'이곳이 최종 목적지로군. 아마도 미리 차려놓은 식량을 비운 모양이야.'

베로니크는 속으로 중얼거렸다.

바로 그때였다. 바로 이웃한 암반 지대 한복판을 파고든 작은 만(灣) 가장자리에 난데없는 소형 모터보트 한 대가 두둥실 떠 있는 것이 보였다.

아울러 마을 쪽으로부터 남자 한 명과 여자 한 명이 서로 이야기하는 소리가 들려왔다.

베로니크가 있는 위치에서 일단 눈에 들어오는 것은, 나이 지긋한 어떤 남자가 마른 채소와 파이 덩어리 등등, 식량이 가득 든 자루 대여섯 개를 땅에 내려놓으며 이렇게 말하는 광경이었다.

"그래, 여행은 잘 다녀오셨어요, 오노린 아줌마?"

"네, 아주 좋았지요."

"어디 있었는데요?"

"그야 물론 파리죠. 그러고 보니 일주일이나 자리를 비웠네요. 주인님 심부름 때문에……."

"어때요, 돌아오니 좋죠?"

"두말하면 잔소리죠!"

"보시다시피 보트는 제자리에 있습니다. 매일같이 와서 살펴보았죠. 포장은 오늘 아침에 거둬낸 거고요. 여전히 잘 나가지요?"

"기막힐 정도죠!"

"정말이지 자신만만한 조종사세요, 오노린 아줌마. 겉만 봐선 누가 당신한테 그런 솜씨가 있다고 하겠어요?"

"지금은 전쟁 중이에요. 우리 섬 안의 젊은이들은 몽땅 떠났고, 다른 남정네들은 모두 고기 잡으러 나갔지요. 이젠 예전처럼 보름마다 연락선이 오고 가는 일도 그쳤으니, 내가 나서서 심부름을 하는 수밖에요."

"석유는요?"

"예비해둔 게 있어요. 그건 걱정할 필요 없답니다."

"그럼 이제 헤어져야겠군요, 오노린 아줌마. 아 참, 짐 싣는 것 좀 도와줄까요?"

"필요 없어요. 그러지 않아도 바쁜 몸일 텐데……."

"그럼, 이만……. 또 봐요, 오노린 아줌마! 다음엔 미리 짐을 싸놓을게요."

그렇게 말한 후, 멀어져 가던 남자가 다시금 소리쳤다.

"그나저나 그놈의 섬 주위에 있는 암초들 조심하세요! 정말이지 들리는 말이 흉흉하기 그지없더이다! '서른 개의 관'이라는 섬 이름이 괜히 붙은 게 아닐 거예요! 아무튼 행운을 빌어요, 오노린 아줌마!"

결국 그는 바위 모퉁이를 돌아 사라져버렸다.

베로니크는 자기도 모르게 몸서리를 쳤다. '서른 개의 관'이라니! 그 무시무시한 그림의 여백에서 읽었던 문구가 아니던가!

그녀는 몸을 기울여 내다보았다. 남자와 얘기를 나누던 여자는 보트 쪽으로 몇 걸음을 더 다가가 들고 온 식량을 내려놓고는 다시 돌아왔다.

덕분에 여자를 정면에서 바라볼 수 있었다. 브르타뉴 지방 특유의 복장에다 두 갈래 매듭이 양쪽으로 늘어뜨려진 검은 벨벳 머리쓰개를 착용한 모습이었다.

"아! 그림 속의 그 모습이야. 십자가형에 처해진 세 여자가 하나같이 머리에 쓰고 있는 바로 그거라고."

베로니크는 떨리는 목소리로 중얼거렸다.

나이가 한 40대 정도 되는 브르타뉴 아낙네였다. 햇볕에 그을리고 찬 공기에 단련된 얼굴은 울퉁불퉁 뼈대가 불거진 것이 기운 찬 인상이면서도, 명민하고 부드러워 보이는 커다란 검은 눈동자로 발랄한 데가 있었다. 가슴에는 묵직한 금 사슬을 드리웠고, 벨벳 천으로 된 블라우스는 빠듯하게 상체를 조이고 있었다.

여자는 짐을 운반하면서 나지막한 목소리로 연신 흥얼거렸고, 큼직한 바위 위에 씩씩하게 무릎을 꿇은 채 가져온 물건들을 보트 안에 차곡차곡 쟁여놓았다. 일이 다 끝나자 여자는 시커먼 구름이 포진하고 있는 수평선을 물끄러미 바라보았다. 하지만 여자 표정에 조금도 불안해하는 기색은 보이지 않았다. 닻줄을 풀면서도 입에서는 계속해서 노래가 흘러나왔는데, 이번에는 좀 더 큰 소리였기에 베로니크가 있는 곳까지 그 가사가 제법 또렷이 들려왔다. 희고 아름다운 치아를 한껏 드러낸 채, 히죽히죽 웃으며 부르는 그 노래는 느긋하고 단조로운 가락의 자장가였다.

아이를 재우며
엄마가 말했지.

울지 마라, 아가야.
네가 울면

착하신 성모님도
함께 우신단다.

네가 웃고 노래하면
성모님도 웃으시고

두 손 모아 기도하면
착하신 성모님도…….

노래는 거기서 그쳤다. 베로니크가 창백하게 일그러진 얼굴로 여자 앞에 나타난 것이었다.

깜짝 놀란 여자가 더듬거렸다.

"무, 무슨 일입니까?"

대답 대신 베로니크는 떨리는 목소리로 이렇게 말했다.

"지금, 그 노래……. 어디서 배운 겁니까? 누가 가르쳐주었느냐고요. 그건 우리 어머니가 불러주신 노래입니다. 어머니 고향인 사부아 지방에서 전해 내려오는 노래란 말입니다. 그 노래는……. 그 노래는 어머니가 돌아가신 이후, 단 한 번도 들어보지 못했어요. 그러니 제발 말해주세요. 대체……."

베로니크는 더 이상 입이 떨어지지가 않았다. 자신을 멀뚱하니 바라보고 있는 브르타뉴 아낙네의 얼굴 한구석에도 이제 막 무언가 질문을 던지려는 기색이 역력했던 것이다.

잠시 후, 베로니크가 다시 더듬거렸다.

"누, 누구한테서 배운 노래입니까?"

오노린 아줌마라고 불리던 여자의 입에서 마침내 대답이 흘러나왔다.

"저기에 있는 사람한테서 배웠는데요."

"저기라면?"

"네, 우리 섬에 있는 사람이에요."

베로니크는 얼른 알겠다는 듯 대꾸했다.

"아하, 그 '서른 개의 관'이라는 섬 말이죠?"

"흔히 그렇게들 부르지요. 원래 섬 이름은 사레크(실재하는 섬은 아니지만, 이름이나 지형으로 볼 때 앵글로 노르만 군도(群島) 중 한 곳인 세르크(Sercq. 영어의 Sark) 섬이 모델일 가능성이 큼—옮긴이)입니다."

둘은 한동안 아무 말 없이 서로를 마주한 채 노려보고 있었다. 그 시선 속에는 긴장 어린 경계심과 더불어 뭔가 알아내고 싶은, 그래서 말을 나눠야만 할 것 같다는 생각이 잔뜩 배어 있었다. 아울러 서로가 왠지 모르지만 적(敵)은 아닐 것 같다는 느낌이 각자의 마음속에 스며드는 것이었다.

먼저 입을 연 것은 베로니크였다.

"어쨌든 실례합니다. 실은 하도 괴이한 일들이 있어서……."

브르타뉴 아낙네는 알겠다는 듯 고개를 한 번 끄덕였고, 베로니크는 얘기를 이어나갔다.

"사실 하도 괴이하고 심란한 일들이 있어서요. 먼저 내가 어떻게 이 해변까지 오게 되었는지부터 말씀드려야겠군요. 아마 당신이야말로 뭔가 해명을 해줄 수 있을 분 같아 보이는군요. 정말이지 사소한 우연이었어요. 모든 게 그로부터 술술 진행되어왔답니다. 이곳 브르타뉴 지방엔 지금 난생처음으로 발길을 내딛는 건데, 글쎄 마을에서 좀 떨어진 길가의 어느 낡은 오두막 문짝에, 지난 십수 년 동안 한 번도 써본 적 없는 내 처녀 적 서명이 적혀 있는 게 아니겠어요? 그뿐만 아니라 계속 길을 가니까, 그런 서명이 매번 다른 숫자와 더불어 여러 군데서 목격되는 거예요. 지금까지 줄곧 그 표시를 따라서 오다 보니 이곳 벡멜 해변까지 당도하게 된 거랍니다. 필시 누군가에 의해 여기까지 유도된 것 같은데……. 그게 누군지는 당최 모르겠단 말입니다."

"그럼 이곳 어딘가에도 당신의 서명이 있단 말인가요?"

오노린은 눈동자를 반짝이며 물었다.

"대체 어디에 있습니까?"

"저 위 움막 입구의 돌에 새겨져 있더군요."

"여기선 안 보이는데……. 뭐라고 되어 있죠?"

"V. d'H.요."

순간 브르타뉴 아낙네는 움찔했다. 골격이 두드러진 얼굴에 분명 흥분하는 기색이 역력했고, 잇새로는 이렇게 중얼거렸다.

"베로니크……. 베로니크 데르즈몽이라……."

"아! 내 이름을 아시는군요! 알고 있어요!"

오노린은 베로니크의 손을 덥석 움켜잡더니, 그 투박한 얼굴 가득 화사한 미소를 지었다. 이렇게 거듭 내뱉는 그녀의 두 눈동자에는 어느새 눈물이 그렁그렁 맺혀 있었다.

"마드무아젤 베로니크……. 아니지, 마담 베로니크. 정말 당신인가요, 베로니크? 아, 세상에! 이럴 수가! 오, 성모마리아님, 감사합니다!"

어안이 벙벙해진 베로니크의 입에서도 연신 같은 말이 새어나오고 있었다.

"내 이름을 알고 있어요. 내가 누군지 당신이 알고 있다니. 그럼 정녕 이 모든 수수께끼를 설명해주실 수 있단 말인가요?"

한동안 뜸을 들이던 오노린이 이렇게 대답했다.

"죄송하지만 아무 설명도 드릴 수가 없군요. 나 역시 아무것도 모르는 입장이거든요. 하지만 이제부터라도 함께 풀어나갈 수는 있을 겁니다. 가만있자, 그래 그 브르타뉴의 마을이 어디였나요?"

"파우에라고 해요."

"파우에라……. 아는 곳이군요. 그럼 오두막이 있는 위치는?"

"거기서 한 2킬로미터는 떨어진 곳이었어요."

"안으로 들어가봤습니까?"

"네, 정말이지 끔찍했답니다! 그 오두막 안에는……."

"말씀해보세요. 거기 뭐가 있었나요?"

"처음 보았을 땐, 희끗한 수염에다 백발이 성성한 시골 노인의 시체가 있었어요. 아! 정말 잊을 수 없을 만큼 끔찍한 몰골이었답니다. 틀림없이 살해당한 시체였어요. 모르긴 몰라도…… 아마 독살이 아닐까 해요."

오노린은 열심히 듣고 있었지만, 시체 이야기만으로는 무슨 감(感)이와 닿지는 않는 모양인지, 그저 이렇게 물을 뿐이었다.

"그래, 그게 누구였나요? 조사는 된 건가요?"

"그게 글쎄, 내가 파우에 주민들을 데리고 다시 와보니, 시체가 감쪽같이 사라지고 없지 뭡니까!"

"사라졌다고요? 아니 대체 누가 치웠단 말입니까?"

"나도 모르죠."

"그럼 결국 아무것도 알아내지 못한 겁니까?"

"전혀요. 하지만 처음 오두막 안에서 그림 하나를 발견했어요. 곧장 찢어버렸지만, 그 기억만큼은 마치 악몽처럼 끊임없이 내 머릿속에서 되살아나고 있답니다. 도저히 쫓아낼 수가 없어요. 그게 말입니다, 일종의 종이 두루마리였는데, 옛날 것을 그대로 베껴놓은 듯한 그림이 그려져 있었어요. 맙소사! 어찌나 끔찍한 그림이었는지……. 네 여자가 십자가형에 처해 있지 뭡니까! 게다가 그중 하나가 바로 나였어요! 내 이름까지 달고 말입니다. 그리고 나머지 셋은 지금 당신이 하고 있는 머리쓰개와 똑같은 걸 쓰고 있더군요."

오노린은 순간, 엄청 우악스럽게 상대의 두 손을 움켜쥐며 외쳤다.

"지금 뭐라고 했습니까? 십자가형에 처해진 여자 넷이라고요?"

"그렇다니까요! 그리고 '서른 개의 관'이라는 글귀도 있었어요. 그러니까 당신이 말한 그 섬 말입니다."

브르타뉴 아낙네는 얼른 손으로 상대의 입을 막으며 속삭였다.

"입 다물어요! 조용하라고요! 오, 그런 말 입 밖에 내서는 절대로 안 돼요! 암요, 안 되고말고. 정말이지, 큰일 날 소리란 말입니다. 입만 뻥끗해도 저주가 쏟아질 거예요. 우리 더 이상 그 얘기는 하지 맙시다. 나중에 두고 보면 알 거예요. 언젠가는, 혹시 모르죠. 나중에요. 좀 더 나중에……."

그 혼비백산하는 태도가, 마치 난데없이 불어닥친 폭풍우에 산천초목이 송두리째 뒤엎어지는 듯한 형국이었다. 그뿐만 아니라 바위 위에 털썩 무릎을 꿇더니 잔뜩 웅크린 자세로 두 손에 얼굴을 파묻고 한참이나 기도를 올리는 것이었는데, 어찌나 몰두해 있는지, 베로니크는 감히 어떤 질문도 더는 할 수가 없었다.

얼마나 지났을까, 마침내 일어선 브르타뉴 아낙네가 이렇게 말했다.

"그래요, 그 모든 것이 얼마나 끔찍한 일인지 모른답니다. 하지만 그렇다고 해서 우리의 의무가 달라졌다고는 생각하지 않아요. 일말의 주저함도 있을 수 없어요."

그리고 좀 더 진지한 어조로 이렇게 덧붙였다.

"당신은 나와 함께 저기로 가야 합니다."

"저기라면…… 당신네 섬 말인가요?"

베로니크는 께름칙한 태도를 숨기지 않고 되물었다.

오노린은 또다시 상대의 손을 덥석 붙들고 여전히 엄숙한 어조로 말했는데, 베로니크가 느끼기에 어딘지 겉으로 드러내지 않는 은밀한 생각으로 가득한 말투 같았다.

"당신 이름이 정녕 베로니크 데르즈몽 맞나요?"

"네."

"그럼 당신 아버님 성함이?"

"앙투안 데르즈몽이지요."

"보르스키라는 자칭 폴란드 귀족과 결혼했죠?"

"그래요. 알렉시스 보르스키라는 사람이죠."

"납치극이 있은 다음, 당신 아버님과는 절연한 상태에서 결혼을 했고요?"

"맞아요."

"둘 사이에 아이도 하나 있었죠?"

"네, 아들이었죠. 프랑수아라고……."

"하지만 당신 아버님이 곧장 업어가 버리는 바람에, 정작 그 아이에 대해서는 캄캄한 편이지요?"

"그래요."

"그 후, 당신 아버님과 아들은 조난당해서 행방불명된 상태이지요?"

"네, 둘 다 죽었답니다."

"그걸 어떻게 알지요?"

베로니크는 갑작스레 튀어나온 의외의 질문에 움찔하며 이렇게 대답했다.

"나도 개인적으로 조사를 의뢰한 바 있고 사법당국에서도 공식 조사를 했는데, 둘 다 네 명의 뱃사람이 확실하게 진술한 증언을 바탕으로 그런 결론을 내린 거랍니다."

"그 모든 게 새빨간 거짓말이 아니라고 누가 보증하죠?"

"아니, 뭐하러 그런 거짓말을 한단 말입니까?"

베로니크는 적잖이 당황한 기색이었다.

"누구의 사주를 받고 거짓 증언을 했을 수도 있겠죠. 미리 증언 내용이 짜인 것일 수 있단 말이에요."

"대체 누가 그런 사주를 했단 말인가요?"

"바로 당신 아버님이죠."

"어머나 세상에! 말도 안 돼! 내 아버지는 돌아가셨단 말입니다!"

"다시 말하지만, 그걸 당신이 어떻게 압니까?"

베로니크는 이제 완전히 어리둥절한 상태가 되어 중얼거렸다.

"도대체……. 하고자 하는 얘기가 뭡니까?"

"잠깐만요, 그보다 먼저, 그 뱃사람 넷의 이름을 혹시 아시나요?"

"그땐 물론 알고 있었지만, 지금은 다 잊었네요."

"혹시 그 모두가 브르타뉴 출신 이름들이 아니었나요?"

"네, 그런 것 같아요. 아, 당최 모르겠군요."

"당신은 이곳 브르타뉴에 와본 적이 없다지만, 당신 아버님은 집필 중인 책 때문에 자주 들렀답니다. 당신 어머님이 살아생전에는 이곳에서 사시기까지 했어요. 그런고로 이 지방 사람들과 분명 이런저런 인간관계를 맺었을 것이 뻔합니다. 필시 그 뱃사람 넷과도 잘 아는 사이였을 거예요. 이유야 어떻든 당신 아버님께 헌신적이었거나, 아니면 돈으로 매수되었을 그들이 특별히 그때 그 사건에 동원되었을 가능성이 큽니다. 그들은 우선 당신 아버님과 아들을 이탈리아의 어느 작은 부둣가에 안전하게 내려놓고 나서, 일부러 자신들의 배를 해안으로부터 잘 보이는 지점에서 난파된 것처럼 꾸몄을 거예요. 수영이라면 자신이 있었을 테니, 그리 어려운 일도 아니지요."

"그렇다면 그 뱃사람들이 아직 생존해 있을 테니, 지금이라도 다시 조사하면 밝혀질 게 아닙니까?"

점점 더 안달이 나기 시작한 베로니크가 버럭 소리를 지르자, 아낙네는 침착하게 대답했다.

"그중 두 명은 천명이 다해 수년 전에 죽었고, 마게녹이라는 노인네는 사레크 섬에 가면 볼 수 있을 겁니다. 나머지 한 명은 아마 방금 전에 봤을 테고요. 그때 그 사건으로 받은 돈을 가지고 벡멜의 식료품점을 하나 사들였지요."

그 말에 베로니크는 흥분을 감추지 못하며 떨리는 목소리로 말했다.

"아! 아까 그 사람 말이군요! 그럼 지금 당장이라도 얘기를 나눌 수 있겠군요. 어서 함께 만나러 가요!"

"그럴 필요가 뭐 있겠어요? 내가 그 사람보다 더 많이 아는데."

"당신이……. 더 많이 안다고요?"

"당신이 모르는 모든 것을 알고 있지요. 무슨 질문을 하든 모두 대답해드릴 수 있답니다. 궁금한 게 있으면 내게 물어봐요."

하지만 베로니크는 자신의 의식 한복판 어두컴컴한 곳에서 움트기 시작하는 결정적인 질문을 감히 입 밖에 내지 못하고 있었다. 이미 어렴풋하게나마 엿보이는 진실, 필시 받아들일 수밖에 없을 것 같은 적나라한 진실의 모습이 왠지 두렵기만 했던 것이다. 베로니크는 힘겨운 듯, 간신히 더듬댔다.

"정말이지……. 모르겠네요. 정말 모르겠어요. 왜 아버지가 그렇게 했을까요? 왜 당신 자신은 물론, 내 가엾은 아들마저 죽은 걸로 하려고 했을까요?"

"당신 아버님은 복수하기로 맹세하지 않으셨습니까."

"그거야 보르스키한테 한 거지, 내게 한 건 아니잖아요? 언제 자기 딸한테 그랬답니까? 그렇게 끔찍한 복수를요."

"당신은 분명 남편 되시는 분을 사랑했습니다. 처음에는 아니었다 해도, 일단 그의 품 안에 안기자, 더 이상 도망치려 하지 않고, 결혼하기로 했어요. 그 당시 아버님으로서는 공개적으로 모욕을 당한 셈이었을 겁니다. 왜, 당신도 잘 알잖아요. 아버님의 그 불같은 성격 말입니다. 한번 앙심을 품으면 여간해선 마음 돌리기가 어려운 분이죠. 글쎄요, 본인 표현을 빌리자면, 어딘가 불균형한 성격이라고나 할까요."

"하지만 그토록 오랜 세월을?"

"그래요! 정말 오랜 세월이지요. 역시 세월과 더불어 후회가 뒤따르더군요. 아이에 대한 애정도 한몫을 했고요. 그래서 방방곡곡 당신을 찾았답니다. 그 때문에 내가 얼마나 여기저기를 뒤지고 다녔는지! 제일 먼저 샤르트르의 카르멜 수녀원들부터 시작했지요. 하지만 당신은 벌써 떠나고 없더군요. 대체 그 뒤로 어디에서 당신을 찾는단 말입니까?"

"신문에 광고 하나만이라도 냈다면……."

"그야 왜 안 냈겠어요! 다만 소동이 벌어질까 봐 지극히 조심스럽게 냈지요. 대답이 금세 당도하더라고요. 그래, 옳다구나, 약속을 했지요. 한데 약속 장소에 누가 나온 줄 아십니까? 바로 보르스키였어요. 보르스키 그 사람도 당신을 찾는 중이었답니다. 여전히 당신에 대한 애증(愛憎)의 감정을 간직하고 있었어요. 그 후로는 걱정이 되어서 함부로 대놓고 수소문하지도 못했지요."

베로니크는 아무 말 없이 듣고만 있었다. 그리고 온몸에서 기운이 쭉 빠져나가는 것을 느끼며, 바위 위에 털썩 주저앉아 고개를 숙이며 이렇게 중얼거렸다.

"말씀하시는 걸 듣자 하니, 우리 아버지가 아직도 살아 계신 듯하군요."

"살아 계십니다."

"자주 옆에서 뵙고 있고요?"

"매일 뵙지요."

베로니크는 한층 목소리를 낮춰 말했다.

"그런데 왠지 당신 입에선 내 아들 얘기는 하나도 없네요. 갑자기 무서운 생각이 들어요. 혹시 어떻게 된 건 아닙니까? 그 후 아이에게 무슨 큰일이 생긴 건 아니냐 말입니다. 그래서 아무 얘기도 안 하는 것 아니에요?"

그러면서 간신히 고개를 든 베로니크의 눈에 지그시 미소를 짓고 있는 오노린의 얼굴이 들어왔다.

"아! 제발 부탁이니 속 시원히 진실을 털어놔 주세요. 공연한 희망을 품는 건 정말이지 질색이랍니다. 제발 부탁이에요."

애처롭게 애원하는 베로니크를 오노린은 부드럽게 끌어안고 말했다.

"저런, 딱하시기도 하지. 우리 귀여운 프랑수아가 만약 죽었다면 내가 뭐하러 이 모든 얘기를 들려주었겠어요?"

"네? 그럼, 아이가 살아 있나요? 살아 있어요?"

베로니크는 단박에 호들갑을 떨며 외쳐댔다.

"그야 당연하죠! 게다가 어찌나 튼튼하게 자랐는지! 정말이지 단단하고 야무진 아이랍니다! 실은 당신 아들 프랑수아를 키운 게 바로 나인 만큼, 이렇게 자랑스러워하는 거예요!"

베로니크는 너무도 감정이 복받쳐 올라 오노린의 품에 거의 쓰러지다시피 안기고 말았다. 분명 반가움 말고도 가슴 저리는 아픔에 자제력을 잃은 듯했다.

브르타뉴의 아낙네는 부드럽게 여자를 감싸 안으며 말했다.

"그래요, 실컷 우세요. 그럼 좀 나아질 겁니다. 그래도 옛날에 숱하게 흘리던 눈물보다는 훨씬 좋은 눈물 아니겠습니까? 마음 놓고 울어서, 과거의 불행일랑은 모조리 떨쳐버리세요. 짐은 물론 마을 여관에 놔두었겠죠? 마을에 아는 사람도 꽤 있으니 내가 찾아올게요. 그러고 나서 함께 떠나는 겁니다."

브르타뉴 아낙네가 반 시간쯤 지나 다시 돌아왔을 땐 이미 베로니크도 안정을 되찾고 일어선 채 어서 함께 떠나자고 재촉하고 있었다.

"어서요! 세상에, 어쩜 그리 오래 걸리는 거예요? 낭비할 시간이 없단 말이에요!"

하지만 왠지 오노린은 조금도 서두르는 기색이 없었고, 이렇다 할 대꾸도 하지 않았다. 그뿐만 아니라 다소 경직된 표정에는 아까와 같은 미소는 전혀 찾아볼 수가 없는 것이었다.

베로니크가 바로 코앞까지 달려와 다그쳤다.

"함께 가는 거 맞죠? 뭐가 지체되거나, 문제가 생긴 건 아니죠? 어머나? 아까하고는 좀 달라지신 것 같네요?"

"아니……. 그런 건 아닙니다."

"그럼 어서 서둘러요!"

오노린은 베로니크의 도움을 받아 짐과 식량 주머니들을 배 안에 옮겨 실었다. 한데 문득 베로니크 앞에 떡 버티고 선 오노린의 입에서 이런 말이 튀어나왔다.

"그나저나 십자가형을 당한 여자 그림 말이에요, 틀림없이 당신 모습이라 이거지요?"

"틀림없었어요. 게다가 머리 위에는 내 이름 이니셜이 적혀 있었단 말이에요."

브르타뉴 아낙네는 고개를 갸우뚱하며 중얼거렸다.

"그것참, 이상하다. 정말 찜찜해."

"뭐가요? 누군가 날 아는 사람이 몹쓸 장난을 친 것 아닌가요? 그저 우연의 일치로 내가 그걸 보게 되었고, 그 바람에 공연한 망상이 과거의 끔찍한 일들을 떠올린 거고 말이죠."

"오! 내가 마음에 걸려 하는 건 과거가 아니라 바로 미래입니다."

"미래라니요?"

"예언을 생각해보세요."

"무슨 말씀인지……."

"맞아, 틀림없어. 당신과 보르스키에 관해 떠돌았다는 그 예언 말입니다."

"아! 그걸 아세요?"

"알다마다요. 그 그림은 생각만 해도 몸서리가 쳐질 지경이지만, 당신이 모르는 그보다 훨씬 더 끔찍한 일 역시 한두 가지가 아니랍니다."

순간 베로니크는 떠들썩하게 웃음을 터뜨렸다.

"호호호, 세상에…… 그래서 갑자기 날 데려가기가 망설여진다 이건가요? 결국 그게 문제인 거예요?"

"웃을 일이 아닙니다. 지옥의 불길 앞에서 그처럼 웃는 법은 없어요."

브르타뉴 아낙네는 그렇게 내뱉으면서 두 눈을 감고 성호를 그었다. 잠시 후 그녀는 이렇게 덧붙였다.

"그래요, 당신은 지금 내가 우습게 보이겠죠. 아마 나를 도깨비불이나 유령 따위에 혹하는 미신적인 시골 여자라고 생각할 거예요. 글쎄요, 전혀 아니라고는 하지 않겠어요. 하지만…… 하지만 말입니다, 당신의 두 눈을 멀게 한 사연이 있기는 있어요! 저 섬으로 가서 당신이 마게녹한테 밉보이지만 않는다면, 그와 더불어 얘기를 나눌 수 있을 겁니다."

"마게녹과 말인가요?"

"왜, 아까 말했죠, 뱃사람 넷 중 하나라고. 당신 아들한테도 친한 친구처럼 대해주는 노인네죠. 사실 그의 손에 키워진 면도 없지 않습니다. 솔직히 아이에 대해서는 당신 아버님보다 그 어느 선생보다도 훤히 꿰뚫어 안다고 할 수 있어요. 다만……."

"다만 뭔가요?"

"마게녹은 운명을 저울질하고 싶어 했어요. 알아선 안 될 것 이상을 파고들려고 했지요."

"뭘 어떻게 했는데요?"

"글쎄, 자기가 손수 말이에요, 무슨 말인지 알겠어요? 자기 손으로 직접(이건 그가 내게 고백한 말인데) 암흑의 근원을 만지려고 했답니다."

"그래서 어찌 되었나요?"

자기도 모르게 바짝 달아오른 베로니크가 다그쳐 물었다.

"그래서 말이에요, 손이 그만 불길에 확 데어버렸답니다. 내게 그때 입은 상처를 보여주기까지 했는데, 무슨 종양으로 인한 것처럼, 정말이지 끔찍한 상처였어요. 그리고 어찌나 괴로워하던지……."

"어서 말씀해보세요!"

"왼손으로 도끼를 쥔 채 그 상처 난 오른손을 뚝딱 잘라내는 게 아니겠어요."

순간 베로니크는 움찔했다. 파우에에서 본 시체가 얼른 생각나는 것이었다. 그녀는 더듬더듬 중얼거렸다.

"오른손을 잘랐다고 했지요? 마게녹이 오른손을 자른 게 확실합니까?"

"그러니까 열흘 전, 내가 떠나오기 전전날에 도끼질 한 차례로 깨끗이 끝내버리더군요. 내가 보살펴 주었죠. 한데 그건 왜 묻는 거죠?"

베로니크는 목이 멘 소리로 대답했다.

"왜냐면 그 죽은 사람 있잖아요, 버려진 오두막에서 목격했다가 사라져버린 노인 시체 말이에요. 오른손이 없었는데, 최근에 잘려나간 듯했어요."

그 말을 듣더니 오노린이 펄쩍 뛰었다. 평상시의 침착함과는 너무도 대조적으로, 황당해서 어쩔 줄 모르는 기색이 역력했다. 그러고는 이내 가슴을 쓸어내리며 또박또박 이렇게 말하는 것이었다.

"그게 정말입니까? 그래, 맞아, 그렇게 된 거였어. 마게녹, 바로 그자입니다. 백발이 치렁치렁한 노인네라고 했죠? 수염도 무성하고요? 아! 이런 가증스러운 짓이 있나!"

여자는 문득 말을 멈추더니, 너무 크게 떠든 것이 아닐까 걱정하는 눈치로 사방을 두리번거렸다. 그리고 곧장 다시 성호를 그으면서 거의 혼잣말을 하듯 이렇게 중얼거리는 것이었다.

“그자야말로 누구보다 먼저 죽어야 할 인간이야. 내게 그런 얘기를 하긴 했지. 마게녹 영감은 과거의 책뿐만 아니라 미래의 책도 읽을 수 있는 눈을 가졌단 말이야. 분명 남들이 보지 못하는 곳에서 모든 걸 뚜렷이 보는 능력을 가졌어. 이렇게 말했지. ‘이봐요, 오노린 아줌마, 첫 번째 희생자는 바로 나일 겁니다. 우선 하인이 그렇게 사라지고 나면 며칠 있다가 주인 차례가 돌아올 거예요.’”

“주인이라면?”

베로니크도 한층 목소리를 낮추며 중얼거리자, 별안간 오노린은 벌떡 일어서더니 거칠게 두 주먹을 불끈 그러쥐고 소리쳤다.

“내가 보호할 겁니다! 내가 구할 거예요! 당신 아버님이 결코 두 번째 희생자가 되게 놔둘 수는 없습니다. 아무렴, 그렇게는 안 되고말고! 내가 제때 도착할 거예요. 이만 가봐야겠습니다.”

“아니, 함께 떠나기로 했잖아요?”

베로니크가 발끈하자 오노린은 간청하듯 말했다.

“제발 부탁입니다. 고집부리지 마세요. 날 내버려두세요. 오늘 저녁, 어쩌면 식사 전까지 당신 아버님과 아들을 데리고 돌아올게요.”

“하지만 왜 같이 가면 안 되나요?”

“저긴 너무도 위험한 곳입니다. 당신 아버님도 아버님이지만…… 특히 당신한테는 더욱 위험해졌어요. 네 개의 십자가를 생각해보세요! 그것들이 세워진 곳이 저기일 겁니다. 오, 당신이 가서는 안 되겠어요! 섬 전체에 저주가 씌었단 말입니다.”

“그럼 내 아들도 위험한가요?”

“몇 시간 후엔 직접 만나볼 수 있을 거예요.”

그 말에 베로니크의 얼굴에는 금세 희색이 만발했다.

"몇 시간 후라고요? 어머나 세상에! 말도 안 돼요! 지난 14년간을 아들 없이 살아왔어요. 한데 난데없이 지금 아들이 살아 있으며 조금만 기다리면 이 품에 안아볼 수가 있다니요! 오, 정녕 한 시간도 지체할 수 없습니다! 그 순간을 늦춘 채 여기서 멍하니 기다리느니, 백번 죽는다 한들 개의치 않겠어요!"

그런 베로니크를 브르타뉴 출신의 이 아낙네는 가만히 바라보고 있었다. 아무리 봐도 여자의 결심이 워낙 단호해서 맞붙어 싸워봤자 소용없다는 것이 점점 분명해졌다. 마침내 오노린은 세 번째로 성호를 그으며 중얼거렸다.

"오, 신의 뜻대로 이루어지리다."

그렇게 해서 두 여자는 보트 안을 가득 메운 짐들 사이에 자리를 잡았다. 오노린은 모터를 작동시킨 뒤, 운전대를 부여잡고 있는 솜씨를 죄다 발휘해, 수면 위로 여기저기 돌출한 암초들을 능란하게 헤치면서 쏜살같이 뱃머리를 몰아나갔다.

3

보르스키의 아들

오노린을 마주 보고 우현 쪽 궤짝 위에 앉은 베로니크의 얼굴에는 연신 미소가 피어나고 있었다. 솔직히 아직은 어딘가 불안하고 께름칙하며, 마치 폭풍 속 마지막 남은 구름 사이를 비집고 비쳐 드는 여린 햇살처럼 멈칫멈칫하는 미소였지만, 그래도 행복감을 담고 있는 웃음인 것만은 분명했다.

그렇다. 극도의 불행을 겪었거나 어쩌다 인간적인 사랑에서 소원해진 여인이, 스스로를 엄숙한 생활 습관에 길들이고, 모든 여성스러운 교태마저 삼가게 되었을 때 흔히 갖게 되는 어딘지 고결하고 수수해 뵈는 저 얼굴……. 지금 거기에 피어나고 있는 것은, 틀림없이 오랜만에 맛보는 행복의 표정이었다!

관자놀이 부근에서 약간 희끗한 빛을 띤 그녀의 검은 머리채는, 목덜미 아래쪽으로 가지런히 묶인 채 늘어뜨려져 있었다. 남프랑스 지방 특유의 광택 없는 피부와 더불어, 전체가 겨울 하늘처럼 파리한 청색의 눈동자는 서글서글한 빛으로 멋진 조화를 이루고 있었고, 무척 큰 신장과 딱 벌어진 어깨, 균형 잡힌 가슴이 전체적으로 시원스러운 기품을 풍기는 타입이었다.

평소, 약간은 남성적인 톤이 가미된 그녀의 음성은 다시 찾은 아들에 대한 얘기꽃을 피우기 위해 경쾌하고 활기찬 선율처럼 떨고 있었다. 솔직히 베로니크의 지금 심정은 오로지 그 얘기만을 하고 싶을 정도였다. 브르타뉴 아낙네가 아무리 심란하면서 사실은 본질적인 문제로 얘기를 되돌리려고 해봤지만 말짱 헛수고였다. 그래도 이따금 이렇게 말하는 것을 잊지는 않았지만 말이다.

"가만있어 봐요. 도무지 내게 이해가 안 되는 문제가 두 가지 있거든요. 우선, 파우에로부터 항상 내가 배를 대는 지점까지 당신을 유도해온 표시를 대체 누가 세워놓았느냐 이겁니다. 필시 파우에로부터 사레크 섬까지 누군가 실제로 더듬어갔다는 얘기인데 말이죠. 또 하나, 대체 마게녹 영감은 어떻게 그 섬을 벗어났을까 하는 점입니다. 본인 자신이 의도적으로 빠져나와 그리로 간 걸까요? 아니면 누군가 그의 시체를 운반해온 걸까요? 만약 그랬다면 과연 무슨 수로 그랬을까요?"

"그게 뭐 그리 어려운 일인가요?"

베로니크가 시큰둥하게 반문하자, 브르타뉴 아낙네는 조목조목 짚어가며 떠들어댔다.

"물론이죠. 생각해보세요! 보름마다 벡멜이다 퐁라베다 식량을 구하러 내가 타고 나오는 보트 말고는, 섬에 배라고는 고기잡이용 선박 딱 두 척밖에 없는데, 그나마 나보다 훨씬 더 멀리 오디에른까지 올라가 거기서 물고기를 팔고 있거든요. 그러니 마게녹 영감이 무슨 수로 바다를 건너 육지에 와 닿는단 말입니까? 게다가 지금으로선 정말 그가 자살을 했는지도 확실치 않아요. 그리고 시체가 사라진 이유도 오리무중이고요."

베로니크는 여전히 이런 얘기가 불만이었다.

"제발요……. 지금 그런 문제는 별로 중요하지가 않아요. 모든 게 차차 밝혀지겠죠. 우선 프랑수아 얘기나 해요. 그래, 그 아이가 사레크 섬에 당도했다고 했지요?"

결국 오노린은 이 젊은 여자의 간청을 이기지 못했다.

"당신에게서 아이를 앗아간 뒤, 며칠이 지난 어느 날 마게녹의 품 안에 안긴 채 섬으로 왔답니다. 물론 므슈 데르즈몽이 단단히 일러서 그런 거지만, 마게녹은 그때 웬 외지(外地) 여성이 자기한테 아이를 맡겼다고 했어요. 그는 일단 자기 딸더러 아이를 맡아 키우라고 했지요. 그 딸은 얼마 못 가 죽고 말았지만 말입니다. 당시 육지를 여행 중이었던 나는 한 10년 정도 파리 토박이들과 어울려 지내던 차였죠. 내가 섬에 돌아갔을 땐, 아이가 이미 황야와 벼랑 지대를 신나게 쏘다니며 지낼 만큼 훌륭하게 자라 있었답니다. 그때부터 나는 사레크 섬에 정착한 당신 아버님 집에서 시중을 들게 되었지요. 그러던 중 아까 말한 대로 마게녹의 딸이 죽자, 아이를 우리 집으로 들이게 된 거랍니다."

"하지만 어떤 이름으로 말입니까?"

"그야 프랑수아라는 이름 그대로죠. 그냥 프랑수아라고 했어요. 므슈 데르즈몽은 그때 므슈 앙투안이라고 불렸죠. 아이는 서슴없이 할아버지라고 불렀고요. 따지고 보면 누가 뭐라고 할 사람도 없었으니까요."

"그래, 아이 성격은 어떠했나요?"

베로니크가 몹시 불안해하며 묻자, 오노린은 선뜻 대답했다.

"오, 그거라면 정말이지 하느님의 축복도 그 이상이 없을 겁니다! 한마디로 아비와는 조금도 닮은 데가 없다고나 할까요. 하긴 므슈 데르즈몽 본인도 인정하는 바처럼, 할아버지와도 영 딴판이었죠. 우아하고 사랑스러우면서, 고분고분한 아이였으니까요! 화내는 걸 본 적이 없다니까요. 항상 원만한 성격으로 생활했어요. 결국 그러다 보니, 저절로 할아버지의 마음을 사로잡게 된 것이죠. 그뿐만 아니라, 므슈 데르즈몽은 점차 당신을 향해서도 마음이 누그러지게 되었답니다. 손자의 착한 모습을 보고 있자니, 비록 자신을 배신했지만 딸의 모습 또한 눈에 선하게 밟혔던 거지요. 언제나 이렇게 말씀하셨어요. '어쩜 어미를 저리도 빼다 박았을꼬? 베로니크도 재처럼 순하고 사랑스러웠지.' 결국에는 그 당시 전적으로 신뢰하기 시작한 나와 함께 당신을 찾아 나서기로 마음을 정하셨던 겁니다."

베로니크의 얼굴은 더없이 환해져 있었다. 아이가 엄마를 꼭 빼닮았다니! 아이의 예쁘게 웃음 짓는 얼굴이 벌써 눈앞에 보이는 듯했다!

"하지만 나를 알아볼까요? 자기 엄마가 살아 있다는 걸 알고나 있을까요?"

역시 머뭇머뭇하는 질문에 오노린은 힘차게 대답해주었다.

"그야 알다마다요! 물론 처음에는 므슈 데르즈몽도 비밀을 유지하려고 했지만, 내가 지체 없이 모든 걸 얘기해주었거든요."

"모든 걸 말인가요?"

"그러고 보니 전부 다는 아니로군요. 아이는 자기 아버지가 죽은 줄 알고 있어요. 그리고 당신도 종교에 귀의한 뒤 어디에서도 찾을 수 없다고 알고 있고요. 그래도 내가 한 번씩 나왔다가 섬에 되돌아갈 때마다 어찌나 이것저것 알고 싶어 하는지! 바라는 건 또 얼마나 많고! 아, 엄마요? 너무너무 사랑하고 있답니다! 당신이 아까 들었던 자장가도 할아버지가 가르쳐준 뒤부터, 애가 언제나 입에 달고 다니는 노래랍니다."

"오, 나의 아들 프랑수아. 내 새끼 프랑수아야!"

브르타뉴 아낙네는 계속해서 얘기를 이어갔다.

"맞아요, 아이는 당신을 사랑하고 있어요. 물론 곁에는 늘 이 오노린 아줌마가 있지만, 그래도 진짜 엄마는 당신 아닙니까? 심지어 아이가 부랴부랴 크려고 애쓰는 것 역시, 공부를 끝낸 다음에 당신을 찾아 나서기 위함이랍니다."

"아, 따로 공부도 하는 모양이죠?"

"그럼요. 할아버지와도 함께하지만, 2년 전부터는 내가 파리에서 데리고 온 훌륭한 청년한테서 차근차근 교육을 받아오고 있지요. 스테판 마루라는 친구인데, 전쟁 중에 부상을 당한 뒤, 수술을 받고 나서 전역한 역전의 용사이지요. 무공훈장을 한두 개 받은 몸이 아니랍니다. 프랑수아는 그 청년을 가슴 깊이 존경하며 따르고 있어요."

한편 보트는 평온한 바다 위에 은빛 거품을 만들어가면서 날렵하게 미끄러져 가고 있었다. 멀리 수평선으로부터는 구름이 흩어지면서 낮의 끝자락이 고요하게 기울어가고 있었다.

여전히 잔뜩 귀를 기울이던 베로니크가 어린애처럼 다그쳤다.

"더요! 더 얘기해주세요! 가만있자, 아 참, 우리 아이는 옷을 어떻게 입나요?"

"탐스러운 장딴지가 훤히 드러나는 짧은 반바지에다 부드러운 플란넬 천에 금 단추를 해 박은 넉넉한 셔츠 차림이에요. 모자는 스테판 형님처럼 베레모를 썼고요. 물론 스테판과는 다르게 빨간색 베레모인데 어찌나 아이한테 잘 어울리는지, 거의 환상적이랍니다!"

"므슈 마루 말고 다른 친구는 없나요?"

"옛날에는 섬의 모든 아이가 다 친구였죠. 하지만 한 서너 명 정도만 빼고 나머지는 아빠가 전쟁터로 나간 뒤, 엄마와 더불어 콩카르노나 로리앙 같은 연안 지방으로 모두 나갔답니다. 사레크 섬에는 노친네들만

버려둔 채 죄다 먹고살려고 나간 셈이죠. 이제는 섬 전체 인구래봐야 서른 명 정도가 고작이랍니다."

"그럼 누구와 논단 말인가요? 함께 산책할 사람도 없겠어요."

"오, 그런 거라면 아주 좋은 동반자가 있죠."

"아, 그래요? 그게 누군데요?"

"마게녹이 준 강아지가 한 마리 있거든요."

"강아지요?"

"털이 곱슬곱슬한 게 폭스테리어 잡종인 것 같은데, 볼품은 없지만 그런대로 꽤 재미있는 녀석이랍니다. 정말이지 그 '투바비앵'(Tout-Va-Bien. '다 잘될 거다'라는 의미 — 옮긴이) 선생, 걸물(傑物)이긴 걸물이에요!"

"투바비앵이라니요?"

"프랑수아가 붙여준 이름이랍니다. 하긴 그 이름 말고는 녀석에게 더 적당한 이름이 없을 것 같아요. 늘 행복한 데다 그저 삶이 즐거워 만족해하는 모습이거든요. 언제 어디에서나 그저 털털한 데다 몇 시간씩, 심지어는 며칠씩 어디로 사라졌다가도 주인이 필요로 하거나 슬픔에 잠겨 있거나, 하여튼 뭔가 일이 잘 안 풀릴 때면 어느새 나타나 항상 곁에 와 있어준답니다. 투바비앵이 무엇보다 싫어하는 건 눈물과 꾸지람, 그리고 싸움이지요. 예컨대 주인이 조금이라도 울고 있거나 울 기색이라도 보일라치면, 녀석은 곧바로 코앞에 자리를 틀고 앉는다든지, 심지어는 뒷발로 일어선 채, 마치 윙크라도 하듯 한쪽 눈을 찡긋거리곤 하는 거예요. 그럼 그 꼴이 흡사 웃는 얼굴 같아서 주인은 마침내 우울했던 기분을 훌훌 떨어버리고 대차게 웃음을 터뜨리고야 마는 겁니다. 프랑수아는 그럴 때마다 이러지요. '그래, 친구야. 네가 옳아. 만사 오케이. 그러니 뚱하고 있으면 안 되겠지?' 그렇게 해서 주인 마음이 완전히 풀리고 나야지만 그제야 우리 투바비앵은 종종걸음으로 자리를 떠난답니다. 자기 임무를 다했다는 뜻이지요."

베로니크는 얘기를 듣는 동안, 웃으면서도 동시에 눈물을 흘리고 있었다. 그러더니 한동안 침묵을 지킨 채, 웬일인지 점점 더 의기소침해지는 것이었다. 보아하니 난데없는 절망감이 흥겨웠던 기분을 졸지에 삼켜버린 듯했다. 사실 그녀는 아이 없는 엄마로서, 더구나 엄연히 살아 있는 아들을 애도하면서 보내버린 14년이라는 세월과 더불어 사라져버린 행복을 생각하고 있었다. 새로 탄생하는 존재에게 바치는 온갖 보살핌, 어르고 키우는 가운데 아이와 엄마가 서로 주고받는 아기자기한 애정, 나날이 커가면서 하루가 다르게 말을 배워가는 것을 지켜볼 때 느끼는 뿌듯한 기분……. 요컨대 아이를 키우는 어미의 마음을 즐겁게 하고 열광시키며, 가슴 복받쳐 오르게 해주는 모든 것을 그녀는 일절 모르고 지내온 것이다.

"이제 반쯤 왔네요."

오노린의 입에서 툭 튀어나온 말이었다.

보트는 글레낭 군도(群島)를 눈앞에 둔 채 유유히 미끄러져 갔다. 우측으로 약 24킬로미터 정도 거리를 두고 해안선을 드러낸 펜마르 갑(岬)의 시커먼 윤곽선이 이미 어두워진 수평선 속으로 어스름하게 드리워져 있었다.

베로니크는 여전히 자신의 서글픈 과거를 생각하고 있었다. 거의 기억나지 않는 어머니, 에고이스트에다 무뚝뚝하기만 한 아버지 옆에서 힘겹게 보낸 지긋지긋한 어린 시절, 그리고 결혼 생활……. 아! 특히 결혼 생활이 그녀의 머리를 틀어쥐고 좀처럼 놔주지 않는 것이었다! 나이래야 고작 열일곱 살, 보르스키와의 첫 대면 당시가 머릿속에 떠올랐다. 그때 기이하게만 느껴지던 그가 얼마나 두렵던지……. 그런가 하면, 그 나이 땐 대개 불가해하면서 어딘지 수수께끼 같은 존재에게서 쉽사리 영향을 받기 마련이듯, 한편으론 두려워하면서도 다른 한편으론 그 낯선 남자의 영향력을 좀처럼 벗어나지 못했던 것이다!

그리고 얼마 안 있어 끔찍했던 납치의 하루가 떠올랐고, 그에 이어서 더욱 끔찍하게 다가왔던 나날이 속속들이 뇌리를 스치고 지나갔다. 수주일 동안이나 감금당한 채, 사악한 힘 앞에서 꼼짝달싹 못하고 위협을 감수해야만 했던 암울하고 험악한 나날…… 결국 그렇게 해서 그자가 얻어낸 것은 어린 처녀의 본능과 의지에 정면으로 위배되는 결혼 서약이었으며, 당시 엄청난 소동을 겪은 데다 아버지마저 굴복한 마당에 연약한 여자로서 동의할 수밖에 없었던 억지 계약이었다.

마침내 결혼 생활. 그 생각만 하면 지금도 뇌리가 지끈거리고 심통이 사납게 요동치는 것은 여전했다. 냉소적인 자만심으로 똘똘 뭉친 채, 점점 그 후안무치의 본색을 드러내가던 남편…… 술에 절어 살면서 사기도박이나 벌이고 온갖 공갈 · 협잡이나 일삼으며, 자기 아내 앞에 마치 사악하고 잔혹한 악령처럼 군림해오던 남편의 수치스러운 실체…… 그 배신과 상처와 환멸과 타락으로 점철된 결혼 생활……. 설사 가장 지독한 악몽이 망령처럼 매일 밤 찾아들어 괴롭힌다 한들, 결코 그 끔찍했던 시절만은 떠올리고 싶지 않을 정도였다.

"무슨 꿈을 그리도 골똘히 꾸시나요, 마담 베로니크?"

오노린이 다행히 악몽에서 깨워주자, 베로니크는 쓸쓸히 대꾸했다.

"꿈도 추억도 아니에요. 그저 보잘것없는 회한(悔恨)일 뿐이죠."

"오, 마담 베로니크……. 하긴 지난 인생이 하나의 순교나 다름없었을 터이니, 그 회한이 어디 보통이겠어요."

"순교이자 하나의 징벌인 셈이었지요."

"하지만 그 모든 게 이제는 끝났습니다, 마담 베로니크. 이제 아버지와 아들을 만나러 가는 길이니까요. 자, 지금부터는 행복할 일만 생각하도록 하세요."

"행복이라……. 과연 내가 그럴 수 있을까요?"

"그럼요, 그럴 수 있고말고요! 이제 조만간 두 눈으로 직접 확인하게 될 텐데요! 자, 드디어 사레크입니다!"

오노린은 앉아 있던 판자 밑에서 상자를 열고, 옛날 뱃사람들이 사용하던 뿔 나팔 같은 커다란 소라고둥을 꺼내더니, 주둥이에 입술을 갖다 댄 채 양 볼을 한껏 부풀리며 마치 소 울음과도 같은 힘 있는 소리를 공간 가득 뿜어냈다.

베로니크는 궁금한 마음을 눈길에 담아 가만히 바라보고 있었다.

"지금 그 아이를 부르고 있는 거랍니다."

마침내 오노린의 해명을 듣자 베로니크의 얼굴이 환해졌다.

"프랑수아요? 지금 프랑수아를 부른 거라고요?"

"매번 육지에서 돌아올 때마다 이런 식으로 미리 알린답니다. 그러면 그 아이는 우리가 살고 있는 벼랑 지대로부터 득달같이 달려 내려와, 결국 방파제까지 마중을 나오지요."

"그럼 나도 볼 수 있겠네요?"

"물론이죠. 다만 모자의 그 베일을 두껍게 해서 당신 얼굴만은 가리세요. 초상화를 본 적이 있는 아이가 당신 얼굴을 알아보지 못하게 말입니다. 나도 당신을 사레크 섬에 관광하러 온 외지인 대하듯이 대할 거예요."

이제 섬의 덩치가 분명히 눈에 들어왔으나, 벼랑의 아랫부분만큼은 수많은 암초 가운데 감춰져 있었다.

이제부터는 모터를 끈 채, 매우 짤막한 두 개의 노를 사용해 조심스레 다가가야 했다. 오노린이 투덜거렸다.

"아, 그렇지! 암초들……. 어련하시겠어! 그야말로 청어 떼처럼 우글거리고들 있겠지. 자, 조심해요. 지금까지는 바다가 꽤 얌전했지만, 이제부턴 아니에요!"

아닌 게 아니라, 무수한 소형 파도 군단이 서로 뒤채이고 부닥치면서 바위들마다 끊임없이 싸움을 걸어대고 있었다. 이제 보트는 격랑의 한 가운데를 아슬아슬하게 항해해나가야 할 형국이었다. 어디를 둘러봐도 희끗희끗 사납게 요동치는 물보라뿐, 청록색 바다의 탐스럽고 그윽한 몸뚱어리는 더 이상 찾아볼 수 없었다. 날카로운 암초의 이빨에 악착같이 들러붙어 싸우다가 결국엔 희멀겋게 떨어져 나가는 파도의 살점들……. 사방이 어지러이 떠도는 물거품들뿐이었다.

"늘 이런 식이니, 이곳 사레크 섬에 당도하려면 소형 보트 외엔 불가능하다는 얘기가 나오는 겁니다. 오! 적어도 우리 섬에다가 독일 놈들이 잠수함 기지를 만들 리는 없는 셈이죠. 그럼에도 불구하고 한 2년 전에 로리앙에 주둔 중인 우리 측 장교들이 만전을 기하기 위해 이곳에 무던히도 많이 들락거렸답니다. 특히 간조(干潮) 때에만 접근 가능한 서쪽 해안의 몇몇 해저 동굴에 관해서 찜찜한 마음을 일소해보겠다는 것이었죠. 결국 시간만 허비한 꼴이 되고 말았고요. 뭐 달리 손쓸 필요조차 없었으니까요. 한번 생각해보세요. 사방 수면 아래가 모두 역적모의한 듯 이빨 달린 암초투성이라, 여차하면 잠수함이든 선박이든 사정없이 물어뜯을 기세더라 이겁니다. 게다가 보이지 않는 놈들이 위험하다고는 하지만, 정작 겁나는 놈들은 숱한 조난자의 희생을 무슨 훈장처럼 걸치고서 어엿한 이름과 내력까지 갖추고 있는, 수면 위의 덩치 큰 기암괴석들이랍니다. 아! 바로 저것들이에요!"

오노린의 긴박한 목소리가 일시에 잦아들었다. 아울러 각양각색의 완강한 덩어리들로 저만치 비죽비죽 솟아 있는 거대한 암초들을 머뭇거리는 손길로 가리키는 것이었다. 잔뜩 웅크린 야수, 들쭉날쭉 총안

뚫린 망루, 거창한 첨탑, 스핑크스의 머리, 육중한 피라미드 등등, 마치 핏물에 담갔다 빼낸 것처럼, 하나같이 불그스레하면서도 시커먼 화강암 덩어리들이 보기에도 섬뜩한 위용을 과시하고 있었다.

오노린이 조용히 속삭였다.

"아! 바로 저것들이 지난 수 세기에 걸쳐 이 섬을 지켜왔답니다. 비록 사나운 짐승들처럼 죽음과 재앙만을 불러일으키는 것에 탐닉해왔지만 말이에요. 저것들…… 아…… 아니에요! 차라리 아무 말 않는 게 좋겠어요. 생각하지도 않는 게 나아요. 모두 다 해서 서른 마리의 야수라고나 할까. 그래요, 모두 서른이에요, 마담 베로니크. 서른 개라고요."

그녀는 즉시 성호를 그은 다음, 이내 안정을 되찾으며 이렇게 말했다.

"모두 서른이에요. 당신 아버님 얘기에 의하면 이곳 사람들이 사레크 섬을 '서른 개의 관(棺)'이라고 부르는 것은, 에퀘이(écueil. 암초)라는 단어와 세르퀘이(cercueil. 관)라는 단어를 혼동했기 때문이라고 해요. 글쎄요……. 뭐 그럴 수도 있겠죠. 하지만 마담 베로니크, 이건 진짜 관들이라고도 볼 수가 있답니다. 누구든 그 관 뚜껑을 열기만 하면 거기에 수많은 유골이 산적해 있다는 걸 알게 될 거예요. 므슈 데르즈몽도 그랬어요. 사레크라는 이름 자체도 실은 사르코파주(sarcophage. 石棺)라는 단어로부터 온 것이고, 그건 곧 세르퀘이라는 단어를 다소 현학적인 용어로 바꾼 것일 뿐이라고 말입니다. 그런데 말이에요……."

오노린은 갑자기 다른 할 얘기가 있는 듯 말을 멈추더니, 어떤 암초 하나를 손으로 가리키며 덧붙였다.

"자, 보세요, 마담 베로니크! 저기 우리 앞길을 막고 있는 저놈 뒤쪽으로 언뜻언뜻 작은 부두가 보일 겁니다. 그럼 방파제 위에 있을 프랑수아의 빨간 베레모도 보일 거예요."

사실 베로니크는 오노린이 한참 떠벌리던 얘기를 그저 건성으로 듣고 있었다. 그러다가 이제는 조금이나마 더 빨리 아들의 모습을 보고 싶은 마음에, 뱃전 너머로 잔뜩 몸을 내미는 것이었다. 한편 또다시 강박적인 사념에 휩싸이면서 브르타뉴 아낙네의 횡설수설이 계속 이어졌다.

"또 있어요. 이건 당신 아버님이 특별히 이곳을 거처로 택한 이유이기도 한데, 사레크 섬엔 말입니다, 하나하나 별로 특이하진 않지만 모두가 거의 똑같은 모양을 하고 있는 고인돌이 여럿 있답니다. 한데 그 개수가 모두 몇인 줄 아세요? 바로 서른 개라 이겁니다! 큼직한 암초들과 개수가 똑같이 서른이란 말이에요! 한데 그 서른 개의 고인돌이 섬 가장자리를 따라 빙 둘러가며 벼랑 위에 세워져서 저만치 아래 서른 개의 암초와 일일이 마주 보고 있단 말입니다. 게다가 그 각각의 암초와 고인돌에 저마다 같은 이름이 '돌러후뢰크'라든가 '돌컬리투' 등등으로 붙여져 있다고요. 어떻게 생각하세요?"

마치 각자의 이름을 알아들은 고인돌들과 암초들이 신성하면서도 무시무시한 생명을 부여받고 살아날까 봐 두려워하는 것처럼, 오노린의 목소리는 바들바들 떨고 있었다.

"네? 어떻게 생각하느냐고요, 마담 베로니크? 오! 이 모든 것에는 엄청난 수수께끼가 얽혀 있답니다. 차라리 또다시 침묵이나 지키는 편이 나을 거예요. 좌우간 우리가 이 섬에서 멀리 떨어져 있을 때 얘기를 마저 해드릴게요. 프랑수아가 당신과 아버님의 안전한 품 안에 안긴 다음에나 말이에요."

베로니크는 아무 말 없이 이 브르타뉴 아낙네가 가리켰던 주변을 유심히 살피고 있었다. 동행자에게 완전히 등을 돌린 채, 두 손으로 뱃전을 잔뜩 그러쥐고 어둠 속을 뚫어져라 노려보는 그녀의 심정은, 암초

사이로 잠깐씩 드러나는 저 너머의 공간 속에서 한시라도 빨리 아들의 모습을 확인하고 싶을 뿐이었다. 무엇보다 프랑수아의 모습이 나타나는 그 순간을 절대로 놓치고 싶지 않았다.

마침내 보트가 바위에 닿았다. 오노린이 젓고 있던 한쪽 노가 암벽을 스치면서 배는 그 가장자리를 따라 바위 끄트머리까지 도달했다.

순간, 베로니크의 탄식 어린 음성이 터져나왔다.

"아니, 없잖아!"

"프랑수아가 없다고요? 그럴 리가!"

오노린도 놀라기는 마찬가지였다.

하지만 이내 그녀의 눈에도 300~400여 미터 전방, 모래톱 위에 선창 구실을 하도록 돋우어 있는 돌무더기가 눈에 들어왔다. 그리고 거기엔 아낙네 셋과 어린 소녀 하나, 그리고 늙은 뱃사람 몇몇이 보트가 다가오기를 기다리고 있을 뿐, 아이의 모습은 어디에도 없었다. 물론 빨간 베레모가 보일 리는 만무했다.

"거참, 이상하군요. 내가 부르는데 나타나지 않은 건 이번이 처음이에요."

오노린이 나지막이 중얼거리자, 베로니크가 넌지시 대꾸했다.

"혹시 어디 아픈 건 아닐까요?"

"아뇨, 프랑수아는 단 한 번도 어디가 아픈 적이 없어요."

"그럼 도대체?"

"글쎄요, 모를 일이군요."

"뭐 걱정될 만하게 짚이는 일이라도 있나요?"

베로니크는 벌써부터 잔뜩 주눅이 든 표정이었다.

"사실 아이는 별로이지만……. 당신 아버님은 좀 걱정이 됩니다. 마게녹이 내게 신신당부를 했거든요. 아버님 곁을 꼭 지키고 있으라고요.

그가 위협을 받고 있다나요."

"하지만 아버지 곁에는 프랑수아도 있고, 또 므슈 마루도 있지 않나요? 그러지 말고 어서 털어놔 봐요. 무슨 생각을 하고 있는 거죠?"

오노린은 잠시 뜸을 들인 다음, 어깨를 으쓱하며 말했다.

"칫, 모조리 어리석은 얘기예요! 난 정말이지 터무니없는 생각이 너무 많다니까! 그래, 정말 터무니없지. 이런 나를 너무 원망은 마세요. 내 안에 깊이 뿌리박혀 있는 브르타뉴 여편네의 기질이 자꾸만 고개를 드는 것뿐이에요. 내 인생에서 단지 몇 년을 제외하고는, 옛날 고리타분한 전설이나 이야기가 득실대는 분위기 속에서 거의 전 생애를 살아온 거나 마찬가지랍니다. 이쯤에서 그만두죠."

사레크 섬은 매우 들쭉날쭉한 해안선을 이룬 보통 높이의 벼랑을 따라 고목(古木)이 즐비하게 뒤덮은 울퉁불퉁하고 길쭉한 고원 지대로 되어 있었다. 걷잡을 수 없이 너덜너덜한 레이스 왕관처럼 기복이 심한 해안선은 오랜 세월에 걸쳐 비와 바람, 태양과 눈, 얼음, 안개 등등, 천지간에 내리고 스미는 습기가 끊임없이 파고들며 이뤄낸 괴이한 작품과도 같았다.

그중 단 한 군데 배를 댈 수 있는 곳이라면, 동쪽 해안, 나지막하게 지반이 함몰된 어느 지점이었는데, 그나마 전쟁 때문에 거의 폐가나 다름없게 버려진 몇몇 어부의 누옥(陋屋)이 촌락의 명맥을 유지하고 있었다. 극성스러운 지형의 기복이 그곳에서만큼은 비좁은 방파제를 방패삼아 잠시 쉬고 있는 형국이랄까. 그곳에서는 바다도 한없이 잠잠하기만 했고, 거룻배 두 척이 한가로이 정박해 있었다.

배를 대는 순간, 오노린은 마지막으로 한 번 더 만류했다.

"마담 베로니크, 이제 다 왔습니다. 어때요, 꼭 배에서 내리셔야겠습니까? 그러지 말고 잠시 기다리시죠. 두 시간만 기다리면 내가 당신 아버님과 아들을 데려오겠습니다. 그러고 나서 우리 모두 함께 벡멜이나 퐁라베에서 저녁 식사를 하기로 해요, 네?"

하지만 베로니크는 자리에서 벌떡 일어나, 아무런 대꾸도 없이 냉큼 선창 위로 뛰어올랐다.

하는 수 없이 오노린은 더 이상 붙들지 않고 배에서 내리자마자, 모여 있는 아이들에게 물었다.

"애들아, 프랑수아는 오지 않았니?"

그러자 아낙네 중 하나가 아이들 대신 대답했다.

"아까 정오쯤엔 나와 있었는데……. 걔는 내일에야 당신이 올 거라고 하던데요."

"그랬을 테죠. 하지만 내가 온다는 신호를 듣긴 들었을 텐데. 하여튼 두고 보면 알겠죠."

오노린은 짐을 부리는 남정네들에게는 또 이렇게 말했다.

"잠깐, 그건 수도원으로 가지고 올라가면 안 돼. 가방들도 마찬가지야. 최소한……. 좋아, 내가 만약 5시까지 내려오지 않으면 그때 애 하나를 시켜 가방들을 가지고 올라오게 해요."

그러자 뱃사람 하나가 툭 내뱉었다.

"아뇨, 내가 직접 가지고 올라갈게요."

"정 그러면 좋을 대로 하고, 코레주. 아차, 마게녹은 어떻게 된 거야?"

"마게녹은 지금 여기 없어요. 내가 퐁라베까지 건너다 주었거든요."

"그게 언제쯤이지, 코레주?"

"그게, 당신이 떠난 바로 다음 날이었어요, 마담 오노린."

"아니, 거기서 무슨 볼일이 있대?"

"글쎄요, 어디로 간다고 했더라……. 좌우간 그 잘린 팔 때문에……. 무슨 순례를 한다나."

"순례를? 혹시 파우에라고 하던가? 생트바르브 예배당이라고 안 했어?"

"아, 바로 거기였어요. 거기 맞아. 생트바르브 예배당…… 분명 그렇게 말했다고요!"

오노린은 더 이상 추궁하지 않았다. 이제 마게녹의 죽음은 기정사실이나 다름없었던 것이다. 그녀는 베일을 뒤집어쓴 베로니크를 대동하고 돌계단으로 점철된 오솔길로 발길을 옮겼다. 그 길은 참나무 숲 한가운데를 통과해 섬의 북단 방향으로 올라가게 되어 있었다.

"솔직히 말해서 므슈 데르즈몽이 이곳을 흔쾌히 떠날 거라고 장담은 못합니다. 그는 내 얘기라면 무조건 실없는 헛소리로 치부하거든요. 그 자신은 온갖 잡동사니에도 곧잘 질겁하면서 말이에요."

오노린이 불쑥 말을 건네자, 베로니크도 무심코 대꾸했다.

"그의 숙소가 먼가요?"

"걸어서 한 40여 분 걸리지요. 나중에 보면 알겠지만 완전히 독립된 또 하나의 섬이 바짝 붙어 있는 거나 마찬가지랍니다. 거기엔 베네딕트파 수도승들이 수도원을 세워놓았지요."

"설마 그곳에 프랑수아와 므슈 마루만 아버지와 함께 있는 건 아니겠죠?"

"전쟁 전에는 두 명이 더 있었습니다. 하지만 그 후로는 마게녹과 내가 마리 르 고프라는 요리사와 더불어 거의 모든 일을 처리해왔지요."

"그럼 당신이 자리를 비운 동안은 요리사만이라도 그곳에 머물러 있었겠군요."

"그야 그렇겠죠."

마침내 두 사람은 고원 위로 올라왔다. 해안선을 따라 이어진 오솔길은 급격하게 오르고 내리는 기복이 심한 편이었다. 주변은 온통, 듬성

듬성한 잎사귀들 틈으로 겨우살이 열매가 둥글게 기생하는 참나무 고목들이 들어차 있었고, 그 너머 섬 주위로 새하얀 띠를 두른 파도는 저 멀리 푸르스름한 빛깔의 대양(大洋)으로 퍼져가고 있었다.

베로니크가 또다시 물었다.

"이봐요, 오노린, 앞으로 계획이 어떻게 되나요?"

"우선 나 혼자 들어가서 당신 아버님께 얘기를 할 겁니다. 그런 다음 정원 문으로 당신을 데리러 나올게요. 프랑수아가 보는 앞에선 당신은 걔 엄마의 친구로 행세해야 합니다. 일단 그렇게 하고 나서 차츰차츰 알아가게 해야지요."

"아버지가 나를 반갑게 맞아줄까요?"

베로니크의 질문에 곧장 브르타뉴 아낙네의 호쾌한 대답이 튀어나왔다.

"두 팔을 활짝 벌린 채 반갑게 맞아들일 겁니다, 마담 베로니크! 모든 게 잘될 거예요, 그동안……. 그동안 무슨 일만 일어나지 않았다면……. 어쨌든 프랑수아가 달려나오지 않은 게 좀 께름칙하지만 말이에요! 섬 안 어디서든지 우리 보트가 다가오는 걸 볼 수 있었을 텐데. 아마 글레낭 군도에서부터도 줄곧 보였을 텐데."

그러면서 그녀는 데르즈몽 씨가 실없는 것으로 치부한다는 예의 그 잡념 속으로 다시금 빠져들었다. 둘은 아무 말 없이 길을 걸었고, 베로니크는 연신 불안과 조바심으로 마음을 졸여야 했다.

아니나 다를까, 잠시 후 오노린이 성호를 후딱 긋더니 이러는 것이었다.

"나처럼 하세요, 마담 베로니크. 여긴 수도승들이 축성을 한 곳이긴 하지만, 옛 시절의 온갖 해롭고 불길한 잔재가 아직도 여기저기 남아 있답니다. 특히 저기 저곳, 대(大)참나무 숲이 그래요."

옛 시절이라 하면 드루이드교에서 인간을 제물로 바치던 시절(옛날 켈트족의 드루이드교는 기원전 1세기 무렵까지 삼림 속에서 인간을 제물로 바치는 인신 공희(人身供犧) 의식을 행했음—옮긴이)을 의미했다. 그러고 보니 두 여자가 걸어 들어가는 숲 속, 이끼가 잔뜩 낀 돌무더기 여기저기 우뚝우뚝 솟은 참나무들 모습이, 흡사 각자의 제단과 신비스러운 의식(儀式), 가공할 권능을 저마다 갖추고 선 고대의 제신(諸神)과도 같아 보였다.

마침내 베로니크 역시 브르타뉴의 순박한 아낙네처럼 성호를 그으며 이렇게 더듬대지 않을 수가 없었다.

"너무나 을씨년스럽군요. 어쩜 꽃 한 송이 없이 이렇게 황량할 수가……."

"조금만 고생하면 곧 경탄할 만큼 멋진 꽃들을 볼 수 있을 거예요. 마게녹이 가꾸는 꽃밭인데, 섬의 해각에 있는 요정 고인돌 우측이지요. 소위 꽃 피는 골고다 언덕이라고 부르는 곳이랍니다."

"정말 예쁜 꽃들이 있단 말인가요?"

"경탄할 만하다고 했잖아요. 그가 한 일이라곤 저 혼자 여기저기 돌아다니며 땅을 골라, 잘 일구고, 효능을 잘 알고 있는 특수한 이파리들과 그럴듯하게 섞어서……."

오노린은 혼잣말처럼 계속해서 중얼거렸다.

"좌우간 조금 있으면 마게녹이 가꾼 꽃들을 볼 수 있을 겁니다. 세상에 둘도 없는 꽃들이죠. 기적의 꽃이에요."

구릉 하나를 돌아들자 갑작스레 가파른 내리막길이 나왔다. 알고 보니 엄청난 단층 지대가 섬 전체를 둘로 가르고 있었는데, 별도로 나뉜 부분은 좀 더 지대가 낮고 규모도 훨씬 작게 느껴졌다.

"저쪽에 수도원이 있지요."

브르타뉴 아낙네의 설명이었다.

작은 섬 역시 들쭉날쭉한 벼랑 지대가 마치 가파른 방책처럼 둘러쳐져 있었고, 그 방책이 계속 이어져 큰 섬과는 약 50미터 정도 길이의 절벽 면으로 연결되어 있었다. 사실 절벽이라고 해봐야 너비는 성벽 두께에도 채 못 미치는 수준이었고, 정상으로 갈수록 마치 도끼날처럼 깎아지른 비탈이 전부였다.

그런 벼랑 꼭대기로 길이 나 있을 리 만무했고, 중간쯤에는 오히려 널찍한 균열로 쩍 갈라져 있을 뿐이었다. 다만 그 양쪽 암반에 마련된 교대(橋臺)에 나무다리가 설치되어, 균열을 건너뛸 수 있게 되어 있었다.

다리라곤 했지만 비좁고도 부실하기 그지없었고, 걸음을 옮길 때는 물론 어쩌다 바람이 심하게 불어도 흔들거리기 일쑤였기에, 두 여자는 한 사람씩 조심조심 건너야만 했다.

"저길 봐요! 섬 끄트머리에 수도원 한 귀퉁이가 보이죠?"

오노린이 손을 쳐들고 말했다.

그쪽으로 뻗어나간 오솔길은 주사위에서 보듯 5점형으로 배열된 어린 전나무들 사이를 비집으며 평원을 가로질렀고, 또 다른 오솔길은 우측으로 치우쳐서 우거진 덤불숲 속으로 사라지고 있었다.

나지막한 수도원의 담벼락이 점점 길쭉하게 모습을 드러내는 것을 베로니크는 집요하게 바라보고 있었다. 몇 분을 그렇게 걸었을까, 별안간 브르타뉴 아낙네가 멈춰 서더니 우측의 덤불숲을 향해 버럭 소리를 지르는 것이었다.

"므슈 스테판!"

"누굴 부른 거예요? 므슈 마루를 부른 거 맞아요?"

베로니크가 깜짝 놀라 물었다.

"네, 프랑수아의 선생님 말이에요. 방금 우리가 건너온 다리 쪽으로 뛰어가고 있었어요. 언뜻 눈에 띄었는데……. 므슈 스테판! 근데 왜 대답을 안 하는 거지? 모습 못 봤어요?"

"아뇨."

"틀림없이 그였다고요. 흰색 베레모를 쓴 게……. 아무튼 다리를 건널 거면 다시 눈에 띌 테니, 기다려보죠."

"뭐하러 기다려요? 저 수도원에서 뭔가 다급한 일이라도 일어난 거라면……."

"맞아요! 어서 서두릅시다."

두 여자는 불길한 예감에 사로잡혀 걸음을 재촉했고, 이렇다 할 이유도 찾지 못한 채 마구 달리기 시작했다. 그렇게 섬의 실상에 조금씩 접근할수록 불안한 마음은 점점 극성스러워져만 가는 것이었다.

어쨌든 헐레벌떡 달려가보았지만, 수도원 영지를 한정하는 낮은 담벼락 때문에 섬은 다시금 베일에 싸인 형국이 되었다. 그 너머로부터 난데없는 비명 소리가 솟구쳐 나온 것은 바로 그때였다.

"누가 부르고 있어요! 들었어요? 여자 외침 소리! 요리사 목소리예요! 마리 르 고프라고요."

오노린은 버럭 소리치면서 열쇠를 움켜쥐고 철책 문으로 달려들었다. 한데 너무 서두르는 바람에 자물쇠를 혼동했는지, 문이 안 열리는 것이었다.

"저기 벽에 틈새가 있어요! 오른쪽에!"

오노린이 앞장서서 안으로 파고들었고, 둘은 마침내 폐허나 다름없이 무성하게 돋아난 잔디밭을 헐레벌떡 달려가고 있었다. 구불구불 이어진 오솔길은 그나마 송악과 이끼로 군데군데 뒤덮여 수시로 그 궤적이 감추어져 있었다.

"아, 됐어요! 드디어 다 왔어요! 어, 근데 소리가 멈췄네! 이를 어쩌나. 아, 가엾은 마리 르 고프……."

헐떡거리며 숨을 고르던 오노린이 베로니크의 팔을 덥석 붙들었다.

"일단 건물을 돌아가 봅시다. 반대편이 전면(前面)이에요. 어차피 이쪽은 문이 모두 잠겨 있는 데다 창문마다 덧문까지 채워져 있어요."

하지만 하필 그 순간, 베로니크는 나무뿌리가 발에 차여 그만 넘어지고 말았다. 얼른 일어났을 때는, 이미 브르타뉴 아낙네는 건물 좌측 익랑을 돌아 모습을 감춘 뒤였다. 베로니크는 웬일인지 곧장 뒤를 따르는 대신, 건물 계단을 그대로 올라가 닥치는 대로 문을 두드리기 시작했다.

오노린처럼 건물을 둘러 가는 것은 시간 낭비일 뿐이고, 지금은 한시가 급한 상황이라고 판단했던 것이다. 하지만 아무리 두드려도 반응이 없자 이내 다른 방도를 찾아보려는데, 문득 건물 안 바로 위쪽으로부터 다시금 비명 소리가 들리는 것이었다.

이번엔 남자 목소리였는데, 베로니크에겐 왠지 아버지의 목소리로 들렸다. 자기도 모르게 그녀는 몇 발짝 뒤로 물러났다. 순간, 2층에서 창문 하나가 활짝 열리더니 이루 형언할 수 없는 공포로 잔뜩 일그러진 데르즈몽 씨의 얼굴이 불쑥 튀어나오는 것이 아닌가! 그는 헐떡거리면서 이렇게 소리치고 있었다.

"사람 살려! 사람 살려! 아, 이런 괴물 같으니. 누구 좀 도와줘!"

베로니크도 고개를 치켜들고 안타깝게 외쳤다.

"아버지! 저예요, 아버지!"

남자는 잠깐 아래를 내려다봤지만 딸의 모습을 못 알아본 듯, 허겁지겁 발코니를 넘으려고 끙끙댈 뿐이었다. 바로 그때였다. 그의 뒤쪽에서 요란한 총성이 솟구침과 동시에 유리창이 박살 나는 것이었다.

"오, 사람을 죽이다니! 이 살인자!"

남자는 냉큼 방 안으로 되돌아 들어가며 소리쳤다.

어찌할 바를 모른 채 기겁을 한 베로니크는 황망히 주변을 두리번거렸다. 아버지를 어떻게 해야 도울 것인가? 깎아지른 듯 버티고 선 건물 벽에는 뭔가 짚고 오를 만한 것이 전혀 눈에 띄지 않았다. 한데 한 20여 미터 앞에 사다리가 하나 나뒹굴어 있는 것이었다. 꽤 무거운 사다리였음에도 불구하고, 베로니크는 거의 기적이나 다름없는 의지와 힘으로 번쩍 들고 와 창문 아래에 기대 세우는 데 성공했다.

자고로 삶의 가장 처절한 순간에 직면해 몸과 마음 모두가 극도의 혼란 속을 헤맬 때라도, 일련의 논리적인 과정을 밟아 우리의 사고가 하나하나 맞물려갈 때가 있는 법이다. 지금 베로니크의 머릿속에서 바로 그런 과정이 일어나고 있었고, 왜 오노린의 목소리는 들리지 않는 것인지, 무엇 때문에 아직까지 손을 못 쓰고 있는 것인지 궁금한 생각이 꼬리를 무는 것이었다.

그런가 하면 프랑수아 생각도 들었다. 대체 그 아이는 어디 있단 말인가? 아까 영문도 모르게 도망치고 있던 스테판 마루와 함께 간 것일까? 아니면 따로 도움을 청하러 어디론가 달려나간 것일까? 방금 데르즈몽 씨가 괴물에다 살인자라고 윽박지른 상대는 대체 누구란 말인가?

불행히도 사다리는 창문 높이까지 이르지 못했다. 웬만한 각오로는 결코 창문 앞 발코니를 넘어 들어가기가 힘들다는 것을 베로니크는 즉시 깨달았다. 하지만 주저할 여유가 없었다. 지금도 저 위에서는 아버지의 숨 막히는 고함 소리와 함께 격렬한 난투극이 벌어지는 상황 아닌가! 베로니크는 사다리를 움켜쥐며 오르기 시작했다. 최소한 발코니의 하단 난간을 붙들 수는 있을 법했다. 마침내 그녀는 가까스로 난간의 좁다란 쇠시리에 무릎을 걸친 뒤에야, 안에서 일어나는 광경을 직접 눈으로 확인할 수가 있었다.

바로 그 순간, 데르즈몽 씨는 또다시 몇 발짝 뒷걸음질을 치면서 창가로 다가왔다. 이제 그는 눈을 휘둥그레 뜨고 두 팔을 맥없이 뻗은 채, 꼼짝도 하지 않고 있었다. 마치 무언가 들이닥칠 끔찍한 사태를 무기력하게 기다리는 것처럼…….

그는 더듬더듬 중얼거리고 있었다.

"살인자……. 아……. 정녕 네가 사람을 죽였단 말이냐! 아, 이런 빌어먹을 일이 있나! 프랑수아! 프랑수아!"

분명 도움을 청하려고 손자를 애타게 찾고 있거나, 아니면 프랑수아 역시 공격을 받아 상처라도 입은 것인지 모를 일이었다. 혹시 죽었을지도!

그런 생각이 들자 베로니크는 울컥 괴력을 발휘해 발코니의 쇠시리를 밟고 올라설 수 있게 되었다.

"저예요, 아버지! 저 여기 있어……."

그러나 애타게 소리치던 그녀의 목소리는 일순 뚝 끊어질 수밖에 없었다. 눈앞에 보이는 저 끔찍한 광경! 한 다섯 걸음 정도 떨어진 곳, 데르즈몽 씨에게 권총을 똑바로 겨눈 채 벽에 기대선 저 존재는……. 오, 이럴 수가! 오노린이 얘기해준 바 있는 빨간 베레모와 금 단추 달린 플란넬 셔츠……. 베로니크의 눈에 비친 아이의 찡그리긴 했지만 앳된 얼굴에는, 분명 포악한 본능이 속을 발칵 뒤집어놓았을 때의 보르스키의 표정 그대로가 살아나 있었다!

하지만 아이의 눈엔 여자가 안중에도 없는 모양이었다. 오로지 표적에만 앙칼진 시선을 꽂은 채, 결정적인 동작을 미루는 데 따른 잔혹한 즐거움을 음미하는 눈치였다.

베로니크는 아무 말도, 비명도 입 밖으로 내뱉을 수가 없었다. 지금은 그런 것들이 도움이 될 수 있는 상황이 전혀 아니었던 것이다. 오로지 해야 할 일이라곤 당장 몸을 날려서라도 아버지와 아들 중간에 끼어

드는 일! 베로니크는 허겁지겁 발코니를 기어올라 창문을 넘었다.

하지만 때는 이미 늦은 뒤……. 귀청을 찢을 듯한 총성이 울리고 말았다. 데르즈몽 씨는 가련한 신음 소리와 함께 바닥에 풀썩 쓰러졌다.

벽 쪽의 문이 활짝 열린 것은 바로 그때였다. 해괴하기 그지없는 현장에 할 말을 잃고 질려 있는 오노린의 얼굴이 불쑥 나타났다.

"프랑수아! 아니, 너 도대체!"

오노린은 문 쪽으로 달려드는 아이의 앞길을 가로막으며 버럭 소리를 질렀다. 굳이 몸싸움이 따를 필요도 없었다. 아이는 침착하게 한발 뒤로 물러서더니, 손에 든 무기를 번쩍 들어 올려 그대로 방아쇠를 당기는 것이었다.

오노린은 무릎을 털썩 꿇으며 맥없이 문턱에 고꾸라지고 말았다. 그녀는 자신을 훌쩍 뛰어넘어 부리나케 달아나는 아이의 등 뒤로 이렇게 중얼거렸다.

"프랑수아! 프랑수아! 안 돼. 이럴 수는 없어. 아! 어찌 이런 일이? 프랑수아……."

뒤이어 문밖으로부터 지랄 같은 웃음소리가 터져나왔다. 분명 아이가 웃는 것이었다. 그 악마적이고 무시무시한 웃음소리를 베로니크는 찢어지는 가슴으로 듣고 있었다. 그것은 분명 보르스키의 웃음소리를 그대로 빼닮았던 것이다. 순간, 그녀는 옛날 보르스키 앞에서 느꼈던 그 지긋지긋한 고통이 다시금 폐부를 파고드는 것이 느껴졌다!

지금으로선 살인자의 뒤를 쫓는다거나, 그 이름을 부를 경황도 기력도 없었다.

옆에서는 그녀의 이름을 부르는 가느다란 신음 소리가 들리고 있었다.

"베로니크……. 베로니크……."

바닥에 드러누운 채 데르즈몽 씨가 이미 죽음이 차오르고 있는 희미

MAURICE
TOUSSAINT

한 눈길로 허공을 더듬고 있었다.

여자는 얼른 무릎을 꿇고 앉아, 피투성이로 죽어가는 아버지의 조끼와 셔츠를 헤쳐 상처를 살피려고 했다. 하지만 조용히 손을 저어 만류하는 데르즈몽 씨. 이미 응급처치조차 쓸모없게 된 상황임을 깨달은 베로니크는 아버지가 무언가 자신에게 할 말이 있다는 것을 직감했다. 몸을 숙여 바짝 갖다 댄 딸의 귓전에 아버지의 가냘픈 신음이 흘러 들어왔다.

"베로니크…… 용서해다오, 베로니크……."

깜빡거리며 명멸하는 아버지의 의식이 남긴 첫마디는 바로 그런 것이었다. 딸은 아버지의 이마에 입을 맞추며 하염없이 눈물을 흘렸다.

"아무 말 마세요, 아버지. 괜히 기운만 빠지잖아요."

하지만 정작 할 얘기는 따로 있는 것 같았다. 다만 그의 입술에선 무슨 소린지 알아듣기 어려운 음절들만 희미하게 새어나오고 있었고, 여자는 더더욱 안타깝게 귀를 갖다 댔다. 그러면서 목숨은 점점 빠져 달아나고 있었고, 의식은 컴컴한 심연 속으로 서서히 가라앉고 있었다. 베로니크는 이제 아예 귀를 입술에 딱 갖다 붙였고, 그나마 끙끙대며 흘러나온 몇 마디 말을 가까스로 분간해냈다.

"조, 조심해라. 조심해야 해. 신의 돌을 조심해."

별안간 남자는 몸을 반쯤 벌떡 일으켰다. 그야말로 단말마의 불꽃이 최후의 빛을 발하는 것처럼, 눈동자를 반짝이며 아버지는 마지막으로 딸의 얼굴을 들여다보았다. 그 눈빛 속에는 딸의 현존과 함께 불어닥칠 온갖 위험을 훤히 꿰뚫고 있는 아버지의 지옥 같은 심정이 그대로 담겨 있었다. 데르즈몽 씨는 겁에 질려 처절하게 갈라진 목소리로, 그러나 또박또박 이렇게 더듬거렸다.

"여기 머물지 마라. 계속 머물면 죽음뿐이야. 이 섬에서 도망쳐야만

한다. 떠나라. 떠나라고."

그러고는 고개를 푹 숙였지만, 흐물흐물 새어나오는 몇 마디 마지막 중얼거림을 베로니크는 놓치지 않았다.

"아! 십자가…… 사레크의 네 개의 십자가…… 내 딸아, 내 딸…… 아…… 십자가형을……."

그게 다였다.

엄청난 침묵이 주위를 내리누르기 시작했고, 베로니크는 매 순간 자신의 전 존재를 깔아뭉갤 것 같은 그 적막을 고스란히 감수하고 있었다.

그것을 깬 것은, 문득 옆에서 들려온 목소리였다.

"섬에서 도망쳐요! 떠나라는 말씀……. 아버님의 마지막 유언입니다, 마담 베로니크."

다름 아닌 오노린이 피로 흥건한 헝겊 뭉치를 가슴에다 틀어막은 채, 창백한 얼굴로 곁에 와 서 있었다.

"어머나, 세상에! 어디 상처 좀 봐요!"

베로니크는 화들짝 놀라며 소리쳤다.

"나중에요. 난 나중에 살펴도 돼요. 아, 끔찍한 녀석 같으니. 내가 조금만 일찍 당도했어도……. 아래층 문이 막혀 있는 바람에 그만……."

고개를 가로젓는 브르타뉴 아낙네에게 베로니크는 간청하다시피 말했다.

"그러지 말고 어디 좀 봅시다. 내 말 들으세요."

"아, 나중에요. 정 그럴 거면 차라리 요리사 마리 르 고프를 봐주세요. 층계 끄트머리에 있어요. 많이 다친 것 같아요. 어쩌면 죽었을지도……. 어서요."

베로니크는 아까 아들이 휭하니 빠져나가 버린 문으로 부랴부랴 달려나갔다. 널찍한 층계참이 나타났고, 처음 몇 계단 못 가 마리 르 고프가 잔뜩 웅크린 채 헐떡거리고 있었다.

안타깝게도 구호의 손길이 미치자마자 요리사는 의식을 잃고 숨을 거두었다. 수수께끼 같은 일련의 사건이 일어나는 동안 목숨을 잃은 희생자가 모두 셋이 되는 순간이었다.

결국 마게녹 영감의 예언대로, 데르즈몽 씨는 두 번째 희생자였던 셈이다.

4
사레크 섬의 가엾은 사람들

오노린이 입은 부상은 다행히 그리 깊지 않아서, 씩씩한 브르타뉴 아낙네의 생명에 지장을 줄 정도는 아니었다. 먼저 베로니크는 오노린의 상처에 붕대를 감아주었다. 그리고 마리 르 고프의 시체를 책과 사무용 집기로 가득해서 필시 서재로 썼을 법한 넓은 방으로 옮긴 뒤에야, 아버지 곁으로 돌아와 부릅뜬 눈을 감겨주고, 담요를 덮은 뒤, 기도를 올렸다. 하지만 기도문은 입안에서 헛돌기만 하고, 좀처럼 정신을 가다듬을 수가 없었다. 끈질긴 불행의 집요한 연타(連打)를 당한 것처럼, 전 존재가 완전히 탈진한 것 같았다. 신열에 들뜬 상태에서 오노린이 비몽사몽을 헤매는 동안, 베로니크는 머리를 두 손에 파묻은 채, 그렇게 한 시간가량을 넋 놓고 앉아 있었다.

사실 그녀는 언젠가 보르스키에 대해 그러했듯이, 지금 아들의 황당한 이미지를 뇌리에서 몰아내려고 안간힘을 다하는 중이었다. 하지만 그 두 사람의 이미지는 아랑곳하지 않고 한데 어울려, 질끈 감은 그녀

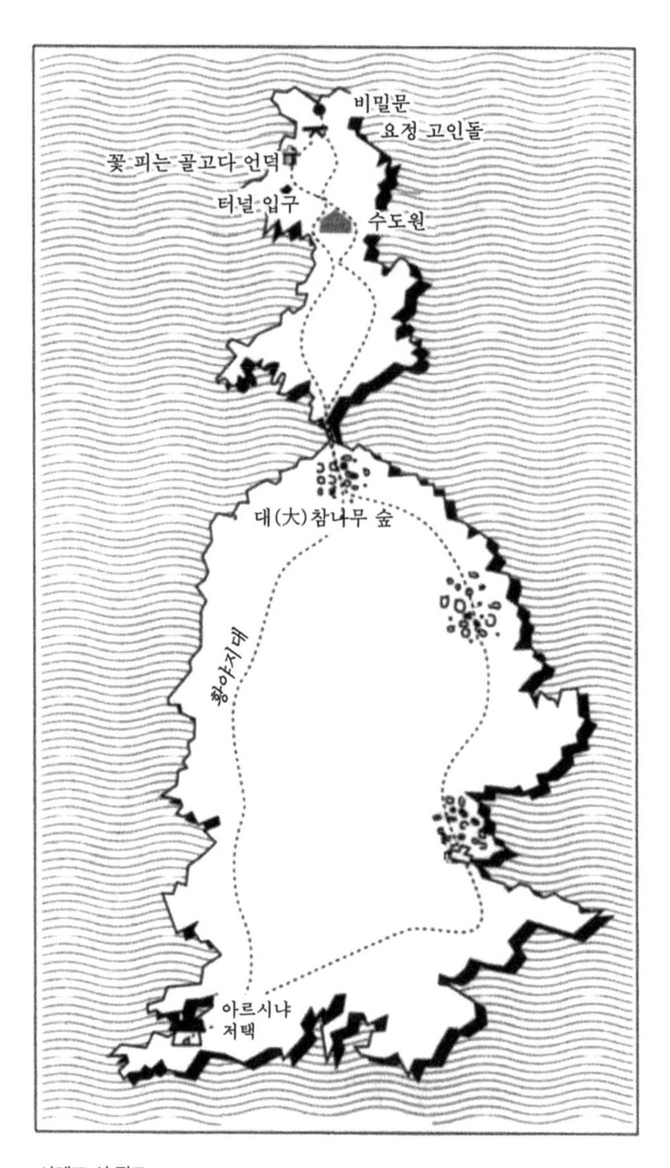

사레크 섬 지도

의 눈앞에서 춤을 추고 주위를 맴도는 것이었다. 마치 우리가 눈을 꼭 감고 있어도, 그 앞에서 이리저리 지나다니거나 뭉쳤다간 흩어지는 빛의 존재가 고스란히 느껴지듯이……. 그러고 보니 어느 한순간 그 두 존재는 잔인하고 냉소적이며 역겨운 미소를 잔뜩 머금고 있는 하나의 얼굴로 떠오르는 것이었다.

그녀가 지금 느끼는 고통은, 아들을 걱정하며 눈물을 흘리는 어미의 고통이 더 이상 아니었다. 무려 14년 전에 죽었고 방금 눈앞에서 되살아난 아들……. 이제 온전히 쏟아부을 준비가 되어 있던 어미의 정(情)을 듬뿍 받아 안기만 하면 되었을 그 애틋한 아들이 갑작스레 낯선 타인이 되고 만 것이다. 아니 그보다 더 나빴다. 왜냐하면 그 아이는 보르스키의 아들이기도 하니까! 그러니 어찌 고통스럽지 않겠는가?

존재의 가장 깊숙한 곳을 파고드는 이 예리한 통증! 평온하던 지역을 저 땅속 깊은 곳으로부터 일거에 뒤집어엎는 지각변동에나 비유될 이 엄청난 충격! 지옥에서나 이런 광경을 볼 수 있을까! 광기와 공포로 얼룩진 끔찍한 현장! 최악의 운명이 저지르는 장난이라고 볼 수밖에 없는 이 아이러니한 상황! 숱한 세월을 억지 이별과 애도의 회한으로 지내오다가, 이제 막 자식과 아버지를 동시에 만나, 뜨겁게 포옹하며 행복하게 살아갈 나날을 꿈꿔야 할 바로 그 순간에, 자기의 자식이 자기의 아버지를 죽이고 만 이 어처구니없는 사태! 살인자는 다름 아닌 자신의 아들! 죽음의 씨앗을 뿌리고 다닌다는 악마가 바로 자신의 자식이라니! 사랑하는 아들이 무시무시한 권총을 마구 휘둘러대며, 기꺼운 마음으로 심술궂은 미소를 지은 채, 피비린내를 뿌리고 다니다니!

이처럼 엄청난 난행(亂行)을 제대로 설명할 수 있을 동기가 과연 무엇인지에 대해서는 차마 마음을 쓸 엄두조차 나지 않았다. 왜 자식이 그런 짓을 저질렀을까? 분명 이 일에 연관이 있을, 아니 혹시 뒤에서 사주했을지도 모를 그 스테판 마루라는 작자는 왜 하필 사건이 일어나기도 전에 줄행랑을 친 것일까? 여러 의문점이 있었지만, 베로니크는 전혀 생각을 하지 않고 있었다. 오로지 그녀의 머릿속은 피비린내 나는 죽음의 끔찍한 광경이 뚜하니 점거하고 있었다. 그러면서 자신에게도 혹시 죽음만이 유일한 안식처요 결말이 되어야 하는 것 아닌가 하는 생각이 드는 것이었다.

"마담 베로니크."

브르타뉴 아낙네의 중얼거림이 귓전에 부닥쳐왔다.

"아, 네! 무슨 일인가요?"

몽롱한 상태에서 화들짝 깨어난 베로니크가 얼른 대답했다.

"지금……. 안 들려요?"

"뭐가요?"

"1층에서 누가 벨을 울리고 있어요. 당신 짐을 가지고 온 모양이에요."

베로니크는 벌떡 일어났다.

"아, 뭐라고 해야 하지? 어떻게 설명해야 하나? 그 아이가 이랬다고 하면……."

"아뇨, 아무 말도 마세요. 내가 알아서 얘기하죠."

"하지만 당신은 지금 너무 쇠약해져 있어요, 가엾은 오노린."

"괜찮아요, 점점 나아지고 있어요."

베로니크는 계단을 내려가자마자, 흑백 타일로 바닥을 깐 널찍한 현관을 지나 커다란 문짝의 빗장을 풀었다.

아니나 다를까, 짐을 가지고 오겠다던 그 뱃사람이었다.

"아까 부엌문을 한참이나 두드렸는데, 마리 르 고프는 없나 보죠? 마담 오노린은요?"

"오노린은 지금 2층에서 기다리고 있어요. 당신에게 할 얘기가 있다고 하네요."

뱃사람은 창백하게 질린 데다 잔뜩 어두운 표정을 한 이 젊은 여인의 행색을 어안이 벙벙한 눈빛으로 더듬더니, 아무 말 않고 뒤를 따랐다.

오노린은 2층의 열린 방문 앞에 똑바로 선 채 기다리고 있었다.

"아, 자네 왔나, 코레주? 지금부터 여러 말 말고 내가 하는 얘기 명심하게나, 알겠지?"

"아니, 어찌 된 일입니까, 오노린 아줌마? 다친 거예요?"

오노린은 대답 대신 담요로 덮어놓은 두 구의 시체를 가리키며 그저 이렇게 중얼거렸다.

"므슈 앙투안과 마리 르 고프라네. 둘 다 살해당했어."

순간 남자의 표정이 흉하게 일그러졌다.

"살해당하다니! 어떻게 그럴 수가? 대체 누구 짓입니까?"

"모르겠네. 우리도 나중에야 도착했어."

"하지만……. 프랑수아는요? 므슈 스테판은 어디 있고요?"

"행방불명이네. 아마 그들도 살해당했을지 몰라."

"하지만……. 그럼 마게녹은요?"

"마게녹? 그 사람 얘기는 뭐하러 지금 하는 건가, 코레주?"

"그, 그건……. 만약 마게녹이 살아 있다면……. 얘기가 전혀 달라지니까 그렇죠! 마게녹은 자신이 첫 번째 희생자가 될 거라고 떠벌리고 다녔지 않습니까? 그는 아주 확신하는 일 아니면 그렇게 떠들고 다니지 않는 사람이에요. 마게녹은 세상 돌아가는 깊은 이치까지 속속들이 꿰뚫고 있단 말입니다."

잠자코 얘기를 듣던 오노린은 잠시 생각에 잠기더니 이렇게 말했다.

"마게녹 역시 살해당했다네."

이번에야말로 코레주의 얼굴이 미칠 듯한 공포심으로 완전히 일그러졌다. 그것은 오노린의 얼굴에서도 베로니크가 여러 차례 목격한 바로 그 표정이었다. 사내는 허겁지겁 성호를 그으며 나지막한 목소리로 중얼거렸다.

"그렇다면……. 그렇다면 정녕 일이 벌어지고야 마는 건가요, 오노린 아줌마? 마게녹이 분명히 그랬어요. 일전에 내 배에 탔을 때 이르기를, '이제 머지않았어. 여기 있는 사람 몽땅 떠나야만 한다고.' 아, 글쎄 그러는 게 아니겠어요!"

그러고는 별안간 몸을 홱 돌려 계단으로 꽁무니를 빼는 코레주.

"가만있어, 코레주!"

오노린이 등 뒤에다 대고 버럭 소리를 질렀다.

"아뇨, 떠나야만 해요! 마게녹이 그랬어요! 모두 여길 떠야 한다고요!"

"그대로 있으라니까!"

오노린은 여전히 고함을 질렀고, 뱃사람이 머뭇머뭇 걸음을 멈추자, 이렇게 덧붙였다.

"좋아, 그만하면 알겠네. 떠나야 하는 건 맞아. 내일 낮이 끝날 무렵에 떠나도록 하자고. 어쨌든 여기 이 므슈 앙투안과 마리 르 고프를 처리해야 할 것 아닌가! 그러니 자네는 이 길로 아르시냐 자매를 불러오도록 해. 어차피 초상집 밤샘은 해야 할 테니까 말이야. 꼴 보기 싫은 여자들이지만, 이런 일엔 그나마 익숙한 치들이잖아. 셋 중 적어도 둘은 꼭 데리고 와야 하네. 보통 받는 값의 두 배씩 쳐준다고 하게나."

"그런 다음에는요, 오노린 아줌마?"

"자넨 노인네들과 함께 관 짜는 일을 맡아주게. 내일 새벽 동트자마자 예배당 묘지에다 안장해야 할 테니까."

"그러고 나서는요?"

"그런 다음엔 마음대로 해도 돼. 다른 사람들도 다 마찬가지야. 짐을 싸서 이곳을 뜨건 말건 내키는 대로 하라고."

"하지만 오노린 아줌마, 당신은 어쩌고요?"

"별걱정을 다 하는군. 나한텐 보트가 있지 않은가! 자, 이제 된 거지?"

"알겠어요. 하룻밤만 참고 지내면 되겠죠 뭐. 설마 내일까지 무슨 일이 있을라고요?"

"무슨 일이라니? 천만에……. 자, 코레주, 어서 서두르기나 하게. 그리고 마게녹이 죽었다는 말, 절대로 다른 사람한테 해선 안 돼. 그렇지 않으면 단 한 시간이라도 이곳에 머무르려 하지 않을 걸세."

"약속할게요, 오노린 아줌마."

뱃사람은 자리를 박차고 뛰쳐나갔다.

그로부터 한 시간 후, 깡마르고 꺼칠한 몰골이 무슨 중세 마녀 같은 인상을 풍기는 할망구 둘이 지저분하기 이를 데 없이 거무튀튀한 벨벳 머리쓰개의 매듭을 휘날리며 들이닥쳤다. 그제야 오노린은 같은 층 좌측 익랑 끄트머리에 위치한 자신의 거처로 물러났다.

그때부터 밤샘이 시작되었다.

당일 밤, 베로니크는 처음엔 아버지 곁에서, 그다음엔 상태가 다소 악화된 오노린의 침대 머리맡에서 지새웠다. 그러다가 끝내는 자신도 꾸벅꾸벅 졸고 있었는데, 여전히 신열에 들떠 있으면서도 정신만은 또렷한 브르타뉴 아낙네의 호들갑에 화들짝 잠이 깨고 말았다.

"프랑수아도 므슈 스테판도 어딘가에 숨어든 게 분명해요. 이 섬에는 아주 확실한 은신처가 몇 군데 있는데, 마게녹이 그들한테 모조리 구경시켜 주었거든요. 하지만 그게 어디쯤인질 모르니 찾기는 글렀습니다."

"정말 그렇게 생각해요?"

"네, 확실해요. 그러니까 말입니다, 내일 모두 이 사레크를 떠나거든, 우리 둘만 남아 있을 때 내가 뿔 나팔 신호를 보내는 거예요. 그럼 아마 이곳으로 나올 겁니다."

하지만 베로니크는 곧장 반대했다.

"오, 안 돼요. 그 아이, 결코 보고 싶지 않아요! 난 그 애가 이제 두려워졌어요! 내 아버지처럼 나도 그 아이를 증오합니다. 생각 좀 해보세요. 그 아이는 눈앞에서 내 아버지를 죽였어요! 마리 르 고프도 죽였단 말이에요. 게다가 당신마저 죽이려고 들었어요! 싫어요. 이제 그 괴물 같은 존재에 대해선 증오와 미움밖에 남지 않았어요!"

이에 대해 브르타뉴 아낙네는 늘 하던 대로 상대의 두 손을 와락 움켜쥔 뒤, 이렇게 중얼거렸다.

"그만! 그만해요. 그 애는 자기가 무슨 짓을 하는 건지도 몰랐을 거예요."

"그게 대체 무슨 말이죠? 모르고 저질렀다니요? 그 아이의 눈빛을 못 봐서 이러는 거예요? 그건 보르스키의 눈빛이었다고요."

"아이는 아무것도 몰라요. 그저 미쳤을 뿐이라고요."

"미치다니요? 그게 도대체 무슨 말입니까?"

"말씀드리죠, 마담 베로니크. 난 그 아이를 잘 알아요. 마음씨 고운 걸로는 개만 한 애가 없을 정도예요. 그런 짓을 저질렀을 땐 필시 광기에 휘둘렸기 때문일 겁니다. 므슈 스테판처럼 말이죠. 지금쯤 둘 다 자괴감에 사로잡혀 눈물을 흘리고 있을 거예요."

"도저히 이해가 안 가는군요. 믿을 수가 없어요."

"현재 일어나고 있는 일과 앞으로 일어날 일에 대해 까마득히 모르니까 이해가 안 갈 수밖에요. 하나 뭔가 알기만 한다면……. 아! 정말이지 만만치 않은 사연이 있답니다. 사연이…….”

그녀의 목소리는 어느새 알아들을 수 없을 만큼 잦아들고 있었다. 그러더니 어느 한순간, 눈만 퀭하니 뜬 채 입술만 움직거릴 뿐, 아무 소리도 내지 않는 것이었다.

그렇게 동이 틀 때까지 무사히 지나갔다. 오전 5시가 되자 관에 못질을 하는 소리가 베로니크의 귀에 들려왔다. 그리고 곧이어 방문이 활짝 열리더니 아르시냐 자매가 무척이나 부산한 태도로 휙 하는 바람과 함께 들이닥쳤다.

보아하니 마음도 진정시킬 겸 술을 퍼마시다가 사방에 대고 모든 것을 떠벌린 코레주를 통해 이미 진실을 죄다 알아낸 모양이었다. 둘은 한목소리로 앙칼지게 쏘아대기 시작했다.

“마게녹이 죽었다고? 아니, 마게녹이 죽었는데, 어째서 한마디도 없는 겁니까? 우린 떠날 거예요! 어서 우리 품삯이나 내놓으세요! 어서요!”

한 차례 소동과 함께 계산이 끝나자, 그들은 뒤도 안 돌아보고 줄행랑을 쳤고, 그로부터 한 시간이 지나자 아르시냐 자매의 얘길 듣고 왔노라며 또 다른 여자들이 들이닥쳐, 일을 맡아 한 남편들의 품삯을 요구해댔다.

모두들 얘기는 하나였다.

“떠나야겠어요! 만반의 준비를 해야겠다고요. 나중엔 너무 늦어요. 거룻배 두 척이면 모두 타고 갈 수 있을 거예요.”

그런 것을 오노린이 끝끝내 위엄을 잃지 않고 응대했고, 그동안 베로니크는 부지런히 품삯을 나누어 주었다. 매장은 신속히 이루어졌다. 살아생전 데르즈몽 씨가 관리에 신경을 써왔던 낡은 예배당이 그리 멀지 않은 곳에 있었는데, 매달 퐁라베의 신부 한 명이 빠뜨리지 않고 미사를 집전하던 곳이기도 했다. 바로 그 옆이 사레크의 성직자들을 위한 옛 묘지였다. 시체 두 구는 그곳에 안장되었다. 평소에는 성당지기 행세를 하던 어느 노인이 대충대충 축성의 말을 몇 마디 웅얼거리는 것으로 모든 장례 절차는 끝났다.

사람들의 태도가 하나같이 어수선한 것이, 당최 경황이 없어 보였다. 행동거지라고는 모조리 되는대로 건성이었고, 머릿속에는 오로지 떠날 생각만 그득한 것 같았다. 베로니크만 그저 동떨어진 채, 혼자 울며 기도할 뿐이었다.

아침 8시가 채 못 되어 모든 일이 마무리되자, 남녀노소 할 것 없이 줄행랑치듯 섬을 가로질러 달려가버렸다. 베로니크는, 논리적인 점이라곤 두 눈을 씻고 찾아도 보이지 않을 만큼 엉망으로 흘러가는 악몽 속에 살고 있는 느낌이었다. 그녀는, 몸 상태가 안 좋아 주인의 장례식에도 참석하지 못한 오노린 곁으로 힘없이 돌아왔다.

"좀 나아진 것 같아요. 우린 오늘이나 늦어도 내일 이곳을 떠나기로 해요. 프랑수아도 데리고 말이에요."

브르타뉴 아낙네는 베로니크가 발끈하는 것을 모르는 척하며 이렇게 덧붙였다.

"분명히 말하지만, 프랑수아와 므슈 스테판도 함께 갈 겁니다. 가능한 한 일찍 떠날 수 있도록 할게요. 나 역시 이곳을 떠나고 싶답니다. 물론 당신과 프랑수아를 데리고 말이에요. 섬 안에는 죽음이 맴돌고 있어요. 이제 죽음이 모든 것을 지배하고 있단 말입니다. 사레크는 그만 죽음한테 돌려줘야 하게 되었어요. 우린 모두 떠날 겁니다."

베로니크도 더 이상 거스르고 싶진 않았다. 한데 9시가 되자, 또다시 분주한 발소리가 들렸다. 마을에서 막 돌아온 코레주였는데, 입구에 들어서자마자 이렇게 외쳐대는 것이었다.

"오노린 아줌마, 누가 당신 보트를 훔쳐갔어요! 보트가 없어졌단 말입니다!"

"그럴 리가!"

펄쩍 뛰는 브르타뉴 아낙네에게 숨이 턱에까지 찬 뱃사람은 내처 이렇게 떠벌리기 시작했다.

"없어졌어요. 그렇지 않아도 오늘 아침 뭔가 낌새가 이상하더라고요. 하지만 워낙 술도 많이 마신 터라……. 그냥 그런가 보다 하고 넘어갔죠. 그런데 다른 사람들도 나와 마찬가지로 이상한 낌새를 눈치챘다는 거예요. 다름 아닌 배의 닻줄이 끊어져 있는 겁니다. 간밤에 그렇게 된 모양이더군요. 누가 몰래 가지고 튄 겁니다. 누군지는 모르겠지만 말이에요."

두 여자는 문득 서로를 마주 보았다. 똑같은 생각 하나가 둘의 뒤통수를 동시에 짓눌렀던 것이다. 프랑수아와 스테판 마루가 배를 가지고 도망쳤을 거라는 생각.

마침내 오노린이 잇새로 중얼거렸다.

"그래……. 그렇게 된 거야. 그자는 모터보트를 조종할 줄 알거든."

베로니크는 아이가 떠났을 거라는 데 대해, 더는 마주치지 않아 오히려 위안이 되는 모양이었다. 다만 오노린은 또다시 알 수 없는 공포감에 사로잡혀 이렇게 중얼거렸다.

"그러면……. 아……. 어떻게 해야 하지?"

"그야 물론 당장 떠나야죠. 오노린 아줌마, 배들도 다 준비되었습니다. 저마다 짐을 꾸리고 있어요. 이제 11시쯤이면 마을엔 아무도 남아 있지 않을 겁니다."

그때 베로니크가 불쑥 끼어들었다.

"오노린은 지금 떠날 수 있는 상태가 못 돼요."

"아닙니다. 이제 점점 나아질 거예요."

브르타뉴 아낙네는 손사래를 치며 대꾸했다.

"그래도 안 돼요. 당장 출발하는 건 터무니없는 짓이에요. 하루나 이틀 더 추이를 두고 보도록 해요. 이봐요, 코레주, 내일 오후쯤 다시 와주세요."

베로니크는, 그러지 않아도 이젠 나가봐야겠다는 생각뿐인 뱃사람을 문가로 떠다밀다시피 배웅했다.

"알겠습니다. 내일 오후에 다시 오죠, 뭐. 어차피 한꺼번에 모두 싣고 가는 것도 무리가 없진 않으니까. 틈나는 대로 돌아와서 정리할 일들도 있고……. 그럼 몸조리 잘하세요, 오노린 아줌마."

뱃사람은 그렇게 내뱉고 나서 쏜살같이 뛰쳐나갔다.

"코레주! 이봐요, 코레주!"

오노린은 침대에서 벌떡 몸을 일으키며 고래고래 소리쳐 불렀다.

"안 돼! 안 된다고! 그냥 가지 마, 코레주! 기다려. 날 자네 배에 태우고 가란 말이야!"

하지만 잠시 귀를 기울여도 돌아올 기미가 보이지 않자, 낑낑대며 일어서려고 했다.

"무서워. 혼자 남고 싶지 않단 말이야."

그런 오노린을 만류하며 베로니크가 말했다.

"혼자 남는 게 아니에요, 오노린. 내가 당신을 떠나지 않을 거예요."

잠깐 두 여자 사이에 거친 실랑이가 벌어졌고, 오노린은 결국 억지로 침대에 뉘어진 채, 무기력한 신음을 내뱉을 수밖에 없었다.

"무서워. 무섭단 말이야. 이 섬은 저주받았어. 그래도 남아 있겠다면, 그건 하느님을 시험하는 거라고. 마게녹이 죽은 것도 하나의 경고였어. 아, 무서워라!"

비록 헛것을 보는 듯 횡설수설하고는 있었지만, 브르타뉴 아낙네 특유의 미신적인 정신 상태가 힐끗힐끗 내비치는 가운데에도 종종 논리적이고 분명한 자기 의사를 표명하는 것을 보면, 오노린의 정신이 어느 정도까진 멀쩡하다는 것을 알 수 있었다.

그녀는 베로니크의 양어깨를 부여잡고 이렇게 또박또박 말했다.

"분명히 말하겠어요. 이 섬은 저주받았습니다. 언젠가 마게녹이 내게 털어놓은 얘기가 있어요. '사레크는 지옥으로 통하는 여러 관문 중 하나일 뿐'이라고 말이에요. '지금 그 문은 닫혀 있지만, 그게 열리는 날이 오면 온갖 재난이 폭풍우처럼 불어닥칠' 거라고 했어요!"

하지만 베로니크가 여전히 완강한 태도로 나오자 어쩔 수 없이 얌전해지면서, 점점 잦아들어 가는 나른한 목소리로 이러는 것이었다.

"그 역시 섬을 무척이나 사랑했답니다. 그건 우리 모두가 마찬가지였어요. 한데도 그때 한 말을 보면 도저히 나로서는 이해할 수 없는 식이었어요. '문은 이중으로 되어 있어요, 오노린. 그래서 지옥뿐만 아니라 동시에 천국을 향한 관문이 될 수도 있답니다.' 아 글쎄, 이렇게 얘기하는 게 아니겠어요? 그래요, 물론 섬은 살기에 좋은 곳이죠. 우리 모두 섬을 사랑했답니다. 마게녹은 꽃 재배까지 했으니까요. 오! 그 꽃들……. 얼마나 크고 탐스러운지……. 보통 꽃의 세 배는 더 키가 크답니다. 그만큼 훨씬 더 아름답고요."

시간은 더없이 더디게 흘러갔다. 방은 건물의 익랑을 이루는 구역 중에서도 제일 끄트머리에 위치해 있었는데, 불쑥 돌출한 그곳의 창문들을 통해 바다를 굽어보는 암벽 위 좌우측 전경을 한눈에 조망할 수가 있었다.

베로니크는 전보다 더 거세진 바람에 하얗게 일어나는 파도를 바라보면서 꼼짝 않고 앉아 있었다. 브르타뉴 해안이 잘 안 보일 정도로 짙게 깔린 안개 너머 태양이 어렴풋한 얼굴을 가리고 있었다. 하지만 서쪽 방향으로는, 새하얀 거품의 띠 군데군데 시커먼 암초의 대가리가 모습을 드러낸 너머로 드넓은 대양의 파노라마가 가슴 벅차게 내다보이는 것이었다.

선잠이라도 든 듯 브르타뉴 아낙네의 나른한 중얼거림이 가느다랗게 들려왔다.

"문(門)은 하나의 돌이라고 했어요. 아주 머나먼 이국땅에서 온 거라고요. 신의 돌이라고 하더군요. 그러면서 그게 일종의 보석이라는 거예요. 금과 은이 뒤섞여 있다나, 아무튼 그랬어요. 신의 돌…… 죽음 아니면 삶을 부여해주는 돌이지요. 마게녹은 그걸 직접 봤다고 했어요. 자기가 그 문을 열고 팔을 집어넣었다고 말이죠. 그때 바로 그의 손이 그만 잿더미로 화한 겁니다."

베로니크는 점점 거북스러운 기분이 들었다. 마치 구정물이 어디선가 꾸역꾸역 새어 들어오는 것처럼, 두려운 마음이 슬금슬금 더해갔다. 며칠 전부터 질겁하며 겪어온 끔찍한 일들이 이제 훨씬 더 무시무시한 또 다른 사건으로 귀결될 것이라는 막연한 느낌이 들었다. 지금 그녀는 현기증 나는 회오리 속에 모든 것을 앗아가버릴 폭풍우를 물끄러미 기다리는 심정이었다.

그렇다! 베로니크는 마냥 기다리고 있었다. 이제까지 살아오면서 결코 그녀를 가만 놔두지 않았던 처절한 운명의 힘이 조만간 그 최악의 난동을 선보일 것이라고 믿어 의심치 않는 것이었다.

"배들이 보이지 않나요?"

오노린이 불쑥 물었고, 베로니크가 무심코 대꾸했다.

"여기서는 안 보여요."

"아니에요. 그렇지가 않아요. 분명 그쪽으로 배가 지나갈 거예요. 덩치가 좀 클 테니까 갑(岬) 쪽으로 나 있는 더 널찍한 수로를 이용할 거라고요."

아닌 게 아니라 조금 있자니, 해각(海角)의 귀퉁이를 돌아 배의 선수(船首)가 빼꼼히 얼굴을 내미는 것이 베로니크의 시야에 들어왔다.

워낙 이것저것 짐을 많이 실은 데다 아녀자들도 여럿 올라타, 수면 아래로 깊숙이 잠긴 채 아슬아슬 떠 있는 배를 남정네 넷이 죽어라고 노질을 하고 있었다.

"코레주의 배예요!"

옷을 걸치다 만 상태로 침대에서 훌쩍 튀어 일어나며 오노린이 말했다.

"저기 또 한 척이 더 오는군요!"

두 번째 배 역시 엄청 많이 싣고 나타났다. 거기엔 남정네 셋과 여자 하나가 노를 젓고 있었다.

한 700~800여 미터는 떨어졌을까, 배에 탄 사람들의 얼굴을 알아보기에는 거리가 너무 멀었다. 그러니 비참한 목숨을 잔뜩 실은 채, 죽음으로부터 허겁지겁 도망치느라 모두 정신이 없을 저 선체(船體)로부터 아무런 비명이나 아우성 소리가 들려오지 않는 것도 당연한 일이었다.

"오, 하느님! 하느님, 제발……. 저들이 지옥을 무사히 빠져나갈 수 있게 해주소서!"

오노린의 한숨 섞인 기도에 베로니크가 고개를 갸우뚱하며 물었다.

"뭐가 그리 걱정이죠? 이젠 딱히 위험할 것도 없잖아요?"

"그렇지가 않답니다. 완전히 섬을 벗어나기 전에는……."

"하지만 이미 섬을 떠났잖아요?"

"섬 주변은 아직도 섬인 거나 마찬가지예요. 아직은 관(棺)들이 숨어 있단 말입니다."

"바다도 그런대로 잔잔한데요, 뭐."

"바다 말고 다른 게 있어요. 적(敵)은 바다가 아니랍니다."

"그럼 대체 뭐가 있다는 거죠?"

"나도 몰라요. 나도 모른다고요."

두 척의 배는 북쪽 갑 방향으로 조용히 다가가고 있었다. 두 갈래 뱃길이 펼쳐져 있었는데, 브르타뉴 아낙네는 그것을 각각 악마의 바위와 사레크의 이빨이라 부르며 가리켰다.

보아하니 코레주가 선택한 길은 악마의 바위 쪽인 것 같았다.

"됐어요. 이제 됐어. 앞으로 100미터만 그대로 가면 사는 거야."

브르타뉴 아낙네는 거의 히죽거리고 있었다.

"아! 마담 베로니크, 이제 얼마 안 있으면 악마의 모든 기도(企圖)가 다 틀어져 버릴 거예요. 당신과 나, 사레크 사람들이 죄다 구원받을 거란 말이에요!"

하지만 베로니크는 우두커니 묵묵부답이었다. 가슴을 짓누르는 중압감은 갈수록 커져만 가서, 이제는 도저히 저항할 수 없는 일련의 불길한 예감 때문이라고 생각할 수밖에 없었다. 내심 위험을 벗어날 만한 경계선을 눈으로 그리고 있었는데, 코레주는 아직 그 선에 도달하지 않고 있었던 것이다.

답답한 침묵이 흐르는 가운데, 오노린의 한껏 달아오른 목소리가 문득 새어나왔다.

"아, 무서워라. 무서워."

"왜요, 또 갑자기? 참 이상도 하군요. 대체 뭐가 또 두렵다는 거죠?"

베로니크가 바짝 긴장하며 다그치자, 브르타뉴 아낙네가 냅다 외쳤다.

"저런! 저게 뭐야? 저게 대체 어떻게 된 거냐고?"

"뭐가요? 무슨 일이에요?"

두 여자는 누가 먼저랄 것도 없이 유리창에 얼굴을 바짝 갖다 댄 채 미친 듯이 바깥을 내다보았다. 저 아래 무언가 심상치 않은 움직임이 사레크의 이빨 쪽에서 불거지는 것 같더니, 어제 타고 왔다가 오늘 감쪽같이 사라졌다고 코레주가 귀띔해준 바로 그 모터보트가 불쑥 모습을 드러내는 것이 아닌가!

"프랑수아다! 프랑수아야! 저기 보트 안에 프랑수아와 므슈 스테판이 타고 있어!"

오노린이 어리둥절한 표정으로 중얼거렸다.

베로니크의 눈에도 분명 아이의 모습이 보였다. 보트의 선수에 똑바로 버티고 선 채, 아이는 두 대의 배에 나눠 탄 사람들을 향해 뭔가 연신 손짓하고 있었다. 남정네들은 노를 흔들어대며 그에 화답했고, 여자들도 부지런히 손짓을 해댔다. 한편 베로니크의 만류에도 불구하고, 오노린은 별안간 창문을 활짝 열어젖혀 모터 소리 사이사이로 간간이 들려오는 사람들 목소리에 귀를 기울였으나, 단 한 마디도 제대로 알아들을 수가 없었다.

"대체 뭐라고 하는 걸까? 프랑수아와 므슈 스테판은 아직까지 육지에 당도하지 않고 저기서 뭐하고 있는 거지?"

브르타뉴 아낙네가 고개를 연신 갸우뚱거리며 웅얼거리자 베로니크는 나름대로 짚이는 대답을 늘어놓았다.

"아마도 해안 초소에 포착되어, 상륙하자마자 이런저런 조사를 받을까 봐 겁났던 건 아닐까요?"

"천만에요. 거기 사람들하고는 잘 아는 사이예요. 특히 프랑수아는 나랑 한두 번 함께 다닌 게 아닌걸요. 게다가 보트 안에는 엄연한 신분증명서까지 구비되어 있다고요. 아니에요. 저들은 필시 암초 뒤에 숨어서 기다리고 있었던 거예요."

"하지만 오노린, 기껏 숨어 있었다면서 왜 하필 지금 모습을 드러내는 걸까요?"

"아! 그건……. 그건 나도 당최 모르겠어요. 정말 기이한 일이긴 한데……. 지금 코레주와 다른 사람들 생각은 어떨지?"

두 척의 배는 나란히 떠가고 있었는데, 모터보트가 나타나면서 갑자기 멈춘 상태였다. 아울러 안에 탄 사람들은 전속력으로 미끄러져 다가오는 모터보트 쪽으로 일제히 고개를 돌리고 있었다. 보트는 점점 거리가 좁혀짐에 따라 속도를 늦췄고, 한 15~20미터 거리를 두고 두 척의 배가 지나가며 남긴 물결과 나란히 미끄러져 오고 있었다.

"도무지 모르겠어. 모르겠다고."

브르타뉴 아낙네는 연신 그렇게 중얼거리고 있었다.

마침내 보트의 모터가 완전히 꺼졌는데, 관성(慣性)에 의해 선체는 계속해서 부드럽게 두 척의 배에 접근해갔다.

바로 그때였다. 별안간 허리를 숙였다 일어선 프랑수아의 오른팔이, 마치 무엇을 힘껏 던지려 할 때의 준비 자세처럼, 뒤로 잔뜩 젖혀지는 것이 두 여자의 시야에 들어왔다.

그런가 하면 스테판 마루 역시 똑같은 동작을 동시에 취하는 것이었다.

사태는 걷잡을 수 없이 급박하게 진행되었다.

"아!"

외마디 소리와 함께 두 눈을 질끈 감았다가 다시 고개를 쳐든 베로니크는, 저 멀리 벌어지고 있는 참혹한 광경을 두려움 속에서 바라보았다.

두 개의 알 수 없는 물체가 하나는 선수 쪽 프랑수아로부터, 다른 하나는 선미 쪽 스테판 마루에게서 허공을 가르며 날아갔다.

다음 순간, 사람이 가득 타고 있는 두 척의 배에서 각각 하나씩 불기둥이 솟는가 싶더니, 매캐한 연기가 어지러이 휘감는 것이 아닌가!

어마어마한 폭음이 울려 퍼졌다. 일순, 시커먼 연기의 장막 한가운데 대체 무슨 일이 일어난 것인지 전혀 분간이 안 되는 상황이 잠시 이어졌다. 이내 연기가 바람에 실려 어느 정도 걷히자, 브르타뉴 아낙네와 베로니크의 눈에는 빠르게 물속으로 가라앉는 배 두 척과 정신없이 바다로 뛰어드는 사람들이 고스란히 보였다.

아, 지옥 같은 광경! 그나마 그리 오래가지도 않았다. 한 여자가 팔에 아기를 안은 채 멍하니 서 있었고, 폭발할 때 당한 듯 보이는 몇몇 몸뚱어리, 그리고 아마 난데없는 재난에 정신이 돌아버렸는지 서로 실랑이를 벌이는 두 남자……. 얼마 안 가 그 역시 선체와 더불어 더는 보이지 않게 되었다.

이제 남은 것이라곤 수면 위에 군데군데 어지러이 떠도는 검은 파편들과 아우성치는 머리들뿐……. 그게 다였다.

모든 것을 지켜본 오노린과 베로니크는 기겁을 한 채 아무 말도 못하고 있었다. 눈앞의 사태는 지금까지 염려하며 상상했던 모든 것을 훌쩍 뛰어넘는 것이었다.

마침내 오노린은 머리에 손을 갖다 대며 나지막이 중얼거렸는데, 그 목소리를 베로니크는 결코 잊을 수 없을 것 같았다.

“머리가 빠개질 것 같아. 아! 사레크의 가엾은 사람들! 모두 내 친구들이었는데……. 어릴 적 함께 놀던 친구들이었어. 이젠 다시 볼 수 없게 되었어. 저 바다가 사레크의 죽은 혼령들을 영영 데리고 가버리는구나. 역시 미리 관(棺)을 준비해두었던 거야. 수없이 많은 관을 감춰두고 있는 거라고. 아, 머리가 빠개질 것 같아. 이러다 돌아버리겠어. 프랑수아처럼……. 내 가엾은 프랑수아처럼 말이야!"

베로니크는 창백하게 질린 채 잠자코 듣고만 있었다. 잔뜩 경직된 손으로 발코니 난간을 움켜쥐고, 마치 곧 뛰어들 심연을 들여다보듯 전방을 뚫어져라 응시할 뿐이었다. 이제 저 아이가 또 무슨 짓을 할까? 절망적으로 아우성을 쳐대는 저 사람들을 지체 없이 구해줄까? 설사 일순간의 광기에 사로잡혔어도, 일단 충격적인 광경이 눈앞에 벌어지면 발작이 가라앉기도 하는 법!

하지만 보트는 시끄러운 소란에 휘말리지 않겠다는 듯, 조금씩 뒤로 빠지고 있었다. 여전히 흰색 베레모와 빨간색 베레모를 쓴 채 보트의 앞뒤에 미동도 않고 서 있는 스테판과 프랑수아는 손에 다른 무엇을 또 들고 있었다. 워낙 먼 거리여서 두 여자의 눈에는 그 물건이 무엇인지 잘 분간할 수가 없었다. 글쎄, 약간 기다란 막대기 같기도 하고…….

"그래……. 사람들을 구해주려고 막대기라도 내밀려는 걸 거야."

베로니크가 중얼거리자, 오노린이 곧장 대꾸했다.

"아니면 장총일는지도……."

검은 점처럼 보이는 사람 머리들이 어지러이 떠돌고 있었다. 모두 아홉 명. 생존자의 머리들과 함께 악착같이 휘저어대는 두 팔, 그리고 이따금 들려오는 비명 소리가 처절하기 그지없었다.

자세히 보니, 그중 몇몇은 보트로부터 멀어지려고 안간힘을 쓰는 듯했고, 네 명은 반대로 보트 쪽으로 헤엄쳐 오고 있었다. 그중 두 명은 이제 거의 뱃전에 손을 갖다 댈 찰나였다.

순간, 프랑수아와 스테판은 동시에 똑같은 동작을 기계적으로 취했다. 그것은 분명 거총(据銃)하는 자세였다. 번쩍하고 두 개의 불꽃이 일었지만 총성은 하나로 들렸다.

제일 가깝게 다가온 두 개의 머리가 즉시 모습을 감췄다.

"아! 저, 저런 괴물 같은 놈들……."

베로니크는 마침내 휘청하더니 무릎을 털썩 꿇으며 더듬거렸다.

옆에 서 있던 오노린의 입에서는 고래고래 고함이 터져나왔다.

"프랑수아! 프랑수아!"

하지만 싸늘하게 몰아치는 바람에 휘말리며 목소리는 맥없이 허공중에 흩어져 갔다. 브르타뉴 아낙네는 계속해서 악착같이 악을 써댔다.

"프랑수아! 스테판!"

그러고는 미친 듯이 방을 가로질러 달려나가 복도로 내달리더니 무엇을 가지고 다시 창가로 돌아와 소리쳤다.

"프랑수아! 프랑수아! 이걸 들어봐라!"

그녀의 손에는 신호용으로 애용하는 소라고둥이 들려 있었다. 하지만 입술에 갖다 댄 고둥으로부터 뿜어져 나오는 소리는 형편없이 연약하고 희미할 뿐이었다.

브르타뉴 아낙네는 물건을 냅다 팽개치며 더듬거렸다.

"아, 이런……. 망할 것……. 더 이상 힘도 없어. 프랑수아! 프랑수아!"

머리는 제멋대로 헝클어진 데다 얼굴은 온통 식은땀으로 범벅이 된 그녀의 모습은 보기에도 끔찍했다. 베로니크는 어쩔 줄 몰라 애원하듯 매달렸다.

"오노린, 제발……."

"저들을 좀 봐요! 저들을 보라고요!"

보트가 천천히 앞으로 나아가면서 똑같은 자세의 두 사수(射手)는 제2의 학살을 준비하고 있었다.

기겁을 하며 죽을힘을 다해 헤엄치는 나머지 생존자들 중 두 명이 또 뒤에 처졌다.

바로 그 둘의 머리를 향해 불이 뿜어졌고, 이내 물속으로 자취를 감췄다.

"저것 좀 봐요. 사냥을 하고 있는 거예요! 사냥감을 맞혀 쓰러뜨리는 거라고. 아, 가엾은 사레크 사람들……."

총성이 한 발 더 울렸고, 머리가 또 하나 모습을 감췄다.

베로니크는 절망감으로 몸부림쳤다. 그녀의 두 손은, 마치 짐승의 우리처럼 가로막고 있는 발코니의 난간을 미친 듯이 흔들어댔다.

"보르스키! 보르스키! 저건 영락없는 보르스키의 자식이야."

그녀는 남편의 기억에 사로잡혀 헐떡거리고 있었다.

그런가 하면 난데없이 완강한 손아귀에 목이 붙들리는가 싶었는데, 브르타뉴 아낙네의 얼굴이 도저히 알아보기 어려울 만큼 일그러진 표정으로 코앞까지 다가와 있었다.

"바로 네 아들이야! 이런 빌어먹을 년! 넌 괴물을 낳았어! 네년도 벌을 받아야 한다고."

브르타뉴 아낙네는 갑자기 발을 동동 구르더니 경련을 일으킬 정도로 대차게 웃어댔다.

"우헤헤헤헤, 그렇지, 바로 십자가가 필요해! 십자가가 필요하다고. 네년은 십자가에 매달아야 해! 양손에 못을 쾅쾅 박고 말이야! 벌을 받아야 한다고! 양손에 못을 박아야 한단 말이야!"

완전히 미쳐버린 모양이었다.

베로니크는 얼른 손을 뿌리치고 몸을 꽉 붙들어 진정시키려고 했지만, 오노린은 믿을 수 없을 만큼 완력을 발휘해 상대를 떠밀더니, 후닥닥 발코니 난간을 밟고 올라섰다.

거기서 그녀는 잠시 두 팔을 벌린 채, 또다시 고함을 질러댔다.

"프랑수아! 프랑수아!"

마침 건물의 그쪽 지반이 상대적으로 높았던지라, 창문의 위치가 그리 높은 편은 아니었다. 브르타뉴 아낙네는 아래 샛길로 훌쩍 뛰어내려 근처 덤불숲을 건너뛰고는, 바다 위로 깎아지른 암벽 꼭대기까지 그대로 내달렸다.

거기서 그녀는, 자신이 키워왔던 아이의 이름을 세 차례 더 소리 높여 부른 뒤, 머리를 앞으로 내밀고 심연을 향해 곤두박질쳤다.

저 멀리에선 인간 사냥이 끝나가고 있었다.

하나둘 사람의 머리가 물속으로 자취를 감추기를 몇 차례……. 마침내 학살은 그 막을 내렸다.

프랑수아와 스테판이 탄 보트는 브르타뉴의 지방, 벡멜과 콩카르노의 해안을 향해 전속력으로 질주했다.

이제 서른 개의 관에는 베로니크 혼자 남게 되었다.

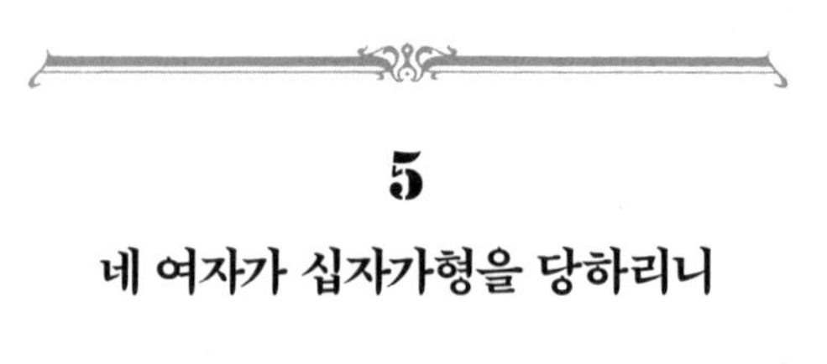

5
네 여자가 십자가형을 당하리니

서른 개의 관……. 이 수수께끼 같은 불길한 섬에 베로니크 혼자 남겨졌다. 수평선 위에서 휴식을 취하는 구름 속으로 태양이 서서히 가라앉는 동안, 그녀는 두 손에 얼굴을 묻은 채 창가에 기대서서 꼼짝도 하지 않았다.

그녀 의식의 어둠 속에서 현실은 마치 보고 싶지 않은 그림들처럼 지나갔고, 순간순간 아주 또렷한 색채로 다가와 그 끔찍한 장면들이 되살아나는 것 같은 착각에 빠지곤 했다.

하지만 그에 대한 어떤 해명도 찾으려 하지 않고, 참극의 본말(本末)을 밝혀줄 만한 어떤 가정도 상정하지 않는 것은 처음과 마찬가지였다. 방금 두 눈으로 목격한 난행을 정당화해줄 여하한 동기도 감히 상상할 수 없었기에, 그저 프랑수아와 스테판 마루의 광기를 있는 그대로 인정하는 수밖에 다른 도리가 없었다. 그렇게 두 살인자가 미쳤다는 것을 받아들이자, 그들에게서 어떤 계획이나 분명한 의도를 점쳐볼 생각 또

한 나지 않았다. 게다가 바로 코앞에서 겪은 오노린의 갑작스러운 광란을 보건대, 지금까지의 모든 일이 이 사레크 섬의 전 주민에게 내재하는 일종의 정신적 결함 때문에 빚어진 사태가 아닌가 하는 추측도 없지 않았다. 다 제쳐두고, 어떤 때는 그녀 자신조차 머리가 몹시 흔들리고 생각이 안개 속을 헤매는 듯할뿐더러, 심지어 보이지 않는 유령들이 주위를 맴도는 느낌에 시달리곤 하지 않는가 말이다!

급기야 무거운 졸음이 엄습했다. 별의별 불길한 환영들이 어지러이 출몰하는 잠이었는데, 그 속에서 그녀는 스스로 엄청 불행하다고 느꼈고, 참다 못해 엉엉 울음을 터뜨렸다. 그러다 어느 순간, 먹먹한 정신 속에서도 분명 적대적인 느낌으로 확 다가오는 가벼운 소음이 귓전을 때리는 것 같았다. 또 어떤 사악한 존재가 다가오려는가? 그녀는 번쩍 눈을 떴다.

세 발짝 앞에 카페오레 빛깔의 털이 탐스러운 묘한 짐승 한 마리가 앞발을 마치 팔짱을 낀 것처럼 가지런히 포갠 채 얌전히 엉덩이를 깔고 앉아 있었다.

개였다. 순간 그녀의 뇌리에 프랑수아의 개, 오노린이 얘기해준 그 익살맞고도 용감한 충견(忠犬)의 이미지가 떠올랐다. 이름도 기억난다. 투바비앵이라고 했지.

그렇게 나지막이 중얼거리자, 불현듯 그 아이러니한 이름을 가면처럼 뒤집어쓴 짐승에 대해 분노가 치밀었고, 당장이라도 후딱 팔을 휘저어 쫓아버릴 태세였다. 투바비앵이라니! 그토록 끔찍한 고통 속에 죽어간 많은 사람, 사레크의 가엾은 희생자들, 살해당한 아버지, 자살한 오노린, 그리고 정신이 돌아버린 프랑수아……. 그런데도 '다 잘될 거다'라고?

하지만 개는 꼼짝도 하지 않았다. 그뿐만 아니라 오노린이 말한 그대로, 뒷발로 꼿꼿이 선 채, 머리는 약간 갸우뚱, 눈은 지그시 감고 입을 귀에까지 잔뜩 찢어 흡사 해맑게 웃는 듯한 얼굴을 하는 것이었다.

그러자 비로소 베로니크의 뇌리를 스치는 얘기가 있었다. 이것은 어딘가 고통에 시달리고 있는 존재에 대한 공감과 동정의 표시라고……. 투바비앵 고유의 메시지라고……. 그렇다! 투바비앵은 눈물을 보고는 못 참는다고 했지. 누군가 울고 있을 때면 언제나 그 앞에 나타나 이렇게 앞발을 들어 재롱을 피워서, 결국에는 눈물로 얼룩진 얼굴에 웃음꽃이 피어나게 하고, 손을 내밀어 자신을 쓰다듬게 만들고야 만다는 녀석…….

베로니크는 비록 웃지는 않았지만, 녀석을 끌어다 품에 안고 이렇게 말했다.

"오, 가엾은 녀석……. 그게 아니란다. 그리 잘되고 있진 않아. 오히려 죄다 엉망으로 돼가고 있단 말이다. 하지만 어쩌겠니. 그래도 살아야지, 안 그래? 다른 사람들처럼 미쳐 돌아가진 말아야겠지."

다른 무엇보다도 생존의 필요성이 그녀에게 행동에 대한 욕구를 부과하고 있었다. 그녀는 곧장 부엌으로 내려가 먹을 것을 얼마간 챙겨서 개에게 나누어 주고, 다시 올라왔다.

이윽고 날이 어두워졌다. 그녀는 2층에서 평소에는 쓰지도 않았을 법한 방문을 열고 들어갔다. 워낙 격한 감정의 소용돌이에 시달리고 온몸을 혹사했던지라, 금세 엄청난 피로감이 엄습해왔다. 덕분에 곧장 깊은 잠에 빠져들 수 있었고, 밤새도록 침대 발치에선 투바비앵이 보초를 섰다.

다음 날 아침 이상하리만치 평온하고 안정된 기분으로 눈을 떴다. 흡사 브장송에서의 그 아늑하고 편안한 생활로 되돌아간 느낌마저 들었다. 지난 며칠 동안 겪었던 끔찍한 경험은 지난 지 한참 되는 아득한 일들처럼 여겨졌고, 절대 다시 되돌아올 리 없는 과거로만 느껴졌다. 엄청난 격랑의 회오리 속에 죽어간 존재들이 언젠가 한번 마주치고 지나간 이방인처럼 여겨졌다. 이제 더 이상 피맺힌 듯한 가슴의 통증도 없었고, 애도의 감정은 그녀의 영혼 깊숙한 곳까지 미치지 못했다.

전혀 예기치 못하게 무한한 휴식이 찾아왔고, 안정감 있는 고독이 자리를 잡았다. 심지어 그 상태가 너무도 기분 좋아, 증기선 한 척이 참화의 현장에 잠시 닻을 내렸을 때조차 그녀는 아무런 구조 요청 신호도 시도하지 않았다. 틀림없이 육지의 해안 초소에서 어제의 폭발음과 불꽃, 그리고 요란한 총성을 감지한 모양이었다. 베로니크는 한 발짝도 움직이지 않고 가만히 처박혀 있었다.

이윽고 증기선으로부터 보트가 한 대 떨어져 나왔고, 아마도 마을을 조사할 요량으로 다가오기 시작했다. 굳이 아들 문제가 연루되었을 수사에 대한 두려움 때문이라기보다는 그저 사람들 눈에 띄기가 싫었고, 귀찮은 조사 때문에 자신의 이름과 내력 등등이 밝혀져, 이제 겨우 벗어난 그 지옥 같은 운명의 울타리로 다시 들어가야 하는 것이 지긋지긋했다. 그럴 바엔 마냥 기다리는 편이 나았다. 1주일이든 2주일이든 기다리다 보면 어느 지나가는 고깃배라도 우연히 한 가엾은 여자를 발견해 육지로 데려가주겠지.

아니나 다를까, 마을을 조사한다고는 하지만 아무도 이곳 수도원까지 올라올 생각은 못했다. 마침내 증기선을 그렇게 떠나가 버리고, 이젠 아무것도 젊은 여인의 고독을 흐트러뜨리는 것이 없었다.

그렇게 그녀는 사흘을 조용히 지냈다. 운명도 새로운 타격을 가하기를 포기한 모양이었다. 그야말로 혼자였고, 자신의 모든 것을 완벽히 통제했다. 지금껏 적잖은 위안이 되어주던 투바비앵의 모습도 그제야 어디론가 사라졌다.

섬의 제일 끄트머리를 차지하고 있는 수도원 자리는 중세 베네딕트파 수도승들이 일군 부지였는데, 15세기에 들어와 버려지면서 거의 폐허가 되다시피 했다.

그러던 것을 18세기 들어와 브르타뉴의 한 부유한 호사가가 옛 수도원 건물에서 남은 자재들과 예배당의 석재들을 동원해서 새로 건물을 세웠는데, 외부의 건축적인 면에서나 내부의 장식적인 면에서 그리 내세울 만한 점은 없었다. 더군다나 아버지와 아들에 관한 기억 때문에 베로니크는 이 방 저 방 돌아다니며 구경하고 싶은 생각일랑 눈곱만치도 없었다.

그러나 이튿날, 봄날 햇살이 어찌나 화창하게 내리쬐는지, 정원을 산책하고 싶은 마음이 문득 드는 것이었다. 건물의 전방에 펼쳐진 잔디밭에서와 마찬가지로, 섬의 갑에까지 이어진 정원에는 옛 폐허의 잔해들이 울퉁불퉁 흔적을 남긴 데다 송악이 골고루 분포되어 있었다. 얼마 안 가 그녀는 모든 산책로가, 거대한 참나무 숲이 울창한, 깎아지른 듯한 해각(海角)으로 향하고 있다는 것을 깨달았다. 마침내 그곳까지 다다르자, 참나무 숲 한가운데에 바다를 향해 반달형으로 나 있는 공터가 자리하고 있었다.

한데 그 정중앙에는 윗면이 타원형인 데다 꽤나 되똑하게 생긴 고인돌 하나가 거의 네모반듯한 돌기둥 두 개 위에 뉘어 있는 것이었다. 정말로 멋지고 장엄한 분위기를 풍기는 장소였고, 주변 전망 역시 글자 그대로 광활한 장관을 이루고 있었다.

'오노린이 얘기한 바로 그 요정 고인돌이야. 그렇다면 꽃피는 골고다 언덕도 그리 멀지 않은 모양이로군. 마게녹이 가꾼 꽃들도 곧 볼 수 있겠어.'

그렇게 속으로 중얼거리며, 베로니크는 고인돌을 찬찬히 살펴보았다. 두 개의 돌기둥 안쪽 면에는 알아볼 수 없는 기호들이 몇 개 새겨져 있었다. 문제는 바다로 향한 바깥쪽 면. 그녀를 다시금 송두리째 불안에 빠뜨릴 만한 무엇이 새겨져 있는 것이었다.

우측 돌기둥에는 아주 서툴고 원시적인 솜씨로, 네 여자가 네 개의 십자가 위에서 몸부림치는 장면이 깊숙하게 새겨져 있었다. 반면 좌측 돌기둥에는 여러 줄의 글씨가, 악천후에 자연적으로 훼손된 것이 아니라면 누군가 일부러 마구 긁어놓아 알아보기 어려운 상태로 새겨져 있는 것이었다. 그럼에도 불구하고 그중 몇 개 무사히 남은 글자가 있었는데, 일전에 마게녹의 시체와 함께 발견된 그림 여백에서 베로니크가 읽었던 것과 같은 내용이었다. 즉, '십자가에 매달린 네 여자…… 서른 개의 관(棺)…… 죽음 아니면 삶을 주는 신의 돌' 말이다.

베로니크는 비틀거리며 뒤로 물러났다. 또다시 기분 나쁜 수수께끼가 그녀 앞에, 그리고 이 섬 전체에 불쑥 모습을 드러낸 셈이었고, 결국 사레크를 떠나는 그 순간까지 더는 이런 곳에 발길을 들여놓지 않겠노라고 단단히 다짐했다.

공터에서 시작된 오솔길 하나가 필시 벼락을 맞아 줄기 일부와 죽은 가지들 몇 개만 처참하게 남아 있는 참나무 옆으로 뻗어 있었다.

그 길을 택해 좀 더 나아가 돌계단 몇 개를 걸어 내려간 뒤, 선돌들이 4열로 줄지어 있는 아담한 초원을 가로질렀을 때였다. 베로니크는 별안간 외마디 탄식과 함께 걸음을 뚝 멈추고는, 눈앞의 광경에 넋을 잃었다.

"마게녹의 꽃밭이다!"

자기도 모르게 감탄의 중얼거림이 새어나왔다.

방금 지나온 길 양쪽의 마지막 선돌 두 개가 마치 활짝 열린 출입구의 문설주 구실을 하고 있는 듯, 탁 트인 전방에는 길이 약 50미터는 족히 될 듯한 직사각형 광장이 화려한 장관을 펼치고 있었다. 계단 몇 개를 내려간 그곳은 균일한 높이의 선돌들이 일정한 간격을 두고, 마치 신전의 열주(列柱)와도 같은 위엄을 자랑하고 있었다. 중앙의 공간과 선돌 양쪽의 보도는 큼직한 화강암들로 포석이 깔려 있었는데, 울퉁불퉁하고 군데군데 깨진 틈새로 돋아난 잡풀들이 마치 스테인드글라스의 테두리 선처럼 보였다.

그 한가운데 단출한 규모의 정사각형 화단이 있었다. 그곳, 낡은 그리스도상(像)을 에워싸고 무성하게 자리 잡고 있는 것은 이 섬에서 좀처럼 보기 드문 화사한 꽃들이었다. 아무리 봐도 보통 꽃들이라고 할 수는 없었다! 꿈에서나 볼 수 있을 것 같은 환상적인 꽃들, 일반적인 꽃들과는 그 크기에 있어 비교가 되지 않을, 그야말로 기적의 꽃들이었다!

베로니크가 보기에 다들 종류를 알아볼 수 있는 꽃들이었지만, 너무도 현란하고 화려한 그 모습에는 그저 할 말을 잃을 수밖에 없었다. 종류는 부지기수로 많으나, 각 종류별 꽃의 개수는 그리 많지 않았다. 이를테면 색상과 향기, 그 밖의 모든 요소를 골고루 총집합시킨 하나의 거창한 꽃다발이라 해도 손색이 없었다.

무엇보다 이상한 것은, 일반적으로 같은 철에 피지 않는 꽃들, 빨라야 한 달씩 간격을 두고 피어나는 각양각색의 꽃들이 여기에선 동시에 흐드러지게 피어 있다는 사실이다! 만개(滿開)하는 기간이라야 2~3주가 고작인 각종 싱그러운 꽃송이들이 같은 날, 같은 시각에 튼튼한 줄기 위에 자랑스럽게 피어난 채, 화려함의 극치를 마음껏 뽐내고 있었다.

버지니아산(産) 자주닭의장풀, 미나리아재비, 왕원추리, 매발톱꽃, 핏빛보다 선명한 붉은 양지꽃, 그리고 사제의 제의(祭衣)보다 훨씬 화려한 보랏빛의 붓꽃! 그 밖에도 참제비고깔, 풀협죽도, 푸크시아, 바꽃도 보였다.

그리고 무엇보다도—오! 그것을 보는 순간 얼마나 감격에 겨웠는지!—그리스도상을 중심으로 둘러쳐진 좁다란 화단 위에 좀 더 높게 설치된 원형 꽃바구니가 있고, 그 속에 마치 구세주 그리스도의 몸에 조금이라도 더 가 닿으려고 키 재기를 하고 있는 것처럼, 푸른빛, 흰빛, 보랏빛 몸체를 곧추세우며 베로니카(일반적으로 꼬리풀이라고 부르며, 학명은 베로니카, 즉 베로니크(Véronique)와 같음—옮긴이)가 가득히 피어 있는 것이 아닌가!

그만 정신이 다 아찔해지는 것 같았다. 가까이 다가가니 자그마한 팻말이 붙어 있고 거기에 이런 글귀가 적혀 있었다.

엄마의 꽃

베로니크는 평소 기적 같은 것을 신뢰하지 않는 편이었다. 하지만 현지 꽃들의 생태와는 아무 관련이 없이 피어 있는 이러한 꽃들의 존재를 도저히 받아들이지 않을 수가 없었다. 그럼에도 불구하고 이런 비정상적인 현상이 어떤 초자연적인 원리나 마게녹의 수수께끼 같은 비법의 산물로 설명될 수밖에 없다는 사실은 좀처럼 믿으려고 하지 않는 것이었다. 아니다. 뭔가 좀 더 단순한 이유가 있을 것이며, 상황이 진전됨에 따라 그 내막도 낱낱이 밝혀질 수가 있을 것이다.

어쨌든 이 이교적(異教的)인 장식들, 온갖 색채와 향기의 제물을 바치고 있는 기적의 꽃들 위로 흡사 부활한 듯한 그리스도가 자리 잡고 있었다. 베로니크는 조용히 무릎을 꿇었다.

그렇게 해서 다음 날도 또 그다음 날도 그녀는 꽃피는 골고다 언덕을 찾아왔다. 이번만큼은 섬 전체를 감싸고 있는 신비가 더없이 매혹적인 모습으로 다가왔고, 특히 아들이 심어놓았을 화사한 베로니카 꽃들은 어머니로 하여금, 모처럼 증오심과 절망감 없이, 아늑한 몽상에 젖을 수 있도록 해주는 것이었다.

하지만 닷새째 되는 날, 식량이 바닥난 것을 알게 된 베로니크는 하는 수 없이 낙원 같은 그곳을 떠나 한낮에 마을로 내려가 보았다.

마을의 가옥들 대부분은 문이 잠겨 있지 않은 상태였다. 아마도 주인들이 떠나면서 언제든 다시 돌아와 필요한 물건들을 챙길 수 있다고 생각한 모양이었다.

그러나 베로니크는 마음이 미어져서 도저히 그 문턱을 넘을 수가 없었다. 집집마다 창가에는 제라늄 꽃이 피어 있었고, 구리 추가 달린 큼직한 괘종시계는 텅 빈 방 안에서 꾸준히 시간을 세고 있었다. 안타까운 마음을 접고 베로니크는 발길을 돌렸다.

부두에서 그리 멀지 않은 어느 헛간에 이르자 오노린이 보트에 싣고 온 자루들과 궤짝들이 가지런히 갈무리되어 있는 것이 보였다.

'적어도 굶어 죽지는 않겠군. 최소한 몇 주는 버틸 수 있겠어.'

그렇게 속으로 중얼거리며 베로니크는 광주리에다 초콜릿과 러스크(누렇게 구운 딱딱한 빵—옮긴이), 통조림 몇 개, 쌀, 성냥 등등을 챙겼다. 그리고 막 수도원으로 돌아가려고 하는데, 섬의 반대편 끝까지 한번 가 보고 싶은 생각이 문득 들었다. 광주리는 나중에 돌아오다가 들러서 가져가면 되리라.

그늘이 드리워진 길은 고원 지대로 오르게 되어 있었다. 특별히 지금껏 보아온 풍경과 다른 것 같지는 않았다. 목초지도 아니고 경작지도 아닌 똑같은 평야, 똑같은 황무지가 군데군데 오래 묵은 참나무 숲을 거느리고 펼쳐져 있었다. 마찬가지로 좁아지는 지형이 나타나면서는 시야를 가리는 그 어떤 방해물도 없이 양 끝으로 바다가 훤히 바라보이며, 멀리 브르타뉴 해안까지 아련히 드러났다.

벼랑에서 벼랑에 이르는 울타리들이 무척 초라해 보이는 영지를 구획 짓고 있었는데, 다 허물어져 가는 길쭉하고 납루한 가옥과 너덜너덜 덧댄 지붕들을 인 부속 건물들이 고철 더미와 나뭇단을 되는대로 쌓아 놓은 지저분한 마당을 끼고 들어서 있었다.

베로니크는 발길을 돌려 돌아가다가, 문득 걸음을 멈추었다. 어디선가 사람 신음 소리가 들리는 듯했기 때문이다. 바짝 귀를 기울인 채 적막한 주변을 한참 살피는데, 역시 똑같은 신음 소리가 이번엔 좀 더 또렷이 들렸다. 가만히 있자니 점점 더 소리가 복잡하게 얽혀 들었고, 이제는 고통의 비명과 함께 구원을 요청하는 소리까지 들려왔다. 분명 여자들 목소리였다. 그렇다면 주민 모두가 빠져나갔던 것이 아니란 말인가? 베로니크는 한편으론 기뻤고, 다른 한편으론 불안했다. 우선 사레크에 혼자 남은 것이 아니라는 사실, 아울러 또다시 죽음과 공포의 굴레로 휘말려 들어가는 것이 아닌가 하는 두려운 생각이 동시에 뇌리를 스쳤던 것이다.

언뜻 판단하기에, 소리는 마당 우측의 부속 건물로부터 새어나오는 것 같았다. 마당으로 들어서는 길목엔 허술한 목책만이 가로놓여 있었고, 가볍게 밀자 삐거덕하는 소리와 함께 간단히 열렸다.

아니나 다를까, 부속 건물로 다가갈수록 점점 소리가 커졌다. 누군가 접근하고 있음을 저쪽에서도 알아차린 것이 틀림없었다. 베로니크는 발걸음을 서둘렀다.

비록 지붕은 군데군데 구멍투성이였지만, 벽체만큼은 두껍고 단단한데다 아치형의 문짝들에는 제법 쇠붙이까지 두드려 박은 상태였다. 그중 한 곳 안에서 밖을 향해 외치는 소리와 문을 두드리는 소리가 다급하게 들려왔다.

"도와줘요! 도와주세요!"

그러다 문득 실랑이를 벌이는 소리가 났고, 곧이어 좀 덜 다급한 목소리가 이렇게 속삭였다.

"입 다물어, 클레망스! 혹시 **그들**일지도 몰라."

"아니에요, 제르트뤼드, 그들이 아니에요! 그들 소리가 아니었어요! 문을 열어주세요. 거기 어디에 열쇠가 있을 거예요."

그렇지 않아도 안으로 들어갈 궁리를 하던 베로니크의 눈에 자물쇠에 꽂혀 있는 묵직한 열쇠가 들어왔다. 그냥 돌리기만 했는데 문은 의외로 쉽사리 열렸다.

안에는 아르시냐 자매가 헐벗은 복장에 심술 사나운 마녀 같은 앙상한 몰골로 있었다. 보아하니 이런저런 도구들이 아무렇게나 쌓여 있는 세탁장이었는데, 저만치 구석에는 밤샘에 오지 않았던 나머지 자매인 듯한 여자가 짚단 위에 웅크린 채 잦아드는 목소리로 흐느끼고 있었다.

별안간 두 자매 중 하나가 그 자리에서 기진맥진 쓰러지는가 싶더니, 다른 하나가 신열에 들뜬 눈동자를 부라리며 베로니크의 팔을 와락 붙들고는, 거의 헐떡거리다시피 이렇게 지껄여댔다.

"**그들**을 보았죠? 네? 여기 있습니까? 그들이 어떻게 당신은 죽이지 않은 거죠? 다른 사람들이 사레크를 떠난 이후론, 그들이 이곳의 주인이나 다름없어요. 이젠 우리들 차례란 말입니다. 벌써 엿새 동안이나 여기 이렇게 갇혀 있었단 말이에요. 모두가 떠나던 날 아침이었어요. 다들 배를 타고 떠날 채비를 꾸리고 있었죠. 우리 셋은 말린 세탁물을 가지러 이곳에 들어왔고요. 한데 그들이 들이닥친 겁니다. 세상에, 오는 소리도 못 들었어요. 아무도 소리를 못 들었단 말이에요. 그냥 그렇게 문이 잠겼다 이 말입니다. 그냥 철커덕하더니, 열쇠 돌아가는 소리만 딸깍하고 들렸어요. 그게 다였다고요. 다행히 가지고 있던 사과와 빵, 브랜디가 좀 있었기에 망정이지……. 그리 힘들지는 않았지만……. 좌우간 그들이 다시 돌아와 우릴 죽일 거 아니겠어요? 이젠 우리 차례가 맞죠? 아! 그동안 우린 귀만 잔뜩 기울이고 있었답니다! 두려움에 벌벌 떨면서 말이에요! 언니는 완전히 미쳐버렸고요. 저 흐느끼는 소리 좀 들어봐요. 헛소리만 늘어놓고 있어요. 이젠 클레망스도 탈진한 상태랍니다. 그리고 나, 제르트뤼드도……."

그래도 힘이 남아 있는지 그녀는 베로니크의 팔을 아플 정도로 비틀어대며 호들갑을 떨었다.

"아 참, 코레주는 어떻게 됐죠? 그는 돌아왔겠죠? 그리고 다시 떠났나요? 왜 모두들 우린 찾지도 않는 거죠? 그리 어려운 일도 아닐 텐데. 우리가 어디에 있는지 다들 알고 있을 텐데 말입니다. 조금만 소리가 났어도 이쪽에서 소리쳐 불렀을 거라고요. 그런데 대체 어찌 된 겁니까? 어찌 된 거냐고요?"

베로니크는 대답하기가 못내 망설여졌다. 하지만 이제 와 뭐하러 진실을 숨기겠는가!

마침내 베로니크의 입에서 튀어나온 말…….

"배 두 척 모두 침몰했어요!"

"뭐라고?"

"사레크가 코앞에 보이는 곳에서 배가 가라앉았습니다. 배를 탄 사람 모두가 죽었어요. 바로 수도원 앞이었어요. 악마의 바위로 빠져나가다가 그만……."

베로니크는 더 이상 얘기를 계속하다간 프랑수아와 그의 선생 이름까지 거론하게 될까 봐 말을 멈추었다. 클레망스는 완전히 일그러진 표정으로 고개를 쳐들더니, 문을 붙잡고 가까스로 몸을 일으켜 무릎을 꿇고 앉았다.

제르트뤼드가 중얼거렸다.

"그럼 오노린은?"

"오노린도 죽었어요."

"죽다니!"

두 자매가 동시에 소리쳤다. 그러고는 아무 말 없이 서로를 마주 보는 것이었다. 아마도 똑같은 생각을 머릿속에서 굴리는 모양이었다. 제르트뤼드는 셈을 하듯 손가락을 움직거리면서, 그렇지 않아도 흉한 인상을 더더욱 찌푸렸다.

이윽고 그녀는 베로니크의 눈을 똑바로 응시한 채, 두려움으로 목이 멘 듯, 탁한 목소리로 이렇게 말했다.

"가만있자……. 셈이 맞아떨어지는군. 혹시 배에 몇 사람이나 타고 있었는지 아시나요, 우리 세 자매 빼고 말이에요. 알고 있어요? 바로 스무 명이에요. 그렇다면 한번 세어보세요. 스무 명에다가 첫 번째로 죽은 마게녹이 있고……. 그다음으로 므슈 앙투안이 죽었고……. 다음으로는 프랑수아 녀석과 므슈 스테판이 일단 행방불명이니, 죽은 걸로 치고……. 그다음 오노린과 마리 르 고프가 죽었고……. 가만있자……. 한번 세어 보자고요. 모두 다 해서 스물여섯입니다. 스물여섯……. 셈이 그렇게 나오죠, 안 그렇습니까? 서른에서 그 스물여섯을 빼고 나면……. 어때요, 이제 아시겠어요? 총 서른 개의 관이 채워져야 한다 이겁니다. 그러니 서른에서 스물여섯을 빼면……. 넷이 남지요. 안 그렇습니까?"

그녀는 혀가 말리기라도 하듯 더는 말을 못하고 있었다. 그러면서도 가까스로 몇 마디 끔찍한 말이 입술 밖으로 흘러나오는 것을, 베로니크는 놓치지 않고 주워들었다.

"네? 아시겠느냐고요. 네 명이 남아 있다 이거예요. 바로 우리 네 명……. 이렇게 놈들이 가둬놓은 아르시냐 자매 셋하고…… 바로 당신……. 그렇지 않습니까? 십자가 네 개……. 물론 당신도 알고 있겠죠? 네 여자가 십자가형을 당한다는 말……. 그럼 계산이 떨어지는 거라고요. 우리 넷만 당하면 말입니다. 이 섬에 우리 넷밖엔 남지 않았어요. 여자 넷 말입니다."

베로니크는 아무 말 없이 듣고만 있었다. 온몸에 식은땀이 촉촉이 배고 있었다.

마침내 그녀는 어깨를 으쓱하며 입을 열었다.

"그래서요? 섬에 우리 넷만 남았다면 걱정할 일도 없지 않겠어요?"

"그들도 있다고요! 그들 말이에요!"

"하지만 죄다 떠났다고 했잖습니까?"

베로니크가 발끈하자, 제르트뤼드는 기겁을 하며 내뱉었다.

"소리 좀 낮춰요! 그들이 들으면 어쩌려고……."

"대체 누가 듣는단 말입니까?"

"그들요. 옛날 사람들 말입니다."

"옛날 사람이라니?"

"그래요, 인신 공희를 행하던 사람들 말이에요. 남자와 여자를 죽여서 신들을 즐겁게 해주던 사람들……."

"그런 건 다 옛날이야기예요! 드루이드(드루이드교 사제 계급을 통칭함—옮긴이)들 얘기를 하려는 거죠? 이것 보세요, 이제 더 이상 드루이드교는 존재하지 않습니다."

"쉿! 소리를 낮추라니까! 아직 있어요. 사악한 정령들이 있단 말이에요."

"지금 정령들이라고 했습니까?"

베로니크는 어처구니없는 미신에 기막혀 되물었다.

"그래요, 정령들……. 하지만 분명히 신체를 갖춘 정령이에요. 갑자기 문을 닫아걸어 사람을 가두기도 하죠. 배를 침몰시킨 것도 그들이고, 므슈 앙투안과 마리 르 고프, 그 밖에 사람들을 죽인 것도 다 그들이라고요. 스물여섯 명을 죽인 장본인들이란 말입니다."

베로니크는 아예 대꾸를 포기했다. 사실 뭐라고 대꾸할 말도 없었다. 데르즈몽 씨와 마리 르 고프, 그리고 침몰한 두 척의 배에 탄 주민들이 누구의 손에 살해당했는지 뻔히 아는 입장에서, 하긴 뭐라고 말하겠는가!

단지 이렇게 물을 뿐이었다.

"세 사람이 여기 갇힌 게 몇 시쯤이었나요?"

"10시 반이었지요. 11시에는 마을에서 코레주와 만나기로 약속이 되어 있었고요."

베로니크는 곰곰이 생각에 잠겼다. 그러고 보니 10시 반에 프랑수아와 스테판이 이곳에 있다가 한 시간 뒤, 두 척의 배를 공격하러 암초 뒤에 숨어 있기에는 시간이 턱없이 부족했다. 그렇다면 결국 이 섬에 그들의 공범이 하나 내지는 여럿 머물러 있다는 얘긴데…….

"아무튼 어떻게 할지 결정을 내려야겠습니다. 여기 이런 상태로 계속 있을 수는 없어요. 일단 휴식을 취하고 기운을 회복하는 게 급선무예요."

베로니크의 말에 무릎을 꿇고 있던 둘째가 비틀비틀 일어섰다. 그러고는 다른 자매와 마찬가지로 나지막한 목소리로 다급하게 말했다.

"무엇보다 먼저 숨을 곳을 찾는 게 중요해요. 그래야 그들에게 대적을 하죠."

"어떻게 말입니까?"

베로니크는 자신도, 그게 누구든 있을 수 있는 적에 대해 방비를 세워야 할 필요성을 느끼면서도 툭 내뱉듯 물었다.

"어떻게라니요? 여기 섬에서는 흔하게 돌던 얘기가 있어요. 특히 올해 들어서 말이에요. 마게녹이 결정한 건데, 최초로 사태가 벌어지면 모든 사람이 일단 수도원으로 피신하도록 되어 있단 말입니다."

"수도원에요? 그건 또 왜죠?"

"그곳에선 방어가 가능하니까요. 우선 벼랑이 깎아지른 듯하죠. 사방으로부터의 침입을 막을 수 있게 말입니다."

"하지만 다리가 있잖습니까?"

"그 점도 마게녹과 오노린이 다 내다본 바 있어요. 그 다리에서 좌측으로 한 20보쯤 가면 자그마한 오두막이 있을 겁니다. 그곳에다 휘발유를 적당량 비치해두었다고요. 거기서 한 서너 통만 갖다가 다리에 뿌려놓고 성냥불을 그어대면 만사가 해결되는 겁니다. 그 뒤로는 안전한 거죠. 더 이상 외부와의 통로가 없어지니, 침입할 여지도 사라지는 거죠."

"그럼 사람들이 왜 애당초 그리로 피신하지 않고, 배를 탄 겁니까?"

"그야 배를 타고 아예 이곳을 뜨는 게 훨씬 확실하니까 그렇죠. 하지만 이제 우리에겐 달리 선택의 여지가 없잖아요?"

"그럼 슬슬 가볼까요?"

"네, 당장에요. 아직 날이 좀 남아 있으니 밤보다는 나을 거예요."

"그나저나 저기 누워 있는 당신 자매는 어떡하고요?"

"우리에게 손수레가 하나 있어요. 거기 태우고 가면 돼요. 마을을 통하지 않고 직접 수도원으로 가는 길이 있습니다."

베로니크는 아르시냐의 자매들과 가깝게 지내는 것이 별로 내키지는 않았지만, 도무지 주체할 수 없는 두려움 때문에 어쩔 수가 없었다.

"좋아요, 그럽시다. 일단 수도원으로 안내한 다음, 나는 다시 돌아와 식량을 마저 가지고 가겠습니다."

그러자 자매 중 한 명이 나섰다.

"오, 뭐 오래 머물 건 아니에요! 일단 다리를 끊고 난 다음에는, 곧장 요정 고인돌 언덕에다 불을 놓을 겁니다. 그러면 육지로부터 증기선을 보내올 거예요. 오늘은 안개가 내려서 곤란하지만 내일쯤에는……."

베로니크는 굳이 거부하지 않았다. 이제야말로 사레크를 떠날 생각을 받아들이지 않을 수 없었던 것이다. 비록 그로 인해 자신의 이름이 노출될 조사를 받아야 하겠지만 말이다.

두 자매가 브랜디를 한 잔씩 들이켠 다음, 일행은 그곳을 벗어났다. 미친 자매는 손수레 위에 웅크린 채, 히죽히죽 웃으며 베로니크에게 뭔가 중얼거렸는데, 그럼으로써 마치 상대도 그처럼 웃게 만들려는 듯 보였다.

"아직 그들과 마주친 적이 없어. 그들은 만반의 준비를 갖추고 있다고."

그러자 제르트뤼드가 대뜸 윽박질렀다.

"그만 좀 해요! 미친 할망구 같으니. 부정 타게 왜 이러는 거예요?"

"뭘 그래, 재미있잖니. 얼마나 웃기는 일이야. 나는 목에다가 황금 십자가를 걸고 있거든. 그리고 손에다 가위로 또 다른 십자가를 새겨 넣었지. 자, 봐요. 온통 십자가지. 누구든 십자가 위에서 잘 있어야 하니까. 잠을 푹 자야 하거든."

"제발 입 좀 닥쳐요!"

마침내 제르트뤼드는 언니의 따귀를 한 대 갈기며 일갈했다.

"알았어. 알았다니까. 하지만 이제 그들이 널 때릴 거야. 그들이 숨어 있다는 걸 난 알아."

처음부터 무척 가파른 편이었던 오솔길은 이내 서쪽 벼랑 지대가 형성하는 고원에 이르렀다. 그곳은 다른 곳에 비해 좀 더 높지만, 좀 덜 들쭉날쭉했다. 아울러 숲도 비교적 드문 편이었고, 참나무들은 바닷바람을 받아 모조리 휘어져 있었다.

"지금 우리는 황야 지대로 다가가고 있어요. 소위 '검은 황야'라고 불리는 곳이죠. 그들은 그 아래에 살고 있어요."

클레망스 아르시냐의 말에 베로니크는 또다시 어깨를 으쓱했다.

"그걸 당신이 어떻게 알죠?"

그러자 제르트뤼드가 말을 받았다.

"우린 보통 사람들보다 더 많은 것을 알고 있죠. 그래서 종종 마녀들이라고 불리는 겁니다. 하긴 사실인 면도 없지 않고요. 그 방면에 능통하다는 마게녹조차 처방 약이라든가 복(福)을 가져다주는 돌이나 성(聖) 요한의 약초 같은 것들에 관해 우리에게 조언을 구하곤 했을 정도랍니다."

순간 미친 맏언니가 히죽대며 끼어들었다.

"쓴쑥하고 마편초는 해 질 녘에 뜯어야 효험이 있지."

"전해 내려오는 전설에 대해서도 우린 빠삭하지요. 수백 년의 세월이 흐르면서 섬에 얽힌 이런저런 이야기들을 우린 죄다 알고 있어요. 그중 하나가, 저 밑에는 도로를 갖춘 그럴듯한 도시가 있어서, 옛날부터 **그들**이 모여 살고 있다는 겁니다. 더 놀라운 건 말입니다, 지금 이렇게 말하는 내 두 눈으로 직접 **그들**을 봤다는 거지요."

제르트뤼드가 본격적으로 늘어놓는 얘기를, 베로니크는 잠자코 듣고 있었다.

"나뿐만 아니라 우리 자매 모두가 봤어요. 6월 들어 엿새째 되는 날, 두 차례에 걸쳐 목격했답니다. 흰옷을 걸치고 있었어요. 그리고 대(大)

참나무로 올라가 신성한 겨우살이를 채취했지요. 금으로 된 낫도끼(serpe. 나무 베기나 가지치기에 쓰이는 도끼형 낫—옮긴이)를 휘두르며 말입니다. 도끼의 황금빛이 달빛을 받아 반짝였어요. 정말이지 이 두 눈으로 똑똑히 봤다니까요. 그건 다른 사람도 몇몇 본 사람이 있답니다. 하나가 아니었어요. 보물을 지키려고 옛날부터 남아 있는 놈들이 여럿 됩니다. 그래요, 보물 말이에요. 일종의 돌이라고 전해지는데, 누구든 그걸 만지면 죽게 하고, 그 대신 그 위에 드러누우면 살아나게 한다는 영험한 돌이라고 합니다. 이 모든 건 엄연한 사실입니다. 마게녹이 우리한테 직접 해준 얘긴데, 그는 늘 사실만을 말하지요. 옛날 옛적 그 사람들이 돌을 가지고 있다고요. 이름하여 신의 돌이라고 하죠. 한데 그들이 올해 안으로 우리 모두를 희생 제물로 바쳐야 한다는 겁니다. 네, 우리 모두를요. 서른 개의 관(棺)을 위한 서른 명의 목숨이 필요하다 이거지요."

"네 여자가 십자가에 달려야 하지."

미친 여자가 흥얼거렸다.

"더 이상 머뭇거릴 수는 없어요. 달이 차오르면서 엿새째 되는 날이에요. 대(大)참나무로 겨우살이를 따러 올라가기 전에 우리 모두 떠나야 합니다. 저길 봐요. 여기서도 대(大)참나무가 보이는군요. 다리 좀 전에 있습니다. 다른 모든 곳을 한눈에 굽어볼 수 있는 곳이죠."

제르트뤼드가 중얼거리자 또다시 손수레에서 힐끗 돌아보며 미친 여자가 흥얼거렸다.

"그들이 뒤에 숨어 있어. 우릴 염탐하고 있다고."

"그만 좀 해요! 움직이지나 말고. 어때요, 대(大)참나무가 보이죠? 저기예요. 황야 지대 위쪽 저기……."

한데 제르트뤼드는 말을 하다 말고 문득 손수레의 손잡이를 떨어뜨렸다.

"어, 왜 그래? 무슨 일이야?"

클레망스가 깜짝 놀라며 묻자 제르트뤼드가 더듬거렸다.

"뭔가 봤어. 뭔가 흰색이 움직이는 걸 봤다고."

"뭔가 봤다니? 그게 무슨 말이야? 이런 대낮에 그들이 나타났다는 거야? 뭘 잘못 봤겠지."

두 자매는 잠시 눈을 찡그리고 멀리 살펴보더니, 다시 걸음을 옮겼다. 어느새 대(大)참나무는 얼마 안 가 시야에서 사라졌다.

일행이 건너가는 황야는 무척 황량하고 거친 지역이었다. 마치 묘석처럼 돌덩이들이 여기저기 흩어져 있었는데, 공교롭게도 모두가 같은 방향을 향해 모로 누운 꼴을 하고 있었다.

"그들의 무덤이랍니다."

제르트뤼드가 속삭이듯 귀띔해주었다.

모두 침묵에 빠져들었다. 제르트뤼드는 몇 차례 걸음을 멈추고 숨을 돌려야 했다. 그렇다고 기운이 없는 클레망스더러 손수레를 밀라고 할 수도 없었다. 두 자매 모두 휘청휘청 간신히 걸음을 떼었고, 그러면서도 사방을 불안하게 두리번거렸다.

내리막길이 나타난다 싶기가 무섭게 또다시 오르막길이 이어졌다. 그 오솔길은 베로니크가 섬에 도착한 첫날 오노린과 함께 걸었던 바로 그 길로 이어져 있었고, 일행은 이제 다리 앞에 펼쳐진 문제의 숲 어귀로 들어가게 되었다.

아르시냐 자매들이 서서히 흥분하는 것을 보자 대(大)참나무가 점점 가까워지고 있다는 것이 실감 났다. 아닌 게 아니라 조금 있자니 다른 참나무들보다 훨씬 굵직한 나무 하나가 동떨어진 채, 흙과 뿌리로 뒤엉켜 이루어진 발판을 딛고 우뚝 솟아 있는 것이 베로니크의 눈에도 들어왔다. 과연 저런 막강한 나무줄기 뒤라면 여러 사람이 충분히 숨을 수도 있을 거라고 생각지 않을 수 없었다.

겁은 났지만, 일행은 치명적인 나무에 눈길 한번 제대로 주지 않고 더더욱 걸음을 재촉할 따름이었다.

그렇게 거리가 꽤 떨어지고 나서야 베로니크도 한시름 놓을 수 있었다. 모든 위험이 지나가버렸다고 판단한 베로니크가 아르시냐 자매에게 농이나 건넬까 하던 참이었다. 별안간 클레망스가 제자리에서 핑그르르 돌더니 신음을 내뱉으며 고꾸라지는 것이 아닌가!

그리고 거의 동시에 그녀를 후려친 무엇이 땅바닥에 둔탁한 소리를 내며 떨어졌다. 도끼, 그것도 돌도끼였다.

"아, 운석(隕石)이야! 운석이라고!"

제르트뤼드가 고래고래 소리를 질렀다.

그녀는 자신 안에 여전히 펄펄 살아 숨 쉬는 민간신앙에 의거해, 마치 도끼가 벼락의 분신(分身)처럼 하늘에서 곤두박질쳤다고 생각하는지, 고개를 번쩍 치켜드는 것이었다.

한데 마침 그 순간, 손수레 바깥으로 기어나오던 미친 여자가 그만 땅바닥에 내동댕이쳐지면서 머리를 박고 쓰러지는 것이 아닌가!

또 다른 무엇이 방금 허공을 가르고 날아들었던 것이다. 미친 여자는 고통으로 몸부림을 쳐댔다. 제르트뤼드와 베로니크는 그녀의 어깻죽지에 박힌 채, 아직도 부르르 떨리는 화살을 똑똑히 보았다.

제르트뤼드는 곧장 비명을 지르며 내달렸지만, 베로니크는 머뭇거리지 않을 수 없었다. 클레망스와 미친 여자가 땅바닥을 데굴데굴 구르고 있었던 것이다. 그러면서도 미친 여자는 연신 히죽거리며 이랬다.

"참나무 뒤야! 그들이 숨어 있어! 내가 봤다고."

클레망스도 끙끙대며 더듬거렸다.

"도, 도와줘! 날 좀 데려가줘요. 무, 무섭단 말이야."

하지만 또 다른 화살 하나가 허공을 가르며 멀리 스쳐 지나가자 베로니크도 줄행랑을 칠 수밖에 없었다. 그녀는 숲의 마지막 나무들마저 지나쳐 다리 쪽으로 난 급경사 내리막길로 쇄도했다.

이젠 어쩔 수 없이 몰려드는 공포심만이 아니라, 얼른 안전한 곳으로 대피해 방어할 만한 수단을 강구해야겠다는 강렬한 의지가 그녀를 더더욱 정신없이 달리게 만들었다. 그러면서 아버지가 쓰시던 서재에 권총들과 장총들이 즐비한 유리 진열장이 있었다는 사실이 그녀의 뇌리를 스치는 것이었다. 분명 어린 프랑수아 때문에 '장전됨'이라는 딱지가 부착되었을 그 총기류를 한시바삐 손에 넣어서 적에게 대항해야겠다는 것이 베로니크의 생각이었다. 그녀는 뒤도 돌아보지 않고 달렸다. 누가 추격해오는지 아닌지 알 필요성도 느끼지 않았다. 오로지 목표 지점, 지금 이 순간 유일하게 절실한 목표를 향해 달리고 또 달릴 뿐이었다.

아무래도 더 젊고 몸도 그만큼 가벼운지라, 베로니크는 이내 제르트뤼드를 따라잡았다.

"다리를……. 다리를 태워버려야 해. 석유가 저기 있다고."

헐떡거리며 외쳐대는 제르트뤼드에게 베로니크는 아무 대꾸도 하지 않았다. 다리를 파괴하는 것은 지금으로선 부차적인 문제이다. 아니, 장총을 집어 들고 적에게 반격을 가하려는 그녀의 적극적인 의도에 비추어 그런 충고는 오히려 훼방처럼 여겨졌다.

한데 다리에 이르자마자 제르트뤼드 역시 몸을 핑그르르 돌면서 거의 아래로 곤두박질칠 뻔했다. 화살이 하나 날아와 허리에 명중한 것이었다.

"날 좀 잡아줘! 날 좀! 날 버리지 마요."

하지만 화살을 미처 보지 못하고 그저 발을 헛디뎌 넘어졌으려니 생각한 베로니크는 이렇게 대꾸하고 말았다.

"곧 돌아올게요. 장총을 두 자루 가지고 올 테니 그때 다시 만나요."

그녀 생각에는, 일단 무장을 하기만 하면 두 여자가 숲으로 되돌아가 다른 자매들까지 구출해낼 수 있을 거라고 보였던 것이다. 결국 베로니크는 더욱더 달음박질에 박차를 가했고, 다리를 건너 담벼락을 지나 잔디밭을 가로지른 다음, 얼마 안 가 아버지의 서재로 들이닥쳤다. 숨이 차다는 것도 그제야 느낄 정도였다. 마침내 장총 두 자루까지 챙기고 나자 사정없이 뛰는 가슴 때문에 돌아가는 발걸음은 그만큼 느려질 수밖에 없었다.

제르트뤼드의 모습이 눈에 보이지 않아 놀란 것은 어쩜 당연했다. 아무리 소리쳐 불러보았지만 묵묵부답이었다. 제르트뤼드 역시 다른 자매들과 마찬가지로 당했을 거라는 생각이 든 것은 바로 그때였다.

베로니크는 도망쳐왔던 길을 되밟아보았다. 한데 다리가 보이는 곳까지 도달하자, 귓가에 부딪치는 웅얼대는 소음 속에서 웬 날카로운 신음 소리가 들리는가 싶더니, 대(大)참나무 숲으로 오르는 급경사길이 코앞에 나타날 때쯤, 그녀의 눈앞에 부닥친 광경이 있었으니…….

베로니크는 그만 다리 초입에서 붙박인 듯 멈춰 서지 않을 수 없었다. 다리 반대편에서 땅바닥에 나뒹군 채, 제르트뤼드가 나무뿌리를 부여잡고 발버둥을 치고 있는 것이 아닌가! 그녀는 경련을 일으키는 손가락을 흙이며 잡초 속에 되는대로 파묻으면서 기나긴 오르막길을 따라 저도 모르게 천천히 끌려 올라가고 있었다.

베로니크는 처량한 여자의 어깻죽지와 허리가 노끈으로 묶인 채, 마치 무기력하게 붙들린 사냥감처럼, 저 위 보이지 않는 누군가의 손에 질질 끌려가고 있다는 것을 깨달았다.

즉시 거총하는 베로니크. 하지만 어디를 겨눠야 할지, 어떤 적과 싸워야 할지가 오리무중이었다. 저 언덕 위. 마치 방패처럼 자리 잡은 돌무더기와 나무줄기 뒤에 대체 무엇이 숨어 있는지 보이지가 않는 것이었다.

바로 그 돌무더기와 나무줄기들 사이로 제르트뤼드는 천천히 빨려 들어가고 있었다. 기절이라도 했는지 더 이상 소리를 지르지도 않았다. 그리고 급기야 모습마저 사라져버렸다.

베로니크는 그 자리에서 꼼짝도 하지 않았다. 무슨 노력을 하든 시도를 하든, 소용이 없다는 것을 직감했다. 이미 결판난 것이나 다름없는 싸움에 뒤늦게 뛰어든다 한들, 아르시냐 자매들을 구해낼 수 없을뿐더러 자신마저 마지막 희생자로 헌납하는 꼴이 되고 말 것이었다.

점점 두려워졌다. 모든 일이 그녀로서는 도무지 영문을 모르는 논리에 의해 차근차근 진행되어가고 있었다. 마치 단단한 쇠사슬의 각 매듭처럼, 한 치의 오차도 없이……. 두려웠다. 저 허깨비 같은 존재들이,

본능적으로 무의식적으로 두렵기만 했다. 아르시냐 자매들처럼, 오노린처럼, 그리고 가공할 재앙에 희생된 모든 사람처럼 마냥 두려울 따름이었다.

대(大)참나무로부터 들키지 않게끔 그녀는 반쯤 몸을 숙인 채 나무딸기 덤불숲 뒤에 숨었다. 그리고 아르시냐 자매들이 얘기해준 바 있는, 좌측의 자그마한 오두막 쪽으로 살금살금 다가갔다. 휘발유가 비치되어 있다는 그곳은 뾰족한 지붕에다 채색 타일로 지어진 일종의 정자(亭子)였는데, 과연 그 안에는 휘발유 통이 거의 반 정도 자리를 차지하고 있었다.

거기서 내다보니 다리가 훤히 내려다보였고, 아무도 들키지 않고는 그곳을 통과할 수 없을 것 같았다. 숲으로부터는 전혀 인기척이 느껴지지 않았다.

어스름하게 안개가 낀 밤이 내렸지만, 달이 워낙 은빛으로 사방을 비추는지라, 베로니크는 반대편을 샅샅이 분간할 수가 있었다.

한 시간쯤 그렇게 잠자코 있다가 다소 마음이 진정되자, 그녀는 일단 양철통 두 개를 들고 다리로 내려가서 다리의 외부 장선(長線)에다 휘발유를 부었다.

귀를 잔뜩 기울이고 멜빵에다 장총을 비껴 매어, 유사시엔 즉각 방어 태세에 들어갈 준비를 한 채, 열 번을 그렇게 왔다 갔다 했다. 더듬더듬 되는대로 휘발유를 뿌리는 것 같았지만, 실은 이곳저곳 목재가 그나마 가장 취약한 부분들을 골라 세심하게 작업을 하고 있었다.

수중에는 건물 안에서 유일하게 발견한 성냥갑이 있었다. 그녀는 엄청난 불꽃이 일 것을 은근히 걱정하며, 성냥 한 개비를 뽑아 들었다.

'그나마 제발 육지 쪽에서 이 불꽃을 보기라도 해준다면…….'

그렇게 생각하며 성냥을 그었고, 미리 휘발유를 묻혀서 준비해둔 종이 뭉치에다 불을 붙였다.

확 타오르는 불꽃에 손가락까지 화끈거렸다. 베로니크는 휘발유가 비교적 흥건히 고인 곳을 골라 냅다 종이 뭉치를 던진 다음, 잽싸게 정자 쪽으로 내달렸다.

즉각적으로 방화가 이루어졌고, 축축한 부위를 따라 다리 전체가 엄청난 불길에 휩싸였다. 그 바람에 섬의 두 개 지역 벼랑 지대와 그 사이를 잇는 화강암 지대, 대(大)참나무 숲, 심지어 저 아래 바다에까지 환한 불빛이 비쳤다.

'이제 그들에게도 내 위치가 폭로된 거나 다름없어. 내가 숨어 있는 정자를 주시하고 있을 거야.'

베로니크는 대(大)참나무 쪽에서 시선을 떼지 않은 채 속으로 중얼거렸다.

하지만 숲에서는 여전히 그림자 하나 움직이지 않았고, 어떤 소리도 들리지 않았다. 저 위에 숨어 있는 자들은 마치 난공불락의 요새에 칩거한 것처럼, 한 발짝도 나서지 않을 모양이었다.

몇 분 지나지 않아, 다리의 절반이 엄청난 굉음과 불티를 날리며 허물어졌다. 하지만 나머지 반쪽은 여전히 연소 중이었고, 매 순간 화염에 휩싸여 저 아래 컴컴한 심연마저 환하게 밝히는 목재 덩어리를 뚝뚝 떨구고 있었다.

그럴 때마다 베로니크는 안심이 되었다. 날카로울 대로 날카롭게 곤두선 신경도 차츰 안정되었고, 적들과 자신을 가르는 심연이 점점 넉넉히 확보될수록 어떤 안정감이 마음 깊은 곳까지 파고드는 것이었다. 그럼에도 불구하고 그녀는 새벽녘까지 정자에 남아 있기로 했다. 그야말로 완전한 단절이 이루어지는지를 두 눈으로 충분히 확인할 때까지 기다리겠다는 계산이었다.

어느덧 안개가 사방을 가득 채우고 있었다. 모든 사물이 불투명한 베일을 두르는 분위기였다. 그렇게 밤이 깊어갈 즈음, 베로니크는 반대편 방향, 아마도 언덕 꼭대기쯤이 아닐까 하는 지점으로부터 들려오는 어떤 소리를 느꼈다. 그것은 나무꾼들이 나무를 쳐내면서 내는 듯한 소리였다. 하나의 나무를 쓰러뜨리면 그 잔가지들을 쳐내는 규칙적인 도끼질 소리가 뒤를 이었다.

황당하기 그지없지만, 베로니크는 그들이 가교(假橋)를 만들고 있다는 생각이 들었고, 자기도 모르게 장총의 손잡이를 단단히 그러쥐었다.

한 시간쯤 지났을까, 이리저리 왔다 갔다 하면서 잎사귀가 서로 스치는 가운데, 꽤 오랫동안 사람들의 숨죽인 외침 소리와 신음 소리가 어지러이 섞이며 들려왔다. 그러고는 또 뚝……. 다시금 거대한 적막이 사위(四圍)를 채우면서 모든 움직임, 불안, 생명, 죽음이 어수선한 분위기 속에서 암행하는 느낌이었다.

문득 밀려들기 시작하는 허기와 피로가 베로니크로 하여금 어떤 명료한 생각에도 집중하지 못하게 만들고 있었다. 그러면서도 유독 마을로부터 식량을 빼내오지 못해 먹을 것이 없다는 생각만 어렴풋이 드는 것이었다. 하지만 그 사실로 그다지 괴로울 것은 없었다. 이제 조만간 안개가 걷힐 테고, 그럼 남은 휘발유로 큼직한 봉화(烽火)를 피우면 모든 것이 해결될 테니 말이다. 그 가장 적합한 장소로 섬의 제일 끄트머리, 고인돌이 세워진 곳이 머릿속에 오롯하게 떠오르기까지 했다.

한데 바로 그 순간 어떤 생각 하나가 섬뜩하게 뒤통수를 후려쳤다. 아까 불을 붙이고 난 뒤, 그만 다리에다 성냥갑을 놔두고 온 것이 아닌가! 아무리 호주머니를 뒤져도 성냥갑은 보이지 않았다. 사방을 찾아도 헛수고였다.

하지만 당혹감도 잠시, 그다지 안절부절못한 것은 아니었다. 일단 적의 공세를 차단했다는 생각에 흐뭇한 기분이 앞섰고, 그 밖의 모든 문제는 차차 해결될 거라는 막연한 느낌에 젖어 드는 것이었다.

그렇게 시간이 흘렀다. 폐부까지 스며드는 듯한 차가운 공기와 축축한 안개 때문에 아침이 밝아올수록 더더욱 더디게 흐르는 것만 같은 시간이 여간 견디기 어려운 것이 아니었다.

어스름한 서광이 서서히 하늘 한 곳에 번지고 있었다. 주변의 사물들도 그에 따라 어둠 속에서 모습을 드러내며 현실적인 정체를 되찾아가고 있었다. 아울러 다리 전체가 허물어져 깡그리 사라지고 난 뒤의 텅 빈 심연이 베로니크의 시야에 들어왔다. 이제 양쪽 섬 지대 사이에는 50여 미터에 이르는 간격이 생겼고, 저 까마득한 아래에 들쭉날쭉 접근 불가능한 계곡의 능선만 두 섬을 한 덩어리로 이어주고 있었다.

드디어 목숨을 구한 것이다!

한데 무심코 고개를 들어 맞은편 언덕을 바라보는 순간, 베로니크는 기겁을 하고 비명을 지르지 않을 수 없었다. 대(大)참나무 숲의 제일 전방에 위치한 세 그루의 나무가 낮은 가지들이 말끔히 제거된 채로 우뚝 솟아 있었고, 그 위에는 활짝 벌린 두 팔이 뒤로 젖혀지고 누더기 치마 아래로 두 다리가 꽁꽁 동여매어진 채, 검은 머리쓰개의 띠로 반쯤 가려진 창백한 얼굴의 아르시냐 자매 셋이 목에 밧줄이 친친 감긴 처참한 몰골로 매달려 있는 것이 아닌가!

모두 십자가형에 처해진 것이었다!

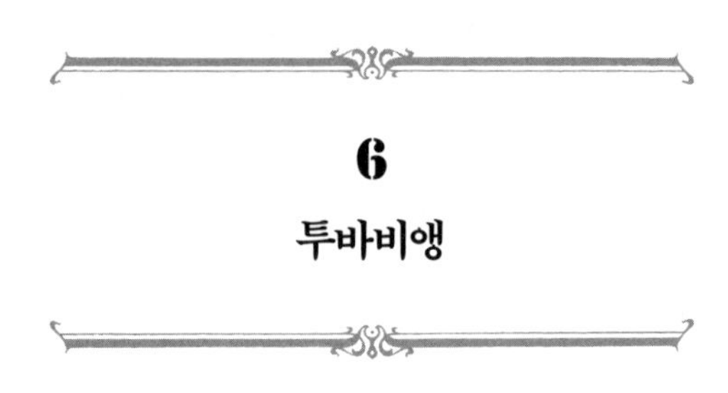

6
투바비앵

그 혐오스러운 광경을 더는 돌아보지 않고, 또 저쪽에 들킬까 봐 걱정하지도 않으면서, 베로니크는 기계적인 걸음걸이로 수도원을 향해 곧장 발길을 돌렸다.

이젠 오로지 한 가지 희망, 한 가지 목표만이 그녀를 지탱시켜주었다. 다름 아닌 사레크 섬을 하루빨리 벗어나는 것. 그녀는 지금 공포심으로 터질 듯한 지경이 되어 있었다. 그냥 목이 졸렸거나 총살을 당했거나, 심지어 교수형을 당한 세 여자 시체를 보았다면 아마 이렇게까지 전 존재가 들썩일 정도의 거부감을 느끼지는 않았을 것이다. 하지만 이 따위 처형 방식, 이건 정말 너무했다. 거기엔 극도의 치졸함과 신성모독, 그야말로 악(惡)의 한계가 어디쯤일까 의심하게 만드는 저주가 포함되어 있는 것이었다.

아울러 네 번째 희생자로서의 그녀 자신에 대한 염려 또한 하지 않을 수 없었다. 마치 단두대로 떠밀려 가는 사형수처럼, 처참한 결말로 운명이 치달아가는 듯한 느낌이 들었다. 그러니 어찌 두려움에 치를 떨지 않을 수가 있단 말인가? 아르시나 자매들의 처형 장소로 하필 대(大)참나무 숲 언덕을 택한 사실만 봐도, 충분히 경고의 메시지를 띠고 있는 셈 아닌가?

베로니크는 혼잣말을 중얼거리면서 조금이나마 마음을 안정시키려고 애썼다.

"분명 모든 게 밝혀질 거야. 이 끔찍한 수수께끼들 속에는 지극히 단순한 이유가 숨어 있을 거라고. 겉으로 봐선 황당무계하게 보일지 몰라도 사실 알고 보면 나와 똑같은 인간이 뭔가 범죄 의도를 갖고 일정하게 짜인 각본대로 벌이는 작태일 거야. 물론 모든 게 다 전쟁 때문에 가능한 거겠지. 전쟁이야말로 이처럼 엉뚱한 일들이 일어날 수 있는 특별한 상황을 가능하게 하는 법이니까. 쳇, 그래 봤자 신기할 것도 없어. 살다 보면 별의별 일도 다 겪는 법이잖아."

하지만 다 쓸데없는 소리! 그저 머릿속으로만 애써 갖다 붙이는 억지 추론이라고나 할까? 이미 모든 것이 헝클어진 마음 저 깊은 속은, 비참하게 죽어간 사레크 사람들과 똑같은 생각과 감정이었다. 그들처럼 무기력하고, 같은 공포심에 뒤흔들리며, 마찬가지의 악몽에 시달리고 있었다. 요컨대 그녀 안에 잠재하는 태곳적 본능, 언제든 의식의 표면에 떠오를 태세가 되어 있던 갖은 미신과 망령이 일시에 분출하면서, 정신 상태를 온통 엉망진창으로 만들어버린 꼴이었다.

이토록 사람을 괴롭히는 저 미지의 존재들은 과연 무엇일까? 대체 무슨 연유로 사레크의 서른 개 관을 굳이 채우려는 것일까? 이 불행한 섬의 주민 모두를 몰살하려는 장본인은 과연 누구일까? 누가 이곳 어두침침한 동굴 속에 남아서, 숙명적인 시간을 골라 성스러운 겨우살이 채집에 나서고 성 요한의 약초를 캐내는 것일까? 도끼와 화살을 제멋대로 사용하고, 끝내는 세 여자를 저토록 처참하게 십자가형에 처한 자들이 대체 누구란 말인가? 무슨 끔찍한 일을 벌이려고? 어떤 지독한 목표가 있기에? 얼마나 상상을 초월하는 계획을 가지고? 정말로 사악한 정령이라든가 사장(死藏)된 옛 종교의 광신도들이 있어 피비린내 나는 신들에게 사람들을 제물로 바치려는 것인가?

"아, 제발! 이제 그만! 이러다간 나도 미쳐버리겠어! 그냥 떠나면 돼! 이 지긋지긋한 지옥에서 영영 떠나버릴 일만 생각하는 거야!"

마침내 그녀는 혼자 버럭 고함을 질렀다.

하지만 운명은 왠지 그녀를 순교 쪽으로 몰아가려고 잔뜩 벼르기만 하는 것 같았다. 뭐든 먹을 것이 없나 하고 사방을 뒤지던 중, 아버지의 서재 벽장 속에서 핀으로 고정된 종이 한 장을 발견했는데, 일전에 버려진 오두막의 시체 옆에서 발견한 두루마리 그림과 똑같은 그림이 그려져 있는 것이 아닌가!

그 밖에도 선반 위에 그림을 넣어두는 상자가 하나 있어 열어보니, 역시 같은 장면을 붉은 핏빛으로 끄적인 스케치가 여러 장 들어 있는 것이었다. 물론 하나같이 전면(前面)의 여자 머리 위엔 V. d'H.라는 이니셜이 적혀 있고 말이다. 더구나 그림 중 하나에는 앙투안 데르즈몽이라는 친필 서명까지 기재되어 있었다.

그렇다면 마게녹이 가지고 있던 종이에 그림을 그린 사람도 바로 아버지란 얘기가 아닌가! 다른 사람도 아닌 아버지가, 이처럼 여러 장의 스케치를 해가면서까지, 고통 받고 죽어가는 여자에다 바로 자기 딸의 모습을 덧칠해왔다는 말인가!

"아, 그만! 이젠 그만! 생각하지 않을 거야. 생각하기 싫다고."

베로니크는 그렇게 소리치면서, 기진맥진한 몸을 이끌고 먹을 것을 찾아 헤맸다. 하지만 잠시나마 허기를 달랠 만한 그 어떤 것도 집 안에는 없었다.

물론 섬의 해각에다 불을 피워 올릴 도구 또한 있을 리 만무했다. 안개도 점점 걷히고 있으니, 불만 피울 수 있다면 멀리서도 아주 잘 보일 텐데…….

아쉬운 대로 돌멩이를 서로 맞부딪혀 보았다. 하지만 서툰 솜씨로 제대로 될 리가 없었다.

사흘 동안을 어쩔 수 없이 폐허에서 주워 모은 야생 딸기와 물로 연명했다. 나중에는 신열에 들뜬 나머지 눈물이 울컥 솟기도 했는데, 거의 그때마다 투바비앵이 모습을 나타냈고, 지독한 심신의 고통에 시달리던 그녀는 그처럼 엉뚱한 이름을 달고 있는 애꿎은 짐승한테 화풀이를 버럭 해대는 것이었다. 하지만 투바비앵은 화들짝 놀라기만 할 뿐, 저만치 가서는 다시금 엉덩이를 깔고 앉아 예의 그 앞발을 쳐든 자세를 보여주곤 했다. 베로니크는 그 개가 프랑수아의 애견이라는 사실 하나만으로도 악에 받칠 뿐인데 말이다.

그런가 하면 조금만 이상한 소음이 들려도 그녀는 전신이 식은땀으로 흥건히 젖으면서 사시나무 떨듯 떨었다. 지금쯤 대(大)참나무 숲의 그 존재들은 무엇을 하고 있을까? 이젠 어떤 경로를 통해 공격을 해오려고 할까? 그런 괴물들의 수중에 떨어진다는 생각에 베로니크는 몸서리치는 자기 몸을 저도 모르게 두 팔로 감싸 안았다. 심지어는 저 괴물들이 혹시 젊고 아리따운 여자를 특별히 탐하느라 자신에게 이토록 집착하는 것은 아닐까 하는 생각조차 들었다.

그런데 나흘째가 되자 생각지도 못한 엄청난 희망이 불쑥 솟아났다. 우연히 서랍을 열다가 꽤 두툼한 돋보기를 발견한 것이다. 얼른 볕 잘 드는 양달에서 태양 광선을 종이 위에 모았더니, 아니나 다를까 심지에 불을 붙일 만한 불꽃이 화르르 이는 것이 아닌가!

이거면 되겠다 싶었다. 즉시 건물 안에 남아 있는 모든 양초를 긁어 모았고, 그렇게 해서 해가 지는 저녁까지 소중한 불씨를 간신히 보존할 수가 있었다. 밤 11시, 드디어 그녀는 등불 하나를 들고 정자로 향했다. 아예 그곳에다 불을 붙일 생각이었다. 날씨가 쾌청하니 육지에서도 불꽃을 환히 볼 수 있을 터였다.

혹시나 등불 때문에 들킬까 염려도 되었고, 무엇보다 곧고다 언덕에 흘러넘치는 달빛으로 아르시냐 자매의 처참한 모습을 또다시 보게 되지 않을까 두려웠기에, 베로니크는 수도원을 나서면서 곧장 덤불숲 우거진 좌측의 다른 길을 택해 걸었다. 혹시라도 나뭇잎 밟는 소리가 날세라, 나무뿌리에 걸려 넘어질세라, 디디는 걸음걸음이 보통 조심스러운 것이 아니었다. 그렇게 겨우 정자에서 멀지 않은 탁 트인 지점에 이르자, 너무 기진맥진해서 그 자리에 털썩 주저앉고 말았다. 머릿속은 윙윙거리고, 심장마저 언제 멈출지 모를 것 같았다.

거기만 해도 처형 현장이 잘은 보이지 않는 곳이었다. 하지만 무심코 고개를 들어 언덕배기를 바라보자 뭔가 허연 윤곽이 움직거린 듯했다. 보아하니 숲 속 한가운데, 빽빽한 나무들 사이를 가로지른 오솔길의 끄트머리쯤 되어 보였다.

다시금 윤곽의 움직임이 있었고, 이번엔 좀 밝게 드러났다. 순간, 거리는 좀 되었지만, 베로니크는 그 윤곽이 긴 의상을 걸쳤으며, 다른 나무들과 동떨어지고 좀 더 키 큰 나무의 가지들 속에 우뚝 서 있다는 사실을 깨달았다.

아르시냐 자매들의 얘기가 머릿속에 떠오른 것은 바로 그때였다.

"달이 차오르면서 엿새째 되는 날이에요. 그들은 대(大)참나무로 겨우살이를 따러 올라갈 겁니다."

언젠가 책에서 읽었던가, 아니면 아버지한테서 들은 얘기였던가. 베로니크는 어린 시절 상상력을 자극했던 드루이드교의 옛 의식(儀式)의 일단을 지금 눈앞에 그대로 보고 있다는 느낌이 들었다. 그런가 하면 너무도 쇠약해진 터라, 자신이 지금 깨어 있는 것인지, 저 이상한 광경이 정녕 현실인지 갈피를 잡을 수가 없기도 했다. 한편 나무 속의 움직임 말고도, 아래쪽에 네 개의 또 다른 희부연 모습들이 모여서, 언제 떨어질지 모를 잎사귀를 받으려고 팔을 치켜들고 있었다. 그러고 보니 위에서 반짝거리는 빛이 유난히 눈에 띄었다. 필시 제사장이 겨우살이 뭉치를 떼어내느라 휘두르는 황금 낫도끼가 분명했다(드루이드교에서 참나무는 신이 깃든 장소로 통하며, 낙엽이 떨어지면 신이 겨우살이로 옮겨간다고 믿었음. 황금 낫으로 겨우살이를 채집하는 행위는 드루이드교에서 빠뜨릴 수 없는 신성한 의식임—옮긴이).

잠시 후 참나무에서 내려온 제사장은 나머지 흰옷들과 더불어 길을 따라 숲을 둘러 갔고, 얼마 안 있어 언덕 꼭대기에 도달했다.

베로니크는 휘둥그레진 눈을 도저히 뗄 수 없어서 좀 더 고개를 내밀어 관찰했고, 마침내 나무에 매달린 세 구의 시체에 시선이 멈추었다. 멀리서 보니, 양쪽으로 늘어뜨린 검은색 머리쓰개의 띠가 무슨 까마귀 같은 느낌을 주었다. 바로 그 앞에서 걸음을 멈춘 아까의 흰옷 부대는 이상스러운 의식을 준비하는 듯했다. 그런가 하면, 문득 일행에게서 떨어져 나온 제사장이 겨우살이 뭉치를 손에 든 채, 다리의 첫 번째 교각이 여전히 남아 있는 곳까지 언덕을 내려오는 것이 아닌가!

베로니크는 정신이 아찔했다. 눈앞의 모든 사물이 뒤흔들리는 것 같으면서도, 그녀는 하얀 수염을 늘어뜨린 제사장의 가슴팍에서 기우뚱기우뚱 반짝거리는 도끼날에 악착같이 시선을 고정시켰다. 대체 무얼 하려는 것일까? 다리가 사라지고 없음에도 베로니크의 가슴은 사정없이 두방망이질을 하고 있었다. 그러다 결국 무릎이 후들거려 더 이상 버틸 수 없는 나머지, 무시무시한 광경에 시선을 꽂은 채 그 자리에 풀썩 쓰러지고 말았다.

깎아지른 듯한 심연을 발치에 두고 사제는 잠시 멈춰 섰다. 그러더니 겨우살이를 쥔 손을 뻗어 마치 자연의 섭리마저 변화시키는 부적이라도 되는 듯, 신성한 식물을 앞세우면서 심연 위로 발걸음을 내딛는 것이었다.

그렇게 환한 달빛 아래 그는 허공 위를 처연히 걷고 있었다.

무슨 일이 벌어지고 있는지 알 수가 없었다. 아니 대체 어떤 일이 벌어졌는지, 무슨 환영(幻影)의 노리개가 되고 있는 것은 아닌지, 그것이 환영이라면 저들의 의식(儀式)이 거행되는 언제쯤부터 그것에 홀리게 되었는지, 베로니크의 헝클어진 머릿속은 좀처럼 감을 잡을 수가 없었다.

그저 두 눈을 꼭 감은 채, 일어나지도 않은 일, 예상하고 싶지도 않은 일을 마냥 기다릴 뿐이었다. 그러던 중 좀 더 현실적인 문제가 그녀의 몽롱한 정신을 퍼뜩 들게 했다. 등불 속의 초가 거의 다 타가고 있었던 것인데, 왜 그런지 뭔가 대책을 취해 수도원으로 되돌아갈 엄두가 나지 않았다. 그러면서도 만약 수일 내 햇살이 다시 살아나지 않는다면, 불을 지필 수 없게 되고, 그럼 모든 것이 끝장이라는 당혹감이 뒤통수를 때리는 것이었다.

더 이상 저항하기도 질렸다. 이런 불공평한 싸움이라면 이미 패한 것이나 다름없다고 느낀 베로니크는 그만 모든 것을 내심 포기하고 있었다. 오로지 단 하나 견딜 수 없을 파국이라면 산 채로 붙잡히는 것뿐. 그럴 바엔 차라리 굶주려 죽지 못할 이유가 무엇이겠는가? 물론 그것도 고통스럽기야 하겠지만, 고통이란 언젠가는 감소하기 마련. 결국에는 자기도 모르는 사이, 이토록 잔혹한 삶에서 점점 더 그럴듯해 뵈는 무(無)의 세계로 건너가는 순간이 오지 않겠는가!

"그래, 그거야. 그거라고. 사레크를 벗어나든 죽음 속으로 걸어 들어가든 그게 그거 아니겠어? 중요한 건 이 모든 것에서 벗어나는 일이니 말이야."

그렇게 중얼거리는데, 문득 낙엽 소리가 눈을 번쩍 뜨게 했다. 공교롭게도 바로 그 순간 등불의 심지가 꺼져버렸다. 어둠 속에서도 투바비앵이 곁에 다가와 앉아 두 발로 허공을 차고 있다는 것을 느낄 수 있었다.

아울러 웬 과자 상자가 가느다란 끈으로 목에 매달려 있는 것이 눈에 들어왔다.

"대체 어떻게 된 건지 말해주렴, 투바비앵?"

아침나절 수도원 자신의 방에서 실컷 휴식을 취하고 막 눈을 뜬 베로니크가 개를 어루만지며 속삭였다.

"설마 네가 일부러 나를 찾아와 먹을 것을 가져다주었을 리는 없잖니? 우연히 그렇게 된 거 맞지? 우연히 그곳을 어슬렁거리다가 내가 흐느끼는 소리를 듣고 달려온 거 아니니? 그래도 누가 네 목에 과자 상자를 매놓았는지는 정말 모르겠구나. 혹시 이 사레크에도 우리 친구가 있는 건가? 우리를 주시하고 있는 누군가 친절한 사람 말이다. 그런 거라면 대체 어디서, 왜 숨어 있기만 하는 걸까? 투바비앵, 네가 한번 말해보렴."

베로니크는 녀석을 꼭 껴안으며 이렇게 덧붙였다.

"가만있자, 너 혹시 그 과자 상자 누구한테 전해주려고 한 거니? 네 주인인 프랑수아한테? 아니면 오노린? 그것도 아니면 누구? 혹시 므슈 스테판?"

개는 대답 대신 꼬리를 살랑살랑 흔들면서 문 쪽으로 다가갔다. 뭔가 말귀를 알아들은 것이 분명했다. 베로니크는 녀석을 따라 스테판 마루의 방에까지 당도했다. 투바비앵은 즉시 선생의 침대 밑으로 기어 들어갔다.

알고 보니 거기엔 과자만 세 상자가 더 있었고, 초콜릿이 두 꾸러미, 통조림도 두 통이나 있었다. 그뿐만 아니라 그 모든 것에 헐거운 매듭 달린 끈이 매어져 있어서, 개의 목이 자유자재로 드나들 수 있도록 되어 있는 것이었다.

베로니크는 아연실색한 표정으로 말했다.

"대체 이게 어찌 된 일이지? 네가 이 모든 것을 그 안에다 쑤셔 넣은 거니? 모두 어디서 난 거야? 정말로 이 섬 어딘가에 우리와 스테판 마루 모두를 알고 있는 친구가 있단 말이니? 나를 그 친구에게 데려다줄 수 있겠어? 다리도 끊겨서 네가 왔다 갔다 할 리가 없으니, 그 친구도 분명 섬 이쪽에 살고 있겠지?"

베로니크는 깊은 생각에 잠겨 들었다. 투바비앵이 내놓은 먹을 것들 말고도 침대 밑에는 자그마한 헝겊 가방이 하나 더 있었다. 스테판 마루가 뭐하러 이런 곳에 가방을 숨겨두었는지가 못내 궁금했다. 베로니크는 당연히 그 가방을 열어서 선생의 정체와 이 사건에서의 역할, 과거 내력, 그리고 데르즈몽 씨 및 프랑수아와의 관계에 대해 조사해보는 것이 마땅하다고 생각했다.

"그래, 당연히 그래야 할 거고 내겐 그럴 권리가 있어."

그렇게 결단을 내리자마자 그녀는 큼직한 가위로 별 볼 일 없는 가방 자물쇠를 억지로 뜯어 열었다.

안에는 고무 장정이 된 노트 하나만 덩그러니 있었다. 그리고 그 첫

장을 들추자마자 그녀는 또다시 엄청난 혼란 속에 빠져들었다.

자신의 어렸을 적 사진이 있었는데, 이름자를 모두 적은 자필 서명과 더불어 이런 글귀까지 적혀 있었던 것이다.

내 친구 스테판에게

"이게 어떻게 된 거지. 도무지 모르겠어. 이 사진은 분명 기억하는데……. 아마 열여섯 살 때쯤일 거야. 하지만 내가 이걸 어떻게 이 사람한테 준 거지? 내가 알고 있는 사람이란 말인가?"

혼잣말을 중얼거리면서, 그녀는 점점 더해만 가는 궁금증과 함께 일종의 머리말에 해당하는 다음 장을 넘겼다.

베로니크, 당신이 지켜보는 가운데 살고 싶습니다. 내가 다른 이의 자식이기에 미워해야 마땅하고, 동시에 당신의 자식이기도 하기에 또한 사랑할 수밖에 없는 이 아이의 교육을 맡은 건, 단지 오래전부터 내 인생을 지배해온 비밀스러운 감정과 드디어 화해했기 때문입니다. 나는 당신이 다시금 어머니의 자리를 되찾을 날이 오리라 확신하고 있습니다. 그날이 오면 당신은 아마도 프랑수아를 자랑스레 여길 것입니다. 그 전에 내가 이 아이한테 내재하는 아비의 기질을 깨끗이 일소하고, 반대로 당신에게서 물려받은 고결하고 품위 있는 성품을 한껏 북돋아줄 테니 말입니다. 그것이야말로 내가 혼신을 던져 정진할 만큼 대단한 목표라고 생각합니다. 나는 아주 기쁜 마음으로 내 일을 해낼 것입니다. 나는 당신이 그저 흐뭇하게 웃어만 준다면 충분한 보상을 받은 걸로 여길 것입니다.

왠지 모르게 묘한 감정이 베로니크의 영혼을 적시며 스며들었다. 그녀의 삶이 조금은 안정감 있는 광채를 발하는 듯했고, 비록 이해 못하기는 이 섬의 다른 경우와 마찬가지였지만, 이 새로운 수수께끼는 흡사 마게녹의 꽃밭처럼, 어딘지 훈훈하고 마음을 위로해주는 듯한 느낌을 주는 것이었다.

그다음부터는 줄곧 아들의 교육에 관한 하루하루의 내용이 펼쳐졌다. 학생의 발달 과정과 선생의 교육 방식이 상세히 기술되어 있었다. 학생은 얌전하고 똑똑하며 근면 · 성실한 데다 착하고 감수성까지 풍부한 것으로 되어 있었고, 아울러 사려도 깊고 적극적인 면도 가지고 있는 듯했다. 한편 선생 역시 인내심 많고 정감 어린 태도로 일관했는데, 교육을 함에 있어 어떤 심오한 입장을 구절구절에서 느낄 수가 있었다.

그러다가 장수(張數)가 더해갈수록 일상을 기록하는 자세가 점점 더 열정적이 되었고, 그만큼 자유분방하게 자신의 내면을 드러내는 것이었다.

내 사랑하는 아들 프랑수아야—그렇게 불러도 무방하지 않을까?—너의 엄마가 네 모습 속에서 되살아나고 있구나. 너의 그 순수한 눈동자는 바로 네 엄마의 맑은 눈빛을 그대로 닮았구나. 너의 영혼도 그녀의 영혼처럼 진지하고 때 묻지 않았다. 너는 악(惡)을 모른다. 그리고 심지어 선(善)도 안다고 말할 수 없을 정도이다. 왜냐면 선이란 그토록 네 본성에 자연스레 녹아 있으니까.

개중에는 아이의 과제물이 그대로 필사되어 있기도 했는데, 거기엔 열정적인 애정을 담아 엄마 얘기를 하는 대목과 언젠가는 엄마를 되찾고야 말겠다는 의지도 엿보였다. 스테판은 그에 덧붙여 이렇게 소견을 밝히고 있었다.

그래, 프랑수아……. 우린 엄마를 꼭 찾고야 말 거야. 그때가 되면 너도 지금보다 훨씬 잘 이해하게 될 거다. 아름다움이 무엇인지, 찬란한 광채가 어떤 것인지, 삶의 매력과 함께 세상을 찬탄 어린 시선으로 바라보는 기쁨이 얼마나 위대한지…….

그다음에는 베로니크에 관한 사소한 일화들이 기록되어 있었다. 한데 그 대부분이 그녀 자신도 잘 기억하지 못하는 것이거나, 아니면 그녀 혼자만 알고 있다고 생각한 내용이었다.

하루는 튈르리 공원에서—아마 열여섯 살 때였지—그녀 주위로 사람들이 동그랗게 원을 그리며 모여들었을 정도였지. 그녀의 아름다움을 경이의 눈빛을 하고 바라보고들 있었어. 그녀와 함께 있던 여자 친구들조차 친구에 대한 사람들의 그런 태도를 기뻐하고 즐거워했지. 프랑수아, 언젠가 엄마를 찾게 되면 그녀의 오른손을 한번 펴보아라. 거기 손바닥 한가운데 하얗게 되어버린 기다란 흉터가 하나 있을 것이다. 엄마가 아주 어렸을 적에 철책의 쇠창살에 찔린 상처란다.

그러다가 마지막 몇 장은 아이가 읽을 만한 내용이 아니었고, 분명 읽게 놔두지도 않았을 대목들로 채워져 있었다. 거기엔 베로니크를 향한 애모의 정이 그럴듯한 찬탄의 표현으로 덧씌워지기보다는, 펄펄 끓어오르는 정열과 간절한 바람으로 가슴 졸이는 나심(裸心) 그대로 표출되어 있었다.

베로니크는 노트를 덮었다. 도저히 더 읽을 수가 없었던 것이다.

벌써 곁에 다가와 반듯하게 앉아 있는 개를 바라보며 그녀는 조용히 중얼거렸다.

"그래, 그래. 솔직히 말해줄게, 투바비앵. 너도 알다시피 지금 내 눈에 눈물이 글썽거린단다. 다른 누구한테도 이런 얘기를 한 적은 없지만, 참 나처럼 별 볼 일 없는 여자를 이 노트는 무던히도 감동시키는구나. 그래, 나를 이토록 사랑해주는 사람이 어떤 얼굴을 하고 있는지 몹시도 궁금하단다. 그 조심스러운 애정을 내가 전혀 눈치채지 못했던 어린 시절의 어떤 친구일 테지. 이름조차 기억 속에 담아두지 않았던 누군가 말이야."

그녀는 개를 가슴에 끌어안으며 이렇게 덧붙였다.

"둘 다 너무도 아름다운 마음 아니더냐, 투바비앵? 선생도 학생도 결코 내가 목격했던 그런 끔찍한 죄악을 저지를 사람들이 아니야. 그들이 이 섬의 나쁜 사람들과 한패 역할을 했다면 그건 아마도 자신들도 모르는 사이, 어쩌다 보니 그렇게 된 걸 거야. 나로선 사람의 정신을 호리는 미약(媚藥)이랄지, 주술이랄지, 무슨 약초 따위가 있다는 얘긴 도저히 믿을 수가 없단다. 하지만 어떻게 보면 그런 무엇이 있을 법도 하구나, 안 그러니? 그렇지 않고서야 꽃 피는 골고다 언덕에 베로니카 꽃을 가꾸고, 거기다 '엄마의 꽃'이라고 적어놓는 아이가 그런 무서운 짓을 저지를 리가 없지 않겠니? 어쩜 광증의 폐단을 지적한 오노린의 얘기가 옳을지도 몰라. 어때, 그 아이가 나를 찾으러 돌아올 것 같지 않니? 스테판과 그 아이가 돌아올 것 같아."

평온한 시간이 흘렀다. 이제 더 이상 베로니크는 인생의 외톨이가 아니었다. 현재는 그녀를 윽박지르지 않았고, 어느새 미래를 향한 믿음이 그녀의 마음속을 비집고 들어왔다.

다음 날 아침, 곁에 두고 싶어서 문을 걸어 잠가 나가지 못하게 한 투바비앵에게 그녀는 이렇게 말했다.

"자, 어떠냐, 친구야. 이젠 나를 데려다줄 수 있겠지? 어디냐고? 그야 물론 먹을 것을 갖다준 미지의 친구한테 말이지. 자, 어서 가자꾸나."

투바비앵은 잠시도 머뭇거리지 않았다. 녀석은 고인돌 방향으로 순식간에 잔디밭을 가로질러 갔는데, 중간쯤에 이르자 문득 걸음을 멈추었다. 뒤늦게 따라나선 베로니크가 그곳에 당도하자, 녀석은 우측으로 방향을 틀어 벼랑 끄트머리 근처에 있는 폐허까지 오솔길을 달음질쳐 갔다.

거기서 녀석은 또다시 멈췄다.

"여기니?"

베로니크가 물었다.

개가 납작 엎드린 지점 바로 앞에는 송악으로 뒤덮인 채 둘이 서로 잇대어 기대 세워진 돌덩이 하단에 나무딸기 덤불이 우거져 있었고, 그 아래로 야생 토끼 굴의 입구처럼 보이는 비좁은 통로가 나 있었다. 투바비앵은 곧장 그 구멍 속으로 기어 들어갔다가 잠시 후 나왔고, 나무딸기들을 제거할 낫도끼를 가지러 수도원으로 돌아간 베로니크를 킁킁거리며 찾았다.

반 시간쯤 걸려서 베로니크는 구멍 속의 첫째 계단이 드러나게 하는데 성공했고, 투바비앵을 따라 더듬더듬 안으로 들어갔다. 암반을 뚫고 만들어진 터널을 따라 어느 정도 내려가자 오른쪽으로 난 자그마한 구멍들로 난데없는 빛이 새어 들어왔다. 고개를 들어 보니 구멍들은 바다를 향하고 있었다.

베로니크는 10분 정도 더 걸어 들어갔고, 다시 나타난 계단을 내처 걸어 내려갔다. 터널은 점점 비좁아지고 있었다. 이제는 아래에서 직접 내다볼 수 없을 만큼 하늘로 치솟아 있는 구멍들이 좌우측으로부터 빛을 들이고 있었다. 그제야 베로니크는 투바비앵이 섬의 다른 편과 어떻게 소통할 수 있었는지를 깨달았다. 터널은 수도원 영지와 사레크를 이어주는 협소한 벼랑 지대를 따라 뚫려 있었던 것이다. 따라서 터널 외벽은 좌우측 모두로부터 몰아치는 파도에 시달리고 있었다.

이윽고 이번엔 오르막 계단이 나왔고, 곧장 대(大)참나무 숲 언덕 밑으로 통하게 되어 있었다. 위로 두 갈래 길이 갈라졌다. 투바비앵은 오른쪽 길을 택했는데, 보아하니 바다 쪽으로 우회하는 통로였다.

그리고 이어서 왼쪽으로 두 개의 또 다른 길이 어둑한 곳으로 뻗어 있었다. 그러고 보니 섬 전체가 이렇듯 보이지 않는 소통망으로 연결되어 있는 것이 틀림없었다. 아르시냐 자매들이 얘기해준 검은 황야 지대 아래의 저 사악한 무리의 영역으로 향해 가고 있다는 것을, 이제야 베로니크는 초조하게 감지했다.

투바비앵은 종종걸음으로 앞서가다가, 이따금 뒤를 돌아봐 주곤 했다.

그럴 때마다 베로니크는 나지막이 화답했다.

"그래그래, 곧 간다, 친구야. 난 두렵지 않으니 안심해라. 지금 네 친구에게 가는 것 아니니. 그쪽 어딘가에 안전한 피난처를 마련해놓은 모양이지? 한데 왜 거기서 한 발짝도 나오지 않는 걸까? 이 정도라면 네가 그를 인도해서 밖으로 나오게 할 수도 있을 텐데 말이다."

조금씩, 조금씩 깎아서 만들어진 듯한 통로는 전체가 가지런하게 뻗어 있었고, 군데군데 외부로 통한 구멍들로 환기까지 적절하게 되어서, 궁륭형으로 솟은 천장과 건조한 바닥 모두 비교적 쾌적한 상태를 보존하고 있었다. 내벽 어디를 둘러봐도 이렇다 할 표지나 사람 지나다닌 흔적 같은 것은 찾을 수 없었다. 다만 이따금 새까만 규석 덩어리가 뾰족하게 튀어나와 있을 뿐이었다.

"다 왔니?"

갑자기 멈춰선 투바비앵한테 베로니크가 물었다.

터널은 거기가 끝이었고, 그 대신 좀 더 자그마한 구멍으로 희미한 빛이 새어 드는 널찍한 공간이 열려 있었다.

한데 투바비앵은 왠지 모르게 머뭇거리는 듯했다. 녀석은 귀를 쫑긋 세운 채 앞발을 터널 끄트머리 내벽에 대고 한참을 귀 기울이는 것이었다.

자세히 보니, 유독 그 지점의 내벽은 다른 곳처럼 화강암으로 이루어져 있지 않고 울퉁불퉁한 돌들과 시멘트로 버무려져 있었다. 틀림없이 터널 공사와는 다른 시기, 아마도 최근에 작업이 이루어진 티가 역력했다. 필시 다른 쪽으로 계속 이어졌어야 할 지하 통로를 그쯤에서 완전히 차단한 모양이었다.

베로니크는 다그치듯 말했다.

"여기가 다 온 거냐고?"

바로 그때였다. 난데없는 사람의 목소리가 답답하게 막힌 듯 들려왔다.

그녀는 벽에다 가만히 귀를 대보았고, 이내 소스라치게 놀라고 말았다. 목소리가 좀 더 크고 명확하게 들렸던 것이다. 어떤 아이의 목소리였다.

아이를 재우며
엄마가 말했지.

울지 마라, 아가야.
네가 울면…….

베로니크는 자기도 모르게 중얼거렸다.

"노래야. 노래를 부르고 있다고."

그것은 오노린이 백멜에서 흥얼거리던 바로 그 노래였다. 대체 그것을 지금 누가 부르고 있단 말인가? 섬에 남은 아이가 있다면, 혹시 프랑수아의 친구?

노래는 계속 이어지고 있었다.

네가 웃고 노래하면
성모님도 웃으시고

두 손 모아 기도하면
착하신 성모님도…….

그쯤에서 뚝 그치고 잠시 침묵이 이어졌다. 투바비앵은 마치 그만이 알고 있는 어떤 사태가 이제 막 벌어지려는 것처럼, 점점 긴장하며 촉각을 곤두세우는 분위기였다.

아닌 게 아니라 녀석이 서 있는 바로 그곳에서 누군가 조심스레 돌을 옮기는 듯한 소리가 희미하게 들렸다. 투바비앵은 별안간 꼬리를 미친 듯이 흔들어대며 격렬하게 짖어대기 시작했는데, 그것은 침묵을 깰 만큼 다급한 위험을 인지한 짐승 특유의 본능적인 태도였다. 바로 그 순간, 녀석의 머리 위쪽 돌덩이 하나가 안쪽에서 일부러 잡아당긴 듯 쑥 빠져버렸고, 이내 휑하니 구멍 하나가 생겼다.

투바비앵은 조금도 지체하지 않고 그리로 펄쩍 뛰어올라 버둥거리더니, 금세 안으로 사라져버렸다.

이어서 아이의 목소리가 새어나왔다.

"아, 므슈 투바비앵이로구나! 그래 어떻게 된 거야, 므슈 투바비앵? 왜 어제는 주인한테 안 온 거지? 대단히 바쁜 일이 있었나 봐? 오노린과 산책이라도 했니? 아, 네가 말을 할 줄만 안다면 나한테 해줄 얘기가 참 많을 텐데. 우선 말이야……."

베로니크는 쿵쿵거리는 가슴을 쓸어내리며 가만히 벽에 기대 무릎을 꿇고 앉았다. 지금 저 목소리가 혹시 아들의 목소리일까? 정녕 프랑수아가 돌아와 저곳에서 숨어 지내는 거라고 생각해야 할까? 안을 들여다보려고 해도 허사였다. 벽의 두께도 두께였지만, 구멍이 한 번 굽어 들어가게 되어 있었던 것이다. 그럼에도 불구하고 아이의 청명한 목소리는 그 억양이나 말 한마디 한마디가 고스란히 베로니크의 귀에 전달되고 있었다!

"우선 말이다, 왜 오노린은 나를 여기서 빼내주러 오지 않는 걸까? 너는 왜 또 그녀를 데리고 오지 않는 거니? 너는 용케도 내가 여기 있는 걸 찾아냈지만……. 할아버지는 내가 없어져서 또 얼마나 걱정하시겠어? 하여간 대단했어! 안 그래? 너도 여전히 같은 생각이지? 다 잘될 거야, 그치? 점점 나아지겠지?"

베로니크는 도대체 무슨 소린지 이해가 가지 않았다. 지금 아들은—이제 그녀는 목소리가 자식의 것임을 전혀 의심치 않았다—여태껏 무슨 일이 벌어졌는지를 전혀 모르는 듯 말하고 있지 않은가! 그럼 모든 것을 그새 잊어버렸단 말인가? 광기에 사로잡혔을 때 행했던 작태가 기억 속에 단 하나의 흔적도 남기지 않았단 말인가?

'그래……. 어쨌든 광기의 발작으로 벌어진 일이었으니까. 그래, 그 당시엔 분명 미쳐 있었던 거야. 오노린 얘기가 맞았어. 개는 그때 미쳤어. 그런데 지금은 제정신으로 돌아온 거야. 아, 프랑수아……. 프랑수아…….'

그런 생각을 굴리면서 베로니크는 혼신을 다해 귀를 기울이고 있었다. 말 한마디가 어떻게 나오느냐에 따라 엄청난 기쁨을 줄 수도 있고 반대로 절망감만 가중시킬 수도 있는 아이의 목소리를 벌벌 떠는 심정으로 고대하는 것이었다.

지금까지보다 훨씬 지독한 어둠이 그녀의 인생을 감싸느냐, 아니면 열다섯 살 이래로 끊임없이 몸부림쳐 왔던 이 처절한 암흑 속에 바야흐로 찬란한 빛이 솟아오르느냐 둘 중 하나였다.

아이의 목소리는 계속 흘러나왔다.

"그래, 우린 생각이 같아. 모두 다 잘될 거야. 다만 난 말이다, 네가 진짜 증거를 들이대며 내게 그걸 증명해주었으면 좋겠어. 일단 말이야, 내가 너를 통해서 그토록 여러 번 신호를 보냈는데도, 할아버지나 오노린이나 여전히 감감무소식 아니니. 또 스테판으로부터 소식이 없는 것도 굉장히 짜증 나는 일이야. 대체 어디 있는 걸까? 그는 또 어디다 가두어놓은 거지? 혹시 굶어 죽은 건 아니겠지? 그나저나 투바비앵, 그저께는 과자를 어디로 가져간 거니? 대체 무슨 일이 있긴 있었던 거야? 봐, 지금도 뭔가 골똘한 표정이잖아? 저쪽에서 무엇을 본 거니? 나가고 싶어? 아니라고? 그럼 뭐야?"

아이는 갑자기 입을 다물었다. 그리고 잠시 후 훨씬 나지막한 목소리로 이러는 것이었다.

"너 누구랑 함께 온 거지? 벽 뒤에 누군가 있는 거 아냐?"

개 역시 나지막이 짖어댔다. 그리고 이번엔 꽤 오랫동안 침묵이 이어졌는데, 아마도 잔뜩 귀를 기울이는 모양이었다.

베로니크는 어찌나 가슴이 두방망이질하는지, 벽 저쪽에까지 심장의 박동 소리가 들릴 것만 같았다.

아이가 속삭였다.

"오노린이에요?"

짤막한 침묵이 흘렀고, 다시 이랬다.

"맞아, 오노린 아줌마야. 분명해. 거기 숨 쉬는 소리까지 다 들린다고요. 왜 대답을 않는 거죠?"

베로니크는 속에서 울컥 치밀어 오르는 기운을 느꼈다. 스테판도 억지로 갇힌 처지라는 사실, 즉 프랑수아와 마찬가지로 적들의 횡포에 희생당한 입장이라는 사실을 깨달은 뒤부터 전체적으로 뭔가 서광이 비치는 느낌이었다. 온갖 어지러운 가설이 그녀의 의식 표면 위로 정신없이 출몰하기 시작했다. 그러니 어찌 아이의 부르는 소리에 모르는 척할 수가 있겠는가? 지금 아들이 애타게 부르고 있다. 바로 그녀의 자식이 말이다!

베로니크는 더듬더듬 말했다.

"프랑수아……. 프랑수아……."

"어! 누가 대답했어. 아는 목소린데……. 아줌마예요? 오노린 아줌마 맞죠?"

"아니다, 프랑수아."

"그럼?"

"오노린 아줌마의 친구란다."

"내가 모르는 사람이세요?"

"그래……. 하지만 네 친구가 될 수도 있지."

아이는 잠시 머뭇거렸다. 과연 믿어야 할까?

"왜 오노린 아줌마는 함께 안 온 거예요?"

이것은 전혀 예상하지 못한 질문이었다. 하지만 무의식적으로 떠오른 가설이 정확하다면, 아직 아이는 진실을 모르고 있는 것이 틀림없다는 판단이 들었고, 그래서 이렇게 말했다.

"오노린은 여행에서 돌아왔다가, 다시 떠났단다."

"나를 찾아서 떠난 거예요?"

베로니크는 얼른 대답했다.

"그래, 바로 그런 셈이지. 네 선생님과 마찬가지로 너도 이곳 사레크에서 어디론가 납치되었다고 생각했거든."

"할아버지는요?"

"할아버지도 마찬가지란다. 다른 주민들도 따라서 몽땅 섬을 떠났어."

"아……. 여전히 그 서른 개의 관과 십자가 얘기가 들끓는 모양이죠?"

"맞았어! 모두들 네가 사라지는 것으로 재앙이 시작되었다고 믿은 거지. 너무도 두려워서 섬에 남아 있는 사람이 없단다."

"그럼 당신은요?"

"나? 응, 나는 오래전부터 오노린과 알고 지내는 사이란다. 난 파리 출신인데, 사레크에서 요양이나 할까 하고 그녀와 함께 왔지. 나는 굳이 떠날 이유가 없어. 원래 그런 미신 따위는 개의치 않거든."

아이는 잠자코 있었다. 아무래도 방금 내뱉은 대답이 당찮고 허술하다는 점을 아이도 눈치챈 모양이었다. 점점 불어만 가는 의심을 아이는 솔직히 털어놓았다.

"이보세요, 마담. 제가 한 가지만 분명히 말씀드리죠. 여기 갇혀 지낸 지 이제 열흘째 되어갑니다. 처음 며칠간은 사람 목소리는커녕 그림자 하나 얼씬하지 않았어요. 한데 그저께부터 매일 아침 이 방문 한복판의 쪽문이 열리면서 웬 여자 손이 들락날락하며 마실 물을 새로 놓아주는 거예요. 분명 여자 손이 말이에요."

"그럼 너는 바로 그 여자가 내가 아니냐 이거니?"

"네, 바로 그거예요. 그렇게 생각할 수밖에 없잖아요?"

"그 여자 손을 알아볼 수 있겠니?"

"오, 그럼요! 까칠하고 메마른 손이었어요. 팔뚝은 노리끼리하고요."

"그렇다면 내 손을 보여주지. 투바비앵이 지나간 구멍으로 들이밀 수 있을 거다."

그렇게 말하며 베로니크는 소매를 걷었다. 옷 때문에 거치적거리지도 않는 데다 팔꿈치를 약간 구부리니 의외로 수월하게 팔 전체가 미끄러져 들어갔다.

곧장 프랑수아의 대답이 튀어나왔다.

"어, 정말 내가 보던 그 팔이 아니네!"

그러고는 나직이 덧붙이는 것이었다.

"참 예쁘시네요."

베로니크는 갑자기 저쪽에서 덥석 손을 붙드는 것이 느껴졌다. 그리고 곧바로 이어서 이런 외침 소리가 따라나왔다.

"아니, 이럴 수가! 이럴 수가!"

아이는 여자의 손바닥이 환히 드러나도록 뒤집어서 손가락을 쫙 펴게 만들고는, 더듬더듬 중얼거리기 시작했다.

"흉터가……. 흉터가 있어! 하얀색 흉터가 있다고."

그제야 베로니크는 가슴이 철렁했다. 문득 스테판 마루가 작성한 노트 생각이 났고, 그중에서 프랑수아도 읽었을지 모르는 몇 가지 세부적인 내용이 뇌리를 스치고 지나갔던 것이었다. 다름 아닌, 옛날 상처를 상기시키는 그 새하얀 흉터 이야기 말이다.

별안간 손바닥에 아이의 입술이 느껴졌다. 처음엔 조심조심 부드럽게, 그리고 점차 격렬하고 열정적으로 비벼대는 입술의 촉감과 더불어, 뜨거운 눈물도 촉촉이 느껴졌다. 더듬더듬 아이의 목소리가 가냘프게 들려왔다.

"오……. 엄마…… 우리 엄마…… 우리 사랑하는 엄마……."

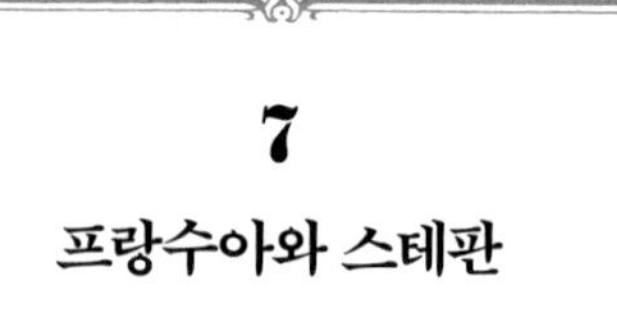

7
프랑수아와 스테판

엄마와 아들은, 비록 벽을 사이에 두었지만, 서로의 열에 들뜬 눈빛과 입맞춤, 눈물을 실컷 나누기라도 하는 것처럼 함께 오랜 시간 무릎을 꿇고 앉아 있었다.

서로서로 누가 먼저랄 것도 없이 얘기와 질문을 퍼부어대는가 하면 또 되는대로 대답을 하는 가운데, 둘은 기쁨으로 한껏 취해 있었다. 각자의 삶이 상대의 삶으로까지 넘나들며 그대로 서로에게 녹아드는 것 같았다. 지금 이 순간만큼은 이 세상 어떤 힘도 둘 사이에 맺어진 연결고리를 떼어낼 수 없었고, 보통 어머니와 자식 사이를 이어주는 애정과 신뢰의 고리가 드디어 이 모자간에도 끈끈하게 형성되고 있었다.

프랑수아가 천진하게 말했다.

"아 그래, 좋아, 투바비앵! 그렇게 앞발을 세울 만하지! 지금 우리 둘 다 울고 있거든. 하지만 너 그러다 먼저 피곤해 나자빠질지도 몰라! 왜냐면 아무리 울어도 도저히 눈물이 멈출 것 같지가 않거든. 그렇죠, 엄마?"

베로니크의 머릿속에서, 일전에 목격했던 끔찍한 광경일랑 흔적도 없이 사라진 상태였다. 아들이 살인을 했다고? 아들이 뭇사람들을 학살했다고? 천만에! 도저히 더는 받아들일 수가 없다. 심지어는 한순간 미쳤다는 얘기조차 지금은 터무니없는 낭설처럼 여겨졌다. 분명 지금까지와는 전혀 다른 해명이 존재할 것이고, 그것은 차차 파악해가면 그뿐이다. 일단 현재는 아들만 생각하기에도 정신이 없다. 그 아이가 지금 여기 이 자리에 있는 것이다. 그녀의 눈은 암벽을 그대로 통과해 아들의 모습을 보고 있었다. 펄펄 뛰는 가슴이 그대로 가슴으로 전해져 오고 갔다. 아이는 분명 어머니로서 상상해왔던 순수하고 다정다감하며, 온유하고 귀여운 소년의 모습 그대로, 이렇게 살아 숨 쉬고 있는 것이다!

"아들아, 내 아들아. 내 사랑하는 아들아. 내 아들아……."

베로니크는 앞으로 또 언제 이런 기적 같은 단어를 마음껏 입 밖에 내볼 수 있겠느냐는 듯, 끊임없이 중얼거렸다.

"정녕 내 아들이로구나! 난 네가 그만 죽은 줄 알고 있었단다! 아주 아주 영영 죽은 줄 알고 있었어. 그런데 이렇게 살아 있구나! 여기 이 자리에 있어! 그리고 이렇게 만져볼 수도 있다! 아! 하느님! 이럴 수가 있습니까! 아들이에요. 제 아들이 살아 있단 말입니다."

그러자 벽 저쪽에서도 똑같이 이렇게 화답하는 것이었다.

"엄마…… 엄마…… 얼마나 오래 기다렸는지 몰라요! 저에게 엄마는 언제나 살아 계신 분이었어요! 엄마 없는 아이가 얼마나 서글픈 건지……. 그저 엄마를 기다리는 처량한 심정으로 날이 가고 해가 가는 걸 물끄러미 지켜봐야만 하는 처지가 얼마나 슬픈 건지……."

무려 한 시간가량을 두 사람은 과거든 현재든 가리지 않고 머릿속에 떠오르는 순서대로 이것저것 얘기꽃을 피우고 있었다. 그리고 이내 서로의 삶에 대해, 서로의 깊은 내면에 관해 좀 더 알기 위한 질문들이 오고 가기 시작했다.

그런 밑도 끝도 없는 대화를 일정한 선에서 정돈한 것은 엄마가 아닌 아들이었다.

"엄마, 있잖아요, 우리 할 얘기가 너무도 많아요. 이건 아마 오늘 하루는커녕 몇 날 며칠이 걸려도 다 할 수 없을 거예요. 그러니 지금은 반드시 필요한 얘기만 하기로 해요. 별로 시간도 없으니 되도록 간단하게요."

그 말에 벌써부터 가슴이 철렁한 엄마.

"무슨 소리! 난 절대로 네 곁을 떠나지 않을 거다!"

"그런 뜻이 아니에요, 엄마. 일단 합쳐야 할 것 아니에요? 한데 그러려면 굳이 이 암벽이 아니더라도 헤쳐가야 할 장애물이 너무도 많아요. 다 제쳐두고, 지금 저는 감시를 받고 있다고요. 여차하면 엄마한테서 떨어져 있어야 해요. 여태까지도 발소리만 살짝 들릴라치면 투바비앵과도 부랴부랴 떨어져야만 했단 말이에요."

"누가 널 감시한단 말이니?"

"검은 황야 밑에 있는 이 토굴 입구를 스테판과 함께 발견했을 때, 우리 둘을 덮쳤던 놈들이에요."

"그럼 그들을 네 눈으로 직접 봤겠구나?"

"아뇨, 주위가 온통 캄캄했거든요."

"도대체 누구더란 말이냐? 어떤 나쁜 놈들이야?"

"그건 저도 몰라요."

"그래도 혹시 짐작 가는 바가 있을 것 아니니?"

그러자 곧장 웃음을 머금은 대답이 튀어나왔다.

"아, 그 드루이드요? 전설에서 얘기하는 그 옛날 사람들 말이죠? 세상에, 천만에요! 정령요? 그것도 웃기는 얘기죠. 그들은 분명 살과 피를 지니고 오늘을 살아가는 사람들이에요."

"하지만 이곳 땅속에 살고 있다잖니?"

"아마 그럴 거예요."

"그래, 너와 스테판 선생이 그들을 찾아낸 거란 말이냐?"

"아뇨, 그 정반대라면 또 모르죠. 그들은 심지어 우리를 늘 염탐해오며 기다리고 있던 것 같거든요. 우린 그 당시 돌계단을 내려와 여든 개에 달하는 동굴이 열 지어 있는 기나긴 통로를 따라 걸었지요. 어쩌면 동굴이라기보다 여든 개의 골방이라고 해야 적당할 것도 같은데, 어쨌든 나무 문이 활짝 열려 있었고, 아마 추측건대 모두 다 바다를 향하고 있는 방들이었어요. 한데 문제는 돌아가는 길에 벌어졌어요. 어둠 속에서 다시 계단을 거슬러 올라가는데, 갑자기 옆에서 누군가 들이닥쳐 우릴 꼼짝 못하게 옭아매고는 눈을 가리고 재갈까지 물리는 거였어요. 눈 깜짝할 사이에 그렇게 되고 말았어요. 아마도 우릴 통로 끝까지 끌고 가는 것 같았어요. 결국 나중에 끈도 풀고 눈가리개를 벗어버리고 나서야 그 여러 개의 골방 중 제일 마지막 골방에 갇힌 걸 깨닫게 되었죠. 그렇게 지금까지 열흘 동안 갇혀 있었던 거예요."

"어머나, 가엾은 것……. 그래 얼마나 고생이 심했니?"

"꼭 그렇진 않아요, 엄마. 최소한 배는 곯지 않았거든요. 한쪽 구석엔 먹을 것이 가득 쟁여 있고, 다른 쪽 구석에는 편히 누워 쉴 수 있는 짚단도 마련되어 있어요. 그래서 마음 편히 기다리는 중이에요."

"누굴 말이냐?"

"설마 웃진 않으시겠죠, 엄마?"

"무얼 가지고 웃는단 말이냐?"

"제가 할 얘기 말이에요."

"왜 그런 생각을 하는 거니?"

"좋아요, 정 그렇다면 말씀드릴게요. 사레크에 떠도는 모든 얘기를 죄다 들어 알고 있는 어떤 사람이 실은 할아버지에게 꼭 와주기로 약속한 바가 있거든요."

"글쎄, 그게 누군데?"

아이는 여전히 망설이는 기색이었다.

"아니에요. 아무래도 엄만 날 놀릴 거예요. 좀 더 나중에 말씀드릴게요. 게다가 아직 오지도 않은 걸요, 뭐. 사실 온 걸로 잠깐 착각했지만요. 네, 그랬어요. 생각해보세요. 그동안 열심히 돌무더기를 뜯어낸 끝에, 보시다시피 이 방 간수도 모를 만한 구멍을 이렇게 만들었잖아요. 한데 마침 무슨 소리가 들리는 거예요. 어딘가를 벅벅 긁어대는 소리를요."

"투바비앵 말이니?"

"맞아요. 그게 글쎄, 므슈 투바비앵 아니겠어요? 그래도 이쪽에선 반가울 수밖에요! 단지 좀 의외였던 건 녀석을 따라온 사람이 아무도 없다는 사실이었어요. 오노린 아줌마도 할아버지도 없더군요. 여긴 연필도 없고, 뭔가 써서 보낼 종이도 없으니, 그저 누군가 알아서 투바비앵을 따라 여기까지 와주길 기다리는 수밖에 없지요."

"하지만 아무래도 그러기는 힘들 것 같구나. 왜냐면 다들 네가 사레크에서 멀리 납치되어갔다고 믿고 있거든. 네 할아버지 역시 여길 떠난 걸로 되어 있고 말이다."

"그렇군요. 하지만 왜들 그렇게 생각하는 걸까요? 특히 할아버지는 최근에 발견한 어떤 문서를 통해 우리가 어디쯤 있을지 알고 계실 텐데 말이에요. 이 같은 땅굴의 입구가 있다는 걸 말해준 것도 바로 할아버지이거든요. 엄마한텐 얘기 안 했나 보죠?"

베로니크는 아들의 이야기를 들으며 한편으론 너무도 다행이라는 생각이 들었다. 아이가 정말 누구에게 납치되어서 이렇게 갇혀 있는 거라면, 적어도 데르즈몽 씨와 마리 르 고프, 오노린, 코레주, 그 밖에 모든 사람을 학살한 가증스러운 괴물이 자기 아들은 아니라는 것이 증명되는 셈 아닌가! 이미 어렴풋하게나마 짐작하고 있던 진실이 이제는 좀 더 명확해지는 순간이었다. 비록 아직은 여러 가지 규명해야 할 문제가 남아 있지만, 적어도 이젠 진실의 가장 중요한 요점만은 수면 위로 부상(浮上)한 것이나 다름없었다. 즉, 프랑수아는 죄가 없다는 사실! 누군가 이 아이의 옷을 껴입고 진짜 행세를 한 것이며, 스테판의 경우도 마찬가지인 것이다! 아, 그 나머지야 무슨 상관이랴! 오리무중인 수수께끼 같은 사건들과 그에 대한 증거나 확신 따위가 있고 없고 하는 문제야 차차 밝혀내면 그뿐! 베로니크에게 그런 문제들은 안중에도 없었다. 지금 중요한 것은 사랑하는 아들의 결백, 오로지 그것뿐이다.

베로니크는 공연한 얘기를 늘어놓아, 아이의 밝고 쾌활한 생각을 망치고 싶지 않았고, 결국 이렇게 단언했다.

"아니, 네 할아버지는 뵙지도 못했는걸! 그렇지 않아도 오노린이 내가 올 것을 대비해 말씀을 드리려던 차였는데, 그만 일이 급박하게 돌아가는 바람에……."

"그럼 지금 엄마 혼자 섬에 남아 계신 건가요? 내가 이곳에 있으리라 기대하고 계셨던 거냐고요?"

"그렇단다."

베로니크는 잠시 주저하고는 그렇게 대답했다.

"혼자라고 하시지만 투바비앵이 함께 있었잖아요?"

"그렇지. 사실 처음 며칠 동안은 녀석에게 전혀 관심을 두지 않았단다. 그러다 오늘 아침에야 비로소 녀석을 따라가 보기로 마음먹었지."

"그래 어디를 통해서 여기까지 오신 거예요?"

"마게녹의 화원에서 그리 멀지 않은 곳에 돌덩이 두 개가 서로 기대서 있는데, 그 아래 숨겨진 땅굴을 통해서 들어왔단다."

"그래요? 그럼 섬의 두 구역이 서로 연결되어 있단 말인가요?"

"그렇단다. 다리 아래의 벼랑을 통해서 서로 연결되어 있지."

"그것참, 신기한데요! 그건 스테판도 나도, 그 누구도 짐작조차 못한 사실인데……. 요 똑똑하기 그지없는 투바비앵이 주인을 찾아오느라 거길 발견해낸 것 같네요."

아이는 갑자기 말을 멈추더니, 이내 이렇게 중얼거렸다.

"쉿! 들어보세요."

그러나 잠시 후, 다시 이러는 것이었다.

"아니군요. 아직 아니에요. 좌우간 서둘러야겠어요."

"그래, 내가 어떻게 하면 되겠니?"

"쉬워요, 엄마. 이 구멍을 내면서 안 거지만, 주변 돌덩이 두세 개만 더 걷어내면 충분한 크기의 구멍을 만들 수가 있거든요. 한데 그게 만만치가 않아요. 워낙 단단히 들러붙어 있어서……. 그래서 뭔가 도구가 필요해요."

"그래, 그럼 내가 당장 가서……."

"바로 그거예요, 엄마. 일단 수도원으로 돌아가세요. 건물 좌측으로 보면 지하실이 있을 거예요. 마게녹이 정원 손질용 연장들을 보관해놓는 일종의 작업장처럼 사용하던 곳이죠. 거길 뒤져보면 손잡이가 무척 짧은 소형 곡괭이가 있어요. 그걸 이따 해 질 녘쯤에 가지고 오세요. 그럼 제가 오늘 밤 안으로 일을 끝내서 내일 아침이면 엄마 품에 안길 수 있을 거예요."

"오! 제발 그렇게만 되어준다면!"

"꼭 그렇게 할게요. 그런 다음엔 스테판만 구출해내면 돼요."

"네 선생님 말이지? 그래, 어디에 갇혀 있는지는 아니?"

"거의 그렇다고 볼 수 있어요. 할아버지가 가르쳐준 바에 의하면 여기 땅굴은 전체가 2층으로 되어 있는데, 각 층 맨 마지막 방이 바로 감방으로 활용되고 있을 거라는 얘기예요. 그중 하나에 제가 갇혀 있는 셈이죠. 아마 스테판은 이 아래 또 다른 감방에 있을 거예요. 다만 한 가지 걱정되는 건……."

"뭐가 걱정되는데?"

"그게…… 그러니까…… 사실 이것도 할아버지한테서 들은 얘긴데, 그 두 감방이 옛날에는 고문실로 사용되던 곳이라네요. 할아버지 표현을 그대로 빌리면, '죽음의 방'이라고요."

"대체 무슨 말을 하는 거니? 정말 끔찍하구나!"

"너무 겁내실 필요는 없어요, 엄마. 내게는 고문 같은 건 하려고도 하지 않았잖아요. 게다가 스테판이 어떤 지경에 빠졌는지도 잘 모르면서 혹시나 하고 내가 투바비앵을 시켜서 먹을 것을 자주 보내주었거든요. 녀석이라면 그가 있는 곳을 충분히 찾아갈 수 있을 테니까요."

"하지만 그건 그렇지가 않단다. 아마 투바비앵이 네 뜻을 잘못 이해한 것 같구나."

"아니, 그걸 엄마가 어떻게 아세요?"

"녀석은 네가 스테판 마루의 방으로 음식을 보낸 줄 알고 있더구나. 네가 보내준 것을 몽땅 그의 침대 밑에다 쑤셔 넣어놨단 말이다."

아이는 그제야 안타까운 탄식을 내뱉었다.

"아! 이런……. 그럼 대체 스테판은 어떻게 된 걸까?"

그리고 곧 이렇게 덧붙이는 것이었다.

"저기 있잖아요, 엄마. 아무래도 서둘러야겠어요. 그래야 스테판도

구하고 우리도 살아날 수 있겠어요."

"뭔가 께름칙한 점이라도 있는 거니?"

"아니에요. 그저 빨리 손을 쓰기만 하면……."

"그래도 뭔가……."

"글쎄, 아니래도요! 정말이에요. 우린 반드시 모든 장애를 극복해내고야 말 거예요."

"그래도 혹시……. 우리가 전혀 예상치 못한 위험이라도 닥친다면?"

프랑수아는 쾌활하게 웃으며 대꾸했다.

"그땐, 아까 말씀드린, 오겠다고 약속한 그 사람이 나타나 우릴 보호해줄 거예요."

"그것 봐라. 너도 누구의 도움이 절실하다는 건 인정하지 않니."

"그건 꼭 그런 뜻이기보다……. 그저 엄마를 안심시켜 드리려고 말한 거예요. 아무튼 별일은 없을 거예요. 엄마는 참……. 한번 자기 엄마를 되찾은 자식이 또 어영부영 엄마를 잃을 거라고 생각하세요? 어찌 그럴 수가 있겠어요? 그런 일이야 실제 삶 속에서는 충분히 일어날 수 있겠지만, 우린 지금 소설 같은 세계 한복판에 던져진 처지예요. 엄마도 아시겠지만, 소설 속에선 항상 모든 게 결국엔 잘 풀려나가게 되어 있잖아요. 투바비앵한테도 한번 물어보세요. 그렇지 친구? 우린 결국 승리할 것이고, 서로 합쳐서 행복하게 살아가겠지? 너도 그런 생각인 거 맞지, 투바비앵? 자, 이제 가봐야지! 어서 엄마를 안내해라, 투바비앵! 나는 누가 들어올 걸 대비해 어서 이 구멍을 막아놓아야 하니까. 그리고 알지, 구멍이 닫혀 있을 땐 억지로 들어오려고 발버둥 치면 안 되는 거? 그러면 모든 게 위험해져. 자, 어서 가보세요, 엄마. 돌아가실 땐 각별히 주의하셔야 해요. 소리 나지 않게 말이죠."

연장을 찾는 데는 그리 오래 걸리지 않았고, 정확히 40분 후에는 곡괭이를 가지고 돌아가 골방 안으로 밀어 넣는 데 성공했다.

그것을 받아들자마자 프랑수아가 말했다.

"아직 아무도 오지 않았어요. 하지만 조만간 누가 나타날지도 모르니, 이곳에 머물지 않는 게 좋겠어요. 아마 밤새도록 일을 해야 할 거예요. 왜냐면 가끔씩 순찰을 돌지 모르는데, 그럴 때마다 작업을 중단해야 하니까요. 아무튼 내일 오전 7시에 여기서 기다리고 있을게요. 아 참, 그리고 스테판에 대해 생각해봤는데, 방금 전에 들렸던 소리로 봐서 역시 이 아래에 갇혀 있는 게 틀림없을 것 같아요. 한데 여기 나 있는 채광 구멍은 너무 비좁아서 지나다닐 수가 없어요. 혹시 지금 계신 그쪽엔 좀 넉넉한 창(窓)이 있나요?"

"아니, 하지만 돌멩이들을 좀 치우면 꽤 널찍한 구멍이 될 수는 있을 것 같구나."

"그럼 됐어요! 마게녹의 작업장에서 아마 대나무로 만들어져서 끄트머리에 쇠갈고리가 달린 사다리를 찾을 수 있을 거예요. 들고 오긴 쉬울 테니 내일 아침 오실 때 좀 가지고 오세요. 그리고 먹을 것하고 담요 몇 장도 준비해서 땅굴 입구 덤불숲에다 놔두세요."

"그건 뭐하게?"

"곧 알게 되실 거예요. 계획이 있거든요. 그럼 잘 가세요, 엄마. 오늘은 푹 쉬시고 기운을 가다듬어 놓으셔야죠. 내일은 아마 하루 종일 꽤 힘들 테니까 말이에요."

베로니크는 아들의 말을 그대로 따랐다. 다음 날 그녀는 잔뜩 기대에 부푼 마음으로 골방에 이르는 길을 되짚어갔다. 이번에는 혼자 제멋대로 돌아다니는 습성이 도졌는지 투바비앵은 따라나서지 않았다.

프랑수아는 겨우 들릴 듯 말 듯 나지막한 목소리로 이렇게 말했다.

"조용조용 말하세요, 엄마. 지금 감시가 심하거든요. 아마 통로를 돌아다니고 있을 거예요. 제 일은 거의 끝나가요. 이젠 가볍게 몇 덩이만 허물어뜨리면 다 돼요. 두 시간 안에 모두 끝낼 거예요. 사다리는 가져오셨죠?"

"그래."

"이제부터 그쪽 창 돌멩이들을 치워보세요. 그러는 게 시간을 많이 벌 수 있을 거예요. 사실 스테판이 좀 걱정이거든요. 무엇보다 조용조용 하셔야 해요."

보아하니 창의 높이는 바닥에서 1미터를 조금 상회하는 높이에 있었고, 예상했던 대로 돌멩이들은 별다른 조치 없이 그저 서로서로 맞물려 끼워 올려져 있을 뿐이었다. 아무튼 그중 몇 개를 빼내 만들어진 구멍은 꽤 넉넉한 편이었고, 사다리를 밀어 넣어 하단에 쇠갈고리를 걸쳐놓는 것도 그리 어렵진 않았다.

바깥은 역시 바다였는데, 한 30~40미터 아래로 하얀 파도가 용틀임을 하는 가운데, 들쭉날쭉 사레크의 수많은 암초가 이를 드러내고 있었다. 하지만 바로 아래에 화강암 덩어리가 불쑥 튀어나와 시야를 가리는 바람에 수면과 맞닿은 벼랑 끄트머리는 보이지 않았다. 베로니크는 바로 그 튀어나온 화강암 덩어리에 사다리를 받쳤고, 덕분에 사다리가 암벽에 수직으로 대롱대롱 매달리는 위험천만한 사태는 피할 수가 있었다.

'프랑수아한테 그나마 다행이로군.'

그런 생각을 하면서도 베로니크가 보기에 보통 힘든 일이 아닐 것 같았고, 아직은 어린 아들 대신 자신이 직접 나서야 하는 것이 아닌가 하는 생각도 들었다. 더군다나 프랑수아의 예상과는 달리 막상 내려갔을 때, 스테판이 갇힌 곳이 거기가 아니거나 이것과 비슷한 구멍을 통해 들어갈 수가 없다면……. 공연히 시간만 낭비한 꼴이 되지 않겠는가! 괜히 아이한테 불필요한 위험만 감수하게 만드는 셈이지 않은가 말이다!

베로니크는 즉각적인 헌신의 욕구를 느꼈다. 즉시 행동을 보임으로써 모정(母情)을 발휘해야겠다는 절실한 열망이 어찌나 강렬하게 치미는지, 그녀는 더 이상 생각할 것도 없이, 결단을 내렸다. 마치 결행하지 않고는 어차피 버틸 수 없는 무엇을 단번에 받아들이는 심정 같았다. 갈고리가 넉넉하게 벌려 있지 않아서 암벽 가장자리를 완벽하게 거머쥐지 못해 불안한 사다리도, 저 아래 여차하면 모든 것을 빨아들여 삼켜버릴 것만 같은 엄청난 심연의 공포도, 그녀의 의지를 막지는 못했다. 오로지 행동하는 것! 그것이 문제였고, 그녀는 서슴없이 몸을 움직였다.

우선 펄럭이는 치맛단을 핀으로 고정한 다음, 구멍을 타고 넘은 뒤, 뒤로 돈 자세에서 더듬더듬 아래를 더듬어, 마침내 사다리에 발을 얹었다. 온몸이 부들부들 떨렸다. 심장은 마치 타종(打鐘)의 망치처럼 가슴 속에서 난동을 부리고 있었다. 그러나 결국 양손을 암벽에서 과감히 떼어 두 개의 사다리 기둥을 움켜잡은 뒤, 곧장 내려가기 시작했다.

그리 오래 걸리지는 않았다. 사다리가 모두 스무 개의 단으로 이루어져 있다는 것을 미리 아는 그녀는 머릿속으로 하나하나 세고 있었다. 그렇게 스무 번을 세고 나서 왼쪽을 돌아보자 이루 형언할 수 없는 기쁨이 용솟음쳤고, 그녀는 자기도 모르게 이렇게 중얼거렸다.

"오! 프랑수아……."

기껏해야 채 1미터도 떨어지지 않은 지점, 깎아지른 암벽의 움푹 들어간 부위에 일부러 조성된 동굴 입구가 휑한 구멍을 내보이고 있었던 것이다.

베로니크는 더듬더듬 불러보았다.

"스테판…… 스테판……."

하지만 그런 가냘픈 소리로는, 설사 안에 스테판 마루가 있다 해도 반드시 들으리라는 보장이 없었다. 잠시 그렇게 머뭇거리는데, 문득 다리가 후들거리면서 더 이상 오르지도 매달려 있지도 못할 것 같다는 느낌이 엄습하는 것이었다. 이대로 가만있을 수는 없었다. 베로니크는 사다리가 벗겨질 위험을 감수하면서까지 몸을 틀어서, 울퉁불퉁한 화강암 암벽 밖으로 돌출한 규석 덩어리를 간신히 움켜잡았고, 기적적으로 동굴 입구에 한쪽 발을 옮겨 디디는 데 성공했다. 이제 남은 일은 과감히 몸을 날려 안으로 뛰어드는 것뿐! 베로니크는 이를 악물었고, 순식간에 동굴의 휑한 입구로 뛰어들었다.

다음 순간, 그녀의 시야에 들어온 것은, 바닥 짚단 위에 밧줄로 꽁꽁 묶인 채 널브러져 있는 어떤 남자의 몸뚱어리였다.

동굴은 매우 협소한 데다 그리 깊지도 않았다. 바다로 면해 있다기보다는 차라리 하늘을 바라보고 있는 그곳은 멀리서 보면 동굴은커녕 그저 암벽의 다소 움푹한 굴곡 같아 보였다. 당연히 외부와 거칠 것 없이 터진 그곳에 햇살은 거의 무방비로 들이치고 있었다.

베로니크는 천천히 다가갔고 남자는 꼼짝도 하지 않았다. 보아하니 곯아떨어져 있었다. 그녀는 몸을 숙이고 가만히 내려다보았다. 비록 확연하게 알아볼 얼굴은 아니었지만, 어딘지 캄캄한 어둠 속, 어린 시절 편린들이 하나하나 아스라이 사라져가는 저 과거로부터 어떤 기억 하나가 남자의 모습을 통해 스멀스멀 솟아나는 느낌이었다. 한껏 뒤로 젖힌 눈부신 금발에다 넓고 창백한 이마를 갖춘 온화하고 단정한 얼굴, 왠지 여성스러워 보이기까지 하는 그 인상은 전쟁 발발 이전에 죽은 수녀원 친구의 단아한 얼굴을 떠올렸다.

베로니크는 신속한 동작으로 남자의 두 팔목을 묶은 끈부터 풀어주었다.

한데 남자는 여전히 곯아떨어진 채, 마치 지금껏 자면서도 충분히 수행해왔던 일련의 의례적인 절차에 응하는 것처럼, 두 팔을 모아 쭉 내미는 것이었다. 눈을 감은 채 이렇게 중얼중얼 구시렁대는 것으로 봐서, 아마 끼니때나 밤이 되면 그렇게 결박을 풀어주는가 보았다.

"벌써야. 아, 배고프지 않은데. 날도 환하고……."

그러고 보니 좀 의외이긴 의외였던 모양. 남자는 게슴츠레 눈을 뜨다가, 별안간 상체를 반쯤 일으키며, 필시 이렇게 정면에서 똑바로 바라보기는 처음일 한 여인을 뚫어져라 바라보았다.

처음에는 그다지 놀라는 눈치까지는 아니었다. 분명 현실이 아직은 현실 그대로 느껴지지 않는 모양이었다. 그보다는 꿈이나 환각의 노리개가 되고 있다는 생각이었다. 남자의 입가로 나지막한 중얼거림이 새어나왔다.

"베로니크…… 베로니크……."

스테판의 강렬한 시선이 다소 부담스러웠는지, 베로니크는 부랴부랴 결박을 마저 풀기 시작했다. 그렇게 손과 다리에 여인의 손길이 닿는 것을 느끼면서 비로소 남자도, 그야말로 기적 같은 일이 실제 일어나고 있음을 실감했고, 목이 멘 소리로 이렇게 외쳤다.

"다, 당신! 당신이! 아, 이럴 수가! 오, 뭐라고 말을 해보세요. 단 한 마디만이라도……. 어떻게 당신이 이곳에?"

그는 거의 혼잣말처럼 중얼거리고 있었다.

"그녀야. 그녀가 틀림없다고. 그녀가 여기 있어."

그의 목소리는 점점 불안에 떨고 있었다.

"밤에는……. 그동안 밤에는 당신이 오지 않았는데……. 당신이 온

게 아니지 않습니까? 아, 이런 멍청한 질문을 해대다니. 용서하세요. 하지만 도저히……. 도저히 뭐가 뭔지 모르겠어. 대체 어떻게 여기까지 온 겁니까?"

여자는 간단히 바다 쪽을 가리키며 대답했다.

"저길 통해서죠."

"오! 그럴 수가!"

남자는 마치 하늘에서 내려온 어떤 환영(幻影)을 대하듯 휘둥그런 눈동자로 여자를 바라보았는데, 워낙 해괴한 상황인지라 상대의 머쓱한 처지는 아랑곳하지 않고 뚫어져라 쳐다볼 뿐이었다.

여자는 다소 당혹스러운 듯 더듬더듬 말했다.

"저, 저기를 통해서…… 프랑수아가 가르쳐줬어요."

"그 아이 얘기가 아닙니다. 그나저나 당신이 여기까지 온 걸 보면, 그 앤 이미 탈출한 모양이죠?"

"아직은 아니에요. 하지만 앞으로 한 시간 내에 그렇게 될 겁니다."

긴 침묵이 흐르는 것을, 어색한 분위기를 덮으려고 여자가 끊었다.

"두고 보세요. 그 애는 해내고 말 겁니다. 다만 그 애를 놀라게 해서는 안 돼요. 아직 많은 사실을 모르고 있답니다."

여자는 그가 자신이 하는 말이 아닌 음성만을 듣고 있다는 것을 직감했다. 아무 소리도 하지 않고 그저 지그시 웃고 있는 남자의 표정으로 봐서, 여자의 음성은 지금 남자의 전 존재를 일종의 희열 속으로 빠져들게 하고 있는 것이 분명했다. 마침내 여자도 슬며시 미소를 지었고, 이제는 남자가 대답하지 않을 수 없게 또박또박 질문을 했다.

"방금 당신은 내 이름을 불렀습니다. 나를 아시나요? 내가 보기에는 옛날…… 죽은 여자 친구의 인상과 당신이 너무나 닮아서……."

"마들렌 페랑 말이군요."

"맞아요! 마들렌 페랑!"

"그뿐만 아니라 아마도 그 여자 친구의 남동생을 연상시킬지도 모르겠습니다. 종종 면회실에 나타나 멀리서 당신을 훔쳐보며 수줍음을 타곤 하던 중등 학생 말입니다."

"네, 맞아요! 이제야 기억이 나요. 몇 번 얘기를 나누기도 했죠. 당신은 항상 얼굴이 발갛게 물들곤 했어요. 네, 맞아요, 그랬어요. 이름이 스테판이었지요. 하지만 그 마루라는 성(姓)은?"

"마들렌과 나는 배 다른 남매였습니다."

"아! 그래서 그만 깜빡했군요."

그제야 여자는 손을 내밀어 악수를 청했다.

"그래요, 스테판. 어쨌든 옛 친구끼리 이렇게 서로를 알아본 이상, 일단 서로의 추억을 더듬는 일은 나중으로 미루기로 하죠. 지금은 무엇보다 여기를 벗어나는 것이 급합니다. 어때요, 힘은 쓸 수 있겠죠?"

"아, 물론이죠. 그다지 고생한 것도 아닙니다. 하지만 어떻게 벗어난단 말입니까?"

"제가 여기 온 것과 똑같은 방식으로요. 이 위 감방으로 사다리가 통해 있어요."

남자는 몸을 추스르며 일어섰다.

"아니, 도대체 용감한 겁니까? 아니면 무모한 겁니까?"

여자가 감행한 행동을 눈치챈 남자가 어이없다는 표정으로 내뱉었다.

"오, 그리 어렵진 않았어요! 프랑수아가 하도 걱정을 해서……. 그앤 당신과 자기가 둘 다 옛날 고문실로 사용되던 골방에 갇혀 있다고 난리였답니다. 소위 '죽음의 방'이라는……."

그 말을 듣자마자 남자는 비로소 몽롱한 정신 상태에서 화들짝 깨어난 듯했다. 지금이 결코 얘기나 나누고 있을 상황이 아니라는 사실을 깨달은 것이다.

“어서 여길 떠나세요! 프랑수아 말이 옳아요. 아, 당신이 여길 오다니. 얼마나 위험한데! 제발…… 어서어서…….”

당장 코앞에 위험이 닥치기라도 한 듯, 그는 호들갑을 떨기 시작했다. 오히려 여자가 그런 태도를 진정시키려고 했지만, 남자는 계속해서 다그칠 따름이었다.

“조금만 더 지체하면 당신도 당하게 될지 몰라요! 여기 이대로 있으면 안 됩니다. 나는 죽음이 선고된 몸이오. 그것도 아주 끔찍한 죽음 말이오! 여기 우리가 서 있는 이 바닥을 보세요. 여기 이 마룻바닥 같은 곳을……. 아, 쓸데없는 얘기! 자, 어서어서 여길 떠나세요.”

“당신도 함께요!”

“그럽시다. 나와 함께 가요. 하지만 우선 당신부터 빠져나가야 합니다.”

하지만 여자는 완강했다.

“이봐요, 스테판, 우리 둘 다 살고 싶다면 우선 침착해야 합니다. 방금 내가 이리로 들어온 방법대로 빠져나갈 수 있어요. 다만 그러기 위해선 감정을 자제하고 신중하게 행동해야 해요. 자, 준비되셨나요?”

여자의 신념에 찬 태도에 경도된 듯, 남자도 나지막이 잘라 말했다.

“네.”

“그럼 날 따라오세요.”

여자는 심연이 내려다보이는 입구까지 앞장서더니, 밖으로 불쑥 몸을 내밀며 말했다.

“내 손을 잡아주세요. 균형을 잡아야 하니까.”

여자는 몸을 돌려 암벽에 매달리듯 바짝 몸을 붙인 뒤 나머지 한쪽 손을 더듬었다.

한데 정작 사다리가 만져지지 않자 다소 당황하지 않을 수 없었다.

알고 보니 아까 베로니크가 너무 갑작스레 몸을 날리는 바람에, 사다리 우측 대의 갈고리가 벗겨지면서, 나머지 한쪽 갈고리로 대롱대롱 매달려 있는 것이었다.

발을 디뎌야 할 사다리 하단은 저만치 떨어져 기우뚱거리고……. 도저히 손이 미치지 못할 거리였다.

8
일촉즉발

만약 그 상황에서도 베로니크가 혼자였다면, 제아무리 담대한 성격을 가지고 있다 해도, 악착같은 운명의 시비 걸기에 그만 낙담했을 것이다. 하지만 왠지 자신보다 허약할 것 같기도 하고, 혹은 오랜 기간 갇혀 있어 무기력해 보이는지도 모르는 스테판한테 생각이 미치자, 베로니크는 다시금 자신을 추스르면서, 마치 대수롭지 않다는 듯 말했다.

"사다리가 벗겨졌군요. 도저히 붙들 수가 없습니다."

아니나 다를까, 스테판은 졸지에 아연실색한 표정이 되었다.

"그러면……. 아, 그렇다면……. 우린 망한 겁니다."

하지만 여자는 여전히 싱그러운 미소를 잃지 않은 채 반문했다.

"우리가 왜 망해요?"

"더 이상 도망갈 방도가 없질 않소?"

"무슨 말씀을! 없긴 왜 없어요! 프랑수아가 있잖아요?"

"프랑수아요?"

"그래요. 지금부터 한 시간 이내에 프랑수아는 빠져나오는 데 성공할 것입니다. 그럼 한쪽이나마 사다리가 걸쳐 있는 걸 보게 될 테고, 곧 우릴 부를 거예요. 물론 여기선 그 소리를 잘 들을 수 있을 거고요. 그러니 잠자코 기다리기만 하면 돼요."

"잠자코 기다리라니요!"

남자는 기겁을 했다.

"한 시간이나 말입니까? 그 정도 시간이면 분명히 **그들**이 올 거란 말입니다! 지속적인 감시가 행해지고 있어요!"

"그럼 조용히 있어야겠군요."

남자는 여전히 쪽문이 뚫려 있는 문 쪽을 가리키며 호들갑을 떨었다.

"**그들**이 저 쪽문을 수시로 열어본단 말입니다. 격자 틈으로 환히 들여다본다고요."

"보아하니 덧문이 설치되어 있군요. 그걸 닫아놓죠."

"그 정도야 어렵지 않게 열고 말 겁니다."

"그럼 그냥 놔두죠, 뭐. 어쨌든 자신감을 잃으면 안 됩니다, 스테판."

"내가 이러는 건 다 당신이 걱정되어서일 뿐입니다."

"나도 당신도 지나친 걱정으로 위축되어서는 곤란해요. 최악의 경우, 우린 스스로를 방어할 태세를 갖추고 있어요."

그렇게 말하면서 여자는 아버지의 무구(武具)에서 가져온 권총을 슬쩍 보여주었다.

하지만 남자는 여전히 안절부절못하고 있었다.

"아! 우린 스스로를 방어할 여지조차 없단 말입니다! **그들**에겐 전혀 의외의 수단이 있어요."

"대체 그게 뭔데요?"

남자는 대답은 하지 않고 은근히 바닥에 눈길을 던졌다. 베로니크는 기묘하게 생긴 바닥의 구조를 잠시 관찰했다.

동굴 내벽을 따라 빙 둘러 원을 그리고 있는 화강암 바닥은 우툴두툴하고 거칠었다. 한데 그 화강암 바닥에 널찍한 사각판(四角板)이 새겨져 있고, 그 각 변이 깊은 골을 이루어 뚜렷한 선을 긋고 있는 것이었다. 그중 한 변은 낭떠러지 바로 직전, 기껏해야 20센티미터 정도 간격을 두고 그어져 있었다.

"뚜껑 문인가요?"

"아닐 겁니다. 그러기엔 너무 육중해요."

"그럼 뭘까요?"

"모르죠. 아마도 지금은 쓸모없게 된 옛날 어떤 장치의 흔적에 불과할지도 모릅니다. 그런데……."

"그런데 뭐죠?"

"간밤에……. 아니 오늘 새벽이라고 해야겠네요. 이 아래에서 뭔가 삐거덕거리는 소리가 들렸단 말입니다. 글쎄요, 무슨 시도를 하려고 했는데, 워낙 오래된 거라 맘대로 잘 안 되는 모양이더라고요. 그래요, 더 이상 작동이 안 될 수도 있겠죠. 그들은 이걸 사용할 수가 없을 겁니다."

"그들이라면……. 대체 누구를 말하는 거죠?"

베로니크는 상대의 대답을 기다리지 않고 곧장 덧붙였다.

"이봐요, 스테판, 우린 지금 생각하는 것만큼 시간이 많지 않은 입장입니다. 언제 프랑수아가 자유의 몸이 되어 우릴 구하러 올지 몰라요. 그러니 그나마 시간 여유가 있을 때 서로가 알고 있는 것을 정확히 얘기해줄 필요가 있습니다. 서로 침착하게 설명을 해주자고요. 지금 당장 어떤 위험이 닥치는 건 아닙니다. 서로 시원스레 털어놓을 건 서슴없이 털어놓아야 시간 낭비를 하지 않을 수가 있어요."

말은 그렇게 했지만, 사실 베로니크는 스스로도 확고하지 못한 침착함을 짐짓 내세우는 중이었다. 프랑수아가 탈출할 것에 대해선 의심치 않으나, 그렇다고 기필코 한쪽만 매달린 사다리를 찾아내리라는 보장은 그 어디에도 없다. 당장 엄마가 보이지 않다 보면, 그대로 지하 터널을 따라 수도원까지 달려갈 생각을 하지는 않을지…….

하지만 서로에게 해명할 필요성이 우선 절실하다고 느꼈고, 그녀는 의자처럼 튀어나온 화강암 덩어리에 아예 자리를 잡고 앉아, 마게녹의 시체가 있던 버려진 오두막을 발견했을 당시부터 지금까지 자신이 목격한 모든 것을 자세하게 털어놓기 시작했다.

스테판은 그 모든 끔찍한 이야기를 잠자코 듣고 있었다. 가끔 움찔하든지 인상을 찌푸리는 것으로 봐서, 적잖이 놀라고 거북스러운 모양이었다. 특히 데르즈몽 씨와 오노린의 죽음은 그를 거의 혼비백산하게 만들었다. 그 두 사람 다 무척이나 가깝게 여기던 사람들인 것이다.

마침내 아르시냐 자매의 처형을 목격한 이후 극심한 불안에 시달리던 때와 땅굴을 발견한 경위, 그리고 프랑수아와 해후하게 된 일에 이르기까지 몽땅 털어놓은 다음, 베로니크는 이렇게 얘기했다.

"이게 다예요, 스테판. 이상이 당신이 알면 좋겠다 싶은 모든 내용입니다. 프랑수아에게는 숨겼지만 당신은 알아야만 한다고 봅니다. 그래야 우리가 힘을 합해 적에게 대항할 수가 있을 테니까요."

하지만 스테판은 고개를 절레절레 흔들며 이러는 것이었다.

"적이라니요? 어떤 적 말씀입니까? 당신의 모든 해명에도 불구하고 그 질문은 나 역시 하고 싶은 마음입니다. 내 생각에는 지금 우리가 오랜 세월, 어쩜 수 세기에 걸쳐 진행되어온 어떤 대단한 비극 속에 던져진 것만 같습니다. 그것도 수 세대에 걸쳐 차근차근 준비되어온 엄청난 재앙이 막 일어나려는, 그야말로 파국의 순간에 말입니다. 어쩌면 이런 내 생각이 틀릴지도 모르지요. 아마도 허무맹랑한 우연의 장난으로 돌릴 수밖에 없을 지리멸렬한 흉사(凶事)의 연속에 그저 이리저리 시달리면서 정신을 못 차리고 있는 건지도 모릅니다. 사실 나는 당신이 아는 것 이상으로 이렇다 할 만하게 아는 것도 없습니다. 나 역시 답답한 미몽(迷夢) 속을 헤매는 기분이란 말입니다. 똑같이 고통스럽고 똑같이 처참한 기분이에요. 이 모든 것이 그저 주체 못하는 광기와 건잡을 수 없는 착란, 무지막지한 범죄행위와 야만적인 시대의 난동에 지나지 않을지도 몰라요."

베로니크는 그 말에 고개를 끄덕였다.

"그 '야만적인 시대'라는 말, 동감이에요. 그리고 바로 그 점이 나를 이토록 당혹스럽고 난감하게 만드는 거랍니다! 도대체 과거와 현재 사이에 어떤 고리가 있는 겁니까? 오늘 우리를 이토록 바짝 몰아세우는 악당 놈들과 그 옛날 이 동굴에 살았으면서 지금까지도 불가해한 방식으로 영향을 끼치고 있는 무리가 대체 무슨 상관이냐고요! 오노린의 발작과 아르시냐 자매의 비탄을 직접 목도하면서 어렴풋하게나마 접한 그 모든 해괴망측한 전설……. 그게 과연 다 뭐란 말입니까?"

두 사람은 목소리를 한껏 낮춰 얘기를 나누면서 귀는 바짝 곤두세우고 있었다. 특히 스테판은 혹시라도 바깥 통로에서 들릴지 모를 소리에 온 신경을 집중하고 있었다. 그런가 하면 베로니크는 언제 프랑수아의 목소리가 들려올지 벽랑 쪽만을 잔뜩 주시하고 있었다.

"그건 정말이지 무척이나 복잡한 전설이랍니다. 워낙 실체가 애매모호한 전통에 속해 있어서, 과연 어디까지가 미신이고 어디까지가 진실인지 가늠하기가 불가능하지요. 그럼에도 불구하고 그 모든 잡다한 이야기 가운데 두 줄기 일관된 흐름을 끄집어낼 수는 있습니다. 하나는 바로 서른 개의 관에 관한 예언이고, 다른 하나는 어떤 보물의 존재 혹은 기적의 돌에 관한 이야기죠."

스테판의 설명에 베로니크가 눈동자를 반짝이며 반문했다.

"그럼 마게녹의 그림에서 내가 읽었고, 요정 고인돌에서 다시 확인한 그 몇 마디 문구를 정녕 예언이라 여긴다 이 말입니까?"

"그렇답니다. 언제부터인지 정확히는 모르지만, 까마득한 시대로부터 전해 내려오며 이곳 사레크의 모든 삶을 지배해온 예언이지요. 사람들이 늘 생각해온 게 바로 이겁니다. 즉, 언젠가는 운명의 날이 와서, 그로부터 열두 달 내에 섬 주위에 솟아난 서른 개의 큼직한 암초가 서른 개의 관으로 돌변해, 결국 서른 명의 끔찍한 희생자를 거두게 되고, 그중 넷은 십자가형에 처해질 여자의 몫이 되리라고 말입니다. 이건 그야말로 세대를 거쳐 내려오면서 누구도 부정하지 못하는 전통으로 굳어졌단 말입니다. 요정 고인돌에 새겨진 시구(詩句)처럼, 아주 확고하게 규정된 사실이지요. '서른 개의 관(棺)에 서른 명의 희생자가 있으리니…….' '네 여자가 십자가형을 당하리니…….'"

"하지만 그런 가운데에도 모두가 무사히 생존해왔고, 지극히 평온한 삶을 영위해오지 않았나요? 그러면서 왜 하필 올해에 갑자기 모두가 공포의 도가니에 사로잡히느냐 이겁니다!"

"대부분 마게녹 때문입니다. 그는 꽤나 수수께끼 같은 인물이며 아주 괴짜지요. 마법사이자 접골사(接骨師)이고 심령치료사이면서 돌팔이 의사이기도 합니다. 별의 운행이랄지 약초의 효험에 통달했는가 하면, 사람들한테 까마득한 과거나 미래의 일들에 관한 조언을 곧잘 해주기도 했답니다. 그런 마게녹이 최근 들어 1917년이 바로 운명의 해가 될 거라며 떠들고 돌아다닌 겁니다."

"무슨 근거라도 대던가요?"

"글쎄요……. 그걸 직관이라 칭하든, 예감이라 부르든, 점술이나 잠재의식으로 치부하든 자유이겠죠. 온갖 고리타분한 고대 마법을 숭상하는 마게녹에게 직접 묻는다면 아마 새가 비상하는 것이나 닭의 내장을 보면 안다고 대답할지도 모릅니다. 그럼에도 불구하고 실상은 약간 다르지요. 그의 예언은 어느 정도 진지한 단서들에 근거하고 있답니다. 자신의 어린 시절 사레크의 노인들에게서 얻어들은 얘기가 있다면서, 지난 세기 초까지만 해도 요정 고인돌에 새겨진 문구가 맨 마지막 줄까지 건재했는데, '네 여자가 십자가형을 당하리니…….' 다음에 이렇게 적혀 있었다는 겁니다."

사레크 섬, 14하고도 3년…….

"14하고도 3년이라면 곧 17년인 셈이죠. 더구나 숫자가 둘로 나뉘는 바람에 마게녹과 그에게 귀 기울이는 사람들에게는 더더욱 충격적으로 다가온 겁니다. 결국 14라는 숫자를 일부러 강조한 게 1914년에 발발한 전쟁과 관계있다는 얘기죠. 그때부터 마게녹은 자신의 예견에 점점 더 심각한 중요성을 부여했고, 또 그만큼 스스로 초조해했답니다. 그러다 급기야는 데르즈몽 씨의 사망에 앞서 자신의 죽음이 모든 재앙의 시작을 알리는 신호가 될 거라고 떠벌리기에 이른 겁니다. 마침내 1917년이 밝았고 사레크는 정말로 엄청난 공포에 휩싸이고 말았답니다. 바야흐로 운명적인 사태가 임박했다고나 할까요?"

"하지만……. 아무리 그래도 너무 엉뚱하다는 생각입니다."

베로니크는 여전히 아리송한 모양이었다.

"엉뚱한 건 사실입니다. 하지만 마게녹이 고인돌에 새겨진 예언의 단편 조각들을 발굴하고 결국 완전한 예언의 실체를 확인한 날부터는 정말로 묘한 의미를 띠기 시작했어요."

"그게 사실입니까?"

"그렇다니까요. 그는 수도원 건물의 폐허 더미 속에서 다 낡아빠져 너덜너덜해진 미사 경본 하나를 발견했답니다. 한데 그중 한 장이 비교적 상태가 제대로 되어 있었다는군요. 당신이 버려진 오두막에서 보았던 게 바로 그것이거나, 그 사본일 겁니다."

"사본이라면 내 아버지가 만들어놓은 것들 말인가요?"

"그분 서재의 벽장 선반에 쌓여 있는 것들이 다 그렇지요. 므슈 데르즈몽은 당신도 알다시피 수채화를 즐겨 그리셨지요. 그는 채색된 바로 그 장의 그림을 모사했는데, 유독 거기 첨부된 예언 중에서는 요정 고인돌에 새겨진 내용만을 발췌해 적어두신 겁니다."

"그럼 십자가형에 처해진 여자와 내 모습이 닮은 건 어떻게 설명하시겠어요?"

"사실 나는 그 원본을 한 번도 본 적이 없습니다. 마게녹이 므슈 데르즈몽에게만 건네주었고, 그분은 남들이 볼세라 혼자만 간직하고 있었거든요. 하여간 므슈 데르즈몽은 항상 그런 유사성이 그림에 있다고 주장해왔습니다. 자기 말로는 물론 모든 게 본인 잘못이라고는 했지만, 무의식중에 옛날 당신 땜에 겪은 괴로움을 떠올리면서 그 유사성을 그림 속에 강조한 셈이지요."

베로니크는 의미심장한 표정으로 중얼거렸다.

"아니면 옛날에 보르스키에게 내려졌다는 예언 내용을 혹시 떠올리셨을지도 모르겠군요. '그대 보르스키는 친구의 손에 죽음을 당하고, 그대의 배우자는 십자가에 매달릴 것이로다!'라는 예언 말입니다. 아마도 그 같은 우연의 일치에 꽤나 충격을 받으셨던 모양이에요. 급기야는 내 처녀 적 이니셜로 사용한 V. d'H.라는 글자를 적어놓을 정도로 말입니다."

그리고 좀 더 목소리를 낮춰 이렇게 덧붙이는 것이었다.

"한데 모든 게 그 글귀 그대로 이루어졌단 말이에요."

둘은 잠시 아무 말도 하지 않았다. 하긴 그토록 오랜 세월 미사 경본과 고인돌 속에서 건재해온 수수께끼 같은 문구에 대해 어찌 아무 생각이 없겠는가! 만약 운명이 사레크의 서른 개 관을 위한 희생 제물로 지금까지 스물일곱 명의 목숨만을 앗아간 것이라면, 지금 이렇게 남아 있는 세 명이야말로 학살을 완성하기 위해 존재한다는 얘기가 아닌가! 바로 그 제물을 바치는 의식 집행자들의 손아귀에 꼼짝없이 갇힌 채 말이다! 그리고 언덕 위 대(大)참나무 근처에도 아직 십자가가 세 개밖에 세워지지 않았으니, 조만간 네 번째 십자가가 세워질 것이 아니겠는가!

한참 만에 베로니크가 입을 열었다.

"프랑수아가 참 많이 늦네요."

벼랑 쪽으로 다가가 내다보니 사다리는 여전히 손이 닿지 않는 곳에 매달려 꼼짝 않고 있었다.

이번엔 스테판이 중얼거렸다.

"글쎄요, 여기 문 앞에도 불청객들이 들이닥칠 때가 됐는데 어째 뜸을 들이는군요."

둘은 그러면서도 진짜 불안한 심정은 좀처럼 드러내지 않으려고 애썼다. 베로니크가 다소 진정된 어조로 말했다.

"그나저나 그 보물이라는 거는 뭡니까? 신의 돌이라고 하던가요?"

"그것도 만만치 않은 수수께끼이지요. 그 역시 고인돌에 새겨진 문구에서 비롯된 얘깁니다. 이렇게 되어 있었지요."

죽음 아니면 삶을 주는 신의 돌

"과연 신의 돌이란 무엇일까요? 전설에 의하면 기적의 돌이라고도 합니다만, 므슈 데르즈몽은 그에 대한 믿음이 아주 엄청 오래전, 아득한 시절로 거슬러 올라간다고 했어요. 사레크에서는 항상 기적을 일으킨다는 돌의 존재에 관한 얘기가 나돌았답니다. 중세 때만 해도 전국 방방곡곡에서 허약하거나 기형인 아이들을 사람들이 데리고 와 몇 날 며칠 그 돌에 관한 얘기를 듣고 나서, 지극히 건강하고 튼튼한 아이가 되어 돌아갔다고 해요. 아기를 못 갖는 여자들이나 노인들, 다친 사람들 등등 무수한 사람이 그와 같은 효험을 봤다고 말입니다. 그러다가 이 같은 순례지 자체에 변화가 일어나자 역시 전통에 따라 그 돌이 자리를 옮겨갔고, 혹자에 의하면 아예 사라져버렸다고 합니다. 그러던 것이 18세기에 이르러서는 사람들이 요정 고인돌을 그 대신 숭배하게 되었고, 그 뒤부터는 연주창(連珠瘡)에 걸린 아이들을 이따금 그곳 앞에 데려다 놓았다는 얘기가 있습니다."

"하지만 삶뿐만 아니라 죽음도 준다는 걸 보면 그 돌에 사악한 기운도 있는 것 아닌가요?"

베로니크가 짚고 넘어가듯 물었다.

"그렇죠. 다만 그 돌을 기리고 보존하는 임무를 맡은 사람들 몰래 손을 대거나 했을 경우입니다. 바로 그 점에서 수수께끼는 더더욱 복잡하게 얽히는 셈이지요. 말 그대로라면, 이른바 화염 속에서 튀어나온 일종의 신비한 보석이 손댄 사람에게 화를 입히고 지옥의 고통까지 맛보게 한다는 얘기이니까요."

"오노린 얘기가 바로 마게녹이 그렇게 해서 당했다는 겁니다."

베로니크의 말에 스테판이 고개를 끄덕였다.

"그래요. 그 사실부터는 이제 현재가 문제입니다. 지금까지 얘기는 다소 황당무계한 과거의 얘기였죠. 끔찍한 예언이라느니, 신의 돌이라느니 하는 전설 말이죠. 한데 마게녹의 행태에 이르러 비로소 작금의 문제가 발생하는 셈입니다. 결코 옛 시절의 이야기보다 만만치는 않죠. 자, 과연 마게녹에게 무슨 일이 일어난 걸까요? 물론 전혀 알 길은 없습니다. 다만 여드레가량을 완전히 고립된 상태에서 일도 안 하고 오리무중으로 시간을 보내던 그가 어느 날 아침 갑자기 므슈 데르즈몽의 서재로 뛰어들어 이렇게 소리쳤다는 겁니다. '내가 손댔어요! 난 이제 망했습니다! 내가 손댔다고요! 내 이 손에 쥐어봤단 말입니다. 마치 불처럼 손이 타들어가는 것 같았는데도 난 악착같이 쥐고 있었어요. 아, 그동안 뼛속까지 갉아 들어오는 것 같았답니다. 정말이지 지옥이 따로 없었어요! 지옥 말입니다!' 그러고는 자신의 손바닥을 우리에게 쫙 펴 보여주는 겁니다. 과연 종양에 짓무른 것처럼, 온통 화상(火傷)을 입었더군요. 우린 치료를 해주려고 했지요. 하지만 그는 완전히 정신이 돌아버린 듯, 이렇게 더듬대기만 하는 거예요. '내가 첫 번째 희생자가 될 겁니다. 불길이 심장까지 파고들 거예요. 그렇게 내가 당하고 나면 그다음부턴 다른 사람들 차례가 옵니다'라고 말이죠. 바로 그날 저녁, 그는 도끼로 자신의 손목을 내리쳤답니다. 그렇게 섬 전체를 공포의 도가니로 몰아넣고 난 일주일 후, 홀연히 사레크를 떠나더군요."

"어디로 떠난다고는 했나요?"

"파우에의 예배당에 성지순례를 간다고 했어요. 바로 당신이 그의 시체를 발견한 곳 말입니다."

"당신이 보기에 누가 그를 죽인 것 같나요?"

"물론 길을 따라 자기들끼리 신호를 주고받으며 그를 뒤쫓았던 무리 중 누군가의 손에 죽었겠죠. 결국 이곳 지하 골방들에 숨어 살면서 모종의 흉악한 일을 꾸미고 있는 자들 말입니다."

"다시 말해 당신과 프랑수아를 덮쳤다는 자들 말인가요?"

"그렇죠. 그 직후 우리에게서 벗겨간 옷을 입고 나와 프랑수아 흉내를 냈던 자들이기도 하고요."

"왜 그런 변장을 한 걸까요?"

"그야 그렇게 하면 수도원에 접근하기가 용이하기 때문이겠죠. 만약 모든 게 뒤틀릴 경우 추적을 따돌리기도 쉬울 거고요."

"한데 이곳에 갇혀 있는 동안 한 번쯤은 그들의 모습을 볼 수도 있지 않았을까요?"

"딱 한 번, 여자 한 명을 언뜻 본 적이 있긴 있어요. 그것도 밤에 말입니다. 먹을 것과 마실 물을 가지고 와서 손을 풀어주고 다리 끈도 약간 느슨하게 해준 다음, 두 시간 만에 다시 왔지요."

"뭐라고 말은 하던가요?"

"첫날 밤, 단 한 차례 나지막한 목소리로 이러더군요. 만약 내가 소리를 지르거나 누굴 부른다거나 도망치려고 시도를 하면, 프랑수아가 나 대신 그 값을 치를 거라고요."

"하지만 습격을 당했을 때도 뭔가 눈에 들어온 게 있었을 것 아닙니까?"

"그 점에 대해서는 나도 프랑수아도 별로 할 말이 없습니다."

"습격당할지도 모른다는 생각은 안 했나요?"

"전혀요. 실은 그날 아침, 므슈 데르즈몽에게 그간 추진해온 조사 작업과 관련해서 두 장의 중요한 편지가 당도했습니다. 그중 하나는 왕당파를 지지하는 인사로 알려진 브르타뉴의 어느 노(老)귀족이 보낸 거였는데, 그의 증조부 서류함에서 발견했다는 어떤 문서가 동봉되어 있었지요. 바로 사레크를 점거했던 올빼미당원(프랑스 대혁명 당시 왕정을 지지한 반혁명 세력에 붙여진 이름—옮긴이)들의 지하 거점을 표시한 지도였죠. 그건 틀림없이 전설에서 언급된 드루이드들의 바로 그 거처였습니다.

지도엔 검은 황야 쪽 입구와 두 개의 층 구조, 그리고 최종 지점에 자리 잡은 고문실이 표시되어 있었지요. 프랑수아와 나는 곧장 직접 탐사에 들어갔고, 결국 돌아가는 길에 습격을 당한 겁니다."

"그럼, 그 후에는 전혀 아무것도 알아낸 게 없다는 얘긴가요?"

"전혀요."

"하지만 프랑수아는 뭔가 도움을 기다리는 눈치이던데. 누군가 힘이 되어주기로 약속을 했답니다!"

"오, 어린애가 흔히 생각할 수 있는 얘기죠. 프랑수아는 그날 아침 므슈 데르즈몽에게 당도한 두 번째 편지에 집착하는 겁니다."

"그게 대체 뭔데요?"

스테판은 얼른 대답하지 못하고 있었다. 때마침 누군가 문 저쪽에서 염탐하고 있는 낌새를 느낀 것이었다. 하지만 쪽문에 가까이 다가가 살펴본 결과, 바깥 통로에는 개미 새끼 한 마리 얼씬하지 않았다.

그는 그저 이렇게 툭 내뱉었다.

"아! 글쎄요, 누군가 도와줄 거면 제발 서둘러주기나 했으면 좋겠네요! 이러다간 언제 그들이 들이닥칠지……."

"그럼 정말 누가 돕기는 도울 거란 얘긴가요?"

"오, 그런 것에 크게 중요성을 부여할 필요는 없습니다. 하긴 좀 묘한 구석이 없는 건 아니지만요. 당신도 알다시피, 이곳 사레크에는 잠수함 기지가 위장되어 있을 가능성을 타진하러, 군 장교들이랄지 공무원들 몇몇이 수차례 방문한 적이 있습니다. 그중에서도 가장 최근에는 파트리스 벨발(『황금삼각형』 참조—옮긴이) 대위라는 상이용사가 특별대리인 자격으로 파리에서 급파되어 므슈 데르즈몽과 인간관계를 맺은 바 있지요. 그때 므슈 데르즈몽은 그에게 섬에 나도는 예의 그 전설과 더불어, 어쩔 수 없이 모두가 느끼고 있는 걱정거리에 대해 귀띔해주었답니다(바로 마게녹이 떠난 다음 날이었지요). 한데 벨발 대위는 유달리 그 얘기에 관심을 보이면서 한다는 말이, 파리에 사는 자기 친구 중에 에스파냐던가 포르투갈이던가, 아무튼 그쪽 출신인 돈 루이스 페레나라는 신사가 있는데, 그에게 모든 얘기를 전해주겠다는 것이었습니다. 글쎄요, 보아하니 대단한 인물인가 싶던데, 이 세상 제아무리 복잡한 수수께끼도 척척 해결해내고, 엄청 위험하고 대범한 일들을 수행해나가는 데 일가견이 있다고 하더군요. 아무튼 벨발 대위가 떠난 지 며칠 되지 않아 돈 루이스 페레나라는 이름으로 편지 한 장이 왔는데, 그게 바로 내가 얘기한 두 번째 편지인 셈입니다. 유감스럽게도 므슈 데르즈몽은 우리에게 그 첫 대목만 읽어주었지요. 이런 내용이었습니다."

므슈,

제가 보기에 마게녹 사건은 대단히 중대한 일이라고 생각합니다. 따라서 조금이라도 뭔가 새로운 변수가 생기면, 즉시 파트리스 벨발에게 전보를 쳐주시기를 부탁드립니다. 몇 가지 정황에 의거해 보자면, 현재 당신은 자칫 크나큰 위험에 빠질 우려가 있습니다. 하지만 제가 제때제때 상황을 파악하고 있는 한, 당신은 설사 그 위험의 한복판에 처한다 해도 크게 두려워할 일은 없을 것입니다. 아울러 무슨 일이 일어나더라도, 심지어 모든 것이 뒤틀려 당신이 망했다고 여겨지는 그 순간이라도, 제가 모든 일을 책임지고 처리하겠습니다.

신의 돌에 관련한 수수께끼에 대해서는, 사실 당신이 벨발에게 제시한 것과 같은 충분한 단서가 있음에도 불구하고 어떻게 한순간이나마 그걸 불가해한 것으로 치부할 수 있는지 어이가 없을 지경입니다. 지금껏 숱한 세대를 미혹시켰던 그 수수께끼의 정체를 이 자리에서 짤막하게 간추려보자면…….

"뭐 이런 식이었지요."

베로니크는 잔뜩 호기심이 발동했는지 얼른 다그쳐 물었다.

"그래서요? 그래 어떻게 됐다는 건가요?"

"아까 말했다시피, 므슈 데르즈몽은 마지막까지 읽어주질 않았습니다. 그냥 우리를 앞에 둔 채 혼잣말처럼 중얼거리더군요. '이럴 수가! 맞아, 바로 그거야. 정말 놀랍군그래!' 이렇게 말입니다. 해서 우리가 바싹 다가앉아 묻자, 그저 이러는 겁니다. '너희가 검은 황야에서 돌아오는 대로 오늘 밤 모두 얘기해주겠다. 일단 이 사내, 정말이지 비범한 친구라는 것만 알아두어라. 그래 비범한 사내야. 달리 표현할 말이 없구나. 이 친구는 별다른 수단도 정보도 없는 상황에서 신의 돌의 비밀과 그것이 현재 어디쯤 있는지를 정확히 짚어주고 있단다. 그 추론 과정이 너무도 논리적이어서, 별로 이론의 여지가 없어 보일 정도야'라고 말이죠."

"그날 밤이라면?"

"네. 바로 그날 밤, 프랑수아와 난 납치됐고, 므슈 데르즈몽은 살해당했지요."

베로니크는 깊은 생각에 잠긴 채 중얼거렸다.

"그게 그토록 중요한 편지인 걸 보면, 누군가 그걸 빼앗으려고 했을지도 모르겠군요. 따지고 보면 우리 모두가 이런 곤욕을 치르는 것도, 누군가 그 신의 돌을 차지하려고 일을 벌인 때문이라고 할 수밖에 딱히 적당한 설명이 없을 것 같으니 말이에요."

"나 역시 그런 생각입니다. 한데 므슈 데르즈몽은 우리 앞에서 편지를 갈기갈기 찢어버렸단 말입니다. 돈 루이스 페레나가 그렇게 하도록 권했다고 하더군요."

"음……. 아무튼 결국에는 돈 루이스 페레나라는 사람에게 상황이 전달되지 못한 셈이로군요."

"그렇게 된 거죠."

"하지만 프랑수아 말로는……."

"프랑수아는 우선 할아버지의 죽음에 관해 전혀 모르고 있습니다. 그러니 자신과 내가 사라진 것을 아는 할아버지가 돈 루이스 페레나에게 즉각 알리지 않으리라고는 결코 생각할 수가 없는 것이죠. 사실 그런 것 말고도 프랑수아 입장에서는 기대를 가질 만한 다른 이유가 하나 더 있답니다."

"중요한 이유인가요?"

"그건 아니고요. 프랑수아는 아직 어린 나이입니다. 게다가 상상력을 자극하는 온갖 모험 소설을 무수히 읽었지요. 한데 벨발 대위가 친구 페레나에 관해 어찌나 기상천외하고 신기한 얘기를 실감 나게 들려주었는지, 프랑수아는 그 사람이 마치 아르센 뤼팽인 것처럼 믿어버리게 되었답니다. 자연히 절대적인 신뢰감이 생겼을 테고, 도움이 절실한 위험의 순간에 마치 기적 같은 일이 일어날 것이라고 확신하는 게 당연하죠."

베로니크는 지그시 미소를 짓지 않을 수 없었다.

"맞아요, 아직 어린아이죠. 하지만 자고로 어린아이 특유의 직관 속에는 무시 못할 위력이 숨어 있는 법이랍니다. 다 제쳐두고 그로 인해 아이가 용기를 잃지 않고 활달한 모습일 수 있다는 것만 해도 그게 어디에요! 세상에, 그 어린 나이에 그와 같은 희망이라도 없다면 이런 시련을 어찌 견디겠느냐고요."

그러면서도 왠지 모르게 일말의 불안감이 몰려왔고, 베로니크는 나지막한 목소리로 이렇게 중얼거렸다.

"도움이 어디로부터 오건 제시간에 오기만 한다면 좋겠네요. 제발 내

아들이 저 무지막지한 존재들에게 희생되는 일이 없어야 할 텐데."

이번에도 기나긴 침묵이 두 사람의 머리 위를 내리눌렀다. 그것은 마치 보이진 않으나 분명 현존하는 적(敵)으로부터의 중압감이 엄청난 무게로 두 사람의 마음을 짓누르기 때문인 듯했다. 사실 그것은 지금 섬 전체를 그렇게 내리누르고 있었다. 이곳 지하 세계는 물론이고, 황야 지대와 모든 숲, 둘러싸고 있는 바다, 수많은 고인돌과 관(棺)을 그 존재의 예감만으로도 완전히 장악하고 있는 것이었다. 과거의 괴물 같은 시대뿐만 아니라 마찬가지로 괴물처럼 끔찍해져 버린 지금 이 시간도 영락없이 그 수중에서 벗어나지 못하고 있다는 느낌……. 옛날의 의식(儀式)을 통해 여전히 자신에 관한 이야기를 계속하고 있으며, 그 이야기 속에서 수천 번도 더 되풀이해 예고된 참극을 이제는 불쑥 실행에 옮기려는 저 미지의 존재…….

마침내 잔뜩 의기소침해진 베로니크가 안타깝게 다그쳐 물었다.

"하지만 왜일까요? 대체 뭘 원하는 거죠? 이런 짓을 벌여서 과연 무얼 하자는 걸까요? 현재의 이자들과 옛날의 그들 사이에 서로 무슨 상관이 있다는 건가요? 그런 야만적인 행태가 자꾸만 반복된다는 걸 대체 어떻게 설명해야 되느냐고요?"

이런저런 얘기를 모두 털어놓은 다음에도 이처럼 여전히 남는 문제들은 있었다. 또다시 침묵이 흐른 뒤, 집요한 어떤 생각에 사로잡힌 듯, 베로니크가 혼잣말처럼 내뱉었다.

"아, 프랑수아가 함께 있다면! 셋이 힘을 합치면 한번 싸워볼 만도 할 텐데! 대체 지금쯤 어떻게 된 걸까? 무엇 땜에 아직도 깜깜무소식이지? 무슨 예기치 못한 장애라도 생긴 걸까?"

이젠 스테판이 그런 베로니크의 마음을 다져줄 차례였다.

"장애라니요? 뭐하러 그런 가정을 하는 겁니까? 장애가 뭐가 있겠어요. 그저 작업이 오래 걸리는 모양이죠."

"그래요. 당신 말이 맞을 거예요. 시간도 오래 걸리고 힘도 드는 작업이죠. 아, 나는 누가 뭐라 해도 프랑수아만큼은 절대 용기를 잃지 않을 거라고 확신해요! 얼마나 활달한 아이인지! 신념도 대단한 아이죠! 뭐랬는지 아세요? '한번 자기 엄마를 되찾은 자식이 또 어영부영 엄마를 잃을 거라고 생각하세요? 어찌 그럴 수가 있겠어요?' '우린 결국 승리할 것이고, 서로 합쳐서 행복하게 살아갈 거'라고 했답니다! 어때요, 스테판, 걔 말이 맞죠? 이제 겨우 아들을 되찾았는데, 다시 잃는 일은 일어나지 않겠죠? 아니에요, 절대 그럴 리는 없을 겁니다. 만약 그렇게 된다면 너무도 부당한 일이에요. 도저히 용납할 수 없는 일이죠."

그렇게 떠들어대던 베로니크가 갑자기 말을 뚝 끊자 스테판은 깜짝 놀란 눈길로 바라보았다. 베로니크는 가만히 귀를 기울이고 있었다.

"무슨 일입니까?"

스테판이 묻자 그녀는 나지막이 중얼거렸다.

"무슨 소리가……."

그제야 스테판도 숨을 죽이고 귀를 기울였다.

"음……. 그러네요. 무슨 소리가……."

"아마 프랑수아일 거예요. 저 위쪽에서……."

여자가 일어서려는 것을 스테판은 덥석 붙잡고 속삭였다.

"아니에요! 통로 쪽에서 들리는 발소리입니다."

"네? 그럼…… 그럼 어쩌죠?"

둘은 어떻게 해야 할지 결정을 내리지 못한 채 서로를 망연자실 바라만 보고 있었다.

발소리는 점점 가까워졌다. 놈은 아마 아무것도 눈치채지 못한 듯, 전혀 조심하는 기색 없이 걸어오고 있었다.

스테판이 천천히 말했다.

"일단 내가 일어서 있는 걸 보면 안 됩니다. 원래 자리로 돌아가 있을 테니, 밧줄을 대충이나마 묶어주세요."

그러면서도 둘은, 마치 위험이 스스로 멀어지기를 기대라도 하듯, 주춤대고 있었다. 마침내 멍한 상태를 뿌리치면서 베로니크가 결단 어린 목소리로 내뱉었다.

"자, 서둘러요. 놈들이에요."

남자는 신속하게 움직였고, 단 몇 초 만에 베로니크는 처음 발견했을 때와 마찬가지로 밧줄을 이리저리 감아놓았다. 물론 이전처럼 꽁꽁 묶어놓는 것은 무리였다.

"벽 쪽으로 돌아누우세요. 손은 가리고요. 그걸 보이면 다 탄로 나요."

"당신은 어쩔 셈입니까?"

"그건 걱정 마세요."

베로니크는 재빨리 몸을 숙여 문 옆에 바짝 다가갔다. 쇠창살로 가로막힌 쪽문은 문 안쪽으로 다소 돌출해 있어서, 잘만 밀착해 있으면 보이지 않게 되어 있었던 것이다.

일순 바깥의 존재가 걸음을 멈추었다. 육중한 문의 두께에도 불구하고 옷자락이 스치는 소리가 베로니크의 귓가에 흘러들었다.

마침내 쪽문이 찰칵 열렸고, 바짝 붙은 베로니크의 머리 위로 시선이 두리번거렸다.

정말이지 끔찍한 순간이었다! 조금이라도 수상쩍은 단서가 눈에 띄면 그것으로 비상(非常)이 걸릴 게 뻔했다.

'아, 왜 가만히 있는 거지? 뭔가 낌새를 챈 걸까? 혹시 내 옷이 보이는 건 아냐?'

그렇게 속으로 중얼거리면서도, 베로니크는 필시 스테판이 문제일 거라는 생각이 들었다. 아무래도 태도가 어색하고, 보통 때와 끈이 다르게 둘러져 있을지도 모르지 않은가!

문득 바깥의 동태가 심상치 않다 싶더니, 두 차례 가벼운 휘파람 소리가 들렸다.

이어서 통로 저쪽으로부터 또 다른 발소리가 들리기 시작했고, 엄정한 침묵 속에 점점 가까워오더니 역시 바로 문 앞에서 뚝 멈췄다. 무언가 서로 의논하는 소리가 중얼중얼 뒤따랐다.

베로니크는 살금살금 손을 움직여 호주머니에 갖다 댔고, 슬그머니 권총을 꺼내 손가락을 방아쇠에 걸었다. 누구든 한 발짝이라도 들여놓아 봐라. 그대로 한 방, 또 한 방 갈겨버릴 테니. 일말의 망설임이라도 허용하는 날엔 프랑수아를 영영 잃게 된다!

9
죽음의 방

만약 문이 바깥쪽으로 열게 되어 있고 적들이 단번에 모습을 드러내 주기만 한다면 계산은 정확히 들어맞는 셈이다. 베로니크는 얼른 문짝을 살펴보았다. 한데 어이없게도 문 아랫부분에 큼직하고 단단한 빗장이 달려 있는 것이 아닌가! 지금이라도 저것을 활용해야 할까?

그렇게 할 경우 어떤 점이 유리하고 불리할지에 대해서는 별로 깊이 생각할 여유가 없었다. 벌써 열쇠 철커덕거리는 소리가 들렸고, 거의 동시에 자물쇠에 찰칵 맞물리는 소리가 이어졌다.

이제 벌어질 상황이 머릿속에 그려지자 베로니크는 가슴이 철렁했다. 문짝을 밀어젖히며 놈들이 들이닥쳤을 때, 어쩔 줄 모르고 버벅거리다가는 조준도 엉망일 테고, 결국 명중을 기대하기는 어려울 것이 뻔했다. 그럴 경우, 놈들은 그대로 문을 닫고 지체 없이 프랑수아를 가둔 방으로 달려갈 것이다.

그런 생각에 정신이 번쩍 든 베로니크의 다음 행동은 거의 본능적이고 신속했다. 후닥닥 아래쪽 빗장부터 채운 다음, 다시 잽싸게 몸을 반쯤 일으켜 쪽문에 달린 쇠로 만든 덧문을 차단했다. 그로써 갑자기 문도 열리지 않고 안을 들여다볼 수도 없는 상황이 되고 만 것이다.

베로니크는 이 같은 행동이 얼마나 엉뚱하고, 그것으로는 결코 적의 위협을 막을 수도 없다는 사실을 금세 깨달았다. 스테판도 펄쩍 뛰어 일어나, 곁으로 다가와서는 이렇게 말했다.

"맙소사, 대체 무슨 짓을 한 겁니까? 저들은 내가 꼼짝도 하지 않고 있는 걸 분명히 보고 있었단 말입니다. 이젠 여기 혼자가 아니라는 사실까지 알게 된 거예요."

베로니크는 변명 삼아 이렇게 대꾸할 수밖에 없었다.

"그래요. 이제 저들은 문을 부수려고 할 테니, 적어도 그동안 시간은 벌 수 있을 거예요."

"시간을 번다고 무슨 뾰족한 수가 납니까?"

"도망가야죠."

"어떻게 말이오?"

"프랑수아가 부를 겁니다. 프랑수아가……."

하지만 말을 마치기도 전에 통로 저 구석으로 멀어져 가는 다급한 발소리가 입을 막는 것이었다. 의심할 여지가 없었다. 놈들은 이미 도주가 불가능할 것이 뻔한 스테판은 아예 제쳐두기로 하고, 이제는 위층 감방을 향해 득달같이 달려가는 것이 분명했다. 혹시 두 포로 사이에 어떤 내통이 이루어져, 스테판의 감방 안에 아이가 잠입해 들어와 방금 문을 닫아걸었을 수도 있다는 생각은 할 수 없는 걸까?

하여튼 베로니크는 여러 가지 이유에서 가장 우려했던 결과로 사태를 다급하게 몰아간 격이 되고 말았다. 이제 저 위에서는 막 도망치려고 하는 프랑수아가 놈들에게 적발될 것이다.

여자는 그대로 바닥에 주저앉았다.

"도대체 내가 왜 여기 온 거죠? 잠시만 참고 기다렸으면 됐을걸! 프랑수아와 함께 나섰다면 확실하게 당신을 구할 수 있었을 텐데."

그렇게 중얼거리는 베로니크의 난감한 머릿속에 어떤 생각이 순간적으로 스치고 지나갔다. 그처럼 서둘러 스테판을 구하려고 한 데에는, 자신에 대한 그의 애정을 의식했기 때문이 아니었을까? 그야말로 분에 넘치는 호기심이 이런 상황에 뛰어들게 만든 원인이 아니었을까? 참담한 생각을 떨쳐버리기 위해 그녀는 고개를 저으며 이렇게 혼잣말을 했다.

"아냐, 그땐 결단코 나서야 했어. 이렇게 된 건 어쩔 수 없는 운명이야."

"당찮은 생각입니다. 모든 게 잘 풀릴 거예요!"

스테판이 덮어놓고 하는 말에도 이제 그녀는 고개를 가로저을 뿐이었다.

"너무 늦었어요."

"왜 그런 소리를 합니까? 프랑수아가 감방을 벗어나지 못했다는 증거도 없지 않소? 방금 전까지만 해도 당신은 그랬을 거라고 생각하지 않았습니까?"

여자는 아무 대답도 못했다. 그저 창백한 얼굴에 찡그린 표정만 난감한 처지를 드러내고 있었다. 그동안 하도 해괴망측한 고초를 겪다 보니 자신을 옥죄어 드는 위협에 대해 웬만한 직관력은 이미 터득한 터였다. 도처에 결코 만만치 않은 난관들이 그 마각(馬脚)을 드러내기 시작하고 있었다. 처음보다 훨씬 지독해진 시련이 다시금 기지개를 켜고 있었다.

"죽음이 우릴 에워싸고 있어요."

베로니크가 중얼거리자, 스테판은 애써 웃음을 지었다.

"어느새 사레크 사람들처럼 말씀하시는군요. 이제 이 섬 사람이 다 된 모양입니다. 두려워하는 폼이 똑같아요."

"그들이 두려워한 건 당연했어요. 그러는 당신도 두려움을 느끼는 건 마찬가지잖아요?"

베로니크는 후닥닥 문가로 달려가 빗장을 빼고 문을 밀어 열려고 애썼다. 하지만 철갑으로 강화된 육중한 문짝은 여자의 힘을 비웃기라도 하듯, 미동도 하지 않는 것이었다.

스테판은 문득 여자의 팔을 붙잡으며 속삭였다.

"잠깐……. 들어봐요."

"그래요, 저 위에서 문을 두드리고 있겠죠. 바로 우리 위, 프랑수아가 있는 감방 말이에요."

"그게 아니라, 잘 좀 들어봐요."

한동안 침묵이 흘렀고, 다시금 어딘가 두드리는 소리가 두꺼운 암벽을 타고 울려왔다. 그것은 틀림없이 아래쪽에서 들려오는 소리였다.

문득 기겁을 한 스테판이 더듬댔다.

"오늘 새벽에 들렸던 바로 그 소리예요. 아까 얘기한 바로 그 작업을 벌이는 모양이에요. 아, 이제 알겠어요!"

"뭔데요? 무슨 말을 하려는 거죠?"

두드리는 소리는 일정한 간격으로 반복되다가 이내 멈추었고, 다음으로 좀 더 날카로운 마찰음과 갑자기 삐거덕거리는 소리가 둔탁한 소음과 뒤섞여 끊이지 않고 들려왔다. 어떤 기계를 작동하는 소리 같은데, 흡사 바닷가에서 선박을 끌어 올릴 때 돌리는 권양기(捲揚機) 소리 같기도 했다.

베로니크는 무슨 일이 벌어질지 잔뜩 마음을 졸이면서, 그리고 무엇이든 힌트를 읽어내려고 스테판의 눈동자를 뚫어져라 응시한 채, 귀를 기울이고 있었다. 스테판은, 엄습해오는 위험을 예감하며 사랑하는 사람의 눈동자를 안타깝게 지켜보는 심정으로 그녀 앞에 마주하고 서 있었다.

얼마나 그러고 있었을까, 별안간 손으로 벽을 짚어야 할 만큼, 베로니크의 몸이 휘청했다. 동굴, 아니 동굴이 속한 암벽 전체가 부르르 움직이는 것 같았다!

"어머나, 지금 내 몸이 이렇게 떠는 건가요? 내가 혹시 무서워서 벌벌 떨고 있는 거예요?"

더듬더듬 중얼대던 베로니크는 스테판의 두 손을 와락 움켜쥐며 다그쳐 물었다.

"대답 좀 해봐요. 정말 모르겠다고요."

하지만 남자의 입에서는 단 한 마디도 새어나오지 않았다. 그의 눈동자는 어느새 촉촉이 젖어 있을 뿐, 더 이상 두려운 빛은 보이지 않았다. 거기엔 오로지 거대한 사랑, 한없는 절망만이 그렁그렁 담겨 있었다. 그의 머릿속엔 오로지 여인을 향한 간절한 생각만이 가득 차 있었다.

하기야 굳이 지금 일어나고 있는 일을 말로 설명할 필요가 있을까? 몇 초만 잠자코 있으면 저절로 현실이 눈앞에 닥칠 것이 아니겠는가? 정상적인 현상과는 완전히 동떨어져서, 악의 영역 안에서 상상할 수 있는 한계조차 훌쩍 뛰어넘는 낯선 현실……. 베로니크 자신도 이미 그 징후를 감지는 하지만 차마 받아들일 수는 없는, 정말이지 기상천외한 광경이 이제 막 펼쳐지려고 하는 것이다.

동굴 중앙에 자리 잡고 있던 큼직한 사각판이 벼랑 끄트머리를 따라 경첩처럼 고정된 회전축을 중심으로, 거대한 뚜껑 문이 들리듯, 서서히 들어 올려지는 것이 아닌가! 무척이나 완만한 그 움직임은 지극히 서서히 진행되고 있었고, 아직은 얼마 되지 않은 경사면에서 균형을 유지하고 서 있기가 그리 어렵지는 않았다.

처음에 베로니크는 적의 의도가 그대로 천장까지 밀어붙여 압살이라도 하려는 것으로 생각했다. 하지만 이내 무시무시한 기계의 작동 원리를 이해했고, 마치 도개교(跳開橋)처럼 일어서는 이 장치의 임무는 두 사람을 저 아래 심연 속으로 곤두박질치게 만드는 것임을 깨닫게 되었다. 그런 목적이라면 더없이 효율적인 기계를 들이댄 셈이다. 이제 파국은 돌이킬 수 없이 치명적인 모습으로 다가오고 있었다. 아무리 발버둥을 쳐봐도, 어디든 매달려보려고 안간힘을 쓴다 해도, 언젠가는 도개교의 판때기가 암벽과 일직선을 이룰 만큼 수직으로 일어서는 순간이 올 테고, 그러면 만사가 끝장일 수밖에 없다.

베로니크는 황망하게 중얼거리고 있었다.

"아, 끔찍해라. 끔찍해."

두 사람은 손을 꼭 움켜쥐었고, 스테판의 눈에서는 급기야 눈물이 흘러내렸다.

베로니크 역시 자기도 모르게 깊은 신음을 내뱉었다.

"어떻게 할 도리가 없을까요?"

"아무것도……."

남자의 대답이었다.

"그래도 동굴 바닥이 둥그스름하니 사각판 주위로 여유 공간이 있을 것 아니겠어요? 어쩌면……."

"있다 해도 너무 좁아요. 아마 벽에 바짝 붙은 채 가까스로 서 있을 순 있다 해도, 움직이는 판때기 모서리에 남아나지 못할 겁니다. 그 정도는 이미 계산이 끝난 얘깁니다. 나도 한두 번 가능성을 검토했던 게 아니에요."

"그럼 어쩌죠?"

"기다리는 수밖에."

"누굴 말이에요?"

"그야 프랑수아죠."

순간 베로니크는 울컥 눈물을 흘리며 흐느꼈다.

"오, 프랑수아…… 아마 그 애도 역시 험한 꼴을 당하고 있을지 몰라요. 그렇지 않고 우릴 찾아 나선다 해도, 결국 함께 함정에 빠질 것 아니겠어요? 그럴 바엔 차라리 안 보는 게 낫겠어요. 그럼 적어도 아무것도 모를 것 아니에요? 죽어가는 이 어미의 모습을 보지 않아도 될 것 아니냐고요."

그러면서 젊은 남자의 손을 강하게 움켜쥐고는 이렇게 덧붙이는 것이었다.

"스테판, 우리 중 누구든 죽음을 벗어날 수 있다면 말이에요, 난 그게 당신이면 좋겠지만……."

"아뇨, 분명 당신일 겁니다!"

남자는 확신에 찬 목소리로 가로막았다.

"더구나 당신에게도 나와 똑같은 처형 방식을 적용하다니 의외입니다. 필시 이 안에 있는 게 당신이라고는 생각지 못한 모양이에요."

베로니크도 그 점은 동감인 듯했다.

"그건 나도 의외예요. 내게는 다른 방식을 준비해둔 줄 알았는데. 하긴 무슨 상관이겠어요. 어차피 아들의 모습을 두 번 다시 볼 수 없을 바엔……. 오, 스테판 그 아이를 당신 손에 맡길게요. 당신이 얼마나 그 애를 위해왔는지 이미 다 알고 있어요."

불규칙적인 진동과 이따금 갑작스러운 덜컹거림을 동반한 채, 바닥은 계속해서 천천히 올라왔고, 아울러 경사도는 점점 가팔라지고 있었다. 이제 몇 분만 지나면 지금처럼 한가롭게 얘기를 나눌 여유도 더는 허락되지 않을 것이다.

"만약 내가 살아남는다면, 당신이 맡긴 일을 끝까지 책임져 해내겠다고 맹세하죠."

마침내 스테판이 대답하자, 베로니크는 강인한 어조로 덧붙였다.

"네, 나를 기억하는 뜻에서라도 꼭 그래야만 해요. 당신이 알고 있고……. 또한 사랑했던 이 베로니크를 기리는 뜻에서요."

순간 남자의 시선이 화르륵 불붙었다.

"그, 그럼 당신도 알고 있었나요?"

"네, 솔직히 말씀드리죠. 당신의 일기를 봤어요. 당신의 마음을 알고 있답니다. 그리고…… 받아들이겠어요."

그렇게 말하는 여자의 입가에 쓸쓸한 미소가 번졌다.

"곁에도 없는 여인을 지금까지 그토록 사랑해오다가, 이제는 곧 사라져갈 여인을 사랑하게 되다니……. 참, 당신도 기구한 운명이로군요."

"아닙니다! 그렇지가 않아요! 분명 구원의 손길이 임박해 있을 거예요. 왠지 느껴집니다. 내 사랑은 과거의 것이 아니라 미래에 속한 것이에요!"

남자의 태도에 갑자기 활기가 넘치고 있었다. 그는 여자의 손등에 입을 맞추려고 했으나, 베로니크는 그 대신 이마를 내밀며 이렇게 속삭였다.

"안아줘요."

이제 두 사람은 한쪽 발을 낭떠러지 가장자리 지극히 비좁은 화강암 바닥에 디딘 채, 간신히 지탱하고 있어야 했다.

둘은 진지하게 서로를 부둥켜안았다.

"날 꼭 붙잡아줘요."

베로니크는 그렇게 말한 뒤, 가능한 한 몸을 뒤로 젖히고 고개를 쳐

들어, 목이 멘 소리로 소리쳤다.

"프랑수아…… 프랑수아……."

하지만 위쪽의 구멍으로부터는 전혀 인기척이 없었다. 아울러 한쪽 고리만 걸린 채 대롱대롱 매달린 사다리는 여전히 그림의 떡일 뿐이었다.

다시 고개를 돌려, 이번에는 저 아래 바다 쪽을 내려다보았다. 서 있는 지점은 암벽의 융기가 다른 곳보다 덜해 아래를 비교적 훤하게 조망할 수 있었는데, 흰 거품이 터지는 암초들 사이로 무척 잔잔한 수면과 바닥을 가늠할 수 없는 깊이의 물웅덩이 하나가 용케 눈에 들어왔다. 문득 그런 곳에 떨어질 수만 있다면, 저 험상궂은 암초의 이빨에 갈기갈기 찢기는 것보다 훨씬 아늑한 죽음을 맞이할 수 있다는 생각이 들었다. 베로니크는 이처럼 지루하게 사람 피를 말리는 고통에 시달리다 갈 바에는 차라리 훌쩍 벗어나 스스로 끝장내고 싶은 욕구가 치밀었고, 그 즉시 스테판에게 불쑥 말했다.

"뭐하러 파국을 기다려야 하죠? 이런 식으로 괴로워하느니 그대로 죽는 게 낫지 않겠어요?"

물론 남자는 베로니크가 사라져버린다는 생각 하나로도 발끈할 따름이었다.

"안 돼요! 안 돼!"

"그럼 아직도 희망을?"

"그래요! 당신의 목숨이 걸린 문제이니, 마지막 순간까지 희망을 버릴 순 없소!"

"난 더 이상 기대하지 않아요."

사실 스테판이라고 그 심정을 모르는 바 아니었다. 그 역시 난감하기는 마찬가지였으니 말이다. 다만 베로니크의 불안감을 무조건 잠재워주고 싶었고, 이 엄청난 시련의 무게를 그녀 대신 짊어지고 싶었을 뿐이었다!

기계는 한 치의 오차 없이 서서히 사각판을 일으켜 세우고 있었다. 이젠 부자연스러운 진동도 없었고, 기울기도 그만큼 가속화되는 가운데, 판 끄트머리가 이미 문짝의 한 절반 높이, 쪽문 바로 아래까지 이를 정도였다. 그러다가 별안간 덜컹하면서 급격하게 움직이는가 싶더니, 단 한순간에 쪽문마저 사각판에 가려지고 말았다. 이제는 똑바로 서 있기가 거의 불가능할 정도였다.

두 사람은 판의 경사 방향으로 몸을 쭉 편 채, 얼마 안 되는 벼랑 끝 화강암 바닥을 두 발로 악착같이 지탱하고 있었다.

두 차례에 걸쳐 또다시 심한 진동이 있었고, 그럴 때마다 치솟는 판의 저쪽 끝이 더더욱 높아지는 것이었다. 이제 동굴 저 구석의 내벽 꼭대기까지 판의 모서리가 닿았고, 계속해서 궁륭형의 천장을 슬그머니 가로질러 동굴 입구로 바짝 다가들고 있었다. 보아하니 사각판 자체가 아예 동굴 입구에 정확히 들어맞는 크기였고, 도개교처럼 완전히 수직으로 일어서면 영락없는 성문처럼 구멍을 닫도록 되어 있었다. 주위의 암벽도 전혀 옆으로 빠져들 틈이 없도록 정교하게 다듬은 티가 그제야 눈에 띄었다.

둘은 아무 말도 하지 않았다. 그저 두 손을 맞잡은 채, 거의 체념한 상태였다. 이제 죽음은 마치 운명적으로 선고된 하나의 절차처럼 느껴졌다. 저 까마득하게 거슬러 올라가는 옛날 어느 시기에 만들어졌을 이 살인 기계는 그동안 숱하게 수리 및 개선을 거쳤을 것이고, 또 그러는 가운데 얼굴 없는 사형집행인의 손에 의해 어김없이 작동되어, 브르타뉴인들, 골족들, 프랑스인들, 그리고 외국인들에 이르기까지 죄수이건 무고한 사람이건 닥치는 대로 저 심연의 죽음으로 떠다밀었을 것이다.

예컨대 전쟁 포로들, 파계승들, 박해받는 촌부들, 올빼미당원들, 그리고 프랑스 대혁명 당시 공화국 병사들과 혁명군 등등, 이 괴물의 횡포로 죽어간 인명을 과연 셀 수나 있을 것인가!

그러고 보면 오늘은 바로 두 연인의 차례인 셈이다.

두 사람에게는, 으레 누구를 증오하거나 분노하면서 느낄 수 있는 씁쓸한 마음의 위안조차도 지금 없었다. 증오하다니, 대체 누굴 말인가? 둘은 자신들을 이 지경으로 몰아넣은 적의 얼굴은 전혀 모르는 채, 캄캄한 어둠 속에서 죽어갈 뿐이다. 전혀 그들 자신과는 상관없이 진행된 어떤 사태의 마무리를 위해 희생될 뿐이며, 표현은 좀 그렇지만, 단순히 머릿수를 채우느라 죽어가는 것이다. 기껏해야 광신적인 신도들이나 받드는 야만적인 신들의 강령이랄지 어처구니없는 예언 나부랭이, 어리석기 그지없는 고정관념을 위해 희생되는 것이라고나 할까? 정말 터무니없는 일이지만, 어쩌다 보니 피비린내 나는 종교의 신들에게 바치는 속죄의 제물이 되어버린 셈이다!

이제 사각판은 하나의 벽처럼 두 사람의 등 뒤로 바짝 다가들었다. 이제 조금만 더 있으면 완전히 수직으로 일어설 참이었다. 드디어 파국이 다가오고 있었다.

몇 차례에 걸쳐 스테판은 베로니크의 몸을 붙들어야만 했다. 점점 더해가는 공포심이 온통 정신을 뒤흔들다시피 하는 가운데, 여자가 휘청휘청 아래로 곤두박질치려 했던 것이다.

"제발 부탁이에요. 날 그대로 놔둬요. 너무 괴로워요."

그나마 아들을 떠올리지 않았다면 끝까지 평정을 잃지는 않았을 것이다. 그러나 막상 아들의 이미지가 머릿속을 휘젓자 베로니크는 완전히 허물어지는 것이었다. 아마 지금쯤은 붙잡힌 꼴이 되었을 터…….
아이라고 고문하지 않고, 이 어미처럼 무지막지한 신들의 제단에 바치

지 않을 턱이 뭐가 있겠는가!

"아닙니다. 절대로 그럴 리가 없어요. 당신은 살아날 겁니다. 그래야만 해요. 틀림없이 그럴 거예요."

스테판은 연신 장담을 했지만, 그럴 때마다 베로니크는 횡설수설할 뿐이었다.

"아, 우리처럼 그 애도 갇혀 있어요. 횃불로 아예 화장을 시키려고 하는군요. 화살로 살갗을 마구 뚫어버려요. 갈기갈기 찢어대는군요. 아! 가엾은 내 자식……."

"프랑수아는 곧 나타날 겁니다. 다시 되찾은 엄마와 아들은 결코 떨어질 수 없다고 하지 않았습니까?"

"우리가 서로를 진정으로 되찾는 건 죽음 안에서만 가능할 거예요. 죽음이 우리를 다시 합치게 해줄 거라고요. 제발 빨리 그렇게 되었으면! 그 애가 괴로워하는 건 원치 않아요."

정말이지 극심한 고통이었다. 여자는 순간적으로 남자의 손을 뿌리치고 몸을 내던질 태세를 취했다. 그러나 바로 다음 순간, 스테판과 마찬가지로 외마디 비명을 내지르면서 흠칫 등 뒤 도개교에 몸을 기대는 것이었다.

바로 코앞으로 뭔가 후딱 지나가는가 싶더니, 감쪽같이 자취를 감춘 것이다. 분명 좌측으로부터 나타난 것 같았다.

"사다리…… 사다리 아니었나요?"

스테판이 중얼거리자 베로니크도 기쁨과 희망으로 가쁜 숨을 내쉬며 대꾸했다.

"맞아요, 프랑수아예요! 탈출한 게 분명해요! 우릴 구하러 온 거라고요!"

그즈음, 등 뒤 무시무시한 사각판은 이제 거의 직립 상태가 되어 있었다. 뒤에서 부르르 떨고 있는 느낌이 등에 고스란히 전해져 왔다. 이제 뒤를 돌아봐도 동굴은 흔적조차 찾을 수 없었다. 둘은 벼랑의 비좁은 가장자리에 겨우 발뒤꿈치만 걸친 채, 언제 저 아래 심연으로 곤두박질칠지 모르는 처지였다.

베로니크는 다시 앞쪽을 기웃거려보았다. 아니나 다를까, 금세 사다리가 돌아왔고, 두 개의 갈고리에 매달려 가만히 정지했다.

위를 힐끗 올려다보니 움푹 들어간 구멍으로 아이의 얼굴이 빼꼼히 나와 있었다. 빙그레 웃는 얼굴이었다.

"엄마, 여기예요! 빨리요."

두 팔을 뻗으며 다급하게 부르는 소리가 똑똑히 들려왔다. 베로니크의 입에서 저절로 신음처럼 탄식이 새어나왔다.

"아, 너로구나. 내 사랑하는 아들이야."

"빨리요, 엄마. 제가 사다리를 붙들고 있어요. 어서요. 전혀 위험하지 않으니 안심하세요!"

"그래 가마, 아들아. 곧 올라갈게."

베로니크는 손을 내뻗어 사다리의 대를 냉큼 붙잡았다. 이번에는 스테판도 도와주는 터라, 사다리의 하단에 발을 옮겨 딛는 데 큰 어려움은 없었다.

"당신은요, 스테판? 금방 따라올 거죠?"

여자의 말에 남자는 고개를 끄덕이며 대답했다.

"난 아직 여유가 있어요. 어서 당신이나 서두시구려."

"아니에요! 먼저 그러겠다고 약속해줘요!"

"약속하리다! 자, 어서요."

베로니크는 네 개 단을 기어오른 다음, 다시 고개를 돌려 외쳤다.

"빨리 따라와요, 스테판!"

이미 벼랑 쪽으로 돌아선 남자는, 왼손으로 사각판과 암벽 사이에 난 비좁은 틈새를 끼워 붙들고 나머지 오른손을 뻗어 사다리를 붙든 상태였다. 그렇게 해서 역시 하단에 발을 옮겨 디딘 스테판은 훌쩍 몸을 날려 사다리에 완전히 옮겨 서는 데 성공했다. 그 역시 목숨을 구한 것이다!

현기증 나는 허공을 거슬러 오르는 베로니크의 동작은 그렇게 날렵할 수가 없었다. 아무리 발아래 까마득한 심연이 아가리를 벌리고 있다 한들, 저 위 사랑하는 아들이 엄마의 품을 그리워하며 기다리고 있는데, 무슨 대수이겠는가!

'곧 가마. 곧 올라간다고. 이 엄마가 금방 올라갈게.'

오로지 그렇게 속으로 되뇌며 베로니크는 어느새 위층의 구멍으로 머리와 어깨를 들이미는 데 성공했다. 그다음은 아이가 있는 힘껏 끌어당겨 주었음은 물론이다. 드디어 그토록 간절하던 아들의 모습을 눈앞에 대하게 된 베로니크! 모자(母子)는 누가 먼저랄 것도 없이 서로의 품 안으로 달려들었다.

"아! 엄마! 이게 꿈이에요, 생시예요! 엄마!"

한데 베로니크는 그렇게 달려든 아들을 두 팔로 실컷 끌어안기는커녕 슬그머니 몸을 떼는 것이었다. 도대체 어쩐 일일까? 실은 그녀 자신도 이해할 수 없었다. 뭔가 설명할 수 없는 거북한 심정이 마음껏 감격을 누리는 것을 방해하고 있었다.

베로니크는 아이를 밝은 데로 끌어내며 중얼거렸다.

"어디 좀 보자, 얘야. 어디 좀 자세히 보자꾸나."

아이는 순순히 따랐고, 엄마는 유심히 아이의 얼굴을 살피기 시작했다. 한 2~3초 흘렀을까, 별안간 뒤로 흠칫 물러나며 베로니크의 입에서 끔찍한 외마디 소리가 터져나왔다.

"아니, 너, 너는……. 너는 그때 그 사람을 죽인 애가 아니냐?"

무서운 일이었다! 분명 똑똑히 지켜보는 앞에서 데르즈몽 씨와 오노린에게 차례로 방아쇠를 당긴 괴물의 얼굴을 거기서 알아보았던 것이다!

"저런, 날 알아보시는 건가요?"

아이의 어조는 섬뜩할 정도로 빈정대는 투였다.

베로니크는 금세 자기가 착각했다는 것을 깨달았다. 지금 눈앞에 있는 소년은 프랑수아가 아니라, 그 옷만 걸치고 악마 같은 역할을 해왔던 다른 아이인 것이다.

소년은 다시금 빈정댔다.

"아하, 이제야 사태를 짐작하시는 모양이로군요, 마담! 어째, 나를 알아보시겠소?"

그 고약한 얼굴은 심하게 일그러져서, 생각할 수 있는 가장 사악하고 잔혹하며 심술궂은 표정으로 뭉뚱그려져 있었다.

"보르스키! 보르스키야! 네 얼굴은 바로 보르스키의 얼굴……."

차마 말을 잊지 못하는 베로니크를 바라보며, 아이는 이제 아예 대차게 웃음을 터뜨렸다.

"우헤헤헤헤. 왜 아니겠어? 당신이 배신을 했듯, 나도 아빠를 부정할 거라고 생각했나?"

베로니크는 혼비백산한 채, 연신 더듬거렸다.

"보르스키의 아들이란 말이지? 그의 자식이란 말이야?"

"맙소사! 그야 당연한 것 아닌가? 대체 뭘 더 원하는 건데? 그처럼 대단한 인물이라면 자식 둘쯤은 가져야 당연한 것 아니겠어? 내가 먼저고, 그다음으로 착하디착한 프랑수아 말이야."

"아, 보르스키의 자식이라니."

베로니크의 탄식에 소년은 이참에 아예 못 박겠다는 듯, 단호하게 대꾸했다.

"그뿐만 아니라, 아빠에게 부끄럽지 않을 만큼 훌륭하게 자란 튼튼한 사내아이라고나 할까, 마담? 이미 내 솜씨를 구경한 바는 있을 테고……. 안 그래? 하지만 그게 다가 아니지. 이제 겨우 시작이니까. 어때, 이번엔 새로운 메뉴를 선보여 드릴까? 잘 봐, 저 멍청한 선생이 어찌 되는지를 말이야. 오오, 나서지는 말고, 그냥 내가 한번 한다면 무슨 일이 일어나는지를 구경만 하시라니까!"

소년은 한걸음에 사다리가 걸려 있는 창 쪽으로 바짝 다가갔다. 그때쯤 스테판은 겨우 얼굴을 안으로 들이밀고 있었다. 소년은 눈 깜짝할 사이에 큼직한 돌멩이를 움켜쥐고 있는 힘껏 스테판의 머리를 후려쳤다.

처음에는 아이가 무슨 소리를 하는 것인지 얼떨떨하기만 했던 베로니크는 그제야 그 끔찍한 의도를 깨닫고 후닥닥 달려들어 망나니 같은 팔을 부여잡았지만 때는 이미 늦은 뒤. 스테판의 얼굴은 온데간데없고, 사다리의 갈고리도 홀렁 벗겨진 다음이었다. 바깥에서는 요란한 소리와 함께, 잠시 후 저만치 수면에 뭔가 떨어져서 물기둥이 솟구치는 소리가 들려왔다.

얼른 내다보니, 아까 확인했던 암초들로 둘러싸인 물웅덩이 위에 사다리만 두둥실 떠 있는 것이었다. 그 밖에 어디에도 스테판이 떨어진 흔적을 찾을 수가 없었다. 물거품이 심하게 일거나 파문(波紋)이 이는 곳은 한 군데도 없었던 것이다.

베로니크는 목이 터져라 불러댔다.

"스테판! 스테판!"

아무 대답도 없었다. 바람도 잠잠하고 파도도 숨죽이는 듯한 광대한 공간만이 떡 버티고 있었다.

"아! 나쁜 놈. 대체 무슨 짓을 한 거냐?"

베로니크의 일갈에도 소년은 눈 하나 깜짝하지 않고 한껏 되바라진 얼굴로 대꾸했다.

"오, 울지 마요, 마담. 스테판 선생은 당신 아들을 맹숭맹숭한 물건으로 키워놓았답니다. 그러니 오히려 신나게 웃을 일이지요! 자, 이제 정식으로 포옹을 해야죠? 저런, 아직도 심통을 부리는 건가? 내가 그리도 싫어요?"

소년은 두 팔을 쫙 벌린 채 천천히 다가왔다. 베로니크는 부리나케 권총을 빼 들어 소년의 가슴팍을 겨냥했다.

"비켜라! 당장 물러서지 않으면 들짐승처럼 죽어갈 줄 알아! 어서……."

소년의 얼굴은 한층 고약한 표정으로 일그러졌다. 그는 주춤주춤 뒷걸음질을 치면서 여전히 이죽거렸다.

"아하, 언젠가는 이 대가를 반드시 치르게 해주겠어, 예쁜 아줌마! 어찌 이럴 수가! 난 그래도 좋은 감정을 가지고, 포옹이나 할까 하고 온 건데. 당신은 날 쏘겠다고? 어디 두고 보자. 피로 이 대가를 치르게 해줄 테니. 시뻘겋게 쏟아지는 피로 말이야. 피! 피!"

마치 그 '피'라는 단어 자체에 푹 빠져 있는 것처럼, 소년은 이제 아예 싱글벙글 웃으며 지껄여댔다. 그렇게 몇 차례 더 '피! 피! 피!' 하더니, 다시 한번 요란한 웃음을 터뜨린 소년은 재빨리 몸을 돌려 수도원으로 향하는 터널을 달려갔다. 계속해서 이렇게 외치는 소년의 섬뜩한 목소리가 암벽에 부딪치며 울려 퍼졌다.

"당신 아들의 피 말이야, 마담 베로니크. 당신의 그 잘난 프랑수아의 시뻘건 피 말이야."

10
탈출

부들부들 온몸을 떨면서 베로니크는 마지막 발소리가 멀리 사라져갈 때까지 그 자리에 꼼짝 않고 선 채 귀를 기울이고 있었다. 대체 어찌해야 한단 말인가? 스테판의 죽음은 일순간 프랑수아를 그리던 그녀의 생각을 송두리째 뒤엎어버렸고, 또다시 엄청난 고뇌가 그녀의 전 존재를 휘감아버렸다. 도대체 사랑하는 아들은 어떻게 된 것일까? 과연 지금 당장 수도원으로 달려가 엄습해올 위험으로부터 아들을 지켜야 하는 것이 아닐까?

"가만있자, 이러다간 머리가 돌아버리겠어. 좋아, 차근차근 생각 좀 해보자. 불과 몇 시간 전만 해도 프랑수아는 감방 담벼락을 사이에 두고 나에게 이런저런 이야기를 들려주었지. 그땐 분명 내 아들 프랑수아였다고. 전날에는 틀림없이 내 손을 붙들고 입맞춤까지 했어. 어미인 내가 착각할 리가 없지. 이 어미에 대한 넘치는 애정을 주체 못해 온몸이 부들부들 떨리기까지 했으니까 말이야. 그러다가 오늘 아침 아예 감방을 빠져나간 건지도 몰라."

그렇게 혼잣말을 중얼거리며 생각에 잠기더니, 잠시 후, 이렇게 천천히 정리하는 것이었다.

"그래, 그거야. 바로 그렇게 된 거라고. 이미 저 아래 감방에 있을 때 스테판과 나는 들킨 몸이었어. 그 괴물 같은 보르스키의 아들 녀석은 일이 꼬인 걸 깨닫고 즉시 프랑수아를 감시하러 위로 올라온 거야. 하지만 구멍이 휑하니 뚫린 채, 텅텅 빈 감방을 발견하고는 여기까지 추적해 들어온 거겠지. 그래, 그랬을 거야. 그렇지 않다면 어떻게 이곳까지 오게 되었겠어? 게다가 바다로 향한 구멍이 눈에 띄자, 프랑수아가 그리고 도망쳤을 거라고 생각하고 득달같이 달려왔겠지. 사다리가 어중간하게 걸려 있는 걸 곧장 눈치챘을 테고, 고개를 내밀자 나와 눈이 마주치게 된 거지. 녀석은 나를 금세 알아보고 다정하게 불러댄 거야. 그리고 지금은…… 지금은 수도원으로 향했어. 분명 거기서 녀석은 프랑수아와 마주치게 될 거야."

거기까지 생각이 미쳤음에도 베로니크는 꼼짝 않고 있었다. 위험의 소재가 수도원 쪽이 아닌, 이곳 지하 골방들 쪽에 있다는 것을 거의 본능적으로 감지한 것이다. 그러면서 과연 실제로 프랑수아가 탈출할 수 있었던 것인지, 구멍을 확보하기도 전에 아까 그놈한테 들켜서 공격을 당하지는 않은 것인지, 골똘히 저울질을 하고 있었다.

정말이지 생각만 해도 아찔한 얘기였다! 베로니크는 허리를 숙여 프랑수아가 감금되었던 감방에 구멍이 제법 넓혀져 있는 것을 확인하고는, 한번 들어가보려고 했다. 하지만 아이라면 모를까, 자신에겐 비좁았고, 들이민 어깨 정도에서부터 걸리기 시작했다. 하지만 포기하지 않았고, 블라우스가 찢어지고 심지어 살갗도 바위의 돌출부에 긁히면서까지 인내심을 갖고 더듬어 들어간 끝에, 완전히 몸이 통과하는 데 성공했다.

안은 역시 텅 비어 있었고, 맞은편 통로로 난 문이 활짝 열려 있었다. 베로니크는 문득 그 열린 문을 통해 방금 누가 이곳에서 휭하니 빠져나갔다는 어렴풋한 인상을 받았다. 창으로는 지극히 희미한 빛만 새어 들어오고 있었기에 뭘 또렷이 분간할 수 있는 상황은 아니었지만, 분명 처음 보는 듯한 낯설고 어렴풋한 실루엣이 망막에 잔영처럼 남아 있었다. 느닷없이 구멍을 통해 안으로 들이닥친 침입자 때문에 놀란 나머지 허겁지겁 문을 열고 누군가 밖으로 뛰쳐나갔고, 지금은 통로에 숨어 있는 것이 틀림없었는데, 그 '누구'는 분명 여자일 것이라는 확신이 들었다.

'한패일 거야. 스테판을 죽인 꼬마 녀석과 함께 온 여자이겠지. 아울러 프랑수아를 데려갔을 테고. 아냐, 어쩌면 프랑수아는 아직 이곳 어딘가에 방치되어 있을지도 몰라. 그 여자는 잔뜩 눈독을 들이며 나를 감시하고 말이야.'

그렇게 속으로 중얼거리는 동안, 어느새 베로니크의 눈은 어슴푸레한 어둠에 익숙하게 되었다. 바로 그때였다. 안쪽으로 열리게 되어 있는 감방의 육중한 문짝에 웬 여자의 손이 또렷이 보이는 것이 아닌가! 문 건너편의 여자는 왠지 우물쭈물 문을 당기고 있었다.

'왜 단번에 문을 닫지 않고 있는 걸까? 침입자를 얼른 차단하는 게 당연할 텐데, 뭘 망설이고 있는 거지?'

그런 생각을 하며 자세히 훑어보는데, 문짝 아래 돌멩이가 하나 끼어 있는 것이 베로니크의 눈에 들어왔다. 얼른 닫으려고 해도 그것이 방해가 되고 있었던 것이다. 그것만 치우면 문은 금세 닫힐 참이었다. 베로니크는 지체 없이 다가가 큼직한 쇠 손잡이를 움켜잡고 힘껏 안으로 당겼다. 그 바람에 손은 금세 바깥으로 빠져나갔지만, 저쪽에서 닫으려는 노력은 계속되었다. 필시 건너편에도 손잡이가 있는 것이 틀림없었다.

순간 난데없는 휘파람 소리가 들렸다. 여자가 어디론가 도움을 요청하는 소리였다. 그리고 거의 동시에 여자로부터 약간 거리를 둔 방향에서 이런 외침 소리가 들려왔다.

"엄마! 엄마!"

아뿔싸! 저 소리……. 베로니크는 순간적으로 엄청난 흥분에 사로잡혔다. 분명 그것은 자신의 아들, 진정 사랑하는 아들이 애타게 부르는 소리였던 것이다! 아직 붙잡혀 있는 몸이지만 적어도 살아 있다는 것만은 그것으로 단번에 증명된 셈이었다. 이 얼마나 다행이란 말인가!

"엄마 여기 있다! 애야!"

"빨리요, 엄마! 전 꽁꽁 묶였어요! 휘파람은 놈들이 신호하는 소리예요! 곧 우르르 몰려들 거란 말이에요!"

"그래, 엄마가 간다. 그 전에 꼭 구해줄게!"

일촉즉발의 상황이었다. 갑자기 온몸 가득 초인적인 힘이 치솟는 것이 느껴졌는데, 그 어떤 것으로도 지금의 자신을 막을 수는 없을 것 같았다. 실제로 문 건너편의 미지의 상대는 주춤주춤 힘을 잃어가는 눈치였고, 점점 문이 열리고 있었다.

마침내 문이 빠끔히 열렸고, 실랑이는 그로써 끝난 것이나 다름없었다. 베로니크가 밖으로 뛰쳐나갔을 때, 여자는 이미 밧줄로 꽁꽁 옭아맨 아이를 짧은 끈으로 연결해 억지로 끌고 가려고 낑낑대고 있었다. 하지만 이미 헛수고일 뿐! 권총을 빼 든 베로니크의 모습을 보자 여자는 그만 단념하지 않을 수 없었다.

여자는 허리를 숙여 끈을 푼 다음, 활짝 열린 골방들에서 쏟아져 들어오는 빛 가운데 천천히 일어섰다. 모직으로 된 반팔의 긴 의상에 허리띠를 두른 여자는 아직 젊은 나이임에도 불구하고 깡마른 얼굴에다

주름투성이였다. 머리채는 군데군데 새치가 돋아난 금발이었고, 눈동자는 불타는 증오심으로 이글거리고 있었다.

이제 두 여자는 다시 재개될 싸움을 앞두고 상대를 가늠하는 원수처럼, 아무 말 없이 서로를 노려보고 있었다. 일단 기선을 제압한 처지나 다름없는 베로니크는 입가에 경멸 어린 미소를 띠며 이렇게 내뱉었다.

"내 아이에게 손가락 하나 까딱하면 내 손에 죽을 수밖에 없을 것이오. 자, 어서 꺼지시지."

하지만 여자는 조금도 위축되는 기색이 아니었다. 뭔가 머릿속에 계산하면서, 언제 도움의 손길이 당도할까 은근히 기다리는 눈치였다. 하지만 아무도 나타나지 않았다. 순간, 여자는 프랑수아를 내려다보며, 또다시 먹이를 취하려는 것처럼 몸을 숙이려고 했다.

"손대지 마시오! 다시 말하지만 손만 까딱하면 방아쇠를 당길 거야!"

여자는 어깨를 한 번 으쓱하더니 또박또박 내뱉었다.

"그렇게 으르렁댈 필요는 없어. 이 아이를 해칠 거였으면, 벌써 그렇게 했을 거야. 하지만 아직은 때가 아니지. 게다가 이 애의 목숨은 내가 아니라 다른 사람 차지이거든."

베로니크는 자신도 모르게 몸서리를 치며 물었다.

"다른 사람이라니, 누구 말인가?"

"바로 내 아들이지. 잘 알 텐데. 방금 봤던 아이 말이야."

"아, 그 괴물 같은 녀석. 그 살인마가 바로 당신의 아들?"

"나뿐만이 아니라……."

"닥치시오! 닥쳐!"

여자가 보르스키의 정부(情婦)라는 것을 눈치챈 베로니크는 프랑수아가 있는 앞에서 허튼소리가 튀어나올까 봐 얼른 제지했다.

"그 입 닥치란 말이오! 그따위 이름 듣고 싶지도 않아!"

"왜? 필요하면 털어놓는 거지, 뭐. 아, 내가 베로니크 네년 땜에 그동안 얼마나 수모를 당하고 괴롭게 살아왔는지……. 이젠 네 차례야! 이제 겨우 시작일 뿐이라고!"

베로니크는 여자의 독기 어린 말을 짓누르려는 듯, 권총을 들이대며 더욱 큰 소리로 일갈했다.

"꺼져!"

"다시 말하지만 그렇게 으르렁댈 필요는 없다니까."

"당장 사라지지 않으면 정말로 방아쇠를 당길 거야! 내 아들의 머리를 두고 맹세하지."

여자는 다소 긴장이 되는지, 움찔 뒷걸음질을 쳤다. 그러면서도 다시금 오기가 치미는지, 두 맨주먹을 불끈 쥔 채, 탁한 목소리로 이렇게 악을 써대기 시작했다.

"반드시 복수하고야 말겠어. 두고 봐, 베로니크. 십자가……. 내 말 무슨 뜻인지 알겠지? 십자가가 이미 세워졌다고. 너는 그 네 번째 희생자야. 정말이지 멋진 복수가 기다리고 있단 말이야!"

여자의 깡마르고 옹골찬 주먹이 허공에서 부르르 떨었다.

"아, 내가 널 얼마나 증오하는지 모를 거다! 무려 15년을 이를 갈며 지내왔어! 하지만 이제 십자가가 내 이 한을 풀어줄 거야. 내가 이 두 손으로 네년을 십자가에 매달 거란 말이다. 십자가가 아주 멋들어지게 세워졌더군. 두고 보면 알아. 십자가가 세워졌다고."

그렇게 내뱉은 다음, 여자는 홱 돌아서 천천히 멀어져 갔다.

"어, 엄마…… 설마 총을 쏘지는 않을 거죠?"

엄마의 영혼 속에서 마구 일고 있는 갈등을 짐작했는지, 아들이 조심스럽게 중얼거렸다.

베로니크는 마치 꿈에서 깨어난 듯, 화들짝 놀라며 대답했다.

"음, 그럼, 쏘지 않으마. 걱정할 필요 없어. 하지만 그래야 했을지도 모르겠구나."

"오! 제발요, 엄마! 그냥 내버려두고, 우리가 서둘러 도망쳐요."

베로니크는 여자가 미처 사라지기도 전에 얼른 아이를 일으켜 세웠고, 마치 갓난아기라도 되듯 품에 끌어안은 채 감방 안으로 데리고 들어왔다.

"엄마…… 엄마……."

"그래, 얘야. 엄마 여기 있다. 이젠 아무도 널 내게서 떼어가지 못해. 이 엄마가 약속하마."

베로니크는 아까 프랑수아가 만들다 만 구멍을 파고들 때 생긴 상처도 아랑곳하지 않고, 다시 그곳을 통해 밖으로 빠져나간 다음, 아이를 끌어냈다. 그제야 좀 여유를 갖고 아이의 몸을 친친 감고 있는 밧줄을 하나하나 풀어줄 수가 있었다.

"이제 당분간은 안전할 거다. 설사 놈들이 습격해온다고 해도 이쪽 감방을 통할 수밖에 없으니, 이 구멍만 방비하면 될 거다."

아, 모자가 드디어 진정한 해후를 하는 장면이란! 이제 그 무엇도 두 사람이 서로 부둥켜안고 얼굴을 비벼대는 데 가로거칠 것이 없었다. 둘은 서로의 눈동자를 실컷 바라보며 감격에 겨워했다.

"세상에! 정말 잘생겼구나, 내 아들 프랑수아!"

베로니크의 입에서는 연신 감탄이 쏟아져 나오고 있었다.

아이의 얼굴에서는 아까 본 살인마 소년의 얼굴과 닮은 점이 하나도 눈에 띄지가 않았다. 오노린이 그 둘을 혼동했다는 사실이 좀처럼 이해가 되지 않을 정도였다. 그야말로 아무리 감탄을 하고 칭찬을 해도 과하지 않을 기품과 천진함, 그리고 우아함을 두루 갖춘 얼굴이었던 것이다.

아이도 그런 엄마의 심정에 화답을 하듯 이렇게 중얼거렸다.

"엄마도 그거 아세요? 제가 아리따운 엄마의 모습을 그동안 얼마나 애타게 그리고 있었는지 말이에요. 가끔 엄마가 요정의 모습을 하고 꿈에 나타났지만, 지금 엄마 모습처럼 아름답진 못했어요. 하긴 스테판이 종종 엄마 얘기를 해주곤 했지만요."

베로니크는 거기서 얼른 아이의 말을 끊었다.

"자, 얘야, 어서 서두르자꾸나. 놈들이 쫓아오기 전에 어서 안전한 곳으로 피해야지."

"그래요, 엄마. 무엇보다 이곳 사레크를 떠나야만 해요. 제가 나름대로 확실한 탈출 계획을 세워놓았어요. 하지만 그보다 먼저 스테판이 어찌 됐는지 궁금해 미치겠어요. 엄마한테도 얘기한 바 있지만, 아래에서 아까 요란한 소리가 들리던데……. 어떻게 된 건지 걱정이에요."

베로니크는 여전히 아이를 무마하며 손을 잡아끌었다.

"얘야, 실은 너에게 해줄 얘기가 많단다. 모두 다 매우 고통스럽지만 반드시 명심해야 될 얘기이지. 하지만 잠시 뒤로 미루기로 하자. 지금은 일단 수도원으로 피해 있어야 해. 아까 그 여자가 곧 도움을 요청해서 놈들을 이끌고 우리를 뒤쫓을 거야."

"그런데 그 여자는 좀 전에 들이닥쳤을 때부터 혼자가 아니었어요. 제가 벽에 구멍을 뚫고 있는데 불쑥 누구와 함께 들이닥쳤단 말이에요."

"혹시 어떤 아이 아니었니? 너만 한 아이 말이다."

"전 거의 못 봤어요. 둘이 한꺼번에 달려들어 저를 꽁꽁 묶어 통로로 끌어낸 다음, 여자가 잠시 자리를 비운 동안, 함께 온 그자가 다시 감방 안으로 들어갔어요. 그러니 어쩜 이 같은 터널이 있다는 걸 이미 눈치 채고 수도원 방향으로 나 있는 출구도 확인했을지 몰라요."

"그래, 엄마도 알고 있단다. 하지만 그 아이 정도야 우리가 쉽게 제압할 수 있을 거다. 그런 다음 아예 그쪽 출구를 막아버리는 거야."

"하지만 두 섬을 연결하는 다리가 있잖아요?"

프랑수아가 짚고 넘어가자 베로니크는 자신감 넘치는 목소리로 대답했다.

"그건 이 엄마가 이미 불태워 버렸단다! 이제 수도원은 완전히 고립된 상태야."

두 사람은 걸음을 재촉하기 시작했다. 베로니크가 더더욱 발걸음을 서두르는 동안에도, 프랑수아는 엄마가 내뱉은 말이 적잖이 마음에 걸리는 모양이었다.

"알겠어요, 엄마. 엄마가 저 놀랄까 봐 일부러 감추고 있는 얘기나 아직 제가 모르는 일들이 많으리라는 건 잘 알겠다고요. 다리를 태워버렸다는 얘기도 그런 거겠죠. 비축해둔 휘발유로 태운 거죠? 위험이 닥치면 그렇게 하기로 마게녹과 얘기가 돼 있던 대로 말이에요. 결국 엄마가 그럴 만한 위험에 처했고, 뭔가 엄청난 일이 벌어졌다는 얘기 아닌가요? 그리고 아까 그 여자가 악을 쓰면서 내지른 말도 그렇고요! 그리고 또……. 무엇보다 스테판이 어떻게 된 건지 모르겠어요! 좀 전에 내가 있던 감방 안에서 그들끼리 스테판에 관해 뭔가 쑥덕거렸거든요. 하여간 모든 것이 여간 찜찜한 게 아니에요. 엄마가 가져온 사다리가 갑자기 눈에 안 보이는 것도 이상하고요."

"얘야, 제발 부탁이다. 공연한 일로 시간 낭비하진 말자꾸나. 그 여자가 원군을 데리고 언제 쫓아올지 모른단 말이다."

하지만 아이는 아예 걸음을 뚝 멈추는 것이었다.

"엄마……."

"아니, 왜 그러니? 무슨 소리라도 들은 거니?"

"누가 걸어오고 있어요."

"그게 정말이야?"

"우리 맞은편에서 이리로 곧장요."

"아, 틀림없이 그 살인마가 수도원에서 돌아오는 길인가 보다."

베로니크는 나지막이 속삭이면서, 권총을 빼 들고 만반의 준비 태세를 갖췄다. 그러더니 문득, 우측으로 어두컴컴하게 그늘진 구석에다 프랑수아를 잽싸게 떠다미는 것이었다. 그곳은 일찍이 지나다가 보아둔 다른 터널의 입구였는데, 아마도 얼마 못 가 막혀 있는 듯한 통로였다.

"저기로 붙어. 거긴 안전할 거다. 놈이 우릴 보지 못하게 하는 게 낫겠어."

베로니크가 그렇게 속삭이는 동안, 발소리는 점점 가까워지고 있었다.

"꼭꼭 처박혀 있어라, 움직이지 말고."

아이는 연신 중얼거렸다.

"엄마 손에 들고 있는 게 뭐죠? 권총 아니에요? 아! 엄마, 설마 그걸 사용하려는 건 아니죠?"

"할 수 없단다. 어쩔 수가 없어요. 놈이 얼마나 지독한 괴물인지! 꼭 제 어미를 닮았더구나. 나중에 후회하더라도 어쩔 수가 없을 것 같아."

그러고는 자기도 모르는 사이에 이렇게 덧붙이고 만 베로니크.

"그 애가 네 할아버지를 죽였단 말이다."

"아……. 엄마……. 어떻게 그럴 수가……."

베로니크는 아이가 그만 쓰러지려는 것을 간신히 붙들어야 했다. 하지만 조용한 가운데 훌쩍거리면서도 아이는 계속 이렇게 더듬대는 것이었다.

"그래도 상관없어요. 쏘지는 마요, 엄마."

"이제 다 왔다. 조용히 하고 있어. 그가 다 왔단 말이다. 저기 왔지 않니."

아닌 게 아니라 소년은 약간 허리를 숙인 채, 잔뜩 귀를 기울이며 천천히 지나가고 있었다. 과연 신장은 프랑수아와 엇비슷해 보였다. 아울러 좀 더 주의 깊게 살펴보니, 오노린이나 데르즈몽 씨가 충분히 착각할 만큼 정말 닮은 점이 한두 군데가 아니었다. 프랑수아의 빨간 베레모를 착용한다면 그런 닮은 점은 더더욱 돋보일 것이 틀림없었다.

소년은 아무것도 눈치채지 못한 듯, 점점 멀어져 갔다.

"너, 저 아이를 아니?"

마침내 베로니크가 조용히 물었다.

"아뇨."

"전에 한 번도 본 적조차 없어?"

"전혀요."

"아까 감방에서 여자와 함께 널 덮친 게 바로 저 아이더냐?"

"그건 그런 것 같네요. 아니, 틀림없어요. 심지어 별 이유도 없이 제 얼굴을 때리기까지 한걸요. 절 몹시 미워하는 눈치였어요."

"아, 정말이지 이해할 수가 없구나! 도대체 어찌해야 이 모든 악몽에서 벗어날 수 있단 말이냐!"

"엄마, 어서 우리 서둘러요! 통로에 아무도 없잖아요! 어서요!"

베로니크는 아이가 몹시 창백한 데다 손이 얼음장처럼 찬 데 놀랐다. 그럼에도 아이는 엄마와 함께 있는 것이 행복한 듯 지그시 미소를 짓고 있었다.

모자는 다시 걸음을 재촉했다. 두 섬을 연결하는 벼랑을 건너 계단을 오르자, 마게녹의 화원 우측의 출구가 나왔고, 마침내 맑은 공기가 얼굴에 확 다가왔다. 날은 서서히 어두워져갈 무렵이었다.

"이젠 살았다, 얘야."

베로니크의 말에 아이는 조심스레 단서를 달았다.

"네, 하지만 우리가 온 길로 놈들도 따라오면 또 달라져요. 그러니 그것부터 막아야만 해요."

"어떻게 하지?"

"여기서 기다려요, 엄마. 제가 수도원에서 연장들을 가지고 올게요."

"오, 안 된다. 서로 떨어지지는 말자꾸나, 프랑수아."

"그럼 함께 가요, 엄마."

"하지만 그동안에 여기로 놈들이 들이닥치면 어쩌니? 안 돼. 이 출구에서 막아야 해."

"정 그렇다면……. 절 좀 도와주세요, 엄마."

잠깐 살펴보니, 입구 위를 마치 지붕처럼 덮고 있는 두 개의 돌덩이 중 하나가 그리 깊이 박혀 있는 게 아니라는 사실이 드러났다. 처음에는 약간만 힘을 줘도 흔들거리던 돌덩이가, 이내 두 사람이 힘을 모으자 그리 어렵지 않게 쑥 뽑혀나오는 것이었다. 계단 위에 그것을 쓰러뜨린 다음, 흙과 자갈 더미를 차곡차곡 쌓아놓자, 아주 틀어막진 못해도 일단 쉽사리 그리로 드나들 수는 없게 되었다.

"최소한 제가 세운 계획을 실행에 옮길 수 있을 때까지는 버텨줄 거예요. 안심하세요, 엄마. 아주 기막힌 생각이 있거든요. 목표가 바로 눈앞에 있다고요."

하지만 당장은 둘 모두에게 휴식이 필요하다는 점에 모자가 함께 공감하는 형편이었다. 지금까지는 미처 의식할 틈이 없었지만, 두 사람 다 기진맥진한 상태였던 것이다.

"좀 드러누우세요, 엄마. 저기 바위 아래에 부드럽게 이끼가 깔려 있어요. 제법 아늑한 침상(寢牀) 같지 않아요? 추위도 막아주고, 정말 여왕처럼 쉬실 수 있겠어요, 엄마."

"오, 얘야. 내 아들아."

베로니크는 엄마라고 이토록 챙겨주는 아들의 모습을 바라보며 더없이 흐뭇한 기분에 잠겨 들었다.

그런가 하면 바야흐로 서로에게 모든 것을 털어놓을 시간이 온 듯했다. 베로니크는 더 이상 망설이지 않기로 했다. 자신이 알고 지내던, 사랑하고 아껴오던 사람들이 죄다 죽어갔다는 사실을 알게 된다 해도, 거기서 느낄 아이의 괴로움은 지금처럼 잃었던 엄마를 되찾은 기쁨 덕분에 상당 부분 희석될 수도 있을 것 같았다. 베로니크는 그런 마음으로 거침없이 얘기를 풀어나갔고, 아이를 품에 안고 토닥여가며 눈물을 닦아주었다. 이제부터라도, 아이가 잃은 모든 우정과 애정을 엄마인 자신이 아낌없이 대신해주리라고 다짐하면서 말이다. 무엇보다 프랑수아에게 가장 충격인 것은 스테판이 죽었다는 사실이었다.

"하지만 정말일까요?"

프랑수아는 눈이 휘둥그레지면서도, 믿지 못하겠다는 듯 고개를 갸우뚱했다.

"아직은 물에 빠져 죽었다는 증거가 있는 것도 아니잖아요! 스테판은 수영 실력이 빼어나거든요. 그러니……. 알아요, 엄마. 아무리 그래도 절망하면 안 된다는 거……. 그나저나 저기 또 친구가 오네요! 항상 우울할 때면 모든 걸 다 망친 건 아니라고 곁에 달려와 알려주는 좋은 친구 말이에요."

아니나 다를까, 투바비앵이 종종걸음으로 저만치 다가오고 있었다. 녀석은 주인의 생환(生還)한 모습을 보면서도 별로 호들갑을 떠는 눈치가 아니었다. 사실 세상 아무것도 투바비앵의 넉넉한 마음을 뒤흔들 만큼 대단한 일은 없을 듯싶었다. 모든 상황이 녀석에게는 하나같이 자연의 순리를 따르는 듯 보였고, 그 때문에 자신의 습관이나 관심사가 돌변하는 일은 있을 수 없다는 투였다. 단 한 가지 녀석의 특별한 주의를 끄는 일이라면 누군가 처량하게 눈물을 흘린다는 사실일 텐데, 그나마 지금은 베로니크도 프랑수아도 전혀 눈물을 보이고 있지 않으니, 뭐하러 호들갑을 떨겠는가!

"보세요, 엄마. 투바비앵도 저와 같은 의견이잖아요. 아무것도 큰일

난 건 없다고요. 투바비앵, 이 녀석, 정말이지 후각 하나는 끝내준단 말이야. 만약에 우리가 너를 놔두고 이 섬을 떠난다면 어떻겠니?"

베로니크는 아들을 물끄러미 바라보며 물었다.

"섬을 떠난다고?"

"물론이죠. 그것도 가능한 한 빨리요. 그게 제 계획이거든요. 어떻게 생각하세요?"

"하지만 방법이 없잖니, 방법이?"

"그야 배로 떠나야죠."

"배가 또 남아 있다는 거니, 그럼?"

"저에게 한 척 있어요."

"아니, 어디 말이냐?"

"여기서 가까워요. 사레크의 끄트머리 해각 지점에요."

"거긴 깎아지른 절벽일 텐데, 내려갈 수가 있겠니?"

"그곳에서도 가장 가파른 지형에 비밀 문이라 부르는 곳이 있어요. 바로 그 독특한 이름 때문에 스테판과 저의 호기심이 무척이나 발동했죠. 비밀 문이라면 경우에 따라 입구도 될 수 있고 출구도 될 수 있다는 뜻이죠. 조사를 해보니까, 수도승들이 활개를 치던 중세 때, 여기 수도원 지역은 사방이 온통 요새로 에워싸였다고 해요. 그러니 요새 안에서 바다로 빠질 수 있는 일종의 암도(暗道. 옛 축성술에서 요새나 성곽에 설치된 일종의 비밀 통로—옮긴이)가 있었으리라는 점은 쉽게 추측할 수가 있죠. 실제로 마게녹과 함께 여기저기를 헤집고 다녀보니, 벼랑으로 둘러쳐진 고원 지대에 일종의 단층처럼 모래로 채워지고 군데군데 굵직한 석재 벽으로 지탱된 침하(沈下) 지역이 있지 뭐예요. 그리고 그 한가운데로 자그마한 샛길이 구불구불 뻗어 있고 말이에요. 안으로 들어가보니, 바다 쪽 암벽에 틈틈이 구멍도 나 있는 데다 계단식으로 한참을 내려가서 급기야는 비좁은 일종의 만(灣)에 이르더라고요. 바로 거기가 아까 말한 비밀 문이고요. 우리는 그곳을 좀 더 손질한 다음, 절벽 끝자락에다가 배를 한 척 매어놓았죠."

이야기를 듣고 있던 베로니크의 표정이 사뭇 밝아지고 있었다.

"그럼, 이번에는 기필코 여길 벗어날 수가 있단 말이니?"

"두말하면 잔소리죠."

"혹시 놈들도 그곳을 통해 쳐들어온 건 아닐까?"

"무슨 수로요?"

"놈들에겐 모터보트가 있거든."

"하지만 바다 쪽에서는 그쪽 만(灣)이나 내려가는 통로가 전혀 보이지 않아요. 게다가 무수히 자리 잡고 있는 암초들 때문에 접근조차 하기 어려울 거예요."

"그럼 왜 당장 출발하지 않는 거니?"

"지금은 밤이잖아요, 엄마. 제가 아무리 솜씨 좋은 뱃사람이고 사레크에서 빠져나가는 모든 길목에 통달했다고 해도, 이런 밤에는 암초에 당하지 않으리라는 보장이 없는 법이에요. 안 돼요. 날이 밝기를 기다려야만 해요."

"아, 너무 오래 기다려야 하는구나!"

"몇 시간만 참으면 돼요, 엄마. 이렇게 함께 있는데 그 정도야 못 참을 것도 없잖아요? 동이 트자마자 일단 배에 올라타서 절벽 끝자락들을 따라 아까 본 지하 골방들 밑으로 접근할 거예요. 스테판은 분명히 그곳 어느 모래톱에서 우리를 애타게 기다리고 있을 테니, 거기서 합류해 우리 넷 모두 함께 곧장 줄행랑을 치는 거예요. 그렇지, 투바비앵? 그럼 정오쯤엔 퐁라베에 도착하는 거지요. 여기까지가 제 계획이랍니다!"

똑소리 나게 말을 맺는 아들의 영특함을 보며 베로니크는 감탄과 환희가 가슴속으로부터 복받치는 것을 느꼈다. 이처럼 어린 아이가 그토록 명민한 사고를 전개할 수 있다는 사실이 여간 놀라운 것이 아니었다.

"정말이지 완벽한 계획이로구나, 얘야! 모든 게 척척 맞아떨어지는걸! 이제 우리 쪽으로 행운이 기우는 게 틀림없다."

밤은 별일 없이 흘러갔다. 다만 지하 통로를 틀어막은 장애물 더미에서 약간의 소음이 일고, 그 틈새로 한 줄기 불빛이 새어나온 이후로는, 어쩔 수 없이 뜬눈으로 경계를 하고 있어야만 했다. 물론 그렇다고 해서 멋진 계획을 앞두고 한껏 부푼 사기가 주춤하는 것은 아니었지만 말이다.

"물론이죠! 그렇고말고요! 전 엄마를 다시 보았을 때부터 항상 그렇게 느끼고 있었는걸요! 게다가 아무리 막다른 길목까지 몰린다 해도 우리에게는 최후의 보루가 있잖아요. 스테판이 얘기 안 해주던가요? 얼굴 한번 보지 못한 그 구원자에 대한 저의 철석같은 믿음 때문에 엄마도 웃으신 적 있잖아요. 엄마, 분명히 말하지만, 저는 그래요. 설사 제 목에 칼이 들어온다 해도, 어디선가 나타날 구원자의 손이 마지막 순간에 그걸 막아주리라고 절대적으로 확신한단 말이에요!"

프랑수아가 마구 흥분하는 것을 베로니크는 지그시 웃으며 받아넘겼다.

"저런! 하지만 그 신의 섭리와도 같은 영험한 '손(手)'께서 어쩐지 내가 얘기한 그 모든 불행을 막는 데는 무리가 있었던 모양이로구나."

"어쨌든 앞으로는 엄마를 불편하게 만드는 어떤 위협도 깨끗이 막아줄 거예요."

아들은 여전히 확신에 가득 차 있었다.

"그래? 하지만 그 미지의 친구한테는 이 모든 소식이 전해지지 못했을 텐데."

"그래도 올 거예요. 그는 위험이 심각하다는 정도는 통보받지 않고도 다 알아차려요. 꼭 나타날 테니 두고 보세요. 그리고 엄마도 한 가지 약속해주셔야 해요. 무슨 일이 일어나도 자신감을 잃지 않겠다고요."

"그래, 약속할게, 얘야. 네 말대로 자신감을 잃지 않으마."

"좋아요, 엄마!"

아이는 활짝 웃으며 덧붙였다.

"이제 제가 선장이 되는 거예요! 얼마나 멋진 선장이 될 건지 아세요, 엄마? 오늘 오후쯤엔 배를 탈 수 있겠다 싶어, 엄마가 춥거나 배고프지 않게 일이 잘 풀리도록 먹을 것하고 덮을 것이 있어야겠다고 벌써 어젯밤부터 미리 생각해두었을 정도라고요. 오늘 밤엔 신중을 기하면서 이곳을 지켜야 될 테니, 챙길 건 챙기는 게 좋지요. 그래, 모두 어디다 두었어요, 엄마?"

모자는 그렇게 담요로 몸을 덮고 준비해둔 먹을 것을 즐겁게 나눠 먹었다. 그런 다음, 프랑수아는 손수 엄마의 잠자리를 챙겼고, 둘은 꼭 달라붙은 채 평화로운 기분으로 잠을 청했다.

아침의 찬 공기에 잠이 깬 베로니크는 하늘을 여명의 분홍빛 줄기가 가로지르는 장관을 말없이 바라보았다.

프랑수아는 스스로 안전하다고 믿는 아이 특유의 곤한 표정을 띤 채, 다소곳이 잠들어 있었다. 그런 아들의 모습을 하염없이 내려다보고 나서 베로니크는, 멀리 수평선 너머로 얼굴을 내민 태양을 지그시 바라보았다.

문득 눈을 뜬 프랑수아가 엄마에게 가볍게 입을 맞추며 속삭였다.

"자, 슬슬 시작해야죠, 엄마. 지하 쪽에선 아무도 안 나타났죠? 그럼 이제 느긋하게 배에 오르기만 하면 되겠네요."

둘은 먹을 것과 덮을 것을 바리바리 짊어지고, 곧장 섬의 해각 지점에 있는 비밀 문으로 경쾌한 발걸음을 향했다. 암초들이 무성하게 솟아난 너머로 바닷물이 요란하게 철썩이고 있었다.

"제발 배가 무사히 매어져 있으면 좋겠구나."

베로니크의 말에 프랑수아가 대뜸 이렇게 대꾸했다.

"고개를 좀 내밀어 보세요, 엄마. 저기 울퉁불퉁한 굴곡 지점에 매여 있는 거 안 보이세요? 도르래를 작동시켜서 물에 띄우기만 하면 돼요. 모든 게 다 척척 맞아떨어지고 있다고요, 엄마. 아무 걱정할 필요 없어요. 다만……."

프랑수아는 흠칫 말을 멈춘 채, 골똘한 생각에 잠겼다.

"왜 그러니? 무슨 일이야?"

베로니크가 놀란 눈으로 물었다.

"오, 아니에요. 약간 지체될 것 같아서요."

"저런……."

프랑수아는 겸연쩍은 표정으로 웃었다.

"그래요, 엄마. 모험을 떠나는 선장치고는 좀 부끄러운 일이죠. 실은 노를 잊었지 뭐예요. 그걸 수도원에 둔 걸 그만 깜박했어요."

"그럼 큰일 아니냐!"

베로니크는 가슴이 철렁한 듯 소리쳤다.

"뭘요. 제가 한걸음에 달려갔다 오죠, 뭐. 한 10분만 기다리세요."

"그사이에 놈들이 터널을 빠져나오면 어떡하니?"

또다시 걱정에 휩싸이는 베로니크. 하지만 아이는 빙그레 웃으며 이러는 것이었다.

"엄마는 참, 자신감을 잃지 않겠다고 약속하시고선……. 터널을 빠져나오려면 적어도 한 시간 정도는 요란한 작업을 벌여야 될 거예요.

무슨 소리라도 들렸을 거란 말이에요. 그러니 그럴 가능성에 대해선 굳이 이런저런 얘기 할 필요조차 없어요, 엄마. 금방 돌아올게요."

그러고는 훌쩍 내달리는 프랑수아.

"프랑수아! 프랑수아!"

베로니크가 얼른 소리쳐 불렀지만, 아이는 뒤도 안 돌아보고 멀어져 갔다.

또다시 불길한 예감에 사로잡힌 베로니크가 속으로 중얼거렸다.

'아, 단 한순간도 떨어지지 않기로 맹세했는데…….'

그녀는 멀찌감치 아이의 뒤를 따르다가 문득 요정 고인돌과 꽃피는 골고다 언덕 중간쯤의 나지막한 둔덕에서 걸음을 멈췄다. 휘둘러보니 땅굴 입구와 함께 잔디밭을 따라 힘차게 달려가는 아들이 모습이 보였다.

아이는 먼저 수도원 건물의 지하실로 들어갔다. 그런데 찾던 노가 보이지 않는지, 금세 밖으로 나와 대문을 열고 안으로 또다시 사라지는 것이었다.

'1분이면 될 거야. 분명 현관 어디쯤 아니면 1층 어딘가에 있을 테니까. 기껏해야 2분 남짓 걸리겠지.'

베로니크는 시선을 땅굴 입구에 고정시킨 채, 마음속으로 시간을 세고 있었다.

그러나 3분이 지나고 4분이 흘렀는데도 대문은 열릴 기미를 보이지 않고 있었다.

베로니크는 어쩔 수 없이 자신감을 잃어가고 있었다. 그뿐만 아니라, 아들과 함께 가지 않고 저 하자는 대로만 내버려두다니, 미친 짓을 했다는 자괴감까지 들었다. 더 이상 땅굴 쪽의 위협에만 신경 쓸 겨를이 없어진 베로니크는 서둘러 건물 쪽으로 가보기로 했다. 하지만 마치 가위에 눌린 꿈을 꾸는 것처럼, 왠지 발길이 쉽게 떨어지지를 않는 것이었다.

가까스로 무거운 발걸음을 옮겨 고인돌에 다다랐을 때였다. 문득 영문을 알 수 없는 기이한 광경에 맞닥뜨린 베로니크. 오른쪽으로 반원을 그리며 그곳 부지(敷地)를 에워싼 참나무들 주변에 방금 꺾어진 듯, 파릇한 이파리가 달린 나뭇가지들이 여기저기 떨어져 있는 것이 아닌가!

무심코 눈을 들어 위쪽을 바라본 베로니크는 그만 소스라치게 놀라고 말았다.

나뭇가지들은 하나의 참나무에서 모두 떨어진 것이었는데, 퉁퉁한 줄기 한 4~5미터 되는 곳에 화살로 판자 하나가 꽂혀 있고, 그 안에 이런 글자가 새겨져 있는 것이었다.

V. d'H.

"네 번째 십자가야. 내 이름이 새겨진 십자가라고."

베로니크는 자기도 모르게 중얼거렸다.

아버지도 돌아가셨으니, 지금 저 글자를 새긴 장본인은 분명 적들 중에서도 우두머리쯤 되는 자일 것이 틀림없었다. 지금까지 벌어진 일련의 사태와 그 악랄하게 생긴 여자와 소년을 두루 되짚어보면서, 베로니크의 머릿속엔 어느새 정체불명의 그 장본인 얼굴이 처음으로 오롯이 떠오르는 느낌이었다.

물론 아직은 어렴풋한 느낌일 뿐이고, 자신할 수 없는 가정일 따름이었다. 사실 지금은 그보다 더욱 다급한 생각 때문에 제대로 정신을 차릴 수 없을 지경이었다. 저렇게 을씨년스러운 모습으로 우뚝 서 있는 십자가로 미루어보건대, 황야 지대와 그 지하 골방들을 차지하고 있는 소년과 여자의 패거리가 이곳까지 발길을 들여놓았다는 생각이 느닷없이 그녀의 뒤통수를 후려친 것이다. 불타 없어진 다리 대신에 새로 디디고 건널 만한 가교(假橋)를 기어코는 설치했다는 얘기인데……. 그렇다면 놈들이 지금쯤 수도원 건물을 접수했을지도 모르는 일. 아뿔싸……. 그럼 프랑수아는 어찌 된 거란 말인가!

베로니크는 순간 온 힘을 다해 내달리기 시작했다. 사랑하는 아들이 경쾌하게 달려갔던 잔디밭을 이번엔 그 어미가 죽을힘을 다해 뛰어가고 있었다.

"프랑수아! 프랑수아! 프랑수아!"

베로니크는 목이 터져라 아들의 이름을 불러댔다. 그렇게 해서라도 엄마가 곁에 있다는 것을 알리려는 의도였다. 마침내 건물 앞까지 달려온 베로니크의 눈에 반쯤 열린 채 방치된 대문이 들어왔다. 여자는 문짝을 거칠게 밀어젖히면서 현관으로 들어섰다.

"프랑수아! 프랑수아!"

집 안 가득히 고함 소리가 울려 퍼졌지만, 대답은 들려오지 않았다.

"프랑수아! 프랑수아!"

그녀는 부리나케 계단을 거슬러 올라가 아들 방이든 스테판의 방이든, 심지어 오노린이 머물던 방까지 닥치는 대로 문을 박차고 들이닥쳤다.

"프랑수아! 프랑수아! 내 말 들리니? 놈들한테 당한 거야? 오, 프랑수아, 제발……."

다시 층계참으로 나온 그녀 앞에 데르즈몽 씨의 서재가 버티고 있었다.

우당탕 문을 열고 들어서자마자 베로니크는 지옥 그 자체와도 같은 광경에 화들짝 놀라 뒷걸음질을 치지 않을 수 없었다.

한 남자가 마치 기다리고 있었다는 듯, 팔짱을 낀 채 서 있었던 것이다. 아니나 다를까, 좀 전에 여자와 소년을 생각하면서 떠올렸던 얼굴의 주인이었다. 이를테면 제3의 괴물이라고나 할까?

베로니크는 온몸을 부들부들 떨 정도로 겁에 질린 채, 이렇게 더듬댔다.

"보르스키…… 보르스키……."

제2부

기적의 돌

11
신의 재앙

보르스키라니!

아, 보르스키라니!

생각만 해도 치욕과 공포심으로 진저리가 날 만한 그 지긋지긋한 존재……. 보르스키라는 그 괴물이 죽지 않고 살아 있었다니! 동료의 손에 의해 살해당한 첩자 이야기라든가, 퐁텐블로 숲의 공동묘지에 묻혔다는 이야기 등등, 그 모든 것이 한낱 헛소리였다는 말인가! 오로지 진실은 보르스키가 두 눈 멀쩡히 뜨고 살아 있다는 것!

지금까지 베로니크의 머릿속을 헝클어뜨려온 온갖 망상 중, 지금 눈앞에 직면한 이 장면보다 더욱 끔찍한 거부감을 불러일으키는 것이 없을 정도였다. 팔짱을 떡하니 끼고 두 다리로 척 버티고 서서 고개를 바짝 치켜든 채, 살아 숨 쉬고 있는 저 모습 말이다!

평소 강단 있는 축에 드는 여자의 몸으로서 웬만한 일에는 눈 깜짝하지 않을 그녀였지만, 이것은 아니었다. 세상 그 어떤 상대 앞에서도 전혀 위축되지 않고 맞설 각오가 된 몸이었지만, 저자만큼은 피하고 싶은 것이 또한 속마음이었다. 보르스키, 저자는 온 존재가 치욕스러움 그 자체였고, 결코 만족할 줄 모르는 사악함이자 한도 끝도 없는 야만성이며, 범죄 심리로 똘똘 뭉친 광기였다.

그런 그가 바로 자신을 사랑한다는 남자였던 것이다.

베로니크는 갑자기 얼굴이 후끈 달아오르는 것을 느꼈다. 어느새 넝마처럼 해진 블라우스 밖으로 하얗게 드러난 여인의 팔과 어깨 위에 보르스키의 끈적끈적한 시선이 느껴졌던 것이다. 마치 그 누구도 빼앗을 수 없는 먹이를 꼬나보는 듯한 눈초리였다. 하지만 베로니크는 미동도 하지 않았다. 하긴 적당히 몸을 가릴 만한 옷가지가 손 닿는 곳에 있는 것도 아니었다. 그녀는 저열한 욕망의 시선 앞에서 당당하게 버티며 서 있었고, 나아가 경멸적인 눈초리로 맞받아쳐서, 결국에는 남자가 머쓱하게 눈을 돌리도록 만들었다.

베로니크는 발끈하는 심정으로 이렇게 외쳤다.

"내 아들! 프랑수아는 어디 있나요? 아들을 보고 싶습니다!"

남자는 표독스럽게 대꾸했다.

"우리의 아들은 내게도 각별한 존재요. 제 아비를 전혀 두려워할 필요가 없지."

"지금 당장 만나야겠어요!"

여자의 고집에 남자는 마치 선언을 하듯 손을 번쩍 치켜들며 이렇게 말했다.

"장담하건대, 곧 보게 될 거요!"

"아마도 죽어서겠죠!"

여자는 목이 멘 소리로 내뱉었다.

"아니, 당신이나 나처럼 멀쩡히 살아서……."

잠시 침묵이 흘렀다. 보르스키는 뭔가 적절한 말을 찾는 눈치였고, 둘 사이의 혹독한 싸움을 대차게 개시할 만한 그럴듯한 시빗거리를 궁리하는 기색이었다.

그는 건장한 체구에 근육질의 몸매를 하고 있었고, 약간 구부정하고 퉁퉁한 다리와 힘줄이 불끈 솟은 두툼한 목덜미, 그 위로는 금발 머리를 양 갈래로 가지런히 빗어 넘긴 자그마한 머리를 갖춘 사내였다. 그나마 소싯적엔 일말의 기품마저 묻어나는 강인한 인상이 있었으나, 이제 나이를 먹어서 그런지, 저잣거리의 연단에서나 통할 만한 투박하고 상스러운 싸움꾼 같은 분위기가 고작이었다. 그 옛날에는 뭇 여성들을 혹하게 할 정도였던 위험스러운 매력도 지금은 어디로 다 사라지고, 오로지 잔혹하고 표독스러운 자태만이 억지 미소 뒤에 슬그머니 숨은 채 버티고 있었다.

그는 팔짱을 풀고 안락의자로 다가서서 베로니크를 향해 은근히 몸을 기울였다.

"자, 마담. 이제부터 우리가 나눠야 할 대화는 아마 길고도 곤혹스러운 내용이 될 거요. 그러니 일단 어디 좀 앉는 게 어떻겠소?"

그리고 잠시 뜸을 들이더니, 대답이 얼른 튀어나오지 않는데도 아랑곳하지 않고 침착한 태도로 이렇게 덧붙였다.

"여기 이 외발 원형 탁자 위에 기운을 북돋울 만한 것도 준비되어 있으니……. 자, 비스킷하고 오래된 포도주도 조금 있고, 샴페인도 한 잔쯤 나쁠 건 없겠지."

그는 다소 과장된 예의를 차렸는데, 그것은 마치 반쯤 야만족이나 다름없는 게르만인들이 우리도 문명의 섬세함을 갖출 만큼 갖췄다고 지레 내세우는 듯했고, 이미 정복자의 당연한 권리로 조금은 거칠게 대할 수 있음에도 불구하고 한 여성한테 어울리는 세련된 에티켓쯤 얼마든지 익숙한 처지라며 시위라도 하는 듯했다. 베로니크는 예전부터 바로 그와 같은 면면을 대할 때마다, 남편의 진짜 태생이 어디인지 더없이 생생하게 실감하곤 했다.

아니나 다를까, 그녀는 그저 어깨만 으쓱할 뿐, 전혀 대꾸를 하지 않았다.

"좋소. 정 그렇다면, 예법에 한해서만큼은 자부하는 신사인 나로서도 이렇게 선 채로 얘기하는 것쯤은 충분히 이해해주리라 생각하오. 아울러 당신을 앞에 두고도 내 복장이 이처럼 다소 허술한 점 역시 양해해주길 바라 마지않소이다. 소위 전시 수용소나 이곳 사레크의 동굴 은신처라는 데가 의상에 신경을 쓸 만큼 편한 곳이 못 되는지라……."

아닌 게 아니라, 그는 누더기나 다름없이 헐어빠진 바지와 너덜너덜한 붉은색 모직 조끼 차림이었다. 다만 그 위에는 가느다란 끈으로 허리춤을 동여맨 기다란 흰색 리넨 겉옷을 걸치고 있었다. 요컨대 나름대로 세심하게 신경 쓴 옷차림에 더해, 짐짓 연극적으로 과장된 태도와 스스로 도취된 듯한 여유 있는 자세가, 전체적으로 기이한 풍모를 더더욱 두드러져 보이게 했다.

남자는 일단 자신이 내뱉은 서두(序頭)에 만족했는지, 점잖게 뒷짐을 진 채 방 안을 이리저리 서성거리기 시작했다. 무슨 심각한 상황 앞에서 여유를 부리며 이 생각 저 생각을 굴리는 사람처럼 보였다.

그러더니 일순 뚝 멈추고는 아주 느긋한 어조로 이렇게 입을 열었다.

"마담, 내 생각에는 일단 우리가 함께한 삶에 관해 간단히 짚고 넘어가는 시간을 가져보는 게 좋을 듯하오만……. 당신 생각은 어떠신지?"

물론 베로니크는 묵묵부답으로 일관했다. 남자는 똑같은 어조로 계속했다.

"그러니까 당신이 나를 사랑했던 그때……."

순간 여자는 발끈하는 듯한 움직임을 보였고, 남자는 더욱 힘주어 말했다.

"이봐요, 베로니크……."

"아! 그 말만은 제발……. 그 이름이 당신 입에 오르내리는 건……. 제발 그것만은 말아주세요."

여자의 목소리엔 짙은 혐오감이 배어 있었다.

하지만 남자는 은근한 웃음을 띤 채 훨씬 더 교만한 말투로 이렇게 얘기하는 것이었다.

"오, 이런……. 마담, 날 원망만 하지는 마시구려. 말은 이렇게 해도, 당신을 향한 내 존경심은 여전하다니까. 그러니 다시 시작하겠소. 당신이 나를 사랑했던 그 당시에, 솔직히 말해, 나는 허우대만 멀쩡했지 양심도 없는 난봉꾼이자 탕아에 불과했소. 결혼 생활에 필요한 자질은 형편없는 데다 그저 매사를 충동적으로 저지르기만 하는 타입이었지. 다만 당신을 거의 미칠 듯이 사랑했기에, 잘만 하면 그런 자질을 차차 터득할 수도 있었을 것이오. 당신한테는 그만큼 나를 매료시키는 순수함과 이 세상 그 어떤 여자에게서도 느껴보지 못한 순박한 매력이 있었단 말이오. 결국 당신이 조금만 인내심을 갖고 부드럽게 지켜만 봐주었다면, 나는 변할 수도 있었을 것이오. 하지만 불행하게도 그 유감스러웠던 약혼 시절이 시작되면서부터 당신은 오로지 나로 인한 당신 아버지의 증오와 고통만을 생각했고, 결국 결혼을 하자마자 우리 사이에는 돌이킬 수 없는 반목의 골만 깊어갔소. 물론 당신은 군림하는 이 배우자를 어쩔 수 없이 받아들이긴 했소. 하긴 말이 남편이지, 당신은 내게 증오심과 거부감 말고는 보여준 게 없었지. 한데 그거야말로 이 보르스키 같은 사내로선 도저히 용납이 안 되는 거거든. 세상에 숱한 여자와 지체 높은 숙녀들을 많이 봐왔지만, 모두가 나의 완벽한 매력에 그냥 넘

어가면 넘어갔지, 달리 자신을 탓할 구석을 발견해본 일이 없던 나였소. 그러니 당신 같은 소시민에 불과한 아낙네가 나를 불쾌하게 생각한다 한들 까짓게 뭐가 그리 대수이겠는가 말이오. 본디 이 보르스키라는 사내는 스스로의 열정과 본능에 의해 움직여도 되는, 그런 부류의 사람이오. 그런데 바로 그 본능과 열정이 당신 마음에 안 든다? 좋도록 생각하라 이거요, 마담! 난 어떻든 자유의 몸이었고, 내 인생을 새로 시작하면 됐으니까. 다만……."

거기서 잠시 말을 멈추고 뜸을 들이던 보르스키는 내처 말했다.

"다만 문제인 것은, 그러면서도 여전히 당신을 사랑했다는 사실이지. 아무튼 1년 뒤, 사태가 갑작스레 예기치 못한 방향으로 치달아서 아들을 잃게 된 당신이 끝내 수녀원행(行)을 택하자, 나는 충족되지 못한 사랑 때문에 죽도록 괴로워해야만 했소. 그때 내 인생이 어떠했을지 당신은 충분히 짐작할 수 있을 것이오. 오로지 당신을 잊기 위해 온갖 격렬한 난행(亂行)과 방탕 속에 나 자신을 내던지다시피 했지. 간혹 누군가의 언질로 일말의 희망이나 당신 흔적을 냄새 맡기라도 하면 나는 미친 사람처럼 그걸 쫓아 헤맸고, 그럴 때마다 늘 더 큰 절망과 고독의 구렁텅이로 곤두박질치고야 말았소. 하긴 그러던 차에 당신 아버지와 아들 자식의 족적(足跡)도 발견한 거지만 말이오. 결국 난 그들이 이곳에 은신해 있다는 걸 알아냈고, 손수 나서서 그들을 감시하거나, 내게 철저히 헌신하는 다른 이를 시켜서 그들의 일거수일투족을 샅샅이 염탐하기에 이른 것이오. 그렇게 함으로써 내가 원한 건 물론 당신을 찾아내는 것이었지. 개전(開戰) 이래로 오로지 그것만이 내 모든 행동의 절대적인 동기이자 유일한 목표였으니까. 하지만 여드레 만에 나는 국경을 넘는 데 실패해, 급기야는 외국인 전시 수용소에 수감되고야 말았던 것이오."

다시금 말을 멈춘 그의 얼굴은 이전보다 훨씬 굳어 있었다. 그는 이내 이렇게 투덜대기 시작했다.

"아, 정말 지긋지긋한 곳이었어! 보르스키! 이 왕의 아들인 보르스키가 카페에나 죽치고 앉아 소일하는 패거리나 게르마니아의 불량배와 어울려 살아야 했으니! 이 보르스키가 영어(囹圄)의 몸이 되어 세상 사람들 앞에서 치욕을 당하게 되다니 말이야! 더럽게 이가 득실거리는 지저분한 차림의 이 보르스키를 한번 상상해보구려! 얼마나 고통스러웠는지……. 아무튼 그 일은 그 정도로 넘어갑시다. 중요한 건, 적어도 죽음만은 모면해야겠다는 생각으로, 내가 해야 할 바를 하게 되었다는 사실이오. 누군가 나 대신 칼침을 맞고 이곳 프랑스 땅에 내 이름으로 매장되었다 해서 그걸로 내가 아쉬워할 이유는 없는 거요. 그나 나나 일이 그렇게 된 건 선택의 문제였고, 난 서슴없이 내 몫의 선택을 했을 뿐이니까. 단지 삶에 욕심이 있어 그렇게 한 것만은 아니었소. 그 당시 내 암담한 인생에 비쳐 든 한 줄기 서광이랄까, 이미 서서히 내 삶을 눈부시게 만들어준 하나의 새로운 변수가 나를 결단으로 이끈 것이지. 물론 그게 무엇인지는 나만의 비밀이오. 만약 당신이 꼭 알고 싶다면 나중에 얘기해줄 수는 있소. 그러나 지금 당장은……."

베로니크는 마치 배우처럼 스스로 도취해 떠들어대는 이 모든 얘기 앞에서 여전히 무반응으로 일관하고 있었다. 그런 허풍 섞인 장광설에는 전혀 마음이 동할 리가 없었던 것이다. 심지어 그녀는 지금 바로 그곳에 있지도 않은 것 같았다.

남자는 마침내 여자에게 한 걸음 다가가 억지로라도 주의를 환기하겠다는 듯, 좀 더 도발적인 어조로 내뱉었다.

"이보시오, 마담, 보아하니 내가 얼마나 심각한 얘기를 하는지 전혀 감이 안 오는 모양이군그래. 하지만 이건 대단히 중요한 얘기야. 앞으로 할 얘기 역시 그렇고 말이지. 다만 정말로 처절한 얘기에 들어가기 앞서, 아니 거기까진 차마 가지 않기 위해서라도, 내가 기대하는 건 당신이 나와 무슨 화해 따위나 해달라는 게 아니라고. 우리 사이에 지금 그런 건 가능하지도 않을 테니까. 내가 바라는 건 당신이 이성(理性)을 가져주기를, 최소한 현실 감각만은 잃지 말아주었으면 하는 거요. 왜냐면 지금 당신이 처한 상황, 당신 아들이 처한 상황을 망각하고 있을 리가 없기 때문이지."

남자는 여자가 전혀 듣고 있지 않다고 확신하는 모양이었다. 물론 아들 생각에 경황이 없는 여자로선, 이런 하찮은 얘기일랑은 그저 한 귀로 듣고 한 귀로 흘려보내고만 있을 뿐이었다. 남자는 안달이 나는 심정을 주체하지 못한 채, 이렇게 덧붙였다.

"나의 제안은 간단하오. 확신컨대 당신이 결코 거부할 수 없는 제안이지. 무엇보다 프랑수아의 이름을 걸고, 그리고 인간적인 감정과 연민의 정을 생각해서 하는 얘긴데, 여태까지 대충 얘기해온 우리의 과거를 지금 이 현재와 연결시켜 받아들여 달라는 것뿐이오. 최소한 사회적 견지에서 봐도 우리 사이의 관계는 아직 단절된 것이 아니오. 당신은 현행법의 관점에서 볼 때 여전히…….”

남자는 문득 말을 멈추고 베로니크의 눈치를 슬쩍 살폈다. 그러더니 어느 한순간 그녀의 어깨 위에 덥석 손을 얹으며 소리치는 것이었다.

“이 몹쓸 년 같으니라고! 내 말을 귀담아들으라고! 보르스키가 말하고 있잖아!”

베로니크는 일순 휘청하면서 가까스로 안락의자 등받이에 기대는가 싶더니, 다시 몸을 곧추세우며 팔짱을 낀 채 경멸 어린 시선으로 상대를 노려보았다.

다행히 보르스키는 그 정도로 스스로를 자제했다. 방금 취한 태도가 본래 의도와는 달리 충동적으로 튀어나온 것임을 누구보다 자신이 잘 알고 있었던 것이다. 하지만 그의 말투는 여전히 강압적이고 심술궂었다.

“다시 말하지만 우리의 과거는 아직도 엄존(儼存)하고 있소. 원하든 원치 않든, 당신은 이 보르스키의 아내야. 내가 이렇게 불쑥 나타난 것도, 바로 그 부인할 수 없는 사실에 입각해서 당신도 오늘 그 점을 인정해주길 요구하기 위해서요. 이 점만은 명확히 합시다. 이제 와서 당신의 애정이랄지 우정을 얻고자 하는 건 아니지만, 그렇다고 예전의 그 적대적인 관계로 돌아가는 것 또한 나로선 용납할 수 없다는 사실 말이오. 옛날처럼 소원하고 쌀쌀맞기 그지없는 아내의 모습을 나는 더 이상 두고 볼 수는 없소. 내가 원하는 건……. 내가 원하는 건 말이야, 한 사람의 여성이야. 고분고분한 여자……. 사려 깊고 헌신적인 한 사람의 동반자 말이지.”

"노예를 원하시겠지."

베로니크가 중얼거리자 남자는 버럭 소리를 질렀다.

"그래! 그렇다! 그거 말 한번 잘했다. 노예를 원해! 나는 이제 행동은 물론 말하는 하나하나까지 결코 더는 물러설 수가 없어! 노예라고? 흥, 안 될 것도 없지! 무조건 복종하는 게 노예의 의무인 이상 나쁠 게 뭐야? 마치 시체처럼 팔다리조차 꼼짝 못하면 더 좋지! 그런 역할, 어때? 내게 당신의 그 영혼과 육체 모두를 맡기면 안 될까? 사실 당신의 영혼이라야 뭐 별거겠어? 내가 바라는 거……. 내가 원하는 거 말이야. 당신도 잘 알 텐데. 안 그래? 내가 원하는 그걸 아직까지 난 한 번도 소유한 적이 없지. 내가 당신의 남편이라고? 아하하하, 내가 당신 남편이었던 적이 과연 있을까? 난 내 인생을 아무리 뒤져보고 또 그 속에서 즐겁거나 감격적이었던 순간들을 암만 파헤쳐 봐도, 우리 사이에 한 치의 양보도 없는 치열한 다툼 말고 다른 좋은 추억이 있다는 느낌이 안 들어. 지금도 이렇게 당신을 바라보지만, 내 앞에 서 있는 건 한 낯선 이방인일 뿐이야. 과거에도 현재에도 마찬가지로 낯설고 차갑기만 한 이방인 말이야. 그런데 지금은 상황이 많이 변했거든. 내가 당신을 이렇듯 움켜쥐고 있으니, 앞으로는 사정이 좀 달라져야만 하겠지. 내일은, 아니 당장 오늘 밤부터 사정이 달라지는 거야, 베로니크. 나는 엄연한 주인이고, 이젠 불가피한 상황을 당신도 받아들이지 않을 수 없단 말이야. 자, 어떠신가, 내 제안을 받아들이겠소?"

남자는 대답을 기다리지 않고 한껏 목청을 높여 외쳤다.

"받아들이겠느냐고? 은근슬쩍 핑계나 댄다든지 거짓 약속을 들이대고 빠지려는 건 허용이 안 돼요. 나의 제안을 받아들이겠소? 만약 그러겠다면, 지금 이 자리에서 무릎을 꿇고 성호를 그은 다음, 이렇게 말하는 거요. '받아들입니다. 당신의 고분고분한 여자가 되겠어요. 당신의 모든 명령과 변덕 앞에 나 자신을 바칩니다. 내 인생은 이제 중요하지 않아요. 당신이 나의 주인이십니다.' 이렇게 말이지."

여자는 어깨를 으쓱할 뿐, 여전히 묵묵부답이었다. 보르스키는 펄쩍 뛰었고, 이마에는 어느새 시뻘건 핏줄이 불끈 솟아 있었다. 하지만 가까스로 자제하는 기색 또한 역력했다.

"흥, 그럴 줄 알았지. 다만 당신의 그 거부하는 태도는 아마 대단히 심각한 결과를 초래하고야 말 것이오. 물론 내가 참지 못하고 최후의 시도를 하게 된다면 말이지만. 아마도 내가 아직 하찮은 도망자이거나 별 볼 일 없는 악당 정도로 보이니까 그러는 모양인데, 진실을 깨닫게 되면 생각이 많이 달라질걸? 정말이지 기막힐 정도로 화끈한 진실이 기다리고 있지. 아까도 말했지만 내 어두운 인생에 전혀 예기치 않은 서광이 비쳐 들었거든. 이 왕의 아들인 보르스키에게도 진정으로 찬란한 광채가 드리워졌단 말이야."

그는 마치 베로니크가 잘 아는 어떤 다른 사람, 자신의 주체할 수 없는 허영덩어리들로만 이루어진 제삼자에 관해 떠들어대는 것 같았다. 여자는 상대를 유심히 뜯어보았다. 그의 눈동자 속에는 으레 물의를 빚고야 마는 음주벽이 도졌을 때 나타나는 광채, 무언가 걷잡을 수 없는 열광 상태에 빠질 때마다 비어져 나오곤 하던 심상치 않은 광채가 번뜩이고 있었다. 그런가 하면 어딘지 일시적인 정신착란의 징후마저 거기서 느낄 수가 있었다. 과연 마치기라도 했다는 말인가? 지난 세월이 그의 광기를 잠재우기는커녕 더더욱 악화시키고야 말았다는 말인가?

남자는 다시금 말문을 열었고, 이번에는 베로니크도 귀 기울여 듣기 시작했다.

"나는 전쟁이 발발하면서부터 이곳에다 사람을 하나 심어놓았소. 내게 지극히 헌신적인 자인데, 내 뒤를 이어서 당신 아버지의 일거수일투족을 감시하기로 되어 있었지. 결국 우연히 이곳 황야 지대 아래 지하 동굴의 존재를 알아내게 되었고, 그리로 통하는 입구 중 하나를 찾아냈소. 마지막으로 탈출에 성공한 이후, 나는 그곳을 최후의 피난처로 삼았는데, 오고 가는 편지들을 중간에서 가로챈 끝에 이 사레크 섬의 비밀에 대한 당신 아버지의 조사 활동과 그중 밝혀진 몇몇 요점을 훤히 꿰뚫게 되었지. 짐작하겠지만, 그 후로 나는 아버지를 감시하는 데 더 더욱 열을 올리게 되었고 말이오. 비밀의 전모가 점점 적나라하게 드러날수록 나는 그것과 내 인생의 여러 단면 사이에 참으로 기이한 일치점들과 더불어 분명한 상관관계가 존재한다는 사실에 주목하지 않을 수 없었소. 말하자면 더 이상 의심의 여지가 없어졌다고나 할까? 그야말로 운명적으로 나는 이곳에 와서, 나만이 해치울 수 있는 과업을 수행하도록 미리 정해진 거나 다름없었단 말이오. 나만이 그 과업을 다스릴 수 있는 권리를 가진 셈이지. 내 말 알아듣겠소? 수 세기를 지나오는 동안, 비로소 이 보르스키에게 점지된 운명에 맞닥뜨린 거나 다름없지. 이 보르스키는 운명에 의해 선택된 인물이라 이거요. 시간의 서책(書册)에 이 보르스키라는 이름이 또렷이 각인되어 있었다고나 할까? 보르스키는 애당초 그럴 만한 자질과 필수적인 수단들, 그 자격을 지니고 있는 존재였다는 얘기지. 물론 나는 충분한 준비가 되어 있었소. 나는 지체 없이 행동에 들어갔지. 운명의 지시에 두말할 것 없이 따르기로 한 것이오. 나아가야 할 길 앞에서 망설임이란 있을 수 없는 거지. 그만큼 저 길 끝에선 환한 등대가 비추고 있었으니까. 나 자체가 운명적으로 닦인 길이나 마찬가지인 셈이오. 그리고 이제 보르스키는 그동안 쏟아부은 노력의 결실을 거둬들이기만 하면 되는 것이오. 그야말로 손만 뻗으면 되는 거지. 그저 손만 뻗으면 무한한 영광과 권능과 부(富)를 거머쥘 수가 있다 이 말이오. 조금만 있으면 왕의 아들인 이 보르스키는 전 세계를 지배하는 진정한 임금이 되는 것이오. 바로 그 모든 것을 지금 당신에게 주겠다고 제안하는 거란 말이오!"

남자는 점점 더 과장된 허풍선이 같은 태도로 지껄여댔다.

그는 베로니크에게 잔뜩 몸을 기울이며 이렇게 말했다.

"당신은 여왕, 아니 여제(女帝)가 되고 싶지 않소? 보르스키가 모든 사내를 다스리는 동안, 모든 여인네 위에 군림하는 자리에 오르고 싶지 않느냐 이거요? 미(美)의 기준으로 이미 달성한 그 자리를, 이제는 돈과 권력으로도 차지하고 싶지 않느냐 이 말이오! 당신은 눈 딱 감고 보르스키의 노예가 됨으로써, 보르스키가 지배하는 전 세계의 주인이 되는 것이오. 내 말을 잘 알아들어야 할 거요. 당신이 해야 할 거라곤 두 가지 갈림길 중에 하나를 선택하는 것뿐이오. 다만 거부로 일관할 경우엔 그에 대한 대가를 치러야 한다는 걸 명심하시오. 자, 내가 주겠다고 제안한 영광을 누리겠소, 아니면……."

잠시 뜸을 뜰인 뒤 남자는 지극히 단호한 어조로 자르듯 내뱉었다.

"십자가형을 감수하겠소?"

순간, 베로니크는 몸서리를 쳤다. 역시 그 끔찍한 단어가 저 인간의 입에서 튀어나온 것이다. 이제야말로 미지의 사형집행인이 누구였는지 명확해진 셈이었다.

남자는 표독스러운 미소를 뿌듯하게 지어가며 거듭 뇌까렸다.

"십자가형! 선택은 당신에게 달렸소. 한쪽에는 인생의 모든 즐거움과 영광이 있고, 다른 한쪽에는 가장 지독한 고통 속의 죽음이 있다 이 말이오. 자, 선택하시오. 물론 양단간에 타협점이란 존재하지 않소. 이것 아니면 저것이지. 단 명심해야 할 건, 나로서는 공연히 잔혹하게 굴거나 허세를 부릴 필요가 전혀 없다는 사실이오. 오, 천만의 말씀! 이 문제에서 나는 단지 하나의 도구일 뿐이오. 모든 건 나보다 상위(上位)

의 그 무엇, 이를테면 운명 그 자체로부터 하달되고 있을 따름이니까. 다시 말해서 신들의 의지가 완성되기 위해서는 베로니크 데르즈몽이 죽어야 하며, 그것도 십자가형에 처해져 죽어야 한다. 이런 얘기요! 글자 하나 틀리지 않고 바로 그대로이지. 자고로 운명에 맞설 수는 없는 법이니까. 이 보르스키처럼 대담성과 수완에 특출하지도 않으면서 운명에 저항한다는 것은 있을 수 없는 일 아니겠소? 이 보르스키쯤 되니까 퐁텐블로 숲 속에서 가짜 보르스키를 진짜와 슬쩍 바꿔치기할 수 있었고, 동료의 칼침에 희생될 거라는 운명을 과감히 따돌릴 수 있었던 게 아니겠느냐 이거요. 그러니 한 걸음 더 나아가 신들의 의지가 그대로 완성되고 애인의 목숨을 부지하게 만드는 비책 또한, 이 보르스키라면 당연히 찾아낼 수 있을 것이 아니겠소? 단지 문제는 그 당사자가 순순히 따라줘야만 뭐가 되도 된다 이겁니다. 나는 그저 내 배우자에게는 구원을 선사할 것이고, 내 적에게는 죽음을 내주기만 할 뿐. 그래서 묻건대, 당신은 누구요? 나의 배우자요, 아니면 내 적이요? 선택을 하랄 수밖에! 내 곁에 머물며 인생의 온갖 달콤한 희열과 영광을 맛보느냐, 아니면 죽음의 나락으로 곤두박질치느냐……."

"그야 당연히 죽음이죠."

베로니크의 대답은 간명하기 이를 데 없었다.

남자는 위협하듯 제스처까지 동원하며 다그쳤다.

"단순한 죽음이 아니지! 고통이 여간하지 않을 테니까. 자, 무얼 선택하겠소?"

"그렇다면 고통도 함께 선택해야겠군요."

남자는 짓궂게 물고 늘어졌다.

"그것도 당신 혼자 당하는 게 아니야! 잘 생각해봐. 당신에겐 아들이 있어요! 당신이 가고 나면 누가 남지? 당신은 죽음으로써 고아 하나를 이 험한 세상에 달랑 남겨놓는 거야. 아니 그걸로 끝나는 게 아니지. 죽고 나서 그 아이는 내게 맡겨질 수밖에 없으니까. 내가 그 아이의 아버지이니까. 당연히 모든 친권(親權)은 내게 귀속되는 거지. 자, 다시 한번 묻겠는데, 무얼 선택하겠소?"

"죽음요."

여자는 완강했고, 남자는 길길이 날뛰었다.

"좋아, 정 그렇다면 당신은 죽음이야. 그런데 그 아이한테도 마찬가지 죽음이 주어진다면? 지금이라도 당장 그 애를 이리 데려와 목에 칼을 들이대고 마지막으로 묻는다면, 뭐라고 대답할 텐가?"

베로니크는 두 눈을 질끈 감았다. 드디어 보르스키가 그녀의 아픈 곳을 건드린 셈이었다.

하지만 그럼에도 불구하고 그녀의 입에서 새어나온 대답은 이런 것이었다.

"나는 죽고 싶을 뿐입니다."

급기야는 울화통이 터지고 만 보르스키. 그나마 차근차근 갖춰서 하던 말투도 이젠 다 버리고, 온통 욕지거리를 버무려 뱉어내는 것이었다.

"아, 이런 멍청한 년 같으니라고! 그토록 날 싫어해야만 되는 거야? 아주 물불을 가리지 않기로 한 모양이지? 굴복할 바엔 차라리 사랑하는 피붙이조차 죽음으로 내몰겠다 이건가? 제 자식을 죽이는 어미라니! 그래, 나한테 오지 않기 위해 당신 손으로 자식을 죽이는 거야! 당신 삶을 내게 바치지 않으려고 자식의 목숨을 앗아가겠다는 심보란 말이야! 아, 지독한 증오심이로군! 아니야, 그럴 수는 없어! 그렇게까지 날 싫어할 이유가 없잖아! 당최 믿을 수가 없어. 자고로 증오심에도 한계가 있는 법이라고. 세상에 당신 같은 어미가 있을 수 있다니! 아니야, 뭔가 다른 게 있을 거야. 그래, 혹시 그걸 사랑이라고 착각하는 거 아냐? 아니지, 베로니크는 사랑할 줄 모르는 여편네지. 그럼 뭘까? 혹시 내게서 동정이라도 기대하는 걸까? 내 마음이 약해지길 바라는 거야? 아하, 그렇다면 날 전혀 잘못 알고 있는 거로군. 보르스키가 나약한 마음을 먹다니! 보르스키가 동정심에 흔들리다니! 내가 한번 한다 하면 어느 정도인지 잘 보았을 텐데? 내가 언제 끔찍한 임무를 수행하던 도중 약해지는 거 봤나? 이 사레크 섬이 미리 정해진 그대로 쑥대밭이 되는 걸 지켜보지 않았단 말인가? 배가 가라앉고 사람들이 몰살당하는 거 못 봤어? 참나무 고목 위에 처참하게 매달린 아르시냐 자매들 꼴을 보지 못했느냐고! 내가, 이 내가 나약해져? 잘 들어! 난 어렸을 적에 이 두 손으로 개나 새 들을 닥치는 대로 목 졸라 죽였던 사람이야. 이 두 손으로 새끼 염소를 붙잡아다가 산 채로 껍질을 벗기는가 하면, 가금류 따위는 꽥꽥대는 걸 그대로 털을 몽땅 뽑아버리곤 했어. 아하, 그런데 동정심을 기대해? 당신, 내 어머니가 나를 뭐라고 부른 줄 알아? '아틸라'(4세기 훈족의 걸출한 왕으로, 게르만 민족의 대이동과 로마의 멸망을 유발했음. 그 후 서유럽에서 아틸라라는 이름은 엄청난 재앙, 가공할 공포의 대명사로 자리 잡았음—옮긴이)라고 불렀지. 게다가 신기(神氣)가 그녀의 영혼을 휩싸는 때면, 으레 내 이 두 손바닥이나 타로 카드를 보면서 이런 예언을 들려주곤 했어. '아틸라 보르스키……. 신의 재앙이여……. 너는 장차 신의 뜻을 이루는 도구가 될 것이다. 너는 무자비한 칼날이 될 것이고, 날카로운 단도 끝이 될 것이며, 총알과 올가미가 될 것이다. 신의 재앙……. 신의 재앙이려니! 너의 이름은 시간의 책 속에 똑똑히 박혀 있다! 네 탄생을 주관하던 별들 가운데 네 이름이 활활 불타고 있었어. 신의 재앙……. 신의 재앙이렷다!' 하고 말이야. 그런데도 당신은 고작 내 두 눈에 눈물이 그렁거리기를 기대한단 말인가? 어디 한번 두고 봐! 사형 집행인이 우는 것 봤나? 우는 건 약자(弱者)나 하는 짓이지. 자기 젖값을 받을까 봐 전전긍긍하는 자들이나 훌쩍거리는 법이라고! 하지만 나는 달라! 글쎄, 당신네 조상은 오로지 하늘이 무너져 내릴까 봐 두려워했을지 몰라. 그럼 나는 뭘 두려워할까? 신의 동료이자 공범자인 이 내가 무얼 두려워할까? 신은 모든 사람 중에 나를 선택했어. 다름 아닌 게르마니아의 신이 나한테 영감을 불어넣어 주었단 말이야. 독일의 오래된 신은 자고로 아들의 영광이 걸린 문제 앞에서는, 선악(善惡)을 초월하는 법! 내 안에는 그중에서도 악의 정신이 깃들어 있어. 나는 악을 사랑하고, 악을 원하지. 그러니 당신은 죽을 거야, 베로니크! 당신이 고난의 말뚝 위에 매달려 신음하는 걸 보면서 나는 대차게 웃어댈 거라고."

아닌 게 아니라 벌써 그의 얼굴엔 병적인 웃음이 만연해 있었다. 그뿐만 아니라 쿵쾅거리며 이리저리 서성거리다가는 두 팔을 하늘로 향해 번쩍 치켜들기도 했는데, 불안에 떠는 베로니크가 보기에 벌겋게 핏발이 곤두선 그의 눈빛 속에 분명 심상치 않은 광기가 번득이는 것이었다.

남자는 몇 발짝 더 걸음을 옮기다가 문득 여자 쪽으로 바짝 다가서며 나지막한 목소리로 이렇게 으르렁댔다.

"무릎을 꿇어, 베로니크. 그리고 내 사랑을 구걸해봐. 결국 나의 사랑만이 당신의 목숨을 구해줄 수가 있어요. 보르스키는 동정심도 두려움도 모르는 사람이야. 하지만 그는 당신을 사랑하고 있고, 그의 사랑만큼은 어떤 장애물 앞에서도 결코 물러서지를 않아. 그걸 이용하란 말이오, 베로니크. 과거에 호소해봐. 그 옛날 소싯적으로 돌아가 보란 말이오. 그러면 아마 언젠가는 당신의 그 무릎 앞에 내가 엎드려 머리 조아릴 날이 올 거야. 베로니크, 나를 거부하지 마요. 세상에 나 같은 사내를 거부하는 법은 없어. 자신을 사랑하는 사람을 그딴 식으로 무시할 수는 없다고. 내가 당신을 얼마나 사랑한다고, 베로니크. 내가 얼마나 사랑하는데…….”

여자는 터져나오는 비명을 억지로 참았다. 두 팔에 너무나도 역겨운 상대 손의 감촉이 느껴졌던 것이다. 여자는 팔을 빼내려고 낑낑댔지만, 힘을 쓰면 쓸수록 남자는 더욱 그악스럽게 움켜쥐었고, 헐떡거리는 목소리로 이렇게 중얼대는 것이었다.

“나를 거부하지 마. 그건 정말 말도 안 돼. 미친 짓이라고. 내가 무슨 짓이든 할 수 있다는 거 잘 알지? 자, 그럼 어떡해야 할까? 십자가형이란 정말이지 끔찍한 거야. 더구나 당신이 보는 앞에서 아들놈이 죽어간다고 생각해봐. 그걸 원하는 거야? 어쩔 수 없는 일은 받아들일 줄도 알아야지. 보르스키가 당신을 구해줄 텐데. 보르스키가 더없이 멋진 인생을 당신에게 선사할 거라고. 아! 나를 그토록 증오하다니! 좋아, 정 그렇다면 나를 미워한다는 건 인정하지. 당신의 그 증오심마저 사랑해줄게. 나를 경멸하는 그 입술도 사랑해줄 거라고. 그 입술이 내게 스스로 다가오지 않을수록 나는 더더욱 뜨겁게 사랑해줄 거야.”

남자는 거기서 뚝 입을 다물었다. 둘 사이에는 어느새 돌이킬 수 없는 힘겨루기가 진행되고 있었다. 베로니크의 팔은 점점 더 조여드는 완력에 맞서 애처로운 저항을 계속하고 있었다. 마침내 서서히 힘이 빠지면서 맥이 풀리는 것이 느껴졌다. 그녀의 무릎이 후들거렸다. 바로 코앞에 보르스키의 핏발 선 눈동자가 이글거리며 다가왔고, 이제는 괴물처럼 헐떡거리는 입김이 느껴질 정도였다.

바로 그때였다. 기겁을 한 베로니크는 있는 힘을 다해 상대의 손을 깨물었고, 잠시나마 화들짝 소스라치는 틈을 타서 부리나케 팔을 빼내 뒤로 물러섬과 동시에, 권총을 빼 들고 연거푸 방아쇠를 당겼다.

두 발의 총알이 보르스키의 귓가를 아슬아슬하게 스쳐 뒤쪽 벽체에 파편을 튀기며 틀어박혔다. 너무도 다급한 터라 제대로 조준도 못한 채

되는대로 갈긴 것이었다.

"아하, 이런 당돌한 년! 자칫 잘못했으면 맞을 뻔했잖아!"

남자는 악을 써대면서 여자의 몸통을 끌어안고 막강한 완력으로 디방 위에 쓰러뜨렸다. 그는 재빨리 호주머니에서 노끈을 꺼내 여자를 꽁꽁 묶어버렸다. 순식간에 사태가 장악되고, 사방이 조용해졌다. 보르스키는 이마의 땀을 쓱 닦고 나서 포도주를 한 잔 따라 벌컥벌컥 들이켰다.

그는 마침내 다리 한쪽을 상대의 몸 위에 털썩 얹으며 이렇게 뇌까렸다.

"이제 좀 낫군그래. 이제야말로 각자 제자리를 찾은 느낌이야. 미녀는 꽁꽁 묶인 채 마치 먹잇감처럼 나자빠져 있고, 나는 그걸 내 맘대로 깔아뭉갠 채 떡하니 군림하고 있고 말이야. 더 이상 노닥거릴 이유는 사라졌어. 사태가 심각하다는 게 분명해졌다고. 오, 너무 걱정할 필요는 없어, 이 망할 년아! 보르스키는 여자를 겁탈이나 하는 그런 치들과는 달라. 아니지, 아니야, 그런 짓은 마치 불을 가지고 놀다가 데어서 아주 낭패를 보는 거와 같다고. 그런 어리석은 짓도 세상에 없지! 그런다고 내가 당신을 잊을 수 있을 것 같아? 내가 당신이라는 사람을 완전히 잊고 평안을 되찾을 수 있는 유일한 방법은 오로지 당신을 죽이는 것뿐이야! 그 점에 서로 동의만 한다면 문제는 쉽게 풀리는 거야. 하긴 당신도 이미 동의한 거 아냐? 죽고 싶다고 했으니 말이야."

"그렇다, 죽고 싶다!"

여자는 여전히 기를 쓰고 대답했다.

"물론 아들 녀석이 죽는 것도 바라겠지?"

"그렇다!"

남자는 두 손을 슬금슬금 비벼대며 중얼거렸다.

"좋아, 서로 합의를 본 셈이니 이제 쓸데없는 말이나 지껄일 시간은 지난 거야. 지금부터는 진짜 할 말을 해야겠지. 여태껏 내가 한 말을 몽땅 허접스러운 수다 정도로 생각해왔을 테니, 이젠 정작 중요한 말을 해야겠다 이거야. 아울러 사레크에서 겪고 본 모든 일, 이를테면 제1부에 해당하는 사건들 역시 당신한테는 어린애 장난에 불과하겠지, 안 그래? 진짜 무시무시한 비극은 이제부터 시작이란 말씀이야. 왜냐면 당신이 더더욱 깊숙이 휘말리게 되어버렸으니까. 훨씬 더 끔찍한 일들이 벌어질 거라고, 이쁜이! 여태껏 눈물도 꽤 흘렸겠지만, 지금부터 당신의 그 눈이 준비해야 할 것은 그냥 눈물이 아니라 피눈물이 될 거야. 자, 어떻게 생각해? 다시 말하지만 보르스키는 결코 잔인하지 않아. 그는 그저 섭리에 순종할 따름이지. 당신을 악착같이 물고 늘어지는 건 내가 아니라 바로 운명이라고. 눈물? 허어, 그것처럼 부질없는 것도 없지. 아마 수천 번은 더 울어야 할걸! 죽고 싶다고? 허튼소리! 정말 한 번 죽어보기 전에 아마 수천 번은 죽고 또 죽어야만 할걸! 이 세상 어느 여자, 어느 어미의 가여운 심장보다도 당신의 심장은 더욱 처절하게 피를 토해내야만 할 거야. 자, 준비는 되었겠지, 베로니크? 정말로 잔인한 말이 사정없이 당신의 고 귀여운 귓속을 후벼 팔 테니 각오하고 있으라고! 아, 운명은 아마 당신을 곱게 다스릴 생각이 없나 봐, 요 귀여운 것아."

남자는 두 번째 포도주 잔을 마찬가지로 게걸스레 비운 다음, 여자 쪽으로 바짝 다가앉아 몸을 숙여, 거의 귓속말로 이렇게 속삭였다.

"잘 들어, 한 가지 고백할 게 있으니. 사실 내 인생에서 당신을 만나기 전에 나는 이미 결혼을 한 상태였어. 오, 너무 화낼 건 없어! 자고로 여편네에게는 그보다 훨씬 가혹한 재앙도 많은 법이야. 남편이라고 중혼(重婚)의 죄보다 더한 죄가 아예 없는 것도 아니니까. 그런데 말이야, 첫 번째 마누라한테서 난 아들이 하나 있거든. 아마 당신도 잘 알 테지?

땅굴 안에서 정겨운 얘기를 나눈 바 있을 테니까 말이야. 레이놀드라는 녀석인데, 정말이지 못 말리는 망나니이지. 뿌듯하게도 그 지독한 깡패 녀석한테서 나는 가끔 나의 가장 근사한 본능과 특성 중 몇몇이 아주 극대화되어 똬리 틀고 있는 모습을 발견하곤 하거든. 글쎄, 제2의 나라고 하면 될까? 하긴 이미 나보다 더 심한 구석도 없지 않고, 가끔은 나조차도 아연실색하게 만들지만 말이야. 빌어먹을, 정말이지 대단한 악동이지! 한 열다섯 살은 더 되었을 텐데, 나도 그만한 나이가 있었지만, 걔에 비하면 차라리 천사라고 해야 할걸. 그런데 글쎄, 그 녀석이 아무래도 나의 또 다른 아들인 우리의 착한 프랑수아와 일대 혈전을 벌여야 되겠단 말이야. 그래, 바로 그거야말로 모든 것을 주관하는 운명의 장난인 셈이지. 그걸 가장 능란하고 명석하게 해석해내는 자가 바로 나이고 말이야. 아, 물론 그렇다고 지루하게 매일매일 끌어나가는 싸움은 아니지. 그 반대로…… 짧고 굵게 끝나는, 지극히 결정적이고 격렬하기 그지없는 싸움이야. 글쎄, 일종의 결투라고나 할까? 그래 맞아, 결투! 바로 그거야! 진지한 결투이지. 기껏해야 서로 다치기나 하는 주먹다짐 같은 건 시시해. 아니지, 그건 아니야. 한마디로 사생결단이 나야만 끝나는 죽음의 결투란 말이야! 왜냐면 그 싸움이 끝나고 나서는 오로지 승자와 패자, 죽은 자와 산 자만이 있을 뿐이고, 딱 한 사람만 우뚝 서야 할 테니까 말이야."

베로니크가 슬쩍 고개를 돌려 쳐다보자 슬슬 웃고 있는 남자의 얼굴이 눈에 들어왔다. 둘 다 자기 자식임에도 불구하고 그 둘이 죽도록 서로 싸운다는 생각에 저렇게 웃을 수 있는 남자의 광기를 그녀는 새삼 절감하고 몸서리치지 않을 수 없었다. 너무도 지독한 모습 앞에서 베로니크는 더 이상 심적인 고통도 느끼지 않았다. 그야말로 고통의 한계를 저만치 초월해서 벌어지는 상황이었던 것이다.

남자는 한마디 한마디 내뱉을 때마다 흥에 겨워하며 뇌까렸다.

"그뿐만이 아니야, 베로니크. 더 괜찮은 게 있다고. 운명은 말이야, 나조차도 거부감이 들 정도의 정교한 기교를 부리려 들고 있어요. 난들 어쩌겠어, 역시 충실한 하인처럼 그의 뜻을 따를 수밖에. 운명은 당신이 그 결투를 참관하길 원한다고. 아무렴, 프랑수아의 어미인 당신은 당연히 그 애가 피 터지게 싸우는 꼴을 지켜볼 의무가 있겠지. 하긴 언뜻 생각하면 좀 짓궂은 발상인 것 같아도, 사실 따지고 보면 당신한테 그나마 은혜를 베푸는 것 아니겠어? 뭐 내가 좀 손을 써서 그 정도라도 봐준 걸로 생각해도 좋아. 사실 좀 불공평할지도 모르지만, 내가 그래도 당신을 생각해서 봐주는 거란 말이야! 생각해보라고. 프랑수아보다 좀 더 단단하고 숙련된 레이놀드가 당연히 우세한 싸움이거늘, 그나마 자기 엄마가 지켜보고 있다는 걸 알면 프랑수아로서도 용기가 나고 없던 힘도 더 생길 것 아니겠느냐고! 이를테면 사내자식으로서 자존심이 상하지 않기 위해서라도 기필코 싸워 이기겠다고 다짐하겠지. 아들로서 자신의 승리가 곧 어미의 목숨을 구한다는 각오로 덤빌 수도 있을 테고 말이야. 최소한 마음만이라도 그렇게 먹는 게 낫잖아? 정말이지 그만하면 대단한 편리를 봐준 거라고! 당신, 내게 감사해야 할걸, 베로니크! 어쩌면 그 결투를 참관하는 걸 끝으로 당신의 심장이 더 이상 뛰지 못할지도 모르니까 말이야. 그렇게 되면……. 나의 지옥 같은 계획을 끝까지 밀고 나갈 필요도 물론 없겠지만. 아, 하여튼 딱하게 되었어, 내 사랑."

그는 여자를 다시 한번 부둥켜안고 번쩍 일으켜 세우더니, 얼굴을 바짝 들이댄 채 느닷없이 고함을 쳐댔다.

"자, 그래도 굴복하지 않을 테야?"

"싫어! 싫다고!"

여자도 지지 않고 발악을 했다.

“기어코 굴복 안 해?”

“절대로! 절대로! 절대로 안 해!”

여자의 기세는 점점 더해가기만 했다.

“이 세상 그 무엇보다 날 증오하겠지?”

“내 아들을 사랑하는 것 이상으로 당신을 증오한다!”

“거짓말! 거짓말이야! 그 어떤 것도 당신 아들보다 더 절실할 순 없을 텐데?”

“당신을 향한 증오심이라면 그보다 못할 것도 없지!”

지금까지 속으로 쟁여오던 분노와 증오심이 마침내 폭발하기 시작한 듯, 베로니크는 상대의 면전에 대고 있는 대로 악을 써댔다.

“너를 증오해! 너를 증오한다고! 설사 내 아들이 고통 속에 죽어가는 걸 이 두 눈으로 지켜볼지언정 너의 그 지긋지긋한 모습을 바라보는 것보단 덜 끔찍해! 난 너를 증오해! 너는 내 아버지를 죽였어! 너는 파렴치한 살인마야. 머리가 돌아버린 등신인 데다 지극히 야만적인 놈이야! 아주 범죄에 미친 녀석이라고. 난 네놈을 증오해!”

남자는 있는 힘을 다해 여자를 번쩍 들어 올려 창가로 들고 가더니 바닥에 냅다 내동댕이친 뒤, 이렇게 내뱉었다.

“무릎을 꿇어! 무릎을 꿇으란 말이야! 재앙이 시작되고 있어! 그런데도 날 능멸하려 들어, 이 몹쓸 계집 같으니라고! 어디 두고 보자!”

그는 여자를 강제로 무릎 꿇게 한 다음, 창가에 바싹 몰아붙이고는 창문을 활짝 열어젖혔다. 계속해서 목과 팔을 감고 있는 끈을 연결해, 창살에 얼굴을 들이민 상태에서 단단히 고정시킨 뒤, 목도리로 입에 재갈을 물렸다.

“자, 똑똑히 봐둬! 이제 곧 막이 오를 거야! 프랑수아 녀석이 한 수

배우는 꼴을 보라고! 아하, 나를 증오하신다? 이 보르스키의 키스보다 차라리 지옥을 더 원하셔요? 좋아, 내 사랑, 그럼 어디 한번 지옥 맛을 좀 봐! 내가 총지휘하고 감독한, 소소하지만 결코 따분하진 않은 여흥을 즐겨보는 거야. 이젠 어쩔 수 없다는 걸 당신도 알고 있겠지. 모든 게 돌이킬 수 없게 되어버렸다고. 설사 애걸복걸 용서를 빈다 해도 더는 소용이 없어. 너무 늦었으니까! 결투가 벌어질 거고, 그게 끝나면 십자가형이 기다리고 있지. 그렇게 다 정해졌어. 기도나 해, 베로니크. 하늘에 호소나 해보라고. 이 상황에서 도와달라고 길길이 소리쳐 보는 것도 재미있을 거야. 아차, 그렇지! 당신의 그 꼬맹이가 구원자를 기다리고 있다는 거 나도 알아. 아주 직업적인 허풍쟁이더구먼! 돈키호테 같은 협객이라지, 아마? 어디 실컷 오라고 해봐! 이 보르스키가 적절히 대접해주지. 그가 나타나면 오히려 더 흥미진진해질걸! 까짓, 한번 놀아주지, 뭐! 아니 신들이 다 나서서 당신을 지켜주라고 해! 난 콧방귀도 안 뀔 거야! 이건 그들이 나서서 될 일도 아닌 데다 전적으로 내 일이거든! 사레크도, 보물도, 그 잘난 비밀도, 신의 돌에 관련된 모든 속임수도 다 상관없다고! 오로지 나만 연관된 문제란 말이야! 당신은 보르스키의 얼굴에다 침을 뱉은 격이야. 보르스키는 반드시 복수할 거라고. 반드시 복수해! 아, 정말이지 위대한 순간이 온 거야. 희열이 온몸을 감싸는군! 남들이 선을 행하듯이, 온몸을 다 바쳐 악을 행한다는 것! 악을 실천한다는 것! 죽이고, 고문하고, 깔아뭉개고, 뿌리를 뽑아버리는 즐거움이란! 아! 명실공히 보르스키가 된다는 것은 정말이지 대단한 즐거움 아니겠어?"

남자는 이제 방 안을 이리저리 서성댈 뿐만 아니라, 바닥을 마구 발로 구르고 가구를 엉망으로 흐트러뜨리는가 하면, 그것도 모자라는지 혼란스러운 눈동자로 사방을 두리번거리는 것이었다. 난데없는 파괴의 욕망이 그의 가슴을 불 지르기 시작했고, 그 탐욕스러운 손가락에 일거리라도 찾아주듯, 무엇이든 닥치는 대로 목을 조르고 싶어 했다. 그렇게 그는, 미치광이 같은 상상력이 머릿속에 부과하는 지리멸렬한 지시를 수행하려고 혈안이 되어 있었다.

갑자기 권총을 집어 들더니, 그는 멍한 상태에서 무작정 거울과 액자들, 그리고 유리창들에 미친 듯이 총알을 발사했다.

그리고 이리저리 껑충껑충 뛰면서 망측하게 온몸을 허우적거리더니, 마침내 문을 활짝 열고 밖으로 뛰쳐나가며 이렇게 고래고래 소리를 지르는 것이었다.

"보르스키가 복수할 거야! 보르스키가 복수할 거라고!"

12
골고다 언덕

20~30여 분이 흘러갔다. 베로니크는 혼자 남아 있었다. 단단히 묶인 끈이 살갗을 조여들었고, 창살은 이마를 사정없이 짓눌러왔다. 그런가 하면 입에 물린 재갈 때문에 숨이 턱턱 막히고, 체중을 지탱하는 양 무릎은 아까부터 몹시 저려오고 있었다. 이미 그 견디기 어려운 자세만으로도 엄청난 고문을 당하는 것이나 마찬가지였다. 다만 아무리 고통스러워도 베로니크 자신은 그것을 별로 선명하게 느끼지 못하고 있었다. 육체적인 고통은 그녀의 의식 밖에서 일어나고 있을 뿐, 이미 정신적인 고통이 너무도 엄청나, 이따위 고생은 소위 말해서 간(肝)에 기별도 가지 않는 것이었다.

그녀는 거의 아무 생각도 하지 않았다. 그저 가끔 이렇게 중얼거리는 것이 고작이었다.

"난 죽을 거야."

그녀는 마치 풍랑 속을 헤매는 배 안에서 항구의 평온함을 꿈꾸듯,

죽음의 휴식을 미리부터 음미하고 있었다. 지금 이 순간부터 결국에는 질곡에서 해방될 종말의 그때까지 숱한 고난이 이어지겠지만, 머릿속에서만큼은 그런 것들을 일일이 가늠하지 않으려는 듯 빗장을 단단히 걸어 잠근 상태였다. 심지어 아들의 처절한 운명조차도 짤막짤막한 상념만을 가져다줄 뿐, 그나마 연기처럼 흩어져 버리고 말았다.

그러면서도 몽롱한 정신 상태가 계속 유지되는 가운데 여자는 내심 기적을 향한 막연한 희망이 몽실몽실 피어오르는 것을 희미하게 느끼고 있었다. 과연 보르스키의 행동에 기적이 일어날 것인가? 관대함이라고는 눈을 씻고 찾아도 없을 그 괴물 같은 존재가 그토록 무의미한 악행(惡行) 앞에서 조금이나마 망설이기라도 할까? 자고로 아비가 제 자식을 죽이는 법은 없다. 백 보 양보해서 그런 일이 있을 수 있다 해도, 거기엔 어쩔 수 없는 절박한 이유가 있어야 한다. 그런데 거의 생면부지나 다름없는 데다 억지로 갖다 붙인 구실로 미워하는 것이 고작인 아이를 해코지할 명분이 보르스키에겐 없지 않은가 말이다!

기적에 대한 애매모호한 희망은 여자의 몽롱한 정신 상태를 서서히 부추기고 있었다. 그래서 그런지, 무언가 떠들어대고 급하게 돌아다니는 발소리 등등, 갑자기 집 전체에 울려 퍼지고 있는 소음이 예고된 악행을 준비하는 것이라기보다는 보르스키의 계획에 문제가 생겼음을 의미하는 것으로 느껴졌다. 사랑하는 프랑수아도 말했지 않은가? 다시는 모자 사이가 갈라지는 일은 없을 거라고. 모든 게 엉망이 된 것처럼 보이는 바로 그 순간조차도 결코 자신감을 잃어선 안 된다고.

"프랑수아…… 오, 나의 프랑수아…… 넌 죽지 않을 거야. 우린 다시 만날 수 있다고. 나한테 그렇게 약속했지."

베로니크는 힘없이 그렇게 되뇌고 있었다.

저 멀리로 위협이라도 하듯 구름이 점점이 번져 있는 짙푸른 하늘이 참나무 숲 위로 펼쳐 있었다. 그런가 하면 아버지 모습을 처음 대했던 이 창문 너머, 처음 이곳에 당도해 오노린과 함께 가로질러 왔던 잔디밭 한가운데에는, 여태껏 보지 못했던 새로운 부지가 마치 원형 투기장(鬪技場)처럼 고운 모래가 깔린 채 조성되어 있었다. 바로 저곳이 아들이 싸울 장소란 말인가? 순간적인 직감이 그녀의 가슴팍을 쥐어뜯는 것 같았다.

"오, 나를 용서해라, 프랑수아. 이 모든 것이 어미가 옛날에 잘못 시작한 데 대한 벌이란다. 모든 것이 속죄야. 자식이 어미 대신 속죄를 하는구나. 용서해라. 용서해다오."

바로 그때였다. 1층 현관문이 활짝 열리는가 싶더니, 일군의 목소리가 바깥 계단으로부터 솟구쳐 올라왔다. 베로니크는 그중에서도 보르스키의 목소리를 알아들었다.

"좋아, 이제 다 정해진 거지? 각자 좌우 양쪽으로 갈라서서 걸어가는 거다. 자네들은 그 녀석과 함께 왼쪽에, 나는 이 녀석과 더불어 오른쪽으로……. 그렇게 함께 경기장에 임하는 거지. 자네들은 그 녀석의 증인이 되어주고, 나는 이 녀석의 증인으로서 결투의 정해진 규칙을 준수하는 거야."

베로니크는 두 눈을 지그시 감았다. 흡사 노예처럼 유린당하고 억지로 싸움에 끌려 나올 아들을 차마 눈뜨고 볼 수가 없었던 것이다. 하지만 이내 원형을 그리며 정원을 에두르는 두 갈래 오솔길을 따라 각각 부스럭거리며 옮겨가는 사람들 발소리가 귓가를 두드리는 것이었다. 가증스러운 보르스키는 연신 떠들며 웃어대고 있었다. 마침내 방향을 바꾼 일행은 서로 마주 보는 위치에서 천천히 접근하고 있었다.

보르스키가 버럭 소리쳤다.

"더 이상 접근하지 말게! 두 상대는 각자 자신의 위치를 잡을 것! 두 사람 다 정지! 좋아! 둘 다 입도 뻥긋해선 안 된다, 알지? 만약 누구라도 입을 여는 자는 내가 가만두지 않을 거야. 둘 다 준비되었는가? 자, 앞으로!"

그렇게 해서 기필코 끔찍한 일이 벌어지기 시작했다. 보르스키의 의도대로 어미의 코앞에서 결투가 벌어질 참이었으며, 아들은 어미 앞에서 처참한 싸움에 뛰어들어야 할 처지였다. 그런 것을 어떻게 끝까지 외면할 수 있을 것인가? 결국 베로니크는 슬그머니 눈을 떴다.

그 즉시 서로 움켜잡고 드잡이를 하는 두 아이의 모습이 눈에 확 들어왔다. 그런데 문득 눈앞의 광경이 도저히 이해가 가지 않는 것이었다. 아니, 당최 어찌 이해해야 할지 그 정확한 의미를 가늠할 수가 없었다. 분명 둘은 둘인데, 대체 누가 프랑수아고 누가 레이놀드인지 그것이 오리무중이었다.

"아, 이런 황당할 데가 있나. 아니야, 내가 뭔가 착각을 한 거겠지. 이럴 수가!"

그렇게 중얼거렸지만, 사실 무리는 아니었다. 두 아이가 똑같은 벨벳 반바지에다 흰색 플란넬 셔츠, 그리고 가죽 허리띠까지 동일한 복장을 하고 있었던 것이다. 그뿐만 아니라 머리에는 두 개의 눈구멍만 휑하게 뚫린 붉은색 비단 보자기를 뒤집어쓰고 있는 것이 아닌가!

도대체 누가 프랑수아이고 누가 레이놀드란 말인가?

순간, 보르스키가 내뱉은 수수께끼 같은 위협의 말이 머릿속에 떠올랐다. 자신이 총지휘, 감독한 그 여흥이라는 것에 대한 얘기, 전적으로 자신이 꾸며낸 계획이 시행될 거라는 그 음산한 암시! 어미의 눈앞에서 아들이 피 터지게 싸우고 있지만, 정작 어느 누가 진짜 자기 아들인지는 알아볼 수 없게 한다는 발상이었던 것이다!

그래, 운명이 지독하게 '정교한 기교'를 부리고 싶어 한다고 보르스키가 말했지. 베로니크가 느끼는 고통은 이제 그 어느 것으로도 더 이상 배가시킬 수 없을 것 같았다.

결국 그녀가 기대했던 기적은 다른 어느 곳도 아닌, 그녀 자신 속, 아들을 향한 어미의 간절한 사랑 안에서만 가능한 일이었다. 지금 앞에서 싸우고 있는 아들이 결코 희생되지는 않으리라고 확신하는 수밖에, 어미가 온 정신력을 다해 적의 공세로부터 아들을 지켜주는 수밖에 다른 방법이 없는 셈이다. 마음으로나마, 들이닥치는 칼날을 비껴가게 하고, 사랑하는 아이의 머리 위로부터 죽음을 떨쳐버리게 열심히 기원하는 수밖에 없는 것이다. 고갈되지 않을 기세와 당당한 투지, 쉬 피로해지지 않을 완력, 전광석화와 같은 정신력과 호기(好機)를 놓치지 않는 판단력을 이 어미가 불어넣어 줄 수만 있다면……. 그러나 지금 두 아이 모두 얼굴을 가린 상태에서 과연 누구를 향해 그 모든 것을 빌어줄 수가 있단 말인가? 누굴 위해 기도하고, 누구에 대해 저주를 퍼부으란 말인가?

결국 베로니크는 어미로서 아무것도 할 수가 없는 처지였다. 아무리 눈을 부라려봤자 어떤 단서도 주어지지 않았다. 둘 중 하나가 약간 큰 듯도 하고, 다소 여윈 듯도 했으며, 좀 더 유연한 것처럼 느껴지기는 했다. 하지만 그게 프랑수아일까? 그런가 하면 다른 하나는 좀 더 통통하고, 다소 거친 듯했으며, 약간 육중한 맛이 나기도 했다. 그럼 그것이 레이놀드라는 말인가? 도무지 장담할 수가 없었다. 오로지 진실의 판단 근거라고는 얼굴을 보는 것, 그 안에 언뜻 스치는 표정이라도 확인하는 길밖에 없는 것이다. 그런데 저 칙칙한 가면을 어떻게 꿰뚫을 수가 있단 말인가?

접전(接戰)은 치열하게 계속되었고, 오히려 생생하게 얼굴을 대하는 것보다 훨씬 더 끔찍한 양상으로 베로니크의 가슴팍을 후려쳤다.

"브라보!"

보르스키는 타격이 가해질 때마다 호들갑을 떨며 환호했다.

그 모습이 마치 승부에는 관계없이 싸움 자체를 즐기며 관람하는 호사가처럼 보였다. 누가 이기든 강한 쪽이 승리하기를 바라는 자세였다. 물론 둘 중 하나 죽어 나자빠질 운명도 똑같은 그의 아들 몫인데 말이다.

맞은편에는 다른 패거리 두 명이 서 있었는데, 하나같이 투박한 인상에다 똑같이 뾰족한 머리를 하고, 통통한 코 위에 안경을 걸친 모습이었다. 단 하나 다른 것은, 그중 하나가 무척이나 마른 체형인 데 반해, 다른 하나는 마찬가지로 야윈 편이었으나, 배만은 무슨 가죽 부대를 두른 것처럼 불룩하다는 점이었다. 두 사람은 보르스키와는 딴판으로 환호도 하지 않고 어딘지 무관심해 보였다. 아마 어쩔 수 없이 참관하게 된 이 싸움 자체를 좋지 않게 생각하는 듯했다.

"좋아! 반격 좋고! 둘 다 아주 대단한 녀석들이로군! 누구한테 승리의 월계관을 수여해야 할지 난감하겠는걸!"

그렇게 호들갑을 떨면서 보르스키는 두 아이 주위를 빙빙 돌며 꺼칠한 목소리로 분위기를 돋우고 있었다. 베로니크는 그 모습을 바라보며, 과거 술에 만취된 채 그런 식으로 떠들어대던 남자의 옛 모습을 떠올리지 않을 수 없었다. 더 이상 모든 상황을 견딜 수 없었는지, 급기야 베로니크는 묶인 두 손을 앞으로 쭉 내뻗으며 가엾게도 재갈을 문 입으로 이렇게 웅얼거리기 시작했다.

"제발! 제발 부탁이에요! 더는 참을 수가……. 제발요……."

더 이상 고문을 견디는 것이 불가능했던 것일까? 어찌나 심장이 난동을 부리는지, 온몸이 다 후들거릴 지경이었다. 이제 조만간 혼절이라도 해서 쓰러지고 말 것 같다는 생각이 뇌리를 스치는 순간, 불현듯 펼쳐진 또 하나의 사태가 그녀의 정신을 화들짝 깨어나게 했다. 치열한 접전이 한 차례 불붙은 직후, 둘 중 한 아이가 펄쩍 뒤로 빠지는가 싶더니, 빨간 피가 뚝뚝 듣는 오른쪽 손목을 재빨리 무엇으로 동여매는 것이었다. 그런데 바로 그때, 베로니크의 머릿속에 언젠가 푸른색 줄무늬가 있는 손수건을 가지고 다니던 아들의 모습이 퍼뜩 떠오르는 것이 아닌가!

그 즉시 부인할 수 없을 만큼 강한 확신이 들었다. 그러고 보니 바로 저 아이가—좀 더 야위었고 유연해 보이는—어딘지 좀 더 우아하고 돋보이는 풍채를 지녔다는 사실!

여자는 자기도 모르게 중얼거렸다.

"쟤가 바로 프랑수아야. 그래 맞아, 바로 저 아이라고. 너, 프랑수아 맞지? 이제는 알아보겠구나. 다른 쪽 애는 왠지 투박하고 상스러워 보여. 그래, 바로 너였어, 내 아이……. 아, 프랑수아…… 사랑하는 프랑수아……."

아닌 게 아니라, 둘이 똑같이 악착같은 싸움을 벌이고는 있었지만, 그중 베로니크가 눈여겨보는 한 명이 좀 덜 야박스럽고 덜 무지막지한 움직임을 보이고 있었다. 그 아이는 상대를 죽이려고 한다기보다는 그저 상처만 주려고 하거나 가능하면 죽음의 위협에서 자신을 방어하는 데 치중하는 듯 보였다. 이미 번쩍 정신이 들 대로 든 베로니크는 마치 아이가 소리를 들을 수 있기라도 하듯, 기를 쓰고 더듬거렸다.

"봐주지 마라, 얘야! 그 아이는 괴물이야. 오, 맙소사! 공연히 그렇게 봐주다가는 네가 쓰러지고 말아. 프랑수아, 조심해야 해!"

그렇게 아들일 거라고 확신한 아이의 머리 위로 일순 단도의 예리한 날이 번쩍하며 빛을 발했고, 베로니크는 재갈을 문 입으로 냅다 경고의 비명 소리를 내질렀다. 프랑수아가 결국 위기를 모면하는 것을 보자, 베로니크는 자신의 비명 소리가 아이 귀에 들어간 것으로 확신했고, 그 때부터 본격적으로 기원과 충고의 말을 되는대로 내뱉기 시작했다.

"그래 좀 숨도 돌리고……. 무엇보다 상대에게서 시선을 떼면 안 된다. 저러는 건 무슨 꿍꿍이속이 있는 거야. 이제 곧 너를 덮치려 들 거다. 저것 봐, 달려들잖아! 아, 조금만 지체했어도 그 애가 네 목을 쳤을 거야. 아주 교활한 녀석이니, 조심해야 한다. 여간 잔꾀에 능한 녀석이 아니란 말이다."

하지만 불행한 어미는 인정하고 싶지 않음에도 불구하고 아들로 보이는 아이가 점점 기력이 쇠하고 있는 것을 느꼈다. 상대가 갈수록 힘과 기세 모두 등등해지는 데 반해, 여러 가지 점에서 그에 대한 저항이 무뎌지고 있는 것이었다. 프랑수아는 분명 뒷걸음을 치고 있었다. 그리고 어느새 투기장으로 선을 그어놓은 직전까지 밀렸다.

보르스키가 그것을 눈치채고 이렇게 이죽거렸다.

"어허, 이 녀석아. 설마 꽁무니 빼려는 건 아니겠지? 힘을 내라고! 어서 발끈해보라니까. 조건이 정해져 있다는 걸 명심하는 게 좋아."

아이는 다시금 기운을 차리고 와락 달려들었고, 이번엔 상대가 슬슬 뒷걸음질을 쳤다. 보르스키가 박수를 치는 동안 베로니크는 남몰래 중얼거렸다.

"나를 생각해서 목숨을 걸고 싸우고 있어. '조건'이라니……. 저 괴물 같은 인간이 분명 이랬을 거야. '네 어미가 살고 죽는 건 순전히 너에게 달렸다. 네가 만약 승리하는 경우에는 네 어미도 살아날 거야'라고 말이야. 프랑수아는 내심 반드시 승리하리라고 맹세했겠지. 내가 지켜보고 있다는 걸 알고 있어. 내가 함께 있으리라 짐작하고 있다고. 어쩜 내 말소리를 듣는지도 몰라. 아, 내 아이……. 제발 신의 축복이 함

께하기를…….”

어느덧 결투는 종반을 향해 치닫고 있었다. 베로니크는 희망과 불안이 수없이 교차하는 가운데 이제는 기진맥진한 상태로 벌벌 떨고만 있었다. 프랑수아는 다소 불리하다가도 이내 전세를 역전시키기를 반복했다. 그러다 한 차례 격돌에 뒤이어 그만 균형을 잃고 뒤로 벌렁 나자빠졌는데, 하필 오른팔이 몸에 깔린 상태가 되고 말았다.

아니나 다를까, 상대는 그 틈을 놓치지 않고 달려들어, 무릎으로 가슴팍을 짓누른 채 오른팔을 높이 치켜들었다. 바로 그 순간, 번쩍하고 단도의 날이 빛을 발했다.

“살려줘요! 제발 살려줘요!”

입에 물린 재갈 틈새로 안타까운 베로니크의 목소리가 새어나왔다.

묶인 끈 때문에 사방이 조여드는 데도 아랑곳하지 않고 그녀는 벽에 온몸을 바짝 갖다 댔다. 창살에 짓눌린 이마에서 피가 번지는 것도 상관없었다. 오로지 아들이 죽으면 자신도 그만 죽어버릴 것 같다는 생각뿐이었다. 한데 뒤엉켜 뒹구는 아이들 앞으로 보르스키는 바짝 다가선 채, 굳은 표정으로 꼼짝도 하지 않고 굽어보고 있었다.

20초가 흐르고 30초가 지나갔다. 밑에 깔린 프랑수아는, 왼손으로 간신히 상대의 단도 쥔 팔을 지탱하고 있었다. 하지만 공격의 무게가 점점 가중됨에 따라 뾰족한 칼끝이 서서히 아래로, 아래로 내려왔고, 이제는 목으로부터 불과 몇 센티미터밖에 떨어지지 않은 상태였다.

보르스키는 잔뜩 허리를 숙인 채 일촉즉발과도 같은 광경을 지켜보고 있었다. 말하자면 레이놀드의 등 뒤에 바짝 붙다시피 서서 들여다보고 있었는데, 그러고 보니 두 아이 모두 남자의 존재를 눈치챌 수 없는 위치였다. 그는 마치 어느 한순간 자신이 끼어들 속셈인 것처럼, 한껏 숨죽이며 지켜보고 있었다. 글쎄, 과연 누구를 위해 끼어들려는 것일까? 프랑수아를 구해주기라도 하겠다는 걸까?

한편 베로니크는 더 이상 숨도 쉬기가 버거웠다. 그저 두 눈만 퀭하니 뜬 채 생사를 오락가락하는 지경이나 다름없었다.

마침내 단도 끝이 프랑수아의 목 살갗을 건드릴락 말락 했고, 그야말로 아슬아슬하게 그 선(線)에서 멈춰 있는 상태였다.

보르스키는 점점 더 몸을 수그리면서, 뒤엉킨 몸뚱어리들 위로 치명적인 칼끝만을 노려보고 있었다. 그러더니 난데없는 주머니칼을 호주머니에서 꺼내 펴고 가만히 기다리는 것이었다. 또 몇 초가 흘렀을까, 단도 끝이 더 내려갈 조짐이 보이자마자, 보르스키는 별안간 레이놀드의 어깻죽지를 가차 없이 베어버렸다!

아이의 입에서 고통에 찬 비명 소리가 찢어지듯 터져나왔다. 당연히 내리누르던 완력에서 해방된 프랑수아는 오른팔을 빼내면서 반쯤 몸을 일으켜 즉각 공세를 취했고, 상대의 뒤편에 서 있던 보르스키는 물론, 무슨 일이 일어났는지도 전혀 모르는 채, 죽음의 위기에서 벗어나려는 본능적인 도약의 힘 그대로 상대의 얼굴 한복판에 주먹을 날렸다. 이번에는 레이놀드가 뒤로 벌렁 나자빠졌다.

이 모든 사태가 일어나는 데에는 채 10초가 걸리지 않았다. 워낙 예기치 못할 만큼 갑작스러운 상황 변화라 베로니크는 도무지 좋아해야 할지 어찌해야 할지 영문을 몰랐다. 심지어 지금까지 엉뚱한 쪽을 응원한 것이 아니었는지, 방금 보르스키로부터 칼침을 맞아 다 죽게 생긴 아이가 혹시 프랑수아는 아닌지 당황한 가운데, 그만 정신을 잃고 그 자리에 축 늘어지고 마는 것이었다.

얼마나 시간이 흘렀을까, 서서히 베로니크의 정신이 되돌아오고 있었다. 네 번 울리는 추시계 종소리를 들으며, 그녀는 이렇게 중얼거렸다.

"프랑수아가 당한 지 두 시간이나 되었어. 분명 죽었을 거야."

결투가 그런 식으로 끝났을 거라는 것을 그녀는 조금도 의심하지 않았다. 프랑수아가 승리하고 자기 아들이 당하는 것을 보르스키가 용인할 리 없었던 것이다. 요컨대 베로니크는 불쌍한 자기 아들의 패배를 기원함과 동시에, 괴물을 위해서 기도를 올렸다는 얘기가 된다!

"프랑수아가 죽었어. 보르스키가 죽인 거야."

그렇게 연신 중얼거리는데, 문득 문이 활짝 열리더니 휘청휘청 걸어 들어온 보르스키의 목소리가 쩌렁하고 울렸다.

"이거 대단히 죄송하게 됐소이다, 친애하는 마담. 그만 보르스키가 깜박 잠이 들었던 듯하오. 모두가 당신 아버지 잘못이오, 베로니크. 그 양반, 지하 저장고에다 기막힌 소뮈르산(産) 포도주를 숨겨놓은 걸 우리 콘라트와 오토가 발견했지 뭡니까! 그걸 좀 했더니 몸이 영 말이 아니더군요! 오, 그렇다고 그렇게 훌쩍거리면 쓰나. 낭비된 시간은 다시 만회하면 될 것을……. 게다가 어차피 자정에는 모든 게 정리될 텐데……."

그는 조금 더 바짝 다가오면서 또다시 고래고래 소리쳤다.

"저런! 그 몹쓸 놈 보르스키가 당신을 이렇게 묶어둔 채 방치했단 말이오? 그놈 참 못돼먹은 녀석일세! 그동안 그래 얼마나 불편했겠소! 맙소사, 이렇게 창백해지다니! 이봐요, 당신 설마 죽은 건 아니지? 가만 있자, 지금 장난이나 하고 있을 때가 아니란 말이오!"

그는 베로니크의 손을 덥석 붙잡았고, 베로니크는 곧장 손을 뺐다.

"그럼 그렇지! 여전히 귀염둥이 보르스키를 끔찍이도 미워하시는구먼. 그럼 된 거야. 아직은 기력이 남아 있다는 얘기이니까. 그만하면 끝까지 갈 수 있겠다고, 베로니크."

그러더니 이번엔 귀를 살짝 기울이며 이러는 것이었다.

"뭐야? 누가 날 불렀지? 오토, 자넨가? 어서 올라오게. 무슨 일인데 그러나, 오토? 자네도 알다시피 난 곯아떨어져 있었어. 그놈의 빌어먹을 소뮈르산 포도주 때문이야."

그의 패거리 중 하나인 오토가 헐레벌떡 계단을 올라왔다. 알고 보니, 아까 유난히 배 부분만 볼록한 친구였다.

"섬에 누군가 나타났습니다!"

보르스키는 느닷없이 웃음을 터뜨렸다.

"으허허허허, 자네도 어지간히 취한 모양이로군, 오토. 그놈의 소뮈르산 포도주 탓이야."

"전 취하지 않았습니다. 두 눈으로 똑똑히 봤다고요. 콘라트도 분명히 목격했답니다."

그제야 보르스키는 다소 진지해진 표정으로 물었다.

"오호라! 콘라트와 함께 있었는가? 그래 무얼 보았는데?"

"웬 희부연 윤곽이 우리가 접근하자 어디론가 감쪽같이 사라졌습니다."

"어디에서 말인가?"

"마을과 황야 지대 중간쯤에 위치한 소규모 밤나무 숲에서입니다."

"그럼 저쪽 건너편 섬에서 말인가?"

"그렇습니다."

"좋아, 모두 경계 태세를 갖추도록."

"어떻게 말입니까? 여럿 될지도 모르는데……."

"쳇, 열 명이 덤벼들라고 해봐. 그래봤자 달라질 건 하나도 없을 테니. 콘라트는 어디 있나?"

"불탄 다리 대신 우리가 설치한 가교(假橋) 근처에서 감시하는 중입니다."

"콘라트는 역시 약삭빠른 데가 있어. 다리가 불타서 우리가 반대편에

발이 묶여 있던 것처럼, 이번엔 가교를 태우면 마찬가지 결과가 초래될 걸 아는 거야. 이봐요, 베로니크, 아무래도 당신을 도우러 누군가 오긴 오는 모양이로군. 기다리던 기적 말이야. 고대하던 도움의 손길이겠지. 하지만 이미 너무 늦어버렸어요, 요 이쁜이."

그는 창살에 묶어두었던 끈을 풀고 여자를 안아다 소파에 누인 뒤, 재갈도 약간 느슨하게 해주었다.

"자, 착하지, 잠이나 좀 자두라고. 될 수 있는 한 푹 좀 쉬어요. 이제 겨우 골고다 언덕의 반쯤 지나온 것밖엔 안 돼. 마지막 고개는 아주 힘들 거라고."

그렇게 흥얼거리면서 남자가 멀어져 갔고, 베로니크는 두 사내끼리 이러쿵저러쿵 쑥덕이는 소리를 가만히 귀 기울여 들었다. 그것만으로도 오토와 콘라트라는 사람은 사건 전반에 걸쳐 아무것도 모르는 단순 가담자임을 알 수 있었다.

"대체 저 지경이 된 저 불쌍한 여자는 누구입니까?"

오토의 질문에 보르스키는 이렇게 대답했다.

"자넨 몰라도 되네."

"하지만 콘라트도 그렇고 저 역시, 조금은 뭐가 뭔지 알고 싶습니다."

"뭐하러?"

"그냥 궁금해서요."

"이보게, 오토. 자네와 콘라트 둘 다 꽤나 어리석은 친구들이로군. 내가 자네 둘더러 나 좀 도와달라고 하고, 이렇게 수용소를 빠져나올 수 있게 했을 때, 이미 자네들에게 들려줄 만한 계획은 죄다 들려준 것이네. 자네들은 내가 내거는 조건을 이의 없이 받아들였어. 그럼 된 거지 뭘 또 바라는가? 무조건 나와 함께 끝까지 가는 거야, 끝까지……."

"그러지 않으면 어떻게 되는데요?"

"그러지 않으면 결과는 책임 못 지지. 난 배신자는 질색이거든."

그렇게 또 얼마간 시간이 흘러갔다. 그토록 기원했던 파국으로부터 벗어날 길이 더는 없어 보였다. 베로니크는 오토가 우려한 누군가의 개입이 차라리 일어나지 말았으면 하는 마음이었다. 아니, 실제로 그녀는 그럴 가능성은 꿈도 꾸지 않았다. 아들이 개죽음을 당한 마당이다. 가장 극심한 고통을 치르는 죽음이라 한들, 한시바삐 죽은 아들의 뒤를 따를 욕망밖에 남아 있지 않았다. 하긴 고통 따위가 이제 와서 무슨 문제가 되겠는가? 게다가 고통을 당하는 입장에서도 엄연히 한계가 있는 법. 이미 그 한계점에 거의 접근한 처지이니만큼, 제아무리 극심한 고통이라도 그리 오래가지는 못할 것이다.

베로니크는 속으로 기도하기 시작했다. 다시 한번 지난 과거가 주마등처럼 머릿속을 스쳐갔다. 자신이 저지른 어설픈 잘못이 결국은 이렇게 엄청난 불행으로 축적되어 그 대가를 요구해오고 있다는 느낌이 강하게 들었다.

완전히 탈진한 상태로 신경마저 너덜너덜해진 베로니크는 기도를 하는 가운데 모든 것에 대해 무관심해졌고, 그대로 깊은 잠에 빠져들었다.

보르스키가 돌아왔을 때도 그녀는 곯아떨어진 채였고, 마구 흔들어 깨운 뒤에야 겨우 눈을 떴다.

"이제 시간이 다 되었어요, 이쁜이. 어서 기도나 드리시지."

그는 패거리가 듣지 못하도록 나지막하게 귓속말을 지껄여댔는데, 그것도 아주 진득진득한 목소리로 옛날에 있었던 일들이랄지, 온갖 허섭스레기 같은 얘기를 중얼대는 것이었다. 그리고 마지막으로 이렇게 버럭 소리쳤다.

"아, 아직도 날이 훤해. 이봐, 오토! 찬장에 가서 먹을 것 좀 찾아보게나. 이거 배가 출출하군그래."

일당은 곧장 탁자에 진을 쳤는데, 보르스키는 다시금 벌떡 일어나서 구시렁댔다.

"날 쳐다보지 마, 이쁜이. 자꾸 신경 쓰이잖아. 뭐 불만이라도 있는 거야? 자고로 혼자 있을 땐 그리 양심에 꺼리지 않지만, 당신처럼 어여쁜 눈동자가 뚱하니 쳐다보고 있으면 왠지 찔릴 수도 있는 법이라고! 그러니 그 눈꺼풀을 내리도록 하세요, 내 사랑."

그러면서 손수건으로 베로니크의 눈을 가리고 머리 뒤로 묶었다. 하지만 그것도 성에 안 차는지, 명주 망사로 된 커튼을 잡아 뜯어 얼굴 전체를 감싼 뒤, 목을 둘둘 감아버리는 것이었다. 그런 다음에야 그는 의자에 앉아 먹고 마시고 했다.

세 사람은 별로 말이 없었다. 특히 이후의 여정(旅程)이랄지, 오후에 있었던 결투 얘기는 입도 뻥긋하지 않았다. 하긴 뭔가 하는 얘기가 있었다 해도 지금 베로니크에게는 그 어느 것도 흥미가 없을 뿐 아니라, 주의 깊게 무엇을 얻어들었다 해도 눈 하나 깜빡할 일이 없을 터였다. 그만큼 모든 것이 이미 그녀에게 낯설어져 있었다. 간간이 귓가를 스치는 말이 아주 없는 것이 아니었지만, 하나도 정확한 의미를 갖춘 채 다가오는 것이 없었다. 그녀는 오로지 죽고 싶다는 생각뿐이었다.

밤이 내렸고 보르스키는 출발 신호를 내렸다.

"그럼 역시 결심하신 겁니까?"

오토는 목소리에 다소간 껄끄러운 심정을 담고서 물었다.

"당연하지. 왜 그런 질문을 하는가?"

"아닙니다. 다만 좀……."

"좀, 뭐가 어때서?"

"말이야 바른말이지, 어째 좀 께름칙한 일이라서요."

"말도 안 돼! 실컷 시시덕거리면서 아르시냐 자매들을 매달 땐 언제고, 이제 와서 그런 느낌 때문에 고민이 된다 이건가?"

"그때는 술에 몹시 취해 있었고요. 우리에게 잔뜩 술을 먹였지 않습니까?"

"그럼 이번에도 실컷 퍼마시면 되지 않나, 이 친구야! 자, 여기 코냑도 병째 있군그래. 어서 자네 수통에다 꽉꽉 채워 넣게나. 그리고 제발 성가시게 굴지 좀 마. 그나저나 콘라트, 들것은 준비되었겠지?"

그렇게 뇌까린 뒤, 보르스키는 희생자를 힐끔 돌아보았다.

"이것도 다 당신을 배려하는 거야. 당신의 그 꼬마가 타고 다니던 낡은 죽마(竹馬) 두 자루를 가죽띠로 연결해서 만든 거라고. 꽤 편리한 데다 안전하기도 하지."

저녁 8시 반이 되자, 마침내 음산한 행렬이 길을 떠났다. 선두는 등불을 손에 든 보르스키가 맡았고, 부하 둘은 들것을 책임졌다.

오후 내내 하늘을 위협하던 구름은 점점 그 세력이 강해져서 섬 전체를 시커먼 구름층으로 덮어버렸다. 그 때문에 어둠이 더 빨리 내렸고, 심상치 않게 불어닥치는 바람결에 등불의 심지는 미친 듯이 춤을 추었다.

"으으으으으, 거 되게 을씨년스럽구먼. 과연 골고다 언덕의 밤다워."

연신 투덜거리며 앞서가던 보르스키는 느닷없이 옆구리로 들이닥친 어떤 자그마한 검은 물체 때문에 흠칫 몸을 비키며 소리쳤다.

"이건 또 뭐야? 어라, 이것 봐라. 개 같은데."

"아이가 기르던 개입니다."

오토가 얼른 대꾸했다.

"아, 그렇지. 그 유명한 투바비앵인가? 녀석, 때마침 제대로 나타나 주셨어! 아닌 게 아니라 모두 다 잘되어가는 건 맞지! 가만있어 봐, 요

얄궂은 짐승아."

그러고는 냅다 발길질을 해대는 것이었다. 하지만 투바비앵은 용케 피했고, 사정권을 저만치 벗어나 연거푸 나지막이 짖어대면서 일행을 따르기 시작했다.

길은 상당히 고되었다. 건물 전면(前面)의 잔디밭을 에두르는 오솔길을 벗어나, 결국 요정 고인돌의 원형 부지로 향하면서 세 명 중 한 명은 시종일관 가시덤불이나 송악 덩굴과 씨름해야만 했다.

"정지! 다들 잠깐 동안 숨 좀 돌리자고! 이봐, 오토, 수통 좀 이리 주게. 속이 다 뒤집히는 것 같네그려."

보르스키는 버럭 소리친 뒤, 가지고 온 코냑을 벌컥벌컥 들이켰다.

"자, 자네도 들어, 오토. 아니 왜, 싫은가? 대체 왜 그러는 거야?"

"아무래도 이 섬에 다른 누가 여럿 있어서 우릴 찾고 있는 것 같아요."

"맘대로 하라지 뭐!"

"만약 그들이 배를 타고 이쪽 섬으로 건너와서, 오늘 아침 애와 여자가 도망치려고 했던 벼랑 쪽 오솔길로 올라온다면, 우리와 정통으로 마주칠 텐데 어쩌죠?"

"이보게, 우린 육로로 들이칠 공격에만 주의하면 되지, 바다 쪽은 걱정할 필요 없어. 한데 콘라트가 가교를 태웠으니 더 이상 들어올 길목이 없다고."

"검은 황야 쪽에서 땅굴 입구를 찾아들어 이곳까지 파고들지 않는다면야 그렇겠죠."

"그럼 놈들이 입구를 발견하기라도 했다는 말인가?"

"그거야 알 도리가 없지요."

"좋아, 설사 놈들이 입구를 발견했다고 쳐. 하지만 우린 이미 이쪽 출구도 막아놓고 계단도 허물어뜨리고, 온통 뒤죽박죽으로 만들어놓았지 않은가? 그걸 다 해결하려면 아마 못 되어도 반나절은 걸려야 할 거야. 그런데 우리 일은 자정이면 다 끝나거든. 동틀 무렵엔 아마도 사레크에서 멀찌감치 떨어져 있을 테고 말이야."

"글쎄요, 끝난다. 다 끝날 거다, 이건데……. 그거야 까짓것 눈 한번 딱 감고 사람 하나 더 죽이면 되겠지만……."

"근데 뭐가 또 문제인가?"

"보물은 어떡합니까?"

"아하, 바로 보물이 문제였군그래! 그게 그렇게 말하기 힘들었나, 요 도둑놈아? 아무튼 안심하게나. 그야 당연히 자네 몫은 자네 호주머니 속에 들어가 있는 거나 진배없으니까 말이야."

"정말이죠?"

"물론이지! 그럼 나라고 이런 곳에 머물며 이따위 짓거리나 하는 게 마냥 좋아서 그러는 줄 아는가?"

일행은 다시 걸음을 재촉했다. 한 15분쯤 지나자 이따금 빗방울이 떨어지기 시작했다. 그런가 하면 별안간 천둥도 쳤는데, 아직은 본격적인 폭풍우가 그리 가까이 접근한 것 같지는 않았다.

셋은 서로 힘을 북돋우는 가운데, 가까스로 가파른 비탈길의 정상까지 올라갔다.

"드디어 다 왔다! 오토, 수통 좀 이리 주게. 고마우이."

희생자가 누운 들것은 아랫부분 잔가지들이 몽땅 제거된 바로 그 참나무 아래에 놓였다. 한 줄기 빛이 거기에 새겨진 끔찍한 글자를 비추었다.

V. d'H.

보르스키는 미리 갖다 놓은 밧줄을 가지런히 긁어모은 뒤, 나무줄기에 사다리를 기대 세웠다.

"아르시냐 자매 때와 마찬가지 방식으로 처리한다. 남겨둔 중심 가지에 내가 우선 밧줄을 걸고 나서……. 도르래처럼 이용하면 될 테고……."

그렇게 외치던 그는 별안간 말을 맺지 못하고 얼른 옆으로 비켜섰다. 뭔가 심상치 않은 일이 방금 벌어진 것이다. 그는 다급하게 중얼거렸다.

"어? 이건 또 뭐지? 방금 휘파람 소리 자네들도 들었나?"

콘라트가 대뜸 대답했다.

"네, 언뜻 귓가를 스친 것 같은데……. 꼭 총알이 스쳐 지나간 것 같았습니다."

"정신 나간 소리!"

하지만 오토도 마찬가지 생각이었다.

"저 역시 들었어요. 나무에 맞은 것 같은데……."

"어떤 나무 말인가?"

"이 참나무요! 맙소사, 우릴 겨냥한 것 같습니다!"

"하지만 총성이 없질 않았나?"

"그렇다면 돌멩이일지도 모르겠습니다. 참나무에 맞은 게 돌멩이 같기도 한데요."

"그야 살펴보면 금방 알겠지."

보르스키는 얼른 등불을 이리저리 들이대더니 금세 욕지거리를 내뱉기 시작했다.

"이런 젠장! 여길 좀 보게들. 글자 바로 밑에 말이야."

모두들 눈이 휘둥그레졌다.

보르스키가 가리킨 곳에는 아직도 깃털이 바르르 떨리는 화살이 정확히 꽂혀 있는 것이었다.

"화살이네! 이럴 수가……. 대체 어떻게 된 거야?"

콘라트의 말에 오토도 호들갑을 떨며 거들었다.

"아이코, 이제 우린 망했다. 분명 우릴 겨냥해서 쏜 화살이야!"

한편 보르스키는 단호한 음성으로 내뱉었다.

"그리 먼 곳에서 쏜 화살은 아니야. 자, 모두 정신 바짝 차리고……. 어느 놈인지 찾아내자."

그러면서 사방으로 등불을 휘두르며 되는대로 주변을 밝히는 것이었다.

어느 순간 콘라트가 부리나케 외쳤다.

"멈추세요. 조금 더 우측으로……. 보이세요?"

"음……. 그래. 보이는군."

약 40보쯤 떨어진 곳, 벼락을 맞았는지 일부가 잘려나간 참나무 너머, 꽃피는 골고다 언덕 방향에 뭔가 희부연 윤곽이 관목 숲 뒤로 숨으려고 하는 것이 언뜻 보였다.

보르스키는 즉각 지시를 내렸다.

"아무 말도 하지 말고, 모두들 꼼짝하지 마. 우리한테 발각됐다는 걸 눈치채게 해선 안 돼. 콘라트, 자넨 나와 함께 간다. 그리고 자네, 오토, 권총을 들고 이곳에 남아. 정신 바짝 차리고 있어. 누구든 접근해서 여자를 구하려고 하면 총을 두 번 쏘라고. 그럼 우리가 득달같이 달려올 테니까. 알겠지?"

"알겠습니다."

그는 베로니크를 굽어보고는, 머리에 뒤집어씌운 천을 조금 벗겨주었다. 그래봤자 눈과 입은 단단히 가려져 있었다. 숨 쉬기조차 버거워하는 듯했고, 맥박은 느리고 약했다.

"아직 시간이 있긴 하지만, 정해진 방식대로 숨이 끊어지게 하려면 좀 서두르는 게 좋겠군. 아무튼 이제 더는 고통스러워하지도 않는 것 같군그래. 의식도 거의 없는가 봐."

그렇게 중얼거리며 등불을 내려놓은 뒤, 보르스키는 부하 한 명과 더불어 가급적 음영이 짙게 드리워진 장소를 골라 희부연 윤곽을 향해 미끄러져 갔다.

얼마 못 가, 두 가지 사실이 확연하게 드러났다. 첫째, 꼼짝 않고 있는 줄로만 알았던 희부연 윤곽은 사실 추격해오는 데 따라서 자신도 움직여가고 있었고, 결국 거리는 좀처럼 좁혀질 기미가 보이지 않는다는 사실. 두 번째는, 혼자인 줄 알았던 그 윤곽 바로 곁에 자그마한 검은 형체가 달랑거리며 따르고 있다는 사실이다.

"그놈의 더러운 강아지잖아!"

보르스키가 으르렁거렸다.

부아가 나는지 걸음에 박차를 가했지만, 거리는 여전히 그대로였다. 아예 달리기 시작하자 상대도 똑같이 달음박질쳤다. 무엇보다 이상한 점은, 저 수수께끼 같은 존재가 지나가는 길을 따라 낙엽 밟는 소리랄지, 하다 못해 자갈 구르는 소리라도 날 법한데, 전혀 아무 기척조차 느껴지지 않는 것이었다.

"빌어먹을! 우릴 가지고 놀고 있어. 그냥 콱 쏴버릴까, 콘라트?"

보르스키가 냅다 욕지거리를 내뱉자, 부하는 난색을 표했다.

"너무 멉니다. 명중될 리가 없어요."

"젠장! 그렇다고 이대로 숨바꼭질이나 하고 있을 순 없지 않은가."

미지의 존재는 추격자를 꽁무니에 달고 섬의 해각으로 올라갔다가, 터널 출구로까지 내려왔고, 거기서 다시 수도원 건물을 지나쳐 서쪽 벼랑을 따라 죽 내려오더니, 아직까지 몇몇 타다 남은 판자때기에서 연기가 오르고 있는 가교의 잔해에 이르렀다. 그런가 하면 거기서 다시 방향을 틀어 건물의 반대편으로 건너가 잔디밭을 거슬러 오르기 시작했다.

그러는 동안 이따금 개가 쾌활하게 짖어대는 소리가 들려왔다.

보르스키는 약이 올라 더 이상 견디기 어려운 모양이었다. 아무리 헐레벌떡 쫓아가도 단 한 뼘조차 거리가 좁혀지지 않는 답답한 추격전을 벌써 15분이나 벌이고 있었던 것이다. 그는 마침내 노골적으로 상대를 향해 고래고래 욕지거리를 뱉어대기 시작했다.

"거기 서라! 이 비겁한 놈아! 대체 원하는 게 뭐냐? 우릴 함정에라도 끌어들이겠다는 거야, 뭐야? 여자를 구하기라도 하겠다는 거냐? 하지만 여자의 지금 상태로는 구해봤자 소용이 없을걸! 야 이 빌어먹을 뚱딴지같은 놈아, 어디 내 손에 붙잡히기만 해봐라!"

그때였다. 별안간 콘라트의 손이 옷깃을 와락 움켜잡았다.

"무슨 일인가, 콘라트?"

"잘 보세요. 꼼짝도 안 하는 것 아닙니까?"

사실이었다. 처음으로 희부연 윤곽이 또렷하게 드러나 있었는데, 자세히 보니 덤불숲 잎사귀 사이에서 마치 순간적으로 멈춘 듯, 두 팔은 어중간하게 뻗고 허리는 약간 구부린 채, 두 다리가 거의 교차된 자세로 땅 위에 엎어져 있는 것이었다.

"오호라, 넘어진 모양이로군!"

콘라트가 쾌재를 부르자, 보르스키도 앞으로 쓱 나서며 외쳤다.

"이놈아, 꼼짝하면 냅다 총을 갈길 테야! 벌써 정확히 겨누고 있다고! 자, 슬슬 손부터 올리시지. 그렇지 않으면 가차 없이 쏘겠어!"

하지만 상대는 미동도 하지 않았다.

"흥, 하는 수 없군! 그렇게 심통을 부리겠다면 죽여주는 수밖에 없지. 자, 셋까지 센다."

그는 약 20미터 전방까지 다가간 다음, 총을 든 손을 쭉 뻗은 채, 수를 세기 시작했다.

"하나……. 둘……. 준비됐는가, 콘라트? 셋! 발사!"

두 발의 총성이 동시에 울렸고, 저쪽에서는 비명 소리가 솟구쳤다.

희부연 윤곽은 완전히 뻗은 듯했다. 두 사내는 옳다구나, 다가들었다.

"아하, 그것 봐라, 이놈아! 이제 이 보르스키의 호된 맛을 알았을 거다! 네놈 땜에 뛰어다니느라고 보통 고생한 게 아니야! 이놈 살았으면 아주 톡톡히 혼쭐내 줘야지."

그렇게 뇌까리며 달려들다가, 몇 발짝 앞에 두고 그의 걸음이 느려졌다. 미지의 존재가 꼼짝달싹하지 않는 가운데, 점점 가까이 다가가는 보르스키의 눈에 마치 시체처럼 완전히 축 늘어진 몸뚱어리가 선명하게 들어오는 것이었다. 이제는 그냥 덮치기만 하면 되었고, 보르스키는 슬슬 웃으며 부하를 향해 농담을 던졌다.

"이봐, 콘라트, 그러고 보니 아주 멋진 사냥이었어! 자, 이제 사냥감을 거둬들여야지!"

하지만 그렇게 내뱉음과 거의 동시에 보르스키는 소스라치게 놀라야만 했다. 사냥감이라고 잔뜩 떠벌리며 들어 올린 것이 고작 흐물흐물한 거적때기 같은 긴 옷 한 벌에 불과했던 것이다! 주인은 가시덤불에다 그럴듯하게 옷만 걸쳐놓고 어디론가 꽁무니를 뺀 것이 틀림없었다. 개 역시 온데간데없이 사라진 것은 마찬가지였다.

"이런 젠장! 이런 빌어먹을 일이 있나! 놈이 우릴 완전히 바보로 만들었어! 대체 어떤 놈이, 왜 이런 짓을……."

보르스키는 특유의 무지막지한 태도로 옷을 마구 짓밟으며 닥치는 대로 울분을 토로했다. 어떤 생각 하나가 그의 뒤통수를 쿵 하고 친 것은 바로 그때였다.

"가만있자, 왜 이런 짓을 했느냐고? 그건 내가 아까 말한 그대로잖아. 그래, 함정……. 되도록 여자에게서 멀리 떨어뜨려놓은 다음, 같은 패거리가 오토를 마음 놓고 습격할 수 있도록 말이야. 아, 이런 어리석은……."

그는 허겁지겁 어둠을 가로질러 오던 길을 되밟았고, 마침내 고인돌이 시야에 들어오자 목이 터져라 고함을 질러댔다.

"오토! 오토!"

"멈춰라! 거기 누구냐?"

기겁을 한 오토의 목소리가 들려왔다.

"나다. 쏘, 쏘지 마라!"

"누구냐니까? 두목입니까?"

"그렇다니까, 이 바보야!"

"하지만 방금 울렸던 총성 두 방은?"

"아, 아무것도 아니다. 그냥 실수로……. 에잇, 나중에 차차 설명할게."

참나무 앞까지 헐레벌떡 달려온 보르스키는 등불을 집어 들자마자 다짜고짜 희생 제물부터 비추었다. 여자는 헝겊을 뒤집어쓴 그대로 나무 밑동에 꼼짝 않고 뻗어 있었다.

"아, 빌어먹을, 큰일 날 뻔했네."

그제야 가까스로 숨을 돌리는 보르스키.

"뭐가 말입니까?"

"여자를 훔쳐간 줄 알았다고!"

"웬걸요! 제가 지키고 있었지 않습니까?"

"나 참, 자네가 뭐 그리 대단하다고. 누가 습격이라도 했으면……."

"당연히 총을 쐈겠죠. 신호하기로 했잖습니까?"

"그걸 누가 몰라서 하는 얘긴가? 그래 정말 아무 일 없었나?"

"전혀요."

"여자는 얌전히 있던가?"

"처음엔 그랬죠. 그런데 나중에는 좀 답답한지 하도 칭얼대기에 아주 귀찮아 죽을 뻔했지 뭡니까!"

"그래서 어떻게 했는데?"

"아, 그야 뭐……. 금세 잠잠하게 만들었죠. 주먹으로 한 대 콱 쥐어박으니 잠잠해지더라고요."

순간 보르스키는 버럭 소리를 질렀다.

"이런, 멍청한 녀석! 그러다 만약 여자가 죽었으면 너도 죽은 목숨이다!"

그는 허겁지겁 쭈그려 앉아 여자의 가슴팍에 귀를 바짝 들이댔다. 그리고 잠시 후, 이렇게 중얼거렸다.

"음……. 아니로군. 아직은 심장이 뛰고 있어. 하지만 그리 오래가진 않을 거야. 자, 작업 시작하자! 앞으로 10분 안에 모든 걸 끝내야 해!"

13
엘리, 엘리, 레마 사박타니!

준비하는 데는 그리 오랜 시간이 걸리지 않았다. 이번에는 보르스키도 손수 나서서 아주 열성적으로 거들었다. 우선 사다리를 나무줄기에 걸쳐 세우고, 밧줄의 한쪽 끝은 희생 제물의 허리에, 나머지 한쪽 끝은 나무의 중심 가지에 건 다음, 사다리 맨 위에 선 채 부하들을 향해 지시를 내렸다.

"자, 이제 당기기만 하면 된다. 일단 여자를 똑바로 일으킨 뒤 누구 한 명이 균형을 유지해줘야만 해."

그러고 나서 잠시 기다리는데, 어쩐 일인지 오토와 콘라트 모두 뭔가 나지막이 쑥덕거리기만 하는 것이었다. 보르스키는 버럭 소리를 질렀다.

"뭣들 하는 건가? 빨리빨리 서두르지 못해! 누가 총이나 활이라도 겨누고 있으면 내가 지금 얼마나 좋은 표적이 되고 있는 줄이나 아는가? 자, 어서어서!"

그러나 여전히 둘은 반응이 없었다.

"그래, 여자가 좀 뻣뻣하지. 그것 말고 뭐 문제라도 있는 거야? 오토, 콘라트……."

보르스키는 참다 못해 사다리에서 훌쩍 뛰어내려 부하들을 거칠게 밀어붙였다.

"너희 둘 다 정말 잘났군그래? 이런 식이라면 내일 아침에야 겨우 끝나겠어. 그럼 몽땅 엉망진창이 된다고! 대답 좀 해봐, 오토!"

그러면서 느닷없이 얼굴을 향해 등불을 들이댔다.

"대체 뭐야? 거부하겠다는 건가? 어서 똑바로 말해봐! 그리고 자네, 콘라트! 뭐야 이거, 파업이라도 하겠다는 거야?"

오토는 얼른 고개를 가로저었다.

"파업이라니요. 그 정도는 아닙니다. 다만 콘라트도 저도 뭔가 설명을 들을 수 있으면 좋겠다는 생각일 뿐이에요."

"설명이라니? 대체 뭘 설명하란 말이야, 이 멍청이들아! 처형할 여자에 관해서 말인가? 두 꼬마 녀석에 대해서? 그래봤자 소용없어, 이 친구들아! 이미 사전에 모의하면서 죄다 밝혔지 않은가? '두 눈 딱 감고 전진할 수 있겠나? 일단은 거친 잡일을 많이 처리해야 하고, 피도 상당히 묻혀야 해. 하지만 그 모든 것이 끝나고 나면 엄청난 재산을 차지할 수 있다네'라고 말이야."

"바로 그 점이 문제입니다."

오토가 짚고 넘어갔다.

"무슨 소리야? 똑똑히 말해봐, 어디."

"똑똑히 말씀해주셔야 할 사람은 당신입니다. 우리가 합의한 조건들이 어떤 것이었죠?"

"그건 자네가 더 잘 알 텐데."

"그야 그렇죠. 하지만 아무래도 기억을 되살려드리는 게 나을 것 같아, 이렇게 요청하는 겁니다."

"내 기억은 생생해. 일단 보물을 얻은 다음, 자네들 각자의 몫으로 20만 프랑씩 나눠 준다 이거 아닌가!"

"그렇기도 하고, 아니기도 하군요. 저희가 제대로 상기시켜드리죠. 일단 그 유명하다는 보물 얘기부터 합시다. 온갖 악몽 같은 범죄행위로 온통 피범벅이 되면서 벌써 수 주일을 뒹굴어왔습니다. 그런데도 어째 이렇다 할 전망이 안 보여요!"

보르스키는 어깨를 으쓱하며 어이없다는 시늉을 했다.

"이거야 갈수록 태산이로구먼. 이보게, 딱한 친구야. 일단 처리해야 할 일이 여럿 있다는 것은 자네도 아는 거 아닌가? 이제 다 됐어. 딱 하나만 남은 거야. 불과 몇 분만 지나면 마지막 일도 처리되고, 그다음엔 보물이 우리 손에 들어온다고!"

"그걸 우리가 어떻게 알아요?"

"그럼 나라고 결과를 확신하지 않으면서 지금까지 이런 일들을 벌여왔다고 생각하나? 지금까지 저질러온 일들은 죄다 사전에 철저하게 계획되고 추진된 것들이었어. 이제 마지막 일이 예고된 대로 처리될 것이고, 그럼 문이 활짝 열리는 거야."

그러자 오토가 이렇게 이죽거리는 것이었다.

"그야 지옥의 문이 열리는 거겠죠. 마게녹이 말했던 것처럼요."

"뭐라고 부르든 간에 그 문이 열리고 나면 보물이 들어온다니깐!"

"좋아요, 당신 말을 나도 믿고 싶어요. 하지만 그중에서 우리 몫을 온전히 차지할 수 있다는 보장이 없지 않습니까?"

보르스키의 흔들림 없는 확신에 다소 움찔한 듯, 오토의 목소리가 한층 누그러져 있었다.

"자네들의 몫이 안전하다는 건 지극히 간단한 논리로 보장할 수가 있네. 무엇보다 상상을 초월하는 어마어마한 보물이 내 수중에 떨어지는 마당에, 고작 20만 프랑이라는 푼돈 때문에 자네들과 의가 상해, 두고두고 마음에 께름칙한 구석을 만들 필요가 나한테는 없다는 점 말이야."

"그럼 약속해주실 수 있는 건가요?"

"두말하면 잔소리지."

"우리 사이의 협약이 샅샅이 존중될 거라는 약속이죠?"

"그야 물론이지. 아, 대체 어쩌자는 건데?"

"문제는 당신이 이미 그 협약 중 단 하나의 사항도 제대로 존중하지 않음으로써, 가장 치사스러운 방법으로 우릴 우롱하기 시작했다는 사실입니다!"

"뭐라고? 지금 무슨 헛소리를 하는 거야? 누구 앞이라고 감히 그따위 망발을!"

"누구긴 누구야, 바로 너, 보르스키 앞이지!"

보르스키는 상대의 멱살을 와락 움켜잡았다.

"지금 뭐하는 거야? 감히 나를 욕보이겠다는 거야? 나한테 반말을 해? 나한테?"

"왜, 안 되나? 내 것을 도둑질해간 너한테 왜 반말을 하면 안 되지?"

보르스키는 일단 숨을 돌리며 자제를 한 뒤, 떨리는 목소리로 이렇게 말했다.

"어디 얘기나 들어보자. 하지만 주의해야 해. 지금 아주 큰 실수를 하고 있는 거니까. 자, 어서 떠들어봐!"

오토는 한 치의 위축됨 없이 얘기를 시작했다.

"좋아, 잘 들어라. 보물이든 그 잘난 20만 프랑이든 우리 사이에는 서로 합의된 바가 있었다. 너는 마치 선서를 하듯 한 손을 보기 좋게 들고 장담까지 했지. 즉, 이 일을 치르는 동안 우리 중 누군가 현금을 수중에 넣게 될 경우, 무조건 너 반(半), 콘라트와 나 반(半). 이렇게 각각 절반씩 나누기로 했다. 그렇지 않은가?"

"그렇다."

"좋아, 그렇다면 어서 내놓아라!"

오토는 손을 쓱 내밀었다.

"아니, 대체 뭘 달라는 말이냐? 내가 뭘 가지고 있다고?"

"거짓말하고 있네. 아르시냐 자매를 처형하는 동안, 너는 그들 중 한 명의 옷에서 미처 집에서 털지 못한 짭짤한 액수의 현금을 발견했다."

보르스키는 일순 당황한 기색이 역력한 어조로 둘러댔다.

"무, 무슨 헛소리를 하는 거냐?"

"헛소리라니, 엄연한 사실이다!"

"증거를 대라, 증거를!"

"거기 속옷에다 핀으로 고정해둔 작은 꾸러미를 어서 꺼내봐!"

오토는 손가락으로 보르스키의 가슴팍을 가리키며 또 이렇게 덧붙였다.

"당장 꺼내서, 1000프랑짜리 지폐 쉰 장을 좌르륵 늘어놔 보란 말이다!"

보르스키는 아무 대답도 하지 못하고 있었다. 마치 자신에게 닥친 상황을 좀처럼 이해할 수 없는 데다, 상대가 어떻게 자신의 약점을 간파할 수 있었는지에 대해서만 부질없는 잔머리를 굴리는 사람처럼, 그저 우물쭈물할 뿐이었다.

오토는 제법 준엄한 말투로 다그쳤다.

"어때, 인정하지?"

마침내 대꾸가 튀어나왔다.

"까짓, 못할 것도 없지. 실은 나중에 한꺼번에 계산할 생각이었다."

"그래? 그렇다면 지금 당장 계산해라! 그게 더 나을 테니까."

"싫다면?"

"그럴 수는 없을걸!"

"그래도 싫다면?"

"정 그렇다면 각오해야겠지."

"내가 너희 두 놈 따위를 두려워할 줄 아는가?"

"아니, 최소한 셋이지."

"그래? 그 세 번째 놈 낯짝이나 한번 봐도 될까?"

"콘라트가 방금 내게 해준 얘기로는, 그 세 번째 친구 보통내기가 아니라던데. 좋아, 간단히 얘기하지 뭐. 방금 전에 화살하고 흰옷으로 널 골탕 먹인 바로 그 친구 말이다!"

"오호라, 그 녀석까지 끌어들이겠다?"

"아무렴!"

보르스키는 상황이 여의치 않게 돌아가고 있음을 간파했다. 이미 두 놈이 자신을 에워싸고 양쪽에서 팔을 단단히 그러쥔 상태였다. 이제 더는 별수가 없었다.

"이런 날강도 같은 놈! 순 악질!"

그는 냅다 욕을 뱉어내면서 작은 꾸러미를 꺼내 지폐 다발을 펼쳐 들었다.

순간 갑작스레 그 모두를 낚아채며 뇌까리는 오토.

"셀 필요까진 없어!"

"어라, 하지만……."

"콘라트 절반, 나머지 절반은 나……. 뭐, 그러면 되지."

"아, 우라질! 도둑놈 중에서도 아주 악질인걸! 어디 두고 보자. 이건 그깟 돈 몇 푼 문제가 아니야! 감히 노상강도처럼 나를 털어? 아! 나라면 너처럼 이러지는 않는다, 이 친구야!"

그는 계속해서 욕지거리를 내뱉더니, 어느 순간 난데없는 웃음을 터뜨렸는데, 꽤나 심술궂고 억지스러운 웃음이었다.

"크허허허허. 그나저나 오토 자네, 제법 사람 놀라게 만드는 재주가 있군그래. 대체 어디서, 어떻게 이 모든 걸 알아낸 건가? 그 정도쯤이야 나중에라도 시원스레 털어놔 주겠지? 일단 그때까진 부지런히 일이나 하고 말이야. 자, 이제 매사에 아무런 불만 없는 거다? 어때, 이제 일할 거지?"

"상황을 제대로 돌려놓았으니, 굳이 마다할 건 없겠죠."

오토의 대답이었다.

게다가 잔뜩 아첨이 묻어나는 어조로 이렇게 덧붙이기까지 하는 것이었다.

"아무튼 보통 분은 아니십니다, 보르스키. 주인 되실 자격 충분해요!"

"자네도 어차피 돈 받고 일하는 입장이니, 이왕 할 거 부지런 좀 떨어주게! 일이 급해졌어!"

끔찍한 인간의 표현대로 '일'은 신속하게 치러졌다. 다시 사다리로 올라간 보르스키는 똑같은 지시를 내렸고, 콘라트와 오토는 고분고분 움직여주었다.

우선 희생 제물을 똑바로 세워 균형을 유지하도록 한 채, 늘어진 밧줄을 있는 힘껏 당기기 시작했다. 위에서 제물을 받아 든 보르스키는, 여자의 오그라든 다리를 우악스레 펴서 쭉 뻗게 했다. 그렇게 나무줄기에 몸을 딱 붙게 한 뒤, 옷자락으로 다리를 바짝 감싸고 두 팔은 좌우

양쪽으로 한껏 벌리게 해서 허리와 양 겨드랑이를 밧줄로 단단히 옭아맸다.

여자는 혼절 상태로부터 깨지 않은 듯, 신음 소리 한 번 흘리지 않았다. 보르스키는 무언가 여자에게 얘기하려고 했지만, 제대로 말을 건넨다기보다는 저 혼자 제멋대로 뇌까리는 데 그쳤을 뿐이다. 고개를 좀 쳐들게 하려고 했는데, 이제 곧 죽을 여자의 얼굴을 건드릴 용기가 더는 나지 않아, 그만 단념해야 했고, 그 바람에 여자의 고개는 힘없이 가슴께로 떨구어졌다.

보르스키는 곧장 땅에 내려와 이렇게 더듬거렸다.

"브랜디 좀 줘, 오토. 수통 가지고 있지? 아, 지긋지긋해."

"아직은 늦지 않았어요."

이번엔 콘라트가 끼어들었다.

보르스키는 몇 모금 꿀꺽대더니, 난데없이 소리쳤다.

"늦지 않다니? 뭐가? 그녀를 살려줄 시간 말인가? 내 말 잘 듣게, 콘라트. 그녀를 살려주느니, 차라리……. 그래 차라리 난 말일세, 내가 그녀 처지가 되고 말겠어. 내가 애써 이룩한 작품을 이제 와서 망치라고? 아, 그건 자네가 이 일이 무얼 의미하는지, 내 궁극적인 목표가 무엇인지 몰라서 하는 말이야!"

그는 다시 한 모금 더 들이켜고는 말했다.

"기막힌 브랜디로군! 하지만 이 뛰는 가슴을 진정시키기 위해선 럼주(酒)가 낫겠어. 콘라트, 자네 좀 가진 것 없나?"

"작은 병에 조금 남았습니다."

"좀 주게."

혹시나 누구에게 발각되지 않을 요량으로 벌써부터 등불은 살짝 가려놓은 상태였다. 셋은 그렇게 나뭇등걸에 기대앉아 침묵 속에 빠져들었다. 그러는 사이, 모두의 머릿속으로 알코올의 기운이 서서히 침투해 들어오고 있었다. 제일 먼저 거나해진 보르스키가 장광설을 늘어놓기 시작했다.

"설명해달라고 했지만, 별로 그럴 것까지도 없어. 저기 저렇게 죽어가는 저 여자, 자네들은 그 이름조차 알 필요가 없단 말이야. 그저 십자가 위에서 죽어야만 할 네 번째 여자라는 사실, 운명이 특별히 그녀를 지정했다는 사실만 알면 돼. 다만 자네들이 보는 앞에서 이 보르스키의 승리가 찬란한 빛을 발할 때쯤, 딱 한 가지 얘기해줄 수 있는 게 있지. 지금 이렇게 분위기를 잡으면서도 내 마음이 얼마나 뿌듯한지 몰라. 왜냐면 여태껏 벌어진 일들이 모두 나 혼자, 내 개인 의지에 기인한 데 반해, 앞으로 벌어질 일은 좀 더 강력한 의지, 이 보르스키를 위해 작용하는 일종의 섭리에 의할 것이기 때문이야!"

그는 마치 그 이름 자체를 발음하는 것이 흥겨운 듯, 자꾸만 반복해서 내뱉었다.

"보르스키를 위해서! 보르스키를 위해서 말일세!"

자리에서 별안간 벌떡 일어난 그는 스스로의 생각에 잔뜩 열광한 채, 이리저리 걸으며 과장된 제스처를 남발하기 시작했다.

"왕의 아들인 보르스키! 운명이 점지한 보르스키! 이제 준비해야 한다! 너의 시간이 도래했어! 너는 협객 중의 협객이자, 타인의 피로 얼룩진 범죄자들 중 가장 극악한 범죄자이거나, 아니면 신들이 영예롭게 해준 위대한 예언자이거나 둘 중 하나다! 불한당 아니면 초인(超人)이라 이거지! 이건 운명이 정한 바야. 신들께 바쳐진 신성한 제물의 심장박동이야말로 절대적인 초침(秒針) 소리와도 같아. 자, 거기 너희 둘도 잘 들어봐."

그는 사다리를 기어올라, 가엾게도 잦아들고 있는 가녀린 여자의 심장 소리에 귀를 갖다 대려 했다. 하지만 푹 떨구어진 고개 때문에 여의치 않았고, 그럼에도 감히 손을 대 고개를 들어 올릴 엄두는 나지 않는 것이었다. 희생 제물에서 불규칙하고 탁하게 뿜어져 나오는 숨소리가 외롭게 침묵을 흐트러뜨리고 있었다.

그는 나지막이 속삭였다.

"베로니크, 내 말 들리나? 베로니크…… 베로니크……."

잠시 머뭇거리다가 계속했다.

"당신 이거 알아야 해. 그래, 나 역시 내 행동이 끔찍스럽다고. 하지만 이건 운명이야. 그 예언 기억나? '그대의 배우자는 십자가에 매달릴 것이로다!'라고 했지. 베로니크라는 당신 이름 자체가 그걸 말하고 있다고! 성녀(聖女) 베로니카가 예수의 얼굴을 수건으로 닦아주고 나니, 그 수건에 구세주의 성스러운 영상이 새겨졌다는 얘기(실제로 성서에는 나와 있지 않으나, 예수가 골고다 언덕을 오를 때 그의 얼굴을 닦아주었다는 베로니카 성녀의 이야기가 기독교의 전설로 전해 내려오고 있음—옮긴이)를 명심하라고. 베로니크, 내 말 들려? 베로니크……."

그는 부랴부랴 아래로 다시 내려와서 콘라트의 손에 들려 있던 럼주병을 빼앗아 한입에 몽땅 비워버렸다.

한동안 착란상태에 휩싸인 듯, 그는 나머지 두 사람이 알아들을 수 없게 지리멸렬한 헛소리를 잔뜩 늘어놓았다. 그러더니 보이지도 않는 적(敵)을 향해, 그리고 신들을 향해, 온갖 욕설과 신성모독적인 저주를 있는 대로 토해내는 것이었다.

"보르스키가 최고로 강하다! 보르스키는 운명마저 지배해! 자연의 근본과 온갖 신비적인 권능이 죄다 그의 앞에 무릎을 꿇는다! 그가 결정한 대로 모든 일이 일어날 것이며, 위대한 비밀이 강신술(降神術)의 원리에 따라 신비의 형태로 그의 앞에 나타날 것이야! 보르스키는 예언자로서 기다려지고 추앙받을 것이다! 보르스키는 만인으로부터 환희와 열광의 찬사를 받을 것이고, 전혀 생면부지의 사람들마저 그의 앞에 나와 종려 나뭇가지와 축원(祝願)의 제물을 바칠 것이다! 그러니 지금부터 준비해야 해! 어둠에서 솟아나고, 지옥으로부터 거슬러 올라오도록 말이야! 자, 여기 이렇게 보르스키가 납신다! 종소리가 울려 퍼지고 할렐루야 찬송이 사방을 가득 채우는 가운데, 하늘에는 기상천외한 징조가 나타나고 땅은 쩍 갈라져 화염의 소용돌이를 내뿜는도다!"

그는 마치 자신이 예고한 그 징조를 찾기라도 하듯 허공을 유심히 살피면서 갑작스러운 침묵에 빠져들었다. 때마침, 머리 위에서 죽어가는 여자의 헐떡이는 숨소리가 처절하게 곤두박질쳤다. 멀리서는 폭풍이 으르렁대고 있었고, 시커먼 구름층은 간간이 하늘을 가로지르는 번개로 갈기갈기 찢어지고 있었다. 마치 이 불한당의 호소에 대자연이 반응하는 것 같기도 했다.

그런가 하면 과대망상적인 그의 연설과 엉터리 배우 같은 제스처는 두 수하를 적잖이 어리둥절하게 만들고 있었다.

"꽤나 겁주네."

오토가 중얼거리자, 콘라트가 대꾸했다.

"럼주 때문이야. 하여간 섬뜩한 말만 내뱉는군그래."

그렇지 않아도 미세한 소음조차 귀담아듣고 있던 보르스키가 버럭 소리를 질렀다.

"섬뜩한 게 아니라, 지금 우리 주위를 떠도는 현상을 말하는 거야! 지난 수 세기를 거쳐 바로 지금 이 시각, 우리에게 전해 내려오는 현상 말이야! 그야말로 기적이 잉태되는 순간이라고! 내가 너희 둘에게 이르노니, 너희는 이제 혼비백산한 채 그 모든 것의 증인이 될 터! 오토, 콘라트, 너희도 마찬가지로 준비를 갖춰야 한다! 땅덩어리가 뒤흔들릴 것이고, 이 보르스키가 신의 돌을 정복하는 바로 그 자리에서, 엄청난 불기둥이 하늘로 솟구칠 것이야!"

"자신이 무슨 말을 하는지도 모를 거야."

콘라트가 속삭이자, 이번에는 오토가 맞장구를 치듯 중얼거렸다.

"저것 보게나. 또 사다리를 오르네. 저러다 화살이나 맞지."

하지만 보르스키의 착란상태는 한도 끝도 없는 듯했다. 희생 제물은 이제 최후의 순간을 향해 다가가고 있었다. 고통으로 축 늘어진 채 마지막 단말마의 호흡을 내뿜고 있었다.

처음에는 여자에게만 들리도록 자그마한 소리로 운을 뗀 보르스키가 점차 목청을 높여가며 이렇게 떠들어댔다.

"베로니크……. 베로니크……. 당신은 이제 사명을 다했어. 언덕 꼭대기까지 다 올라온 거야. 당신한테 영광이 있기를! 나의 승리 일부분은 당신한테 공(功)이 있으니까. 영광 있어라! 잘 들어! 듣고 있는 거지? 천둥의 포성(砲聲)이 가까워오고 있어. 나의 원수들은 모조리 패퇴했지. 이젠 정녕 당신을 구원해줄 희망이 사라진 거야! 당신 심장의 마지막 박동 소리가 들리는군. 당신의 마지막 호소가 들려. 엘리, 엘리, 레마 사박타니(Éli, Éli, lamma sabacthani. 십자가 위의 예수가 남긴 말 중 하나. 「마태복음」 27장 46절, 「마가복음」 15장 34절, 「시편」 22장 1절에도 같은 구절이 있음—옮긴이)! '하느님, 하느님, 어찌하여 저를 버리시나이까!'"

그는 지극히 익살스러운 장난질 때문인 것처럼 요란하게 웃어댔다. 그런 다음 침묵. 멀리서 우르릉대는 천둥소리마저 잠시 끊겼다. 보르스키는 한동안 허리를 수그리고 여자를 유심히 살피더니 사다리 꼭대기로부터 세상을 향해 냅다 고함을 내질렀다.

"엘리, 엘리, 레마 사박타니! 드디어 신들이 그녀를 버렸도다! 죽음이 과업을 이루었어! 네 여자 중 마지막 여자가 이제야 운명하셨다! 베로니크가 죽었어!"

갑자기 뚝 그친 그의 입에서 거듭 두 번에 걸쳐 새된 외침 소리가 튀어나왔다.

"베로니크가 죽었다! 베로니크가 죽었다!"

또다시 긴장된 침묵이 이어졌다.

바로 그때였다. 갑자기 땅 전체가 우르르 뒤흔들렸는데, 천둥이 아니라 땅속 저 깊은 곳으로부터 일어난 어떤 진동 때문인 듯했다. 마치 메아리가 숲과 언덕을 아우르는 것처럼, 진동의 반향은 수차례에 걸쳐 지반(地盤) 전체를 통해 퍼져나갔다.

그리고 거의 동시에, 반원(半圓)을 그리며 늘어선 참나무 저쪽 끄트머리쯤에서 난데없는 불꽃 한 줄기가 솟구치는가 싶더니, 붉고 노랗고 때론 자줏빛의 쉭쉭거리는 화염이 회오리 모양의 연기를 내뿜으며 하늘을 향해 솟아나는 것이 아닌가!

보르스키는 아무 말도 하지 않았고, 나머지 두 사내도 넋이 나가 있었다. 그러다가 어느 한순간, 그중 한 명이 이렇게 더듬거렸다.

"저건 벌써 벼락을 맞아 타버린 참나무 고목인데……."

과연 지랄 같은 불길이 다소 잠잠해지자, 여전히 투명하게 이글거리는 화염을 두르고 색색의 증기(蒸氣)와 불꽃을 토해내는 늙은 참나무의 환상적인 자태가 세 명의 눈앞에 오롯이 떠오르는 것이었다.

"여기가 바로 신의 돌로 들어가는 입구일세."

보르스키가 엄숙하게 입을 열었다.

"내가 예고한 그대로 운명이 말을 한 거야. 자신의 시종이자 주인인 내가 시키는 대로 말이야."

그는 마침내 등불을 손에 들고 천천히 걸어나갔다. 나무에 전혀 연소(燃燒)된 흔적이 보이지 않는 것에 대해, 모두들 아연실색하고 있었다.

바짝 마른 풍성한 잎사귀들조차 마치 통처럼 에워싼 얽히고설킨 나뭇가지들 속에서 불꽃 하나 붙지 않은 상태였다.

"기적이 아니고 무어랴! 모든 것이 불가해한 기적이려니."

보르스키가 나직이 중얼거리자, 콘라트가 대뜸 물었다.

"이제 어쩔 셈인가요?"

"입구가 드러났으니 안으로 들어가봐야지. 어서 사다리를 들고 오게, 콘라트. 잎사귀들을 손으로 헤쳐보면 나무 속이 텅 비어 있다는 걸 알게 될 걸세."

그러자 이번엔 오토가 끼어들었다.

"나무가 텅 비었다지만, 뿌리들은 얽혀 있을 것 아닙니까? 그것까지 뚫고 통로가 있을 것 같지는 않은데요."

"그것도 두고 보면 알게 되겠지. 일단 잎사귀들부터 헤쳐보세, 콘라트. 자 어서!"

"싫습니다."

콘라트는 내뱉듯 대답했다.

"싫다니? 무슨 소린가?"

"마게녹 일을 잊었습니까? 신의 돌을 섣불리 만지려 했다가 손목이 잘렸던 것 잊었어요?"

"이건 신의 돌이 아니야!"

보르스키가 쏘아붙였다.

"그걸 어떻게 장담하죠? 마게녹은 항상 지옥의 문 얘기를 하고 다녔어요. 이걸 두고 한 말이 아니면 무엇이겠냐고요?"

보르스키는 어깨를 으쓱하며 말했다.

"오토, 자네 역시 겁이 나는가?"

오토가 잠자코 있자, 굳이 서둘러 위험을 감수할 생각이 없는 듯, 보르스키는 이렇게 말했다.

"빌어먹을, 뭐 그리 바쁠 건 없지. 그럼 동틀 때까지 기다려볼까? 그때 가서 도끼로 나무를 베어보면 가장 분명하게 알 수 있을 테니까. 저게 무언지, 우리가 어떻게 해야 하는지 말이야."

결국 모두들 그렇게 하는 데 동의했다. 하긴 이 같은 불가사의한 징조를 목격한 것이 그들 외에도 있었고, 아울러 함부로 나서면 안 된다는 것도 판명이 난 상황에서, 그들이 당장 할 수 있는 일이라곤 요정 고인돌의 거대한 수평 판석(板石) 아래에 둥지를 틀고 일단 사태를 예의 주시하는 것뿐이었다.

보르스키는 즉각 지시를 내렸다.

"오토, 수도원으로 가서 마실 것하고 도끼, 그리고 밧줄 등등, 필요한 모든 것을 가지고 오게."

그즈음 빗줄기가 거세게 내리치기 시작했다. 모두들 부리나케 고인돌 아래로 피신했고, 돌아가면서 보초를 서는 동안 나머지는 잠을 청하기로 했다.

밤새 엄청난 폭우가 쏟아진 것 말고는 아무 일도 일어나지 않았다. 사방에서 격랑이 이는 바닷소리가 난동을 피웠다. 마침내 모든 소란이 서서히 잦아들기 시작했다. 동이 트자마자 일행은 참나무에 우르르 달려들어 도끼질을 해댔고, 밧줄로 묶어 당겨서 결국에는 쓰러뜨렸다.

나무가 서 있던 자리 안쪽으로는 온갖 부패물과 부스러기가 뒤엉켜 있었고, 뿌리 주위로 엉겨 붙은 모래와 돌 더미 한가운데 웬 통로가 뻗어 있는 것이 눈에 들어왔다.

입구를 잔뜩 가리고 있는 흙더미는 한참 곡괭이질을 한 끝에 말끔히 제거되었다. 아니나 다를까, 곧장 계단이 나타났는데, 수직벽을 따라 저 아래 컴컴한 심연으로 곧장 이어져 있었다. 등불을 들이밀자 을씨년스러운 동굴이 시야에 어슴푸레 드러났다.

보르스키가 과감하게 앞서 들어갔고, 다른 두 명이 조심조심 그 뒤를 따랐다.

처음에는 흙과 함께 버무려진 자갈 더미로 구축되어 있던 계단이 점차 들어갈수록 암반 속으로 직접 파 들어가 있었다. 그 자체가 뭐 특별하게 느껴지는 동굴은 아니었고, 어딘지 다른 곳으로 진입하는 통로 같았다. 과연 둥그스름한 궁륭을 떠받친 일종의 지하 납골당이 나왔는데, 내벽 전체가 온통 마른 석재로 거칠게 마감된 벽돌 공사의 흔적이 엿보였다.

그뿐만 아니라 빙 둘러가면서 열두 개의 소형 선돌이 마치 괴이한 모양의 조각상들처럼 늘어서 있었고, 그 각각에 말의 해골들이 하나씩 걸쳐져 있었다. 한데 보르스키가 그중 하나를 무심코 건드리자 즉시 가루가 되어 스러지는 것이었다.

"최소한 2000년 전부터 이 안으로 들어온 사람이 하나도 없었을 거야. 우리야말로 땅을 파헤쳐 들어온 최초의 사람들인 셈이지. 이 안에 보존되어 있는 과거의 흔적을 우리가 제일 처음으로 목격하고 있는 거야."

보르스키는 점점 목에 힘을 주며 이렇게 덧붙였다.

"여긴 장수(將帥)의 시체 안치소였어. 평소 아끼던 무기와 애마(愛馬)들을 함께 순장(殉葬)했지. 여길 봐. 도끼들하고 규석으로 만든 단도들이 즐비하잖아. 이쪽에는 역시 몇몇 장례 절차가 이루어진 흔적이 보이는군그래. 여기 이 숯 더미하고 저쪽에 새카맣게 탄 뼛조각들 좀 보라고."

적잖이 감격했는지 보르스키의 목소리가 약간씩 흔들리고 있었다.

"내가 바로 여길 파고든 최초의 인간이야. 이곳은 나를 기다리고 있었던 거야. 내 발길에 하나의 세계가 부스스 눈을 뜨는 순간이라고."

순간 콘라트가 말을 막았다.

"저쪽으로 또 다른 통로가 있어요! 멀리서 불빛도 들이치는 것 같아요!"

아닌 게 아니라 비좁은 통로 하나가 다른 방으로 이어져 있었고, 거길 경유해 일행은 세 번째 방까지 파고들었다.

세 개의 지하 납골당 모두가 비슷한 양상을 띠고 있었다. 내벽의 벽돌 공사 흔적이라든지 무뚝뚝하게 서 있는 선돌들, 그 위에 걸쳐 있는 말의 해골들…….

보르스키가 한마디 던졌다.

"세 개 모두가 장수들을 위한 무덤인 셈이야. 필시 그다음에는 임금의 무덤이 나올 게 틀림없어. 살아생전에 모시고 있던 임금을 죽어서까지 보좌하고 있는 셈이지. 글쎄, 아마도 다음 지하 납골당이 아닐까?"

하지만 감히 선뜻 나설 엄두가 나지 않는 모양이었다. 결코 두려워서가 아니라, 과도하게 달아오른 허영심과 흥분 상태 때문이었는데, 그러면서도 그 긴장감을 은근히 즐기는 것이었다.

마침내 또다시 장광설을 뱉어내기 시작하는 보르스키.

"반드시 밝혀내고야 말겠어! 보르스키는 목표를 달성한 거야. 이제는 손만 뻗으면 돼! 그동안의 노고와 투쟁을 영광스럽게 보상받을 거라고! 신의 돌이 저만치 있어! 숱한 세월을 거치는 동안 무수한 사람이 섬의 비밀을 손에 넣으려고 했지만 하나도 성공한 사람이 없어. 그런데 보르스키가 나타났고, 이제 신의 돌은 그의 손에 들어가게 되어 있다고! 그게 내 앞에 모습을 드러내면, 나에게 약속된 권능이 살아나게 돼. 이제 남은 건 단 하나……. 바로 나 자신의 의지야! 나의 의지! 바야흐로 예언자가 저 어두컴컴한 심연으로부터 솟아나는 거지. 그가 드디어 등장하는 거야! 신성한 돌이 있는 곳까지 나를 인도하고, 내 머리 위에 황금 왕관을 씌워줄 임무를 띤 채, 이 죽은 자의 왕국에 잠들어 있는 유령이라도 있다면, 자, 지금 당장 깨어나소서! 여기 보르스키가 당도했으니!"

그렇게 내뱉으며 보르스키는 마지막 남은 방으로 발길을 들여놓았다.

네 번째 방은 다른 것들보다 훨씬 널찍했고, 다소 평평한 반원형 천장을 이고 있었다. 보아하니 천장 한가운데에 가느다란 도관만 한 작은 구멍이 뚫려 있고, 그리로부터 빛기둥이 관통하고 들어와, 바닥 한복판에 동그란 원판(圓板)을 형성하고 있었다.

그리고 그 원판의 중심에는 돌멩이들을 한데 버무려 만든 납작한 원기둥 모양의 대(臺)가 마련되어 있고, 바로 그 위에, 마치 일부러 전시된 것처럼, 금속 막대기가 하나 덩그러니 놓여 있었다.

그것 외에는 다른 납골당들과 별로 다른 점이라고는 눈에 들어오지 않았다. 마찬가지의 선돌들과 말의 해골들, 그 밖의 제례 절차 흔적들이 여기저기 눈에 띄었다.

보르스키는 금속 막대기에서 시선을 떼지 않고 있었다. 이상한 것은, 마치 전혀 먼지가 얹혀 있지 않은 것처럼, 금속 막대기가 생생한 빛을 발하고 있다는 점이었다. 보르스키는 마침내 슬그머니 손을 내밀었다.

"안 됩니다!"

콘라트가 부리나케 외쳤다.

"왜 그런가?"

"틀림없이 마게녹이 손댄 바로 그 물건일 거예요! 손을 태웠다는 그거 말입니다!"

"허튼소리."

"하지만……."

"난 하나도 두렵지 않네."

보르스키는 물건을 덥석 쥐며 내뱉었다.

그것은 납으로 만든 일종의 왕홀(王笏) 같았는데, 다소 투박하지만 그래도 예술적 솜씨를 발휘하려 한 흔적이 역력했다. 손잡이 부분은 음각과 양각을 번갈아 사용한 뱀 문양으로 뒤덮여 있었다. 한데 그 뱀의 머리라는 것이 비정상적으로 커다랗고 동그스름하게 돌출한 데다 은(銀)과 에메랄드처럼 투명한 녹색 원석(原石)의 미세한 돌기들로 우툴두툴 뒤덮여 있는 것이었다.

"이게 바로 신의 돌일까?"

보르스키는 그렇게 중얼거리면서, 이리저리 만지작거리며 유심히 살펴보기 시작했다. 그러다가 어느 한순간, 그 동그스름한 덩어리가 미세하게 흔들린다는 점을 간파하게 되었다. 그는 오른쪽, 왼쪽으로 이리저리 돌려보았는데, 급기야 철컥하는 소리와 함께 뱀의 두상(頭狀)이 쑥 빠져나오는 것이 아닌가!

안을 살펴보니 빈 공간이 마련되어 있었고, 그 안에 돌이 하나 들어 있었다. 아주 자그마한 크기였는데, 불그스름한 빛깔에 마치 황금 띠와도 같은 노르스름한 결이 아로새겨져 있었다.

"이거야! 바로 이거라고!"

호들갑을 떠는 보르스키를 향해 콘라트가 기겁을 하고 달려들었다.

"만지지 마세요!"

하지만 보르스키는 근엄한 어조로 이렇게 대꾸하는 것이었다.

"마게녹을 해친 것이 보르스키를 해칠 수는 없느니!"

또다시 허세와 치기(稚氣) 넘치는 자만심으로 잔뜩 부풀어 오른 그는 다짜고짜 그 신비한 돌을 손아귀에 힘껏 그러쥐었다.

"설사 손이 타들어간다 해도 상관 않겠어! 내 살 속을 파고들어도 괜찮아."

순간, 콘라트는 손가락을 입술에 갖다 대며 조용히 하라는 신호를 보냈다.

"왜 그래? 무슨 소리라도 들린 건가?"

보르스키가 눈을 휘둥그레 뜨고 물었다.

"네."

그러자 오토도 맞장구를 쳤다.

"나도 들은 것 같아."

아닌 게 아니라, 마치 리듬을 타듯 균등하게 일어나는 소음이, 높고 낮은 불협화음처럼 들려오고 있었다.

"아주 가까운 곳이로군. 마치 이 방 안에서 나는 소리 같은데."

보르스키가 소리 죽여 중얼거렸다.

그랬다. 그것은 분명 방 안 어딘가에서 들리는 소리였고, 일행은 그것이 다름 아닌 사람 코 고는 소리와 흡사하다는 확신이 들었다.

사실 그런 생각이 제일 먼저 머릿속에 떠오른 콘라트는 자기도 모르게 실소를 터뜨리지 않을 수 없었다. 하지만 보르스키는 적잖이 당황한 눈치였다.

"맙소사, 설마 그럴 리가…… 정녕 코 고는 소리란 말인가? 그럼 누가 이 안에 있다는 말이야?"

"저쪽 어둑한 곳에서 나는 것 같은데요!"

오토의 말이었다.

하긴 늘어선 선돌 너머로는 등불이 제구실을 하지 못하는 상황이었다. 그런데 마침 그 뒤로는 선돌들과 같은 수의 자그마한 기도소가 마련되어 있는 것이었다. 그중 한 곳에다 등불을 비춰보던 보르스키의 입에서 얼떨떨해하는 외마디 소리가 터져나온 것은 바로 직후였다.

"어럽쇼! 정말이네. 누가 있어. 여길 좀 보게들."

나머지 두 사내도 허겁지겁 들여다보았다. 구석에 아무렇게나 쌓여 있는 석재 더미 위에 하얀 수염과 백발이 치렁치렁한 웬 노인 하나가 세상모르고 누워서 잠을 자고 있었다. 손이건 얼굴이건 숱한 주름살이 옹골차게 새겨진 데다 눈두덩은 푸르스름할 정도로 퀭한 몰골이, 한 100년은 세파에 시달린 사람처럼 보였다.

복장이라면 아마포로 여기저기 누빈 남루한 긴 옷이 발끝까지 덮고 있었고, 목에는 예로부터 골족(族)(프랑스의 토착 민족—옮긴이)이 '뱀 알'이라고 부르던 신성한 알갱이들로 만들어진 묵주를 가슴까지 축 늘어뜨리고 있었다. 그런가 하면 무언가 알아볼 수 없는 기호들이 잔뜩 새겨진 경옥(硬玉)으로 만든 손도끼 하나가 손 닿는 곳에 놓여 있었고, 날카로운 부싯돌과 납작한 반지, 벽옥(碧玉)으로 된 귀걸이 장식, 결이 진 푸른색 에나멜 목걸이들이 땅바닥에 가지런히 펼쳐져 있는 것이었다.

노인은 여전히 무사태평한 코골이를 계속하고 있었다.

"이 또한 기적이야. 보아하니 사제인 것 같은데……. 옛날 그대로의 모습을 한 사제 말이야. 드루이드교가 풍미하던 옛 시절 말이지."

보르스키가 중얼거리자 오토가 불쑥 물었다.

"근데 여기서 무얼 하는 거죠?"

"무얼 하긴. 날 기다리고 있었지."

하지만 콘라트는 다른 의견이었다.

"제 생각에는, 차라리 이 도끼로 이자의 머리를 내리쳐 버리는 게 나을지 모르겠습니다."

그러자 보르스키가 대뜸 발끈했다.

"만약 이자의 머리카락 하나 까딱했다간 자넨 그대로 죽은 목숨이야!"

"하지만……."

“하지만 뭐?”

“혹시 적(敵)일 수도……. 어젯밤에 우리가 추격하던 바로 그자일지도 모르잖아요? 생각해봐요. 그 하얗고 긴 옷하며…….”

“이런 멍청한 녀석! 이 정도 나이에 우리를 그토록 헐레벌떡 애먹일 수 있을 것 같나?”

그는 허리를 숙여 노인의 팔을 부드럽게 잡으며 말했다.

“일어나시죠. 접니다.”

묵묵부답. 노인은 전혀 잠을 깰 기미를 보이지 않았다.

하지만 포기하지 않는 보르스키.

문득 노인은 자신의 울퉁불퉁한 침상에서 슬쩍 몸을 뒤척이는가 싶더니, 몇 마디 중얼거리고는 또다시 잠에 빠져들었다.

이번에는 다소 안달이 난 보르스키가 좀 더 힘주어 팔을 잡아당겼고, 목소리도 한껏 높였다.

“자, 좀 보십시다! 여기서 이렇게 마냥 시간만 끌 수는 없는 입장이오! 자, 어서!”

보르스키는 좀 더 거칠게 노인의 몸을 흔들었다. 하지만 노인은 짜증이 난 듯, 귀찮게 구는 훼방꾼을 거칠게 밀치더니 잠시 졸음의 끝자락을 붙잡고 늘어지려는 듯하다가, 이내 신경질적으로 돌아누우며 이렇게 투덜거리는 것이었다.

“아! 지겨워. 됐네, 이 사람아!”

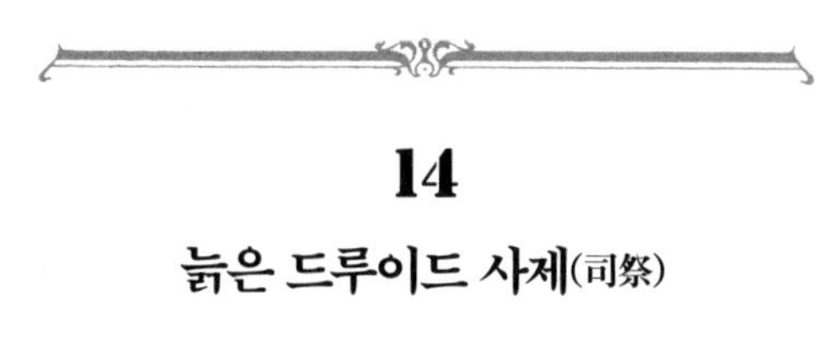

14
늙은 드루이드 사제(司祭)

세 사내는 프랑스어의 온갖 기막힌 표현술과 기기묘묘한 속어(俗語)들까지 능통하다면 능통한 처지였기에, 방금 불쑥 튀어나온 말의 진의를 모를 리가 없었다. 그래서 모두들 어안이 벙벙했다(노인이 내뱉은 말의 원문은 'la barbe!', 즉 '수염'이라는 단어로 '지겨우니까, 이제 그만해두지' 정도의 의미를 가진 속어임. 번역의 묘미를 살리기 위해 비슷한 의미를 지닌 우리말 표현으로 옮겼음—옮긴이).

그럼에도 불구하고 보르스키는 오토와 콘라트를 번갈아 쳐다보며 더듬거렸다.

"어라? 지금 뭐라고 한 거지?"

"잘 들으셨잖습니까. 말한 그대로죠, 뭐."

오토가 머쓱하게 대답했다.

보르스키는 이제 아예 노인의 어깻죽지를 부여잡고 흔들어댔고, 다시금 돌아누우며 길게 기지개와 하품까지 치른 노인은 금세 또다시 잠

을 청하려는 듯했다. 그러더니 급기야는 반쯤 몸을 일으켜 기대앉으며 이렇게 내뱉는 것이었다.

"나 이거야 원! 이 구석에선 맘대로 졸지도 못한단 말인가?"

순간 난데없이 쏘아대는 빛줄기에 노인은 기겁을 하며 중얼거렸다.

"이, 이게 뭐야? 이거 뭐하자는 거냐고?"

보르스키는 내벽의 돌출한 부위에 등불을 올려놓았고, 노인의 얼굴은 그 바람에 훤하게 드러났다. 그러고도 한동안 지리멸렬한 투정 속에 온갖 짜증을 토해내던 노인은 마침내 상대를 물끄러미 바라보더니, 점차 얼굴에 화사한 표정을, 심지어 빙그레 웃음까지 지어가며 손을 내미는 것이었다.

"아, 보르스키? 여보게, 그래 어떻게 지냈나?"

보르스키는 움찔했다. 어찌 됐든, 예언자로서 만인의 기다림 속에 등장할 것이라는 불가사의한 신념에 사로잡혀 있던 터라, 노인이 자기를 알아보고 이름까지 부르는 것은 그리 놀랄 일이 아니었다. 다만, 영광의 광휘를 한껏 두른 채 위대한 예언자로서 나타난 자신을, 나이로나 성직이라는 직책으로나 점잖을 법도 한 사람이 대번에 허술한 말투로 대하는 것만큼은 못내 내키지가 않았다.

다소 불안하기도 하고 짜증스럽기도 한 심정으로 그가 대뜸 캐물었다.

"당신은 누구요? 왜 여기 있는 거요? 대체 여긴 어떻게 들어왔소?"

상대가 의외라는 표정으로 물끄러미 바라보자, 그는 더욱 힘주어 다그쳤다.

"대답해보시오. 당신은 누구시오?"

"내가 누구냐고?"

노인은 꺼칠하고도 떨리는 목소리로 대꾸했다.

"내가 누구냐 이거지? 세상에! 골족의 신인 투타티스(전쟁의 신—옮긴이)의 이름을 걸고 말하건대, 자네가 감히 내게 그런 질문을 해? 그럼 날 정녕 못 알아본다 이건가? 잘 좀 생각해봐. 이 사람 좋은 세즈낙스를 기억 못하다니. 저 벨레다(게르만족의 전설적인 여자 예언자로 서기 69~70년 로마에 대항해 게르만족의 봉기를 이끌었음—옮긴이)의 아버지를 모르나? 레동인(人)(브르타뉴 지방의 토착 켈트족—옮긴이)의 존경받는 판관 나리이신 이 세즈낙스를 말이야. 고명한 샤토브리앙(1768~1848. 프랑스 낭만주의 문학의 선구자—옮긴이)도 자신의 저서 『순교자들』 1권에서 자세하게 언급하고 있지 않은가 말일세! 아, 이제야 기억이 새록새록 살아나는 모양이로군."

"대체 무슨 헛소리를 하는 건지……."

보르스키는 어리둥절한 표정을 지을 뿐이었다.

"헛소리가 아니지! 내가 왜 지금 여기 있는지, 그리고 예전에 나를 이곳으로 이끈 서글픈 사연에 대해 얘기하고 있는 거네. 그놈의 음흉한 외도르에게 함부로 몸을 굴린 내 딸 벨레다의 치욕스러운 행동(모두 샤토브리앙의 저서에 등장하는 이야기—옮긴이)에 정나미가 떨어진 나는, 요즘 말로 소위 트라피스트 교단이라고 부르는 단체에 들어가게 되었지. 다시 말해서 드루이드교 사제 자격시험을 멋지게 통과했다고나 할까? 그 후로는 몇 가지 짓궂은 장난들을—오, 뭐 대단한 건 아니고. 그저 마빌 무도회장(1840년부터 1875년까지 파리 몽테뉴 가에 존재했던 유명한 무도회장—옮긴이)이라든가 좀 더 나중에는 물랭루주나 기웃거리러 수도(首都)에 한 서너 번 들락거린 것에 불과해—거친 다음에 곧장 지금 있는 이 자리, 보다시피 한직(閑職) 중에 한직인 이 신의 돌 경비직을 맡게 된 것이라네. 일종의 후방근무라고나 할까."

보르스키는 노인의 말 한마디 한마디에 점점 더 어안이 벙벙해질 따름이었다. 마지못해 그는 부하들에게 의논을 구했다.

"당장 머리를 쳐 죽이세요! 제 생각은 초지일관입니다!"

콘라트의 대답이었다.

"자네 생각은, 오토?"

"아무튼 경계심을 늦추면 안 됩니다."

"그야 당연하지. 조심해야겠지."

노사제(老司祭)는 그 말을 놓치지 않았다. 지팡이를 짚고 일어서면서 이렇게 소리치는 것이었다.

"방금 무슨 뜻이지? 나를 경계한다고? 그것참, 너무들 하는구먼! 나를 무슨 실없는 야바위꾼으로 보는 건가? 내 이 도끼를 보지 못했는가? 도끼 손잡이에 새겨진 만(卍) 자 문양을 못 봤어? 만(卍) 자라고 하면 신비교의 가장 대표적인 태양 상징이라는 거 모르나? 그리고 이거! 이건 또 뭐겠는가? (묵주를 보이며) 엉, 이게 뭐라고 생각해? 토끼 똥이야? 참으로 자네들, 뻔뻔하기도 하군! '뱀 알'을 토끼 똥으로 알다니. 서로 몸뚱어리가 뒤엉키면서, 쉭 소리와 함께 공중으로 내뿜는 분비물로 겨우겨우 만들어낸 알들을 말이야. 플리니우스(23~79. 로마의 정치가이자 학자. 전 37권으로 이루어진 『박물지((博物誌)』는 당대의 독보적인 대백과사전임—옮긴이)도 얘기했지 않은가! 설마 플리니우스도 야바위꾼 취급하려는 건 아니겠지? 참 별난 친구야! 드루이드교의 노사제 자격에다가 온갖 의식(儀式) 면허증들과 특허증들, 게다가 플리니우스와 샤토브리앙의 서명이 담긴 확실한 신분증명용 문헌들까지 갖춘 이 몸을 의심하고 경계해? 뻔뻔스럽기 이를 데가 없어! 한번 두 눈 똑바로 뜨고 살펴봐! 이처럼 고풍스러운 수염과 세월의 고색창연한 풍모를 고스란히 간직한 당대의 내로라하는 드루이드들이 얼마나 많은지! 내가 야바위꾼이라고? 전통을 손바닥 보듯 하고, 까마득한 풍습에 대해서도 줄줄이 꿰고 있는 내가? 그럼 어디 노사제의 스텝으로 춤이라도 한번 춰 보여야 되겠어? 율리우스 카이사르 앞에서 추었듯이 말이야. 어때, 그걸 원하는 건가?"

이제 그는 지팡이를 팽개치고 뛰어 일어나 앙트르샤(발레에서 도약함과 동시에 양 발뒤축을 여러 차례 맞부딪는 동작—옮긴이)와 열정적인 지그댄스(주로 선원들이 추는 빠른 템포의 춤—옮긴이)를 놀랄 만큼 유연한 동작으로 시도했다. 구부정한 등허리에 근뎅거리는 두 팔과 옷자락 속에서 좌우로 휘젓는 두 다리, 몸의 움직임에 따라 너울대는 희디흰 수염, 거기에다 연속되는 동작들을 일일이 떠벌리느라 후들거리는 목소리 등등, 팔딱팔딱 뛰어오르고 빙글빙글 맴도는 광경이 정신도 없을뿐더러 익살맞기가 상상을 초월했다.

"노사제의 스텝을 선보일까? 율리우스 카이사르가 최고로 좋아했던 춤을 선보여 봐? 어이! 신성한 겨우살이의 춤을 보시지! 속세에선 이걸

성(聖) 하루살이 춤이라고도 부른다지? 어이, 우울함일랑 떨쳐버리고! 서른 개의 관의 탱고를 추실까! 벌겋게 상기된 얼굴의 예언자 찬가(讚歌)를 불러! 할렐루야! 할렐루야! 예언자에게 영광 있어라!"

그렇게 얼마간 이리저리 미친 듯이 뛰어다니며 떠들어대던 노인은 어느 순간 보르스키 앞에 척 멈춰 서더니, 나지막한 어조로 이렇게 얘기하는 것이었다.

"자, 객설은 이 정도로 하고! 이제 어디 진지하게 얘기해보자고. 나는 자네에게 신의 돌을 인도할 임무를 띠고 있다네. 이제 자네도 어느 정도 감이 오는 것 같으니 말이네만, 물건을 양도받을 준비는 되었겠지?"

세 사내는 그야말로 넋이 다 나간 상태였다. 특히 보르스키는 이 허무맹랑한 인물에 대해 도무지 오리무중인 심정으로, 무얼 어떻게 해야 할지 난감하기만 했다.

마침내 그는 덮어놓고 버럭 소리를 질렀다.

"아, 뭐가 뭔지……. 도대체 무얼 원하는 거요? 내게 이러는 목적이 대체 뭐요?"

"목적이라니? 방금 말했지 않은가? 자네에게 신의 돌을 인도하는 게 나의 임무라고."

"하지만 무슨 권리로? 무슨 자격으로 말이오?"

노사제는 고개를 끄덕이며 대꾸했다.

"오호라, 이제야 감이 온 모양이로군. 하지만 자네가 꿈꾸는 대로 일이 돌아가는 건 아니야. 아무렴, 아니고말고! 자넨 아마 스스로의 업적에 뿌듯해하며 천방지축 들떠서 이곳까지 도달했을 것이네. 하지만 잘 생각 좀 해봐. 무려 서른 개의 관을 조달하고, 네 여자를 십자가에 매단 데다, 익사자들이라든가 그 밖에 자네 손을 피로 흠뻑 물들인 희생자들, 자네 호주머니를 가득 채우고 있는 범죄행위들을 말일세. 그 모든 건 결코 하찮게 생각할 일들이 아니지. 결국 자네가 기대한 건 장대한 공식 행사를 동반한 화려한 환영식이었을 거야! 장엄한 팡파르가 울리고, 고풍스러운 찬가와 더불어 골족 예언자와 음유시인의 그럴듯한 장광설, 눈부신 성체현시대, 어마어마한 인신 공희(人身供犧), 요컨대 요란뻑적지근한 격식 차리기와 골족 특유의 대향연이라도 있을 줄 알았겠지! 한데 막상 와보니 어느 허접한 드루이드가 한 명 구석에 처박혀 꾸벅꾸벅 졸다가 일어나서는 머쓱하게 물건을 전달해준다 이거겠지. 어찌 이런 일이 있나 싶겠지, 신사 양반들? 이보게, 보르스키, 대체 뭘 원하는 건가? 누구나 자기 나름의 방법이 있고, 주어진 대로 해치우면 되는 법이라네. 나로 말하자면 재물 따윈 안중에도 없는 사람이거니와, 흰색 긴 옷 몇 벌을 세탁하느라 들인 비용 말고도, 자네를 위해서는 이미 어느 정도 투자를 한 입장이란 말일세. 번쩍거리는 폭죽과 불꽃놀이, 그 밖에 한밤중의 난데없는 지진(地震) 등등, 나름대로 연출하느라 13프랑 40상팀은 허비했다 이거야!"

순간 보르스키는 사태를 파악했는지 펄쩍 뛰었다.

"지금 무슨 소릴 하는 거요? 그렇다면……."

"그래, 바로 나였다고! 그럼 누구라고 생각했는데? 성 아우구스티누스라도 납신 줄 알았나? 설마 신들이 직접 내려왔거나, 어젯밤처럼 속이 빈 참나무로 자넬 이끌기 위해 흰옷 입은 천사 심부름꾼이라도 보내준 걸로 생각한 건 아니겠지? 만약 그랬다면 자네도 대단한 허풍쟁이야!"

보르스키는 두 주먹을 불끈 쥐었다. 그렇다면 어제 그토록 헐레벌떡 쫓아다녔던 그 흰옷 입은 남자가 다름 아닌 이 사기꾼이었다는 말인가?

"아, 누구든 나를 우롱하는 건 참을 수 없소!"

"자넬 우롱하다니?"

노인 역시 펄쩍 뛰는 것은 마찬가지였다.

"거참, 잘나셨군그래! 대체 날 그토록 숨이 턱에까지 차게, 무슨 들짐승 몰듯 몰아댄 장본인이 누군데 그래? 그것도 모자라 이 최고급 의상에 총알구멍을 두 개씩이나 뚫어놓은 건 누구이고? 그러고 보니 정말 못 말리는 위인이야! 가만있다가는 내가 아주 괴상한 인간이 되고 말겠어!"

보르스키는 질렸다는 듯 핏대를 올리며 손사래를 쳐댔다.

"알겠소! 알겠다고요! 그만하면 됐소이다! 그건 그렇고, 도대체 나한테서 원하는 게 뭐요?"

"그 말 하다가 아주 사람 진이 다 빠지겠네그려! 자네에게 신의 돌을 인도할 임무를 띠고 있다니까!"

"누가 당신에게 그런 임무를 부여했소?"

"아, 그거……. 더럽게도 그에 대해선 나 역시 아는 바가 없다네! 난 그저, 사레크에 언젠가는 보르스키라는 이름을 가진 어느 게르만 왕자가 나타나 서른 명의 희생자를 쓰러뜨릴 것이고, 그 마지막 희생자의 숨이 끊어지는 순간, 정해진 대로 징조를 연출해내면 된다는 생각으로 지금까지 살아왔을 뿐이야. 어차피 지시에 무조건 따라야 하는 몸이니, 나 나름대로 조촐하게나마 보따리를 준비해야 했지. 우선 브레스트의 철물 장수한테서 폭죽 두 개를 3프랑 75상팀을 주고 샀고, 고성능 발파용 폭약도 몇 개 구비해놓았지. 그러고는 가느다란 양초 하나만 들고 내 관측소에서 쭈그리고 앉아 기다리고 있었던 것일세. 자네가 나무 위에서 '그녀가 죽었다! 그녀가 죽었다!' 하고 악을 써대는 순간, 나는 적절한 때가 왔다는 판단이 들었지. 그래서 잽싸게 폭죽에 불을 댕겼고, 발파용 폭약에도 불을 붙여서 땅덩어리가 요동을 치게 만들었던 것일세. 그 덕에 자넨 물론 확신이 서게 되었고 말이야!"

보르스키는 주먹을 치켜들고 불쑥 다가섰다. 이 모든 청산유수 같은 장광설, 그 뻔뻔스럽고 데면데면한 태도, 덤덤하면서도 은근히 상대를 비꼬는 듯한 말투와 음성 모두가 그를 미칠 것처럼 약을 올리는 것이었다.

"한마디만 더 해봐라. 가만두지 않을 테니까. 더는 듣기 싫다고!"

"자네 이름이 보르스키 맞지?"

"그렇다, 왜?"

"게르만 왕자 맞는가?"

"그렇다, 그래! 왜 불만인가?"

"서른 명의 희생자를 쓰러뜨렸지?"

"그렇다! 그렇다고! 그렇다니까!"

"그럼 자네가 바로 기다리던 그 사람일세. 자네한테 건넬 신의 돌이 나에게 있네. 어떤 일이 있어도 반드시 자네한테 돌아가고야 말 거야. 내가 존재하는 이유도 바로 그것일세. 그 기적의 돌은 자네가 차지해야 해."

하지만 보르스키는 발을 구르며 소리쳤다.

"신의 돌, 웃기고 자빠졌네! 당신 역시 마찬가지야! 난 아무도 필요치 않아! 쳇, 신의 돌이라고? 이미 그건 내 수중에 있어!"

"어디 보여주겠나?"

"자, 이게 뭘 것 같은가?"

보르스키는 아까 둥근 손잡이 안에서 발견한 자그마한 알갱이를 꺼내 보이며 말했다.

노인은 짐짓 놀라는 눈치였다.

"어라? 그건 또 어디서 주웠는데?"

"이 왕홀 손잡이를 내가 기발하게 열어서 안에 있는 걸 꺼냈지."

"그게 뭔데?"

"당연히 신의 돌에서 나온 조각이지."

"돌았군."

"그럼 당신 생각엔 이게 무엇으로 보이나?"

"그야 반바지 단추 아닌가."

"뭐라고?"

"반바지 단추 말이야."

"무슨 소리! 증명해봐!"

"반바지 단추가 깨진 조각이란 말일세. 사하라의 흑인들이 즐겨 사용하는 단추이지. 장식용으로 내게도 몇 개 있지."

"빌어먹을! 증명을 해보란 말이야!"

"그걸 거기 놔둔 것도 나인걸."

"도대체 뭐하러?"

"마게녹이 잘못 건드렸다 된통 당하고 나서 제 손까지 잘라먹은 진짜 보석을 바꿔치기하기 위해서지."

보르스키는 그만 입을 다물지 않을 수 없었다. 작금의 상황에 대해 도저히 갈피를 잡을 수 없었고, 이 괴상망측한 상대를 어떻게 대해야 할지, 무슨 입장을 취해야 할지 가늠할 수가 없었다.

노사제는 천천히 다가서서, 마치 아버지와도 같이 푸근한 태도로 이렇게 말했다.

"이보게, 자넨 크게 착각한 거야. 나 없이 그걸 손에 넣을 수 있다고 생각하다니. 금고의 암호와 열쇠 모두 이 손안에 있거든. 그런데도 내 앞에서 뭘 꺼리는 건가."

"나, 난 당신을 모르오."

"저런 딱하기도 하지. 만약 내가 자네에게 조금이라도 불온한 일을 권한다거나 자네의 명예에 흠이 갈 짓을 부추기는 거라면, 그런 자네의 불안해하는 마음도 일리가 있겠지. 하지만 내가 권하는 것은 이 세상 제아무리 까다로운 양심에 비춰봐도 전혀 꺼릴 게 없는 것이야. 어때? 이만하면 얘기가 된 거 아닌가? 뭐? 아직 아니라고? 맙소사! 투타티스의 이름을 걸고 묻겠는데, 그럼 대체 어찌해야 우리 의심 많은 보르스키의 마음을 풀어줄까? 혹시 기적을 원해? 저런, 그럼 좀 더 일찍 말하지 그랬어! 기적이라면 내가 얼마든지 낳아줄 수가 있지. 매일 아침 카페오레를 마시면서도 난 자그마한 기적을 일궈내는 셈이거든. 잘 생각해봐. 명실공히 드루이드께서 하시는 말씀이야! 기적을 원해? 나한테는 그걸로 상점(商店) 하나 차릴 만큼은 있다고. 당최 하도 많이 쌓여서 어디에 엉덩이를 붙이고 앉아야 할지 모를 지경이라니까. 어떤 걸로 원하는데? 부활의 선반을 둘러볼까? 아니면 대머리에 머리카락이 자라는 기적을 원해? 미래를 보고 싶어? 무얼 선택해야 할지 행복한 고민에나 빠질걸! 그나저나 자네의 그 서른 번째 희생자가 마지막 숨을 거둔 시각이 몇 시쯤 되었지?"

"그걸 내가 어떻게 압니까!"

"밤 11시 52분이지. 감정이 너무 격해서 시계가 그만 서버렸다네. 한번 보라고."

웃기는 얘기였다. 제아무리 흥분한 상태라 해도 갖고 있는 시계에 무슨 영향을 미칠 리는 없는 법. 그러나 보르스키는 자신도 모르게 시키는 대로 시계를 꺼내 보았다. 그런데 정확히 11시 52분을 가리키고 있는 것이었다. 태엽을 감으려고 했으나, 망가져 있었다.

노사제는 상대가 미처 숨을 돌릴 틈도 없이 몰아세웠다.

"놀랐지? 하지만 웬만한 능력을 갖춘 드루이드한테는 그처럼 간단하고 손쉬운 일이 없어. 드루이드는 보이지 않는 것을 보지. 그뿐만 아니라, 맘이 내키는 사람한테 그것을 보게 만들어줄 수도 있어. 이봐, 보르스키, 존재하지 않는 것을 보고 싶나? 자네 성(姓)이 뭐지? 보르스키 말고, 자네 아버지로부터 물려받은 진짜 성(姓) 말이야."

"그건 알 필요 없소이다. 누구에게도 공개해본 적이 없는 나만의 비밀이오."

보르스키는 딱 잘라 말했다.

"그래? 근데 왜 그걸 적고 다니는 건가?"

"세상에, 난 그런 적이 없소."

"이보게, 보르스키, 자네 아버지의 성(姓)은 지금 자네가 가지고 다니는 작은 수첩 열네 번째 쪽에 붉은 색연필로 적혀 있다네. 한번 보라고."

보르스키는 마치 자기 밖의 어떤 낯선 의지에 의해 저절로 움직이는 자동인형처럼, 기계적인 동작으로 조끼 안주머니에서 지갑을 꺼내, 그 안에 가지런히 담긴 하얀 메모철을 빼 들었다. 그리고 즉시 열네 번째 쪽까지 뒤적이더니, 그만 기겁을 하며 더듬대는 것이었다.

"아, 아니……. 이럴 수가! 대체 이걸 누가 적어놓았지? 뭐라고 적힌지도 알고 있습니까?"

"내 입으로 공개하길 바라나?"

"쉿! 조용! 마, 말하지 마시오."

"까짓, 자네 좋을 대로 해주지. 그저 내 의도는 자넬 좀 가르치려고 했던 것뿐이니까. 사실 나한텐 뭐 그리 대단한 일도 아니지. 내가 한번 기적을 행하기 시작하면, 솔직히 나 자신도 걷잡을 수가 없어. 어디 하나만 더 할까, 재미 삼아서? 자네 셔츠 속에 은사슬 목걸이를 하고 있지? 메달 말일세."

"그렇소."

보르스키의 눈동자에 이글거리는 빛이 감돌았다.

"원래는 사진을 넣게 되어 있는 틀이었는데, 지금은 아무것도 없고?"

"그, 그렇소. 얼굴 사진이었죠."

"내가 알기론 자네 어머니 사진이었는데, 그걸 잃어버렸지?"

"자, 작년에 잃어버렸소만……."

"그게 아니라, **잃어버린 걸로 알고 있다고** 말해야 할 거야."

"이봐요, 메달은 분명 비어 있단 말이오!"

"비어 있다고 **믿고 있겠지**. 하지만 그렇지 않아. 한번 보라니까."

눈이 휘둥그레진 채, 역시 기계적인 동작으로 셔츠 단추를 풀고 목걸이를 빼내는 보르스키. 메달은 동그란 황금 테로 이루어졌는데, 그 안에는 어떤 여인의 사진이 끼여 있었다.

"어……. 있네! 사진이 들어 있어!"

완전히 뒤로 넘어갈 듯한 얼굴로 보르스키가 중얼거렸다.

"어때, 틀림없지?"

"정말이네."

"자, 이 모든 일에 대해 어떻게 생각하는가? 지금 자네에게 보여준 예들은 허세도 아니고, 속임수는 더더욱 아니네. 나이 지긋한 드루이드란 그렇게 쌈박한 존재야. 어떤가, 이제 믿고 따라올 생각이 있나?"

"네, 알겠습니다."

마침내 보르스키는 두 손을 들었다. 눈앞의 이 낯선 남자에게 완전히 굴복한 것이다. 미신적인 본능과 신비적인 권능에 대한 격세유전(隔世遺傳)적 신앙, 그리고 불안정하고 과민한 성격 등등이 한데 어우러져 결국에는 완전한 복종의 태도 속에 스스로를 함몰시켜버린 것이다. 물론 일말의 께름칙한 기분은 남아 있을지 모르나, 복종하는 데까지 영향을 미칠 정도는 아니었다. 그는 다소곳한 목소리로 물었다.

“여기서 멉니까?”

“바로 옆이네. 말하자면 거실인 셈이지.”

한편 오토와 콘라트는 거의 넋을 잃은 채, 두 사람의 대화를 지켜보고 있었다. 콘라트가 언뜻 나서서 말리려는 시늉을 했지만, 보르스키가 먼저 입을 막았다.

“두려우면 자넨 그냥 가. 정 뭐하면, ―보르스키는 과장된 제스처를 곁들이며 이 말을 덧붙였다―정 뭐하면 말이야, 권총을 손에 쥐고 나서면 되는 거야. 여차할 땐 방아쇠를 당기면 돼!”

“나를 쏘겠다고?”

역시 놓칠 리 없는 노사제, 빈정대듯 끼어들었다.

“누구든 적으로 판명되면 쏘겠다는 것이오.”

“그렇다면 먼저 자네 자신부터 쏘아야겠군그래, 고(故) 보르스키 군.”

순간 상대가 발끈하려 하자 그는 곧장 너털웃음을 터뜨렸다.

“으허허허허, 고(故) 보르스키라……. 어째 재미있어하지 않는 눈치로구먼? 오, 실은 나도 그래. 그저 웃자고 하는 소리이니까, 뭐. 그나저나 안 갈 건가?”

그는 지하 납골당 한쪽 구석으로 모두를 이끌어갔다. 어두컴컴한 구석으로 등불을 들이밀고서야 아래로 내려가도록 되어 있는 또 하나의 비좁은 통로가 드러났다.

거기서도 다소 망설인 끝에, 보르스키는 걸음을 내디뎠다. 구불구불하게 이어진 비좁은 내벽을 손으로 짚으며 1분가량 거의 무릎을 꿇다시피 기어 들어가자 마침내 널찍한 방이 하나 나타났다.

잠시 후, 다른 두 명도 따라 들어왔다.

노사제는 엄숙한 어조로 선언하듯 말했다.

“신의 돌을 위한 방이네.”

분위기가 대단히 장대하고 심오한 것이, 규모로 보나 형태로 보나, 위치상 바로 위에 펼쳐진 원형 광장과 유사한 느낌을 주었다. 그러고 보니 위의 광장에 세워진 선돌들과 똑같은 배열과 위치에 똑같은 개수의 돌들이 마치 신전 기둥들처럼 세워져 있는데, 예술적인 기교나 균형미는 아랑곳하지 않고 투박한 도끼질로 아무렇게나 깎아놓은 형상 또한 빼다 박은 듯했다. 바닥은 도랑 형식의 골로 구획되도록 큼직큼직하고 불규칙한 포석들이 깔려 있었고, 그 위로는 저 위로부터 비쳐 드는 빛의 원(圓)들이 띄엄띄엄 펼쳐져 있었다.

이른바 마게녹의 화원 바로 아래 정중앙에는 석재 발판이 4~5미터 높이로 세워져 있었다. 아울러 통통한 두 개의 다리를 갖춘 고인돌이 타원형의 판석을 인 채, 그 위에 자리 잡고 있었다.

"저것입니까?"

보르스키는 목 멘 음성으로 물었다.

노사제는 즉각적인 대답을 회피한 채, 그저 이렇게 말했다.

"자네 생각은 어떤가? 우리 조상들, 대단한 솜씨 아닌가? 암만 봐도 아주 놀라운 재치야! 모든 속된 탐색이나 조심성 없는 시선으로부터 저토록 철저히 간수를 해놓았다니 말일세! 지금 이곳의 빛이 어디에서 오는 건지 알겠는가? 어딜 봐도 창문 하나 없는 데다 섬의 아주 깊숙한 지반(地盤)에 위치하고 있는데 말이야. 저건 위쪽에 있는 선돌들로부터 유입되는 거라네. 선돌들 하나하나가 꼭대기로부터 바닥까지 나팔관 모양으로 점점 넓어지는 구멍이 뚫려 있어서 이처럼 빛을 끌어들여 넓게 확산시킬 수 있지. 특히 정오가 되면 정말이지 환상적이라네. 자넨 예술적인 취향이 남다르니 찬탄을 할 만도 할 텐데?"

보르스키는 똑같은 질문만 되풀이했다.

"저게 바로 그것이냐고 물었습니다."

노사제는 아랑곳하지 않고 잘라 말했다.

"어쨌든 신성한 돌이지. 무엇보다 중요한 지하 의식 장소를 굽어보고 있으니까. 하지만 그 밑에 고인돌이 보호하는 또 하나의 돌이 있지. 여기서는 안 보일 거야. 결국 바로 그 위에서 선택된 희생 제물을 바치는 의식이 거행되는 셈이지. 저 석조대로부터 핏물이 흘러 내려와 여기 이 도랑들을 따라 벼랑 끝으로 빠져나가 마침내 바다로 흘러들도록 되어 있는 것일세."

보르스키는 점점 더 안달을 내며 다그쳐 물었다.

"그러니까 바로 저게 그거냔 말입니다. 어디 한번 가서 봅시다!"

"움직일 필요까진 없어."

노인은 끔찍스럽게 침착한 태도로 내뱉었다.

"그것 역시 아니니까. 세 번째 돌이 또 있는데, 그걸 보려면 머리만 좀 치켜들면 돼."

"정말입니까? 어디요?"

"잘 좀 보란 말일세. 맨 위의 판석 위쪽으로……. 그래, 그렇지. 마치 큼직큼직한 모자이크로 처리된 것 같은 저기 궁륭형의 천장에 말이야. 어때? 아직 안 보이는 건가? 혼자 따로 떨어져 있는 판석 말일세. 바로 아래에 위치한 고인돌의 판석과 모양새나 방향이 똑같지. 두 자매라고 할 만해. 하지만 으레 모조품들 중에도 진짜 상표 붙은 건 딱 하나인 법이지."

보르스키는 난감했다. 좀 더 그럴싸하고 신비스러운 은닉처를 기대했던 것이다.

"저게 신의 돌이라는 말입니까? 왠지 별로 특별할 것 같지도 않은데……."

"멀리서 보면 그렇겠지. 하지만 가까이에선 달라. 빛깔대로 번쩍거리는 결이 있고 특별한 반점이 있지. 아무튼 저것이 신의 돌일세. 문제는 재질이 아니라 그 속에 내재되어 있는 기적의 힘이니까."

"어떤 기적을 부릴 수가 있다는 거죠?"

보르스키의 질문에 노인은 단도직입적으로 대답했다.

"자네도 알다시피 생명 혹은 죽음을 주지. 뭐 그 밖에도 여럿 있지만 말이야."

"여럿이라니, 어떤 것들 말입니까?"

"빌어먹을! 거참, 질문도 많군그래! 그런 건 나도 모르네."

"아니, 어떻게 그걸 모를 수가……."

노사제는 몸을 바짝 기울이며 마치 뭔가 고백하듯 속삭였다.

"잘 듣게, 보르스키. 솔직히 고백하건대, 사실 내가 좀 허풍을 떨긴 떨었어. 물론 내가 맡은 역할은 대단히 중요한 것임엔 틀림없지만—신의 돌을 관리하는 것은 제1의 서열에 해당하는 직책이라고—그런 내 역할도 실은 좀 더 상위(上位)의 권능에 의해 통제를 받게 되어 있지."

"어떤 권능 말입니까?"

"바로 벨레다의 권능이야."

보르스키는 다시 불안한 표정이 되어 상대를 쏘아보았다.

"벨레다라니요?"

"적어도 나는 그렇게 부르고 있지. 최후의 여성 드루이드인 벨레다 말일세. 그녀의 진짜 이름은 나도 모르지."

"그 여자는 어디 있습니까?"

"바로 이곳에 있네."

"여기 말입니까?"

"그렇다네. 저기 희생 제물을 바치는 판석 위에서 자고 있어."

"뭐요? 자고 있다니요?"

"아주 오래전부터, 아마도 영원토록 자고 있지. 나조차도 그녀가 평온하고 순결한 잠을 자는 모습 이외엔 본 적이 없다니까. 마치 숲 속의 잠자는 미녀와도 같이, 벨레다는 신들에 의해 자신을 깨우도록 점지된 그 누구를 기다리고 있다네. 한데 바로 그자가 말이야……."

"그자가 누구죠?"

"바로 자네, 보르스키야."

보르스키는 눈살을 찌푸렸다. 대체 이건 또 무슨 해괴망측한 소리란 말인가? 도대체 이 수수께끼 같은 인물이 또 무슨 꿍꿍이속으로 이러는 건가?

노사제는 계속 말을 이었다.

"좀 난처한 얘기인가 보지? 여보게나, 자네가 비록 피비린내 나는 손에다 서른 개의 관을 짊어지고 있다 해서, 백마 탄 왕자로 추대되지 못할 이유가 있는 건 아닐세. 자넨 너무 겸손해, 이 친구야. 어떤가, 내가 한마디 해줄까? 벨레다는 기막히게 아름다운 여자이네. 그야말로 초인적인 아름다움의 소유자이지. 아! 정신이 번쩍 드는 모양이지? 아닌가? 아직도 께름칙해?"

보르스키는 머뭇거리고 있었다. 내심, 알 수 없는 위험이 주변을 에워싸면서 마치 노도(怒濤)처럼 쇄도해 들어오는 듯한 느낌이 들었다. 하지만 노인은 내처 몰아세우고만 있었다.

"마지막으로 한마디만 더 하지, 보르스키. ―그리고 이건 자네 동료들이 듣지 못하도록 조용히 말하는 거네―자네가 모친의 시신을 수의로 감쌌을 때, 공식 유언에 따라, 그녀가 생전에 검지에서 한 번도 뺀 적이 없는 반지를 그대로 놓아두었지. 터키석들이 박힌 황금 테가 좀 더 큼직한 터키 원석(原石)을 물고 있는 마법의 반지 말일세. 내 말이 틀리나?"

보르스키는 역시 당혹스러워하며 신음처럼 내뱉었다.

"맞아요. 하지만 그때 내 주위엔 아무도 없어서 나밖에 모르는 일이었는데……."

"자, 보르스키……. 바로 그 반지가 지금 저 벨레다의 검지에 끼여 있다면 나를 믿을 텐가? 그리고 자네 모친이 직접 무덤 속에서 벨레다로 하여금 자네를 받아들이고, 손수 기적의 돌을 전달하도록 그 반지를 물려주었다는 걸 믿겠는가?"

보르스키는 이미 판석 쪽으로 다가가고 있었다. 그는 부리나케 처음 몇 계단을 밟아 올라갔고, 금세 머리가 판석 높이에 이르렀다.

바로 그 순간, 비틀거리는 그의 입에서 외마디 소리가 터져나왔다.

"아! 저 반지…… 저 반지가 어떻게……."

과연 고인돌의 두 기둥 사이에 발치까지 눈처럼 하얀 옷을 걸친 여성 드루이드가 희생 제단 위에 길게 누워 있었다. 다만 가슴과 얼굴은 반대편으로 돌린 채였는데, 머리에서 이마까지 온통 베일로 덮고 있었다. 맨살이 거의 다 드러난 아름다운 팔은 판석 너머로 나른하게 늘어져 있었고, 아니나 다를까, 검지에는 터키석 반지가 얌전히 끼여 있었다.

"모친의 반지 맞는가?"

노사제가 물어왔다.

"그렇소. 분명 어머니의 반지요."

보르스키는 부랴부랴 고인돌에 바짝 다가가, 거의 무릎을 꿇다시피 몸을 수그리고 황금 테 속의 터키석들을 자세히 살펴보았다.

"개수가, 어디 보자……. 하나는 균열이 갔고……. 또 하나는 두드려 박다가 그만 금박에 절반쯤 파묻혔지."

노사제가 한마디 거들었다.

"그렇게 조심조심 얘기할 필요 없네. 그녀는 듣지 못해. 자네 목소리로 깨울 수 있는 게 아니네. 그보다는 일단 일어서서, 그녀의 이마 위로 손을 가볍게 스치는 거야. 일종의 자기력(磁氣力)을 통해 마비 상태로부터 끌어내는 거지."

보르스키는 몸을 일으켰다. 하지만 여자에게 손을 대는 것만은 왠지 망설여졌다. 글쎄, 일종의 두려움과 주체할 수 없는 경외심이 저 깊은 내면으로부터 자꾸만 방해를 하는 것이었다.

한편 노사제는 오토와 콘라트를 돌아보며 말했다.

"자네들은 접근하지 말게. 벨레다가 눈을 뜨면 오로지 보르스키 외엔 보여서는 안 돼. 그 어떤 다른 광경도 그녀의 시야에 들어가면 안 된단 말일세. 자, 보르스키, 그렇게도 두렵나?"

"두렵지는 않습니다."

"단지 진정이 안 된다 이 말이로군. 그러고 보면 사람 죽이는 게 되살리는 거보다 훨씬 쉽지? 자, 용을 좀 써봐! 베일을 걷고 이마를 만져보란 말이야. 신의 돌이 바로 손 닿는 곳에 와 있네. 꿈쩍만 하면 세상의 주인이 되는 거야."

마침내 보르스키는 행동에 들어갔다. 희생 제단 앞에 붙어선 채, 그는 여성 드루이드를 물끄러미 내려다보았다. 그러고는 잠잠하기만 한 가슴 위로 몸을 숙였다. 가만히 보니 하얀 옷이 가녀린 호흡으로 미세하게 들썩거리고 있었다. 더듬더듬, 그는 베일을 들췄고, 좀 더 몸을 기울여 반대편으로 살짝 드러난 이마에 닿을 수 있도록 다른 손을 내뻗었다.

바로 그때였다. 모든 동작이 한순간 마비된 것처럼 멈췄는데, 마치 일거에 지각 능력이 상실되어버린 사람처럼, 그 자세 그대로 꼼짝 않는 것이었다!

"뭔가? 왜 그래? 무슨 돌처럼 굳어버린 것 같잖아! 또 말썽이 도진 거야? 뭐가 잘못됐어? 내가 도와줄까?"

노사제가 호들갑스럽게 물어대는데도 보르스키는 단 한 마디 대답이 없었다. 그저 기겁을 한 표정으로 뚫어져라 무엇을 바라보더니, 점점 광기를 띤 얼굴로 변해가고만 있었다. 이마에선 비지땀이 흐르고 있었고, 퀭한 눈동자는 이 세상에서 가장 끔찍한 광경을 보는 듯했다.

순간, 노인의 대찬 웃음소리가 터져나왔다.

"우하하하하하, 저런, 이걸 어쩌나! 자네 정말 볼썽사납게 됐군그래! 차라리 그 최후의 여성 드루이드께서 신성한 눈꺼풀을 열고 자네의 그 못생긴 낯짝을 보지 않길 빌어야겠어! 그냥 내처 주무시구려, 벨레다여! 꿈도 없는 그대의 순수한 잠을 계속 주무시라고."

보르스키도 이젠 무언가 입안으로 우물거렸는데, 보아하니 점점 더 울화통이 치미는 모양이었다. 바야흐로 진실의 일단이 섬광처럼 그의 뇌리를 스치는 것이었다. 어떤 말 한마디가 계속해서 입술까지 솟구쳐 올랐지만, 그는 끝내 밖으로 내뱉길 거부하고 있었다. 마치 그것을 발설하면 더 이상 있지도 않은 존재, 이미 죽은 바로 이 여자에게 다시 생명을 불어넣어 주게 될까 봐 두려워하는 듯했다. 그렇다! 이미 죽은 여자……. 숨은 쉬고 있을지 몰라도, 자신의 손으로 죽였기 때문에, 죽었을 수밖에 없는 이 여자에게 말이다. 하지만 급기야는 그 말 한마디가 자기도 모르게 입가로 새어나오기 시작했는데, 그 자체가 엄청난 고통이었다.

"베로니크…… 베로니크……."

곧장 노사제의 빈정거림이 이어졌다.

"오호라, 그렇게 닮아 보이나? 맙소사, 어쩜 자네 판단이 옳을지도 모르지. 하긴 가족 같은 구석이 있긴 있어. 만약 자네가 다른 한 여자를 손수 십자가에 매달고 직접 임종을 지키지만 않았어도, 아마 두 여자가 동일 인물이라고 확신했을 거야. 베로니크 데르즈몽이 어인 일인지 손목에 밧줄 흔적이랄지, 그 어떤 상처 하나 없이 멀쩡하게 살아 있다고 말이야. 하지만 잘 보라고, 보르스키. 얼마나 깨끗하고 평온한 얼굴인가! 아주 안정되고 고요한 모습 아닌가? 그래, 아무래도 자네 판단은 틀린 것 같지? 자네가 매단 여자는 전혀 다른 여자야! 잘 생각하라고. 어렵쇼, 이거 이러다간 자네 날 진짜 원망하게 생겼어! 오 투타티스여, 절 좀 도와주소서! 예언자께서 드디어 저까지 죽이려 드시나이다!"

보르스키는 벌떡 몸을 일으키더니, 이번에는 홱 돌아서서 노사제를 노려보았다. 그 어느 때보다도 그의 얼굴은 훨씬 더 혹심한 증오와 분노로 일그러져 있는 듯했다. 그의 눈에 이제 저 늙은 드루이드 사제는, 자기를 어린애 취급만 하던 한 시간 전의 모습이 더 이상 아니라, 가공할 일을 벌인 수수께끼 같은 인물이자 더없이 위험하고 강력한 적으로 다가오는 것이었다. 저런 인물은 가능한 한 기회가 닿을 때, 즉각 처단해야 뒤탈이 없는 법!

하지만 노인의 대찬 너스레는 더욱 심해지고 있었다.

"이거 내가 완전히 궁지에 몰렸는걸! 날 어떻게 구워삶아 먹으려고? 저런 저 얼굴 좀 봐! 무슨 식인귀라도 되나? 살려줘요! 이러다 살인 나겠어! 오, 저 강철 같은 손가락이 내 목을 조이려 드네! 설마 칼을 사용하려는 건 아니겠지? 아니면 밧줄? 아니지 참, 권총이 있었지! 차라리 그게 낫겠다, 일단 깨끗할 테니. 자, 어디 해보게, 알렉시스. 내 최고급 의상에 구멍 두 발을 이미 냈으니, 모두 일곱 발 중 이제 다섯 발 남았겠군그래! 자, 어서, 알렉시스!"

물론 이런 말 한마디 한마디가 보르스키에겐 불에 기름을 붓는 것과 마찬가지였다. 더 지체할 이유가 없었다.

"오토! 콘라트! 준비됐겠지?"

권총을 쥔 손이 올라가자, 나머지 두 사내 역시 철커덕 조준을 마쳤다. 그들로부터 네 발짝쯤 떨어진 노인은, 왠지 슬슬 웃어가며 빌고 있었다.

"제발 이 가엾은 녀석을 불쌍히 여겨주세요, 선생님들. 다시는 그러지 않을게요. 옛날 그림처럼 아주 얌전하게 있을게요. 마음씨 좋은 선생님들."

보르스키의 입에서 또다시 날카로운 고함이 터져나왔다.

"오토! 콘라트! 준비해라! 자, 센다. 하나, 둘, 셋, 발사!"

총성 세 발이 거의 동시에 터져나왔다. 그런데 늙은 드루이드 사제는 제자리에서 핑그르르 한 바퀴 돌더니, 금세 균형을 되찾으며 똑바로 서는 것이었다. 그뿐만 아니라, 이제부턴 상대를 일일이 바라보면서, 일부러 비탄 섞인 목소리를 동원해 외치는 것이었다.

"명중이다! 그대로 관통해버렸어! 끽소리 못하고 죽게 생겼네! 이 늙은 드루이드를 골로 가게 해봐! 처절한 최후로다! 아! 그토록 떠들어대기 좋아하더니, 가엾은 노사제여!"

"쏴라! 쏴! 뭣들 하나, 이 멍청한 것들. 쏘란 말이다, 쏴!"

보르스키는 미칠 듯이 소리를 질러댔다.

그리고 그에 따라 노사제의 호들갑도 마치 장단을 맞추듯 극성을 더해갔다.

"쏴라! 탕! 탕! 탕! 탕! 심장에 구멍이 났어! 이키, 두 개, 세 개가 연거푸 나네! 자, 콘라트, 어서! 탕! 이번엔 자네, 오토! 타당!"

이제 총성은 제멋대로 터져나오면서 그 넓은 방 안을 온통 아수라장으로 만들고 있었다. 그야말로 불사(不死)의 노사제가, 때론 잔뜩 구부리고 때론 펄쩍 뛰어오르면서, 놀랄 만큼 민첩하고 경쾌하게 덩실덩실 춤을 추는 동안, 세 명의 패거리는 움직이는 과녁을 앞에 놓고 온갖 난리를 피우는 격이었다.

"그것참, 동굴 속에서 또 이렇게 놀아보긴 처음일세! 보르스키 이 친구, 정말 어리석기도 하지! 저래 보여도 신성한 예언자시라네! 정말 번지르르한 신분이잖아? 그러면서 어째 그 모든 걸 곧이곧대로 믿어버리셨나? 폭죽놀이에다 폭약 장난에다 반바지 단추까지! 게다가 이젠 노친네의 애꿎은 반지까지! 멍청한 녀석! 완전히 호구 아냐?"

그제야 보르스키는 총질을 멈췄다. 세 자루의 권총 모두가 애당초 실탄이 없었다는 것을 깨달은 것이다. 하지만 어떻게? 정녕 무슨 기적이라도 일어났다는 얘긴가? 대체 어인 일로 이런 황당무계한 일이 있을 수 있단 말인가? 저 앞에 버티고 서 있는 저 인간은 과연 누구란 말인가?

그는 쓸모없어진 쇠붙이를 냅다 팽개치고는 노인을 쏘아보았다. 당장 달려들어 목이라도 조를까? 그러다가 문득 옆에 누워 있는 여자를 달려들 듯한 기세로 노려보았다. 하지만 왠지 현실의 한계를 초극한 것처럼 보이는 이 두 괴이한 존재들 앞에서, 더 이상 맞설 역량을 스스로도 자신하지 못하는 기색이 역력했다.

보르스키는 어느 한순간 홱 몸을 돌리더니 두 사내를 불러 모아 함께 부랴부랴 지하 납골당을 빠져 달아나기 시작했다. 늙은 드루이드 사제의 야유가 집요하게 그의 뒤통수를 때리고 있었다.

"아하, 드디어 꽁무니를 빼시는군! 그럼 신의 돌은 나더러 어떡하라고? 저런, 급하기도 하셔라! 엉덩이에 불이라도 붙은 거야? 얼씨구절씨구! 그래 꺼져라, 꺼져! 요 얄궂은 예언자야."

15
격돌

보르스키는 도망치면서도 사실 겁에 질렸던 것은 아니었다. 글쎄, 실제로 이렇다 하게 두려운 것도 없이 막무가내로 줄행랑을 쳤다고나 할까? 자신이 무슨 짓을 하는지도 모르는 채 그냥 밖으로 뛰쳐나왔을 뿐이다. 발칵 뒤집힌 머릿속에서는 온갖 고삐 풀린 생각이 어지러이 맴돌았고, 결정적으로 패퇴했다는, 얼마간은 초자연적인 힘 앞에서 여지없이 당해버렸다는 직관이 그 한가운데 오롯이 떠오르고 있었다.

마법과 기적을 철석같이 믿었기에 이 보르스키라는 사람이야말로 운명이 점지한 자라고 예감했던 것이, 이제는 그 사명을 박탈당하고, 운명이 새로 선택한 웬 낯선 자에게 자리를 빼앗겼다는 당혹감뿐이었다. 하나는 보르스키, 다른 하나는 늙은 드루이드 사제로부터 뿜어져 나오는 두 부류의 초자연적인 권능이 서로 대적했고, 마침내 후자가 전자를 압도해버린 셈이다. 베로니크의 부활, 노사제의 독특한 개성, 온갖 대화와 장광설, 농담, 저 혼자 핑그르르 돌거나 펄쩍펄쩍 뛰기도 하던 그 모든 알 수 없는 행동, 그러는 가운데 서서히 증명되는 그자의 무적(無敵)일 것 같은 위력……. 이 모든 것이 보르스키에게는 황당무계한 마법의 조화처럼만 느껴졌고, 원시 동굴의 특수한 분위기 속에서 완전히 길을 잃고 헤매는 듯한 낭패감을 불어넣어 주었다.

지금으로서 할 수 있는 것은 어떻게든 부랴부랴 지상으로 빠져나가는 것뿐. 숨을 쉬고 싶었고, 세상을 제대로 보고 싶었다. 그중에서도 가장 먼저 보고 싶었던 것은 베로니크를 매달아 마지막 숨을 거두게 했던 그 참나무였다.

그는 세 번째 지하 납골당으로 이르는 비좁은 통로를 바득바득 기어오르며 새된 소리로 중얼거렸다.

"틀림없이 죽었단 말이야. 분명 숨을 거두었어. 이래 봬도 죽음이 뭔지는 알아. 죽음이라면 이 두 손으로 숱하게 주물러온 몸이야. 내가 착각할 리가 없다고. 도대체 그 악마 같은 녀석이 어떻게 되살려놓은 거지?"

그는 문득 왕홀을 집어 들었던 원기둥 모양의 대(臺) 앞에서 멈췄다.

"혹시……."

갑자기 달음박질을 멈춘 보르스키를 휘둥그레 쳐다보며 콘라트가 다그쳤다.

"또 무슨 말을 하려고요. 어서 여기나 빠져나가자고요!"

보르스키는 끌려가다시피 걸음을 옮기며 계속해서 중얼거렸다.

"이봐, 콘라트, 내 생각을 말해볼게 한번 들어보게나. 아무래도 우리가 본 그 잠자는 여자 말이야. 그 여자가 아닐지도 몰라. 과연 그 잠자는 여자, 진짜 사람이기나 한 걸까? 아, 그놈의 늙은 마법사는 내가 보기에 무슨 조화든 부릴 수 있을 것 같아. 아마 무슨 밀랍 인형 같은 거라도 만들어서 살짝 눈속임을 한 것 같다고."

"정신 나간 소리 그만하고 어서 움직여요, 움직여!"

"정신 나간 소리가 아니야! 방금 그 여자는 살아 있는 진짜 사람이 아니었어. 한데 나무 위에서 죽은 여자는 분명 깨끗하게 죽었단 말이야. 이따 나가서 나무를 보면 알 거야. 내가 장담하지. 기적이라는 게 있긴 있지만 아까 그건 아니라고!"

얼떨결에 등불을 들고 나오는 것을 깜빡했기 때문에 일행은 벽이며 돌부리에 연신 부딪혔다. 어지러운 발소리가 둥그스름한 천장 여기저기에서 을씨년스러운 반향을 불러일으키고 있었다. 콘라트는 그런 모든 것에 질리다 못해, 계속해서 이렇게 투덜거렸다.

"내가 그렇게 경고했는데…… 애당초 그자의 머리를 빠갰어야 하는 건데……."

반면 걸음아 날 살려라 하고 달리기만 했던 오토는 숨이 턱에까지 차서 연신 헐떡거리고 있었다.

그렇게 해서 일행이 첫 번째 지하 납골당으로 들게 되어 있는 입구에 더듬더듬 다다랐을 때였다. 죽은 참나무 뿌리를 거둬내고 들어온 위쪽 구멍에서 충분한 빛이 들이칠 만도 한데, 웬일인지 한 치 앞도 분간 못 할 어둠이 모두를 맞이하고 있는 것이 아닌가!

"거참, 이상하네."

콘라트의 말에 오토가 성급하게 대꾸했다.

"젠장, 벽에 붙은 계단만 찾으면 그만이야! 옳지, 됐다. 여기 계단이 있어."

그는 대충 밟히는 대로 계단을 오르다가 문득 그 자리에 멈춰 섰다.

"더 이상 나아갈 수가 없어. 아무래도 흙더미가 무너져 내렸나 봐."

보르스키가 펄쩍 뛰었다.

"그럴 리가! 아 참, 잊고 있었네. 내게 라이터가 있었지."

그는 얼른 불을 켰는데, 그 순간 세 명 모두 소스라치며 비명을 내지르는 것이었다. 계단의 상부는 물론 방의 절반가량에 온통 모래와 돌더미 사태가 나 있는 데다가 죽은 참나무 줄기까지 밀려들어 나뒹굴어 있는 것이었다. 아무리 해도 빠져나갈 구멍이 없을 것 같았다.

순간적으로 기진맥진한 보르스키는 그만 계단 하부에 털썩 주저앉았다.

"우린 이제 망했다. 이 모든 게 바로 그 교활한 늙은이가 꾸민 짓이야. 이건 필시 그가 혼자가 아니라는 증거야."

더 이상 상대가 안 되는 싸움에 나설 기력을 잃은 채, 그는 애처로운 표정으로 횡설수설할 따름이었다. 하지만 콘라트는 여전히 악을 써댔다.

"도무지 당신답지 않군요, 보르스키!"

"아무튼 저 작자와는 이제 더 이상 어떻게 해볼 도리가 없지 않은가?"

"해볼 도리가 없다니요? 처음부터 내가 수십 번은 되풀이한 얘기가 있지 않습니까? 달려가 놈의 목을 분지르자는 거요. 아, 그때 말리지만 않았어도……."

"자넨 그자의 옷깃 한번 건드리지도 못했을 거야. 심지어 총까지 쏴봤지만 어디 꿈쩍이나 하던가?"

"그건 우리 총알들이……. 총알들이……."

콘라트는 그만 기어드는 목소리가 되었다.

"그게 웬일인지 엉망이 됐어요. 라이터 좀 줘보세요. 수도원에서 가져온 다른 권총이 하나 있어요. 어제 아침에 내가 직접 장전한 건데, 어디 한번 살펴보죠."

아니나 다를까, 얼마 살펴보지 않고도 탄창에 담겨 있는 일곱 개의 탄환이 모두 탄피뿐인 공포탄임을 알 수가 있었다.

그는 이를 악물고 중얼거렸다.

"이제야 설명이 되는군요. 당신의 그 잘난 늙은이는 마법과는 하등의 상관이 없는 자예요. 우리 총만 제대로 장전되었더라면 놈을 개처럼 쏴 죽일 수 있었단 말입니다!"

하지만 그런 설명은 오히려 보르스키를 더더욱 당혹하게 할 뿐이었다.

"바로 그 점이 문제 아닌가? 그가 어떻게 우리 총을 손봐둘 수 있었느냔 말일세. 우리 호주머니 속에 얌전히 있던 총들을 언제 어떻게 꺼내서 이 모양으로 만든 다음, 다시 얌전히 제자리에 되돌려놓을 수 있었겠느냐 이 말이야! 난 권총을 단 한 번도 꺼내 놓아둔 적이 없었네."

"그건 저도 마찬가집니다."

콘라트도 고개를 갸우뚱했다.

"누구든 손을 댔다면 못 알아차렸을 리가 없어. 그러니까…… 그러니까 혹시 그 악마 같은 자식이 뭔가 특별한 능력을 지닌 게 아닌가 하는 거지. 아무리 생각해도 사태를 있는 그대로 인정하지 않을 수가 없어. 뭔가 알 수 없는 비밀이 있는 녀석이야. 무슨 수단이든……. 만만치 않은 수단을 부리는 자라고."

콘라트는 어깨를 으쓱하며 한마디 했다.

"이봐요, 보르스키. 이번 일로 당신은 완전히 허물어진 듯싶군요. 이제 당신은 다됐습니다. 단발에 그대로 나가떨어졌어요. 이젠 너덜너덜해진 넝마와도 같단 말입니다. 하지만 나는 당신처럼 쉽게 고개를 숙이진 않아요. 망했다고? 대체 뭣 땜에? 설사 그가 우릴 쫓아온다 해도, 엄연히 우리가 수적으로 월등한걸!"

"그는 추격해오지는 않을 거다. 우릴 이 꽉 막힌 토굴 속에 그대로 가둬버릴 거야."

"그가 쫓아오지 않는다면 내가 그리로 쳐들어가죠! 단도가 있으니 충분할 겁니다!"

"그게 아닐세, 콘라트."

"아니긴 뭐가 아닙니까? 장정 한 명쯤 상대하는 건 워낙 문제도 아닌 데다, 그자는 한낱 늙은이일 뿐입니다. 도와줄 사람이라고 해봐야 나자빠져 있는 여자 하나가 고작이고요."

"이보게, 콘라트, 그자는 인간이 아니야. 여자도 마찬가지고. 조심하는 게 좋을 걸세."

"조심은 할 테지만, 이대로는 안 있을 겁니다."

"이대로는 안 있는다. 이대로는 안 있는다. 그래, 그럼 자네 계획은 뭔가?"

"계획이랄 것도 없어요! 뭐 굳이 하나 들라면 그 작자를 완전히 요절 내겠다는 것뿐이죠!"

"아무튼 조심해야 하네. 절대로 정면에서 덤비지 말고, 차라리 기습을 시도해봐."

"맙소사! 내가 그자의 공격에 속수무책으로 대줄 만큼 바보인 줄 아세요? 안심하세요. 그놈은 내가 잡습니다!"

대담하게 나서는 콘라트의 뒷모습을 바라보는 보르스키의 마음도 아까보다는 많이 진정되어 있었다.

"그러고 보니 저 친구 말에도 일리는 있어. 노사제가 우리 뒤를 쫓지 않는 건 필시 다른 뜻이 있어서일 거야. 결코 우리가 반격해오리라고는 생각지 못할 테니, 콘라트의 기습이 어쩜 먹혀들는지도 모른다고. 어떻게 생각하나, 오토?"

"일단 참고 기다려보는 수밖에요."

오토 역시 동감인 모양이었다.

그렇게 15분이 흘러갔다. 보르스키는 점점 평정을 되찾아가고 있었다. 아마도 아까는 과도한 희망을 품다가 갑작스러운 실망에 부닥쳐서 그런지, 지나친 도취 상태가 급속도로 몸을 기진맥진하게 만들어서 그런지, 너무도 손쉽게 무릎을 꿇은 감이 없지 않았다. 하지만 이제는 다시금 투지가 불붙는 듯했고, 급기야는 상대와 끝장을 보겠다는 생각을 하기에 이르렀다.

"누가 알겠어? 혹시 콘라트가 이미 깨끗하게 해치웠을지도 모르지."

그렇게 내뱉는 보르스키의 심리는 이미 그 특유의 불균형한 흥분 상태를 보여주고 있었고, 또다시 기세등등한 신념에 불타 걸음을 내딛기로 결심을 굳혔다.

"가자, 오토! 이번에야말로 기나긴 여정을 끝마무리하는 거다. 늙은이 한 놈만 해치우고 나면 모든 게 끝나는 거야. 자네 단도 가지고 있지? 아니, 그것도 필요 없어. 나의 이 두 맨주먹이면 족해!"

"하지만 그 늙은 드루이드에게도 패거리가 있으면 어쩌죠?"

"그거야 두고 보면 알겠지."

그렇게 해서 두 사람은 왔던 길을 되짚어가기 시작했고, 각각의 지하 납골당을 연결하는 통로가 시작되고 끝날 때마다 긴장을 바짝 조인 채 경계를 늦추지 않았다. 어떤 수상쩍은 소음도 들리지 않았다. 마침내 세 번째 지하 납골당의 불빛이 저만치 느껴졌다.

"콘라트가 틀림없이 해냈을 거야. 만약 그렇지 않다면 벌써 우리 쪽으로 도망쳐 나오기라도 했을걸!"

보르스키의 말에 오토도 맞장구를 쳤다.

"맞아요. 그가 보이지 않는 건 분명 좋은 징조예요. 아마 그놈의 늙은이에게는 그야말로 지옥 같은 15분이었을 겁니다. 콘라트 그 친구가 어디 보통내기입니까?"

드디어 세 번째 지하 납골당 안으로 들어선 두 사람. 왕홀도 대(臺)

위에 얌전히 있고, 보르스키가 열고 나서 팽개쳐둔 구형 손잡이도 바닥에 나뒹군 채 그대로 있는 것이, 모두 이전과 다름없었다. 다만 노사제가 곯아떨어져 있었던 어둑한 구석에 눈길이 멈추자 그만 멈칫하지 않을 수가 없었다. 정확히 같은 지점은 아니었지만, 어두운 구석과 통로 입구 중간쯤에 마찬가지로 느긋하게 뻗어 있는 늙은 드루이드 사제의 모습이 눈에 들어온 것이었다.

"이런 젠장! 저놈 저기서 또 뭐하는 거야? 가만있자, 또 자고 있는 거 아냐?"

그렇게 내뱉는 보르스키의 목소리엔 벌써부터 허둥대기 시작한 기색이 역력했다.

아닌 게 아니라 정말로 곤히 자는 모습이었다. 단지 좀 이상한 것은, 배를 깔고 양팔을 쫙 벌린 채, 마치 십자가에라도 매달린 것 같은 자세로 코를 땅에 박고 잔다는 사실이었다.

과연 조심성이 있는 자라면, 언제 위험이 닥칠지 모르는 상황에서 저처럼 나 몰라라 하는 자세로 뻗어 있을 수가 있을까? 또한 보르스키의 눈이 어둠에 조금씩 익숙해지면서 알아본 것이지만, 저자의 흰옷에 왜 아까는 없던 붉은 자국이—그렇다, 그것은 분명 붉은 자국이었다!—얼룩져 있는 것일까? 도대체 무슨 영문일까?

오토가 나지막이 입을 열었다.

"거참, 자세 한번 요상하네요."

"그러게 말이다. 마치 시체한테서나 볼 수 있는 자세 같아."

마침 같은 생각을 하고 있던 보르스키가 짚고 넘어가자, 오토가 다시 맞장구를 쳤다.

"아, 맞아요! 시체 같은 자세! 정확한 표현이에요!"

하지만 바로 다음 순간, 보르스키는 뒤로 흠칫 물러나며 내뱉었다.

"오, 저, 저럴 수가……."

"뭔데요?"

"양 어깻죽지 한복판 말이야. 잘 봐."

"뭐가 어때서요?"

"이런! 단도가 있지 않은가!"

"네? 단도요?"

"콘라트의 것이 분명해! 콘라트가 가지고 간 단도라고! 알아보겠어. 어깻죽지 한복판에 정통으로 꽂혔군그래."

그러고는 몸서리를 치며 덧붙였다.

"붉은 자국도 틀림없이 그 때문에 생긴 거야. 피라고. 피…… 칼에 찔린 상처에서 나온 핏자국이라고!"

"그럼, 진짜 죽은 걸까요?"

"죽었겠지. 늙은 드루이드는 이제 죽었어. 콘라트가 결국엔 해낸 거야! 노사제는 죽었어!"

보르스키는 당장이라도 그 축 늘어진 몸뚱어리로 달려들어 이번에는 자기의 매운맛도 보여주리라 생각하며, 꽤 오랫동안 뜸을 들이고 서 있었다. 하지만 상대가 살아 있을 때와 마찬가지로 왠지 죽어서도 감히 손댈 엄두가 나지 않았고, 기껏 용기를 낸다는 것이 슬그머니 다가가 후닥닥 상처의 단도를 빼 드는 것에 그치고 말았다.

그제야 그의 입에서 쾌재의 탄성이 대차게 터져나왔다.

"아하! 요 불한당 같은 늙은이! 고것 참, 쌤통이로구나! 콘라트, 정말이지 대단한 사람이야! 이 친구의 은혜는 절대 잊지 못할 거라고!"

"그나저나 어디 있는 걸까요?"

"그야 당연히 신의 돌이 있는 방이겠지. 아, 오토, 어서 부리나케 노사제가 눕혀놓은 여자한테 가봐야겠어. 그년한테도 화풀이를 톡톡히 해야지!"

"그럼 또 살아 있는 진짜 여자라고 믿으시는 겁니까?"

오토가 이죽대자 보르스키는 아까와는 사뭇 다르게 확신에 찬 어조로 대답했다.

"그야 물론 진짜 살아 있는 여자지! 늙은 드루이드가 그런 것처럼 말이야! 마법사인 척했지만, 결국 얄팍한 속임수나 쓸 줄 아는 사기꾼에 불과하다는 게 여기 보듯이 증명됐지 않은가! 전혀 실재적인 권능을 가진 게 아니었다고!"

하지만 오토는 다른 생각을 가지고 있었다.

"사기꾼인 거야 그렇다 치죠. 하지만 그자가 일부러 신호를 보내서까지 동굴의 위치를 알려준 건 왜일까요? 무슨 목적으로 그랬느냔 말입니다! 여기서 대체 무슨 일을 하고 있었을까요? 과연 그자가 정말로 신의 돌에 얽힌 비밀과 그 정확한 위치, 그걸 손에 넣는 방법을 알고 있었던 걸까요?"

원래 험한 일에 뛰어들수록 세세한 것까지 신경 쓰는 편이 아닌 보르스키는 툭 던지듯 이렇게 대꾸했다.

"자네 말처럼 수수께끼는 한두 가지가 아니지. 다만 그런 것들일수록 시간이 흐르면 저절로 풀리게 되어 있어. 더구나 이젠 저 울화통 치밀게 하는 녀석이 꼬치꼬치 물고 늘어지는 것도 아닌데, 난 당분간 그런 수수께끼들은 상관하지 않을 생각이네."

둘은 도합 세 번째로 문제의 비좁은 내리막 통로를 파고들었다. 마침내 널찍한 방 안으로 들어선 보르스키는 고개를 번쩍 쳐들고 눈을 부라리는 것이, 완전히 승리자의 태도였다. 이제 더 이상의 장애물도 적도 있을 리 없다는 투였다. 신의 돌이 천장 한가운데 매달려 있든, 그 외의 다른 어느 곳에 숨겨져 있든, 반드시 손에 넣고야 말 거라는 데엔 의심의 여지가 없었다. 문제는 전혀 베로니크일 리가 없으면서 베로니크의 모습을 빼닮은 바로 그 수수께끼 같은 여자였는데, 보르스키는 제일 먼저 그 정체부터 까발리기로 작심한 상태였다.

"제발 그 자리에 그대로만 있어다오. 근데 사실 어딘가로 사라져버렸을 것 같기는 해. 사기극에서 한몫을 단단히 해낸 다음, 내가 완전히 떨어져 나갔다고 보고 그 노인네가 어딘가로 치워버렸을지도……."

그렇게 중얼거리며 그는 몇 계단을 걸어 올라갔다.

다행인지 불행인지 여자는 그 자리에 있었다.

고인돌 아래 판석에 아까와 다름없이 베일에 가린 모습으로 누워 있었다. 다만 웬일인지 팔은 더 이상 축 늘어져 있지 않았고, 손 하나만 베일 밖으로 내밀고 있었다. 물론 손가락에는 터키석 반지를 낀 채로 말이다.

오토가 입을 열었다.

"여전히 자고 있군요."

"그런지도 모르지. 어쨌든 좀 자세히 조사를 해야겠어."

보르스키는 성큼 다가섰다. 그의 손에는 콘라트의 단도가 여전히 들려 있었는데, 마치 그것에 눈길이 가 닿자 비로소 살의(殺意)를 품는 것처럼 보였다.

그렇게 여자로부터 세 발짝 정도밖에 떨어지지 않았을 때였다. 훤히 드러난 여자의 손목 피부에, 필시 밧줄에 심히 옭아매어져 생겼을 것 같은 흔적이 온통 시커멓게 눈에 들어오는 것이었다. 그런데 불과 한 시간 전까지만 해도, 노사제는 여자의 몸 어디에도 아무런 상처 하나 나지 않았다는 것을 애써 강조하지 않았던가!

이런 세세한 사실 하나만으로도 보르스키는 또다시 극도의 혼란에 휩싸이고 말았다. 세세하다고는 하지만, 엄연히 십자가에 매달아 죽인 여자를 누군가 끌어내려 이렇게 눈앞에 갖다 놓았다는 얘기일 테고, 이는 곧 기적의 아리송한 세계 속으로 다시 한번 빠져들 수밖에 없음을 의미하는 것이었다. 그때부터 베로니크의 팔은, 멀쩡하게 살아 있는 여성의 매끈한 팔과 고통 속에 죽어 푸르죽죽하게 썩어가는 여성의 끔찍한 팔로 그 양상을 바꿔가며 차례차례 다가오기 시작했다.

그의 손은 벌벌 떠는 가운데, 마치 이것만이 자신을 구원해줄 도구라는 듯, 콘라트의 단도를 우악스레 움켜쥐고 있었다. 이미 죽은 여자를 또다시 죽이겠다는 뜻이 결코 아니라, 악착같이 물고 늘어지는 미지의 적을 내려쳐서, 단 한칼에 모든 악운을 끊어버리기 위해 이 칼을 치켜들겠다는 생각만이 혼미해진 정신 속에 또렷이 떠오르고 있었다.

마침내 단도를 쥔 손을 높이 치켜들었고, 눈으로는 내리찍을 지점을 예리하게 고르고 있었다. 그의 얼굴은 특유의 야만스러운 본능과 살의의 희열로 환하게 빛을 발했다. 다음 순간, 무참히 내리찍은 칼질을 시작으로, 보르스키는 마치 모든 본능이 한꺼번에 고삐가 풀려나간 듯, 아무 데나 찌르고 또 찌르기를 미친 듯이 반복해대는 것이었다.

그러면서 그는 정신없이 중얼거리고 있었다.

"죽어! 죽으라고! 더 죽으란 말이다! 더! 더! 완전히 끝장나게……. 넌 아예 나를 골탕 먹이러 나타난 악령이야. 그러니 이제 내가 널 없애주겠어. 내가 자유롭도록 이제 죽어줘! 내가 홀로 주인이 될 수 있도록 넌 죽어야만 해!"

한참 동안 광란의 칼부림을 벌이던 그는 잠시 멈춰 숨을 돌렸다. 보아하니 아주 기진맥진한 상태였다. 그렇게 퀭한 눈으로 자신이 갈기갈기 찢어발긴 처참한 몸뚱어리를 멍하니 내려다보고 있을 때였다. 문득 저 위 구멍으로부터 쏟아져 들어오는 햇살과 자기 사이를 난데없는 그림자가 슬그머니 가로막는 것 같은 이상한 느낌이 들었다.

곧이어 웬 목소리 하나가 들려왔다.

"자네 모습을 보노라면 뭐가 연상되는 줄 아는가?"

보르스키는 화들짝 놀랐다. 일단 함께 온 오토의 목소리가 아니었던 것이다. 죽은 여자의 몸에 꽂힌 단도를 부여잡고 고개를 떨구고 있는 그의 귓가로 같은 목소리가 다시금 부딪쳐왔다.

"자네 모습이 무얼 연상시키는 줄 아느냐고 물었네, 보르스키. 자넨 말이야, 우리나라의 황소들을 떠올리게 해. 아 참, 내가 말을 안 했던가? 나는 에스파냐 사람이고 대단한 투우 애호가라는 사실 말이야. 녀석들은 투우 경기 때 웬만큼 맛이 간 늙다리 말들을 어쩌다 뿔로 받아 쓰러뜨리고 나면, 이미 말이 죽었는데도 자꾸만 시체에 달려들어 뒤집고 받고, 또 받고 그러지. 아주 한도 끝도 없을 것처럼 말이야. 자네 모습이 바로 그와 같아, 보르스키. 어찌 된 거야, 붉은 빛깔이라도 본 건가? 생생하게 살아 숨 쉬는 적으로부터 자네 자신을 지키기 위해 살아 있지도 않은 적한테 죽자고 달려들고 있다니! 자넨 지금 죽음 자체를 죽이려고 안간힘을 쓰고 있어. 정말이지 자넨 짐승 같은 존재야!"

보르스키는 고개를 쳐들었다.

고인돌의 기둥에 기댄 채, 느긋한 자세로 서 있는 웬 남자의 모습이 눈에 들어왔다. 중키인 데다 꽤 날렵한 몸매를 하고 있었고, 관자놀이 쯤에서 희끗희끗한 머리에도 불구하고 아직은 젊고 싱싱해 보이는 사나이였다. 선원들이 즐겨 입는 금 단추 달린 짙은 청색 재킷에, 역시 선원들이 자주 쓰는 검은색 챙 달린 모자를 쓴 차림새였다.

"그렇게 뜯어볼 필요도 없어. 자넨 내가 누군지 모르니까. 이름은 돈 루이스 페레나, 에스파냐 대(大)귀족 출신에다, 그 밖에도 숱한 나라의 영주이자 사레크 섬의 주인이지. 그래, 놀랄 만도 하겠지, 사레크의 주인이라는 말……. 그건 아주 최근에 갖다 붙인 호칭인데 그럴 만한 권

리가 몇 가지 있지."

보르스키는 어리둥절한 표정으로 바라만 보고 있었고, 사내는 계속 했다.

"보아하니 에스파냐 귀족 가문에는 별로 익숙지 못한 모양이로군. 하지만 기억을 잘 떠올려봐. 내가 바로 데르즈몽 가문과 사레크의 주민들을 구하기 위해 나타나기로 되어 있던 그 사람이라고. 자네 아들 프랑수아가 그토록 순수한 믿음으로 고대하던 바로 그 사람 말이야. 어때, 이제 감이 오나? 저런, 자네 친구 오토는 뭔가 생각나는 게 있는 모양이로군. 하지만 아마도 내 다른 이름을 들려주면 자네도 그리 멍한 표정만 짓고 있지는 못할걸. 이게 좀 더 많이 알려져 있을 테니까. 뤼팽…… 아르센 뤼팽이라고는 들어봤겠지?"

보르스키는 스멀스멀 차오르는 공포심을 통해서 상대를 쳐다보기 시작했다. 이 새로운 적수의 사소한 제스처 하나, 말투 하나마다 의혹은 확신으로 점점 구체화되어가고 있었다. 비록 생김새나 목소리를 알아보는 것은 아니었지만, 왠지 그 앞에서 언젠가 된통 당한 적이 있는 것 같은 압도적인 기세와 신랄한 조소(嘲笑)에 또다시 굴복당하는 기분이었다. 어찌 이럴 수가 있단 말인가?

돈 루이스 페레나는 계속해서 상대를 몰아붙였다.

"자네가 어떤 생각을 하든, 세상에 불가능한 일이란 없다네. 다시 말하지만 자네는 짐승 같은 존재야! 맙소사! 자넨 마치 대단한 깡패이거나 뱃심 좋은 건달쯤이라도 되는 척하지만, 실은 자신이 저지른 일련의 범죄행위들 속에서조차 전혀 그렇지가 못하더군! 그저 사소한 만족을 위해 살인을 한다는 게 자네한테 딱 맞아. 처음 장벽에 부닥치자마자 그대로 미쳐버리는 것 좀 보라고. 보르스키는 사람을 죽이되, 누굴 죽이는지도 스스로 모르고 있어. 베로니크 데르즈몽이 과연 죽었을까,

살았을까? 도대체 자네가 매단 그 참나무에 그녀가 잠시나마 매달려 있기라도 했을까? 아니면 여기 이 희생 제단 위에 뻗어 있었을까? 자네가 그녀를 참나무에서 죽인 걸까, 이곳에서 죽인 걸까? 미스터리지. 자넨 칼로 찌르기 전에 누굴 찌르려 하는지 눈여겨볼 생각조차 하지 않았어. 오로지 중요한 건 칼을 멋대로 휘두르는 것, 피 냄새에 스스로 도취하는 것, 생생한 육체를 혐오스러운 쓰레기로 탈바꿈시키는 것, 뭐 그런 것들인 셈이지. 그러니 이젠 두 눈을 크게 뜨고 잘 봐, 이 바보야. 자고로 사람을 죽일 정도면 죽이는 행위 자체에 두려움을 느껴선 안 되는 법이야. 그런데 희생자의 얼굴을 베일로 가려두어서야 쓰나! 잘 보란 말이야, 바보 같은 놈!"

그러면서 사내는 손수 몸을 숙여 여자의 얼굴을 덮고 있던 베일을 훌쩍 벗겼다.

그러나 보르스키는 바라보는 대신 두 눈을 질끈 감았다. 그뿐만 아니라 무릎을 꿇고 죽은 여자의 다리 위로 가슴을 무너지듯 포갠 채, 꼼짝도 하지 않는 것이었다.

돈 루이스의 빈정대는 말투는 계속해서 이어졌다.

"이제 알겠나, 엉? 그처럼 바라볼 엄두조차 못 내는 걸 보면, 자넨 이미 사태를 짐작했거나, 조만간 깨달을 거라고 스스로 느끼고 있다는 의미야, 안 그런가? 가련한 녀석. 자네의 어리석은 머리로도 이제는 슬슬 이해하기 시작한 것 아니냐고? 알다시피 최근 이곳 사레크에는 단 두 여자만이 있었지. 베로니크와 다른 한 여자. 이름이 엘프리드라고 했던가? 맞지? 엘프리드와 베로니크. 둘 다 자네 배우자이지. 하나는 레이놀드의 엄마고 다른 하나는 프랑수아의 엄마……. 그러니 자네가 프랑수아의 엄마를 십자가에 매달고 지금은 칼로 난도질을 한 게 아니라면 과연 누굴 그렇게 했다는 것이 될까? 그야 레이놀드의 엄마이겠지. 지금 여기 누운 채 손목이 시퍼렇게 썩어가는 여자가 베로니크가 아니라면, 당연히 엘프리드 아니겠냐고? 착각이 있을 리 없지. 자네의 아내이자 공범인 엘프리드……. 자네의 그 저주스러운 영혼이나 다름없는 엘프리드 말이야. 그 사실을 너무도 잘 알고 있기에 자네는 눈을 떠서 충실한 공범인 이 죽은 여자의 처참해진 몰골을 보느니, 차라리 내 말을 그냥 그대로 받아들이는 게 낫다고 생각하는 거야. 비겁한 자식 같으니라고."

실제로 보르스키는 잔뜩 구부린 두 팔로 얼굴을 가리고 있었다. 그렇다고 울고 있는 것은 결코 아니었다! 보르스키는 눈물을 흘릴 줄 모르는 인간이었다. 그럼에도 불구하고 그의 양어깨는 경련을 일으키듯 들썩거리고 있었고, 극심한 절망감이 전체 태도에 묻어나고 있었다.

그런 상태로 꽤 오랜 시간이 흘러갔다. 이윽고 어깨의 경련이 잦아들었는데, 여전히 보르스키는 꼼짝할 생각이 없어 보였다.

돈 루이스가 다시 입을 열었다.

"그러고 보니 다소 가엾다는 생각도 드는군그래. 한데 진짜 엘프리드를 그만큼 아껴서 그러는 건가, 아니면 그냥 습관이 들어서 그런 건가? 대체 왜 그러는 건데? 설마 그 정도로 바보인 거야? 최소한 자기가 뭘 하는지는 알고 행동했을 것 아닌가? 모르면 물어서라도 그랬을 테고, 곰곰이 생각해봐도 알 일 아닌가 말이야! 이런 엉뚱한 놈이 있나! 자넨 마치 물에 처음 던져진 신생아처럼 살인의 바다 속을 마냥 헤엄쳤더란 말인가? 하긴 그랬으니, 지금처럼 허탈한 지경에 빠져 나뒹구는 거겠지. 어디, 늙은 드루이드는 죽었을까, 살았을까? 콘라트가 그의 등에 칼을 꽂은 걸까, 아니면 내가 그 끔찍한 수고를 그 대신 그의 등에 해준 걸까? 다 집어치우고 과연 늙은 드루이드와 에스파냐 대귀족이라는 두 인물이 혹시 같은 사람은 아닐까? 이 모든 것이 자네처럼 가엾은 애송이에겐 뭐가 뭔지 도통 모르는 수수께끼일 테지. 그래도 곰곰이 생각해서 깨달아야만 하네. 어때, 내가 좀 도와줄까?"

비록 보르스키가 생각 없이 행동을 저지른 것은 사실이지만, 고개를 든 그의 표정으로 미루어보건대, 이번만큼은 충분히 생각을 하는 듯했고, 지금까지의 사태가 자신을 어떤 절망적인 상황으로 몰아넣고 있는지 여실히 절감하는 눈치였다. 아울러 돈 루이스가 권고한 대로 모든 것을 이해할 태세가 갖춰진 듯했지만, 손에 쥔 단도와 그걸 어떻게든 써먹으려는 검은 속셈만큼은 여전해 보였다. 그는 그러한 속셈을 숨기지 않고 돈 루이스의 시선을 맞받아 쏘아보면서, 천천히 몸을 일으켰다.

"조심하는 게 좋아. 자네의 그 단도는 권총과 마찬가지로 엉터리일 뿐이니까. 은종이로 접어 만든 거거든."

물론 공연히 던져본 농담이었다. 최후의 전투에 임하려는 보르스키의 계산된 의지를 늦추거나 부추길 그 어떤 수단도 지금 이 순간엔 존재하지 않았다. 보르스키는 제단을 빙 돌아서 돈 루이스 앞에 떡 버티고 섰다.

"결국 지난 며칠 동안 내 계획을 번번이 가로막고 나선 놈이 바로 너였단 말인가?"

보르스키의 일갈에 돈 루이스는 깍듯이 정정했다.

"정확히 스물네 시간 전부터이지. 더는 아니야. 사레크에 도착한 지 이제 겨우 스물네 시간이라고."

"그럼 정녕 끝까지 가보겠다는 것이냐?"

"가능하다면 그보다 더 가고 싶어지는걸!"

"도대체 왜? 무슨 득을 보겠다고?"

"그냥 좋아서 하는 짓인걸! 왜냐면 너 같은 혐오스러운 놈 혼내주는 게 재미있으니까."

"그럼 타협점은 없는 거로군?"

"전혀."

"내 도박에 한몫 끼는 것도 싫겠지?"

"그걸 말이라고 하나?"

"반을 떼어주겠다."

"다 갖고 싶은걸!"

"결국 신의 돌 말인가?"

"신의 돌은 내 거야."

다른 말은 필요 없었다. 이런 정도의 상대라면 먹느냐 먹히느냐 하는 것밖에 다른 방도가 없는 법이다. 그 두 가지 결말 중 하나를 선택해야 할 뿐. 제3의 대안이란 있을 수 없다.

돈 루이스는 여전히 기둥에 기대선 채 태연한 자태 그대로였다. 일단 보르스키가 신장 면에서 머리 하나만큼 굽어보는 처지였다. 아울러 완력이라든가 체격, 체중 등등, 모든 면에서 상대보다 월등할 것 같다는 느낌이 강하게 들었다. 상황이 그러할진대, 망설일 이유가 무엇이겠는가! 게다가 지금 이 정도 거리라면, 일이 벌어지기 전에 돈 루이스가 칼침을 피한다거나 제대로 방어를 할 가능성은 희박해 보였다. 지금 이 순간, 상대가 그 자세 그대로 움직이지만 않는다면, 아무리 재빨리 방어를 취한다 해도 때는 늦을 것이 뻔했다. 한데 돈 루이스는 여전히 느긋한 자세 그대로 꼼짝 않는 것이었다. 마침내 보르스키는 다 잡아들인 먹잇감을 향해 최후의 치명타를 먹이듯, 회심의 일격을 가했다.

그러나—너무도 순식간에, 너무도 불가사의한 양상으로 벌어진 일이라, 이렇다 할 격돌이 일어났다고 말하기도 뭐할 정도였다—길어야 3~4초가 흘렀을까, 보르스키는 단도를 내팽개친 채, 쓰러져 있었다. 두 다리는 마치 몽둥이세례를 호되게 당한 것처럼 욱신거렸고, 축 늘어진 오른팔은 비명을 질러야 할 정도로 고통스러웠다.

돈 루이스로서는 상대를 끈으로 굳이 결박할 필요성도 느끼지 못했다. 덩치만 클 뿐, 무기력하게 자빠진 몸뚱어리에다 발을 한쪽 턱 올려놓고 반쯤 허리를 숙여 상대를 굽어본 채, 이렇게 외쳤다.

"당장은 아무 말 않겠다. 보나 마나 네게는 다소 지루하게 들릴지도 모를 얘기지만, 내 식대로 한번 입을 열었다 하면 이번 사건의 A에서 Z까지가 줄줄이 흘러나올 거야. 즉, 아무리 못해도 너보다는 내가 한 수 위라는 사실이 증명되는 거지. 하지만 일단은 자제하기로 하지. 그 대신 딱 하나만 묻자. 자네 아들 프랑수아 데르즈몽이 있는 곳을 대라!"

대답은 없었고, 그는 같은 질문을 반복했다.

"프랑수아 데르즈몽은 어디 있느냐?"

고집스럽게 입을 열지 않는 것으로 봐서, 보르스키는 뜻하지 않은 상수패 하나가 자기 손에 쥐어져 있다는 것을 눈치챈 듯했다. 아직은 완전히 패한 것이 아니라는 투였다.

"오호라, 대답을 거부하겠다 이건가? 두 번, 세 번, 네 번 물어도 입을 안 열겠다? 좋아!"

돈 루이스는 가볍게 휘파람을 불었다.

방 저 구석으로부터 얼굴이 그럴듯하게 그을린 것이, 흡사 모로코 출신 아랍인들처럼 보이는 사내 넷이 불쑥 모습을 드러냈다. 복장은 돈 루이스와 마찬가지로 하나같이 선원 스타일의 재킷과 반들반들 윤이 나는 챙 모자를 착용하고 있었다.

그런가 하면 제일 마지막으로 오른쪽 다리에 의족을 한 프랑스 상이용사 장교 하나가 뒤따라 나타났다.

"오, 파트리스, 당신이오?"

돈 루이스는 깍듯한 격식을 갖춰서 그를 소개했다.

"내 가장 친한 친구인 파트리스 벨발 대위다(『황금삼각형』 참조—옮긴이)! 그리고 여긴 독일 놈 므슈 보르스키!"

이어서 이렇게 덧붙였다.

"새로운 소식은요, 대위님? 아직 프랑수아를 찾지는 못했죠?"

"네."

"지금부터 한 시간 내에 아마 찾게 될 겁니다. 그 길로 우린 떠날 거고요. 우리 인원들은 모두 승선한 상태이겠죠?"

"그렇습니다."

"물론 다들 무사하고요?"

"물론입니다."

이번에는 모로코인들을 보며 지시했다.

"이 독일 놈 좀 나 대신 대충 꾸려서 저 위 고인돌까지 올려주게. 뭐 일부러 묶을 필요는 없어. 그러지 않아도 꼼짝달싹 못할 테니까. 아 참, 잠깐만!"

돈 루이스는 보르스키의 귓가에 입을 갖다 대고 속삭였다.

"여길 나가기 전에 저 천장의 타일들 가운데 있는 신의 돌을 잘 봐두게. 늙은 드루이드는 거짓말한 게 아니야. 저게 바로 숱한 세월 동안 사람들이 찾아 헤맨 바로 그 기적의 돌이라고. 그걸 내가 찾아낸 거지. 그것도 먼 곳에서 서신 교환만으로 말이야. 자네도 저 돌에 작별 인사는 해야 할 것 아니겠어? 앞으로는 결코 볼 기회가 없을 테니까 말이야."

마침내 손짓을 하자, 모로코인 넷이 한꺼번에 달려들어 보르스키를 둘러업다시피 한 채, 통로 반대편 구석으로 끌고 갔다.

그제야 돈 루이스는, 아까부터 꼼짝 않고 이 모든 광경을 지켜보던 오토를 향해 돌아섰다.

"내가 보기에 오토 자네는 똑똑한 친구라, 상황을 십분 이해하고 있으리라 생각하네. 그러니 달리 성가시게 굴진 않겠지?"

"무, 물론이죠!"

"그럼 얌전히 놔주도록 하지. 걱정하지 말고 우리 하라는 대로만 하면 돼."

돈 루이스는 이제 대위와 서로 팔을 끼고, 담소를 주고받으며 자리를 떴다.

신의 돌이 있는 방으로부터 빠져나오는 길목에 연속적으로 이어진 세 개의 지하 납골당은 갈수록 한 단계씩 높아지다가 마지막에는 현관에 해당하는 동굴과 같은 높이에 닿아 있었다. 동굴 끄트머리 암벽 한 곳에 사다리가 설치되어 있었고, 모래와 석회로 벽면을 처리한 곳 중 다소 취약한 부분을 골라 최근 새로 뚫은 구멍이 그 위로 빠끔히 열려 있었다.

마침내 거기를 통해 일행 모두 바깥의 가파른 오솔길 중간쯤으로 빠져나왔다. 계단식으로 이어진 그 길은 암벽을 따라 빙 돌아서 오르도록 되어 있었는데, 전날 아침 프랑수아가 베로니크를 이끌고 간 바로 그 지점까지 닿아 있었다. 그곳은 비밀 문이 위치한 비탈의 정상이기도 했다. 내려다보니 아무 일 없었으면 모자(母子)가 벌써 타고 이곳을 떠났을 배가 두 개의 쇠 봉에 매여 있는 것이 눈에 들어왔다. 거기서 그리 멀지 않은 작은 만(灣)에는 잠수함의 날씬한 윤곽이 아련하게 떠 있었다.

돈 루이스와 파트리스 벨발은 바다를 등지고 계속해서 참나무들이 반원형으로 늘어선 광장을 향해 걸어 올라가다가, 요정 고인돌 근처에서 잠시 멈추었다. 모로코인들이 그곳에서 기다리고 있었다. 그들은 보르스키가 마지막 희생자를 처형하던 바로 그 나무 아래 포로를 앉혀놓았다. 그 나무에, 끔찍했던 행위의 흔적이라고는 오로지 V. d'H.라고 새겨진 이니셜밖에 남아 있지 않았다.

"별로 피곤하진 않지, 보르스키?"

돈 루이스가 툭 던지듯 내뱉었다.

"어떤가, 다리는 좀 나아지고 있나?"

보르스키는 어깨를 으쓱하며 시답잖다는 표정으로 대꾸했다.

돈 루이스는 아랑곳하지 않고 얘기를 계속했다.

"그래, 그렇겠지. 최후의 카드가 남아 있다고 자신하겠지. 하지만 나 역시 확실하게 써먹을 수 있는 상수패가 몇 가지 있다는 사실을 알아야 할걸. 지금 자네 뒤의 이 나무가 충분하게 그 점을 증명하고 있지. 또 한 가지 예를 들까? 자네가 몇 명을 죽이는지도 모르고 피 잔치를 벌이며 정신없어 하는 동안, 나는 그들을 하나씩, 하나씩 살려내고 있었지. 저기 수도원에 있다가 방금 나온 저 사람을 좀 보라고. 어때, 보여? 나처럼 금 단추가 달린 선원용 재킷을 입었지. 자네 희생자 중 한 명 아닌가? 자네가 바닷속으로 던져버리려고 땅굴의 고문실에 가둬놓았던 바로 그 남자일세. 그런 걸 결국 자네의 꼬마 천사 레이놀드가 나서서, 베로니크가 지켜보는 가운데 마무리를 지어주었지. 어때, 기억나나? 스테판 마루 말이야. 그도 죽은 걸로 알았지? 천만의 말씀……. 내 요술 지팡이만 한 번 휘두르면 곧장 살아나게 되어 있다고. 그래서 이렇게 멀쩡히 나타난 거 아니겠나! 자, 내가 손을 잡고 얘기를 할 테니 잘 봐."

실제로 그는 저만치 다가오는 어떤 남자에게 접근해 악수를 청한 다음, 이렇게 말했다.

"내가 뭐랬소, 스테판? 정각 12시에 모든 상황이 종료될 거라고 했지 않소? 그래서 모두 함께 이곳 고인돌에서 만나자고 말이오. 자, 약속대로 정각 12시입니다."

스테판은 몸 상태가 아주 말끔해 보였다. 어디에도 상처가 난 듯한 인상은 아니었다. 당연히 보르스키는 눈이 휘둥그레진 채 이렇게 더듬

댈 뿐이었다.

"서, 선생은…… 스, 스테판 마루……."

돈 루이스가 얼른 말을 가로챘다.

"바로 맞혔어! 어떤가? 여기서도 자네의 멍청한 솜씨가 증명되는 거야! 사랑스러운 레이놀드와 자네는 한 남자를 바다로 던졌으면서도 고개를 내밀어 결과가 어떻게 되었을지 확인해볼 생각조차 안 했던 거라고. 결국 내가 그를 접수했고 말이야. 오호, 뭐 이 정도로 흥분할 건 없어. 이건 고작 시작에 불과하니까. 아직은 내 자루 속에 더 많은 요술이 준비되어 있다고! 생각해봐, 내가 누구야? 늙은 드루이드 사제의 수제자(首弟子) 아닌가, 수제자! 그건 그렇고, 이봐요 스테판, 조사는 어느 정도 됐습니까?"

"아직은 이렇다 할 성과가 없습니다."

"프랑수아는요?"

"도무지 찾을 수가 없더군요."

"물론 투바비앵더러 주인 흔적을 찾으라고 시켰겠죠?"

"네, 하지만 녀석은 나를 끌고 비밀 문을 통해 프랑수아의 배가 있는 곳까지 데려갈 뿐이었습니다."

"그쪽 어딘가에 숨을 만한 곳은 없었고요?"

"전혀요."

돈 루이스는 입을 다문 채, 고인돌 앞을 이리저리 서성대기 시작했다. 필시 벌써부터 결심한 일련의 행동을 취하기에 앞서, 마지막으로 망설이는 마음을 달래는 모양이었다.

급기야 버럭 소리쳐 보르스키를 부른 그는 이렇게 입을 열었다.

"아무래도 낭비할 시간이 없다. 앞으로 두 시간 후에는 섬을 떠나 있어야 하니까. 프랑수아를 즉각 풀어주는 데 얼마면 되겠나?"

보르스키는 곧장 대꾸했다.

"프랑수아는 레이놀드와의 결투에서 졌다."

"거짓말, 프랑수아는 이겼어."

"네가 그 일에 대해 뭘 알아? 둘이 싸우는 걸 보기라도 했나?"

"아니! 봤다면 그때 나섰겠지. 하지만 누가 승자인지는 잘 알고 있지."

"천만에, 나 말고는 아무도 모를걸. 얼굴을 가리고 있었으니까 말이야."

"정 그래서 프랑수아가 죽었다면, 네놈도 끝장이야."

보르스키는 묵묵히 생각에 잠겼다.

보아하니 얘기가 다르게 전개될 가능성은 거의 없었다. 마침내 보르스키는 이번엔 자기가 질문을 던지며 말문을 열었다.

"그럼, 내게 뭘 내놓을 수 있나?"

"자유."

"그리고 또?"

"없어."

"아니, 신의 돌이 있잖은가."

"절대 안 되지!"

돈 루이스는 손으로 자르는 듯한 제스처까지 쓰며 단호하게 선언했다.

"결코 있을 수 없는 일이야! 마지못해 그나마 풀어주겠다는 거야. 그것도 내가 알기로 네놈은 깡그리 빈털터리 신세로 남을 경우, 어차피 다른 곳에 가서도 목을 매 자살할 거니까 풀어준다는 거야. 그런데 신의 돌을 넘겨주면 살았다 하고, 온갖 부귀영화를 누리며, 또다시 나쁜 짓이나 저지르러 돌아다닐 것 아닌가."

보르스키도 지지 않고 응수했다.

"바로 그 이유 때문에 그걸 원하는 것이다! 그게 그런 가치가 있다는 걸 네가 잘 아는 만큼, 나 역시 프랑수아와 관련해서 각박하게 굴 수밖에 없겠군그래."

"프랑수아는 내가 반드시 찾아낸다. 문제는 인내심인데, 필요하다면 내 출발 일정을 한 2~3일 늦출 수도 있어."

"결코 찾을 수 없을걸! 설사 찾는다 해도, 그땐 너무 늦을 테고 말이야."

"이유는?"

"프랑수아는 어제부터 아무것도 먹지 못하고 있거든."

아주 냉정하고 심술궂게 내뱉어진 말이었다. 잠시 침묵이 흐른 뒤 돈 루이스가 말했다.

"그렇다면 더더욱 네놈이 입을 열어야겠군. 그 애가 죽어선 너도 곤란할 테니까 말이야."

"내가 무슨 상관? 어차피 그동안 고생한 일도 망치고 여기서 주저앉을 바에는 뭐든 꺼릴 게 있겠어? 두고 봐. 난 목표를 이루고 말 거야. 그 앞을 가로막는 것들만 고생하는 거지 뭐."

"공연히 허풍 떨 것 없다. 네놈이 네 피붙이를 그런 식으로 죽게 놔둘 리는 없어."

"다른 피붙이도 죽게 내버려두었는걸!"

파트리스와 스테판은 그 말을 듣고 기겁을 했지만, 돈 루이스는 껄껄 웃으며 이렇게 받아쳤다.

"참 잘나셨어! 최소한 위선은 부리지 않아 좋군그래. 아주 빌어먹게 딱 부러진 말솜씨야! 인정이 넘치는 독일 놈 모습, 정말 아름답지 않은가? 허세와 잔인함과 냉소주의와 신비주의가 이처럼 절묘하게 결합된 예도 또 없을걸! 노략질이나 살인으로 이미 배가 불렀을 텐데, 하여튼 독일 놈은 늘 채워야 할 사명이 있다니까. 그러고 보니 네놈은 보통 독일 놈 이상인 것 같아. 아예 슈퍼 독일 놈이라고 불러줄까?"

그러고는 여전히 웃음을 흘리면서 덧붙이는 것이었다.

"좋아, 이제부터 슈퍼 독일 놈으로 대우해주지. 자 마지막으로 한 번 더 묻자. 프랑수아가 어디 있는지 댈 텐가?"

"아니."

"좋아."

돈 루이스는 지극히 침착한 태도로 모로코인 넷을 돌아보았다.

"자, 시작하지!"

일사천리로 일이 진행되었다. 마치 사전에 한 동작 한 동작 분리해서 군대 훈련처럼 연습하기라도 한 듯, 그들은 지극히 절도 있게 보르스키를 들어 올려 참나무에 걸쳐놓은 밧줄로 꽁꽁 묶은 뒤, 온갖 비명과 협박과 고함 소리에도 아랑곳 않고 천천히 나무줄기를 따라 끌어 올렸다. 그에게 희생당한 십자가 위의 여자들과 똑같은 꼴이었다.

그것을 바라보며 돈 루이스는 느긋하게 중얼거렸다.

"실컷 악을 써보게, 친구. 원하는 만큼 지껄여봐! 그래봤자 아르시냐의 자매들과 서른 개의 관에 희생된 혼백들의 곤한 잠이나 깨울걸! 좋을 대로 소리 질러봐! 다만 하느님이 보기에 너무 밉상일 것 같지 않나? 저, 저 얼굴 좀 보라니까!"

좀 더 그럴싸한 각도에서 관망을 하겠다는 듯, 그는 눈을 떼지 않고 몇 걸음 물러섰다.

"아주 좋아! 극히 인상적이야. 구도(構圖)도 적당하고 모든 게 매우 적절해. V. d'H.라는 이니셜까지 어쩜 그리 딱 들어맞는지……. 결국 보르스키 드 호엔촐레른(Vorski de Hohenzollern. 호엔촐레른에 관해서는 『포탄 파편』 참조—옮긴이)이 아닌가 말이야! 자네가 왕의 아들이라고 하니, 내가 보기에는 그쪽 귀한 가문(家門)과도 무관하지는 않을 것 같은데.

자, 이제 보르스키 자네는 내가 하는 말에 귀만 기울이고 있으면 돼. 아까 저 지하 납골당에서 잠깐 비쳤던 얘기를 슬슬 해주지."

나무에 매달린 보르스키는 미친 듯이 버둥대며 줄을 끊으려고 안간힘을 쓰고 있었다. 하지만 그럴수록 죄어드는 밧줄로 고통만 더해가자 마침내 축 늘어진 채, 이번에는 넘쳐 오르는 분노를 삭이지 못해 온갖 욕설과 저주를 오로지 돈 루이스에게 퍼부어대는 것이었다.

"도둑놈! 살인마! 네가 바로 살인마다! 네가 프랑수아를 죽게 만들고 있는 거야! 프랑수아는 자기 형제 손에 상처를 입은 몸이야! 아주 심한 중상이라고! 이대로 놔두면 악화될 거란 말이야!"

스테판과 파트리스는 허겁지겁 돈 루이스 곁으로 다가갔다. 특히 스테판은 잔뜩 겁에 질려 있었다.

"괜찮겠습니까? 저런 괴물 같은 놈이라면 무슨 짓을 해놓았을지 모르잖아요? 만약 아이가 상처가 덧나 병이라도 걸린다면……."

하지만 돈 루이스는 단호하게 말을 막았다.

"다 허튼소리요! 어설픈 공갈에 불과하지! 아이는 멀쩡할 것이외다."

"확신하십니까?"

"한 시간 정도 기다릴 수 있을 만큼은 될 겁니다. 그쯤 되면 저 슈퍼 독일 놈도 어쩔 수 없이 불고 말 거고요. 더 이상은 견디기 어려울 겁니다. 저렇게 매달려 있으면 누구라도 혀가 풀리게 되어 있거든."

"만약 전혀 견디지도 못한다면 어쩝니까?"

"무슨 소리요?"

"만약 제풀에 아예 가버리면 어쩌느냐고요? 저렇게 악을 쓰다가는 동맥류가 파열된다든지, 응혈 증상이라도 일어날지 모르잖습니까?"

"그래서요?"

"저자가 죽으면 프랑수아가 있는 곳을 알아낼 유일한 희망이 사라지는 거와 같습니다!"

하지만 웬일인지 돈 루이스는 막무가내였다.

"죽지는 않을 거요! 보르스키 같은 작자는 그렇게 쉽게 죽지는 않는 타입이오! 아니에요, 아니야. 그는 털어놓고야 말 거요. 자, 이쯤에서 내 연설을 집어넣어야겠지!"

그 말에 파트리스 벨발은 저도 모르게 웃음을 터뜨렸다.

"허허허, 하실 연설이 있습니까?"

"그럼요, 아주 대단한 연설이 될 거요! 신의 돌에 얽힌 모험 전체를 아우르는 내용이랍니다! 일종의 역사 논문이랄까? 저 까마득한 선사시대로부터 슈퍼 독일 놈의 서른 차례 살인 행각에 이르기까지 전체가 조망되는 얘기란 말이오! 제기랄, 백날 가야, 이런 강연 한번 여는 게 어디 쉬운 일인 줄 아쇼? 누가 내게 제국을 준다 해도 이런 기회는 결코 바꾸지 않을 것이오! 자, 돈 루이스는 연단으로! 어디 한번 대차게 그 입심 좋은 사설이나 늘어놓아 보실까!"

그러고는 보르스키의 바로 앞에 떡 버티고 서는 돈 루이스.

"오호라, 자넨 참 운이 좋군그래! 일등석을 차지하셨으니, 한마디도 놓치지 않겠어! 아무튼 이 답답한 어둠 속에 한 줄기 빛이 들이치는 것도 나쁘진 않겠지. 어때? 사람이 진창 속을 헤매다 보면 문득 어떤 확고부동한 방향타가 절실해지잖아? 근데 나는 벌써부터 마구 헷갈리기 시작한단 말이야. 생각해봐! 무려 수 세기를 이어져 온 수수께끼야! 게다가 자네가 한 짓이라곤 공연히 나서서 지저분하게 헝클어뜨린 것뿐이라고!"

"도둑놈! 깡패!"

보르스키는 여전히 으르렁거렸다.

"저런 심한 욕이 있나! 도대체 왜 그러는 건가? 그토록 편치 않으면 프랑수아에 관해 불면 될 것을…….”

“절대 싫다! 그 아이는 죽을 거야!”

“천만에! 넌 입을 열고 말걸! 오, 앞으로도 내 말 가로막아도 좋아. 얘기 도중 끼어들려면 그저 휘파람으로 「맛 좋은 담배 있어요」라든가 「엄마, 작은 배가 물에 떠가네요」를 가볍게 불러주면 된다네(둘 다 당시 인기를 끌던 대중가요, 즉 샹송의 제목임—옮긴이). 그럼 곧장 아이를 찾으러 사람을 보낼 것이고, 거짓말이 아니라는 게 확인되면 그 즉시 자넬 이곳에 얌전히 놔둘 것이야. 그러면 자연스럽게 오토가 자넬 풀어줄 테고, 둘이 함께 프랑수아의 배를 타고 이곳을 빠져나가면 될 것이네. 어때, 괜찮지?”

돈 루이스는 스테판 마루와 파트리스 벨발 쪽을 홱 돌아보며 깍듯한 말투로 너스레를 떨었다.

“얘기가 좀 길어질 테니, 모두 착석하십시오. 다소 웅변적으로 설득력을 갖추려다 보니, 부득이 이렇게 청중을 필요로 하게 되었답니다. 정확히 말해, 청중이자 판관이나 다름없지만 말이오.”

“하지만 우린 둘뿐인데요?”

파트리스가 히죽거리며 짚고 넘어가자, 돈 루이스는 대뜸 내뱉었다.

“아니, 모두 셋입니다!”

“누가 또 있나요?”

“저기 세 번째 청중이 있소!”

다름 아닌 투바비앵이었다. 녀석은 평상시와 다름없이 털털한 태도로 종종걸음으로 다가오고 있었다. 우선 스테판한테 반가운 기색을 실컷 한 뒤, 녀석은 돈 루이스 앞에 와 꼬리를 흔들어댔는데, 마치 이렇게 얘기하는 듯했다.

‘어이, 이봐! 난 자넬 알아. 우린 친구지.’

녀석은 아무한테도 폐를 끼치기 싫어하는 사람처럼, 따로 자리를 잡아 얌전히 엉덩이를 붙이고 앉았다.

"좋아, 투바비앵! 너도 역시 사건의 전모에 대해 관심이 많은 모양이로구나! 그런 호기심을 갖다니 가상하구나. 틀림없이 내가 들려줄 얘기에 만족할 것이야."

돈 루이스는 무척이나 흐뭇한 듯 보였다. 청중과 재판부가 동시에 갖춰졌고, 보르스키는 나무에 매달려 낑낑거리고 있으니, 과연 흐뭇한 순간이 아닐 수 없었다.

그는, 보르스키가 보기엔 늙은 드루이드 사제의 현란한 몸놀림을 연상시킬 앙트르샤 동작을 좌중을 향해 가볍게 한 차례 선보인 뒤, 반듯하게 서서 사뿐히 인사를 했다. 그리고 제법 강연에 나선 연사(演士)처럼, 물을 한 모금 입술에 대는 척, 상상의 연단 위에 두 손을 지그시 올려놓는 척, 그럴듯한 제스처까지 취하고는 강건한 목소리로 슬슬 얘기를 풀어나가기 시작했다.

"신사 숙녀 여러분, 기원전 732년 7월 25일……."

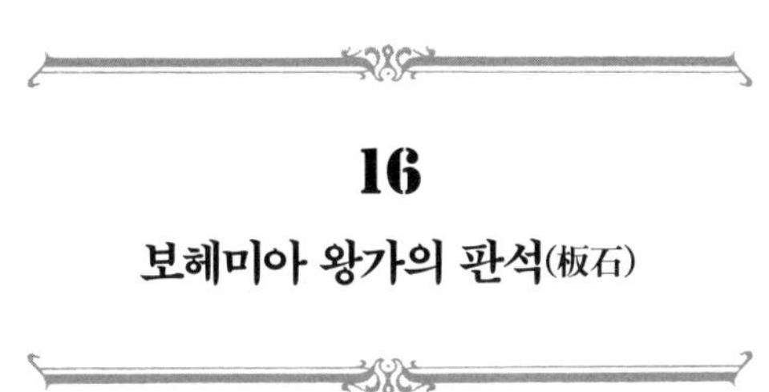

16
보헤미아 왕가의 판석(板石)

돈 루이스는 그렇게 서두를 툭 던지고 나서, 조용히 그 여파를 음미했다. 친구의 성향을 잘 알고 있는 벨발 대위는 희희낙락하며 웃고 있었고, 스테판은 여전히 불안해하는 표정이었으며, 투바비앵은 고개를 갸우뚱한 채 잠자코 앉아 있었다.

돈 루이스는 다시 말을 이었다.

"신사 숙녀 여러분, 고백하건대 제가 이렇게 정확한 날짜까지 명시한 이유는 단지 여러분을 다소 놀라게 만들기 위함이었을 뿐입니다. 사실, 영광스럽게도 앞으로 들려드릴 내용은, 그즈음 언젠가 일어난 사건의 이야기일 뿐, 정확한 날짜는 알 턱이 없답니다. 다만 확실히 말씀드릴 수 있는 건, 사건이 일어난 곳이 지금은 보헤미아라고 불리는 유럽의 한 지방이며, 그중에서도 오늘날 요아힘스탈이라는 이름의 소규모 산업도시가 세워진 바로 그곳이라는 사실입니다. 이 정도면 어느 정도 상세한 정보가 갖춰졌을 거라 믿으며, 이제 얘기를 하나하나 풀어나가겠습니다. 그 당시 어느 날 아침, 다뉴브 강 유역과 엘베 강의 발원 지역 사이, 고생대 석탄기의 숲 속에 100~200년 전부터 둥지를 틀어온 켈트족 중 한 부족 내부에 일대 소란스러운 기운이 일고 있었습니다. 전사(戰士)들은 여자들과 더불어 천막을 거두고, 신성한 도끼와 활과 화살을 챙겼고, 도기(陶器)와 청동 그릇을 모조리 긁어모으는가 하면, 말과 소의 등에 부지런히 짐을 꾸렸습니다. 각 집단의 수장들은 모두 한자리에 모여 세세한 사항까지 의논을 거듭했습니다. 무질서나 소동은 찾아보기 어려웠습니다. 모두들 일찍 서둘러 엘베 강의 지류인 에게르 강을 향해 출발했고, 한나절이 거의 끝나서야 목적지에 도착했습니다. 거기에는 미리 파견한 최정예 전사 100여 명이 일군의 선박을 호위하고 있었습니다. 한데 그중 한 선박이 그 규모와 화려한 장식으로 유독 눈길을 끄는 것이었습니다. 특히 황토색 덮개가 이쪽 끝에서 저쪽 끝까지 기다랗게 펼쳐져 있는 게 이채로웠지요. 문득 선미(船尾) 연단 위에 수장의 우두머리, 말하자면 임금이 나타나더니, 일장연설을 시작하는 것이었습니다만, 그 땜에 제 연설을 줄일 수는 없는지라 이 자리에선 그 간략한 요지만 소개드리겠습니다. 바로 다음과 같은 내용이었지요."

우리는 주변 종족의 탐욕에서 벗어나기 위해 이주에 이주를 거듭해온 부족이다. 자고로 정붙이고 살아온 땅을 떠나는 일은 서글픈 법이다. 하지만 이 세상에서 가장 소중한 재산을 간직한 채 떠나는 부족에게는 그 정도야 아무런 문제도 되지 않을 것이다. 조상 대대로 전해 내려온 신성한 유산(遺産), 우리를 보호하고, 우리로 하여금 다른 어느 종족보다 강하고 위대한 종족을 이루게 해온 바로 그것, 한마디로 왕의 무덤을 덮고 있는 돌 말이다!

"연설을 마친 수장의 우두머리가 엄숙한 동작으로 황토색 덮개를 거두어내자, 가로세로 2미터, 1미터 크기의 평평한 화강암이 모습을 드러냈습니다. 우중중한 빛깔에다 오톨도톨한 표면을 갖춘 덩어리 여기저기 반짝거리는 미세한 반점들이 빛을 발하고 있었습니다. 그 순간, 그곳에 모인 남녀노소 군중은 하나같이 탄성을 내지르며 두 팔을 벌리더니, 일제히 먼지를 일으키면서 코를 박고 엎드리는 것이었습니다. 수장의 우두머리는 화강암 덩어리 위의 동그란 보석 손잡이가 달린 금속 왕홀을 집어 들고는 쓱 한 번 휘두르며 이렇게 선언했습니다."

기적의 돌이 궁극의 안전함 가운데 들기 전에는 이 전능의 단장(短杖)이 내 손을 떠나는 일은 없을 것이다. 전능의 단장은 바로 기적의 돌로부터 태어났다. 그 안에는 삶과 죽음을 부여하는 천상의 불이 담겨 있다. 기적의 돌이 우리 조상의 무덤을 안전하게 덮어주었다면, 전능의 단장은 승리의 날이나 불행의 날이나 그들의 손을 떠나지 않고 지켜주었다! 고로 천상의 불이 우리를 인도하기를! 태양의 신이 우리를 비추시기를!

"그 말과 함께, 부족은 철수를 시작했습니다."

돈 루이스는 잠깐 숨을 돌린 뒤, 뿌듯한 표정으로 마지막 말을 되풀이했다.

"그 말과 함께, 부족의 철수가 시작된 것입니다."

파트리스 벨발은 함박웃음을 지었고, 그 바람에 스테판도 슬슬 표정을 펴기 시작했다. 하지만 돈 루이스는 버럭 소리치며 두 사람을 나무라는 것이었다.

"웃을 일이 아닙니다! 이건 매우 심각한 얘기예요. 무슨 수수께끼나

요술놀이에나 혹하는 아이들을 위한 옛날이야기가 결코 아니란 말입니다! 이제 두고 보면 아시겠지만, 이 얘기는 이번 사건에 관해 정확하고 본질적이며, 어떤 의미로는 지극히 과학적인 해명을 조목조목 가능하게 해줄, 실제 역사 이야기란 말입니다. 그래요, 감히 말하건대 과학적인 해명 말이에요. 우리는 지금 학문의 영역 내에 들어와 있습니다. 보르스키도 얘기를 듣고 나면 자신의 경망스러움과 냉소주의를 후회하게 될 겁니다."

두 번째 물 잔을 들이켜는 시늉을 한 뒤, 돈 루이스는 계속 말을 이어갔다.

"수 주가 흐르고 몇 달이 지나는 가운데 엘베 강을 따라 대장정을 이어가던 부족은 어느 날 저녁 9시 반, 마침내 해안가에 도달했는데, 그 지역은 훗날 프리슬란트 지방(현 네덜란드 북부 지방—옮긴이)에 해당하는 곳이지요. 그곳에서 또 몇 주, 몇 달을 지냈지만 여전히 안전에 위협을 받자, 그들은 다시금 대이동을 하기로 결정합니다. 이번에는 바닷길을 통한 대장정이 된 셈이지요. 무려 서른 척에 달하는 선박은—이 서른이라는 숫자를 주목하시기 바랍니다. 부족을 이루는 가계(家系)가 총 서른에 해당한다는 얘깁니다—또다시 몇 주, 몇 달을 이 기슭, 저 해안을 전전하다가 일단 스칸디나비아 반도에 정착했고, 그 뒤로 색슨족에게 쫓겨나 다시금 항해의 길을 떠나게 되었습니다. 대대로 이어져 내려온 선왕(先王)들의 묘석을 예선(曳船)에 싣고 그야말로 바다 위를 하염없이 떠돌며 안전하고 확실한 피난처를 찾아 헤매는 그 부족의 모습……. 자신들의 우상을 적의 노림으로부터 영원히 지켜갈 수 있고, 그것을 위한 성스러운 의식을 마음껏 집행하면서 스스로의 힘을 키워갈 수 있을 장소를 찾아 끝없는 방랑을 버텨나가는 그 부족의 모습은, 정말이지 장엄하면서 감동적인 한 편의 드라마를 연출하는 것이었습니다! 아무튼 그렇게 해서 마지막 정착지는 아일랜드가 되었습니다. 그 푸른 평야 지대에서 반세기, 혹은 한 세기를 살면서 기존의 좀 더 개화된 토착민과 접촉하는 가운데 풍습도 많이 순화되고 나서 어느 날, 처음 방랑길을 떠났을 때 수장이었던 자의 손자나 증손자뻘 되는 셈인 당대의 수장 앞으로 이웃 나라에 파견했던 여러 밀정(密偵) 중 한 명이 알현을 청해왔습니다. 그 사람은 방금 대륙으로부터 돌아오는 길이었답니다. 한데 그의 얘기가 정말로 기막힌 피난처를 발견했다는 것이었습니다. 그곳은 섬이었는데, 주위로 서른 개의 암초가 둘러서 있어서 여간해선 접근이 불가능하고, 사방으로 마찬가지 서른 개에 달하는 화강암 거석이 굽어보고 있다고 했습니다. 서른 개라니! 그야말로 숙명적인 숫자가 아니었겠습니까! 그것만으로도 신비스러운 신의 계시를 실감하지 않을 수 없는 노릇이었겠지요. 즉각 서른 척의 선박이 닻을 올렸고, 곧장 탐사 항해가 시작되었음은 물론입니다. 결국 원정은 성공적으로 수행되어, 섬에 닻을 내리게 되었습니다. 당연히 기존의 토착민들은 깨끗하게 몰살되었고 말입니다. 부족 모두가 그곳에 정착했고, 보헤미아 왕의 묘석도 비로소 터를 잡게 되었습니다. 물론 오늘날 역시 자리 잡고 있는 바로 이곳, 내가 우리의 보르스키에게도 보여준 바 있는 장소에 말이지요. 자, 이쯤에서 잠깐 숨도 돌릴 겸, 아주 까마득한 시대의 역사에 대해 잠시 고찰해볼까 합니다. 가급적 간단히 짚고 넘어가도록 하겠습니다."

돈 루이스는 아예 대학교수 같은 어조로 얘기를 시작했다.

"프랑스를 비롯한 서부 유럽의 모든 지역과 마찬가지로 사레크 섬에는 수천 년 전부터 소위 리구리아인(人)(선사시대부터 에스파냐, 이탈리아 북서부에 걸쳐 거주한 토착 민족—옮긴이)이라 부르는 종족이 살고 있었습니다. 이들은, 말하자면 동굴 거주민들의 직계 후손이라 할 수 있는데, 그로부터 풍속과 습속(習俗) 일부를 보존해오고 있었지요. 마제석기(磨製

石器) 시대부터 이미 대단한 건축 솜씨를 발휘했던 리구리아인들은, 필시 동방으로부터 유입되었을 고도의 문명에서 영향을 받아, 엄청난 규모의 화강암 덩어리를 깎아서 웅장한 묘실을 구축해냈습니다. 바로 그러한 곳에 우리의 부족이 발을 들여놓은 것이고, 인간의 손으로 일일이 깎아 만들거나 자연적으로 생성된 동굴의 얽히고설킨 체계에 점차 익숙해지게 된 것입니다. 아울러 엄청난 크기의 거석기념물들은 켈트족 특유의 미신적이고 신비주의적인 상상력을 자극하는 데 부족함이 없었습니다. 요컨대, 신의 돌의 기나긴 편력 시대가 끝나고, 바야흐로 우리가 드루이드의 시대라 부를 만한 안식과 제례의 시대가 도래한 셈이었습니다. 그 시대는 장장 1000년에서 1500년가량 이어지게 되지요. 그러는 가운데 부족은 이웃 종족들과 서로 융합했고, 아마도 브르타뉴 지방 출신 왕의 보살핌 속에서 연명해온 것으로 보입니다. 그러다가 어찌된 영문인지 각 부족의 수장이 갖던 영향력은 점차적으로 성직자들, 즉 드루이드에게로 옮아갔고, 이들이 점유한 권력은 세대를 거듭할수록 점점 더 공고해져만 갔습니다. 여기서 제가 확언하건대, 그들의 권력은 당연히 기적의 돌로부터 오는 것이었습니다. 물론 그들은 모든 이가 숭상하는 종교의 지도자들일 뿐만 아니라, 골족의 젊은이들을 책임진 교육자들이기도 했습니다(이제 와서 얘긴데, 저 검은 황야의 땅굴에 있는 수많은 골방은 흔히 생각하듯 무슨 종교적인 시설이 아니라, 드루이드의 대학 기관이라고 해야 맞을 겁니다). 아울러 당대의 전례(典禮)를 따라 인신 공희(人身供犧)라든가, 겨우살이와 마편초, 그 밖의 여러 마법에 관련한 약초 채집 의식(儀式)을 주관해왔습니다. 하지만 그 무엇보다도 사레크 섬에서 그들의 주요 역할은 삶과 죽음을 부여하는 신의 돌을 지키고 관리하는 일이었답니다. 그 당시에 신의 돌은 저 지하의 희생제의실 바로 위에 놓여서 노천에 활짝 개방된 상태였을 것이고, 지금 여기 보이는 이 요정 고인돌도 그때는 소위 꽃피는 골고다 언덕이라는 곳에 세워져서 그 신의 돌을 호위하고 있었을 거라고 확신합니다. 그렇게 해서 병자라든가 다친 사람들, 허약한 어린아이들이 몰려와 그 위에 누웠다가, 건강을 회복해 돌아가곤 했던 것이죠. 신성한 판석 위에 누운 석녀(石女)들이 회임을 하고, 노인네들은 회춘을 하는 기적이 그때부터 일어나게 된 것입니다. 제 생각에는, 브르타뉴의 모든 황당무계하고 전설적인 과거사 전반에 걸쳐서 신의 돌의 영향이 감지되지 않는 구석이 없다고 봅니다. 바로 이것을 기점으로 해서 브르타뉴 사람들의 모든 미신과 신앙, 불안과 희망이 뻗어나온다고 해도 과언이 아닐 것입니다. 이를테면 원탁의 기사라든가 마법사 멀린이 등장하는 온갖 아름다운 이야기가 바로 신의 돌이나 혹은 드루이드 대사제가 휘두르는 마법의 왕홀로부터 그 씨앗이 파종된 거라고 볼 수 있단 얘기지요. 희부연 안개와 숱한 상징이 떠다니는 한복판에 자리 잡고 있는 것이 바로 그 돌입니다. 그것은 미스터리이자 광채이고, 엄청난 수수께끼이자 동시에 위대한 해설인 것입니다."

마지막 말을 돈 루이스는 감격에 겨운 목소리로 내뱉고는, 갑자기 피식 웃는 것이었다.

"너무 들뜰 것 없어, 보르스키! 네놈의 살인 행각들도 얘기해야 할 테니, 이 정도에서 흥분을 자제하는 게 좋겠지. 자, 지금 우리는 드루이드의 최성기를 얘기하고 있는 겁니다. 심지어 드루이드들이 지상에서 자취를 감춘 이후로도 계속되었고, 수백 년 동안 무수한 마법사와 점쟁이가 나서서 그 기적의 돌을 찾아 헤매어왔던 시절의 이야기 말입니다. 그렇게 해서 이제 얘기는 서서히 제3기(期), 즉 전설의 시대를 벗어나 종교의 시대로 옮겨가게 됩니다. 말하자면 기적을 추구하는 순례 행렬이랄지 기념 축제 등등, 사레크의 풍요로움을 이루는 모든 요소가 점차적으로 쇠락해가는 시기 말입니다. 아시다시피 가톨릭교회는 이처럼 투박하기 이를 데 없는 물신숭배 따위에 적응할 수가 없었지요. 일단 주도권을 잡자 교회는, 신도들을 끌어당기며 그처럼 혐오스러운 종교를 지속하게 하는 화강암 덩어리와 일대 사생결단을 벌여야 했습니다. 사실 처음부터 불공평한 싸움이었기에, 과거는 곧장 무릎을 꿇고 말았지요. 그 결과, 고인돌은 우리가 있는 지금 이 자리로 쫓겨났고, 보헤미아 왕의 판석도 땅속으로 모습을 감추게 되었으며, 하느님을 모독하는 기적이 자행되던 바로 그 장소가 결국 오늘날의 골고다 언덕이라는 이름으로 둔갑하게 된 것입니다. 한마디로 대규모의 망각을 위한 공사가 단행된 셈이지요! 하지만 분명히 해둘 것은, 어디까지나 전례(典禮)의 망각이고, 케케묵은 의식(儀式)의 망각일 뿐, 신의 돌에 대한 망각은 아니었다는 점입니다. 물론 그 후로는 돌이 어디에 있는지, 심지어는 그게 대체 무엇인지조차 모르게 된 게 사실입니다. 하지만 사람들은 끊임없이 신의 돌에 대해 이야기해왔고, 그러한 무엇이 존재할 거라는 생각을 버리지 않았습니다. 입에서 입으로, 세대에서 세대로, 온갖 황당무계하고 무시무시한 이야기들이 전해지는 가운데, 점점 현실과 멀어지면서 그만큼 더 끔찍하고 애매모호한 전설이 모습을 갖추어갔지만, 그 속에서도 신의 돌이라는 이름은 사람들의 상상력 속에 그 명맥을 유지해온 셈입니다. 한데 이처럼 숱한 사람의 기억 속에서, 그리고 수많은 지방 연감(年鑑) 속에서 같은 이름, 같은 사실이 끊임없이 회자되다 보면, 그 신비스러운 기적의 실체를 진짜로 확인해보고자 나서는 호기심 많은 치들이 꼭 있기 마련입니다. 그런 사람들 가운데 두 사람, 즉 15세기 중반 무렵 베네딕트파 소속의 토마 수사(修士)와 지금 우리 시대의 마게녹 영감이야말로 중요한 역할을 했다고 볼 수 있습니다. 토마 수사는 시인이자 채색삽화가였는데, 오늘날에는 별로 알려진 바가 없는 인물입니다. 일단 그는 남긴 시 구절들로 볼 때 아주 형편없는 수준의 시인인 것만은 분명합니다. 다만 채색삽화가로는 그런대로 순박한 자질을 갖춘 것으로 보이며, 이곳 사레크 수도원의 생활을 노래한 미사 경본집과 더불어, 종교적인 인용구나 노스트라다무스 식의 짤막한 경구들을 삽입한 서른 개의 고인돌 그림을 남긴 바 있지요. 바로 이 미사 경본이 마게녹의 손에 발굴되었는데, 거기에 이른바 십자가에 매달린 여자들이랄지, 사레크에 관련한 예언 내용이 수록된 것입니다. 저 역시 마게녹의 방에서 바로 어젯밤, 그 경본집을 찾아내어 유심히 살펴본 바 있습니다. 이 마게녹이라는 인물, 참으로 괴짜라고 할 만하더군요. 옛 시절 행세하던 마법사들의 때늦은 후손쯤 되는 인물인 것 같은데, 제가 보기에는 여러 차례 자진해서 유령 흉내도 내고 다닌 것 같았습니다. 확실한 건, 달이 차오르는 여섯 번째 날에 사람들이 봤다고 하는, 그 흰옷 입고 겨우살이를 따러 설치는 드루이드는 단연코 마게녹 자신이었음이 틀림없다는 점입니다. 그 역시 특효약 제조법이랄지 기기묘묘한 약초들에 관한 정보, 환상적인 꽃송이를 피워내게 하는 경작 방법 등등, 웬만한 드루이드 사제만큼이나 신비주의적 지식에 통달한 사람이었죠. 여기서 또 한 가지 분명한 사실은, 저 아래 지하 납골당들과 희생제의실을 발굴해낸 것도 그였고, 왕홀의 동그란 손잡이 안에 갇혀 있던 마법의 돌을 빼돌린 것도 바로 그였다는 점입니다. 아울러 방금 우리가 비밀 문에 이르는 오솔길 중간으로 빠져나온 바로 그 구멍으로 그 역시 지하 납골당을 들락거렸으며, 그때마다 석재와 자갈로 벽을 다시 발라야만 했습니다. 물론 미사 경본의 몇 장을 므슈 데르즈몽에게 전해준 것도 그였지요. 그렇게 해서 그는 자신이 수행한 마지막 발굴 작업의 결과를 위임한 셈입니다. 과연 므슈 데르즈몽이 알게 된 것은 무엇일까요? 사실 이 마당에 그건 별로 중요하지가 않습니다. 왜냐면 또 다른 인물 하나가 불쑥 출연하게 되니까 말입니다! 여러분이 주목해야 할 이 인물!

수 세기에 걸친 수수께끼를 해결하고 신비스러운 권능의 명을 실천에 옮기며, 궁극적으로는 신의 돌을 꿀꺽하기 위해 운명이 파견한 불굴의 전도사……. 이름하여 보르스키가 드디어 등장하셨다 이겁니다!"

돈 루이스는 세 번째 물 잔 들이켜는 시늉을 하고는, 악당의 부하에게 손짓을 했다.

"이보게 오토, 목이 마를 테니 그에게도 마실 것 좀 갖다주지 그러나. 어떤가 보르스키, 목마른 거 맞지?"

과연 보르스키는 발버둥을 치다 지쳤는지 나무에 축 늘어진 채, 꿈쩍도 하지 않고 있었다. 그것을 보고 스테판과 파트리스는 또다시 너무 빨리 불상사가 일어날까 봐 안달을 했다. 하지만 여전히 큰소리치는 돈 루이스.

"천만에! 천만의 말씀이오! 저 친구, 멀쩡합니다. 아마 내용이 궁금해서라도 내 연설이 다 끝날 때까지 버틸 거예요. 안 그런가 보르스키? 얘기가 꽤 흥미진진하지?"

"도둑놈! 살인마!"

나무에 매달린 사내는 남은 오기를 쥐어짜듯, 겨우겨우 더듬거렸다.

"오호라, 그러니까 결국 프랑수아가 있는 곳을 끝내 못 대겠다 이건가?"

"살인마…… 날강도 같은 놈……."

"그럼 하는 수 없지. 계속 그러고 계시게, 친구. 얼마든지, 좋을 대로……. 사실 약간의 고통만큼 건강에 좋은 것도 또 없지. 게다가 자기 때문에 고통을 겪은 숱한 사람을 생각 좀 해보라고, 이 늙다리 망나니 같은 인간아!"

그렇게 일갈하는 돈 루이스의 강단 어린 말투 속에는, 이미 수많은 악행을 보아왔고 그에 대항해 싸우느라 무수한 악인에게 익숙해져 온 사내로서는 뜻밖의 발끈하는 감정이 불거져 있었다. 아무래도 이번 상대는 그 모든 정도를 훌쩍 넘어선다는 뜻일까?

돈 루이스는 다시 얘기를 이어갔다.

"지금으로부터 대략 35년 전, 헝가리 혈통이면서 보헤미아 출신인 어느 눈부신 미인(美人)이 바이에른 호수 지대 주변에 널려 있는 소택지 촌락을 두루 다니며 카드 점이나 수상술(手相術), 그 밖의 온갖 종류의 점괘에 능통한 여자 점쟁이이자 영험한 영매(靈媒)로서 빠르게 명성을 얻어가고 있었습니다. 그런 그녀가 바그너의 친구이자 바이로이트의 건설자이며, 황당무계한 기행(奇行)으로 유명한 미친 왕, 루드비히 2세의 남다른 관심을 끌어당긴 건 어쩜 당연한 귀결이라고 하겠습니다. 광인 임금과 여자 점쟁이의 관계는 이후 수년간 지속되었는데, 워낙 격렬하고 불안정한 관계인 데다가 그나마 왕의 변덕으로 중간중간 끊기던 나머지, 마침내는 이 바이에른 왕이 슈타른베르크 호수에 난데없이 몸을 던진 저 수수께끼 같은 밤을 기해, 비극적인 결말을 맺고 말았지요. 글쎄요, 과연 공식적인 해명이 주장하듯, 그 죽음이 광기의 발작이거나 의도된 자살로 인한 것이었을까요? 아니면 혹자가 주장하듯, 살인 사건이었을까요? 자살이라면 그 이유는 무엇이며, 살인이었다면 또 무슨 이유가 있었을까요? 아마 앞으로도 이렇다 할 해답이 나오기 어려운 질문일 겁니다. 하지만 이것만은 분명한 사실입니다. 즉, 그날 밤, 그 보헤미아 여자는 루드비히 2세와 함께 호숫가 산책에 나섰고, 다음 날 모든 보석과 귀중품을 몰수당한 채, 국경선까지 끌려 나가 곧장 추방되었다는 사실 말입니다. 한데 알고 보니 이 여자는 완전히 빈털터리로 그곳을 벗어난 게 아니었습니다. 광란으로 점철되었던 미친 왕과의 관계에서 그에 어울리는 씨를 잉태했던 것인데, 어느덧 네 살이나 먹은 알렉시스 보르스키 꼬마는 어머니와 단둘이 보헤미아의 요아힘스탈에서 그리 멀지 않은 곳에 살고 있었답니다. 그리고 좀 더 커서부터는 어머니의 가르침에 따라 몽유(夢遊) 상태에서의 예언술이라든가 투시력, 온갖 잡기(雜技)에 정식으로 입문하게 되었지요. 워낙 천성이 격렬하면서도 연약하고, 환각이나 악몽에 쉽게 경도되며, 주문(呪文)이나 예언, 꿈, 각종 신비적 능력 등등을 덥석덥석 믿어버리는 성격인지라, 그는 떠도는 전설을 역사로 생각하고, 허황된 낭설을 현실로 받아들이고 맙니다. 그러던 중 산악 지대에 굴러다니는 숱한 전설 중 한 가지가 유독 그에게 와 닿는 것이었습니다. 다름 아닌 어떤 돌의 엄청난 능력에 관한 얘기였는데, 아득한 옛 시절에 악령이 훔쳐가버린 돌이 언젠가는 왕의 아들에 의해 되찾아질 것이라는 내용이었습니다. 게다가 동네 아저씨들이 산허리에서 텅 빈 동굴을 보여주며 사라진 돌 얘기를 하도 실감 나게 해주는 터라, 이 열에 들뜬 아이의 머리는 부글부글 끓지 않을 수가 없었습니다. 그뿐만 아니라 그의 어미도 한몫 거들었답니다. '너는 왕의 자식이란다. 그러니 네가 만약 사라진 돌을 되찾아오면, 너를 위협하는 단도를 피할 수가 있을 것이며, 결국에는 임금의 자리에 오를 것이야' 라는 말을 흘리곤 했으니까요. 이 같은 괴상망측한 예언 말고도 또 하나, 이 보헤미아 여자가 자기 자식한테 해준, 결코 그에 못지않게 기괴한 예언이 있었는데, 내용인즉 아들의 장래 배우자가 십자가에 매달려 죽을 것이며 본인은 친구의 손에 죽을 것이라는 것이었습니다. 이 두 가지 저주스러운 예언은 결정적인 시기가 닥치자 보르스키에게 치명적인 영향을 미치게 됩니다. 그럼 간밤에 우리 셋이 나눈 대화를 통해 어느 정도 윤곽이 잡힌 사실들은 모두 건너뛰고, 곧장 그 결정적인 시기로 얘기의 초점을 맞추도록 하겠습니다. 저 지하 골방에서 스테판 당신이 베로니크 데르즈몽과 어떤 얘기를 주고받고, 무슨 일을 함께 겪었는지 이제 와서 상세히 되짚어볼 필요는 없지 않겠습니까? 마찬가지로 파트리스 당신과 보르스키, 그리고 투바비앵 모두에게 이미 다들 알고 있는 사실들을 굳이 되풀이해 상기시킬 필요도 없을 테지요. 예컨대, 보르스키 자네의 결혼과—아니 이중 결혼이라 해야 정확하겠군그래. 처음엔 엘프리드, 그다음엔 베로니크 데르즈몽과 한 결혼 말이야—할아버지에 의해 저질러진 프랑수아의 납치, 베로니크의 행방불명, 그녀를 찾기 위해 자네가 헤매고 다닌 것하며, 전쟁 중에 자네의 행적과 수용소 생활 등등에 대해서 말이지. 그 모든 것은 이후에 일어난 사건들에 비하면 하찮은 잔가지들에 불과하니까. 자, 지금까지 우리는 신의 돌에 얽힌 역사를 상세히 밝혀보았습니다. 이제 실타래를 풀듯 풀어나갈 이야기는, 신의 돌을 둘러싸고 바로 보르스키 저 친구가 엉망으로 헝클어뜨려놓은 현대판 모험담이올시다! 우선 서막(序幕)은 이렇게 시작되지요. 보르스키는 브르타뉴 지방 한복판에 위치한 퐁티비 근처의 외국인 전시(戰時) 수용소에 감금됩니다. 거기서 그의 이름은 더 이상 보르스키가 아니라 라우터바흐이지요. 사정은 이렇습니다. 이미 15개월 전에 첫 탈주극을 벌인 바 있던 그는, 이후에 다시 수감되어 군사 법정으로부터 간첩죄에 의한 사형선고가 내려질 조짐이 엿보이자, 두 번째로 탈출에 성공해서 퐁텐블로 숲에 은거해버리고 맙니다. 거기서 그는 라우터바흐라는 이름의 옛날 데리고 있던 하인과 마주쳤는데, 그 역시 보르스키와 마찬가지로 독일인이었으며 같은 도망자 입장이었습니다. 보르스키는 가차 없이 그를 죽였고, 옷을 바꿔 입고 분장까지 그럴듯하게 해서 보르스키와 라우터바흐를 완전히 바꿔치기하는 데 성공했답니다. 군 사법당국은 그만 감쪽같이 속아 넘어갔고, 그 가짜 보르스키의 시신을 퐁텐블로 숲에 매장해버리는 걸로 사건을 종결지었습니다. 한편 진짜 보르스키는 억세게도 운이 없었는지, 이번엔 라우터바흐라는 신분으로 다시 붙잡혀, 역시 퐁티비 수용소에 갇히는 신세가 되고 맙니다. 자, 여기까지가 보르스키에 관한 기본 소개였습니다. 그럼 이제 그의 첫 부인이자 온갖 범죄에 동원되었던 악질 공범, 엘프리드의 얘기로 넘어가겠습니다. 같은 독일인이 그녀가 거쳐온 인생에 대해서도 몇 가지 정보를 가지고 있습니다만, 별로 중요한 것 같지는 않으니, 이 자리에서는 그냥 건너뛰기로 하지요. 다만 중요한 건 엘프리드가 아들 레이놀드와 함께 상당 기간 사레크의 지하 골방들에 숨어 지내왔다는 사실입니다. 보르스키가 그녀에게 므슈 데르즈몽의 동태를 감시해서 베로니크 데르즈몽이 어디 있는지 그 실마리를 알아내도록 지시를 내렸기 때문이지요. 어찌 보면 같은 여자 입장에서 치욕스러울 법도 한 그런 지시를 묵묵히 수행한 그 여자의 머릿속을 이해하기는 힘들 것입니다. 보르스키를 향한 맹목적인 헌신이든, 무조건적인 공포심이든, 악행을 향한 본능이든, 자기 자리를 빼앗은 연적(戀敵)을 향한 불같은 증오심이든, 사실 별로 중요하지는 않습니다! 어쨌든 그 여자는 현재 가장 극심한 징벌을 받은 상태이니까요. 무려 3년이라는 기간을 오로지 땅속에 웅크리고 밤에만 나다니며 훔친 음식으로 자기와 자식의 목숨을 연명했고, 오로지 주인에게 만족스러운 봉사를 하게 될 날을 손꼽아 기다리는 가운데 모든 걸 견뎌온 그 용기와 인내심이 어디서 나왔는지는 제쳐두고, 일단 우리는 그녀가 이 사건에서 맡은 역할만을 주목해보고자 합니다. 어떤 과정을 밟아서 행동 개시가 이루어졌는지, 사전에 보르스키와 엘프리드 사이에 무슨 수로 교신이 가능했는지에 대해서는 저도 잘 모릅니다. 다만 확실히 말씀드릴 수 있는 건, 보르스키의 마지막 탈출은 첫 부인에 의해 오랜 기간에 걸쳐 치밀하게 사전 준비된 결과라는 사실입니다. 아무튼 모든 세부 사항이 완전히 통제되었고 철저하게 조심성이 유지된 가운데, 작년 9월 14일, 드디어 보르스키는 감금 생활 중에 알게 되어 일에 끌어들이기로 한 두 수하, 즉 오토 선생과 콘라트 선생을 대동한 채, 수용소를 탈출하기에 이릅니다. 그 후의 여정(旅程)은 그리 어렵지 않았습니다. 매 갈림길이 나타날 때마다 화살표와 숫자들, 그리고 그 위에 V. d'H.라는 이니셜이(분명 보르스키가 정한 이니셜일 테지만) 어디로 가야 할지 훌륭한 이정표가 되어주었으니까 말입니다. 게다가 이따금 나타나는 폐가(廢家)의 돌 밑이나 건초 더미 아래에는 누가 갖다 놨는지 적당한 식량이 비축되어 있어서 허기는 걱정할 필요가 없었지요. 그렇게 게메네와 파우에, 그리고 로스포르뎅을 거친 끝에, 벡멜 해안에 다다르게 되었답니다. 거기엔 간밤에 오노린의 모터보트를 타고 온 엘프리드와 레이놀드가 세 도망자를 기다리고 있었고, 결국 함께 섬으로 가서, 검은 황야의 드루이드 지하 골방들로 안내하게 됩니다. 여러분도 목격해서 잘 아시겠지만, 그들의 그곳 처소(處所)는 꽤 쾌적하고 잘 정비되어 있었습니다. 어쨌든 거기서 겨울을 난 보르스키는 모호하던 계획을 하루하루 명확하게 구체화해가고 있었습니다. 한 가지 이상한 점은, 전쟁이 발발되기 전에 그가 사레크에 처음으로 머물던 당시에는 섬의 비밀에 관해 전혀 들은 바가 없었다는 사실입니다. 결국 그가 신의 돌에 대해서 구체적인 정보를 접한 건, 퐁티비 수용소에서 엘프리드와 주고받은 서신을 통해서가 처음인 듯싶습니다. 그 같은 정보가 보르스키 같은 사람에게 어떤 충격으로 다가왔으리라는 점은 아마 여러분도 이젠 능히 짐작하실 수 있을 겁니다. 그 신의 돌이라는 것이야말로 고향에서 도둑맞은 기적의 돌일 것이며, 왕의 아들에 의해 되찾아져서, 결국 그 자신에게 왕위와 권력을 가져다줄 거라고 확신했을 게 뻔하지요. 나중에 차츰 더 깊이 알게 될수록 이러한 확신은 굳어져만 갔습니다. 그러나 사레크의 지하 생활 중 무엇보다 그의 마음을 사로잡았던 사건은 바로 지난달에 토마 수사의 예언을 발견했던 일이었습니다. 그 예언은, 소싯적 어느 오두막 창가에 팔꿈치를 기대고 앉아 있거나 헛간 지붕 위에 우두커니 누워 있을 때 우연찮게 귓가로 흘러 들어오는 농부들의 잡담 중, 조각조각 섞여 있던 바로 그 예언과 정확히 들어맞는 것이었지요! 요컨대, 이곳 사레크에서는 사람의 기억이 미치는 한, 미지의 돌이 실종되고 되찾아지는 일과 관련하여 항상 끔찍한 사건들이 발생할 것을 두려워해왔던 셈입니다. 즉, 조난당한 사람들이라든가 십자가형을 당하는 여자와 관련된 얘기가 이곳에도 여지없이 나돌고 있었던 거지요. 요정 고인돌에 새겨진 글귀나 서른 개의 관을 차지할 서른 명의 희생자 이야기, 네 여자에게 닥칠 십자가의 고통과 죽음, 그리고 삶이나 죽음을 부여하는 신의 돌 등등에 대한 전모를 파악하고 났을 때, 가뜩이나 불안정한 정신의 소유자인 그가 엄청난 우연의 일치로 얼마나 충격을 받았을지는 뻔한 것 아니겠습니까! 어쨌든 채색 삽화로 단장된 미사 경본을 마게녹이 발견함으로써 세상에 드러난 예언 자체야말로 이번 사건에서 가장 핵심이 되는 요소인 것만은 분명합니다. 그중에서도 주목해야 될 점은, 마게녹이 뜯어서 건네준 저 유명한 페이지를 므슈 데르즈몽이 자진해서 수차례 모사했고, 그러는 가운데 자기도 모르게 중앙의 여인에게 딸 베로니크의 모습을 투사했다는 사실입니다. 한편 그렇게 해서 생겨난 여러 장의 그림 사본 중 하나와 원본 자체를 어느 날 밤 마게녹이 등불 아래서 찬찬히 살펴보는 장면이 보르스키의 눈에 들어오고 만 것입니다. 그는 어둠 속에서도 즉시 연필과 수첩을 꺼내, 그 어마어마한 자료 중 열다섯 줄의 시구를 재빨리 옮겨 적는 데 성공했습니다. 그것으로써 단 한 점의 의혹 없이 모든 걸 이해하고 모든 걸 깨닫게 된 셈이지요. 별안간 눈부신 광채로 인해 도무지 눈을 뜰 수가 없을 정도였습니다. 지금까지 지리멸렬하게 부유하던 숱한 요소가 하나의 단단한 현실, 앞뒤가 꽉 짜인 진실로 뭉쳐졌다고나 할까요? 이젠 그 어떤 의혹도 불가능했습니다. 토마 수사의 예언은 다름 아닌 바로 보르스키 자신을 겨냥한 것이었습니다! 그 예언을 실행에 옮길 사람이 바로 보르스키 자신이었던 셈이지요! 다시 말하지만 모든 문제는 바로 그 점에 있는 것입니다. 이제 보르스키의 앞길은 훤한 등대가 비추는 거와 같았습니다. 요컨대, 아리아드네의 실이 손에 쥐어진 거나 다름없었지요. 예언은 그에게 곧 이론(異論)의 여지가 없는 하나의 교본이었습니다. 그것은 신성한 계명이자 성서(聖書)였습니다. 하지만 보십시오, 오로지 운율 이외에는 아무런 논리도 연관도 없이 제멋대로 끄적여놓은 듯한 그 시구들……. 따지고 보면 여간 어리석고 한심스러운 엉터리가 아니겠습니까? 이렇다 할 영감이 담겨 있다고 볼 만한 문장은 단 한 줄도 없지요. 아니 단 하나의 단어도 그럴듯한 빛을 발하는 경우가 없습니다. 델포이의 여자 점쟁이를 무아지경에 빠뜨리고, 예레미야나 에제키엘에게 광란의 환영(幻影)을 보여주었던 저 신성한 광기라고는 눈곱만큼도 찾아볼 수 없는, 쓰레기 같은 글발에 지나지 않는 것이죠! 그저 운율과 음절의 무의미한 나열일 뿐, 아무것도 아닌 겁니다. 일고의 가치도 없지요. 하지만 광기로 몽롱한 보르스키의 정신에는 강력한 섬광처럼 충격을 주었으며, 초심자나 가질 법한 맹목적인 열정으로 온통 불붙게 만든 것입니다! 자, 스테판, 그리고 파트리스, 이제 토마 수사가 어떤 예언을 끄적여놓았는지 한번 들어보시구려! 저 슈퍼 독일놈은 마치 자기 존재의 깊은 구석구석까지 사무치게 각인시키려는 듯, 똑같은 내용을 수첩 열 쪽에다가 각각 한 번씩, 모두 열 번에 걸쳐 적어놓았답니다. 여기 그중 한 쪽이 있으니 잘 들어봐요! 오토, 그리고 보르스키, 자네들도 잘 들어봐! 토마 수사의 엉터리 시 작품을 접할 수 있는 마지막 기회가 될 테니까. 자, 읽습니다!"

사레크 섬, 14하고도 3년

조난과 애도와 살인이 있으리라.
화살과 독(毒), 공포와 신음이 판을 치리니
죽음의 방과 십자가에 매달린 네 여자.
서른 명의 희생자에게 서른 개의 관이 주어지리.

제 어미 앞에서 아벨은 카인을 죽이리라.
그때, 알라마니 태생의 아비가 나타나리니
운명이 점지한 잔인한 왕자
숱한 죽음과 서서히 깊어가는 고통으로
6월의 어느 밤 제 아내를 처단하리라.

불꽃과 파편이 땅에서 솟구치면

엄청난 보물이 있는 은밀한 장소가 드러나리니
드디어 인간이 돌을 발견하리라.
그 옛날 북방 야만족이 잃어버린 돌
삶 아니면 죽음을 부여하는 신의 돌.

돈 루이스 페레나는 다소 과장된 어조로 읽기 시작했다. 그러면서도 범속한 시어들과 비루한 리듬을 일부러 두드러지게 하려는 의도가 역력했다. 그리고 마지막에 가서는 별다른 감흥이 일어나지 않게 일부러 둔탁한 목소리로 뚝 끊는 것이었다. 그럼에도 불구하고 불안한 침묵이 흐르는 가운데 지금까지 실제로 일어났던 모든 사건이 끔찍한 분위기를 두른 채 적나라하게 펼쳐지는 느낌이었다.

돈 루이스가 다시 입을 열었다.

"사건의 추이를 이 정도면 다들 아시겠지요? 스테판, 당신은 희생자 중 한 명이었고, 다른 희생자들과도 아는 사이였지요. 자, 어떻게 생각하십니까? 파트리스 당신은 어때요? 15세기를 살다 간 한 정신 나간 땡추중이 지옥 같은 환각에 시달릴 대로 시달린 머리로 마구잡이로 뱉어낸 악몽에 불과하지 않습니까? 예언이라고는 하지만, 뭐 하나 진지한 사실에 바탕을 둔 내용은 없고, 그저 되는대로 장단이나 맞추려고 끌어다 댄 단어들로 그득한, 그야말로 정신 나간 '횡설수설'에 지나지 않지요! 이거야말로 자루 속에서 닥치는 대로 끄집어낸 글자들을 제멋대로 풀어놓은 것 이상도 이하도 아니라고 볼 수 있을 겁니다. 자세히 보면 아시겠지만, 우리가 여태껏 논의한 신의 돌에 관한 역사적 사실이랄지, 전설과 전통 중 어느 것 하나 이 예언에 보탬을 주었다고는 느껴지지 않습니다. 요컨대, 이 예언은 그저 수도승의 혼란한 정신 상태 속에서 고스란히 나왔을 뿐, 그 어떤 현실적 기반도 갖추지 못한 헛소리에 지나지 않는 것이죠. 그렇다고 이 소심한 친구가 무슨 구체적인 악행을 염두에 두었다고도 볼 수 없습니다. 그저 다소 음산한 분위기의 세밀화 여백에다 아무거나 되는대로 적당한 글귀를 써넣는다는 것이 이런 내용이 되었을 뿐이지요. 한데 막상 써놓고 보니 그런대로 괜찮다 싶었는지, 요정 고인돌의 기둥에다 이 중 몇 구절을 옮겨 새겨 넣기까지 했습니다. 그런 것을, 무려 400여 년이 지난 뒤, 그 얄궂은 종이쪽지가, 그렇지 않아도 악행에 굶주리고 온갖 허영심과 광기로 얼룩진 어떤 슈퍼 독일 놈의 손에 떨어지게 된 것입니다. 과연 그 슈퍼 독일 놈은 그 안에서 무엇을 읽었을까요? 그저 유치하고도 재미있는 헛소리라고 보았을까요? 무의미한 허풍이라고 치부했을까요? 천만의 말씀입니다. 그는 이거야말로 고도로 수준 높은 문헌 중의 문헌이라고 보았습니다. 한마디로 사레크를 지배하는 섭리를 해명해줄 구약이자 신약성서인 셈이었지요! 신의 돌의 복음서라고 할 만했습니다! 그리고 바로 그 복음서가 보르스키 자신, 즉 이 슈퍼 독일 놈을, 운명을 실현시킬 메시아로 점지하고 있었던 것입니다. 적어도 보르스키에게 그건 의심의 여지가 없는 진리였습니다. 물론 그럼으로써 그가 얻게 되는 게 부와 권력이니, 딱히 거리낄 것도 없었지요. 하지만 그런 것들은 사실 부차적인 문제였습니다. 그가 무엇보다도 혼신을 다해 전념한 것은, 으레 스스로를 선택받았다고 믿는 종족 특유의 신비주의적 열정이었습니다. 그들은 허구한 날 무슨 사명 운운하면서, 정작 재건하고 갱생하는 것 못지않게 파괴하고 죽이고 약탈하는 사명에 집착하곤 하지요. 바로 그런 터무니없는 사명을, 보르스키는 토마 수사의 예언 속에서 정통으로 읽어낸 것이었습니다. 토마 수사는 무엇을 어떻게 해야 할지 명확하게 설명해놓았고, '운명이 점지한' 사람 운운함으로써 지극히 분명한 방식으로 보르스키를 지목한 셈이었습니다. 그러고 보니 보르스키는 왕의 아들, 그러니까

'알라마니의 왕자'가 아니었던가요? 그 역시 '북방 야만족'이 돌을 잃어 버렸던, 바로 그 나라에서 온 게 아니겠습니까? 점쟁이 엄마도 그의 배우자가 십자가에 매달려 죽을 것이라고 예언하지 않았느냔 말입니다! 마침 두 명 있는 아들들도, 한 명은 다소곳하고 참하면서 다른 한 놈은 못돼먹고 거친 것이, 어쩜 그리 아벨하고 카인과 비슷한지……. 이 정도 증거들만 해도 그에게는 충분해 보였을 겁니다. 그때부터 그의 호주머니 속에는 일종의 동원 영장이, 거쳐야 할 도로 지도가 담겨 있는 것과도 같았습니다. 어디를 향해 걸어가야 할지, 신들이 알아서 정확한 기착지를 표시해준 지도 말입니다. 그는 무조건 걷기만 하면 됐지요. 그렇게 걸어가는 앞길에 살아 숨 쉬는 사람들이 몇몇 가로거쳤습니다. 물론 옳다구나 했겠죠! 이미 예언으로 예견된 상황일 테니까 말입니다. 이제 그 살아 있는 사람들을 하나씩 제거할 시기만 정하면 되었습니다. 그것도 토마 수사가 예언한 방식대로 말이죠. 그래서 귀찮은 잡일을 모두 해치우고, 신의 돌을 손에 넣은 다음, 운명의 도구인 보르스키가 왕위에 오르는 그날만 기다리면 되는 셈이었습니다. 자, 이제부터 슬슬 소매를 걷어붙이고, 푸주한의 칼을 집어 들어 작업 시작! 바야흐로 보르스키가 납셨으니, 현실의 삶을 토마 수사의 악몽으로 대체할 날도 얼마 안 남았다! 뭐 그런 식이 되어버린 거죠."

17
운명이 점지한 잔인한 왕자

돈 루이스는 다시 보르스키를 향해서 이렇게 말했다.

"어떤가 친구, 우리 서로 같은 생각 맞지? 내가 하는 얘기가 정확하게 진실 그대로라고 자네도 생각하는 거지?"

보르스키는 아까부터 눈을 질끈 감은 채 고개를 축 늘어뜨리고 있었다. 그런 그의 이마에는 핏줄 몇 가닥이 보기 흉하게 불거져 있었다. 또다시 스테판이 간섭하고 나올까 봐, 돈 루이스는 일부러 버럭 고함을 쳐댔다.

"어서 불란 말이다, 이 친구야! 고통이 슬슬 심각해지는 모양인가? 머리가 터질 것 같아? 내가 얘기했지, 휘파람만 한 차례 불면 된다고! 「엄마, 작은 배가 물에 떠가네요」를 말이야. 그러면 연설을 당장 중단하지. 왜, 싫어? 아직 덜 무르익었단 말인가? 그럼 하는 수 없지. 이보시오, 스테판, 프랑수아 걱정은 말구려. 내가 다 책임지리다. 다만 부탁인데 이 괴물한테 동정심은 갖지 마세요. 아, 천만에! 말도 안 됩니다! 어디까지나 이자가 모든 것을 주도면밀하게 계획하고 저질러왔다는 사실을 잊지 마요! 절대로 잊지 말란 말이오. 이런, 내가 또 공연한 흥분을 하는구먼."

돈 루이스는 보르스키가 예언을 적어놓은 종이를 반듯하게 다시 펴서 눈으로 훑으며 얘기를 이어나갔다.

"지금까지 전반적인 해명은 어느 정도 된 셈이니, 이제는 좀 덜 중요한 얘기만 남았습니다. 그래도 몇몇 세부적인 사항은 짚고 넘어가야 할 겁니다. 그래야 보르스키의 머릿속에서 나온 사건의 메커니즘을 적나라하게 까발리고, 결국에는 우리의 늙은 드루이드 사제가 담당한 역할에 관해 얘기를 진행시켜갈 수 있을 테니까요. 자, 이제 때는 6월로 넘어갑니다. 이른바 서른 명의 희생자를 처형하기 위해 선택된 시점이지요. 물론 6월이라는 시기는 토마 수사가 제멋대로 쓰다 보니 걸려든 단어에 불과합니다. '14하고도 3'이라는 햇수 역시 장단을 맞추려다 보니 끄적인 표현에 지나지 않고 말입니다. 서른 명의 희생자를 운운한 것은 그나마 사레크의 서른 개에 달하는 암초와 고인돌에 부합하니, 좀 낫다는 느낌입니다. 하지만 보르스키에게는 그 어느 것 하나 거저 끄적인 표현이 없다고 느껴졌을 겁니다. 즉, 때는 6월 17일, 희생자는 모두 서른 명이어야 한다, 이렇게 된 거죠. 다만 스물아홉 명에 달하는 사레크의 주민들이—곧 알게 되겠지만 보르스키는 서른 번째 희생자를 이미 수중에 확보해놓은 상태였습니다—섬에 고스란히 남아, 파국을 기다리고 있어줘야 한다는 게 문제였죠. 한데 오노린과 마게녹이 어딘가로 떠나 있다는 사실을 갑자기 깨닫게 되었답니다. 다행히 오노린은 제때에 돌아와주었지만 마게녹은 아니었습니다. 보르스키는 전혀 머뭇거리지 않았죠. 곧장 그의 족적을 찾아 엘프리드와 콘라트를 파견했으니까요. 물론 발견 즉시 숨통을 끊어놓으라는 지시와 함께 말이죠. 더구나 우연히 주워들은 얘기 때문에 더더욱 지체할 이유가 없었습니다. 즉, 마게녹이 어쩌면 문제의 보석을 가지고 달아났을지도 모른다는 판단이 들었던 것이죠. 손을 대면 큰 탈이 날 테니, 무언가 적당한 용기에 담아서라도 말입니다. 엘프리드와 콘라트는 부랴부랴 추격을 시작했습니다. 결국 어느 날 아침 한 여관에서 엘프리드는 마게녹이 마실 커피잔에다 독약을 한 방울 떨구는 데 성공했지요. (그러고 보니 예언에도 독(毒)이라는 단어가 나오지 않습니까?) 자신이 무엇을 마셨는지 알 턱이 없는 마게녹은 태연하게 다시 길을 떠났습니다. 그러나 몇 시간이 지나지 않아 견딜 수 없는 고통을 느끼게 되었고, 비탈진 길가에 쓰러진 채 거의 급사(急死)에 가까운 죽음을 맞이하게 되었답니다. 계속해서 뒤를 밟던 엘프리드와 콘라트는 그제야 달려와 온몸을 뒤지기 시작했죠. 하지만 아무것도 없었습니다. 눈을 까뒤집고 찾아도 보석 같은 건 나오지 않았어요. 보르스키가 기대한 바가 결정적으로 뒤틀리는 순간이었습니다. 하지만 일단 시체를 어떻게 처리하느냐가 급선무인 상황이었습니다. 과연 어떻게 했을까요? 하는 수 없이, 몇 달 전 수용소를 탈출한 보르스키와 두 똘마니가 잠시 신세를 졌던 다 허물어져 가는 오두막에 시체를 끌어다 팽개치기로 했습니다. 그리고 바로 거기서 베로니크 데르즈몽이 마게녹의 시체와 맞닥뜨리게 된 것이지요. 물론 한 시간쯤 후에 다시 들여다봤을 땐, 감쪽같이 시체가 사라졌고요. 주변을 배회하며 지켜보던 엘프리드와 콘라트가 냉큼 시체를 꺼내다가, 어느 버려진 작은 성의 지하 저장고로 옮겨서 잘 숨겨놓았던 겁니다. 이쯤에서 한 가지 짚고 넘어가야 할 것! 서른 명의 희생자가 일련의 순서를 밟아 발생할 거라는 마게녹의 예언(즉, 자기부터 시작할 거라는) 역시 전혀 근거가 없는 것이었다는 사실입니다. 예언에는 그런 얘기가 없어요. 보르스키는 그저 되는대로 일을 벌여나갔을 뿐입니다. 사레크에서 그는 일단 프랑수아와 스테판 마루를 납치 감금했습니다. 그리고 별다른 주의를 끌지 않고 섬을 나다니면서 수도원에도 더 손쉽게 접근하기 위한 방편으로, 자기는 스테판의 옷을, 레이놀드는 프랑수아의 옷을 껴입는 주도면밀함을 보이기도 했습니다. 결국 일은 순조롭게 풀리기 시작했지요. 건물에는 늙은이와 여자, 딱 두 명, 즉 므슈 데르즈몽과 마리 르 고프만 있었으니까요. 그 둘을 간단히 해치우고 나서 여러 방, 특히 마게녹의 방을 뒤져본다는 것이 보르스키의 계획이었습니다. 아직은 엘프리드가 어떻게 일을 처리했는지 모르는 상태였던 그는 속으로 생각했겠죠. 혹시라도 마게녹이 기적의 돌을 수도원에 놔두고 떠났을지 누가 알겠는가 하고 말입니다. 먼저 마리 르 고프가 희생되었습니다. 보르스키가 그녀의 목을 조르고 칼침을 놓았던 것이죠. 한데 그만 시뻘건 선혈이 얼굴 가득 튀었고, 천성적으로 기겁을 잘하는 성격이라 덮어놓고 겁부터 나는 바람에, 그는 그 길로 줄행랑을 치고 말았습니다. 므슈 데르즈몽은 어린 레이놀드한테 일임하고 말이죠. 아이와 노인 사이의 대결은 꽤 시간을 끌었습니다. 집 안 전체를 들쑤시며 실랑이를 벌인 끝에야, 공교롭게도 베로니크 데르즈몽이 목격하는 가운데 끔찍한 결말에 이르고 만 것이죠. 결국 므슈 데르즈몽은 딸이 보는 앞에서 살해당하고 말았습니다. 그 순간 오노린이 현장에 들이닥쳤고, 그녀 역시 쓰러졌지요. 이렇게 해서 네 번째 희생자가 발생한 셈입니다. 그 후로는 사건이 더 급박하게 돌아갑니다. 밤새도록 섬 전체가 공포의 도가니로 떠들썩하게 된 것이지요. 섬 주민들은 마게녹의 예언이 이루어지는 것을 두 눈으로 똑똑히 보고 있다고 믿었고, 그토록 오랜 세월 섬의 운명을 위협해오던 재앙이 드디어 나팔을 불기 시작했다고 생각할 수밖에 없었습니다. 모두 떠날 결심을 하는 건 당연했죠. 한데 바로 그것이야말로 보르스키와 그의 못된 아들이 기다리던 바였습니다. 훔쳐낸 모터보트에서 때만 기다리던 부자(父子)는 도망치는 주민들의 배를 뒤쫓아 무시무시한 인간 사냥을 즐기기 시작한 거지요. 토마 수사의 예언이 그대로 적중하도록 말입니다."

조난과 애도와 살인이 있으리라.

"아직 숨이 붙어 있었던 오노린은 그 처참한 광경을 보자, 이미 혼란의 극에 달해 있던 정신이 완전히 균형을 잃고, 벼랑 끝으로 달려가 바다로 몸을 던지고 맙니다. 그 후 며칠간의 소강상태가 이어졌고, 베로니크 데르즈몽은 비교적 안정된 마음으로 사레크 섬의 수도원 영지를 이모저모 살피고 다녔습니다. 하긴 풍요로운 피의 수확에 어느 정도 만족한 악랄한 부자(父子)도, 술에 절어 있는 오토만 땅굴에 남겨둔 채, 잠시 섬을 비운 상태였습니다. 마게녹의 시체를 사레크 섬의 앞바다로 데려오기 위해 엘프리드와 콘라트를 찾아 나선 것이죠. 그 역시 서른 개의 관에 엄연히 자리를 차지해야 할 희생자였으니까 말입니다. 어쨌든 다시 섬으로 돌아왔을 때, 보르스키는 스물네 명의 희생자를 처단한 상태였습니다. 스테판과 프랑수아는 오토의 감시하에 감금된 처지였고요. 그들 말고도 십자가형을 위해 예비된 여자가 넷 있었는데, 그중 세 명에 해당하는 아르시냐 자매들 역시 허름한 건물 구석에 감금된 처지인 건 마찬가지였습니다. 이젠 그들을 손볼 때가 된 것이죠. 베로니크 데르즈몽은 여자들을 구하려고 애를 썼습니다. 하지만 때는 이미 늦은 상태였죠. 도망치는 여자들의 동태를 주시하고 있던 무리 중에서도 활솜씨가 빼어난 레이놀드가 세 명을 맡았는데, 모두가 예언에 언급된 그대로 화살에 맞아 적의 손에 떨어지고 만 것입니다. 그날 밤, 세 그루의 참나무에 십자가형이 거행되었습니다. 물론 보르스키는 아르시냐 자매가 감춰둔 돈다발을 사전에 슬쩍하는 걸 잊지 않았고 말입니다. 결국 그렇게 해서 스물아홉 명의 희생자가 채워진 것이지요. 자, 이제 서른 번째 희생자는 과연 누구일까요? 십자가형에 처해질 네 번째 여자가 누구이겠냔 말입니다!"

잠시 숨을 돌리던 돈 루이스가 다시 말을 이었다.

"이 문제에 관련해서 예언은 매우 분명한 언급을 하고 있습니다. 다음 두 가지 대목으로 결정이 나는 셈이죠. 우선 첫 번째 대목."

> 제 어미 앞에서 아벨은 카인을 죽이리라.

"그리고 몇 줄 아래로 내려가, 두 번째 대목."

> 6월의 어느 밤 제 아내를 처단하리라.

"예언의 내용을 거의 외우다시피 하고 있던 보르스키는 이 두 구절을 나름대로 해석했습니다. 그때까지만 해도 프랑스 방방곡곡을 뒤져 베로니크의 그림자 하나 찾아내지 못한 그는, 운명의 지시를 약간 비틀어 풀이하기로 한 것이죠. 네 번째 십자가형을 당할 여자는 반드시 자기 아내이어야 할 터, 베로니크가 없다면 엘프리드라도 대신해서 당해야 한다고 정한 겁니다. 그렇게 되면 결국에는 예언의 내용과 하나도 모순되지 않는다고 본 것이지요. 아벨의 어미이든 카인의 어미이든 딱히 정해져 있는 건 아니니까요. 게다가 옛날에 자기 자신의 운명을 거론한 또 다른 예언에서도 죽어야 할 사람이 단지 보르스키의 '배우자'라고만 되어 있지, 그게 누구인지는 명시되지 않았으니까 말입니다. 그럼 이 상황에서 누가 죽어야 할까요? 엘프리드밖에 없는 셈이죠. 그렇게 해서 여태껏 충실하고 사랑스러운 공범이었던 여인이 죽을 운명에 처합니다. 물론 보르스키에게는 가슴 찢어지는 일이었죠! 하지만 어차피 피에 굶주린 마신(魔神)에게 복종해야 할 운명 아니겠습니까! 게다가 사명을 다하기 위해서는 어쩔 수 없이 레이놀드마저 희생시켜야 할 마당에, 어미인 엘프리드를 그대로 놔둔다면 그 또한 뒤탈을 걱정해야 할 난처한 처지 아니겠습니까? 뜻하지 않게 일이 맞아떨어지는 셈이었죠. 그러던 중 갑자기 놀랄 만한 일이 벌어졌습니다. 아르시냐 자매를 추적하던 중에 문득 베로니크 데르즈몽의 모습이 그의 눈에 띈 것입니다! 보르스키 같은 인물이 그런 상황에서 어떤 초월적 권능의 위력을 보지 않았다면 오히려 이상한 일이겠죠. 한시도 잊은 적이 없었던 여인이, 마침 이 대사업을 위한 그녀 역할이 절실하던 차에, 고맙게도 눈앞에 나타나주다니 말입니다! 그의 눈에 베로니크 데르즈몽은 마음대로 요리하라고 운명이 내려보내 준 싱싱한 먹잇감처럼 보였을 것입니다. 갑자기 답답하던 전망이 활짝 열리는 것 같았겠죠. 예기치 못한 순간에 하늘이 환하게 밝혀지는 그 느낌! 보르스키는 그나마 붙어 있던 얼마 안 되는 이성(理性)마저 잃기 시작했습니다. 그는 점점 더 스스로를 메시아, 선택된 인간, 전도사, 요컨대 운명의 부름을 받은 존재로 격상시켜갔습니다. 자기 스스로 대사제로서, 신의 돌을 관리해야만 하는 존재로 바라보게 된 것입니다. 그는 이제 드루이드 중에서도 제사장에 해당하는 반열에 올라 있었으며, 베로니크 데르즈몽이 다리를 불태웠던 그날 밤에는—바로 달이 차오르는 엿새째 되는 날 밤이었죠—황금 낫을 휘두르며 신성한 겨우살이를 채집하는 진짜 드루이드 의식을 거행하기까지 했습니다. 그때부터 수도원 포위 작전이 본격적으로 시행되기 시작했습니다. 이 대목에서는 제가 공연히 열을 낼 필요도 없을 겁니다. 베로니크 데르즈몽이 이미 다 얘기했으니까요. 안 그렇습니까, 스테판? 그녀의 고생이 얼마나 심했는지, 그 가운데 우리 투바비앵이 얼마나 수고를 했는지, 급기야 땅굴과 그 다닥다닥 붙어 있는 골방들을 발견하고 나서, 프랑수아는 물론, 예언에 적힌 대로 '죽음의 방'에 갇힌 스테판 당신을 둘러싸고 어떤 소동이 벌어졌는지 죄다 말입니다. 그곳에 갇혀 있던 당신 앞에 베로니크 데르즈몽이 불쑥 나타났지요. 결국 당신은 레이놀드 녀석 때문에 바다로 추락했고요. 프랑수아와 베로니크 데르즈몽은 용케 탈출하는 데까진 성공했습니다. 하지만 불행히도 보르스키와 그 일당이 이미 수도원까지 잠식한 다음이었죠. 멋도 모르고 그리로 들어간 프랑수아는 붙잡힌 신세가 되고 말았습니다. 나중에 그의 엄마도 마찬가지 처지가 되었고요. 그다음에 벌어진 일들에 관해서는 정말 더 말하지 않겠습니다. 생각만 해도 끔찍하니까요. 보르스키와 베로니크 데르즈몽의 담판에다, 두 형제, 카인과 아벨의 혈투하며, 또 그것을 똑똑히 지켜봐야만 했던 베로니크 데르즈몽의 찢어지는 심정 등등……. 어쩜 그렇게 예언에서 요구한 그대로 진행되었던지……."

제 어미 앞에서 아벨은 카인을 죽이리라.

"예언에서는 또한 그 어미가 이루 말할 수 없는 고통을 겪으리라고 했습니다. 보르스키가 기발한 악행을 내세울 거라고 말이죠. 그 결과, '잔인한 왕자'의 탈을 쓴 보르스키는 두 아이에게 가면을 씌웠고, 아벨이 패하려는 순간, 오로지 예언을 글자 그대로 이루기 위해서 카인을 직접 내쳤던 겁니다. 그야말로 정신이 완전히 나간 괴물이나 다름없는 셈이죠. 주체할 수 없도록 스스로의 망상에 도취해 있었습니다. 서서히 파국이 가까워오고 있었고, 그는 걷잡을 수 없이 술을 퍼마셨습니다. 바로 그날 밤이 베로니크 데르즈몽의 처형 예정 시간이었기 때문이지요."

숱한 죽음과 서서히 깊어가는 고통으로
6월의 어느 밤 제 아내를 처단하리라.

"베로니크는 '숱한 죽음'을 겪어야 했고, '서서히 깊어가는 고통'에 고스란히 시달려야 했습니다. 그러는 가운데 드디어 운명의 시간이 왔죠. 밤참을 들었고, 죽음의 행렬을 이루어 처형 현장에 당도한 일행은 이런저런 준비를 갖춘 다음, 사다리를 세우고, 밧줄을 걸고, 그리고……. 그리고 늙은 드루이드 사제가 난데없이 등장하게 된 것입니다!"

돈 루이스는 마지막 말을 내뱉음과 동시에 대차게 웃음을 터뜨렸다.

"우하하하하, 이를테면 이제부터 슬슬 얘기가 재미있어지는 겁니다! 바로 이 대목부터는 비극이 희극과 함께 가고, 음산함에 익살이 뒤섞인다 이겁니다! 아, 그 늙은 드루이드 사제……. 정말이지 대단한 괴짜였지요! 당신 둘, 스테판과 파트리스는 무대 뒤에서 모든 걸 보고 있으니까 재미가 덜하겠지만, 보르스키한테는 그야말로……. 엄청난 장면이 아닐 수 없었답니다! 이봐, 오토, 사다리를 나무줄기에 기대 세워서 자네 두목이 발을 얹을 수 있게 해드리게. 그래, 그렇게……. 자, 어떤가, 보르스키? 이제 좀 견딜 만하지? 내가 이런다고 자넬 조금이나마 동정하는 거라고 착각하진 말게. 천만에! 단지 자네 눈이 갑자기 돌아갈까봐 다소 걱정이 될 뿐이야. 아울러 이 노사제의 고백을 조금이라도 편한 자세에서 경청해주기를 바랄 따름이지."

또다시 우렁찬 웃음소리가 터져나왔다. 아무래도 늙은 드루이드 사제가 작심을 하고 돈 루이스의 기분을 띄우려는 모양이었다.

"늙은 드루이드의 등장이 기어코 이 광기 어린 사건에 이성과 질서의 빛을 뿌리기 시작합니다. 뭔가 느슨하고 헐겁던 부분들이 제대로 조여지기 시작하는 것이죠. 지리멸렬하기만 하던 죄악이 징벌의 테두리 안에 들어서자 드디어 제대로 된 논리를 갖추기 시작했습니다. 이제 보르스키의 행동은 더 이상 토마 수사의 싸구려 시구(詩句)에 대한 맹목적인 신앙이 아니라, 자신이 원하는 바를 정확히 알고 있는 한 인간의 치밀한 계산에 의거한 작품으로 드러나는 겁니다. 정말이지 우리의 늙은 드루이드는 모두의 찬사를 받을 만한 인물이지요. 뭐 이제는 돈 루이스나 아르센 뤼팽이라고 불러도 무방합니다만, 우리의 늙은 드루이드는 잠수함 수정마개호(號)가 어제 정오쯤 사레크 해안에서 불쑥 잠망경을 내밀 때만 해도 이렇다 하게 아는 게 없었답니다."

"아니, 아는 게 별로 없었다니요?"

스테판 마루가 저도 모르게 외치자, 돈 루이스는 한술 더 떴다.

"거의 아는 게 없었다고 할 만했지요."

"세상에! 그럼 보르스키의 내력이라든가, 그가 사레크에서 행한 모든 세세한 짓거리며, 그의 계획과 엘프리드의 역할, 그리고 마게녹이 독살당한 것 등등, 이제껏 얘기한 모든 건 다 뭐란 말입니까?"

돈 루이스는 간단하게 잘라 말했다.

"그 모든 건 어제 상륙한 이후에야 배운 겁니다."

"누구한테서 말입니까? 우리와 항상 붙어 지냈지 않습니까?"

"어쨌든 어제 사레크 섬에 상륙할 즈음, 늙은 드루이드가 아는 거라곤 털끝만치도 없었다는 건 사실이에요. 하지만 보르스키 자네가 그런 것 못지않게 늙은 드루이드께선 신들과 친하다고 스스로를 생각하신단 말씀이야! 실제로 섬에 접근하면서 그가 공교롭게도 처음 목격한 것은 자네와 자네 자식이 낭떠러지에서 떨궈냈다고 생각한 스테판 선생이 아니었겠나? 다행히 깊은 웅덩이로 떨어져서 어디 하나 상한 데라곤 없었지. 곧바로 구조 작업이 이루어졌고, 우린 서로 깊은 대화를 나누었어. 한 30분 얘기를 나누다 보니 늙은 드루이드가 어느 정도 상황 파악을 하게 되더군. 곧장 보충 조사가 진행되었지. 마침내 지하 골방들을 발견했고, 그중에서도 보르스키 자네가 쓰던 방에 아주 적당한 흰옷이 팽개쳐 있는 게 눈에 들어오더란 말씀이야. 게다가 자네가 그 빌어먹을 예언 나부랭이를 베껴놓은 종이쪽지도 있었어. 그것만으로도 늙은 드루이드께선 적의 간계를 속속들이 간파할 수 있었단 말일세. 우선 그는 프랑수아와 그의 엄마가 도망쳐 갔던 터널을 따라가 보았다네. 하지만 출구가 막혀 있어서 도무지 나갈 수가 없겠더군. 하는 수 없이 발길을 돌려 검은 황야 쪽 출구로 빠져나왔지. 한동안 섬을 샅샅이 훑고 다녔어. 그러던 중 오토와 콘라트를 대면하게 되었다네. 놈들, 허겁지겁 가교를 불태워 버리더군. 그때가 저녁 6시였을 거야. 수도원으로 어떻게 접근하느냐가 단연 문제였지. 한데 스테판 얘기가, '비밀 문 비탈길'을 통하면 된다는 거야. 늙은 드루이드는 곧장 수정마개호로 돌아왔지. 그러고는 섬 주변의 모든 뱃길에 통달한 스테판이 일러주는 대로 섬을 빙 둘러갔던 거고. —그나저나 이보게 보르스키, 수정마개호는 말일세, 어디든 다닐 수 있는 아주 성능 좋은 잠수함이라네. 늙은 드루이드가 자신의 설계에 입각해 직접 축조한 것이지—급기야 우리는 프랑수아의 배가 묶여 있는 장소에 도착하게 되었어. 배 아래에서 곤한 잠을 자고 있던 투바비앵을 만난 것도 바로 거기에서라네. 우린 서로 인사를 하자마자 즉각 통하는 구석이 있음을 간파했지. 부랴부랴 모두들 비탈을 기어올랐는데, 중간쯤에 이르러 투바비앵이 방향을 바꾸는 것이야. 알고 보니 벼랑 암벽의 그 부분이 유난히 반듯한 석재로 마감질 되어 있는 게 아니겠나? 그리고 그 한복판에 구멍이 뚫려 있는 거야. 늙은 드루이드는 그것이야말로 지하 희생제의실과 납골당을 들락거리기 위해 마게녹이 파놓은 구멍이라는 걸 깨달았지. 그렇게 해서 늙은 드루이드는 단박에 모든 사건의 핵심을 부여잡을 수 있었고, 졸지에 모든 사태를 통제할 수 있었던 거라고. 그때가 고작 저녁 8시쯤 되었을까? 일단 프랑수아는 걱정할 필요 없다는 판단이 들더구먼. 예언에서 '아벨은 카인을 죽이리니'라고 되어 있지, 그 반대는 아니었거든. 하지만 '6월의 어느 밤' 죽어야 할 베로니크 데르즈몽은 여간 걱정이 되는 게 아니더라고. 이러다가 너무 늦게 구하러 가는 건 아닐까 하는 걱정이 들더라니까!"

돈 루이스는 스테판을 돌아보며 말을 이었다.

"스테판 당신도 기억하죠? 늙은 드루이드와 당신이 그때 얼마나 발을 동동 굴렀는지 말입니다. 그러다가 V. d'H.라는 이니셜이 새겨진 참나무를 발견했을 때 당신이 또한 얼마나 기뻐하던지……. 나무 위에는 아직 희생자가 매달려 있지 않았던 겁니다! 베로니크는 살아 있구나! 하는 안도감이 몰려왔죠. 그러던 중, 문득 수도원 방향에서 사람 목소리가 들려오는 것이었습니다. 아까 말한 죽음의 행렬이 다가오는 소리였죠. 점점 짙어가는 어둠 속에서도 잔디밭을 따라 천천히 거슬러 오는 모습이 보이더군요. 등불이 흔들거리는 게 보였습니다. 잠시 후, 행렬은 멈추었고 보르스키의 장광설이 시작됐죠. 결말이 다가오고 있다는 징후였습니다. 당장이라도 놈들에게 들이닥치면 베로니크를 구할 수 있는 상황이었습니다. 한데 바로 그때였어, 보르스키. 자네를 좀 더 즐겁게 해줄 만한 일이 일어난 거라고! 그래, 나와 내 친구들 모두가 아주 묘한 광경을 목격한 거야. 고인돌 주변을 배회하던 웬 낯선 여자 하나가 우리 눈에 발각되자 부리나케 몸을 숨기질 않겠나! 우린 즉시 그녀를 잡아들였지. 얼굴에 전등불을 들이대자, 스테판이 곧장 여자를 알아보더군. 과연 누구였을까, 보르스키? 어디 맞혀볼 테면 맞혀보라고. 바로 엘프리드였단 말이야! 자네의 공범 엘프리드! 애당초 자네가 십자가에 매달려고 했던 그 여자 말일세! 정말 재미있지 않나? 그녀는 반쯤 미치광이가 되다시피 극도로 흥분한 상태였지. 그러면서 줄줄이 털어놓던걸. 자기 자식이 승리자가 되어 베로니크의 아들을 죽이기로 약속을 하고서 두 아이의 결투를 승낙했다고 말이야. 그런데 결투가 있는 날 아침부터 자기를 가둔 데다가, 저녁때 가까스로 도망쳐 나와보니 글쎄, 레이놀드의 싸늘하게 식은 시체가 기다리고 있더라 이 말일세. 그래서 이제는 극도로 증오하는 연적이 고통 속에 죽어가는 모습을 지켜보려고 예까지 온 것이며, 그 일이 끝나고 나면 바로 자네, 보르스키를 갈가리 찢어 죽여 복수를 하리라고 다짐했다는 거야. 옳지! 늙은 드루이드는 속으로 쾌재를 불렀다네. 자네가 계속해서 고인돌 방향으로 접근하는 걸 스테판이 망을 보는 동안, 늙은 드루이드는 계속해서 엘프리드를 신문하고 있었지. 한데 말이야, 느닷없이 자네 목소리가 들리자마자 말이야, 보르스키……. 아 글쎄, 그 계집이 갑작스레 반항을 하는 것 아니겠나? 전혀 예상치 못한 돌발 상황이었지! 난데없이 주인의 음성이 들리자 뭔가 속에서 열정이 솟아오르는 모양이었어. 그년은 곧 죽어도 자기 주인의 모습을 보고 싶어 하더군. 자네에게 위험을 알리고, 자네를 위기에서 구하고 싶어 하더라 이거야. 그러더니 갑자기 단도를 빼 들고 늙은 드루이드를 향해 달려드는 게 아니겠나! 하는 수 없이 정당방위 차원에서 호되게 두들겨 팰 수밖에! 그래, 반쯤 죽어 뻗은 여자를 물끄러미 바라보는데, 문득 기막힌 묘안 하나가 늙은 드루이드의 뒤통수를 강타하는 것이었어! 눈 깜짝할 사이에 사악한 계집은 꽁꽁 묶인 신세가 되었지. 이제 보르스키 자네가 그녀를 해치우도록 하는 거야! 애당초 그녀를 위해 자네가 준비해둔 운명을 순순히 감수하도록 하자는 것이지. 늙은 드루이드는 흰옷을 얼른 스테판에게 건네주고 이렇게 일렀다네. 자네가 당도하자마자 곧바로 바로 옆을 겨냥해 화살을 쏘라고.

그래서 자네가 허둥지둥 흰옷을 쫓아 달려나올 때, 늙은 드루이드가 작전을 개시해 베로니크를 엘프리드로, 즉 두 번째 마누라를 첫 번째 마누라로 바꿔치기해놓겠다는 거였지. 뭐라고? 하긴 자네한텐 이러나저러나 마찬가지겠지. 어쨌든 기술이 완전히 먹혀들고 나서야 자네는 된통 당한 줄 깨닫더군그래!"

돈 루이스는 거기서 일단 숨을 가다듬었다. 내용이야 어떻든 친근하게 이러쿵저러쿵 떠벌리는 투로만 본다면, 마치 보르스키더러 실컷 웃으라고 무슨 재미있는 농담이라도 들려주는 듯했다.

"그게 다가 아니라네. 파트리스 벨발과 내 모로코 친구들 몇 명이—참고 삼아 말하건대 함정에는 모두 열여덟 명이 승선하고 있네만—지하 희생제의실에서 일련의 작업을 해놓았지. 어떻게든 예언은 확실히 들어맞아야 되는 것 아니겠나? 자네 배우자가 마지막 숨을 거두는 즉시 무언가 일어나게 되어 있는 것 아니냐고."

불꽃과 파편이 땅에서 솟구치면
엄청난 보물이 있는 은밀한 장소가 드러나리니

"물론 토마 수사를 비롯해 이 세상 어느 누구도 그 '엄청난 보물'이 어디에 묻혀 있는지는 알 턱이 없었지. 그런데 늙은 드루이드가 나서서 그걸 어림짐작해낸 거야. 그는 보르스키에게 확실한 징조를 보여주고 싶어 했고, 이왕이면 호박이 넝쿨째 굴러들듯, 보물이 그의 코앞에 굴러들기를 바랐지. 그러기 위해선 일단 보물이 있는 곳으로 들어가는 입구가 가능한 한 요정 고인돌 근처에 있는 게 좋다는 판단이었어. 다행히 마게녹이 그쪽 방향에서도 작업을 하다 만 부분이 있었기에, 벨발 대위가 찾아보자 금세 발견할 수 있었지. 결국 옛날에 손댄 계단을 말끔하게 청소하고, 죽은 나무 안도 깨끗하게 솎아냈지. 그리고 잠수함에 있던 다이너마이트와 조명탄 몇 발을 챙겨 왔다네. 아니나 다를까, 자네는 참나무 꼭대기에 걸터앉은 채 무슨 선지자나 되듯 고래고래 악을 쓰고 있었지. '그녀가 죽었다! 네 번째 여자가 십자가 위에서 죽었어!'라고 말이야. 순간, 콰르릉! 쾅! 천둥이 울려 퍼지고, 불꽃과 파편이 솟구치면서, 졸지에 천지가 뒤흔들리는 것이었어. 드디어 자네는 점점 더 신들의 사랑받는 옥동자에다 운명의 귀염둥이가 되어가더군. 얼른 굴뚝으로 기어들어 신의 돌을 차지할 고상한 욕망에 달아오르는 것이었어. 그래봤자 브랜디와 럼주에서 정신이 깨고 나면 비실비실 웃으며 제 정신으로 돌아오는 거지만 말이야. 어쨌든 자네는 토마 수사가 정한 의식(儀式)에 의거해 끝내는 서른 명의 희생자를 해치웠고, 모든 장애를 극복한 셈이었지. 예언이 이루어진 거라고."

> 드디어 인간이 돌을 발견하리라.
> 그 옛날 북방 야만족이 잃어버린 돌
> 삶 아니면 죽음을 부여하는 신의 돌.

"이제 늙은 드루이드는 자신의 책무를 완수해서 자네에게 천국 열쇠를 건네기만 하면 되는 거지. 물론 그 전에 약간의 막간극(幕間劇)은 있어야겠지만 말이야. 약간의 현란한 앙트르샤 기술과 앙증맞은 요술놀이, 그리고 웃자고 하는 농담 약간……. 그리고 드디어 잠자는 숲 속의 미녀께서 지키고 계신 신의 돌 등장이오!"

돈 루이스는 마치 장기(長技)라도 선보이듯 예의 그 앙트르샤를 몇 차례 시도하고는, 보르스키를 향해 또 이렇게 뇌까리는 것이었다.

"이보게 보르스키, 어쩐지 자네가 이젠 내 연설에 신물이 날 것 같은 안타까운 느낌이 드는군그래. 그래서 더 참고 듣느니 차라리 프랑수아가 있는 곳을 대고 싶어 할 거라는 생각이 들어. 쯧쯧, 그럼 섭섭하지! 이제 잠자는 숲 속의 미녀와 베로니크 데르즈몽의 갑작스러운 출현에 대해 함께 알아보아야 할 참인데. 딱 2분이면 돼. 그 정도는 양해해주겠지?"

돈 루이스는 늙은 드루이드 사제를 잠시 제쳐두고 본래의 자세로 돌아와서 경쾌하게 얘기를 이어갔다.

"좋아, 그럼 내가 왜 자네의 마수로부터 기껏 빼돌린 베로니크 데르즈몽을 다시 그 장소로 데려다 놓았을까? 대답은 무척 간단하다네. 사실 그곳이 아니라면 내가 어디로 그녀를 모셔갔을 거라고 보는가? 잠수함으로? 저런, 그건 지나친 억지야. 간밤에는 바다에 풍랑이 좀 심했거든. 한데 베로니크에겐 무엇보다 안정이 필요한 상태였어. 그럼, 수도원이 있지 않느냐고? 천만에! 거긴 무대에서 너무 멀리 떨어져 있어. 우선 내가 안심이 안 되지. 사실상 악천후와 자네의 농간으로부터 안전하게 지킬 수 있을 장소라고는 그곳 희생제의실밖에 없다는 결론이 나오더군. 그래서 그리로 여자를 데려간 거고, 자네가 보았을 땐, 마취제의 도움으로 아주 편안하게 잘 수 있었던 거야. 솔직히 말해 자네한테 그 장면을 보여주고 싶어 한 마음도 내 결정에 약간은 작용한 게 사실이지. 물론 충분한 효과는 거두었고 말이야! 자네 입이 얼마나 떡 벌어졌던가를 한번 상기해봐! 끔찍한 광경이었겠지! 죽었던 베로니크가 부활해 있다니 말이야! 죽은 여자가 살아 숨 쉬고 있었지! 어찌나 혼비백산했는지 뒤도 안 보고 줄행랑까지 쳤지 않은가! 어쨌든 그 얘기는 그쯤 해두지. 도망치던 자네는 출구가 막힌 걸 깨달았어. 거기서 생각을 다시 하게 되었고 말이야. 결국 콘라트가 반격을 시도하기로 했고, 여자를 잠수함으로 옮기려던 나를 급습했지. 하지만 오히려 나와 함께 있던 모로코인에게 치명타를 당하고 말았어. 거기서 배꼽을 잡을 만한 제2의 막간극이 펼쳐지게 된 거야. 우린 늙은 드루이드의 흰옷을 콘라트에게 덮어씌우고 납골당 구석에 팽개쳐놓기로 했어. 당연히 자네가 뒤쫓아와 어떻게 된 건지 확인하려 들 거라고 생각한 거지. 결국 또다시 제멋에 잔뜩 취하고 만 자네는 베로니크 데르즈몽 대신 신성한 제단을 차지하고 있는 엘프리드의 몸뚱어리를 발견하고는, 펄쩍펄쩍 난동을 부리면서, 이미 십자가형으로 요절낸 자기 첫 부인을 아예 너덜너덜 누더기로 만들지 않았겠나. 여전히 어처구니없는 실수를 한 셈이지! 그렇게 해서 결국 이런 결말에 이르고 만 것이네. 역시 코믹하기 그지없는 스타일로 말이야! 내가 이렇게 면상을 바라보며 자넬 완전히 엿 먹이는 연설을 늘어놓는 동안, 자넨 말뚝에 매달린 채 그렇게 축 늘어져 있으니 말이야! 서른 명의 희생자를 내가며 자네가 신의 돌을 차지하려고 버둥댔다면, 나는 순전히 내 덕(德)으로 그 보물을 손에 넣었단 말일세! 이상이 이번 모험의 전모일세, 보르스키! 몇 가지 사소한 사건들이나 자네가 알 필요 없는 좀 더 중요한 사항들만 제하면 이제 자네나 나나 비슷한 정도로 알고 있는 것이네. 그러니 이제 프랑수아에 관한 자네의 솔직하고 담백한 대답을 듣고 싶네. 자, 어서 읊어보게. 「엄마, 작은 배가 물에 떠가네요」를 듣고 싶어. 어떤가? 입을 열 준비는 되셨나?"

돈 루이스는 사다리를 몇 단 기어 올라갔다. 스테판과 파트리스도 걱정스러운 표정으로 바짝 다가와 귀를 기울였다. 보아하니 보르스키도 이제는 뭔가 입을 열려는 눈치가 분명했다.

그는 눈을 멍하니 뜬 채 돈 루이스를 바라보았는데, 증오심과 함께 두려움이 가득 담긴 눈빛이었다. 아무래도 이 범상치 않은 인물은 도저히 대적 불가능할뿐더러 섣부른 동정심을 기대하는 것 역시 부질없는 상대처럼 보였다. 돈 루이스는 그 자체로 승자의 전형처럼 느껴졌고,

그런 존재 앞에서는 순순히 굴복하든지 선처를 비는 길밖에 다른 도리가 없었다. 게다가 저항하려 해봐야 이제는 그럴 힘도 남아 있지 못한 상태……. 고통이 인내의 한계를 넘은 지 이미 오래였다.

그는 알아듣기 힘든 몇 마디를 희미하게 흘렸을 뿐이다.

"좀 더 크게 말해보게. 들리지가 않잖아. 프랑수아 데르즈몽은 어디 있는가?"

돈 루이스는 좀 더 높이 올라갔고, 보르스키는 이렇게 더듬거렸다.

"그, 그럼……. 나는 풀어주는 거지?"

"명예를 걸고 약속하네. 오토만 남겨두고 우린 즉시 떠날 거야. 그가 자넬 풀어줄 것이네."

"지금 당장?"

"지금 당장."

"그렇다면……."

"그래, 그렇다면?"

"프랑수아는 살아 있다."

"빌어먹을! 그건 나도 알아. 하지만 어디 말인가?"

"배 안에 묶여 있어."

"저 벼랑 아래 매여 있는 배 말인가?"

"그렇다."

돈 루이스는 이마를 탁 치며 탄식을 내뱉었다.

"이런 바보 같으니라고! 나야말로 정신 차려야겠어! 진작 거길 눈치챘어야 하는 건데! 그렇지 않아도 투바비앵이, 마치 주인 곁을 얌전히 지키는 개처럼, 그 배 아래에서 잠을 자고 있었는데……. 프랑수아의 흔적을 찾으라고 했을 때도, 투바비앵이 스테판을 그 배 쪽으로 데려가지 않았는가 말이야! 정말이지 제아무리 난다 긴다 하는 놈도 때론 멍텅구리처럼 굴 때가 있는 법이라더니! 하면 보르스키 자네도 그쪽으로 내리막길이 있고 배가 있다는 걸 알고 있었단 말인가?"

"어제 안 거다."

"그럼 그리로 내뺄 생각도 물론 했겠군?"

"그렇다."

"알았다. 오토와 함께 그리로 빠져나가거라, 보르스키. 순순히 놔줄 테니까. 이보시오, 스테판!"

하지만 스테판 마루는 이미 투바비앵을 데리고 벼랑 쪽으로 저만치 달려간 뒤였다.

"프랑수아를 풀어주시오, 스테판!"

돈 루이스는 뒤통수에다 대고 소리 높이 외쳤다.

그리고 모로코인들을 향해 이렇게 덧붙였다.

"자네들도 가서 그를 도와주게. 그리고 잠수함에 시동도 걸어놓고. 앞으로 10분 후에 출발한다."

그는 다시금 보르스키를 돌아보며 말했다.

"아듀, 친구. 아차, 한마디만 더 하지. 자고로 모든 파란만장한 모험을 정리하다 보면 그 속 깊숙한 곳에는 치정(癡情)에 얽힌 사연이 있기 마련이라네. 한데 이번 사건을 언뜻 보면 그런 게 없는 것처럼 보이기도 해. 왜냐면 자네의 성(姓)을 지니고 있는 아리따운 여성을 향한 자네 감정을 내가 일부러 얘기에서 쏙 빼놨기 때문이지. 그 대신 정말이지 순수하고 고결한 사랑을 하나 주지시켜줄까 하네. 아까 스테판이 프랑수아를 구하기 위해 얼마나 헐레벌떡 달려가는지 자네도 보았겠지? 그는 어린 제자도 물론 사랑하지만 그의 엄마를 더더욱 사랑하고 있는 게 틀림없어. 베로니크 데르즈몽에게 좋은 일은 자네에게도 역시 좋을 것이기에 말이네만, 솔직히 말해 저 찬탄할 만한 사랑에 여자의 마음도 이미 흔들린 지 오래고, 오늘 아침에 스테판을 보았을 때도 여자는 진심으로 반가워했으며, 이런 상황은 으레 둘 사이의 행복한 결혼으로 마무리되어야 할 거라는 생각이네. 아, 물론 여자가 홀몸이 된 다음 얘기이지. 내 말 알아듣겠지? 그들의 행복에 유일한 장애는 바로 자네란 말일세. 자넨 나무랄 데 없는 신사이니까 설마하니……. 아니야, 뭐 더 이상 길게 얘기하지 않겠네. 가능한 한 빨리 이 세상을 하직하기 위한 요령쯤이야 자네도 잘 알고 있으리라 믿네. 그러니 진정 잘 가게, 친구. 비록 악수를 청하진 않겠으나, 마음만은 각별하이. 앞으로 10분 후에는, 오토가 별다른 생각이 없는 한 자기 두목을 풀어줄 것이야. 저기 벼랑 밑에는 배가 있을 것이고. 그럼 행운을 비네, 친구들."

그것이 끝이었다. 돈 루이스와 보르스키 사이의 싸움은 그렇게 해서 결말에 대한 일말의 의심스러운 구석 하나 없이 말끔히 정리되었다. 사실 처음 격돌했을 때부터 둘 중 하나가 압도적인 우세 속에 치러진 싸움이었기에, 나머지 하나가 제아무리 대담무쌍하고 악행에 이력이 난 존재라 해도 결국에는 어설프기 그지없는 반신불수 꼭두각시 신세로 전락해버리고 만 것이다. 자신의 계획 전체를 주도면밀하게 실행에 옮겼고, 목적을 시원스레 달성해서, 이제 막 승리의 개가를 부르려는 찰나, 느닷없이 나무에 매달린 채 마치 코르크판에 핀으로 꽂힌 곤충 표본처럼 쩔쩔매며 헐떡거리고 있는 자신의 진짜 모습을 발견하게 된 셈이다.

더 이상 패자한테는 눈길 한번 주지 않고 돈 루이스는 이렇게 더듬대는 파트리스 벨발을 데리고 저만치 걸음을 떼었다.

"하지만 이건 저 몹쓸 인간들에게 좋은 기회를 주는 거 아니겠습니까?"

돈 루이스는 히죽거리며 대답했다.

"그래봤자, 뛰어야 벼룩 신세들입니다. 저들이 무얼 어떡할 수 있겠소?"

"다른 건 몰라도 신의 돌을 차지할지 모르잖습니까?"

"그건 불가능합니다! 그걸 떼어내려면 스무 명은 달라붙어야 할 것이오. 나조차도 지금 당장은 포기하지 않을 수 없는 실정입니다. 전쟁이 끝나고 나면 다시 와볼 생각이에요."

"그나저나 돈 루이스, 그게 정말 기적의 돌 맞습니까?"

"그게 참 묘하긴 묘하죠."

돈 루이스는 별다른 대답 없이 그저 그렇게 중얼거렸을 뿐이다.

계속 걷는 동안 돈 루이스는 두 손을 비벼대며 이렇게 말했다.

"그러고 보니 정말 많은 일을 하긴 했소이다. 사레크에 상륙한 지 고작 스물네 시간 남짓이지만 정작 수수께끼는 2400여 년 이상을 끌어온 거였잖소? 한 시간에 한 세기를 해결한 셈이니……. 뤼팽에게 찬사를 바칠 수밖에!"

"나 역시 기꺼이 찬사를 바칩니다, 돈 루이스. 물론 당신 같은 전문가의 찬사에 비하면 별거 아니겠지만 말이에요."

파트리스 벨발도 재치 있게 대꾸했다.

아담한 모래사장에 도착했을 때는 이미 프랑수아의 배 안이 텅 비어 있었다. 저 멀리 우측으로는 수정마개호가 평화로이 떠 있었다.

저만치서 반갑게 달려오던 프랑수아가 돈 루이스 몇 발짝 앞에서 달랑 멈추고는 휘둥그런 눈망울로 찬찬히 쳐다보았다.

"아저씨인가요? 제가 기다리던 사람이 아저씨예요?"

더듬대며 묻는 아이에게 돈 루이스는 지그시 웃으며 대답했다.

"글쎄, 네가 얼마나 기다리고 있었는지는 잘 모르겠다만…… 내가 그 사람인 것만은 틀림없는 것 같구나."

"그럼……. 돈 루이스 페레나가…… 다름 아닌……."

"쉿! 다른 이름은 필요 없단다. 페레나면 족하지. 그리고 나에 대해서는 아무 말도 하지 말아주겠니? 난 그저 우연히 지나치다가 때마침 이곳에 들른 사람인 거야. 그나저나 너 참……. 아주 힘들었던 모양이로구나. 그래, 이 배 안에서 밤을 꼬박 지새운 거니?"

"네, 방수포 밑에서 재갈까지 물린 채 꽁꽁 묶여 있었어요."

"무서웠겠구나?"

"전혀요! 15분도 못 돼서 투바비앵이 와주었거든요. 그래서 별로……."

"그래, 그놈……. 아니, 그 나쁜 사람이 네게 뭐라고 위협을 가하든?"

"아무 말도 안 했어요. 결투가 끝나고 나서, 다른 사람들이 모두 상대 아이를 돌보는 동안, 날 엄마한테 데려다주고 둘 다 배에 태워주겠다면서 이리로 끌고 왔을 뿐이에요. 그러더니 배 앞에 당도하자마자 다짜고짜 꽁꽁 묶어버리는 거예요."

"그 사람 누군지 너는 아니? 그의 이름을 알아?"

"전혀 모르는 사람이에요. 엄마하고 나를 괴롭혔다는 것만 알아요."

"그 이유는 나중에 따로 얘기해주마, 프랑수아. 어쨌든 이젠 그 사람 걱정할 필요 없단다."

"어, 그 사람 죽인 건 아니죠?"

"천만에! 다만 앞으로는 찝쩍대지 못하게 해놓았을 뿐이란다. 나중에 죄다 설명해줄게. 일단 지금 내 생각에는 가장 급한 일이 네 엄마를 만나보는 일인 듯하구나."

"스테판 얘기로는 엄만 지금 저기 잠수함 안에서 쉬고 계신대요. 아저씨가 엄마도 구해내셨다고요. 지금쯤 엄마도 날 기다리시겠죠?

"물론이지. 어젯밤 네 엄마랑 얘기를 나눴을 때 내가 반드시 널 찾아주겠다고 약속드렸거든. 날 굳게 믿으시는 것 같더라. 그래도 일단 스테판 당신이 먼저 가서 애 엄마 마음을 어느 정도 준비시켜드리는 게 좋을 것 같군요."

우측 방향, 일종의 천연 방파제처럼 늘어선 바위들 끝에 수정마개호가 고요하게 떠 있었다. 여기저기 부산을 떠는 모로코인들이 한 10여 명 눈에 띄었고, 그중 두 명은 돈 루이스와 프랑수아가 오르는 동안 트랩을 붙들고 있었다.

수많은 선실 중 거실로 개조된 한 곳에서 베로니크는 긴 의자 위에 누워 있었다. 창백한 얼굴에는 지금까지 겪었던 고통의 흔적이 여전히 남아 있었다. 무척 지치고 허약해 보였지만, 눈물이 그렁그렁한 눈동자만은 환희의 빛으로 반짝거리고 있었다.

프랑수아는 엄마의 품에 와락 안겼고, 엄마는 그저 흐느낄 뿐 아무 말도 하지 않았다.

모자(母子) 앞에는 투바비앵이 고개를 갸우뚱, 앞발을 살짝 들어 올린 채 앉아 있었다.

"엄마, 돈 루이스가 왔어요."

베로니크는 돈 루이스의 손을 쥔 채, 프랑수아가 중얼거리는 동안 꼭 붙들고 있었다.

"아저씨가 엄마를 살려주셨어요. 우리 둘 다 아저씨가 구해주셨다고요."

돈 루이스는 조용히 말을 가로막았다.

"프랑수아, 내 부탁 좀 들어주겠니? 이젠 내게 그만 고마워하려무나. 누구에게든 고마움을 표하고 싶다면, 여기 네 친구 투바비앵에게 해라. 자기는 별 큰 힘이 되지 못했다는 듯 잠자코 있지만, 실은 너와 엄마를 괴롭히던 나쁜 사람에게 대항해서 진정으로 현명하고 조심스럽고 겸손할 줄도 아는 착한 정령 역할을 해준 건 바로 이 친구였어."

"아저씨도요."

"오, 나로 말하자면 그리 겸손하지도 않고 매우 떠들썩한 편이란다. 그런 점에서 나는 투바비앵을 존경해요. 이봐, 투바비앵, 그러고만 있지 말고 나를 따라오너라. 설마 여기서 밤을 꼬박 지새울 생각은 아닐 테지? 엄마와 자식이 오랜만에 실컷 부둥켜안고 울게 놔두어야지."

18
신의 돌

수정마개호는 마침내 수면을 가르며 날렵하게 떠갔다. 돈 루이스는 스테판과 파트리스, 그리고 투바비앵에게 둘러싸여 담소를 나누고 있었다.

"저 보르스키라는 놈, 정말 골 때리는 녀석 아니겠소! 세상에 별의별 괴물들을 다 봤지만, 정말이지 저런 터무니없는 골통은 처음이야!"

돈 루이스가 쾌활하게 말하자, 파트리스 벨발이 의아한 표정으로 중얼거렸다.

"그런데도……."

"그런데 뭐 말입니까?"

"아까도 말한 겁니다만……. 저런 괴물을 다 잡아놓고도 도로 풀어주다니요! 도리가 아닌 것은 제쳐두고라도, 놈이 또다시 무슨 짓을 벌일지 모르잖습니까? 저런 놈일수록 제 버릇 개 못 주는 법인데 말입니다! 놈이 다시 범죄를 저지르고 다닌다면, 결국 당신에게도 큰 부담이 되지 않겠습니까!"

"스테판, 당신도 같은 생각이오?"

돈 루이스는 스테판 마루를 바라보며 물었다.

"글쎄요, 뭐라고 말해야 할지 모르겠군요. 프랑수아를 구하기 위해서라면 어떤 양보도 감수해야겠지만, 이제는 좀……."

"이제는 좀 다른 해결책도 괜찮겠다 이거죠?"

"솔직히 말해서, 저자가 자유롭게 돌아다니는 한 마담 데르즈몽과 그녀 아들은 항상 전전긍긍해야만 할 것입니다."

"하지만 어떻게 달리 해결한단 말입니까? 프랑수아를 풀어만 준다면 즉시 그를 놓아주겠다고 약속한걸요! 목숨만 살려주되, 사법당국에 넘기겠다고 해야 했을까요?"

"그것도 한 방법이었겠죠."

벨발 대위의 말이었다.

"좋아요, 그렇다고 칩시다. 하지만 그럴 경우, 우선 예심 과정에서 저자의 진짜 정체가 밝혀질 겁니다. 그러면 결국 프랑수아의 아비이자 베로니크 데르즈몽의 죽었던 남편이 되살아나는 셈이지요. 그렇게 되길 바라는 겁니까?"

"아니요! 그건 아닙니다!"

스테판이 호들갑스럽게 끼어들었고, 파트리스 벨발도 무척 당혹스러워하며 그 점을 인정했다.

"그건 그렇군요. 절대로 안 되지요. 그런 결말만은 피해야겠지요. 하지만 내가 좀 의외인 건 돈 루이스 당신이 왜 좀 더 완벽한 해결책을 제시하지 않느냐 이겁니다. 우리 모두를 안심시킬 만한 해결책 말이에요."

마침내 돈 루이스 페레나는 간명하게 잘라 말했다.

"그런 해결책이라면 딱 하나가 있습니다! 딱 하나요!"

"그게 뭔데요?"

"죽음이지요."

갑작스러운 침묵이 흘렀다.

잠시 후, 돈 루이스가 이렇게 덧붙였다.

"여보세요, 친구들, 내가 당신들을 재판관처럼 그 자리에 소집한 건 단순한 장난이 아니었답니다. 심리가 끝난 것처럼 보였다고 당신들 역할이 다한 게 아니란 말씀입니다. 아직 당신들의 판관 역할은 계속되고 있으며, 재판 역시 끝난 게 아니에요. 그래서 말인데, 솔직한 대답을 구하는 바입니다. 자, 과연 보르스키가 죽을 만하다고 보십니까?"

"그렇습니다."

"당연히 그래야죠!"

파트리스와 스테판은 단호한 의견이었다.

"이봐요, 친구들, 대답이 어째 좀 진지하지 못한 것 같구려. 부탁인데, 지금 이 앞에 죄인이 꿇어앉아 있다 생각하시고, 좀 더 격식을 갖춰서 다시 대답해주길 바랍니다. 자, 다시 묻습니다. 보르스키에게 어떤 형벌이 필요하다고 보십니까?"

파트리스와 스테판은 마치 선서하듯 각각 한 손을 든 채, 차례로 대답했다.

"사형이오!"

순간, 돈 루이스는 날카롭게 휘파람을 불었고, 모로코인이 득달같이 달려왔다.

"쌍안경 두 개 대령하게, 핫지!"

지시는 즉각 이행되었고, 돈 루이스는 물건을 각각 하나씩 스테판과 파트리스에게 건네며 말했다.

"지금 사레크와의 거리는 고작 1킬로미터 내외요. 해각 부근을 보시오. 배가 막 떠나려고 할 겁니다."

"그렇군요."

잠시 쌍안경을 들여다보던 파트리스가 말했다.

"스테판, 당신도 보고 있습니까?"

"네, 그런데……."

"그런데요?"

"한 사람밖에 없군요!"

"어, 정말 한 사람밖에 없네!"

파트리스도 의아한 듯 외쳤다.

둘은 거의 동시에 쌍안경을 내렸고, 그중 한 명이 허둥대며 입을 열었다.

“한 명만 도망치고 있어요. 틀림없이 보르스키일 겁니다. 공범인 오토를 죽였을 거예요!”

하지만 돈 루이스는 빙그레 웃으며 말했다.

“오토가 그를 죽인 게 아니라면요.”

“무슨 말씀이신지?”

“저런……. 보르스키가 젊었을 적에 들었다던 그 예언을 잊었단 말이오? ‘왕의 자손인 그대 보르스키는 친구의 손에 죽음을 당하고, 그대의 배우자는 십자가에 매달릴 것이로다!’”

“하지만 그런 예언 하나만으로 이렇다 하게 단정하기는 좀 뭐하지 않을까요?”

“그것 말고 다른 근거를 댈 수도 있어요.”

“어떤 것 말이죠?”

“이봐요, 친구들, 그건 우리가 함께 밝혀보아야 할 마지막 문제에 속합니다. 예컨대, 내가 참나무 앞에서 엘프리드 보르스키와 마담 데르즈몽을 바꿔치기한 방법에 대해 당신들은 어떻게 생각하오?”

스테판이 고개를 설레설레 저으며 중얼거렸다.

“솔직히 말해서 어떻게 그랬는지 잘 파악이 안 되더군요.”

“하지만 무척 간단했습니다! 이런 걸 한번 가정해봅시다. 만약 살롱의 어떤 뜨내기 마술사가 당신들이 보는 앞에서 물건을 사라지게 한다든가, 남의 생각을 읽어내는 요술을 재미로 부린다면, 당신들은 이렇게 생각하지 않을까요? ‘분명 무슨 속임수가 있을 거야. 혹시 누군가 도와주는 조수(助手)를 숨겨두었을지도 모르지’ 하고 말입니다! 부탁인데, 나한테도 그 이상은 바라지 마시구려.”

“아니, 그럼 어떤 공모자라도 있었단 말인가요?”

“그야 당연하죠!”

"그게 누군데요?"

"오토라고 들어보셨는지?"

"오토! 하지만 당신은 우리와 늘 붙어 있어서 그와는 대면조차 할 기회가 없었을 텐데요?"

"생각해보세요. 그의 방조(幇助)가 아니었던들 내가 어떻게 성공할 수 있었겠습니까? 사실 이번 사건에서 내게는 두 명의 조력자가 있었던 셈입니다. 하나는 엘프리드고 또 하나는 오토이지요. 복수를 위해서든 탐욕이나 두려움 때문이든, 둘 다 보르스키를 배반했으니까요. 스테판 당신이 요정 고인돌로부터 보르스키를 멀찌감치 끌고 다니는 동안, 나는 오토에게 슬그머니 접근했답니다. 몇 장의 지폐와 이 사건에서 무사하게 빠져나가도록 해주겠다는 약속으로 비교적 신속하게 타협이 이루어졌지요. 게다가 보르스키가 아르시냐 자매로부터 5만 프랑을 빼돌렸다는 정보도 슬쩍 흘려주었답니다."

"그건 또 어떻게 알아낸 겁니까?"

스테판이 감탄하며 물었다.

"그야 당연히 조력자 제1호인 엘프리드의 입에서 빼낸 정보였죠. 당신이 보르스키가 접근해오는 걸 감시하는 내내 나지막한 목소리로 그녀를 신문할 때였습니다. 그녀는 아주 빠른 어조로 보르스키의 내력에 관한 모든 것을 내게 일러바치듯이 털어놓았지요."

"그럼 결국 그때 단 한 차례 오토와 대면한 건가요?"

"웬걸요, 엘프리드가 죽고 나서 속이 텅 빈 참나무 불꽃놀이도 끝난 다음, 요정 고인돌 바로 아래에서 두 번째 만남을 가졌답니다. 보르스키는 술에 곯아떨어져 인사불성이었고, 오토가 보초를 서고 있었지요. 그만하면 이 사건에 관한 나머지 정보들과 더불어, 지난 2년간 저 가증스러운 두목에 대해 오토가 암중모색해왔던 그 밖의 소중한 내력을, 내가 푸짐하게 얻을 수 있었다는 걸 이해하겠죠? 오토는 그것도 모자라 보르스키와 콘라트의 총에서 탄피만 남기고 탄약일랑은 몽땅 제거하기까지 했답니다. 아울러 몇 달 전 그가 슬쩍해둔 보르스키의 시계와 수첩, 메달 목걸이와 그자의 모친 사진까지 내게 건네주었지요. 그 모든 것은 다음 날 지하 납골당에서 보르스키를 대상으로 벌인 마법사놀이에 알뜰하게 동원되었고 말입니다. 그런 식으로 오토와 나는 둘이 손발을 척척 맞춘 셈이었지요!"

"그건 그렇다 쳐도, 그자더러 보르스키를 죽이라고 요구한 건 아니지 않습니까?"

이번엔 파트리스가 끼어들었다.

"그야 물론 아니지요."

"그럼 어차피 장담은 못할 일이 아닌지……."

"이봐요, 파트리스, 과연 보르스키가 이와 같은 공모 사실을 나중에라도 눈치채지 못할까요? 자신의 어처구니없는 패배의 원인을 집요하게 캐다 보면 쑤실 만한 구석이라곤 뻔한 것 아니겠습니까? 사정이 그러할진대 오토라고 그런 눈치를 읽지 못하겠느냐고요? 단언하건대 상황은 이런 식으로 돌아갈 겁니다. 즉, 보르스키는 나무에서 풀려나자마자 오토를 없앨 게 틀림없어요. 복수도 복수려니와 아르시냐의 돈다발을 되찾을 요량으로 말입니다. 결국 오토로선 선수를 치지 않을 수 없는 것이죠. 나무에 매달린 보르스키만큼 무기력하고 처리하기 쉬운 상대가 어디 있겠습니까? 단칼에 처치하겠죠. 아니 좀 더 정확히 짚어볼까요? 겁이 많은 오토는 아마 직접 두목을 치지는 못할지도 모릅니다. 아마 나무 위에 그대로 내버려두겠지요. 그런 식으로도 이미 징벌은 완성된 거나 다름없으니까요. 어때요, 이제 모두 만족하십니까? 정의의 욕구가 충족되었나요?"

돈 루이스가 펼쳐 보여준 기발한 사태의 추이에 넋이 나간 듯, 파트리스와 스테판은 둘 다 할 말을 잃은 표정이었다.

돈 루이스는 지그시 웃으며 다시 말을 이었다.

"아까 버젓이 살아 있는 사람을 앞에 놓고 당신들한테 죽음의 선고를 내리도록 강요하지 않은 건 잘한 일이었습니다! 아무래도 그 당시엔 당신들 마음이 다소 약해질지도 모른다고 내다보았던 거죠. 여기 제3의 판관 나리도 계십니다만……. 어떤가, 투바비앵, 너도 꽤 감수성 예민하고 눈물 많은 친구 아니던가? 하긴 나 역시 여러분과 하나도 다를 게 없답니다. 우린 아무래도 남을 단죄하고 함부로 죽음을 부과하는 타입은 아닌 듯해요. 다만 보르스키라는 작자가 어떤 존재인지, 그가 저지른 서른 번의 살인과 기괴하기 이를 데 없는 잔인성을 감안해서라도, 최후의 심판을 맹목적인 운명에 맡기고 그 집행자로서 심사 고약한 오토를 내정한 내 처사만은 칭찬해주셔야 할 겁니다. 여하튼 신들의 의지대로는 이루어져야 할 것 아니겠습니까?"

사레크의 해안은 이제 수평선 끝으로 가느다랗게 사라져가고 있었다. 그리고 얼마 지나지 않아 안개 속에서 하늘과 바다가 합치는 가운데 완전히 사라져버렸다.

잠수함 위의 세 사람 모두 침묵을 지키고 있었다. 그러면서 하나같이 저 죽음의 섬, 한 사람의 광기에 철저하게 유린된 황량한 섬을 생각하고 있었다. 언젠가 누가 되었든 저 섬에 발길을 들여놓은 사람은 처참한 비극의 불가사의한 흔적을 보고 의아해하리라. 땅굴의 여러 통로, '죽음의 방'을 위시한 숱한 지하 골방, 신의 돌이 안치된 밀실과 납골당들, 그곳에 버려진 콘라트와 엘프리드의 시체, 아르시냐 자매의 유골들, 그리고 마침내는 서른 개의 관과 네 개의 십자가에 얽힌 끔찍한 예언이 새겨진 요정 고인돌 근처, 외롭고 처량한 몰골로 매달려 있는 저 보르스키의 시체를 발견하게 되리라! 그때 가서는 물론 까마귀와 뭇 밤새들이 많이도 파먹어 들어갔겠지만…….

* * *

아르카숑 근방, 전나무 숲이 작은 만(灣)을 향한 낭떠러지까지 빼곡히 들어찬 물로라는 아담한 마을의 어느 별장.

베로니크는 정원에 앉아 있었다. 일주일간의 휴식과 홍겨운 상념은 그녀의 아름다운 얼굴에 생기를 되살려놓았고, 악몽의 기억일랑 깨끗이 잠재워주었다. 조금 떨어져 선 채, 돈 루이스 페레나에게 이것저것 미주알고주알 묻고 귀 기울이는 아들의 모습을 그녀는 지그시 미소를 띤 채 바라보고 있었다. 그녀의 눈길은 또한 스테판의 시선과 마주쳤는데, 둘의 눈빛이 그렇게 부드러울 수가 없었다.

누가 보기에도 두 사람 사이에는 아이를 향한 공통의 애정으로 인해 끈끈한 관계가 이미 이루어져 있는 데다 둘만의 은밀하고 어렴풋한 감정까지 새록새록 살이 붙고 있다는 것이 느껴졌다. 그렇지만 단 한 차례도 아직 스테판은 검은 황야의 지하 골방에서 자기가 했던 고백을 입 밖으로 다시 꺼내는 일이 없었다. 물론 베로니크는 그것을 한시도 잊은 적이 없었으며, 아들을 저리도 훌륭히 키워준 데 대한 깊은 감사의 마음과 함께, 뭔가 특별한 감정에서 유발되는 감미로운 혼란을 은근히 음미하곤 해왔다.

그날은, 수정마개호가 일행을 이곳 물로의 별장으로 데려다 놓은 직후 곧장 파리로 떠났던 돈 루이스와 파트리스 벨발이 느닷없이 함께 다시 방문한 날이었다. 모두가 점심 식사를 마친 후, 한 시간쯤 전부터 정원에 나와 저마다 흔들의자를 차지하고 망중한(忙中閑)을 즐기는 가운

데, 아이는 얼굴에 장밋빛 홍조를 가득 담고 아까부터 자신의 구세주에게 연신 질문을 퍼부어대고 있었다.

"그래서 어떻게 하셨어요? 어떻게 알아내신 거죠? 그건 또 무슨 수로 찾아내신 건가요?"

"얘야, 돈 루이스 아저씨에게 너무 귀찮게 구는 거 아니니?"

베로니크가 조용히 타이르자, 돈 루이스는 자리에서 일어나 베로니크에게로 다가와서는, 아이에겐 들리지 않게끔 작은 소리로 속삭이는 것이었다.

"아닙니다, 마담. 아니에요. 귀찮다니요, 천만의 말씀이죠! 오히려 프랑수아의 질문에 기꺼이 대답할 필요가 있습니다. 다만 약간 걱정인 건 내 쪽에서 서툰 답변이 나올까 봐 그런 겁니다. 해서 말씀인데, 아이가 이번 일에 관해 얼마만큼 알고 있는지요?"

"보르스키라는 성(姓)만 제하면 제가 아는 만큼은 알고 있지요."

"보르스키의 내력에 관해서는요?"

"간략하게는 알고 있어요. 그가 탈주한 죄수이며, 사레크의 전설을 수집했고, 신의 돌을 차지하기 위해 그것과 관련한 예언을 실행에 옮기려고 했다는 정도요. 물론 그 예언의 몇 줄은 프랑수아한테 비밀로 했고요."

"그럼 엘프리드에 관해서는요? 당신을 향한 그녀의 증오심과 위협에 관해서는 알고 있나요?"

"내가 얘기한 게 있다 해도, 아마 나조차도 이해하지 못하는 광기 어린 헛소리들뿐이었을 겁니다."

돈 루이스는 그제야 빙그레 미소를 지었다.

"그렇다면 비교적 설명이 간단하겠군요. 내 생각에는 이번 사건의 어떤, 몇몇 부분에 한해선 조용히 어둠 속에 묻어버리는 게 좋다는 점을 프랑수아도 십분 이해하고 있는 것 같습니다. 어차피 중요한 건 보르스키가 자기 아빠라는 걸 모른다는 사실 아니겠습니까?"

"그건 모릅니다. 앞으로도 영원히 그럴 거고요."

"사실 내가 말하려는 건, 앞으로 저 아이가 어떤 성을 가져야 하겠느냐는 겁니다."

"무슨 말씀이신지?"

"아이가 자신의 뿌리에 대해서 생각하게 된다면 과연 어떻게 해야 하느냐 이겁니다. 아시다시피 현재 법적으로는 이렇게 되어 있으니까요. 프랑수아 보르스키와 그의 할아버지는 둘 다 조난당해 익사한 걸로 되어 있습니다. 벌써 14년 전이지요. 그리고 보르스키는 1년 전 동료의 손에 살해당한 걸로 되어 있고요. 그러니 법적으로 부자(父子) 둘 다 존재하지 않는 셈입니다. 그렇다면……."

베로니크는 고개를 설레설레 저으며 지그시 미소를 지었다.

"글쎄요, 어찌해야 좋을지 저도 잘 모르겠군요. 상황이 보통 꼬인 것 같지가 않네요. 하지만 잘 풀리겠죠, 뭐."

"왜 그렇게 생각하시죠?"

"그야 당신이 알아서 해결해주실 테니까요."

그 말에 돈 루이스도 조용히 미소를 지었다.

"실은 이 문제에 관한 한 내가 이렇다 하게 나서서 행동을 취하거나 수작을 부릴 필요도 없을 듯합니다. 이미 모든 게 정리되어 있으니까요. 그러니 뭐하러 고생하겠습니까?"

"그것 봐요, 제 말이 맞죠?"

"그러네요. 이미 숱한 고통을 겪은 여인은 더 이상 고난에 시달려서는 안 된다는 게 나의 지론입니다. 맹세컨대 더는 난감한 일이 일어나선 안 되지요. 그래서 이런 제안을 드리는 건데……. 당신은 옛날에 아버지의 뜻을 아랑곳하지 않고 먼 사촌뻘 되는 남자와 혼례를 올렸습니다. 그 남자는 아이만 하나 달랑 남겨놓고 곧장 세상을 뜨지요. 당신의 아버지는 딸에게 앙갚음을 하려는 뜻에서 그 아이를 납치해 사레크 섬으로 데려가 키웁니다. 그러다 당신 아버지마저 그곳에서 죽고, 결국 데르즈몽이라는 성(姓)은 이 세상에서 사라집니다. 당신의 결혼과 관련한 그 어떤 사실도 모두 묻혀버리는 것이죠."

"하지만 제 성은 그대로이지 않습니까? 법적으로 호적을 살펴보면 엄연히 베로니크 데르즈몽이라고 나오는걸요."

"당신의 처녀 때 성은 결혼 후의 성으로 가려지고 없습니다."

"그럼 보르스키라는 성을 가지란 말씀인가요?"

"아니지요. 당신은 보르스키와 결혼한 게 아니라, 머나먼 사촌뻘 중 한 명과 결혼한 몸이니까요."

"도대체 그게 누구란 말인가요?"

"장 마루입니다. 여기 장 마루와 당신의 혼인을 증명하는 합법적인 서류를 가지고 왔습니다. 물론 여기 호적초본에도 그렇게 결혼 사실이 등재되어 있고요."

베로니크는 화들짝 놀란 눈으로 돈 루이스를 바라보았다.

"하지만 왜? 왜, 하필 그런 성을?"

"왜냐고요? 당신 아들이 과거의 험한 일을 떠올리지 않기 위해서는 데르즈몽이라는 성도, 그렇다고 보르스키라는 성도 더는 가져선 안 되기 때문이지요. 이게 바로 아이의 출생증명서입니다. 프랑수아 마루의 출생증명서……."

여자는 얼굴에 벌건 홍조까지 띠며 허둥지둥 말했다.

"하지만 왜 하필 그 성이냐고요?"

"그게 프랑수아한테 편할 것 같아서입니다. 일단 앞으로도 아이가 함께 오랜 시간을 보낼 스테판과 같은 성이니까요. 뭐하면 스테판이 바로 아이 아버지의 친척이라고 해도 괜찮겠죠. 그러면 그에 대한 당신의 친밀한 감정도 한결 자연스러워 보일 테니까요. 이상이 내가 궁리한 계획입니다. 일단은 어떤 하자나 위험이 있을 리 없는 계획이지요. 누구나 당신처럼 난처하고 처리 곤란한 상황에 빠져 헤어날 길이 없을 경우에는, 뭔가 특수한 수단을 강구해야 합니다. 좀 더 근원적인 대책이 필요하죠. 솔직히 말해 약간은 법의 테두리를 비켜가는 걸 불사해서라도 말입니다. 실은 이것도 내가 일반인 모두에게는 허용되지 않는 수단을 마음대로 부릴 처지인지라, 그나마 별 탈 없이 이루어진 겁니다. 어떠세요, 동의하십니까?"

베로니크는 살며시 고개를 숙이며 대답했다.

"네, 그렇게 할게요."

돈 루이스는 반쯤 몸을 일으키며 말했다.

"사실 그러고도 몇 가지 남는 문제점들은 있습니다만, 시간이 차차 해결해줄 거라고 믿습니다. 예컨대, —하긴 이제 와서 프랑수아의 모친을 향한 스테판의 감정을 운운한다 해도 그리 경솔한 발언은 아닐 겁니다만—언젠가 감사의 표시로든, 그럴 만한 정(情)이 들어서든, 프랑수아의 모친 되시는 분이 스테판 선생의 진정 어린 감정을 받아들이기만 하면 죄다 해결되는 셈이죠. 더구나 프랑수아가 이미 마루라는 성을 가진 이상, 모든 게 순조롭고 간단히 풀릴 것이 아니겠습니까? 프랑수아를 위해서는 과거사가 몽땅 지워진다는 게 얼마나 다행스러운 일이며, 또 그래야 한번 덮인 사실들을 다시 캐낸다거나 상기하려는 시도가 아예 발을 붙이지 못할 것 아니겠느냐고요! 그런 뜻에서 아까의 제안이 상당히 일리가 있다고 생각했는데, 당신도 나와 같은 의견인 것 같아 매우 기분이 좋군요."

돈 루이스는 더 이상 여자의 반응은 상관 않겠다는 듯 살짝 눈인사를 던진 다음, 프랑수아를 향해 홱 돌아서며 이렇게 외쳤다.

"자, 이제야 너와 실컷 얘기를 나눌 수 있겠구나! 보아하니 호기심이 대단한 것 같은데, 좋다! 우리 어디 한번 신의 돌과 그것을 탐낸 악당의 흥미진진한 이야기로 돌아가 볼까?"

그는 보르스키에 관해 뭐라고 얘기하든 이제 거리낄 이유가 없다고 판단해서인지, 활기차게 말을 잇기 시작했다.

"그래, 그 악당, 정말이지 내가 마주친 악당들 중에서도 아주 지독한 녀석이었지. 자신이 무슨 절대적인 사명을 지니고 있다고 믿었으니까. 한마디로 정신병자라고나 할까?"

이에 대해 프랑수아는 더욱 눈을 반짝이며 다그쳐 물었다.

"무엇보다 먼저 제가 이해할 수 없는 건요, 그자와 부하들이 요정 고인돌 아래에서 곤히 자고 있었는데도 당장 덮치지 않고 굳이 밤새도록 기다렸다는 점이에요."

돈 루이스는 단박에 활짝 웃으며 외쳤다.

"거참, 좋은 질문이다, 얘야. 그야말로 정곡을 예리하게도 찌르는구나. 만약 네가 말한 대로 했다면 열둘 내지 열다섯 시간은 좀 더 일찍 사건이 해결되었을 테지. 하지만 과연 그때도 네가 무사히 풀려날 수 있었을까? 악당 놈이 네가 있는 곳을 순순히 불었을까? 내 생각은 그렇지가 않단다. 놈의 입을 열기 위해서는 잡아들이기 전에 먼저 어느 정도 '요리'를 해두어야 했단다. 불안과 두려움을 잔뜩 불어넣어서, 한마디로 얼이 빠지게 만들어야 하는 거라고. 숱한 단서들을 깔아놓아서, 자신의 패배를 어쩔 수 없는 현실로 받아들이게끔 해야 하는 거란다. 그렇지 않으면 절대로 입을 열 위인이 아니었지. 결국 우린 너를 끝내 찾아내지 못했을지도 모른단다. 하긴 당시로선 내 계획도 딱 부러지게 정립된 게 아니었지. 앞으로 어떻게 결말을 지어야 할지도 잘은 모르는 상태였어. 거칠게 고문 같은 걸 하는 거야 워낙 내 취향이 아니라 제쳐두었지만, 그자가 너의 엄마를 매달려고 했던 바로 그 나무에 당사자를 매달기로 한 것도 한참이 지나서야 머릿속에 떠오른 생각이었단다. 아무튼 나 또한 적잖이 당혹스럽고 갈피를 잡기가 어려웠던지라, 그냥 내키는 대로 해보자, 뭐 그렇게 된 거지. 솔직히 말해 약간은 유치한 발상인지는 모르겠으나, 어디 예언의 끝이 어떤 건지 가보기로 한 거야. 늙은 드루이드 사제 앞에서라면 저 미치광이 전도사가 어떻게 나올까, 한번 구경해보자는 장난스러운 의도도 없진 않았지. 워낙 우중충하고 암울한 사건이어서, 내 딴에는 유쾌한 요소도 조금은 필요할 것 같았거든! 어쨌든 그 땜에 내가 좀 심하게 즐거워했지. 고생하고 있던 너한테는 매우 미안하게 됐구나. 사과한다."

아이도 활짝 웃었다. 돈 루이스는 양 무릎 사이에 아이를 끼우다시피 한 채 꼭 끌어안고는 이렇게 되뇌었다.

"어떠냐, 날 용서해줄 거지?"

"그럼요. 하지만 다음 질문에도 대답해주신다는 조건으로요. 두 가지만 더 여쭤볼게요. 먼저 별로 중요하지는 않지만……."

"말해보렴."

"반지 말이에요, 엄마 손가락에 먼저 끼웠다가 나중에는 엘프리드의 손에 끼운 그 반지는 어디서 난 거죠?"

"아, 그거! 바로 그날 밤, 낡은 반지하고 색이 있는 돌 조각으로 몇 분 만에 뚝딱 만들어낸 거지."

"하지만 그 악당 눈에는 자기 엄마가 낀 반지로 보였잖아요!"

"그렇게 생각만 했을 뿐이란다. 사실 약간 비슷한 점도 없지 않았거든."

"그걸 아저씨는 어떻게 알았는데요? 반지에 관한 얘기를 어떻게 아셨느냐고요?"

"악당이 실토를 했으니까 알지."

"그럴 리가요?"

"정말이란다! 요정 고인돌에서 나자빠져 잠을 자는 동안 잠꼬대를 얼마나 많이 하던지……. 취기에 꾸는 악몽 같은 거 있지 않니. 자면서 중얼중얼 자기 엄마에 관한 얘기를 늘어놓더구나. 그중 일부는 엘프리드에게 들어서 나도 어느 정도 파악하고 있었지. 얼마나 간단했는지 이제 알겠니? 내겐 운이 퍽 따랐던 것 같기도 해."

"하지만 신의 돌에 얽힌 수수께끼는 그리 간단하지 않았잖아요? 그런데도 척척 풀어내셨어요! 수천 년에 걸친 비밀이었는데, 아저씨는 불과 몇 시간 만에 해결했다고요!"

"몇 시간이 아니라 몇 분이었지. 그건 말이다, 프랑수아, 네 할아버지께서 여기 파트리스 벨발 대위한테 보낸 편지를 읽는 걸로 쉽게 해결할 수가 있었단다. 나는 즉시 할아버지께 답장을 띄웠지. 신의 돌의 기적 같은 효용과 그 위치에 대한 설명을 잔뜩 써서 말이다."

아이는 얼굴이 더없이 환해지면서 호들갑을 떨었다.

"바로 그거예요, 돈 루이스 아저씨! 제가 듣고 싶은 게 바로 그 설명이라고요! 이번이 정말 마지막 질문인데요, 도대체 사람들이 그 신의 돌에 깃들어 있다는 능력을 어떻게 해서 믿게 되었는지 정말 궁금해요. 그 신비한 능력이라는 것이 과연 무엇인가요?"

스테판과 파트리스도 그 점이 자못 궁금했는지 의자를 바짝 당겨서 둘러앉았고, 베로니크까지 슬그머니 일어서서 귀를 기울였다. 결정적인 신비의 베일을 그럴듯하게 걷어내기 위해 모두가 그렇게 모여주기를 돈 루이스도 은근히 바란다는 것을 다들 눈치챈 듯한 표정이었다.

돈 루이스는 너털웃음을 지으며 말했다.

"허허허허, 뭐 대단한 걸 기대하지는 마세요! 자고로 신비란, 그것을 에워싼 어둠에 의해서만 그럴듯하게 보이는 법입니다. 베일을 걷고 나면 남는 건 적나라한 현실 그 자체뿐이죠. 다만 이번 경우만큼은 현실 자체도 다소 묘한 구석이 있는 게 사실입니다. 어느 정도까지는 대단한 무엇이 깃들어 있기는 해요."

"그야 당연히 그렇겠죠. 어쨌든 사레크 섬뿐만 아니라 브르타뉴 지방 전체를 통해 기적의 전설이 엄존해온 것은 사실이니까요."

파트리스 벨발의 말에 돈 루이스도 고개를 끄덕였다.

"맞는 말입니다. 심지어 오늘을 살아가는 우리 모두에게 일정한 영향을 줄 정도로 집요한 전설이니까요. 솔직히 우리 중 누구도 그 기적의 강박관념으로부터 완전히 벗어난 적이 없었으니까 말입니다."

"웬걸요? 적어도 나는 기적을 믿은 적은 없는걸요!"

이번엔 대위가 발끈했고, 아이도 덩달아 맞장구를 쳤다.

"저도 마찬가지예요!"

"아닐걸요! 아마도 속으로는 어느 정도 믿고 있을 겁니다. 최소한 일말의 가능성은 염두에 두고들 있지요. 만약 그렇지만 않았다면 필시 지금보다 훨씬 이전에 진실을 파헤칠 수 있었을 겁니다!"

"아니, 어떻게 말인가요?"

돈 루이스는 대답 대신 자기 쪽으로 휘늘어진 가지에서 탐스러운 장미꽃 한 송이를 꺾더니 프랑수아를 돌아보며 말했다.

"이처럼 이미 한껏 피어날 대로 피어난 장미꽃을 지금 당장 두 배로 크게 변화시킬 수 있을까? 그리고 여기 이 장미 나무도 두 배로 크게 만들 수가 과연 있을까?"

"아니요!"

프랑수아의 대답이었다.

"그렇다면 마게녹이 이와 유사한 성과를 거두었다는 사실은 왜 그토록 덥석덥석 인정한 걸까? 그저 일정한 시간에 일정한 장소에서 땅을 일구고 거두었을 뿐인데……. 결국 당신들 모두가, 그래 이건 기적이야! 하면서 아무런 망설임 없이 무의식적으로 인정하고 받아들인 것입니다."

그러자 스테판이 발끈했다.

"그거야 우리 눈으로 직접 확인한 사실이니 도저히 받아들이지 않을 수가 없었던 거지요."

"문제는 그것을 기적으로 인정했다는 사실입니다. 즉, 뭔가 초자연적인 특수한 방법으로 그와 같은 현상을 가능하게 했으리라고 미루어 생각했다는 거죠. 하지만 나는 므슈 데르즈몽의 편지에서 그 이야기를 접하는 순간, 글쎄요, 뭐랄까? 일순 속이 약간 실쭉하면서 인상이 절로 찌푸려지더군요. 그 즉시 나는 그처럼 괴물 같은 꽃들과 꽃피는 골고다 언덕이라는 기이한 이름을 한데 놓고 예의 주시하기 시작했습니다. 그러면서 곧바로 이러한 확신에 도달했지요. '이건 아니야. 마게녹은 마법사가 아니라고. 그는 단지 주변의 황폐한 토양 일부를 말끔히 걷어내고 그처럼 이상(異常) 발달한 꽃들이 피어날 수 있을 부식토를 옮겨다 뿌렸을 뿐이야. 그렇다면 결국 신의 돌은 그 아래에 숨겨져 있을 터! 중세 때도 신의 돌이 그처럼 비정상적으로 발육한 꽃들을 피워냈다는 설이 있으니까 말이야. 드루이드교가 만연한 시대에는 돌이 병자를 고치고 어린아이의 발육을 도왔다지 않아!'"

이번엔 파트리스도 한마디 했다.

"그러니까 결국에는 기적이 개입된 것 아니겠습니까?"

"초자연적인 설명을 받아들인다면 물론 기적이라고 부를 수 있겠죠.

하지만 그 이면을 탐구하는 자세를 갖고, 겉으로 기적처럼 보이는 현상의 자연과학적 원인을 추적해본다면, 그 또한 지극히 자연적인 현상에 불과하다는 걸 깨달을 수가 있습니다."

"하지만 그 '자연과학적 원인'이라는 것이 아무래도 없지 않았습니까?"

"그런 괴물 같은 꽃이 눈앞에 있는 한, 그에 합당한 자연적 원인도 존재하는 겁니다!"

이대로는 안 되겠다 싶었는지, 파트리스는 다소 떠보는 듯한 어조로 살짝 질문을 비틀었다.

"그럼 지극히 자연스럽게 사람을 치유하고 건강을 증진시키는 돌이 있긴 있는 겁니까? 그 돌이 신의 돌이고요?"

"자고로 유일무이하고 특수한 돌이란 없습니다. 다만 산화 우라늄이랄지, 은(銀), 납, 구리, 니켈, 코발트 등등, 다양한 금속 성분을 함유한 광맥이 바위산이라든가 구릉 지대, 암석 덩어리, 돌무더기 등등에 골고루 포진해 있을 수는 얼마든지 있지요. 그런 다양한 금속 성분 중에는, 소위 방사능이라는 좀 유별난 성질을 품고서 뭔가 특별한 광선을 내뿜는 성분이 있답니다. 그것이 함유된 광맥을 역청우라늄광(鑛)이라고 부르는데, 유럽 서부 지역에선 볼 수 없고, 보헤미아 북부 지방에서만 확인되고 있지요. 조사해보니 역시 요아힘스탈이라는 자그마한 마을 근처에서 다량 발굴되었다는 기록이 있더군요. 그 같은 방사능 물질에는 우라늄과 토륨, 헬륨, 그리고 무엇보다도 이번 경우에 문제가 된……."

"라듐이 있죠!"

프랑수아가 눈동자를 반짝이며 끼어들었다.

"바로 맞혔다, 꼬마야! 라듐이지. 사실 방사능 현상은 거의 모든 자연현상 속에서 감지된단다. 온천수의 효과에서도 느낄 수 있듯, 자연 전체에서 그런 현상이 확인된다고도 볼 수 있어. 하지만 라듐처럼 극명한 방사능 물질은 좀 더 노골적인 특성을 가지고 있지. 예컨대 지금까지 밝혀진 바에 의하면, 라듐에서 방사되어 나오는 성분은 마치 전류가 흐를 때 발생하는 것과 유사한 영향력을 식물체의 생장에 행사하게 된단다. 두 경우 다 영양 중추의 흥분을 가져와 식물체에 필수적인 요소들의 화합을 좀 더 용이하게 해서, 결국 식물의 성장을 촉진하는 거란다. 또 한 가지 확인된 사실은, 라듐의 방사가 일부 세포들을 파괴하거나 혹은 그 발달을 촉진함으로써, 때로는 진화의 양상까지 조절할 정도로, 생체 조직에 확실한 생리적 영향력을 행사할 수 있다는 점이야. 소위 라듐요법이라는 것도 다 그런 원리를 통해, 관절 류머티즘이라든가 신경통, 궤양, 습진, 종양 등등을 개선하고 치유하는 것이지. 요컨대, 라듐이야말로 현실적으로 효험이 있는 치료 인자(因子)인 셈이란다."

잠자코 듣고 있던 스테판이 조심스레 중얼거렸다.

"그러니까 지금 말씀은 신의 돌이 바로 그……."

"그렇습니다. 내가 보기에는 신의 돌은 요아힘스탈의 광맥에서 추출된 라듐을 포함한 거대한 역청우라늄광 덩어리라는 것이지요. 그렇지 않아도 오래전부터 산허리에서 캐냈다는 기적의 돌에 관한 보헤미아의 전설은 익히 들어 알고 있는 상태였습니다. 그래서 언젠가 그쪽 방면으로 여행할 기회가 있을 때, 휑하니 파헤쳐진 산허리를 직접 두 눈으로 확인한 바가 있지요. 과연 텅 빈 부분이 신의 돌과 그 크기가 비슷하더군요."

"하지만 일반적으로 암석 속 라듐은 극히 미세한 입자의 형태로만 함유되어 있다고 알고 있는데요. 그래서 무려 1400톤에 달하는 암석을 캐내고 걸러내서 가공해야만 겨우 라듐 1그램을 얻을 수 있다고 말이죠. 한데 신의 돌의 중량은 기껏해야 2톤을 넘지 않는 것으로 알고 있습니다."

“하지만 그 안의 라듐 함유량은 상당한 정도임에 틀림없어요. 일반적으로 통용되듯, 자연 상태의 라듐은 지극히 적은 양을 많이 희석해서 배출한다는 자연의 약속이 이번 경우만큼은 지켜지지 않았다고나 할까요? 이를테면 대자연께서 신의 돌 안에다가는 마치 장난을 하듯, 대단한 관대함을 베풀어서 결국엔 모두 아시다시피, 특별한 현상을 가능하게 해준 셈이지요. 물론 그 밖에도 무턱대고 민초들의 과장된 호들갑에 덩달아 놀아난 감도 없진 않지만요.”

듣고 보니 스테판도 점점 더 확신이 서는 모양이었다. 하지만 아직 개운하지 않은 점이 남아 있는지 대뜸 질문을 던졌다.

“마지막으로 한 가지 더 묻겠습니다. 신의 돌은 그렇다 치고요, 마게녹이 납으로 된 왕홀 속에서 발견한 작은 보석 있지 않습니까? 잘못 집었다가 화상을 당하고 말았다는 그 돌 말입니다. 당신 말대로라면 그게 바로 라듐 알갱이란 말인가요?”

“그 점에는 이론의 여지가 없습니다. 이번 사건의 경우, 라듐의 존재와 위력이 가장 첨예하게 드러난 예가 바로 그겁니다. 위대한 과학자 앙리 베크렐(1852~1908. 1903년에 퀴리 부부와 더불어 노벨 물리학상을 수상했음. 여기 소개된 일화는 1901년 4월에 있었던 실화임—옮긴이)은 조끼 주머니에 극히 미세한 라듐 알갱이가 담긴 용기를 넣고 다녔다가, 단 며칠 만에 화농이 피부에 도지는 바람에 심한 고생을 한 경력이 있습니다. 이를 알게 된 퀴리는 실험 삼아 같은 행동을 했고, 결과는 마찬가지였지요. 마게녹의 경우는 직접 손에다 라듐 알갱이를 댔으니 이보다 훨씬 심각한 경험을 했을 겁니다. 아마 암종(癌腫) 모양의 상처가 났겠죠. 과학적인 지식이 있을 턱이 없는 그로서는 기겁을 할 수밖에 없었고, ‘삶 아니면 죽음을 준다’는 그 기적의 돌이 자기에게 지옥의 불길을 선사하는구나! 하며 철석같이 믿어버린 끝에, 그만 제 손목을 자르기에 이른 것이죠."

"그럼 그 순수한 라듐 알갱이는 대체 어디서 난 걸까요? 결코 신의 돌로부터 깨어져 나온 파편일 리는 없을 텐데요. 다시 말하지만, 제아무리 풍부한 광석이라 해도, 라듐은 극히 미세한 입자의 형태로 완전 용해되어 있어서, 일정한 결정체로 만들어내기 위해서는 일련의 과정을 거쳐 일단 용해된 성분을 다시 끌어모아야 하는데 말입니다. 이런 모든 과정을 정확히 수행하려면 공장이라든가 실험실이 있어야 할 테고, 그에 딸린 여러 학자의 노고가 따라야 할 것입니다. 즉, 우리의 켈트족 조상들로서는 언감생심 꿈도 못 꾸었을 고도의 문명적 조건이 구비되어야 한다는 얘기지요."

스테판이 조목조목 들이대는 얘기를 돈 루이스는 지그시 웃으며 경청한 뒤, 젊은이의 어깨를 손으로 가볍게 두드리며 이렇게 말했다.

"좋은 얘기요, 스테판. 프랑수아의 선생이자 친구가 이토록 논리적이고 명쾌한 정신의 소유자인 걸 보니 내 마음도 무척이나 즐겁소이다. 지금 내세운 문제점은 지극히 정당할뿐더러 내게도 깊이 와 닿는 바가 많군요. 어쨌든 그에 대한 대답은 그럴듯한 가설을 통해서 내놓을 수밖에 없을 듯하오. 즉, 자연적으로 라듐을 분리해내는 어떤 방식을 상정해보는 겁니다. 이를테면 이런 상상을 해보는 거죠. 어떤 화강암 단층 속에 라듐을 함유한 광석이 담긴 대규모 광혈(鑛穴)이 있는 겁니다. 한데 그 속에 작은 균열이 스며들고 그를 통해서 아주 완만한 속도로 지하수가 흘러드는 거지요. 그 물엔 결국 극소량의 라듐이 녹아들게 되고, 광혈에 고이다 못해 비좁은 통로를 천천히 순환하고 모이면서 수 세기를 거치게 됩니다. 그러다가 어딘가로 작은 물방울이 새어나와 증발하게 되면, 점점 라듐의 농도가 풍부한 일종의 종유석이 생성되기 시작하는 겁니다. 그 끄트머리 조각을 어느 날 우연히 켈트족 전사가 깨뜨리고……. 하긴 이처럼 아득한 가설을 구할 필요도 없습니다. 그저 자연의 오묘하고도 무궁무진한 수단들에 기대기만 해도 충분하지 않을까요? 라듐 알갱이를 하나 온전히 만들어내기 위해서 과연 이 버찌 한 알, 이 장미꽃 한 송이, 아니 여기 이 영리한 투바비앵에게 생명을 부여하는 것 이상의 뭔가 특별하고 기적 같은 자연의 비법이 반드시 필요했을까요? 넌 어떻게 생각하니, 프랑수아? 우리 서로 같은 생각 아닐까?"

"아저씨와는 항상 통하는 느낌이에요."

아이는 조용히 대답했다.

"신의 돌이 무슨 대단한 기적이 아니라서 실망한 건 아니니?"

"그래도 기적은 존재하는걸요, 뭐!"

"네 말이 맞다, 프랑수아. 신의 돌이 아니더라도 기적은 항상 백배 더 아름답고, 훨씬 더 찬란한 모습으로 존재하지. 흔히 생각하는 것과는 달리, 과학은 기적을 죽이지 않는단다. 오히려 그걸 깨끗하게 순화시키고, 좀 더 영예롭게 해주지. 도대체 야만족의 두령이라든가 일개 드루이드의 무지몽매한 망상에 따라 이리저리 흔들리는 마술 지팡이의 위력 따위가 대체 뭐냔 말이더냐? 오늘날 밝혀졌듯이, 라듐이라는 미세한 입자 속에 내재하는 아주 밝고 친근하면서도 정말 기적 같은 힘 앞에서 그런 변덕스럽고 음산하면서 수수께끼투성이의 위력이라는 게 대체 뭐냔 말이다! 도대체……."

돈 루이스는 갑자기 말을 멈추고 웃음을 터뜨렸다.

"하하하! 내가 또 흥분하는 모양이로구먼! 난데없이 과학 예찬론을 주절거리다니."

그러고는 자리에서 일어나 베로니크에게 다가가며 이렇게 덧붙이는 것이었다.

"죄송합니다, 마담. 내 지루한 설명으로 곤혹스럽지는 않으셨는지요? 아, 그 정도까지는 아니었다고요? 아무튼 이제 끝났습니다. 아니 거의 끝난 셈이죠. 딘 하나 분명히 해야 할 게 남았어요. 실은 결정을 내려야 할 일이 하나 있거든요."

그는 여자 곁에 슬며시 앉았다.

"자, 어쨌든 신의 돌이 우리 수중에 떨어진 이상, 그 엄청난 보물을 앞으로 어떻게 해야 할지가 문제입니다."

베로니크는 펄쩍 뛰듯 몸을 추스르며 내뱉었다.

"오! 그 일이라면 생각해볼 것도 없어요! 전 사레크에서 나온 것은 무조건 질색입니다. 거기 수도원과 관련된 건 쳐다보기도 싫어요. 우린 어디까지나 열심히 일해서 먹고살 거예요."

"하지만 수도원은 당신 소유인데……."

"아니에요! 그게 아닙니다! 이제 베로니크 데르즈몽은 더 이상 존재하지도 않아요. 그러니 수도원은 그 누구의 소유도 아니지요. 모든 걸 경매 처분 하라고 하세요! 저주받은 과거로부터는 그 어떤 것도 바라지 않습니다!"

"그럼 어떻게 사시려고 하는 겁니까?"

"제 일 해가면서 사는 거지요. 물론 우리 프랑수아도 그 점에 동의할 겁니다. 안 그러니, 얘야?"

베로니크는 거의 무의식적으로 스테판 쪽으로도 얼굴을 돌렸는데, 마치 이런 문제에 그의 소견이 당연히 작용해야 한다는 투였다.

"당신 생각도 그렇지요?"

"물론입니다."

남자의 대답이었다.

베로니크는 다시 말을 이었다.

"게다가 아버지의 애정 어린 심정을 모르는 바는 아니지만, 저에 대한 유지(遺志)가 어떠하다는 증거도 없고 말입니다."

"그거라면 내게 증거가 있다고도 할 수 있겠는걸요."

돈 루이스의 말에 베로니크는 고개를 갸우뚱했다.

"어머나, 그래요?"

"실은 파트리스와 함께 나는 사레크로 돌아가 보았습니다. 거기 마게녹의 방 책상 서랍 중 하나를 열어보니 아무런 글도 써 있지 않은 채 그대로 봉해진 봉투가 있더군요. 뜯어보니, 안에는 다음과 같은 내용의 편지와 함께 2만 프랑짜리 유가증권이 들어 있었습니다."

> 내가 죽고 나면 마게녹이 이 증권을 내 손자를 맡아 키울 스테판 마루에게 전달하도록 한다. 그래서 프랑수아가 열여덟 살이 되면 이 증권은 고스란히 그의 소유가 되도록 한다. 아울러 그 아이가 반드시 제 어미를 찾아내, 이 아버지를 위해 기도해주기를 바라 마지않는다. 아이와 애 엄마 모두에게 축복을 보낸다.

"자, 여기 증권하고 편지입니다. 올해 4월로 날짜가 되어 있더군요."

돈 루이스의 말에 베로니크는 아연실색한 표정으로 남자의 얼굴을 찬찬히 뜯어보았다. 필시 모자(母子)를 궁핍한 처지에서 가려주기 위해 이 묘한 남자가 모든 얘기를 꾸며대는 거라는 생각이 퍼뜩 뇌리를 스치고 지나갔다. 하지만 그 생각을 굳이 붙들려고는 하지 않았다. 따지고 보면 므슈 데르즈몽으로서도 지극히 자연스러운 행동이 아니겠는가? 자신이 죽고 나서 손자에게 불어닥칠 고난을 할아버지로서 어찌 염려하지 않을쏜가. 여자는 마침내 이렇게 중얼거렸다.

"그것까지 거부할 권리는 없는 것 같군요."

돈 루이스는 쾌활하게 소리쳤다.

“사실 당신 의지와는 무관하게 진행된 일인 만큼 거부할 권리가 없는 게 당연하죠! 당신 부친의 유지는 곧장 프랑수아와 스테펀을 향하고 있으니까요. 자, 그럼 이 점에서는 합의가 이루어진 것이고……. 남은 건 신의 돌인데……. 다시 한번 묻겠습니다. 이걸 어떻게 해야 할까요? 누구에게 귀속되어야 하죠?”

“당신한테요!”

베로니크는 간명하게 대답했다.

“나한테 말입니까?”

“당신이 발견했고, 가장 적합한 의미를 그 돌에 부여한 것도 당신이니까요!”

하지만 돈 루이스는 또 한 번 더 짚고 넘어갈 태세였다.

“아무래도 다시 한번 상기시켜드려야겠군요. 그 돌덩이는 그야말로 무한한 가치가 있습니다. 자연의 기적이라는 것이 아무리 흔하다 해도, 왕홀 안에 있던 알갱이만큼 자그마한 크기 안에 그토록 소중한 물질을 축적할 수 있으려면 그야말로 수많은 상황이 서로 기적처럼 절묘하게 조화를 이루어야만 가능한 겁니다. 그런 점에서 보면 여간 대단한 보물이 아닌 셈이지요.”

하지만 베로니크의 대답은 간명했다.

“잘됐네요. 당신은 다른 누구보다 그걸 유용하게 사용하실 겁니다.”

돈 루이스는 잠시 생각하다가 빙그레 웃으며 결론을 내렸다.

“당신 말이 맞습니다. 솔직히 말해서 나 역시 이런 결론을 기대했습니다. 일단 신의 돌에 대한 나의 권리는 그곳 부동산 등기 증서가 갖춰진 것만으로도 결정된 거나 다름없어 보입니다. 게다가 사실 내게 그 돌은 절실한 부분이 있어요. 자고로 보헤미아 왕의 묘석에는 여전히 마법의 위력이 감돈다고 할 수 있습니다. 우리의 켈트족 조상처럼 그 돌이 막강한 영향력을 행사할 수 있는 종족이 지구 상에는 아직도 많아요. 실은 그 방면으로 내가 엄청난 일을 꾸미고 있는 게 하나 있거든요. 그 돌이 있다면 매우 소중한 도움이 될 수 있을 겁니다. 한 몇 달 걸리는 사업인데, 다 끝나고 나면 신의 돌을 프랑스로 가지고 돌아올 생각입니다. 그리고 내가 설립 계획 중인 국립 연구소에 기증할 예정입니다. 그렇게 함으로써 신의 돌 때문에 저질러진 악행이 과학의 힘으로 순화되며, 사레크의 추악한 사건도 일거에 상쇄되는 셈이지요. 어떻습니까, 찬성하시는지요, 마담?"

여자는 손을 내밀며 말했다.

"성심을 다해서 찬성합니다!"

이번에는 꽤 기나긴 침묵이 흘렀다. 한참 후, 돈 루이스가 입을 열었다.

"아, 정말이지 이루 형언하기 어려울 정도로 추악한 사건이었지요! 세상 끔찍한 경험이란 경험은 기가 질릴 정도로 겪어온 몸이지만, 이번 것은 그 모두를 훨씬 능가합니다. 현실의 가능한 영역을 훌쩍 뛰어넘었고, 인간으로서 견딜 수 있는 고통을 저만치 따돌리는, 그런 사건이었어요. 단 한 명의 미치광이에 의해 저질러졌다는 점에서도 그렇지만, 특히 지금처럼 광기와 방황이 지배하는 시기에 발생한 만큼, 너무나도 비상식적이고 비논리적인 사건이었습니다. 조용하기만 하던 섬에 한 괴물이 나타나 극악무도한 범죄를 구상하고 저지를 수 있었던 것은 오로지 전쟁이라는 특수 상황이 있었기 때문일 겁니다. 만약 평화기였다면 제아무리 괴물 같은 존재라고 해도 그런 어처구니없는 망상을 끝까지 물고 늘어질 여유가 없었을 거예요. 고립된 섬에서 오늘과 같은 혼란한 시대가 맞아떨어졌기에, 괴물에게 그토록 비정상적인 특수한 조건들이 거저 마련된 셈이지요."

"저……. 그 얘기는 이제 그만해주실 수 없는지요."

베로니크가 떨리는 목소리로 중얼거렸다.

돈 루이스는 여자의 손등에 가볍게 입을 맞춘 뒤, 투바비앵을 번쩍 들어 안으며 이렇게 외쳤다.

"당신 말이 맞습니다! 그 얘기는 그만합시다. 계속하다가는 눈물이 흐를 테고, 그럼 우리 투바비앵이 우울해질 테니까 말이에요! 어때, 멋쟁이 투바비앵, 우리 이제 그런 끔찍한 사건일랑 그만 얘기하자꾸나! 하지만 몇 가지 재미나고 아기자기한 에피소드들은 기억해볼 만도 하지. 안 그러니, 투바비앵? 마게녹의 그 으리으리한 화원, 기억나니? 신의 돌에 얽힌 장대한 전설도 그렇지! 기적 같은 생명력으로 충만한 라듐이 그득하게 도사리고 있는 제왕(諸王)의 묘석과 더불어 세계를 방랑하던 켈트족의 대서사시! 정말이지 근사한 구석도 없진 않았지. 안 그래? 이건 말이다, 투바비앵, 내가 만약 소설가가 되어서 서른 개의 섬에 관한 이야기를 써야 할 입장이라면 얘긴데, 난 결코 험악한 진실에 연연하지는 않을 거야. 그리고 투바비앵, 네 역할을 훨씬 더 중요한 것으로 그려 넣을 거라고. 물론 돈 루이스의 지루하기 그지없는 수다는 좀 줄이고 말이야. 그 대신 너를 과묵하고 용감한 구원자로 내세우겠어. 가증스러운 괴물과 싸울 용사도 너이고, 괴물의 악랄한 흉계를 여지없이 분쇄하는 것도 바로 너 투바비앵이라고! 그러다 마침내 너의 기발한 본능으로 세상의 악을 벌하고 선에게 승리를 부여하는 거지. 아마 그렇게 하는 것이 지금보다 훨씬 근사할 거야. 왜냐면 말이다, 삶이란 어떻게든 풀려나가기 마련이며, 결국엔 '모두 다 잘될 것'이라는 진리를 어느 모로 보나 우리 똑똑하고 멋진 투바비앵보다 더 잘 가르쳐줄 만한 선생님이 내가 보기엔 없을 것 같거든."

·TOUT-VA-BIEN·

ARSÈNE LUPIN
아르센 뤼팽의 귀환
Le retour d'Arsène Lupin
1920년

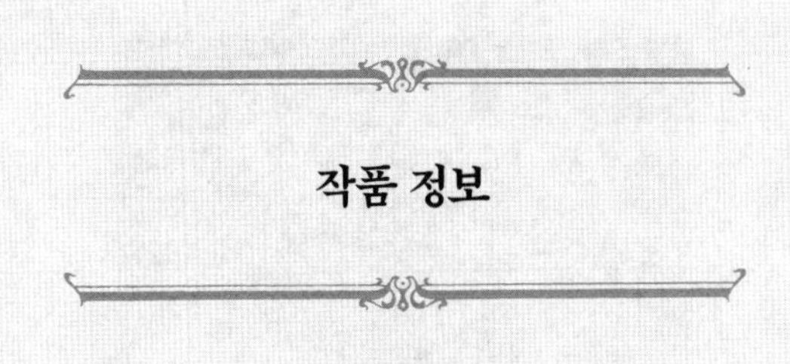

작품 정보

「아르센 뤼팽의 귀환(Le retour d'Arsène Lupin)」(1920. 9. 15~10. 15) 역시 '결정판'을 통해 국내 처음 소개되는 작품이다. 「아르센 뤼팽, 4막극」(1908)에 이어 모리스 르블랑이 또다시 극작가 프랑시스 드 크루아세와 공동집필한 단막희곡. 이 작품은 원래 1908년에 집필되었지만 공연이 이루어지지 않다가, 1920년에 와서 대본이 움베르토 브루넬레치(Umberto Brunelleschi)의 삽화를 곁들여 『주세투』에 연재되었다. 이 극의 묘미는, 오랜만에 귀환한 뤼팽의 정체를 저마다 넘겨짚으면서도 결국에는 한 명도 예외 없이 모두 속아 넘어가는 장면과 대사 하나하나에 담겨 있다. 은퇴한 뤼팽이 자기 흉내를 내며 도둑질을 일삼는 누군가를 색출해 폭로하는 장면에서는 훗날 쓰게 될 『강력반 형사 빅토르』의 모티프들 중 하나가 미리 감지되기도 한다. 1938년에는 이 작품을 대폭 개작한 시나리오로 미국에서 「아르센 뤼팽 돌아오다(Arsène Lupin returns)」라는 제목의 영화가 만들어져 큰 흥행을 거두기도 했다.

1938년 미국 영화 「아르센 뤼팽 돌아오다」의 광고 포스터. 조지 피츠모리스 감독

조르주 상동제로의 집. 아주 우아하게 꾸며진 응접실. 책들과 그림들, 사냥에서 잡은 동물 박제들, 최근 다녀온 인도여행 기념품들(코끼리 동상, 불상 등)이 보인다.

1장

브리자유, 하인

브리자유 (등장하면서) 주인님은 돌아오신 건가?

알베르 네. 돌아오신 지 일주일 되었습니다.

브리자유 인도에서 돌아온 지 일주일 된 건 나도 알고 있네. 그가 파리로 돌아온 걸 묻는 게 아닐세. 집에 귀가했는지를 묻는 거지.

알베르 아, 네. 지금 집에 계십니다. 누구라고 전해드릴까요?

브리자유 친구 브리자유라고 하면 알 걸세. 자네는 새로 온 하인인가 보군?

알베르 네, 므슈. 그저께부터 일하고 있습니다.

브리자유 아참, 므슈 샹동제로가 미래의 장인어른이나 약혼녀와 함께 있으면 방해하지 말게. 나는 나중에 보면 되니까. 여기서 점심이나 들고 있지.

알베르 주인님은 지금 주치의 선생과 함께 계십니다.

브리자유 주치의? 어디 아픈가?

알베르 간밤에 현기증을 느끼셨습니다.

브리자유 상태가 심각한가?

알베르 오, 그건 아닙니다, 므슈.

(퇴장한다.)

2장

브리자유, 조르주. 잠시 후 알베르

브리자유 가만있자…… 여기 뭐가 달라진 거지? 오호라, 저게 못 보던 거로군. 멋진데…… 불상이라! (사진 하나를 유심히 살펴보더니) 오, 이건 다브르메닐 영애(令愛), 바야흐로 마담 샹동제로가 되실 분이로군…… 안녕하십니까, 아리따우시군요, 마드무아젤! 고귀한 혈통에, 대사관의 따님이신 데다, 훌륭한 춤 솜씨까지 겸비하시고…… 이 몸도 한때 당신에게 애틋한 감정

을 품었던 사내라오. 당신이 혼인할 상대는 아주 좋은 젊은이요. 대사관 비서로서 훌륭한 공화파 귀족이지. 돈도 많고…… 내가 그대를 좋아했다는 건 분명한 사실! 우리가 함께 보스턴 왈츠를 추던 날들이 있지 않았소!

조르주 (등장하면서) 브리자유! 거기서 혼자 뭘 중얼대는 건가?

브리자유 자네 약혼녀와 잠시 담소를 나누고 있었네! 이렇게 다시 보니 반갑군, 친구. 축하하네!

조르주 응, 그렇게 됐네. 봄베이에서. 아, 나는 행복해. 얼마나 행복한지 모를 거야…… 자네도 잘 아는 여자가 아닌가!

브리자유 일곱 살 때부터 알고 지내는 사이지.

조르주 일곱 살이라! 그때와 별로 다르지 않을 거야. 그나저나 겨우 점심 한 끼 해결하려고 이렇게 일찍 들이닥친 건 설마 아니겠지?

브리자유 그렇기야 하겠나. 자네와 수다나 실컷 떨려고 왔지. 벌써 못 본 지 열다섯 달이나 되었지 않은가. 이렇게 보니 신수가 제법 훤한걸. 전혀 아픈 것 같지가 않아.

조르주 아프다니? 나 아픈 적 없는데!

브리자유 뭐? 방금 전까지 자네 주치의랑 있었던 거 아니야?

조르주 아, 그거! 천만에. 의사가 아니라 게르샤르의 비서와 같이 있었네.

브리자유 게르샤르라면…… 치안국 경감? 혹시 아르센 뤼팽의 방문이라도 받았던 거야?

조르주 뤼팽이 뭐가 아쉬워 이런 집을 찾겠나…… 지금껏 도둑맞은 거라고는 반지 하나뿐인걸…… 그 정도야 견딜 만하지. 생각해보게…….

(이때 하인이 들어온다.)

알베르 전화 왔습니다, 주인님.

조르주 마드무아젤 다브르메닐인가?

알베르 아닙니다. 가정부입니다. 통화 연결되었네요…….

조르주 알았네. 친구, 실례 좀 할까……? 여보세요! 마드무아젤 크리슈노프……? 그래요, 그래. 나예요…… 제르맨이 통화하고 싶다고……? 음, 그래요. 기다리지…… 그럼 들어가요, 마드무아젤 크리슈노프……! 참 괜찮은 가정부야…….

브리자유 그렇지.

조르주 오늘 아침 제르맨과 나 둘이서 말을 탔는데…… 이제 못 본 지 겨우 두 시간이건만 왜 이리 길게 느껴지는지!

브리자유 하하, 아직 결혼 전이라 그런 것뿐일세!

조르주 아이고, 이런 짓궂은 친구를 봤나……! 여보세요! 응, 나요…… 별일 없지……? 난 괜찮아…… 말 타느라 너무 피곤하진 않고……? 오늘 저녁 식사하러 오지 않겠냐고……? 두말하면 잔소리지! 당장 차 한잔하러 갈까……? 뭐라고……? 그래요…… 아, 그럼! 나도 당신 사랑해…… 안 돼, 지금은…… 옆에 누구 있어.

브리자유 여보게, 괜찮다면 나도…….

조르주 그래. 워낙에 예쁜 여자니까…… 전화 바꿔줄 테니 자네도 한마디 하게.

브리자유 (수화기를 건네받은 다음 목소리를 바꿔) 약혼자께선 지금 당신을 희롱하는 겁니까, 마드무아젤! (유쾌하게 웃는다.) 여보세요……! 내가 누구냐고요……? 자크 드 브리자유라고 기억하시려나……? 여보세요……! 15일 무도회에 오겠냐고……? 오, 기꺼이…… 아가씨들이 많을 거라고……? 저야 좋지요…… 그나저나 축하합니다……! 이제 아줌마 되시는 건 시간문제겠어요…… 아무튼, 그래도 축하합니다!

조르주 내 참, 못 말리겠군…….

브리자유 아버지께 제 안부 좀 전해드리세요…… 네, 네…… 내일 차 한 잔 마시러 들르겠습니다…… 고마워요! (수화기를 조르주에게 넘기며) 정말 괜찮은 여자야!

조르주 여보세요……! 응, 다시 나야. 그럼, 좋은 친구지…… 얼마나……? 당신은 천사야! (브리자유가 웃는다.) 옆에 아직 있냐고……? 여보세요! 안 돼, 끊지 마……! 금방 점심 먹을 거라고? 그럼 식사 후에 전화할게…… 그래, 나중에 봐요…… 뭐? 『르 마탱』? 신문 말하는 거야……? 아니, 왜……? 뤼팽의 편지가? 당신 아버지에 관해서……? 이건 또 무슨 장난이야! 어디 확인해볼게…… 그럼 안녕…… 참 매력 있다니까. (호출벨을 누른다.) 베르토, 『르 마탱』 좀 가져와보게…… 브리자유, 자네 『르 마탱』 읽어봤나?

브리자유 아니. 『에코 드 파리』는 읽어봤는데.

베르토 그런데 주인님, 손님 한 분이 찾아왔는데요.

조르주 누구?

베르토 므슈 앙리 그레쿠르라고 합니다.

조르주 오! 그렇지 참!

브리자유 우리와 점심을 같이 할 사람인가?

조르주 응, 자네도 알지 아마?

브리자유 친하지.

조르주 아차, 사이가 틀어진 적 있었지?

브리자유 전혀! 최근에 그 친구 굉장한 책을 하나 냈더군…… 부도덕하긴 한데, 아무튼 굉장한 책이야.

조르주 어서 들어오게, 그레쿠르! 지금 자네의 부도덕성을 흉보는 중이라네…….

3장

조르주, 브리자유, 그레쿠르, 팔루아즈, 베르제스

그레쿠르 (들어서며) 날 헐뜯는 사람이 자네인가, 브리자유?

브리자유 헐뜯다니! 자네의 비도덕성을 거론할 뿐이네. 오히려 자네 책을 광고해주는 셈인걸. 이야기를 통해서 도둑질을 하는 것, 그건 결국 도둑질을 그럴듯하게 포장하는 것 아니겠나……! 말하자면 도둑 이야기가 되는 셈이지.

조르주 (호출벨을 누르고는) 아페리티프 한 잔씩들 어떤가? 식사가 준비되려면 반 시간은 있어야 할 테니.

그레쿠르 포르토 와인이라면 결코 마다하진 않겠네.

조르주 (브리자유에게) 자넨?

브리자유 위스키와 소다!

베르토 (들어오며) 여기 『르 마탱』 가져왔습니다, 므슈.

조르주 고맙네. 포르토 와인하고 위스키 가져다주게.

그레쿠르 아, 그나저나 자네들 『르 피가로』지 읽어봤나?

조르주 아니. 왜?

그레쿠르 아르센 뤼팽의 편지가 실렸더군.

조르주 『르 피가로』에도? 방금 전에 내 약혼녀가 전화로 그러던데, 『르 마탱』에도 편지가…….

그레쿠르 그럼 자넨 직접 안 읽은 모양이군. 자네의 장래 장인어른에 관한 내용이네. (안주머니에서 『르 피가로』지를 꺼낸다.) 아주 대범하면서도 간결하고 잘 쓴 편지더군. 정말이지 뤼팽이라는 자가 허구가 아니라면…….

브리자유 (친구의 말을 제지하며) 뤼팽은 존재하지 않아. 실없는 누군가가 지어낸 얘기라고.

조르주 아무리 실없어도 그런 얘기를 마냥 지어낼 순 없지.

그레쿠르 만약 뤼팽이 실존인물이라면, 내가 아는 가장 대담무쌍하고 기발한 도둑이 한 명 세상을 휘젓고 다니는 셈이야……. 자, 큰 소리로 이 편지를 좀 읽어보게나. 다시 한번 제대로 감상

하고 싶구먼.

조르주 (읽기 시작한다.) "편집장 귀하…… 지금으로부터 1년 선……."

베르토 (들어온다.) 므슈 장 드 팔루아즈 오셨습니다.

팔루아즈 (들어서며) 여보게…… 아, 브리자유 자네도 있었군그래! (그레쿠르를 바라보며) 이분은 실례지만…….

조르주 자자, 여기는 장 드 팔루아즈 남작, 국가공인 기구(氣球) 조종사지…… 이쪽은 므슈 앙리 그레쿠르, 우리의 위대한 소설가 양반!

팔루아즈 오, 선생 작품을 읽은 적이 있습니다…… 훌륭하더군요! 그런데 딱 하나가 아쉬웠습니다…… 아르센 뤼팽에 관한 내용…… (조르주에게) 자네 『르 골루아』 읽어봤나? 어, 근데 왜들 웃지?

조르주 방금 『르 마탱』에 실린 아르센 뤼팽의 편지를 읽으려던 중이었거든. 『르 골루아』에도 실렸나?

팔루아즈 (안주머니에서 『르 골루아』지를 꺼내며) 정말 멋진 편지가 아닌가!

팔루아즈, 그레쿠르, 조르주 (동시에) "편집장 귀하……."

브리자유 아, 잠깐만! 이거야 원…… 제비라도 뽑아야겠군!

알베르 (들어오며) 므슈 베르제스가 오셨습니다.

조르주 아, 드디어 우리의 검객께서 나타나셨구먼! 오늘도 몇 명 쓰러뜨리고 오시는 건 아니겠지……? 여러분 서로 다들 아시죠?

모두 일제히 물론입니다!

베르제스 (팔루아즈에게) 예전 언젠가 제가 선생의 경기 반대편 입회인으로 참여했던 적이 있지요?

팔루아즈 약간의 착오가 있군요. 입회인이 아니라 제게 칼침을 놓으신 장본인이죠.

베르제스 오…… 용서하십시오.

조르주 (그레쿠르에게) 자, 그럼 자네가 읽어보겠나? (베르제스에게) 오늘 매우 충격적인 글이 신문에 난 모양일세.

베르제스 오랄라(Oh là là)! 나도 신문 하나 가져왔는데…….

모두 (동시에) 아, 어떤 거?

베르제스 『르 주르날』! (『르 주르날』지를 안주머니에서 꺼낸다.) 다들 『르 주르날』은 안 읽었나? 아르센 뤼팽의 편지가 실렸더군. (읽기 시작한다.) "편집장 귀하……." (모두 한바탕 포복절도한다.) 아니, 왜들 그러지?

그레쿠르 그러고 보니 아주 회람을 돌리셨군그래!

조르주 그레쿠르, 자네가 사람들 앞에서 강연도 해본 입장이니, 그 좋은 목소리로 좀 부탁하네.

베르토 (아페리티프를 들여오면서) 실례지만 주인님, 혹시 오늘 자 『르 프티 주르날』 읽어보셨는지요?

조르주 아니, 왜?

베르토 주인님의 장래 장인어른 되실 분에 관한 편지가 실려서요. (허리춤에서 꺼내 들고 읽기 시작한다.) "편집장 귀하……."

조르주 (다들 웃는 가운데) 아이고, 여보게 급사장, 제발 그만!

베르토 네, 주인님. (서둘러 퇴장한다.)

팔루아즈 기가 차는군…… 분명히 『질 블라스』, 『라 리브르 파롤』, 『르 프티 파리지앵』, 『코뫼디아』 등등, 그 편지 안 실린 데가 없을 거야…… 그 뤼팽이라는 녀석, 대단한 속물인가 봐!

그레쿠르 내가 읽어?

모두 (일제히) 잘 듣겠습니다!

그레쿠르 "편집장 귀하. 이 글이 다소 길어지더라도 양해해주실 것을 미리 부탁드립니다. 그만큼 세세히 짚고 넘어갈 사안들이 좀 있어서요. 그래도 선생의 비서가 낭독하기에 내 문장이 그리 거북스럽지는 않을 것이라 믿습니다, 살짝 자화자찬일지는 몰라도요…….” 얼씨구!

조르주 웬 허세!

그레쿠르 (계속 읽는다.) “그럼 시작하겠습니다. 1년 전이었지요. 봄베이 국제회의에 프랑스 대표로 참석하신 다브르메닐 백작께서 직무수행 후, 인도 귀족이 공화국 대통령에게 선물로 바친 왕가의 보석관(冠)을 가져오기로 되어 있었지요. 그때 왠지 내 마음이 불안하더군요. 아무래도 세계 최고수준의 에메랄드 보석들로 화려하게 장식된 관이라 소문이 자자했으니까요. 나는 단지 걱정이 되어서…….” 히야, ‘걱정’이 되었다는군! 넉살 한번 대단해……!

모두 계속 읽어보게! 계속!

그레쿠르 “단지 걱정이 되어서, 공화국 대통령에게 다음과 같은 편지를 썼습니다. ‘대통령 각하, 지난 세월 숱한 역경을 극복해온 애국의 충정에서…….’” 오, 이것도 괜찮은 표현인데!

조르주 칭찬 그만하고 어서 읽기나 해, 이 친구야! 누가 들으면 자네가 쓴 줄 알겠네.

그레쿠르 “‘애국의 충정에서 한 말씀 드리고자 합니다. 언젠가는 우리의 루브르 박물관을 빛낼 운명인 보석관이 프랑스로 오는 도중 분실될 수도 있다는 끔찍한 우려를 말입니다……!’”

브리자유 애국지사 납셨구먼!

그레쿠르 “‘요컨대, 부도덕이 극치를 달리는 이 시대, 각하 앞으로 보석관을 안전하게 대령해올 적임자는 단 한 명뿐임을 알려드립니다. 그는 다브르메닐 백작처럼 멀끔하니 점잖은 양반이 결

코 아니지요. 제 입으로 그 이상은 말 안 하겠습니다.'" (친구들의 웃음소리)

조르주 (일어서며) 아이고, 그만 좀들 웃게! 이게 웃을 일인가!

그레쿠르 "'만약 아둔함에 이르고 말 편견 때문에 저의 봉사제의를 거부하신다면, 결코 무탈하기가 힘들 거라는 점을 각하께 직접 증명해 보여드릴 수 있으며, 그 보석관은 제가 기꺼이 접수하겠다는 것을 다짐해드립니다…… 그게 무슨 의미인지는 부언하지 않아도 잘 아시리라 믿습니다…… 그러니 앞으로 24시간 내에 저의 평상시 주소로 부디 답신을 주시기 바랍니다. 아르센 뤼팽, 프랑스…….'" 오, 정말 근사해!

조르주 그다운 필력이로군!

그레쿠르 "이 편지에 대한 답신이 끝내 없는 터라, 나는 대통령께 다음과 같은 일종의 통지문을 발송할 수밖에 없었답니다. '대통령 각하, 일주일 전에 므슈 다브르메닐이 파리에 도착했습니다. 현재 보석관을 운반하기로 되어 있는 대사 비서 므슈 발상은 3월 14일 오후 6시, 파리에 도착할 예정이고요. 하여, 유감스럽게도 14일 자정, 문제의 보석관이 결국 저의 소유로 귀착될 것임을 미리 알려드립니다. 이는 오로지 각하 본인의 과실에 따른 결과이니, 다른 누구에게도 책임을 묻지 마시길 바랍니다. 몇 달 전 기꺼이 그걸 각하께 갖다 바치고, 대신 누구보다 저 자신 자격 있다고 생각하는 레종 도뇌르 십자훈장[1] 하나 받아볼 요량으로 건넨 저의 제안을 묵살하셨으니 말입니다.'"

조르주 와, 말도 안 돼! 이건 정말 대박인걸!

---

1) 레종 도뇌르 서열 중 최상위 훈장.

그레쿠르 (계속 낭독한다.) "'……그런 훈장이라면, 글쟁이라든가 외교관 따위보단 모름지기 저 같은 사내대장부가 어울리죠…….'" 어이쿠, 은근히 외교관을 걸고넘어지는군!

조르주 그러게…… 내 약혼녀의 부친 되시는 양반의 심기를 일부러 건드리려는 속셈 같아.

브리자유 하지만 그놈의 뤼팽이란 자는 실존인물이 아니라고!

팔루아즈 경찰이 의도적으로 유포하는 소문이지. 자기들로서는 역부족인 사건에 맞닥뜨릴 때마다 말이야.

조르주 불량배들로서야 고마운 일이지. 뤼팽만 떴다 하면, 잔챙이들까지 덩달아 활개 칠 수 있으니.

팔루아즈 오늘은 아예 일간지를 도배까지 하시고!

브리자유 나는 말이야, 뤼팽이란 잭 더 리퍼(Jack The Ripper) 같은 존재라고 생각해. 이 나라가 안이하게 대처해서 반복적으로 발생하는 범죄들을 보라고…….

베르제스 브라보!

브리자유 게다가 대중의 미욱함이란 항상 동일한 전설에 이바지하는 법이거든…….

모두 옳거니!

팔루아즈 자네 대중연설가가 돼도 나쁘지 않겠어!

그레쿠르 그래도 뤼팽을 잭 더 리퍼와 비교하다니, 너무 나갔는걸!

베르제스 맞습니다. 뤼팽은 살인을 하지 않았죠.

팔루아즈 물론 결투로도 사람을 안 죽였고요.

조르주 그레쿠르, 자네는 뤼팽이 실존인물이라고 보나?

그레쿠르 응, 나는 그렇게 생각해. 그자가 보석관을 훔치겠다고 예고하면, 나는 그 협박을 진지하게 받아들이지. 이 일 다음으로는

「모나리자」의 절도를 예고하고 있군그래.

조르주 오……!

팔루아즈 맞아…… 나도 신문에서 읽었네.

조르주 루브르 박물관에서 「모나리자」를……? 그런데도 뤼팽의 말을 곧이곧대로 믿는다는 건가?

그레쿠르 응.

브리자유 (과장된 태도로) 나로 말하자면, 신을 믿는 것처럼 뤼팽을 믿도다!

조르주 저 친구 입장에선 그럴 수밖에 없어. 최근 도둑에 관한 책을 썼거든. 뤼팽에게서 영감을 받았다더군.

그레쿠르 왜 또 내 책을 걸고넘어지시나…… 자네들 그럼 나폴레옹의 존재도 부정할 텐가?

팔루아즈 오호, 점입가경이로군!

그레쿠르 말이 나와서 말인데, 자네들 같은 부류가 가진 습성이라는 게 뻔하지! '평범함'에서 조금이라도 벗어나고, 뭔가 남다른 저력을 갖춘 존재가 나타나 자기들 수준을 훌쩍 뛰어넘어버리면, 무조건 깎아내리거나, 부정하고 보는 거야. 참으로 무기력하고 진부한 영혼의 소유자들이 하는 짓이지…… 문자깨나 접했다는 자들, 악취 나는 회의주의로 정신이 찌든 자들 말이야…… 그런 자들이 세상에 믿는 거라곤 아무것도 없지!

조르주 자넨 거기에 해당 안 되나 보지?

그레쿠르 자네들은 전쟁을 믿지 않지. 하지만 정작 머리 위로 포성이 난무하면 정신줄 놓고 어쩔 줄 몰라 해. 자네들은 사랑도 믿지 않아…… 영웅주의 같은 건 안중에도 없을걸 아마…… 진짜 결투가 어떤 것인지 아예 관심도 없어.

베르제스 아하, 그건…… 글쎄올시다…….

그레쿠르 아무튼, 다들 너무 똑똑하시고, 너무 세련되시고, 너무 문명화되신 바람에, 더 이상 우리 시대의 그 어떤 것도 수긍하려 들지 않아요! 우리가 사는 이 시대의 종합적 산물인 이 분명한 결정체, 이 명백한 증인의 존재를 극구 부정하려 든다니까…… 바로 아르센 뤼팽을 말이지!

조르주 그렇다면 자네가 가진 증거라도 있나? 자넨 무얼 근거로 뤼팽의 존재를 믿는 거지?

그레쿠르 그의 행적이지. 사람들이 그의 소행이라고 여기는 행위들. 스스로 자랑하듯 내세우고 또 확인되어온 그의 활약상…… 뭐랄까, 일종의 트레이드마크? 자신만의 독창적인 행동양식!

브리자유 양식불량이겠지.

그레쿠르 그가 선보인 모험들을 하나하나 자세히 살펴보라고. 이를테면 상테 교도소 탈출부터 시작해 카오룽 남작의 소장품 도난 사건까지. 거기 항상 그만의 독특한 행동양식이 도사리고 있음을 발견하게 될 거야. 나도 사실 감춰진 핵심이 무언지는 파악하지 못한 상태지. 아무튼 거기엔 그만의 아주 독자적인 흔적이랄까, 누구도 흉내 낼 수 없는 패턴이 숨어 있단 말이거든.

베르제스 음, 일리 있는 얘기긴 한데…….

그레쿠르 이를테면 선택한 희생자에게 압박을 가한다든지, 목표물에 접근해가는 전략과 작전들…….

팔루아즈 하지만…….

그레쿠르 적의 기동성을 교란하여 점진적으로 무력화시키는 고도의 심리전술…… 복잡한 실타래처럼 암암리에 돌고 돌아 핵심을 공략하는 필살의 전술들…… 그 모두의 바탕에는 계산된 허풍과 수학적으로 과장된 자신감이 버티고 있어…… 아까 증거가 있냐고 물었는데, 이런 것들이 증거라면 증거지. 어쩌면 우리 모두는 줄곧 그를 알고 있었는지도 몰라…… 언제였던가, 뤼팽이 다름 아닌 다르벨이라는 얘기도 나돈 적이 있지 않은가!

베르제스 다르벨! 에두아르 다르벨!

그레쿠르 네, 바로 그 사람!

조르주 다르벨이라…… 하지만 다르벨은 내가 아는데!

팔루아즈 나도 마찬가지야. 그 사람 평판이 좀 안 좋은 건 사실이지. 승마클럽에서도 방출됐었고 말이야.

그레쿠르 뮈세[2]처럼 말이지.

베르제스 다르벨! 창백한 안색에 예쁘장하게 생긴 젊은이 아닌가? 엄청 호화판 생활을 했고…… 당드레지를 닮았다는 그 사내!

그레쿠르 맞아요. 두 사람이 유별나게 닮았죠. 둘 다 유행에 민감한 멋쟁이고. 지금으로부터 10여 년 전, 어느 화창한 날 다르벨은 거짓말처럼 증발해버렸죠. 그러고 난 다음 날, 그에 대한 구인장이 발부됐고요. 경찰이 오스트레일리아까지 그를 추적했다죠. 그러다가 결국 붙잡는 데까지 성공했는데…… 막상 잡고 보니 그 정체가…….

브리자유 알폰소 13세[3]?

---

2) 알프레드 뮈세(Alfred Musset, 1810~1857). 19세기 낭만주의를 대표하는 시인 중 하나.

3) 알폰소 13세(AlfonsoXIII, 1886~1941). 1905년 5월에서 6월, 이 에스파냐 국왕의 파리방문은 사교계에서 큰 화제였다. 브리자유가 특별한 의미 없이, 그저 장난 삼아 툭 던진 대답이라 볼 수 있다.

그레쿠르 아니. 당드레지였다는 거야!

조르주 뭐야?

베르제스 오, 가엾은 당드레지! 그 친구 인상깨나 찌푸렸겠군! 다르벨과 아주 가까운 사이라던데.

조르주 아, 둘이 가까운 사이였어?

브리자유 그건 그렇다 치고…… 어떻게 됐는데?

팔루아즈 뭐가 어떻게 돼? 다르벨 아니면 당드레지?

브리자유 당드레지 말이야! 다르벨 얘기는 재미없어.

그레쿠르 뤼팽이 아니라면 그렇겠지.

팔루아즈 근데 당드레지는 죽었다고 하던데.

베르제스 내가 듣기로는, 하렘을 드나들다가 파샤[4]의 여자를 납치했다던데!

브리자유 내가 들은 바로는, 물소사냥을 나갔다가 호랑이를 만났다던데. 그러다가 파상풍에 걸려 죽었고 말이야. (조르주에게) 왜 웃어?

그레쿠르 내가 들은 얘기는, 그가 황금광을 발견했다는 거야. 그의 집안사람 지인으로부터 직접 들었지.

팔루아즈 하긴 그 친구 집안이 굉장하지. 당드레지가 샤르므라스 공작의 조카라고 하지 아마?

베르제스 맞아요. 하지만 재산은 하나도 없다더군. 그래서 떠났다는 얘기도 있고.

브리자유 나는 좀 더 충격적인 얘기를 들었는데…….

모두 무슨 얘기?

---

4) pacha. 오스만투르크의 고급 문무관료 칭호.

브리자유 지금 잘 기억은 안 나는데, 하여튼 대단한 얘기였어.

그레쿠르 어쨌든 그에 관한 소식이 뚝 끊긴 상태야. 적어도 파리지앵으로서는…… 그건 그렇고, 조르주, 이거 배고파 죽겠구먼.

모두 그러게 말이야!

브리자유 이만 식탁으로 자릴 옮기는 게 어떤가?

조르주 안 돼! 누구 올 사람이 있거든.

그레쿠르 누구?

조르주 그는 파산한 사람도 아니고, 투르크 여자를 납치하지도 않았네. 호랑이 때문에 파상풍에 걸리지도 않았고. 대신 약속시간 하나는 칼같이 엄수하지.

그레쿠르 뭐야…… 우리더러 스무고개 하자고?

조르주 6개월 전에 티베트에서 마지막으로 보았지. 그때 이러더군. "내년 3월 1일 월요일 오후 1시 15분, 내 자네 집에 점심식사하러 들르지……."

브리자유 오호라, 그 '방황하는 유대인'[5]의 존함은?

조르주 내 가장 친한 친구.

모두 고맙군!

조르주 적어도 나는 그렇게 생각해야 마땅해. 내 생명의 은인이기도 하니까.

모두 도대체 누군데?

조르주 글쎄, 수수께끼 같은…… 뭔가 세상으로부터 동떨어진 것 같은 존재…….

---

5) 중세 유럽에 떠돌던 전설 속 인물. 저주를 받아, 죽지 못하고 정처 없이 방랑하는 운명에 대한 비유.

브리자유 나 이거야 원, 답답해 죽겠네! 당장 공개하지 않으면…… (손에 잡히는 고급 도자기를 하나 치켜들고) 나 이거 깨뜨려버릴지도 몰라!

조르주 진정해, 이 친구야……! 그의 이름은 당드레지야!

브리자유 뭐?

(고급 도자기를 손에서 놓친다. 요란한 소리)

조르주 아, 이런!

베르제스 당드레지! 그럼 안 죽었단 말이오?

조르주 (깨진 도자기 파편들을 주워 모으며) 딱 하나뿐인 건데…….

그레쿠르 점심을 먹으러 온대?

브리자유 자네 생명의 은인이라고?

그레쿠르 어서 얘기 좀 해봐!

조르주 말해도 안 믿을 거야. 이곳 파리에서는 그런 이야기 하면 바보 취급당하기 십상이지.

모두 설마…….

조르주 게다가 별로 기분 좋은 사연도 아니고…… 자네들도 알다시피 내가 어디 가서 겁쟁이 소리 들을 사람은 아니지 않은가……! 근데 그땐 그렇게 무서울 수가 없었거든…….

팔루아즈 그러니까 더 구미가 당기는걸!

조르주 좋아, 정 그렇다면, 공개하지! 티베트 메나손에서 인도 캘커타로 들어가는 길목에 유럽인들에게는 통행이 참 까다로운 사원이 하나 있지. 여자들은 특히 출입이 금지되어 있는 곳. 주로 광신적인 사제들이 관장하는 곳인데, 그 우두머리가 라싸의 달라이라마로 알려져 있지.

브리자유 어휴, 웬 지리공부! 골치 아픈 부분은 거르고 하면 안 되겠나?

조르주 그러지 뭐. 하지만 먼저 이 사원과 관련해서 아주 끔찍하고, 무시무시한 전설이 나돈다는 얘기부터 해야 할 것 같군. 고문이랄지, 인신공희 같은 거…….

팔루아즈 쿡 탐정사무소, 기본 상담료 2프랑!

조르주 농담 아니야. 정말 그렇다니까!

그레쿠르 누가 아니래, 정말 그렇겠지…….

조르주 당시 그를 알게 된 지 사흘쯤 지났을 땐데, 워낙에 그의 입을 통해 흥미진진한 이야기를 들은 터라, 어느 저녁 그에게는 알리지 않고 나와 약혼녀 그리고 크리슈노프 양 이렇게 셋이서 문제의 사원을 찾아가보기로 했다네.

베르제스 그런 일에 여자들을 끌어들이다니 자네 제정신인가?

조르주 미안하지만 여자들이 하도 졸라서…… 나야 혼자 가겠다고 했지. 게다가 지금 나처럼 플란넬 천으로 된 넉넉한 옷을 입고 있으니, 여자들이 나 어린 사내아이 같아 보이는 거야. 아무튼 탐험은 그렇게 시작되었네. 저녁 6시경, 다채로운 풍광을 지나 불타는 석양이…….

브리자유 아, 웬 사설이 그리 긴가!

조르주 아무래도 이런 분위기에서는 더 이상 얘기 못하겠네…….

그레쿠르 (브리자유를 향해) 자네 입 좀 다물게. (조르주에게) 자, 어서 편하게 얘기하게나.

조르주 아무튼 우린 사원에 도착했어. 문이 반쯤 열려 있더군. 슬그머니 들어갔지…… 희부연 불빛에 짙푸른 그림자…… 장미꽃 향기와 불을 피운 향에서 나는 냄새가 뒤섞여 코를 찌르더군. 순간적으로 숨이 막히는 것 같았어…… 그냥 되돌아 나갈까 싶었는데, 문득 저 안쪽에 있는 제단이 우리의 시선을 끌더군. 흑백 대리석으로 만든 제단이었어…… 그 앞으로 사제가 세 명 서 있는데, 그중 둘이 낮은 목소리로 기도를 읊조리고, 나머지 한 사람이 무언가 우리 쪽에서는 잘 보이지 않는 것 위로 몸을 숙이고 있는데…… 분명 살아 있는 것 같았지…… 그것도 왠지 고통스럽게 말이야! 그때였네, 갑자기 무시무시한 비명이 솟구쳤어. 잔인하게 참수를 당하는 자의 비명 소리 같은…… 우린 그 자리에 꼼짝 못하고 서서 벌벌 떨었지. 크리슈노프 양은 내 바로 옆에, 마드무아젤 다브르메닐은 몇 발짝 떨어져서 말이야…… 그때 마치 유령처럼 흰옷을 걸친 바라문 승려 여러 명이 순서대로 열 지어 한 명씩 들어오더군. 잔뜩 겁에 질린 나는 어떻게든 그곳을 빠져나가야겠다고 생각했지! 그러면서 나도 모르게 손을 권총자루에 갖다 대는 찰나, 여러 손들이 달려들어 내 팔뚝을 움켜잡는가 싶더니, 입안으로 재갈이 파고들더라고! 마드무아젤 다브르메닐이 날카로운 비명을 내질렀는데, 그 순간 직감적으로 어떤 생각 하나가 뇌리를 스치는 것이었어…… 다름 아닌 내 약혼녀가 제단으로 끌려가, 선택받은 희생제물로서 의식에 바쳐질지 모른다는 생각…….

베르제스 아, 끔찍하군……!

모두 그래서, 어떻게 되었나?

조르주 그 와중에 성소 저 안쪽에서 작은 문이 하나 반짝 열리질 않았겠나. 누가 들어오더군. 당드레지를 알아보겠더군. 그가 제단으로 뚜벅뚜벅 걸어오더니, 마드무아젤 다브르메닐을 에워싼 놈들을 한 명 한 명 쏘아보는 거였네. 그러더니 단호하게 어떤 손짓을 하더군. 그게 다였지. 말 한마디 하지 않았네. 그러자 팔뚝 움켜쥔 손들이 스르르 풀리고, 입에 물린 재갈도 저절로 떨어져 나가더라고. 어느새 실내가 텅 비고 당드레지와 우리 셋만 달랑 남았지.

베르제스 마치 영화의 한 장면 같군!

브리자유 몬테크리스토 백작이 따로 없네그려, 자네의 당드레지 말이야!

조르주 마음대로 떠들어! 나는 그때 그 끔찍한 시간을 결코 잊지 못할 것이네…… 문을 열고 나타나 내 가슴을 단번에 안정시키며 의연하게 걸어오던 당드레지의 모습은 정말 잊을 수 없을 거야…….

그레쿠르 연극이로군! 다 연극이야!

조르주 맘대로 생각해! 과연 연극이라면 누가 조종을 하는 거지? 무는 목적으로 그런 걸 연출해? 사제들 앞에서의 그 당당한 태도는 대체 어디서 온 거고?

베르제스 그야 당드레지 그자가 다 꾸민 일이겠지. 그래, 그자는 뭐라고 설명하던가?

조르주 설명? 그런 거 없어. 그냥 웃었지…… 그 사람 특유의 알 수 없는 미소…… 그리고 이렇게 말하더군. "말해도 이해 못할 겁니다." 또 덧붙이기를, "괜히 저에 대해 나쁜 생각만 품겠죠."

그레쿠르 그러게…… 정말 자네는 당드레지에 대해 어떤 생각인가?

조르주 모르겠어…… 그때 그 자리서 그는 내 생명을 구한 거나 다름없네…… 내가 사랑하는 사람의 생명까지도 말이야…… 나로서는 어마어마한 신세를 지고 있는 셈이지. 하지만…….

그레쿠르 그자가 두려운가?

조르주 응…… 아니, 그게 아니고…… 글쎄 뭐랄까, 어떤 감정…… 호감과 동시에 일종의 거북함이 공존하는 감정이랄까…… 우리 모두와는 아주 다른, 매우 특별한 존재를 대하는 그런 느낌…… 그는 세상 누구도 보지 못하고 느끼지 못하는 것을 생생하게 보고 느끼는 것 같아…… 어딘지 도인(道人) 같은, 그런 희한한 카리스마가 있거든!

브리자유 커피 찌꺼기로 점이라도 보던가?

조르주 자네 말 한번 잘했네! 그렇지 않아도 어제 반지를 하나 도둑맞았는데, 매우 중요한 반지거든. 그래서 게르샤르에게 연락했더니 형사를 한 명 보내줬는데, 속수무책이더군. 당연하지…… 그런데 나는 왠지 당드레지라면 단 5분 만에 반지의 소재를 알아낼 것 같단 말이야!

팔루아즈 아이고, 이거 왜 이러시나!

브리자유 만약 그래준다면 내가 기꺼이 100수를 내지.

조르주 누가 이 친구 좀 말려주게……! 분명히 말하지만, 그 사람은 나는 물론 여기 누구와 비교해도 월등한 존재임이 분명해! 가진 능력으로 보나 수수께끼 같은 정체성으로 보나, 일개 범부로서는 그 전모를 가늠하기가 어려워. 그럼에도 불구하고 한번 그를 겪고 나면, 그라는 존재 자체에 매료되는 것을 어쩌지 못하지…… 브리자유, 자네 아까 말 잘하던데, 몬테크리스토 같다고 말이야……! 그래! 아마도 몬테크리스토가 알베르 드 모르세르[6]를 매료시킨 것도 나의 경우와 비슷했을 거야.

브리자유 맙소사! 내가 자네라면 그보다는 덜 고분고분할 것 같은데.

팔루아즈 아무래도 내가 보기에는 조르주 자네 악몽을 꾼 것 같아. 그레쿠르 자네 생각은 어떤가?

그레쿠르 아하, 여러분, 이 몸은 아주 다른 의견이올시다! 나는 뤼팽은 인정하지만 몬테크리스토를 맹신하는 단계까지는 가지 않아요. 내 친구 조르주 군, 아무래도 자네는 그 소설 속 인물에 대한 어린 시절의 막연한 환상을 버리지 못하고 있는 것 같군. 혹시 요즘 들어 그 소설 다시 읽어본 적 있나?

조르주 지금 농담하나? 그건 왜 물어?

그레쿠르 아까 자네가 얘기한 상황이 비슷하지 않은가! 집에 『몬테크리스토 백작』 없지?

조르주 저기 있네.(서가 한쪽을 손으로 가리킨다.) 내가 뒤마를 얼마나 좋아한다고!

그레쿠르 좋아! 잠깐 기다리게. (소설책을 찾아 가져온다.) 3권! 이탈리아

---

6) Albert de Morcerf. 『몬테크리스토 백작』에 나오는 인물.

강도들에 의해 로마에 감금된 알베르 드 모르세르가 몬테크리스토의 수수께끼 같은 능력에 힘입어 탈출에 성공하지. 당드레지의 도움으로 자네가 곤경에서 벗어난 것처럼 말이야. 모르세르가 몬테크리스토와 집에서 점심약속을 하는 것도 자네와 비슷해. 소설에선 약속시간이 10시 반으로 되어 있지만…….

브리자유 몬테크리스토가 조금 앞섰군.

그레쿠르 모르세르처럼 자넨 오늘 점심에 멋쟁이 신사 한 명과 몇몇 별 볼 일 없는 한량들을 초대한 셈이야.

브리자유 (그레쿠르를 가리키며) 세련된 문인(文人) 한 분 추가요!

그레쿠르 그리고 또 모르세르와 마찬가지로…… 가만있자, 어디더라…… 옳지, 내가 읽을 테니 잘 들어. "다들 실컷 비웃게나! 살짝 심통 난 모르세르가 말했다. 불로뉴 숲이나 한가로이 거닐면서 도시생활에 푹 빠져 있는 자네 파리지앵들을 가만 지켜보고, 그 사람을 머릿속에 떠올리노라면, 나는 우리가 결코 같은 부류의 인간은 아니라는 느낌이 든다네. 그러자 보샹, 또는 브리자유가 말하기를, 그거 듣던 중 반가운 소리로군. 그러자 이번에는 샤토르노, 또는 팔루아즈가 이렇게 말한다. 자네의 그 몬테크리스토 백작인가 뭔가 하는 인간 역시 한가한 시간에는 놀기 좋아하는 유쾌한 사내 아닌가. 물론 이탈리아 강도들과도 짬짬이 어울려야겠지만 말이야. 그러자 드브레, 또는 그레쿠르가 한마디 거든다. 어라, 여긴 이탈리아 강도가 없는걸! 그러자 보샹이 말한다. 몬테크리스토 역시 없지. 여보게, 친구! 지금이 10시 반이네. 아무래도 자넨 그동안 악몽을 꾼 거야. 가서 점심이나 드세. 그런데 시계의 진동이

미처 잦아들기 전에 문이 활짝 열리더니 제르맨이 손님의 방문을 알렸다. 주인님…….”

베르토 (들어서며) 당드레지 백작님이 오셨습니다!

4장

같은 인물들, 당드레지

(부산한 분위기 속에서 다들 일어선다.)

당드레지 안녕하십니까, 조르주. 나 꽤 정확한 사람이죠? 올해 3월 1일 오후 1시 15분에 보기로 한 6개월 전 약속…… 보시죠, 1시 15분 정각! 이 정도면 몬테크리스토로 충분히 오인할 만하겠습니다!

조르주 (친구들을 돌아보며) 이것 보라니까, 도인 같은 카르스마가 있다고 하지 않았나……! (당드레지에게) 어서 오세요, 우리 모두 당신 이야기를 하고 있었습니다.

당드레지 오, 그렇군요…… 잠깐, 충직한 베르토에게 먼저 이 외투 좀 맡기고…….

조르주 방금 뭐라고 했죠? 충직한 베르토? 서로 아는 사이였나요?

당드레지 그럼요…… 10년 전…… 작고하신 당신 모친 댁에 있을 때…… 그때 조르주 당신은 집주인 노릇을 좀 등한시하고 있었죠. 그나저나 일행분들께 제 소개부터 해야겠군요. (잠시 머뭇거리다가) 이분은 므슈 그레쿠르 아니신가요?

그레쿠르 네, 므슈…….

당드레지 선생이 쓰신 『도둑의 시대사』는 정말 역작이더군요…… 훌륭한 내용들이 많았습니다…… 예컨대 17, 18, 19쪽의 내용은 제가 보기에 결정적인 이해도를 보여주고 있어요.

그레쿠르 아! 그런 말씀을 들으니 정말 기쁩니다. 저 역시 그 부분을 무척 좋아하지요…… 저와 비슷한 생각을 가진 독자는 선생이 처음이군요.

조르주 (소개하기 시작한다.) 여기는 므슈 베르제스…….

당드레지 오, 역시 제가 아는 분이군요…… 영광스럽게도 언젠가 이 분과 겨룬 적이 있지요…… 그때 룰랑 댁에서 같은 방에 있었지요.

베르제스 사람을 착각하신 것 같습니다…… 거긴 드나든 적이 없는데요.

당드레지 그럼 앙주 펜싱클럽에서였나요?

베르제스 아, 네…… 그런 것 같군요…….

조르주 (소개를 이어간다.) 장 드 팔루아즈 남작은 아시겠죠?

당드레지 네, 그런 것 같군요. 같은 클럽 동료죠…… 자전거로 신나게 세상을 누비던 그 시절 시클라멘[7] 기억합니까?

팔루아즈 오, 맞아요……! 이럴 수가…….

당드레지 그런데 내 얼굴은 잘 떠오르지가 않는 모양이군요…… 브리자유 당신도 마찬가지고……! 데탕프 공작부인 댁에서 다 함께 마지막 춤을 추던 일까지 모두 잊은 거요?

브리자유 천만에…… 그럴 리가 있겠소…… 다만 얼굴이 왠지 매치가

---

7) le Cyclamen. 19세기 말 대유행이었던 자전거 동호회 중 하나. 모리스 르블랑은 유명한 자전거 마니아였다.

안 되는군.

당드레지 저런…… 사람 눈은 속여도 거울은 속일 수 없다더니, 당신이 바로 나의 거울이구려! 나 참 많이 늙었지요?

브리자유 오히려 그 반대올시다!

당드레지 반대라니?

브리자유 더 젊어졌어요!

팔루아즈 그래, 맞아!

당드레지 오!

브리자유 근데 자세히 보니까 그 눈빛, 그 동작들이 낯설지가 않군요…… 예전의 그 당드레지가 맞아…… 어떻게 지내시오, 친구?

당드레지 아주 잘 지냅니다…… 당신은?

브리자유 우리 함께 진탕 먹고 마시며 놀기도 하지 않았소! 정말 반갑구려…….

베르토 식사 준비됐습니다.

모두 드디어!

브리자유 (조르주에게) 아참, 여보게…… 반지!

그레쿠르 맞아…… 반지!

당드레지 무슨 반지?

브리자유 (당드레지에게) 이봐요, 친구…… 우리 이제 말을 놓는 게 어떻소?

당드레지 좋고말고!

브리자유 실은 자네한테 도인다운 신기가 있다는 얘기거든…… 자네가 귀신 다 됐다고…….

조르주 당드레지, 그냥 농으로 한 얘기요…… 집에서 반지를 도둑맞았는데, 아까 친구들끼리 그런 이야기를 했지요. 이번 일은 게르샤르를 찾기보다는 차라리 당신에게 조언을 구하는 게 나을 것 같다고…….

브리자유 이 친구가 장담하더군, 5분 내에 자네가 반지의 행방을 밝혀낼 거라고.

조르주 그랬지, 실없는 소리였어…….

당드레지 5분이라…… 해볼 만한걸…….

모두 와!

당드레지 반지가 정확히 언제 없어진 겁니까?

조르주 정확히는 몰라요. 어제 오후 4시만 해도 화장실 벽난로 위에 있었는데, 자정쯤 귀가해보니 사라졌더군요.

당드레지 그 방에 드나들 수 있는 사람이 누굽니까?

조르주 하인들은 다 드나들 수 있지만, 그중에서 의심 가는 친구는 없습니다.

당드레지 반지에 어떤 특징이랄지…… 예컨대, 아주 가느다란가요?

조르주 아니, 그 반지를 압니까?

당드레지 아까 내게 문을 열어준 젊은 친구 있지 않습니까, 오랫동안 데리고 있었나요?

조르주 아뇨, 일주일 됐죠…… 하지만 신원은 확실한 친구입니다.

당드레지 이 집에 일하러 들어왔을 당시, 오른손 중지에 이미 굵은 구리반지를 끼고 있었나요?

조르주 오른손 중지요……? 글쎄요, 유념해 본 적이 없어서…….

당드레지 다른 일을 구실로 해서 그 친구를 불러보십시오. 아, 잠깐……! 먼저 내게 약속을 좀 해주셔야겠습니다. 만약 내가 반지를 찾아서 돌려주면, 범인을 무사히 돌려보내겠다고…….

조르주 하지만…….

당드레지 나야 당신과의 우정 때문에 소소한 도움을 드리는 것뿐, 경찰도 아니고 판사도 아닙니다. 게다가 그런 직종 자체가 나로서는 별로 흉내 내고 싶은 생각이 없어요!

조르주 (호출벨을 누르며) 그러니까 당신 생각에는…… 신원보증서까지 갖춘 알베르 그 친구가…… (알베르 들어온다.) 어, 알베르…… 그러니까 그게…… 그렇지! 차고에 연락해서 3시까지 차 좀 준비시켜주게.

알베르 네, 주인님.

당드레지 (입에 담배를 문 채 알베르를 바라보며) 가만있자…… 성냥이 어디 있더라…….

알베르 여기 있습니다, 므슈.

(알베르가 성냥을 그어 당드레지에게 내민다.)

당드레지 (알베르에게) 자네 혹시 캄보디아에 가본 적 있지 않나?

알베르 제가요?

당드레지 자네 손가락에 낀 그 굵직한 구리반지…… 그런 반지를 만들고 착용하는 원주민들을 내가 잘 알지.

알베르 네, 맞습니다. 그곳에 제 친구가…….

당드레지 어디 한번 볼까…….

(당드레지가 손을 내밀자, 알베르가 뒤로 물러선다. 당드레지가 별안간 알베르의 팔뚝을 덥석 움켜잡는다.)

알베르 아니, 왜 이러십니까? 저에게 무얼 원하세요?

당드레지 이 반지 말이야…….

알베르 네?

당드레지 (느닷없이 알베르의 멱살을 부여잡는다. 알베르는 잠시 저항하다가

그대로 넘어진다. 당드레지는 알베르의 반지를 빼 든다. 무릎으로 알베르의 몸을 제압한 채, 반지를 따라 난 홈에 손톱을 넣어 둘로 쪼개 연다. 그 안에서 가느다란 반지가 나온다. 조르주를 향해) 이 반지 맞나요?

조르주 오…… 맞습니다!

당드레지 (알베르에게) 이 형편없는 친구야, 이번에는 운이 좋은 줄 알아. 우리 눈에 안 띄는 곳으로 당장 꺼져버려. (다른 사람에겐 들리지 않도록 귀에 입을 바짝 대고 목소리를 낮춰) 많이 아프지는 않았지?

알베르 (마찬가지 아주 작은 목소리로) 네, 두목…….

베르토 (들어오다가, 바닥에서 일어서는 알베르와 마주친다.) 어?

조르주 (베르토에게) 방금 알베르를 해고했네. 지금 빨리 장에게 지시해, 이 친구랑 같이 방에 올라가 짐 좀 뒤져보라고 하게. 식사는 그다음에 하도록 하지.

(베르토 퇴장)

팔루아즈 (감탄 어린 눈으로 당드레지를 바라보며) 난 이미 시장기가 싹 가셨소이다그려.

브리자유 (당드레지를 향해) 자네 정말 대단하군!

조르주 자자, 이제 식사나 하러 가자고……. 아차, 큰일 날 뻔했군!

모두 뭐야…… 또 뭔데 그래?

조르주 (작은 상자를 하나 가져오더니) 그 망할 녀석이 진주알은 얌전히 놔뒀어야 하는데…… (상자를 열어본다.) 아, 무사하구나!

당드레지 진주알?

조르주 그래요, 여기 있습니다…… 어제 약혼녀를 위해 브로치를 만들려고 구입한 건데…… 혹시 저 녀석이 이마저 슬쩍한 건 아닐까 가슴이 철렁하더이다……! 어때요, 괜찮죠?

당드레지 훌륭하군요!

베르토 식사 준비됐습니다.

조르주 알베르는 떠났나?

베르토 네, 주인님. 짐 챙기러 자기 방으로 올라가지도 않고, 그대로 떠났습니다.

조르주 시원하게 됐군! 자자, 다들 식탁으로 옮깁시다. (당드레지에게) 그리고 다시 한번 고맙습니다, 위베르.

당드레지 뭘요!

5장

제르맨, 소냐

제르맨 (먼저 들어오면서 뒤따라 들어오는 소냐에게) 아이, 재미있어! 이제 들어와도 돼, 소냐. 다들 식사 중이야.

소냐 대사님이 우리 이렇게 돌아다니는 거 알면 화내실 거예요.

제르맨 아니, 아빠 화 안 내셔. 기껏 해봤자, 조금 못마땅해하시겠지. 내가 이렇게 내 발로 남자 집에 찾아가는 건 이번이 처음이거든.

소냐 그럼 다행이고요.

제르맨 생각할수록 멍청한 일 아니니? 왜 여자는 자기 약혼자 집에 찾아가 여기저기 둘러보면 안 되는 거지……? (주위를 둘러보면서) 와, 잘 정돈되어 있네! 조르주는 정말이지 깔끔한 남자야!

소냐 그러네요. 하지만 계속 이러시다가는…….

제르맨 가만있자, 조르주가 누구를 식사에 초대했는지 보고 싶어. 혹시 여자를 초대한 건 아닐까……? 식당이 저쪽인가 보지. 안 들리게 살짝 문만 열어봐야지…….

소냐 잠깐!

제르맨 왜?

소냐 그 문 그렇게 열면 소리 나요! 먼저 손잡이를 살짝 들고 나서…….

제르맨 아, 그렇구나…… 알았어…… 어머나!

소냐 왜요?

제르맨 여자모자가 있네…… 세상에 어쩜……! 아, 아니네…… 꽃바구니였어…….

소냐 원 참, 아가씨도…….

(소냐는 서가와 책들을 유심히 들여다본다.)

제르맨 브리자유가 보이는군…… 팔루아즈도 왔어…… 아, 저기 조르주…… 다들 경청하는 분위기인걸……! 누구 이야기를 저렇게 열심히 듣고 있는 거지……? 오!

소냐 또 뭐예요?

제르맨 한번 맞혀봐! 누가 저기 있는지…….

소냐 누군데요?

제르맨 너하고 그렇고 그랬던 사이!

소냐 에이, 설마!

제르맨 캘커타의 그 남자…… 네 마음을 애타게 하면서 들었다 놨다 했다는 그 남자야!

소냐 므슈 당드레지?

제르맨 그래! 직접 확인해봐!

소냐 (문틈으로 들여다보더니) 정말이네!

제르맨 어머, 얘 얼굴 빨개지는 거 봐.

소냐 짓궂기는…… 빨개지긴 뭐가 빨개진다고…….

제르맨 정말 빨개졌다니까요, 아가씨…… 이것 봐, 점점 더 빨개지잖아!

소냐 쉿…… 다 들리겠어요…….

제르맨 알았어.

(문을 도로 닫으려고 한다.)

소냐 손잡이 들고 나서 닫는 거 잊지 말아요…….

제르맨 응…… (문을 닫는다.) 솔직히 조금 놀랐지?

소냐 뭐가요?

제르맨 므슈 당드레지를 여기서 다시 보다니 말이야! 좋아하면 좋아한다고 말해.

소냐 참, 아가씨도…… 무슨 말을 그렇게…….

제르맨 왜, 둘이 봄베이에서 그렇게 즐거웠다면서! 내가 생각해도 저 분은 너한테 마음이 있어.

소냐 므슈 당드레지는 저처럼 별 볼 일 없는 소녀에게 관심 둘 만큼 한가한 분 아니에요…….

제르맨 네가 그만큼 예쁘다는 뜻이지!

소냐 그럴 리가요.

제르맨 정말이라니까…… 아주 예뻐. 그뿐만 아니라, 어딘지 우수가 깃들면서 다소 거친 점도 매력이지! 디아나[8]처럼 말이야……! 그러고 보면 므슈 당드레지가 네게 붙여준 그 별명, 정말 안성맞춤이야.

소냐 글쎄요…….

제르맨 왜, 아닌가……? 거칠다는 표현이 마음에 안 드는 거야, 설마?

소냐 그저 남자들 입에 발린 말이나 비위 맞춰주는 뻔한 태도가 싫을 뿐이에요…….

제르맨 (그사이 상감세공으로 꾸며진 어떤 가구 앞에 다가서더니) 어머, 이거 열쇠로 잠겨 있네!

소냐 그건 또 뭐하시게요?

---

8) 달의 여신.

제르맨 열쇠로 잠겨 있어…… 안에 뭐가 들었는지 보고 싶단 말이야. 뭔가 떳떳하지 못한 편지라도 있을지 몰라…….

소냐 남이 보면 안 되는 이유가 있겠죠. 그냥 두세요!

제르맨 언젠가 조르주가 그랬단 말이야, 상감세공으로 장식된 작은 가구 안에 모든 비밀을 모아두었다고. 이거 열 수 있게 무슨 묘안 좀 제시해봐.

소냐 제발 좀 자제해주실래요……?

제르맨 그러지 말고 이리 와봐! 너는 워낙 재주가 많은 애이지 않니. 특히 손재주가 보통이 아니지.

소냐 정말이지 아가씨 하는 일에 끼고 싶지 않단 말이에요. 이런 행동은 자칫…….

제르맨 아이고, 아가씨, 사설은 그쯤 해두시고요…… 어서, 빨리!

(방심하다가 옆에 있는 조각상을 쓰러뜨린다.)

소냐 아주 잘하셨어요……! 이번엔 소리가 들렸을 거예요.

제르맨 근데 이 서랍은 열려 있네! (그때 식당 문이 열린다.) 어머나! (방금 서랍 속에서 꺼낸 꾸러미 하나를 등 뒤로 감춘다.)

조르주 (거실로 들어서다가 제르맨을 발견하고) 어, 당신……! (식당 안쪽을 향해) 잠시 실례하겠네! (다시 제르맨에게) 당신이 여긴 웬일로……? (열린 서랍을 보고는) 그 서랍은…….

소냐 (황급히 나서서) 므슈 조르주, 아가씨는 그저 호기심에서…….

조르주 제르맨, 내게 뭐 할 말 없소?

제르맨 없어요.

조르주 정말이오?

제르맨 정말이에요!

조르주 정말이라…… 제르맨, 그 편지 꾸러미 이리 내놔요.

제르맨 싫어요! 누구한테 온 편지들이죠?

조르주 아무도 아니야…… 그냥 친구한테서…… 어서 이리 내놔요!

제르맨 그냥 친구한테서 온 거라면 내가 봐도 되겠군요.

조르주 안 돼!

제르맨 거봐요. 여자한테서 온 거죠?

조르주 제르맨, 당신 정말 지나치군그래!

제르맨 당신 나를 사랑하는 거예요, 아니에요?

소냐 마드무아젤 제르맨…….

제르맨 소냐, 이건 일종의 사랑싸움이란다. 네가 끼어들 일이 아니야…… 가서 서가에 책이나 들여다보고 있어. 그게 너한테 어울리니까. (다시 조르주에게) 누구한테서 온 편지냐고요!

조르주 제르맨, 제발 그만둡시다!

제르맹 그러니까, 당신은 약혼을 하고도 다른 여자한테서 온 편지들을 고이 간직하고 있었던 건가요?

조르주 그래, 거기 그 편지들…… 죄다 여자한테서 온 거요!

제르맹 어머, 세상에……! 너무하네요! 어디 내용 좀 봐야겠어!

조르주 제르맹, 지금 당신 너무 앞서가는 거야.

제르맹 어머나! 이 편지들…… 내가 보낸 거네…… 편지만 있는 게 아니라……

조르주 제르맹, 안 돼…… 그건 정말 안 된다니까…….

제르맹 이건 내 손수건이고…… 이건 내 리본…… 이건 내 부채에서 떨어져 나간 깃털…… (소냐 쪽을 향해) 마드무아젤, 여기 뭐가 있는지 알아맞혀보실래요!

조르주 어허, 그것참!

제르맹 오, 남자들이란……! 조르주, 당신 나 사랑하지 않아요.

조르주 당신은 어떤데?

제르맹 물론 나도 당신 사랑하지 않죠.

조르주 그럼 서로 비긴 거네. 축하하는 의미로 키스나 할까?

제르맹 어머, 소냐가 보는 앞에서요?

조르주 지금 책 구경하느라 정신없는걸!

(두 사람이 키스한다.)

제르맹 이제 친구들한테 돌아가봐야죠…… 아참, 아빠한테는 나 여기 왔었다고 말하지 말아요.

조르주 말하면 엄청 언짢아하실까?

제르맹 물론이죠! 게다가 지금은 때가 좋지 않아요. 신경이 아주 예민해 계시거든요.

조르주 아하, 아르센 뤼팽의 엉뚱한 편지 때문에 그러시겠지?

제르맨 오, 그런 건 아니고요. 아빠는 뤼팽 같은 거 믿지 않으세요. 얼마나 합리적인 분이신데…….

조르주 그런 건 따님하고 비슷하시네!

제르맨 그런 셈이죠. (소냐를 향해) 소냐, 어서 가자! 이제 슬슬 도망가야지!

소냐 (의자에 올라서서 책을 한 권 꺼내 들고) 므슈 조르주, 죄송하지만 책을 한 권 빌려가도 될까요?

조르주 그럼요. 어떤 책인데요?

소냐 영어를 번역한 책인데요, 제목이 '남녀를 불문한 순결의 우월성'이네요.

제르맨 어머, 당신 생각도 그래요……? 세상에, 말도 안 돼……! 그건 그렇고, 약속 하나만 해주세요.

조르주 무슨 약속?

제르맨 친구들한테도 우리 여기 왔다는 말 하지 않기.

조르주 알았어, 그렇게 하지.

제르맨 므슈 당드레지에게도 마찬가지예요. 소냐가 그 사람한테 쏙 빠져 있는 거 당신도 알죠?

소냐 아가씨!

제르맨 그가 알면 이 아가씬 아마 죽어버리겠다고 할걸! (소냐를 밀어붙여 집을 빠져나가면서) 안녕, 조르주!

조르주 안녕, 제르맨! 안녕, 소냐!

(두 아가씨가 밖으로 나가고 조르주가 그들을 배웅한다.)

6장

베르제스, 당드레지, 팔루아즈, 그레쿠르, 브리자유

베르제스 그런데 정말 나를 위해 그걸 관철시킬 수 있다는 겁니까?

당드레지 대통령이 당신의 펜싱경기 입회인으로 참석하는 것 말인가요? 그럼요, 식은 죽 먹기죠. 내가 책임집니다.

베르제스 정말요? 알다시피, 우리 클럽은 생긴 지 얼마 되지 않았는데…… 그래만 준다면 한껏 권위가 올라갈 겁니다…… 우리 클럽회원 모두를 대표해서 다시 한번 감사합니다! 대통령과는 친분이 있는 모양이죠?

당드레지 엘리제 궁을 드나드는 정도는 아니고. 거긴 너무 복잡해서…… 하지만 각료들과 아주 잘 지내는 사이죠. 그리고 므슈 그레쿠르, 혹시 노벨상을 염두에 두고 있다면…….

팔루아즈 허허, 저 친구는 오로지 그 생각뿐이라오. 아주 강박적일 정도지…… 내친김에 나도 하나 고백하죠. 레종 도뇌르 훈장 하나쯤 어떻게…….

당드레지 스웨덴의 노벨상이라…… 므슈 그레쿠르, 그거 아주 불가능한 일은 아니외다.

그레쿠르 진심으로 하시는 얘긴가요?

당드레지 오늘 밤 당장 내가 시쉬 백작 앞으로 편지를 쓰죠!

그레쿠르 맙소사, 믿을 수가 없군…….

당드레지 나만 믿어요. (팔루아즈에게) 그리고 당신…… (그의 저고리 단춧구멍을 만지작거리며) 훈장은 이쯤에 달 테죠…… 까짓, 거의 성사된 걸로 봐도 좋습니다!

팔루아즈 에이, 레종 도뇌르를……? 그걸 받을 수 있게 해준단 말이오? 오호, 말씀만으로도 고맙긴 하지만…….

브리자유 그런데 자네 말이야…….

당드레지 응, 말해보게.

브리자유 보다시피 나는 자네한테 아무것도 부탁하지 않았지. 자네 영향력을 믿고 다른 친구들은 모두 솔깃하는 모양이네만…… 한데 나만큼 이 친구들이 자네를 알진 못할 걸세. 둘이서만 말을 놓을 정도니까, 마치 오랜 친구 사이처럼…… 그런데도 나는 자네한테 아직 아무 부탁도 안 했어, 맞지?

당드레지 안 했지, 그럼!

브리자유 좋아. 그래서 말인데, 친구, 나는 말이야, 담뱃가게가 하나 필요해…….

당드레지 뭐, 담뱃가게가 필요하다고? 자네가?

브리자유 응. 내가 아는 한 아가씨가 이번에 잡지에 소개되었는데, 오늘날의 맹트농 부인[9]이라고 대대적으로 치켜세웠거든. 내년에는 신작 출간도 예정되어 있지. 그래서 그녀 모친께 담뱃가게를 하나 선사해, 운영해보시라고 하면 어떨까 싶어…… 그래야 내가 점수 좀 따지 않겠는가…….

당드레지 오, 이건 조금 어려운 일인걸. 혹시 하숙집 관리인 자리는 어떤가?

브리자유 아, 그건 아니지. 다른 건 몰라도, 그건 아닐세.

당드레지 왜 아니라는 거지?

---

9) Madame de Maintenon. 루이 14세의 애첩이자 지적인 여성으로 당대 문화계와 교육계를 주름잡았다.

브리자유 이미 하숙집 관리인으로 일하고 있거든.

당드레지 아하, 그렇다면 한번 알아보지…… 나한테 번서 좀 보낼 수 있겠나?

브리자유 그 아가씨 모친?

당드레지 아니…… 따님이라는 분.

브리자유 ……아무튼 고맙네. 자네 정말 화끈한 사내야!

조르주 (식당으로 돌아와) 식사는 다들 마쳤나?

그레쿠르 여보게, 저 친구 꽤 근사한 양반이던데.

조르주 누구 말인가?

모두 누구긴, 당드레지…… 정말 괜찮은 친구야!

베르토 (들어오며) 주인님, 보석세공인이 왔습니다.

조르주 보석세공인?

베르토 네, 브로치 제작 때문이라는데요.

조르주 아, 그렇지! 내 약혼녀한테 줄 선물…… 잠깐 실례. (상자를 꺼내 열어본다.) 어라! 아니 이런…… 이럴 순 없어!

모두 왜? 무슨 일이야?

조르주 내가 잘못 본 거겠지…… 아니야…… 진주가 사라졌어…….

모두 뭐야?

조르주 내 진주!

모두 진주?

조르주 자네들도 분명히 봤지? 아까 내가 보여줬잖아! 틀림없이 여기 있었어! 근데 감쪽같이 사라지다니…….

당드레지 그러니까…… 방금 전만 해도 상자 안에 있던 진주가 지금은 없다는 건가요?

조르주 그렇습니다.

당드레지 (자신 있는 어조로) 아닙니다.

조르주 아니라뇨?

당드레지 뭔가 착오가 있을 거란 얘기죠. 그럴 리가 없지 않습니까?

조르주 그럴 리가 없지만, 실제로 일어난 일인 걸 어쩝니까. 직접 보세요.

당드레지 어디…… 허어, 그것참……! (주위를 둘러보며) 이것 봐라…….

조르주 이번에도 누구 짚이는 사람이 있습니까?

당드레지 이번에는 도통 모르겠는걸…….

조르주 (베르토를 향해) 그래, 자네도 거실에 들어오지 않았지. 식사준비만 하고 있었어. (다른 하인도 마저 부른다.) 조제프! (목소리를 낮춰 무언가를 이야기한다.)

조제프 주인님, 저는 문지방을 넘어선 적이 없습니다!

조르주 그래, 자네를 믿네. (다시 베르토에게) 일단 보석세공인은 돌려보내게.

당드레지 간단한 문제야. 우리 모두 소지품 검사를 하는 수밖에.

모두 오!

당드레지 그 진주를 가져갈 사람은 우리 중 하나일 수밖에 없습니다. (조르주에게) 아까 우리가 식사를 하는 동안, 당신은 거실로 건너가 누굴 만난 건가요?

조르주 거실에서…….

당드레지 그래요 거실에서!

조르주 그냥…… 우리 집안사람…… 동생하고 사촌…….

당드레지 그래요? 동생이라면 나도 알지만 사촌은…… 처음 듣는데…….

조르주 아…… 이거 왜 이러시나…….

당드레지 지금 우리는 자칫 서로를 의심해야 할 상황까지 왔습니다. 이럴수록 모든 걸 확실히 해두는 게 좋아요.

조르주 친구들, 그냥 이쯤에서 접지. 물론 어처구니없는 일이나, 그걸로 사람이 죽고 사는 것도 아니고…… 그냥 재수 없는 일이 일어났다고 치자고!

브리자유 그건 아니지. 아무래도 소지품 검사를 하는 게 좋겠어! 나는 대찬성일세.

(대뜸 모닝코트를 벗는다.)

그레쿠르 나도 찬성! 안 그래도 도둑에 관한 책을 썼다고 사람들이 내가 도벽이라도 있는 줄 아는데…… 잘됐네, 이번 기회에 다 털고 가지.

조르주 아, 제발 좀 그만들 두자고…… 슬슬 기분이 나빠지려고 하네.

당드레지 므슈 조르주의 말이 맞습니다. 자 다들 친구 사이고 나만 이방인이니, 나와 조르주 두 명만 남고 자리를 비켜주면 고맙겠습니다.

조르주 그건 또 무슨 소리요, 므슈 당드레지?

브리자유 정 그렇다면, 조르주의 소지품도 검사할 것을 요구하네.

팔루아즈 그래. 실수로 자기 진주를 호주머니에 넣은 채 깜빡하고 있는지도 모르니까.

조르주 오, 그 생각을 못했군! 다시 말해서…… 어!

모두 왜?

조르주 내 저고리 안주머니 속…… 있네…… 여기 있어!

모두 뭐야!

조르주 진짜야…… 여기 만져봐…….

당드레지 (손을 대 더듬으며) 정말 그렇군…….

베르제스 어허, 이런 장난은 좀 심한 거 아닌가, 조르주?

조르주 미안하게 됐네, 모두…… 내가 깜빡했나 봐…… 어, 왜 다들 벌써 가려고?

베르제스 음, 펜싱시합이 있어서.

팔루아즈 나도 약속이 있네.

그레쿠르 나는 의회도서관에 좀 가볼 일이 있어.

브리자유 갑자기 분위기가 썰렁해졌구먼!

조르주 그럼 다들 이따가 '유니언'[10]에서 또 볼 거지?

모두 그럼, 그럼. 이따 보자고! 잘 있게, 조르주! 반가웠소, 므슈 당드레지!

7장

조르주, 당드레지

조르주 (친구들을 배웅한 뒤, 거실로 돌아와) 아이고, 되게 어색하네…… 다들 내게 불만 있는 눈치야…… 아무튼 진주는 찾았으니…… 당신은 안 갑니까?

당드레지 난 조금 더 있다가…… 당신 이제 아무 할 일 없나요?

조르주 뭐 별로…….

당드레지 안주머니 확인해보지 않아도 됩니까?

조르주 나중에 보죠 뭐…….

10) L'Union artistique. 벨에포크 시대에 유명했던 '예술연맹'이라는 이름의 사교클럽.

당드레지 하긴, 급할 건 없겠지.

조르주 그래요. 이 안에 있는 진주가 설마 어디 가겠습니까.

당드레지 아무렴, 그 난리를 치르고도 또다시 그걸 잃어버린다면 말도 안 되지!

조르주 (어색한 미소와 함께) 그러게 말입니다.

당드레지 그런데 말이죠, 이번에도 역시 마찬가지일 거요…….

조르주 무슨 얘기죠?

당드레지 진주가 당신 저고리 안주머니 속에 들어 있지 않을 거라는 얘기지.

조르주 뭐요……? 하지만…….

당드레지 그래요, 진주는 그 안에 없습니다. 아까 내가 더듬어보니 타원형이었거든. 근데 진주알은 동그랗지…… 아마 기침할 때 먹는 알약이 그 안에서 튀어나와도 나는 별로 놀라지 않을 거요.

조르주 아…… 그게 말이죠…….

당드레지 조르주, 당신 가만 보면 정말 착한 사람이야…… 당신 친구들 중 한 명이 분명 도둑일 겁니다. 집안사람 둘 중 하나가 아니라면…….

조르주 그, 그건…….

당드레지 그렇담 역시 친구들 중 한 명이겠군! 그래서 일부러 진주를 되찾은 척, 연극을 한 거지. 친구 다치지 않게 한다고…… 정말 착한 사람이라니까…….

조르주 도대체 누구 짓일까요? 그런 짓을 저지른 이유가 대체 뭐죠? 하다 못해 빚이 있는 것도 아니고, 도박을 하는 것도 아니고…… 베르토도 식사준비를 하고 있었기 때문에 이런 짓을 저질렀을 리 없고…… 도무지 알다가도 모를 일입니다!

당드레지 알다가도 모를 일이라니! 그런 식으로 두루뭉술하게 넘어갈 일은 아니죠. 누구 소행인지 반드시 밝혀야 합니다! 그리 어려운 일도 아닐 테고…… 어디 보자…… 그 사촌이라는 사람…… 그 사람 믿을 만한가요?

조르주 사촌? 아, 그럼요! 물론이죠! 아주 신뢰할 만한 사람이고말고요.

당드레지 정말?

조르주 정말! 그를 의심할 이유는 전혀 없습니다.

당드레지 당신이 우리에게 진주를 보여줬을 때, 상자는 어떻게 놓여 있었죠?

조르주 그건…… 모르겠는데…….

당드레지 당신이 아까 식사 중 거실로 건너갔을 당시, 사촌은 어디에 있었습니까?

조르주 그러니까 그게…… 동생은 저기 작은 탁자 앞에서…… 내게 농담을 던지고 있었고…….

당드레지 농담?

조르주 네, 농담…… 사촌은…… 그렇지, 저기, 저 서가 가까이 있었어…….

당드레지 서가에는 먼지가 좀 있겠죠?

조르주 먼지요? 그럼요, 창문을 열면 먼지가 좀 날리는 편이죠. 근데 오늘 아침 청소를 했으니까…….

당드레지 청소부 하녀가 따로 있나요?

조르주 아니요. 그런 일은 사환이 알아서 합니다.

당드레지 그나저나 당신 사촌은 키가 작나요?

조르주 중키 정도…… 아이고, 이렇게 계속 물고 늘어지는 거 더 이상 못 버티겠군요! 실은 동생과 사촌이 아니라, 약혼녀와 크리슈노프 양이었습니다!

당드레지 누구요……? 오호라, 알겠네요!

조르주 그래요. 그러니까 이제 좀 그만합시다.

당드레지 암, 그래야죠……! 크리슈노프 양이라…….

조르주 왜요?

당드레지 아무것도 아닙니다. 그래, 그녀는 잘 지냅니까?

조르주 그럼요, 잘 지내죠. 아무튼 그 이야기는 그만합시다. 약혼한 여자의 몸으로 사내 집에 불쑥 찾아드는 건 좀 그러니까…… 실은, 아무한테도 말 안 하기로 약속했거든요. 그러니 아무 말 말아줘요!

당드레지 당연히 그래야죠! 당신을 위해서도 그런 이야기는 안 하는 게 좋으니까. 당신처럼 약혼한 사람이 집에 아가씨들이나 들이고, 또 그걸 감춘대서야…….

조르주 아가씨들? 내가 언제 그런 말을…… 나는 엄연히 동생과 사촌이라고 했습니다!

당드레지 맞아요. 하지만 얼추 봐도 여자 손자국이 눈에 확 띄는 걸 어쩌겠소…… (그러면서 서가의 선반 한쪽을 가리킨다.) 게다가 거실에 들어섰을 때 화이트로즈와 바이올렛 향수냄새가 진동을…… 그 즉시 나는 당신이 뭔가 얘기를 둘러대고 있다는 걸 직감했지.

조르주 아!

(상대를 유심히 바라본다.)

당드레지 그리고 여기 모피 목도리에서 나온 이 털 한 가닥…… 분명 여자, 그것도 아주 우아한 여성을 말해줍니다. 그 여자가 당신의 책도 한 권 빌려갔을 테고…….

조르주 오, 사립탐정으로 나서도 굉장하겠습니다! 맞아요, 책을 빌려 주었죠!

당드레지 영어책이겠죠. 저자명은 C로 시작하고…….

조르주 뭐라고요?

당드레지 하하, 놀라기는…… 서가의 영어책 중에서 저자명 C로 분류된 항목에 빈틈이 생겨 있지 않소! 별것 아닙니다!

조르주 하여튼 정확해…….

당드레지 여자의 키가 작다고도 말했던가요……? 책에 손이 닿으려면 이 의자를 딛고 올라서야만 했을 테고…….

조르주 그건 또 어떻게 알아냈습니까?

당드레지 의자쿠션에 신발자국이 남아 있더군요.

조르주 아……! 이곳에 들어서자마자 그 모든 걸 파악한 겁니까?

당드레지 처음엔 몰랐죠. 특별히 관심 둘 이유가 없었으니까. 근데 당신 태도가 조금 민감하다 싶어서, 다시 주변을 쓱 둘러보았죠. 그러고는 곧장 파악한 겁니다.

베르토 (들어서며) 므슈 게르샤르로부터 전화가 왔습니다.

당드레지 벌써 신고했소?

조르주 반지 때문일 겁니다. (전화를 받는다.) 여보세요…… 네…… 네, 당황스럽죠…… 반지요? 네, 네…….

당드레지 나하고 약속한 거 잊지 않았죠?

조르주 (당드레지를 향해 고개를 끄덕이며) 네, 경감님. 반지는 찾았습니다. 네, 양탄자에 떨어져 있더군요…… 네……? 저를 한 번 봤으면 좋겠다고요……? 아르센 뤼팽에 관해서요……? 아, 그 보석관 사건……! 네…… 저의 장인어른 되실 분 말씀이죠……? 네, 저는 집에 있을 겁니다…… 그게 정말입니까……? 누가 파리에 있다고요……? 뤼팽……? 그가 파리에 있어요……? 아뇨, 괜찮습니다. 언제든 오십시오……!

당드레지 당신을 오래 붙잡고 있어선 안 되겠군요.

조르주 (계속 전화 중) 45분 정도 걸린다고요……? 좋습니다! 네, 경감님, 그럼 이따 뵙겠습니다. (전화를 끊는다.) 와, 이거 흥분되는군. 마치 추리소설 속 주인공이 된 기분이야…….

당드레지 추리소설이라뇨! 이 자체가 현실이고 일상의 삶입니다. 세상에는 부자들이 있고 그들은 계속 부자로 살고 싶어 하죠. 그런가 하면 가난한 사람들은 어떻게든 부자가 되고 싶어 합니다. 결코 중간의 적당한 선에서 타협할 줄을 모르죠…… 그나저나 보석관 사건이라는 게 뭡니까? 난 신문에 실린 이야기밖에는 아는 게 없어서…….

조르주 그럼 나만큼 아는 거네요.

(조르주는 거실을 이리저리 서성이다가 담뱃불을 붙인다.)

당드레지 갑자기 왜 그래요? 무슨 일 있습니까?

조르주 아니요, 모르겠어요…… 이 모든 상황이 조금 뜬금없다는 느낌입니다…… 왠지 거북한 느낌이 드는군요…… 아침부터 시작해서 뭔가 억지스러운 일들의 연속인 것 같아요…… 반지도 그렇고…… 난데없이 튀어나온 뤼팽 이야기도 그렇고…… 그리고 진주알 없어진 것도…… 무엇보다 내 친구 중에 누군가…… 누군가 그런 짓을 했을 거라는 생각이…….

당드레지 그래요, 그래…….

조르주 더 이상 생각하고 싶지도 않습니다! 그런데도 자꾸 생각을 하게 되니…… 신경과민인가?

당드레지 자책하지 말아요. 어찌 보면 극히 논리적인 일이니까. 당신은 지금 의심에 사로잡혀 있소. 의심이란 사람 마음을 가장 불안하게 만드는 심리 중 하나지. 열정적인 호기심과 더불어 너무 많이 알게 될까 봐 두려운 감정이 동시에 작동하는 게 바로 의심이거든. 의심은 누구든 감당하기가 결코 쉽지 않은 정신 상태라오. 그런 정신 상태에선 세상 무엇도 확실한 것으로 다가오질 않아. 모든 게 불안정하게만 느껴지기 마련이지. 왠지 주변 사람들이 죄다 적의를 가진 것처럼 보이고. 그래요, 압니다…… 의심 속에는 무언가 위험하고, 기분 나쁜, 혼란스러운 요소가 도사린다는 것! 아, 심리학자의 눈이라면 그 안에서 아주 흥미로운 현상들을 많이 끄집어낼 텐데…….

조르주 남이 보기엔 그럴지도 모르죠. 하지만 누구든 사랑하고 존경하는 사람을 의심하는 일이 벌어진다면, 그보다 더 끔찍한 경험은 아마 없을 겁니다!

당드레지 있지요. 누군가를 맹신한다는 것.

조르주 설마…… 사람이 누군가를 사랑할 땐 어차피 편파적일 수밖에 없는 겁니다. 가령 당신의 적은 자기 친구 편을 들기 위해서 당신에게 적의를 품을 수 있어요. 그런가 하면 흔히 하는 얘기로, 친구를 사랑하는 이유는 종종 잘난 점보다 다소 모자란 점 때문이라는 말도 있죠…… 만약에 내 친구 중 하나가 도둑이고, 그 사실을 내게 털어놓는다고 가정해보죠. 내가 사랑하고 아낄 이유가 충분한 친구, 예컨대 지금 당신처럼 삶과 죽음을 넘나들며 기꺼이 나를 도와줄 그런 친구가 말입니다…… 그럼 처음에는 깜짝 놀라겠죠. 하지만 일단 충격이 가라앉고 나면 나는 점차 마음이 가라앉을 거고, 그 친구에게 손을 내밀 거요. 그래, 손을 내밀어 악수를 청하겠죠…… 그런 상황에서 친구를 의심한 데서야 말이 안 되지!

당드레지 (자리에서 일어나 장갑을 집어 들면서, 들릴 듯 말 듯 중얼거린다.) 말이 안 되는 건 지금 이 상황이지…….

조르주 가려고요? 당신…… 게르샤르를 피하고 싶은 모양이군요…….

당드레지 (잠시 뜸을 들이다가) 이보시오, 조르주!

조르주 그래요, 그래…… 지금 이 생각…… 말도 안 된다는 거 나도 압니다! 끔찍하고, 무서워, 참담할 지경이에요…… 내가 지금 말도 안 되는 생각을 하고 있는 거…… 그런데 문득, 정말 이유를 모르겠는데, 조금 아까부터 무슨 직관처럼…… 이봐요, 당드레지…… 당신에게선 뭔가 수수께끼 같은 영혼이 느껴져…… 어딘지 불안하면서 어두운, 내게는 너무도 낯선 어떤 두려운 성향…… 그래서 말인데…….

당드레지 말해봐요…… 뭐가 두려운지…….

조르주 솔직히 나는 당신이 어디서 왔는지, 어디 출신인지도 모르고 있소. 당신의 모든 것이 베일에 휩싸여 있다는 느낌입니다. 우리가 처음 만난 계기도 그렇고, 사원에서의 그 사건도 그렇고…….

당드레지 툭 터놓고 말해봐요.

조르주 안 그래도 어떻게 말해야 할지 생각 중이오…… 하도 멍청한 소리라, 당신은 아마 포복절도라도 하겠지……! 그래, 뤼팽…… 뤼팽 말이오…… 뤼팽 하면 떠오르는 이미지가…… 젊고, 우아하고, 세련된 신사거든…… 그러면서도 다르벨 하면 기억나는, 뭔가 불안하고, 예컨대 당신처럼 거리감 있는 존재…… 바로 당신, 당신처럼 말이오……! 어때요, 웃기지 않소……? 웃어도 할 수 없어…… 어? 웃지 않을 거요?

당드레지 전혀.

조르주 안 웃는 겁니까?

당드레지 네.

조르주 이봐요 당드레지…….

당드레지 왜요?

조르주 그럴 리는 없겠죠?

당드레지 아니, 있소이다.

조르주 당드레지, 당신 사람 참 힘들게 만드는군…… 좀 웃어봐요…… 설마 당신이……?

당드레지 그래요, 속 시원히 말해보라니까! 그 입 근질거리는 게 보기가 다 딱할 지경이외다!

조르주 당신이 아르센 뤼팽이오?

당드레지 네.

조르주 오!

당드레지 자, 악수……! (잠시 뜸을 들인 후) 당신 놀란 가슴이 가라앉으려면 시간이 좀 걸릴 듯하군…… 난 당신한테만은 솔직하오. 아무한테도 말하지 않은 걸 당신한테는 말하고 있지. 내가 도둑이라고…… 게다가 어디 보통 도둑인가……! 그대 생명도 구해주었고, 의심에서 벗어나게 도와주기도 했지…… 자, 그러니 악수할 만해!

조르주 (손을 내밀며) 그래요, 그건 그렇죠!

당드레지 (어이가 없다는 표정으로) 정말 그렇다니까!

조르주 (여전히 손을 내밀고) 그래…… 내가 당신한테 목숨을 빚졌어요. 그러니 악수 정도야 당연히…….

당드레지 (방백으로) 얼씨구, 이 양반 진심인가 보네…….

조르주 (여전히 손을 내민 채로. 억지로 웃음을 참고 있는 당드레지를 바라보며) 어, 도대체 왜 그래요? 무슨 문제가 있습니까?

당드레지 허어, 이 양반 좀 보게……! 사람은 멀쩡해가지고…… 정말 악수할 뻔했잖아! 진짜로 그렇게 믿는 거야…….

조르주 뭐요?

당드레지 오호, 기가 막히게 성공했어! 내 솜씨가 대단하다고 할밖에! 정말 대단해……! 아하, 가엾은 조르주…… (요란하게 웃어젖히며) 아, 이 딱한 사람 같으니!

조르주 재미 하나도 없습니다!

당드레지 이 양반 화났구먼……. 오호라, 유니언 클럽에 가서 얘기해야겠군!

조르주 어허, 안 돼.

당드레지 이런 재미난 얘기를 나만 즐길 순 없지…… 그러기엔 너무 웃겨…… 방금 내가 아르센 뤼팽이라고 감쪽같이 속이질 않았는가 말이야……! 그런데도 나더러 입을 다물고 있으라고?

조르주 (자기 이마를 두드리며) 아이고…… 이런 멍청이!

당드레지 천만에! 사람이 선량한 거지. 남의 말을 곧이곧대로 믿어버려. 유리상자 안에 고이 모셔두어야 할 양반이야…….

조르주 맞아, 그냥 골방에 확 가두어버려야 해!

당드레지 그것도 재밌겠군그래! 그리고 아까 게르샤르에 대해 얘기한 거…… 뭐랬더라? '게르샤르를 피하고 싶은 모양이군요'…… 내 평생 당신의 그 억양과 말투는 절대로 잊지 못할 거요……! 사는 게 따분하고 재미없어 걱정인 사람 있으면 아까 그 말 하는 당신의 조심스러운 표정을 한번 봤어야 해……! 아하하하…… '게르샤르를 피하고 싶은 모양이군요'?

조르주 그래요, 나 한심합니다. 알고 있다고요…… 근데 당신 그렇게 웃고는 있지만, 실은 무척 기분 나빴을 거요.

당드레지 내가?

조르주 당연하지. 화낼 만해. 그런 의심을 받다니…… 기분 나쁠 만하지. 다시는 나 안 본다 해도 할 말이 없었을 거요. 심지어 결투를 신청한들 누가 뭐라 하겠소?

당드레지 오, 그렇게까지…….

조르주 사실이오…… 아, 오늘 내가 참 많이 헤매는군…… 당신과의 우정에 금이 가게 하다니…….

당드레지 (상대의 어깨에 손을 얹으며) 에이, 바보 같은 소리! 자자, 우리 이제 서로 말 놓도록 하죠!

조르주 당드레지……!

당드레지 조르주……! 나는 오늘에 와서야 자네와의 우정을 실감하게 되었네! 오늘 비로소 자네의 진가를 알아보게 되고, 자네를 진심으로 좋아하게 되었어!

조르주 당드레지…… 당신…… 아니…… 자네…… 자네 지금 나 놀리는 거지?

당드레지 그래 보여? 내가 므슈 샹동제로, 자네를? 대혁명 시절 국민의회 의원을 역임하신 분의 증손자 되시고, 현재 프랑스 학사원 회원이신 제롬 샹동제로의 아드님 되시는 자네를? 전통적으로 부르주아 출신 외교관으로서 스캔들을 두려워하고, 도둑질을 싫어하며, 고상하지 않은 모든 것에 거부감을 가진, 덕망 높고 평판 좋은 므슈 조르주 샹동제로, 자네를……? 자네는 지금도 친구들 중 한 명이 도둑이고, 불량배일 거라고 믿고 있지. 그러면서도 충분히 좋아할 수 있고, 왠지 본능적으로 끌린다고 말이야. 설명할 수 없는 호감으로 얼마든지 그를 용서하고 두둔할 수 있다고 자신해…… 심지어 이렇게 악수까지 할 수 있다고 말이지……! 오, 내 친구 조르주…… 자넨 내게 목숨을 빚졌네만, 조금 전부터 우린 서로 비긴 셈이야!

조르주 자네 지금 또 나를 놀리고 있어…….

당드레지 아주 조금은.

조르주 일부러 그러는 거라고 실토하지 그래. 날 골려먹는 게 그렇게도 재밌나? 사람 달달 볶는 게 그렇게도 즐거워? 장난도 심하면 가혹행위가 되는 법일세. 상대를 속여먹는 게 대체 뭐가 그리 좋다고…….

당드레지 솔직히 재밌는 건 사실이지만…… 어쨌든 우린 이제 비로소 속내를 주고받는 가까운 친구 사이가 되지 않았는가?

조르주 그건 그래…….

당드레지 서로 믿고 의지할 수 있는 친구가 생겨, 자네도 나처럼 뭔가 든든하고, 새로 태어난 듯 상쾌한 기분일 거라 믿어.

조르주 자네 말이 맞네…… 아, 그리고 오늘 저녁에 뭐할 건가?

당드레지 오늘 저녁? 뭐 별로 특별한 일은 없는데.

조르주 그럼 우리 장인어른 되실 분 댁에 저녁식사나 하러 가세. (당드레지가 손사래를 친다.) 아, 글쎄 같이 가자니까…… 하긴, 몇 년 전, 그러니까 떠나기 전 새파랗게 젊은 당드레지가 그 양반 속을 좀 뒤집어놓은 건 사실이지…… 여자들 마음 졸이게도 많이 하고, 자기를 조금 과시하는 타입이라고나 할까. 하지만 인도에서는 그럴 수 있는 입장이 아니었지 않은가…… 내가 모든 걸 책임질 테니 어서 가자고…… 나만 믿으라니까!

당드레지 좋아! (씩 웃으며) 그럼 이번에는 정말 악수하는 거지?

조르주 아, 이 친구 정말…… 기꺼이 하고말고!

당드레지 (들리지 않을 만큼 작은 소리로) 멍청이……!

베르토 (들어오며) 므슈 게르샤르 왔습니다.

(당드레지, 웃음을 터뜨린다.)

조르주 오, 제발 웃지 말게. 저 사람 앞에서는 아까처럼 날 놀리지 말라고. (베르토에게) 들어오시라 하게. (다시 당드레지에게) 안 돼, 웃지 말라니까!

당드레지 오케이, 죄인처럼 다소곳이 있겠습니다!

8장

조르주, 당드레지, 게르샤르

(게르샤르 등장)

조르주 경감님, 이렇게 직접 와주실 줄은 몰랐습니다. 혹시 보석관 사건에 관한 이야기라면…… (당드레지를 보며) 자네도 잘 알지? 치안국 형사반장으로 일하시는 게르샤르 경감님…… (게르샤르를 바라보며) 여기는 당드레지 백작이고요.

게르샤르 아, 므슈, 그렇지 않아도 여기 들렀다가 선생을 찾아뵈려던 참입니다.

당드레지 아하!

게르샤르 비서를 통해서 제게 요청하신 물건 때문에요. 샤르나세 공작조카 되시는 분의 요청인데 당연히 들어드려야죠! 전직 대사이신 당드레지 백작님의 자제분 아니십니까……! 제가 선생의 가문과는 아주 돈독한 관계를 유지해오고 있어요. 그래서 직접 가져다드리려고 했는데…… 마침 이렇게 만나 뵙게 되었으니, 자 여기…… (봉투 하나를 내민다.)

당드레지 아이고, 정말 감사합니다, 므슈 게르샤르. 어차피 추후에 편지로 감사인사쯤이야 하겠습니다만, 이렇게 직접 뵙고 악수하면서 인사할 기회를 주시다니요! 자, 그럼 저는 이만 실례!

게르샤르 아니, 잠깐…… 백작님!

조르주 (서둘러 당드레지를 배웅하며) 알았지? 이따 저녁식사 하러 오는 거야…… 그나저나 게르샤르가 자네한테 무얼 건넨 건가?

당드레지 응, 자유통행증![11)]

(당드레지, 훌쩍 사라진다.)

11) coupe-file. 경찰이 발행하는 프리패스 카드. 공공기관 출입 시, 또는 경찰검문 등에서 제지받지 않고 통과할 수 있게 해주는 일종의 신원보증서다.

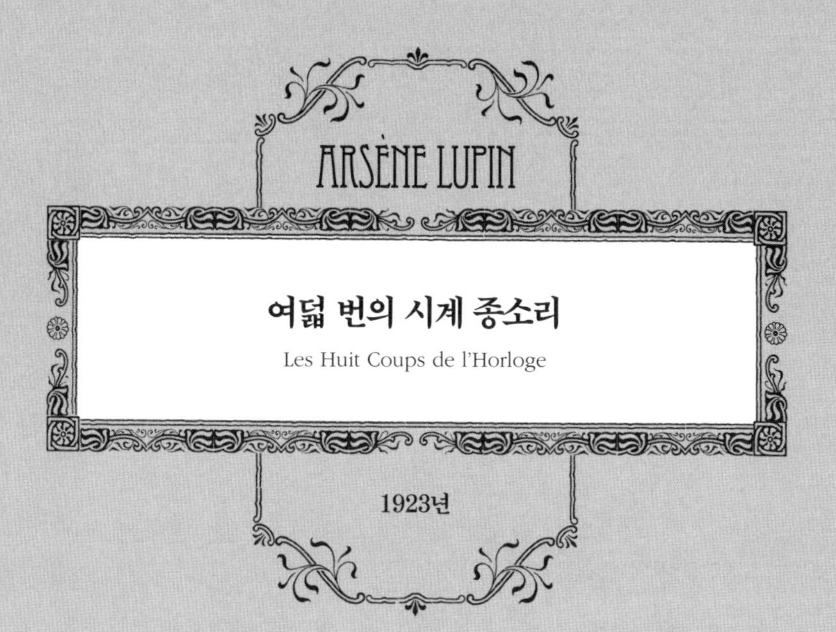

ARSÈNE LUPIN

여덟 번의 시계 종소리

Les Huit Coups de l'Horloge

1923년

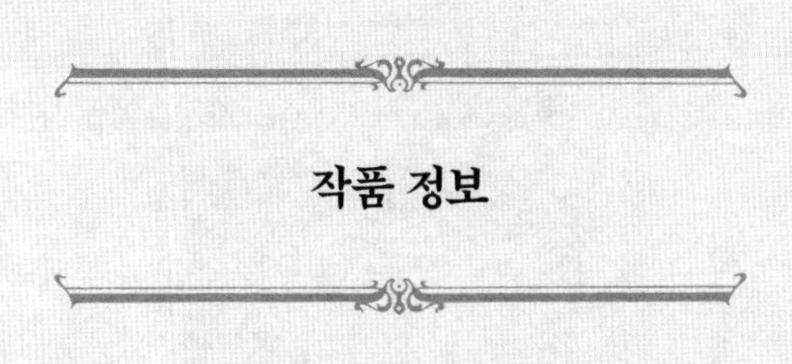

작품 정보

『여덟 번의 시계 종소리(Les Huit Coups de l'Horloge)』는 피에르 라피트가 1910년 창간한 일간지 『엑셀시오르(Excelsior)』에 1922년 12월 17일부터 연재된 독특한 감각의 작품이다. 연재되기 일주일 전부터 신문에 수수께끼 같은 괘종시계 그림을 매일 게재함으로써 독자들의 지대한 호기심을 유발해 화제가 되기도 했다. 급기야 연재 하루 전 광고에는 다음과 같은 멘트가 등장한다. "이제 우리는 레닌 공작이라는 인물을 통해, 최초의 모험담이 신나게 펼쳐졌을 때와 같은 유연하고 다채로우며, 매력적인 괴도신사의 모습을 다시 확인하게 될 것이다."

1923년 7월 첫 단행본으로 출간되어 굉장한 인기몰이를 했다가, 1924년 8월 역시 로제 브로데르스의 표지와 모리스 투생의 삽화로 재출간된 것이 바로 오늘날의 모습이다. 『813』 이후 악몽처럼 전개되던 전시상황 속의 뤼팽 모험담은 이제 그 처절하고 암울한 분위기를 일신해, 지극히 섬세하고 정교한 추리소설의 본령으로 돌아온다. '8'이라는

『엑셀시오르』 1922년 12월 15일 자 『여덟 번의 시계 종소리』 연재 이틀 전 광고.
"모레 일요일부터 여덟 번의 시계 종소리가 울리기 시작합니다."

숫자가 절묘한 모티프로 작용하면서 다채로운 에피소드들이 옴니버스 형식으로 연결되는 이 모음집은, 특히 뤼팽과 여성의 미묘한 줄다리기식 감정게임이 참신한 감상 포인트다. 추리소설 작가일 뿐 아니라 탁월한 심리주의 작가로서 모리스 르블랑의 역량이 유감없이 발휘된 수작(秀作)이 아닐 수 없다.

유명한 추리문학 전문가 하워드 해이크래프트(Howard Haycraft)는 자신의 저서 『오락을 위한 살인(Murder For Pleasure)』(1941)에서 『여덟 번의 시계 종소리』를 두고, "추리소설 줄거리의 구성적 측면에서 최고수준을 보여준 걸작들"이라며 극찬하고 있다. 그중에서도 「테레즈와 제

1924년 『여덟 번의 시계 종소리』. 로제 브로데르스가 제작한 표지

르맨」의 '밀실변사체', 「눈 위의 발자국」의 '조작된 발자국' 같은 테마는 그 방면의 고전적 전범으로 인정받고 있으며, '현실이 허구를 그대로 모방한다'는 「영화 속 단서」의 주요테마는 체스터톤(G. K. Chesterton)류의 아이디어를 일찌감치 앞서나간 예로 지목되기도 한다.

이제부터 제시될 여덟 가지 사건들은 옛날에 아르센 뤼팽이 자기 친구인 레닌 공작이 겪은 일이라며 내게 들려주었던 이야기들이다. 그런데 내가 보기에는 거기 나오는 주인공의 성격이나 행동거지, 단골 수법 등 그 무엇을 따져봐도 친구 사이라는 두 인물을 서로 혼동하지 않을 수가 없다. 하긴 아르센 뤼팽이라는 사람은 워낙 엉뚱한 데가 있어서 실제로 자기가 나서지 않은 일을 마치 직접 겪은 일처럼 떠벌릴 뿐만 아니라, 정작 자기가 저지른 일도 얼마든지 모른 척할 수 있는 위인이다. 아무튼 그 점은 독자들이 알아서 판단할 일이다.

1
망루 꼭대기에서

오르탕스 다니엘은 창문을 빠끔히 열고 속삭였다.

"거기 있어요, 로시니?"

"여기 있소."

성곽 발치에 우거진 덤불숲 속으로부터 목소리 하나가 솟구쳐 올라왔다.

여자가 몸을 약간 내밀자 황금빛 구레나룻과 턱수염이 불그스레하고 오동통한 얼굴을 동그랗게 두른 살집 좋은 한 남자가 쳐다보고 있었다.

"그래, 어떻게 되었습니까?"

"어젯밤 삼촌과 숙모랑 한참 얘기를 나누었어요. 담당 공증인이 제출한 협약서에는 서명하지 않으시더군요. 내가 감금되기 전에 남편이 몽땅 탕진해버린 지참금도 돌려주지 않기로 하셨고요."

"하지만 계약서에 의할 것 같으면, 이 결혼을 추진한 게 삼촌이니까 마땅히 책임을 지셔야 할 것입니다."

"누가 아니래요! 하지만 막무가내니 어쩌겠어요……."

"그래서 어쩔 셈인가요?"

"당신은 여전히 날 데려갈 생각이 있나요?"

그렇게 묻는 여자의 입가에 엷은 미소가 번졌다.

"그야 여부가 있겠소."

"아무튼 순수한 의도로 해주셔야 한다는 것 잊지 마세요!"

"당신이 원한다면 무엇이든…… 내가 당신한테 미쳐 있다는 것만 알아주시오."

"유감스럽게도 나는 그렇지가 않네요."

"내게 미치라고는 하지 않았소. 단지 조금은 좋아해줄 수 없겠느냐는 거지……."

"조금이라고 하셨나요? 참 너무 많은 걸 요구하시는군요."

"정 그렇다면 왜 하필 나를 택한 거요?"

"그저 어쩌다 보니 그렇게 된 것뿐이에요. 이젠 지긋지긋해졌거든요. 인생이 너무 뻔해요. 그래서 한번 맘먹고 감행해보는 거죠. 자, 여기 가방요!"

여자가 아래로 내려보내는 큼직한 가죽가방들을 로시니는 부랴부랴 받아 들었다.

"이제 주사위는 던져진 거예요. 일단 가셨다가 이프 교차로에 차를 세우고 기다려주세요. 거기까지 말을 타고 갈게요."

"저런, 당신 말까지 데리고 갈 순 없는데……."

"녀석은 혼자 집으로 돌아올 수 있어요."

"그거 잘됐군! 아차, 근데 말입니다……."

"무슨 일이죠?"

"대체 사흘 전부터 여기 머무는 레닌 공작이라는 자는 누구요? 아무도 모르는 사람인 것 같던데……."

"나도 몰라요. 삼촌이 사냥하러 가셨다가 친구 집에서 만난 사람이라는데, 집으로 초대하신 거예요."

"그런데도 당신이 무척이나 잘 대해주는 것 같더군요. 어제는 함께 산책도 나다니고…… 어쨌든 나는 별로 마음에 들지 않는 타입이었소."

"앞으로 두 시간 후면 난 당신과 함께 떠날 몸이에요. 그 정도면 세르주 레닌도 금세 머쓱해질 만하지요. 자, 그만 떠들어요. 이러고 있을 시간이 없다고요."

여자는 가방을 잔뜩 부여안고 인적 드문 오솔길로 낑낑대며 멀어져 가는 로시니를 잠시 바라보고는 이내 창문을 닫았다.

바깥 멀리 정원 어딘가에서 뿔나팔 소리가 기상 시간임을 알리고 있었다. 사냥개들이 덩달아 극성스레 짖어댔다. 바야흐로 사냥이 해금(解禁)되는 날 아침, 라 마레즈의 성채에서는 매년 9월 초 대단한 사냥꾼인 대글로슈 백작과 그 부인이 몇몇 친구들과 인근 성주(城主)들을 초청해 오고 있었다.

오르탕스는 천천히 화장을 한 후 날씬한 몸매가 환히 드러나는 승마복을 입고, 붉은 머리, 아리따운 얼굴을 근사하게 감싸는 챙 넓은 펠트 모자를 쓴 채, 책상 앞에 앉아 이때 저녁에나 삼촌인 므슈 대글로슈에게 전달될 작별 편지를 쓰기 시작했다. 하지만 참 쓰기 까다로운 편지인지 몇 번을 썼다 말았다 하더니 그만 단념하는 것이었다.

'나중에 써서 보내야겠어. 일단 화부터 가라앉을 때쯤 해서 말이야…….'

여자는 속으로 중얼거리며 천장이 높은 식당으로 옮겨갔다.

벽난로 아궁이 속에는 큼직큼직한 장작불이 타오르고, 장총과 기병총 등 무구(武具) 몇 벌이 벽 여기저기를 장식하고 있었다. 사방에서 손님들이 몰려들어 대글로슈 백작에게 악수를 건네왔다. 백작은 통통한 목둘레와 묵직한 인상의 시골 신사 같은 풍채에, 그저 사냥이라면 사족을 못 쓸 것 같은 타입이었다. 벽난로 앞에 똑바로 서서, 그는 손에 든 고급 샴페인 큰 잔을 연신 건배하며 들이켜고 있었다.

오르탕스는 삼촌에게 다가가 하는 둥 마는 둥 포옹했다.

"세상에, 삼촌…… 평소에는 그토록 입에 안 대시던 술까지……."

"1년에 딱 한 번 아니니. 약간은 풀어지는 것도 괜찮지."

"숙모가 뭐라고 할 텐데요."

"네 숙모는 두통이 심해서 못 내려올 거다."

백작은 뾰로통한 말투로 덧붙였다.

"게다가 이건 네 숙모와는 무관한 일이야. 너 역시 마찬가지고."

그때 레닌 공작이 오르탕스에게 다가왔다. 무척이나 세련된 분위기의 젊은이였는데, 다소 야윈 듯 창백한 얼굴에는 부드러움과 강인함, 상냥함과 빈정대는 듯한 인상이 번갈아 나타났다.

그는 다짜고짜 허리를 납죽 숙여 여자의 손등에 입을 맞추며 말했다.

"마담, 약속을 잊으신 건 아니겠죠?"

"약속이라뇨?"

"어제 우리가 함께한 멋진 산책을 오늘 다시 하기로 했지요. 무척 흥미를 끌었던 저 차단된 옛 영지 내로 한번 들어가보기로 말입니다…… 알랭그르 영지라고 했었지요, 아마."

여자는 꽤나 샐쭉하게 대꾸했다.

"그것참 유감이로군요, 므슈. 그러려면 한참을 또 걸어야 할 텐데, 전 지금 좀 피곤하거든요. 그냥 정원이나 한 바퀴 돌고 들어왔으면 합니다."

잠시 둘 사이에 침묵이 흘렀고, 세르주 레닌은 지그시 웃으면서 상대의 눈을 똑바로 응시한 채, 둘만 알아들을 수 있는 소리로 말했다.

"당신은 기필코 약속을 지키실 겁니다. 또 나를 친구로 받아들일 테고 말이죠. 그러는 게 훨씬 좋을 겁니다."

"좋다니, 누구한테 말인가요? 물론 당신한테나 좋다는 뜻이겠죠?"

"분명히 말하지만 당신도 좋을 겁니다."

여자는 살짝 달아오른 얼굴로 대꾸했다.

"무슨 말씀인지 모르겠군요, 므슈."

"뭐 그리 어려운 얘기도 아닌걸요. 산책 길은 아름답고 알랭그르 영지도 무척이나 흥미로웠소. 다른 어디로 산책을 한다고 해도 그만은 못할 겁니다."

"상당히 자신만만하시군요, 므슈."

"고집도 꽤 센 편이랍니다, 마담."

여자는 적잖이 신경 쓰이는 눈치였지만, 굳이 대꾸할 필요 없다는 투로 넘어갔다. 그리고 남자에게서 등을 돌린 채 주위의 몇몇 사람들과 가볍게 악수를 나눈 뒤 조용히 방을 빠져나갔다.

현관 계단 아래에는 젊은 마부가 벌써 말을 대령하고 있었다. 여자는 안장에 가볍게 올라 정원을 따라 죽 펼쳐진 숲을 향해 달려나갔다.

아닌 게 아니라 날씨는 참 상쾌하고도 고요했다. 가냘프게 흔들리는 듯 마는 듯한 나뭇잎들 사이로 수정 같은 하늘이 살짝살짝 엿보였다. 오르탕스는 꼬불꼬불 이어진 오솔길을 따라서 반 시간 정도 나아갔고, 마침내 협곡과 급격한 비탈들이 첩첩이 들어선 한가운데로 제법 큰 도로가 뚫려 있는 곳에 당도했다.

적막 속에서 여자는 잠시 말을 멈추고 서 있었다. 로시니는 엔진을 꺼놓은 채 이프 교차로 주변 숲 어딘가에 차를 숨겨놓았을 것이었다.

교차로까지 한 500여 미터는 더 가야만 했다. 잠시 주저하던 여자는 말에서 내렸고, 조금만 움직여도 저절로 풀려나 성으로 돌아갈 수 있도록 건성으로 말을 매어놓았다. 그런 다음, 어깨 위로 펄럭이는 긴 밤색 베일로 얼굴을 가리고 걷기 시작했다.

예상은 빗나가지 않았다. 처음 길이 꺾이는 지점에서 로시니와 맞닥뜨린 것이다. 그는 허겁지겁 달려오더니 잡목숲 속으로 여자를 끌다시피 데리고 들어갔다.

"빨리요, 빨리! 아, 늦어질까 봐 얼마나 걱정했는지…… 이러다 혹시 마음이라도 바뀌면 어쩌나 하고 말이오! 그런데 결국은 이렇게 나타나 주다니! 이게 꿈이요, 생시요?"

여자는 배시시 웃으며 대꾸했다.

"어리석은 일을 하면서 참 좋아도 하시는군요."

"그래요, 너무 좋아 죽겠소! 아마 당신도 싫지는 않을 거요!"

"글쎄요. 하지만 난 어리석지는 않죠."

"좋을 대로 하시오, 오르탕스! 이제 당신 인생은 글자 그대로 동화처럼 변하게 될 것이오!"

"당신은 백마 탄 왕자가 되는 거고요."

"당신은 온갖 부귀영화를 누리며 호화판으로 살게 될 거요."

"난 부귀도, 영화도 원치 않아요."

"그럼 뭘 원합니까?"

"행복요……."

"당신의 행복, 내가 책임지겠소."

여자는 곧장 농담조로 받아넘겼다.

"당신 덕에 누리는 행복이 어떤 종류일지 짐작이 가는군요."

"두고 보면 알 거요. 두고 보면……."

둘은 그렇게 자동차 곁에 다다랐다. 로시니는 저 혼자 기분이 들떠 히죽대면서 엔진에 시동을 걸었고, 오르탕스는 차 안에 올라탄 뒤 넉넉한 망토로 몸을 덮었다. 그런데 풀들이 돋아난 좁다란 샛길을 통해 자동차가 교차로 펼쳐진 곳까지 나온 다음 슬슬 속력을 내는가 싶더니 금세 제동이 걸리고 말았다.

우측 인근 숲 속으로부터 탕! 하며 총소리가 들렸던 것이다. 순간 자동차가 좌우로 급격하게 흔들렸다.

"아무래도 앞쪽 타이어에 펑크가 난 모양이오!"

로시니가 후닥닥 차에서 뛰어내리며 소리치자, 오르탕스는 발끈하며 외쳤다.

"그게 아니라 어디선가 총을 쏜 거예요!"

"말도 안 돼! 무슨 소리를 하는 거요?"

그러나 바로 다음 순간, 숲 저쪽으로부터 두 번의 또 다른 폭발음이 들림과 동시에 두 차례 연속적으로 차체가 진동했다.

그제야 사태를 알아차린 로시니가 으르렁거렸다.

"이런! 뒤쪽 타이어까지…… 우라질, 대체 어떤 놈이야? 붙잡히기만 해봐라, 이걸 그냥!"

그는 허둥대며 길 옆 비탈 위로 기어 올라가보았다. 하지만 아무도 없는 것은 물론이요, 잡목숲의 무성한 나뭇잎들만 잔뜩 시야를 가릴 뿐이었다.

"젠장, 당신 말이 맞았어요! 누군가 일부러 자동차를 향해서 총을 쏜 겁니다! 아, 이를 어쩐다! 아무래도 여기서 몇 시간은 오도 가도 못할 것 같아요! 무려 세 개의 타이어를 수리해야 하니! 아니, 지금 뭐하는 거요?"

차에서 내린 오르탕스가 다급하게 달려와 말했다.

"난 가봐야겠어요."

“아니, 왜요?”

“글쎄, 그걸 알아야겠다고요. 분명 누군가 일부러 총을 쐈습니다. 대체 누가 그랬을까요? 자초지종을 알아야겠어요…….”

“안 돼요. 제발 이대로 헤어지진 맙시다.”

“아니, 그럼 나더러 여기서 몇 시간이고 기다리란 말인가요?”

“하지만 우리가 함께 출발하려던 계획은 어찌 되는 겁니까?”

“내일요. 그건 내일 다시 얘기하기로 해요. 일단 성으로 돌아가세요. 가방도 갖다 놓고요.”

“오, 제발, 제발 부탁이오! 내가 잘못한 것도 아니잖소? 꼭 날 탓해서 이러는 것 같아요.”

“당신을 탓하는 게 아니에요. 하지만 여자 한 명을 납치하려다가 죽어 나자빠져야 되겠어요? 나중에 봐요!”

여자는 어느새 저만치 멀어져 갔다. 다행히 매어두었던 말이 그대로 있어 그녀는 얼른 올라타고 라 마레즈의 반대 방향으로 달렸다.

오르탕스가 보기에 세 발의 총성은 레닌 공작의 소행임이 틀림없었던 것이다.

"그자야. 그자 짓이라고…… 이런 식으로 나올 사람은 그자밖에 없어."

여자는 부아가 나는 것을 억지로 달래며 중얼거렸다.

레닌 공작이 슬금슬금 웃으면서 대단히 위압적인 분위기로 말하지 않았던가.

"반드시 오고야 말 겁니다…… 기다리고 있겠소……."

마침내 여자는 약도 오르고 짜증도 난 나머지 그만 눈물을 울컥 쏟고 말았다. 만약 당장 레닌 공작이 눈앞에 있기라도 했다면, 이 말채찍으로라도 한 대 후려칠 수 있을 것만 같았다.

전방으로는, 사르트 도(道)를 북쪽으로부터 굽어보면서 일명 '작은 스위스'라고도 불리는 험준하고 다채로운 지역이 펼쳐져 있었다. 종종 가파른 비탈이 진로를 가로막고 힘겹게 했는데, 가뜩이나 목표지점까지 10여 킬로미터를 쉬지 않고 말 달려온 터라 더더욱 지치고 힘이 들었다. 하지만 비록 육체적으로 기운이 달리고 활력도 잦아들긴 했지만, 레닌 공작에 대한 격렬한 거부감은 좀처럼 수그러질 기세가 아니었다. 지금까지 저지른 어처구니없는 행위들은 물론이고, 지난 사흘 동안 그녀를 대해온 태도, 그 집요함과 뻔뻔스러움, 지나치게 태깔을 부린 듯한 예의 등 모든 것이 마뜩지 않았던 것이다.

오르탕스는 점점 목적지에 다가가고 있었다. 문득 어느 골짜기 깊숙한 곳, 군데군데 균열이 일고 이끼와 잡초들로 온통 뒤덮인 낡은 성벽 너머에 작은 종루와 덧창으로 차단된 창문들이 아스라이 시야에 들어오기 시작했다. 다름 아닌 알랭그르 영지였다.

여자는 벽을 따라 빙 돌아갔다. 그렇게 성문 앞을 감싸듯이 둘러처져 있는 반월보(半月堡)를 돌아들어 정중앙쯤에 이르자, 세르주 레닌이 자기 말 옆에 서서 기다리고 있었다.

말에서 훌쩍 내린 여자는 모자를 벗어 들었고, 와준 것에 대한 감사의 말을 하며 다가오는 그에게 버럭 소리쳤다.

"일단 한마디 하고 넘어가겠습니다, 므슈! 아까 참으로 납득할 수 없는 일을 하나 겪었는데요…… 내가 타고 있었던 자동차에 누군가 총을 세 차례나 쏘았답니다. 혹시 당신이 쏜 겁니까?"

"그렇습니다. 내가 쐈어요."

여자는 어이가 없다는 표정이었다.

"그걸 지금 말이라고 하는 겁니까?"

"당신이 질문을 했으니, 나는 대답을 할 수밖에요, 마담."

"아니, 도대체 어쩌자고 감히 그런 짓을? 대체 무슨 권리로?"

"권리가 있어서 그런 것이 아닙니다, 마담. 나는 단지 의무에 복종했을 뿐이에요."

"세상에! 대체 무슨 의무란 말입니까?"

"당신 인생을 고달프게 하려고 호시탐탐 노리는 인간으로부터 당신을 보호할 의무이지요."

"이것 보세요, 므슈! 더는 그런 말씀은 하지 않길 바랍니다. 내 한 몸 처신하는 것쯤은 내가 다 알아서 책임집니다. 무얼 어떻게 하든 결정하는 건 내 자유란 말이에요……."

"마담, 오늘 아침에 창가에서 당신이 므슈 로시니와 대화하는 걸 우연히 엿듣게 되었답니다. 그런데 어쩐지 기꺼운 마음으로 그를 따라나서는 것 같지가 않더군요. 이런 식으로 불쑥 끼어드는 게 다소 무례하고 거칠다는 점은 충분히 인정하고, 겸허하게 양해를 구하겠습니다. 하지만 비록 버르장머리 없는 인간으로 취급받는 한이 있더라도, 당신한테 보다 차분하게 생각할 수 있는 여유를 드리고 싶었습니다."

"생각은 충분히 했습니다, 므슈. 난 한번 결정하면 절대로 생각을 바꾸지 않는 여자예요."

"저런, 가끔은 그래도 생각이 변하는 것 같은데요……. 다른 곳에 있어야 하면서도 지금 바로 이곳에 와 있지 않습니까?"

여자는 문득 당혹한 기색이었다. 기세등등하던 역심(逆心)도 한풀 꺾였다. 그녀는 마치 어느 누구와도 다른 사람, 기상천외한 행동에 누구보다 익숙하고, 보다 관대하며 사심이 없는 누군가를 바라보는 놀란 눈길로 레닌을 쳐다보기 시작했다. 아울러 이 남자가 별 계산도, 흑심도 없이 행동하고 있으며, 자기 말마따나 길을 잘못 든 여인을 향해 그저 친절한 신사로서의 의무를 다하고 있을 뿐이라는 사실을 확연히 느꼈다.

매우 부드럽게 그가 말했다.

"마담, 당신에 대해 그리 많이 아는 건 아니지만, 당신에게 유용한 도움을 주고 싶을 정도까지는 충분히 안다고 자부합니다. 당신은 스물여섯 살이고, 부모님이 안 계십니다. 지금으로부터 7년 전, 당신은 대글로슈 백작의 의붓조카와 결혼을 하게 됩니다. 그런데 그 조카라는 사람이 약간 제정신이 아닌 자라 감금되어야만 했습니다. 결국 당신은 이혼도 못하게 된 데다, 지참금도 남편이 죄다 써버린 탓에 삼촌인 백작에게 얹혀살아야 할 처지가 되었습니다. 게다가 백작 부부가 워낙 사이가 안 좋아, 환경은 그야말로 처참하기 그지없는 상태입니다. 사실 백작에겐 전처가 있었는데, 그만 지금 부인의 첫 남편과 눈이 맞아 달아나버리고 말았지요. 결국 둘 다 버림받은 남녀가 홧김에 서로 합쳤지만, 그런 억지 결합 속에서는 원한과 환멸밖에 찾을 수가 없었습니다. 당신은 바로 그 여파에 희생당하고 있는 셈이지요. 열두 달에서 열한 달가량은 외롭고 갑갑하며 따분하기만 한 생활이라고 할 수 있습니다. 그러던 어느 날 당신한테 홀딱 빠진 므슈 로시니가 나타납니다. 그는 당신에게 도피할 것을 제안했지요. 물론 당신은 그를 사랑하지 않습니다. 하지만 워낙 권태의 연속인 삶, 젊은 날은 하루하루 속절없이 흘러만 가고, 뭔가 새롭고 신나는 일에 대한 열망이 당신을 슬슬 부추깁니다……. 결국 당신은 구애자를 따돌리는 건 나중 일로 미루더라도 일단 그의 제안을 수용하기로 합니다. 또한 이 정도까지 소동을 부리고 나면 삼촌도 어쩔 수 없이 당신에게 마땅한 계산을 치르고 독립시켜줄 것이라는 순진한 발상도 한몫을 했지요. 일이 이렇게 된 겁니다. 자, 이제 선택할 때가 되었습니다. 므슈 로시니의 품에 안길 것이냐, 아니면 나를 믿을 것이냐……."

여자는 눈을 들어 남자를 골똘히 쳐다보았다. 대체 무슨 뜻으로 저런 말을 하는 걸까? 아무 사심 없이 도와주려는 친구처럼 진지하게 내뱉는 말 속에 담긴 의미가 과연 무엇일까?

잠시 침묵을 지키던 남자는 말 두 마리를 하나로 묶었다. 그리고 두 개의 문짝이 쇠징을 박은 십자가 모양의 두 판자로 단단히 차단된 묵직한 성문을 이리저리 살펴보기 시작했다. 놀랍게도 거기에는 20년 전의 선거 벽보가 아직까지 그대로 붙어 있었는데, 결국 그때 이후로는 이곳 문턱을 드나든 사람이 없다는 얘기나 마찬가지였다.

레닌은 반월보 주위로 둘러친 격자로부터 쇠봉 하나를 뽑아내어 지렛대로 사용했다. 이미 썩을 대로 썩은 판자는 쉽게 뜯겨나갔다. 그 판자 중 하나의 뒤에는 자물쇠가 있었는데, 그는 날이 여러 개인 데다 기타 보조연장까지 겸비된 두툼한 주머니칼로 공작(工作)을 시작했다.

1분쯤 경과하자 드디어 문이 열렸고, 고사리밭이 펼쳐졌다. 고사리밭 끝에서 네 모서리마다 서 있는 종탑과 망루 위의 전망대가 내려다보는, 길쭉하고 낡아빠진 석조 건물이 모습을 드러냈다.

그제야 공작은 오르탕스를 뒤돌아보며 말했다.

"급하게 생각할 건 없습니다. 오늘 저녁까지만 결정을 내리십시오. 만약 므슈 로시니가 또 당신 마음을 휘어잡는다면, 분명히 명예를 걸고 약속하건대 다시는 귀찮게 하지 않을 것입니다. 그때까지만이라도 내 곁에 있어주시기를 바랍니다. 자, 우리는 어제 성을 방문해보기로 결정했습니다. 어떻습니까, 지금도 그러기를 원합니까? 이건 그저 시간을 때우기 위한 여러 방법들 중 하나일 뿐입니다. 다만 꽤 재미있는 방법일 것 같다는 얘기죠."

그의 말하는 태도 속에는 왠지 사람을 따르게 만드는 뭔가가 숨어 있는 듯했다. 뭐랄까, 명령을 하면서 동시에 애원하는 듯한 느낌…… 그 앞에서 여자는 의지력이 점점 누그러드는 멍한 기분을 감히 떨쳐버릴 엄두조차 내지 못했다. 여자는 자기도 모르는 사이에 남자의 손에 이끌려 다 허물어진 것이나 다름없는 현관 계단 앞까지 따라갔는데, 그 위에는 아까와 마찬가지로 십자가 모양의 판자 두 개가 문짝을 차단하고 있었다.

레닌은 마찬가지 방식으로 작업을 진행했다. 잠시 후 들어선 현관에는 흑백 타일이 바닥에 깔려 있고, 고풍스러운 식기장과 성당에서 흔히 볼 수 있는 기도석이 갖춰져 있었으며, 목재 방패꼴 문장(紋章)과 바위 위에 앉은 독수리 문양의 무구 장식 등의 모든 것이 어떤 문까지 드리워진 질긴 거미줄에 휘감기듯이 뒤덮여 있었다.

"저 문은 분명 살롱으로 통할 거요."

레닌이 단언했다.

훨씬 완강하게 버티는 문짝을 그는 어깨로 우악스레 들이받아 겨우 굴복시켰다.

그동안 오르탕스는 한마디도 하지 않고 지켜보았다. 너무도 능수능란하게 모든 장애물을 제거해가는 사내의 모습이 그녀에게는 다소 놀라우면서도 적잖이 신선하게 다가왔다. 그런 여자의 생각을 눈치챈 남자는 힐끗 돌아보며 진지한 어조로 말했다.

"나한테는 어린애 장난에 불과한 일이오. 실은 열쇠공이었거든……."

그때 여자가 팔을 부여잡더니 이렇게 중얼거렸다.

"들어봐요!"

"뭘 말입니까?"

여자는 대답 대신 좀 조용히 하라는 뜻으로 팔을 붙잡은 손에 불끈 힘을 주었다. 남자는 어리둥절해 중얼거렸다.

"영문을 모르겠군."

하지만 오르탕스는 더욱 다급하게 속삭였다.

"쉿! 조용히 하고 좀 들어보라니까요. 어떻게, 이럴 수가?"

가만히 귀를 기울여보니, 과연 그리 떨어지지 않은 곳으로부터 뭔가 규칙적으로 반복되는 메마른 소음이 들려왔는데, 약간만 정신을 집중하자 괘종시계의 초침 소리라는 것을 곧바로 알 수가 있었다. 그렇다. 분명 캄캄한 살롱의 거대한 적막을 두드리듯이, 마치 메트로놈이 리듬을 재듯이, 똑딱똑딱 규칙적인 기계음이 묵직한 구리 진자에 의해서 만들어지고 있었다. 그토록 오랜 세월 죽어 있던 성채 안에서 아직까지 연명하고 있는 이 작은 기계장치의 맥박 소리는 엄청난 충격으로 두 사람의 가슴을 치고 들어왔다. 이런 기적이 있나! 대체 이 수수께끼 같은 현상을 어떻게 설명할 수 있단 말인가?

오르탕스가 감히 목소리를 높일 엄두도 못 낸 채 더듬더듬 중얼거렸다.

"우리 이전에 누구 들어온 사람이 있을까요?"

"그렇지는 않을 거요."

"하지만 저 괘종시계가 무려 20여 년을 태엽 한 번 감지 않고 살아 있을 리는 만무하잖아요?"

"그건 그렇지요."

"그렇다면?"

세르주 레닌은 창문 세 개를 열고 덧창들까지 억지로 열어젖혔다.

두 사람이 있는 곳은 역시 살롱이었는데, 의자들은 제각각 있을 만한 자리를 차지했고, 어느 가구 하나 흐트러진 데가 없었다. 이곳에 거주하던 사람들은 바로 이 방을 가장 아늑한 곳으로 꾸며놓고도, 정작 떠나면서는 아무것도 가지고 가지 않은 것 같았다. 읽던 책들도, 자잘한 골동 장식품들도 탁자나 콘솔 위에 가지런히 정돈된 그대로였다.

레닌은 조각이 있는 키 큰 케이스 속, 낡은 시골풍 괘종시계를 찬찬히 들여다보았다. 타원형의 유리 너머로 틀림없이 둥글넓적한 진자가 흔들거리고 있었다. 케이스를 열고 좀 더 자세히 살펴보니, 매달린 추들로 짐작컨대 태엽이 거의 끝까지 감긴 상태였다.

바로 그 순간, 찰카닥하며 기계 맞물리는 소리가 나는가 싶더니 곧장 시계 종소리가 여덟 번 장중하게 울리는 것이 아닌가! 여자는 그 소리를 도저히 잊을 수 없을 것 같았다.

"세상에, 이런 기적이 있나!"

자신도 모르게 새어나오는 여자의 신음 소리에 레닌도 맞장구를 쳤다.

"정말 기적이오! 보통 간단한 장치로는 태엽 한 번 감는 걸로 일주일도 가까스로 버틸 텐데."

"정말로 뭐 특별한 건 없나요?"

"전혀요. 다만……."

그러면서 남자는 허리를 숙여 케이스 저 구석에서 시계추에 가려져 있던 어떤 금속관(金屬管)을 끄집어내더니, 생각에 잠긴 표정으로 혼잣말처럼 중얼거렸다.

"망원경이로군. 왜 하필 여기다 숨겨놓은 걸까? 그것도 있는 대로 다 편 상태로 놔두었네. 대체 무슨 의미일까?"

이런 괘종시계가 으레 그렇듯이, 두 번째로 종소리가 울리기 시작했다. 역시 모두 여덟 차례…… 케이스를 닫은 레닌은 망원경을 그대로 손에 쥔 채 조사를 재개했다. 보아하니 살롱은 곧바로 일종의 흡연실 같은, 보다 작은 방으로 뻥 뚫려 있었다. 그곳도 마찬가지로 전혀 흐트러지지 않은 가구 배치를 보여주었는데, 유독 장총을 넣어두는 유리 진열장만은 텅 빈 채 놓여 있었다. 바로 옆 목재 패널 벽에는 9월 5일 자 달력이 덩그러니 걸려 있었다.

"아, 바로 오늘이네! 바로 9월 5일 직전까지만 달력을 뜯은 모양이에요. 이런 기막힌 우연이 있나!"

여자가 혼비백산한 듯 소리치자, 남자도 더듬거렸다.

"기가 막히는군. 바로 이곳을 떠났던 날인 모양입니다. 20년 전, 바로 오늘……."

"정말이지 알다가도 모를 일이에요."

"그래요. 하지만 말입니다……."

"뭔데요?"

여자가 눈을 반짝이며 묻자, 남자는 잠시 뜸을 들이다가 대답했다.

"내가 궁금한 건 바로 이 망원경입니다. 저기 저곳에 무슨 연유인지는 모르나 숨겨져 있었거든요. 무엇에 썼던 걸까요? 이곳 1층 창문으로는 정원 나무들밖에는 보이지 않고, 집 안 어느 창문으로 보나 사정은 마찬가지일 텐데. 정확히 계곡 속에 틀어박힌 위치라 전혀 전망이 트여 있지 않은 곳이니 말입니다. 이 정도 망원경을 사용하려면 일단 어디든 높은 위치로 올라가야 할 겁니다. 어때요, 함께 올라가보겠소?"

여자는 조금도 망설이지 않았다. 가뜩이나 모든 수수께끼 같은 일들을 향한 펄펄 뛰는 호기심을 주체하지 못하는 그녀로서는, 지금은 오로지 레닌을 따라 무엇이든 돕고 싶은 심정밖에 없었다.

둘은 곧장 중앙 계단을 통해 3층까지 올라갔고, 망루의 전망대로 향하는 나선형 계단이 계속해서 뻗어 있는 옥상으로 나왔다.

저 위에는 사방이 탁 트인 일종의 테라스가 있고, 주위가 2미터 정도 되는 난간 벽으로 둘러쳐 있었다.

"저기 옛날에 분명 총안(銃眼) 구실을 했던 부분이 있을 겁니다."

레닌 공작이 조용히 중얼거렸다.

"하여튼 그런 시절이 있었을 거예요. 지금은 다 막아버렸지만……."

"그나저나 이곳에서도 망원경은 쓸모가 없었을 것 같네요. 이젠 다시 내려갈 수밖에……."

여자의 대꾸에 공작은 얼른 말을 막았다.

"내 생각은 다릅니다. 논리적으로 따져보았을 때 저 위에서 평야 쪽으로 트인 전망이 있을 겁니다. 거기에서 망원경이 사용되었다고 생각할 수밖에 없어요."

레닌은 손목의 순간적인 힘을 발휘해 2미터나 되는 난간 정상으로 훌쩍 올라섰고, 그곳에서 여기 영지는 물론 큼직한 수목들이 지평선을 한계 짓는 계곡 전체가 한눈에 들어온다는 것을 금세 깨달았다. 그뿐만 아니라 더 멀리 숲이 우거진 어느 구릉지대 능선 위로 다소 되똑해 보이는 또 다른 망루가 700~800여 미터 거리를 둔 채 송악으로 온통 뒤덮여 있는 모습이 눈에 들어왔다.

레닌은 거기에서 다시 생각에 골몰하기 시작했다. 그에게는 망원경을 어디에 어떻게 들이대는가에 모든 문제가 달려 있으며, 망원경의 쓰임새를 정확히 파악하기만 하면 모든 수수께끼가 풀릴 것처럼 여겨졌다.

그는 총안을 하나하나 검사해보았다. 그런데 그중 하나, 보다 정확히 말해 총안이 뚫려 있었던 바로 그 자리 중 한 곳이 유독 주의를 끌어당겼다. 구멍을 막는 일에 사용했을 석고(石膏) 가운데에 흙덩이가 섞여 있고, 거기에서 작은 잡풀마저 돋아나 있는 것이 아닌가!

그는 잡풀을 뜯어내고 흙덩이를 세심하게 제거해보았다. 그러자 지름이 약 20센티미터는 너끈히 되는 구멍이 뻥 뚫리는 것이었다. 그 깊숙한 틈새로 들여다보자, 수목의 지평 너머 구릉의 능선을 따라 저 멀리 어쩔 수 없이 시선이 가 닿는 곳은 바로 그 송악으로 뒤덮인 망루였다.

게다가 구멍 속으로는 일종의 도랑 같은 홈이 파여 있었고, 그곳에 망원경을 위치시키자 마치 일부러 마련한 것처럼 딱 들어맞아, 좌우로 조금도 움직이지 않게 고정되는 것이었다.

레닌은 우선 렌즈의 먼지를 세심하게 닦아내고, 망원경의 길이가 변해 초점이 달라지지 않도록 주의를 기울이면서 조심스레 그 끄트머리에 눈을 갖다 댔다.

그렇게 30~40초의 긴장된 침묵이 흘러갔다. 마침내 몸을 일으킨 그는 다소 흥분된 목소리로 말했다.

"정말 끔찍하군요. 정말이지 끔찍해."

여자는 잔뜩 불안한 얼굴로 다그쳐 물었다.

"왜요? 뭐가 보이나요?"

"직접 보시죠."

이번에는 여자가 허리를 숙여 망원경에 눈을 갖다 댔다. 상(像)이 제대로 맺히지 않아 그녀에게는 다소 조절이 따라야 했다. 하지만 일단 뭔가가 포착되자 그녀는 움찔했다.

"허수아비 두 개가 보이네요. 둘 다 저런 높은 곳에…… 왜 저런 거죠?"

"잘 보세요. 좀 더 주의 깊게 들여다보라고요. 모자 아래 얼굴을 자세히 봐요."

남자의 말이 끝나기가 무섭게 비틀대는 여자의 비명이 터져나왔다.

"오, 맙소사! 끔찍해라!"

동그란 렌즈 안의 광경은 다음과 같았다. 일단 망루의 저 뒤쪽 벽은 앞쪽보다 더 높아서 마치 배경 화폭처럼 펼쳐져 있었고, 그로부터 송악이 망루 전체로 분포되어 있었다. 그리고 앞쪽으로는 관목들이 들어선 가운데, 남녀 한 쌍이 돌무더기에 벌렁 뒤로 젖혀진 자세로 기대어 있는 것이었다.

문제는 그 둘이 정녕 남자와 여자라고나 할 수 있을지가 의문이라는 점이었다. 옷이나 모자 비슷한 것을 걸치고는 있되, 눈도 없고, 볼도 없고, 턱도 없는, 아니 살점이라고는 전혀 붙어 있지 않은 저 무시무시한 형체, 누가 봐도 엄연한 두 구의 유골을 말이다.

오르탕스가 더듬거렸다.

"유골이에요…… 옷을 걸친 유골이 두 구 보여요…… 누가 저것들을 하필 저곳에 갖다 놓은 거죠?"

"갖다 놓은 게 아닐 겁니다."

"그렇다면……."

"남자와 여자가 이미 한참 전에 바로 저 망루에서 죽음을 맞이한 거죠. 옷이야 입은 채로 죽은 것이고, 이후 살이 썩어가고 까마귀들이 파먹은 부분도 있을 테고……."

"어머나, 너무 끔찍해요! 끔찍해!"

연신 내뱉는 오르탕스의 파리해진 얼굴은 역겨움으로 잔뜩 일그러져 있었다.

그로부터 반 시간 후, 오르탕스 다니엘과 세르주 레닌은 알랭그르 성을 빠져나왔다. 영지를 떠나기 전, 내친김에 둘은 누대(樓台)의 4분의 3 정도가 다 허물어지고 남은 잔해인 문제의 망루까지 죄다 살펴보았다. 안은 텅 비어 있었다. 바닥에 부서진 목재 사다리가 흩어져 있는 것으로 봐서 비교적 최근에 누군가 그곳으로 올라갔었던 것이 분명했다. 그 망루는 영지의 끄트머리까지 가 닿는 성벽을 바로 등지고 있었다.

사실 오르탕스에게 다소 의외인 점 하나는, 갑자기 모든 흥미를 잃기라도 한 것처럼 레닌 공작이 일체의 조사활동을 건성으로 넘겨버렸다는 사실이었다. 심지어 이후부터는 그에 관해 입도 뻥긋하지 않았으며, 요기나 할 겸 들른 가장 가까운 마을 주막에서도 주인에게 버려진 성에 대해 질문을 한 것은 오르탕스 자신이었다. 하지만 하필 주인이 이 근방에 처음 이사 온 사람이라서 별 정보를 제공할 수 있는 형편이 아니었다. 예컨대 누구의 영지인지도 모르고 있었다.

두 사람은 라 마레즈로 가는 길로 다시 접어들었다. 가면서도 오르탕스는 여러 차례 아까 목격한, 끔찍한 광경을 화제로 떠올렸다. 하지만 레닌은 그저 동행하는 여자에 대한 친절한 배려에서인지 연신 쾌활한 분위기만 유지하면서, 그런 문제 따위에는 무관심으로 일관하는 것이었다.

결국 여자는 참지 못하고 외쳤다.

"아, 이런! 아무래도 이대로 가만있을 수는 없어요! 뭔가 해결책이 있어야만 합니다!"

"그러게 말입니다. 뭔가 해결책이 필요하지요. 므슈 로시니는 자신이 어디에 등을 비벼야 하는지 제대로 깨달아야 할 거고, 당신도 그에게 어찌 처신해야 할지 결정해야 합니다."

여자는 어이가 없다는 듯 어깨를 으쓱했다.

"문제는 그게 아니고요. 바로 오늘 일 말입니다!"

"오늘, 무슨 일 말입니까?"

"아까 본 두 구의 시체가 과연 무엇이냐 하는 것 말이에요."

"하지만 로시니는……."

"로시니는 나중에 따지고요. 이 문제는 지금 당장……."

"알겠습니다. 따지고 보면 로시니도 아직은 타이어 수리를 다 마치지 못했을 테니까요. 그나저나 그에게는 뭐라고 말할 겁니까? 그게 중요한 문제예요."

"이보세요, 중요한 건 우리가 방금 목격한 것입니다. 다른 건 전혀 안중에도 둘 수 없을 만큼 중차대한 수수께끼를 내게 보여준 건 바로 당신이었어요. 자, 도대체 당신 생각이 어떤 건지 좀 들어보고 싶네요."

"내 생각 말인가요?"

"그래요. 분명 시체가 두 구 있었어요. 우선 사법당국에 알려야겠죠?"

남자는 히죽 웃으며 던지듯이 대꾸했다.

"맙소사! 뭐하러 그래야 하죠?"

"거기엔 분명 밝혀내야만 할 수수께끼가 있으니까 그렇죠. 뭔가 아주 끔찍했던 사건이……."

"그런 거라면 다른 사람 도움은 전혀 필요치 않습니다."

"네? 그게 무슨 말씀인가요? 뭔가 알고 계시다는 얘긴가요?"

"나 원 참, 알아도 보통 아는 게 아니죠. 그림까지 곁들인, 찬찬한 설명이 가득한 이야기책을 읽은 것만큼이나 훤하게 꿰뚫고 있다고나 할까. 모든 게 극히 단순할 따름입니다."

여자는 이 사내가 혹시 자신을 놀리는 것은 아닐까 하는 마음으로 슬쩍 흘겨보았다. 하지만 남자는 대단히 진지한 자세였다.

"그래서요?"

여자는 떨리는 목소리로 슬쩍 떠보았다.

어느새 날이 어둑어둑해지고 있었다. 둘은 더더욱 길을 재촉했고, 라마레즈가 가까워짐에 따라 사냥꾼들도 하나둘씩 돌아오고 있었다.

레닌이 마침내 입을 열었다.

"일단 이 지방에 거주하는 사람들을 통해 좀 더 보충할 정보가 있습니다. 혹시 추천해줄 만한 사람 없을까요?"

"우리 삼촌요. 이 지방을 떠난 적이 없거든요."

"좋습니다. 우리 함께 가서 므슈 대글로슈에게 이 문제를 문의해봅시다. 그럼 당신도 모든 사항들이 얼마나 논리적으로 서로 연결되어 있는가를 깨닫게 될 것입니다. 어디서든 첫 연결 고리를 걸고 들어가면, 싫든 좋든 마지막 고리로 빠져나오게 되어 있어요. 아마 이보다 더 재미있는 놀이도 없을 겁니다."

성에 도착한 두 사람은 일단 헤어졌다. 오르탕스는 돌아와 있는 가방들과 분노에 사무친 로시니의 편지를 받아 들었다. 이젠 끝장이며 영영 떠나겠노라는 내용이었다.

'부디 행복하시길! 그 어리석은 사람이 그나마 다행한 해결책을 찾아냈군그래.'

오르탕스는 속으로 중얼거렸다.

로시니와의 장난 섞인 연애와 변덕, 은밀한 계획 등을 그녀는 언제 그랬냐는 듯 순식간에 깡그리 잊었다. 불과 몇 시간 전까지만 해도 호의라고는 눈곱만치도 가지 않았던 이 천방지축 레닌보다 로시니가 훨씬 낯설게 느껴지는 것이었다.

레닌이 문 앞에 와서 노크하는 소리가 들렸다.

"삼촌께서 지금 서재에 계십니다. 함께 가시겠습니까? 미리 찾아뵙겠다고 말해두었습니다."

여자는 선뜻 따라나섰고, 남자가 이렇게 덧붙였다.

"한마디만 해두지요. 오늘 아침 당신 계획을 좌절시키고 대신 나를 믿어달라고 권함으로써 나는 이미 당신에게 중요한 약속을 한 셈입니다. 그걸 하루빨리 실천하려는 게 내 뜻이며, 이제 조만간 그에 관한 확실한 보장을 얻을 수 있을 겁니다."

"당신이 내게 한 약속이라면 단 하나, 내 호기심을 만족시켜주겠다는 것뿐이에요."

여자가 방긋 웃으며 대꾸하자, 남자는 진지한 어조로 단언했다.

"물론 만족할 겁니다. 므슈 대글로슈가 내가 펼쳐내는 추론을 확인만 해준다면, 아마 당신으로선 상상도 못할 사실들이 밝혀질 거예요."

대글로슈 씨는 서재에 혼자 있었다. 그는 파이프 담배를 피워대면서 셰리주를 홀짝이고 있었다. 그가 레닌에게도 한 잔 권했지만, 레닌은 정중하게 사양했다.

그는 약간 걸쭉해진 목소리로 오르탕스에게도 말했다.

"너도 할래, 오르탕스? 알다시피 이곳 생활이라는 게 바로 지금 이 9월의 나날들 이외에는 이렇다 할 즐거움이 없단다. 그러니 기회가 있을 때 실컷 즐겨야지. 그래, 너도 므슈 레닌과 산책을 한 거니?"

공작이 불쑥 끼어들었다.

"실은 그 산책 건에 대해 말씀드릴 일이 좀 있습니다, 므슈."

"오, 미안합니다만 지금으로부터 10분 후에는 우리 집사람 친구를 데리러 역에 나가봐야 합니다."

"10분이면 충분한 시간입니다."

"이를테면 담배 한 대 피울 시간이면 된다는 거군요?"

"더도 덜도 말고 딱 그 정도죠."

그러면서 레닌 공작은 대글로슈 씨가 건넨 담뱃갑에서 담배 한 개비를 꺼내 피워 물고는 말했다.

"실은 산책을 나갔다가 우연히 길로 접어든다는 게 그만 어떤 낡은 영지에 이르게 되었답니다. 아마 당신도 아실 겁니다만, 알랭그르 영지라고……."

"물론이죠. 하지만 내가 알기로 거기는 20여 년이 넘도록 완전히 외부세계와 차단되어 있을 텐데요. 당신도 들어갈 수는 없었겠죠?"

"들어갔습니다."

"오, 그래요! 어때, 재미는 있었습니까?"

"말할 수 없이 재미있었습니다. 너무도 희한한 것을 목격했거든요."

"뭐 말입니까?"

백작은 벌써부터 시계를 흘끔거리며 툭 물었다.

레닌은 차분하게 대답했다.

"밀폐된 방들과 일상생활 그대로 정돈되어 있는 살롱, 그리고 우리가 그곳에 도착하자마자 기적적으로 울리던 시계 종소리……."

"꽤 여러 가지를 보셨군요."

대글로슈 씨는 대수롭지 않다는 듯 중얼거렸다.

"실은 그보다 더한 것이 있었습니다. 우린 내친김에 전망대까지 올라가보았고, 거기서 아주 멀리 위치한 또 다른 망루 위에 두 구의 시체가 있는 걸 목격했습니다. 차라리 두 구의 유골이라는 게 맞겠군요…… 남자와 여자가 살해당했을 당시 입었던 옷가지를 그대로 걸친 채, 뼈다귀만 남아 있더라 이겁니다……."

"허허, 살해당하다니요. 그거 선부른 추측 아닙니까……?"

"확실합니다. 사실 그 점만 아니었다면 우리 두 사람이 찾아와 귀찮게 해드리지도 않았을 겁니다. 분명 20여 년 전에 벌어졌을 사건이 당시에는 전혀 알려지지 않았었는지요?"

대글로슈 백작은 단호한 태도로 말했다.

"전혀요! 이 지역에서 누가 살해당했다거나 실종되었다는 얘기는 전혀 들어본 적이 없습니다."

레닌은 다소 실망한 얼굴로 중얼거렸다.

"아, 뭔가 정보를 얻으리라 기대했는데……."

"이거 유감입니다."

"하는 수 없지요. 이만 실례하겠습니다."

그는 오르탕스에게 눈짓을 하고는 문 쪽으로 다가갔다. 그러다 문득 생각난 듯 돌아서서 질문 하나를 덧붙였다.

"그럼 혹시 당신 주변 사람이나 가족 중 누구라도, 지역 사정에 밝은 사람을 소개시켜주실 수는 없을까요?"

"가족을? 이유가 뭡니까?"

"그곳 알랭그르 영지는 이전에도 그랬지만 지금도 역시 대글로슈(d'Ai-gleroche) 가문의 소유지이기 때문입니다. 무구마다 독수리(aigle) 한 마리가 바위(roche) 위에 웅크리고 있는 문양이 새겨져 있지 않겠습니까! 연관관계가 곧바로 머릿속에 그려지더군요."

이번에는 백작도 적잖이 당혹스러워하는 눈치였다. 그는 술병과 잔을 저만치 치우고는 말했다.

"대체 내게 무얼 얘기하려는 거요? 그쪽 구석에 대해서는 난 아는 바가 없는 사람이오."

레닌은 히죽 웃으면서 고개를 설레설레 저었다.

"글쎄요, 차라리 내가 보기에는 당신이 뭐랄까…… 수수께끼 같은 그 영지 소유자와의 관계를 별로 인정하고 싶어 하지 않는 것처럼 느껴지는군요."

"그럼 그 소유자가 뭔가 바람직하지 않은 인물이기라도 하다는 겁니까?"

"정확히 말해서 살인을 저지른 사람이지요."

백작은 자리에서 벌떡 일어났고, 오르탕스는 깜짝 놀라 말했다.

"정말로 그곳에서 살인사건이 일어났고, 범인이 성에 거주했던 사람이라고 확신하는 건가요?"

"확신하고말고요."

"하지만 딱히 근거도 없지 않습니까?"

"근거가 있지요. 죽은 두 사람이 누구이며, 왜 죽었는지를 아니까요."

레닌 공작의 말투는 어디까지나 간명한 단언조였기에, 그의 말을 듣는 사람은 누구나 확고부동한 증거에 입각해 얘기를 하는 것으로 믿을 만했다.

대글로슈 씨는 뒷짐을 진 채 방 안을 이리저리 서성이더니 마침내 입을 열었다.

"그렇지 않아도 뭔가가 일어났었다고는 감을 잡고 있었소. 하지만 그게 무슨 일인지 알아보려고는 하지 않았죠. 좋습니다. 실은 20년 전, 내 먼 친척 중 한 명이 그곳 알랭그르 영지 내에 거주하고 있었습니다. 나는 같은 성(姓)을 지닌 체면도 있고 해서, 당시로서는 어림짐작만 할 뿐 전혀 안다고 할 수 없었던 그 일이 끝내 어둠 속에 묻혀버리기만을 바라고 있었소이다."

"그러니까 결국 그 먼 친척이라는 사람이 살인을 한 거로군요?"

"그렇소. 살인을 할 수밖에 없는 처지였다고나 할까."

레닌은 단박에 고개를 저었다.

"그런 식으로 바꿔 말씀하시니 다소 유감입니다, 므슈. 실상은 당신의 친척이 지극히 냉정하고 비열하게 살인을 저질렀는데 말입니다. 심지어 그 정도까지 잔혹하면서 음험한 방법으로 저질러진 살인행위는 처음 볼 정도입니다."

"당신이 대체 뭘 안다고 그러시오?"

드디어 레닌이 설명을 할 때가 된 것 같았다. 오르탕스는 비록 공작이 한 발 한 발 들어서고 있는 사건에 대해 아직 아무것도 짚이는 건 없었지만, 지금이 얼마나 엄숙하면서도 불안한 순간인지를 가슴으로 느끼고 있었다.

"사건은 의외로 간단합니다."

드디어 레닌 공작이 본격적으로 입을 열었다.

"모든 사정으로 미루어보았을 때, 그 대글로슈라는 성을 가진 친척분은 기혼자였고, 알랭그르 영지 주변에 또 다른 부부가 살고 있었으며, 그들과 성주 부부가 사이 좋은 관계를 유지하고 있었던 것 같습니다. 그러던 중 과연 무슨 일이 벌어졌을까요? 전체 네 명 중에서 도대체 누가 두 쌍 사이의 원만했던 관계에 분란의 씨앗을 뿌린 것일까요? 그건 나도 알 수 없습니다. 다만 한 가지 머릿속에 떠오르는 가능성은 당신 친척의 부인 되는 마담 대글로슈가 상대 부부의 남편과 더불어 송악으로 뒤덮인 망루에서 몇 차례 만났다는 사실입니다. 그 망루는 들판으로 직접 통하는 출입구가 있어서 그런 일이 가능했지요. 한편 사정을 알게 된 당신 친척 대글로슈는 복수를 하기로 작정했고, 그것도 전혀 말썽이 일어나지 않을, 심지어는 불륜을 저지른 두 사람이 살해당한 걸 그 누구도 알 수 없는 방법으로 요절을 내기로 했습니다. 그러고 보니—나 역시 곧장 알아챈 거지만—성 안에서 유독 망루 위에 마련된 전망대에서만 영지의 수목과 들쭉날쭉한 지형 너머, 800여 미터 떨어져 위치한 문제의 망루가 보인다는 점, 그쪽 망루 꼭대기를 훤히 굽어볼 수 있는 곳은 바로 거기뿐이라는 사실을 깨닫게 되었답니다. 결국 그는 난간벽, 폐기된 옛 총안 자리에다 구멍을 뚫었지요. 그리고 거기에다 망원경을 고정시켜서 두 남녀가 벌이는 불륜의 현장을 낱낱이 목격했던 겁니다. 바로 거기에서 만반의 준비를 갖춰놓고 거리까지 면밀하게 계산한 뒤 드디어 9월 5일 일요일, 성에 아무도 없을 때를 틈타 장총 두 발로 그 두 연인을 저격한 것입니다!"

진실은 그로써 적나라하게 드러났다. 빛의 힘이 어둠에 대항해 일격을 가했다고나 할까. 백작은 넋을 잃은 듯 중얼거렸다.

"그래요. 그렇게 되었을 게 틀림없어요. 내 친척인 대글로슈가 그렇게……."

레닌은 얘기를 계속했다.

"살인자는 일을 해치운 뒤 즉각 구멍을 흙더미로 메웠습니다. 아무도 드나들지 않는 그 망루 꼭대기에서 시체 두 구가 썩어가고 있으리라고 생각할 사람은 없었지요. 더군다나 노파심에서 그곳으로 오르내리는 목재 계단마저 파손시켜버렸거든요. 이제 남은 일이라면 자기 아내와 친구의 동반실종에 대해 지인들에게 해명을 하는 것뿐이었습니다. 그리 어려운 일은 아니었지요. 그저 두 사람이 함께 도주해버렸다고 고발하면 되었으니까요."

오르탕스는 펄쩍 뛰었다. 방금 내뱉은 마지막 말로써 모든 진상이 완전히 폭로되었다고 생각하자, 그때까지만 해도 전혀 감을 잡지 못하던 그녀조차 과연 레닌이 말하고자 하는 바가 무엇인지 분명히 깨닫게 되었던 것이다.

"대체 지금 무슨 말씀을 하시는 건가요?"

"므슈 대글로슈가 아내와 친구를 동반도주한 것으로 고발했다는 얘기를 했습니다."

"말도 안 돼요! 이, 이건 말도 안 돼!"

여자는 길길이 악을 썼다.

"도저히 인정할 수가 없군요. 지금까지는 분명 우리 삼촌의 친척 되는 사람 얘기였잖아요! 그런데 왜 엉뚱하게 다른 얘기와 뒤섞는 거죠?"

"왜 20년 전 얘기와 오늘 이 시대에 일어난 얘기를 뒤섞느냐는 거죠?"

공작은 침착하게 대답했다.

"마담, 나는 그 둘을 섞은 게 아닙니다. 둘 다 실은 하나의 얘기일 뿐이니까요. 난 그저 있는 그대로 일어난 얘기를 하고 있을 뿐입니다."

오르탕스는 삼촌을 홱 돌아보았다. 그는 팔짱을 낀 채 잠자코 서 있었는데, 전등갓 때문인지 얼굴만은 어둠 속에 가려져 있었다. 대체 왜 아무 반론도 제기하지 않는 걸까?

레닌은 더더욱 안정된 어조로 말을 계속했다.

"하나의 얘기지요. 9월 5일 저녁 8시 직전, 므슈 대글로슈는 도망간 두 사람을 찾아 나서겠다는 핑계로 성을 완전 폐쇄한 뒤 거처를 옮겨버렸습니다. 모든 가구와 집기들은 그대로 둔 채 유리 진열장에 있던 장총들만 죄다 챙겨서 말입니다. 그런데 성을 나서기 전에 문득 그의 뇌리를 스치는 생각 하나가 있었습니다. 오늘에 와서 증명된 바이지만, 혹시 자신의 범죄에 그토록 중요한 역할을 담당한 망원경이 나중에라도 발견되면 전격적인 조사를 촉발시킬 거라는 데에 생각이 미친 것이죠. 그는 되는대로 그 망원경을 괘종시계의 케이스에 집어넣었는데, 공교롭게도 그것이 진자의 행로를 막게 된 것이랍니다. 사실 모든 범죄자에게서 공통적으로 발견되는 그런 한순간의 무의식적인 행동이 20년이 지난 오늘 모든 범행을 폭로하게 된 셈입니다. 아까 살롱 문을 거칠게 들이받아 열었을 때, 그 충격으로 진자가 망원경을 벗어나 다시 움직이게 되었고, 시계 역시 다시 움직이기 시작해서 곧장 여덟 번의 종소리를 울린 겁니다. 그렇게 해서 나는 아리아드네의 실을 따라 수수께끼의 미로를 올바로 찾아갈 수가 있었던 것이죠."

오르탕스는 차마 똑바로 말을 잇지 못하고 더듬댔다.

"증거를, 증거를 대세요!"

하지만 레닌의 태도는 조금도 흔들리지 않았다.

"증거요? 그런 거라면 넘쳐나죠. 당신도 나만큼이나 잘 알고 있습니다. 무려 800여 미터나 되는 거리의 목표물을 맞혀 죽이려면 대단한 사격 솜씨가 받쳐줘야 할 텐데, 한마디로 사냥이라면 자다가도 눈이 번쩍 뜨일 만한 사냥광이 아니면 힘들지 않을까요? 안 그렇습니까, 므슈 대글로슈? 증거를 원하셨습니까? 왜 성안의 모든 가구들을 그대로 남겨두면서, 유독 장총들만 가지고 갔을까요? 사냥광이 장총 없이 단 하루도 마음 편히 지낼 수 있겠습니까, 므슈 대글로슈? 그 장총들, 지금 여기 이 무구 틀 속에 가지런히 정돈되어 있군요. 증거가 필요하다고요? 바로 범행을 저지른 9월 5일, 오늘이야말로 끔찍한 옛 기억 때문에 매년 이맘때만 되면 유독 주변에 사람들을 불러 모아 여흥으로 지새고, 오로지 9월 5일에 맞춰 금주(禁酒) 습관을 스스로 깨는 것이 아니겠습니까! 증거를 대라고 하셨지요? 정 그게 아쉬우면 다른 건 다 제쳐두고라도, 일단 이 모습 하나만으로도 충분하지 않을까요?"

레닌은 팔을 쭉 뻗어 대글로슈 백작을 가리켰다. 그는 과거의 적나라한 폭로 앞에서 그만 현기증을 일으키며 안락의자에 털썩 주저앉아 두 손에 얼굴을 파묻었다.

그쯤 되자 오르탕스는 한마디 반론도 제기할 수가 없었다. 따지고 보면 그녀는 이 삼촌이라는 사람을, 아니 정확히 말해 남편의 삼촌인 이 사람을 단 한 번도 좋아해본 적이 없었다. 결국 그녀는 지금까지의 고발 내용을 그대로 수용하기에 이르렀다.

한 1분 정도가 그렇게 흘러갔다.

셰리주를 연거푸 두 차례 잔에 따라 들이켠 대글로슈 씨가 자리에서 천천히 일어나 레닌에게 다가왔다.

"므슈, 당신의 이야기가 사실이든 거짓이든 상관없이, 자신의 명예를 되찾고 부정한 배우자를 벌하기 위해 복수를 한 남편을 두고 죄인이라고 부를 수는 없는 법입니다."

레닌은 곧장 대꾸했다.

"그야 물론이지요. 하지만 지금 얘기는 첫 번째 가능성에만 초점을 맞춘 얘기에 불과합니다. 사실 정작 중대한 문제는 두 번째 가능성에 의거한 사건의 전모이지요. 이건 보다 더 심각할 뿐만 아니라 더욱 신빙성이 있는 가설입니다. 당연히 좀 더 본격적이고 세밀한 조사가 따라야 할 것이고요."

"대체 또 무슨 소리를 하는 거요?"

"바로 이겁니다. 내가 꽤 너그러이 봐줘서 가정한 심판자 남편 얘기가 이제는 아닙니다. 친구의 재산과 아내를 탐내는 파산 지경의 남편 얘기지요. 그래서 결국 자신이 탐내는 여자의 남편과 더불어 자기 아내까지 속 시원히 제거하기 위해서 두 사람을 함정으로 유인하기로 작정했고, 주도면밀한 방법을 통해 문제의 외딴 망루에 오르도록 부추긴 다음, 멀리서 안전하게 사살한 것이죠."

"천만에! 말도 안 되는 소리! 모두 거짓이오!"

백작이 발끈했다.

"내가 보기엔 그렇지 않습니다. 엄연한 증거들과 나의 탁월한 직관력 그리고 지금까지 너무도 정확하게 맞아떨어진 추리력에 의거한 사항들을 고발하고 있는 겁니다. 그럼에도 불구하고 나 역시 이 두 번째 가설만은 사실이 아니기를 바라고 있습니다. 하지만 왜 당신이 그토록 안절부절못하고 괴로워하는지가 설명이 안 됩니다. 죄인들을 정당하게 벌한 것뿐이라면 결코 그렇게 마음 졸일 이유가 없지요."

"괴로워한 것은 단지 사람을 죽인 데서 오는 심리적 부담 때문이오. 정말이지 그 자체가 감당하기 힘든 마음의 짐이란 말이오."

"그럼 자기가 죽인 남자의 아내와 차후에 결혼을 한 것은 그런 마음의 부담을 덜자고 한 일인가요? 문제는 바로 거기에 있습니다, 므슈. 왜 이 결혼을 했을까요? 므슈 대글로슈가 진정 파산한 걸까요? 두 번째로 맞이한 배우자가 부자였을까요? 아니면 둘이 정말 서로 좋아해서, 남자가 아내를 죽이고 자기 남편마저 죽인다는 데에 여자도 동의를 한 걸까요? 아직 내가 잘 모르는 숱한 문제가 있는 게 사실입니다. 당장은 오리무중이지만, 사법당국이 정식으로 달려들면 밝혀내는 거야 그리 어려운 일이 아니지요."

대글로슈 씨는 그 자리에서 휘청거렸다. 급기야 그는 의자 등받이를 짚고 기대 창백한 얼굴로 더듬거렸다.

"그럼 정녕 사법당국에 고발할 참이오?"

레닌은 단호하게 잘라 말했다.

"천만에요! 그건 아닙니다. 무엇보다 일단 시효가 지났습니다. 아울러 지난 20년 동안의 회한과 두려움, 어쩌면 죽는 순간까지 따라다닐 그 끔찍한 기억, 가정생활의 불화, 매일 거듭되는 서로에 대한 증오…… 그 모두가 지옥 같았을 겁니다. 마지막으로 현장으로 가서 범행의 흔적을 말끔히 지우는 것, 즉 그 자체가 하나의 무시무시한 징벌을 받는다는 마음가짐으로 망루에 올라가 유골들을 직접 만지고 옷을 벗겨 장사를 치러주는 걸로 모든 걸 끝내는 게 좋겠습니다. 우리 너무 많은 걸 바라지는 맙시다. 공연히 옛일을 들쑤셔서 대중한테 씹을 거리나 던져주는 꼴은 되지 말자는 겁니다. 괜히 므슈 대글로슈의 질녀분만 구설수에 시달릴 따름이에요. 그래선 안 되지요. 이 모든 지저분한 사연은 그냥 묻어버리자고요."

백작은 책상 앞에서 다시 자세를 바로 한 뒤 두 손으로 이마를 짚으며 중얼거렸다.

"아니, 그럴 거면서 대체 왜?"

"왜 굳이 이렇게 나섰느냐는 거지요?"

레닌은 묘한 표정으로 대답했다.

"뭔가 입을 열었으면 무슨 노리는 바가 있지 않겠느냐고요? 맞는 말씀입니다. 제아무리 미미하다 해도 뭔가 대가는 치러야겠죠. 우리의 이 면담에 뭔가 실질적인 결론이 있어야 할 거란 말입니다. 오, 뭐 너무 걱정할 필요는 없어요. 므슈 대글로슈께서는 아주 헐값에 홀가분해지실 수 있을 겁니다."

그것으로 대결은 끝난 것이나 다름없었다. 이제 간단한 요식행위만 있으면, 약간의 대가만 지불하면 되겠다는 생각에 백작은 마음을 가다듬고 다소 빈정대는 투로 말했다.

"그래, 얼마면 되겠소?"

레닌은 너털웃음을 터뜨렸다.

"허허허, 멋지십니다! 이제야 상황을 이해하신 모양이로군요! 다만 나를 보는 눈이 약간은 삐뚤어져 있는 게 문제입니다. 나로 말할 것 같으면, 명예를 위해 일하는 사람입니다."

"그렇다면?"

"그저 뭔가 제자리에 돌려놓기만 하면 됩니다."

"제자리에 돌려놓다니?"

레닌은 책상 앞으로 잔뜩 상체를 숙이면서 말했다.
"이 책상 서랍 중 한 곳에 당신의 서명을 기다리는 서류가 하나 있습니다. 당신 질녀인 오르탕스 다니엘과 당신 사이에 결혼 지참금에 관해 체결될 협약서 초안이지요. 지참금을 당신의 의붓조카가 몽땅 탕진해버렸으니 모조리 당신 책임인 셈입니다. 자, 거기에다 당신이 서명만 하면 됩니다."
대글로슈 씨는 펄쩍 뛰는 기색이었다.
"대체 금액이 어느 정도인지나 알고 하는 소리요?"
"그건 알고 싶은 마음도 없습니다."
"만약 싫다면?"
"대글로슈 백작부인에게 따로 면담을 신청해야겠지요."
순간 백작은 지체 없이 서랍을 열더니 소인이 찍힌 문서를 하나 빼내 서명을 냅다 휘갈겼다.
"여기 있소. 이제 바라건대……."
"나와 마찬가지로, 이제부터는 우리 둘이 서로 모른 척하기를 바란다는 말씀이죠? 전적으로 동감입니다. 나는 오늘 저녁 내로 여길 뜰 것이고, 당신의 질녀 오르탕스 역시 내일이면 이곳을 떠날 겁니다. 안녕히 계시오, 므슈!"
아직 손님들이 몰려들지 않은 살롱에서 레닌은 협약서를 오르탕스에게 넘겼다. 여자는 지금까지 자기가 귀로 들은 사실들로 인해 완전히 넋이 나간 듯 보였다. 여지없이 까발려진 삼촌의 어두운 과거도 과거이려니와, 불과 수 시간 만에 사태를 완전히 자기 손아귀에 장악해 넣고, 아무도 목격한 적이 없는 참극의 전모를 그림 그려내듯이 눈앞에 펼쳐 보여준 이 사내의 놀랄 만한 명석함과 비상한 혜안에 어안이 벙벙해질 수밖에 없었던 것이다.

"이제 나에게 만족하십니까?"

남자의 얄궂은 질문에 여자는 두 손을 부드럽게 내밀었다.

"당신은 나를 로시니로부터 구해주셨습니다. 내게 자유와 독립을 선사해주셨어요. 마음 깊숙한 곳으로부터 감사드립니다."

"오! 하지만 그런 걸 바란 게 아니었는데요. 우선 원했던 건 당신을 즐겁게 해주자는 거였습니다. 당신 인생은 그저 따분하고 뭔가 기발한 면이 없었잖습니까? 그래, 오늘도 그렇던가요?"

"가당치 않은 질문입니다. 평생 이토록 강렬하고 신기한 경험을 해본 적이 없는 것 같아요."

"삶이란 원래 그런 겁니다. 눈을 똑바로 뜬 채 탐구하는 자세만 견지한다면 말입니다. 모험은 도처에 널려 있습니다. 지극히 보잘것없는 오두막 안이든 가장 무난해 보이는 사람의 표정 아래서든, 얼마든지 있을 수 있어요. 볼 생각과 찾을 마음만 있다면 도처에 널려 있는 게 바로 열광할 핑계거리요, 선행을 쌓을 건수이며, 희생자를 구하고 불의에 종식을 고할 기회들이랍니다."

남자가 갖춘 권위와 능력에 감명을 받은 여자 입에서 급기야 이런 질문이 새어나왔다.

"도대체 당신은 누구신가요?"

"그저 일개 협객일 뿐입니다. 모험 애호가라고나 할까요? 삶이란, 남과 함께하는 모험이든 지극히 개인적인 모험이든 오로지 모험을 하는 동안만이 진정 살 만한 겁니다. 오늘 겪은 모험은 당신의 존재에 깊은 영향을 미쳤기 때문에 매우 혼란스럽기도 할 겁니다. 하지만 타인들과 함께 부딪치는 모험 역시 결코 그보다 못하지는 않습니다. 한번 시험해 보실 생각이 있나요?"

"어떻게 말인가요?"

"나와 함께 모험을 즐기면 됩니다. 누구든 내게 도움을 요청해오면 당신은 나와 함께 그를 도우면 되는 거죠. 우연에 의해서든 내 본능에 따라서든 어떤 범죄의 흔적이나 희생자의 고통을 추적할 기회가 생기면, 둘이 한 조가 되어 일에 뛰어드는 겁니다. 자, 어쩌시겠습니까?"

"좋아요. 다만……."

여자는 잠시 머뭇거렸다. 혹시나 레닌이 뭔가 다른 꿍꿍이속이 있지 않나 하는 눈치였다.

마침내 남자가 지그시 웃으며 말했다.

"가만히 보니 의심이 드는 모양이로군요? '도대체 이 모험 애호가가 날 어디로 이끌고 가려는 걸까? 보아하니 내가 마음에 들긴 드는 모양인데, 조만간 수상쩍은 사례라도 하라고 할지 몰라' 뭐 이런 생각을 굴리는 것 아닙니까? 하긴 무리도 아니지요. 좋습니다! 우리 사이에 정확한 계약을 선행하는 게 좋겠어요."

"아주 정확하게 하도록 하죠."

워낙 농담조로 대화하기를 좋아하는 오르탕스가 툭 던지듯이 내뱉었다.

"자, 어디 그쪽 제안부터 들어볼까요?"

남자는 잠시 생각하더니 이렇게 말했다.

"좋아요, 이렇게 하죠. 첫 모험을 한 오늘 알랭그르의 괘종시계가 여덟 번 종소리를 울렸습니다. 이제 그것을 하나의 판결이라고 보고, 예컨대 앞으로 한 석 달 동안 일곱 차례를 더 멋진 모험에 동참하는 겁니다. 그렇게 해서 모두 여덟 번째 모험에 이르게 되면 그때 가서 당신이 내게 허락하기로 하는 게 어떻습니까?"

"뭘 말인가요?"

남자는 은근슬쩍 요점을 피해갔다.

"중요한 건 말입니다, 만약 도중에 내가 당신을 재미있게 해주지 못한다는 판단이 들 경우 언제든 당신은 내 곁을 떠날 수 있다는 사실입니다. 하지만 끝까지 나를 따라올 경우, 그러니까 모두 여덟 차례의 모험을 내가 당신과 더불어 완수하게 되는 석 달 후 12월 5일, 그 괘종시계가 여덟 번의 종소리를 울리는 바로 그 순간—틀림없이 그럴 거예요. 그 낡은 구리 진자는 이제 멈추지 않을 겁니다—당신은 내게 허락하는 겁니다."

"대체 뭘 말이에요?"

여자는 궁금해 안달이 난다는 듯 다그쳐 물었다.

하지만 남자는 입을 다물었다. 그리고 모든 것의 대가로 요구하려는 그 앙증맞은 입술을 지그시 바라보기만 했다. 사실 지금쯤 여자도 그 정도 속내쯤이야 눈치챘으리라는 것을 남자는 느끼고 있었고, 그래서 굳이 노골적인 말로 드러낼 필요가 없다고 생각했다.

"당신을 바라보는 즐거움 하나만 허락하는 걸로 충분합니다. 그러니 제안을 할 사람은 내가 아니라 바로 당신이어야 합니다. 자, 어서 말해보시죠. 당신이 요구하는 건 무엇입니까?"

남자가 자신을 존중하고 있음을 간파한 오르탕스는 빙그레 웃으며 중얼거렸다.

"내가 뭘 요구할 거냐고요?"

"네."

"아무리 어려운 거라도 괜찮나요?"

"당신 마음을 얻고자 하는 사람에게 어려운 일이란 없습니다."

"요구사항이 거의 불가능하다고 해도요?"

"불가능한 것만이 내 홍미를 끌어당기지요."

그제야 여자는 툭 내뱉었다.

“블라우스 깃을 여미는 버클 하나를 찾아주는 일이에요. 금세공 틀 속에 박힌 홍옥수(紅玉髓)로 된 골동품인데, 어머니가 할머니한테서 물려받은 걸 다시 저한테 물려주신 거지요. 그것으로 인해 두 분 다 행복하셨고, 나 역시 행복했었다는 건 이미 알 만한 사람들은 다 아는 사실이랍니다. 한데 그게 그만 보관함에서 없어지고 나서는 불행하게 되었어요. 그걸 좀 찾아주세요, 수호천사님.”

“그 버클이 언제 없어진 겁니까?”

그 말을 듣는 순간 오르탕스의 얼굴이 환해졌다.

“어머나! 그러니까 그게 한 7년인가, 아니 8년, 9년인가…… 잘 모르겠네요. 어디서 잊어버렸는지도, 어떻게 없어졌는지도, 아무래도 도통 모르겠어요.”

“반드시 찾아내겠습니다. 그리고 당신은 행복할 것입니다.”

레닌의 대답이었다.

2
물병

파리에 둥지를 튼 나흘째 되는 날, 오르탕스 다니엘은 불로뉴 숲에서 레닌 공작과 만날 약속을 했다. 눈부신 아침, 두 사람은 앵페리알 레스토랑 테라스의 약간 동떨어진 자리에 앉아 있었다.

젊은 여자는 매력이 넘쳐났고 쾌활하기 그지없었으며, 그저 사는 즐거움에 온통 들떠 있었다. 그런 여인의 기분을 방해하고 싶지 않아서 레닌 공작은 서로의 계약에 관해서는 되도록 언급을 자제했다. 여자는 라 마레즈를 떠나던 얘기를 하면서, 로시니 소식은 전혀 듣지 못했다고 했다.

"나는 들었습니다."

레닌이 불쑥 내뱉었다.

"아!"

"네, 그랬어요. 내게 결투의 입회인이 될 사람들을 보냈더군요. 오늘 아침에 결투를 치르고 오는 길입니다. 어깨에 따끔한 상처 하나로 깨끗이 정리했지요."

"우리 다른 얘기나 해요."

그것으로 로시니는 더 이상 문제 되지 않았다. 레닌은 곧장 마음속에 그리고 있던 두 건의 원정 계획을 털어놓았고, 별로 조르는 감 없이 동참할 것을 제안했다.

그는 이렇게 말했다.

"가장 최고의 모험이란 전혀 예기치 못할 때 경험하게 되는 법입니다. 그건 완전히 부지불식간에 짜잔 하고 벌어지는 무엇이지요. 웬만한 전문가 아니면, 행동할 기회나 심혈을 기울여야 할 순간이 언제 어떻게 지나가는 줄도 까마득히 모르기 일쑤랍니다. 중요한 건 바로 그런 순간을 제때에 포착하는 거지요. 잠시만 머뭇거려도 늦어버리는 겁니다. 기회를 휘어잡으려면 어떤 특별한 감각이 필요하지요. 어지러이 뒤엉키는 모든 냄새들 중에서 기막힌 향기를 잡아내는 사냥개의 후각 같은 것 말입니다."

두 사람 주위로 시작해 테라스에 사람들이 차고 있었다. 이웃한 테이블에는 갈색의 긴 콧수염에 옆모습이 평범한 한 젊은이가 앉아 신문을 읽고 있었다. 뒤쪽에서는 레스토랑의 창문들을 통해서 어렴풋한 연주 소리가 흘러나오고 있었는데, 아마 객실들 중 한 곳에서 사람들이 춤을 추는 모양이었다.

오르탕스는 주위의 사람들을 하나하나 유심히 살펴보았다. 그 자세가 마치 그들 중 누구의 얼굴에서 은밀한 드라마라든가 기구한 운명 혹은 무슨 범죄 의도의 징후라도 찾을 수 있지 않을까 잔뜩 벼르는 듯했다.

레닌이 음식값을 지불할 즈음이었다. 긴 콧수염의 젊은이가 느닷없이 탄식을 내지르더니 목멘 소리로 종업원을 불렀다.

"여기 얼마입니까? 잔돈 없어요? 아! 제기랄, 빨리 좀 서둘러주시오!"

레닌은 은근슬쩍 그가 보던 신문을 집어 들었다. 한번 쓱 훑어보던 그의 입에서 어떤 기사 내용이 슬금슬금 흘러나왔다.

자크 오브리외의 변호를 맡은 두르댕 변호사는 결국 엘리제 궁(宮)을 방문했다. 현재 알려진 바로는 공화국 대통령이 사형수의 사면을 거부했으며, 처형은 내일 아침 집행될 예정이다.

젊은이는 곧바로 테라스를 가로질러 나갔다. 그때 어떤 남녀 한 쌍이 대뜸 앞을 가로막으면서 그중 남자가 이렇게 말했다.

"놀라게 해드려서 죄송합니다만, 므슈, 혹시 자크 오브리외의 일 때문에 그러시는 것 아닙니까?"

젊은이는 더듬거렸다.

"그, 그렇소. 자크 오브리외…… 자크는 내 불알친구요. 당장 그 친구 안사람한테 가보아야 합니다. 지금 보통 괴로운 게 아닐 거예요."

"내가 좀 도와드려도 될까요? 레닌 공작이라고 합니다. 이 숙녀분과 나는 마담 오브리외를 뵙고 힘이 되어드릴 수 있으면 몹시 기쁘겠습니다만."

그렇지 않아도 방금 접한 신문기사 때문에 가뜩이나 혼비백산한 터라, 젊은이는 뭐가 어떻게 돌아가는지 어리벙벙한 듯했다. 그는 그저 어색하게 자신을 소개하는 것으로 대답을 대신했다.

"뒤트뢰이, 가스통 뒤트뢰이라고 합니다."

레닌은 약간 떨어져서 기다리는 운전기사 클레망에게 신호를 했고, 가스통 뒤트뢰이를 자동차 안에 떠밀듯이 태운 뒤 물었다.

"주소는요? 마담 오브리외의 주소 말입니다."

"룰 가도(街道) 2구역 23번지입니다."

곧이어 오르탕스도 차에 올라타자 남자는 운전기사에게 주소를 다시 확인시켜주었고, 차가 출발한 뒤에 가스통 뒤트뢰이에게 정식으로 질문을 던졌다.

"사건이 어떻게 된 건지 나는 잘 모릅니다. 간단히 설명 좀 부탁드려도 될까요? 자크 오브리외가 가까운 친척 중 한 명을 살해한 것 맞습니까?"

"그는 결백합니다!"

버럭 소리부터 치는 젊은이는 그 어떤 차분한 설명도 할 수 없을 분위기였다.

"장담하건대 죄가 없어요. 자크와 친구로 지낸 지 어언 20년입니다. 그는 결백해요. 아, 정말이지 끔찍한 일입니다."

더 이상은 그로부터 끌어낼 것이 없어 보였다. 교통은 무척 원활한 편이었다. 일행을 태운 차는 사블롱 문(門. 시내 일부 구역을 경계 짓는 명칭—옮긴이)을 거쳐 뇌일리로 들어서는가 싶더니, 2분 후에는 벽을 따라 죽 이어진 길고 좁은 골목길 앞에서 멈추었다. 골목 끝에는 단층짜리 아담한 별장이 들어서 있었다.

가스통 뒤트뢰이가 초인종을 울리자, 얼른 튀어나온 하녀가 말했다.

"마담은 어머님과 함께 거실에 계십니다."

"두 분 다 뵈어야겠소."

그는 레닌과 오르탕스를 안내하며 말했다.

아기자기한 가구 배치가 돋보이는 거실은 꽤 널찍했고, 보통 때는 서재로도 활용되는 듯했다. 두 여인이 울고 있었는데, 그중 희끗한 머리에 나이가 꽤 지긋한 여자가 가스통 뒤트뢰이를 맞으러 다가왔다. 그가 레닌 공작과 함께 오게 된 경위를 설명하자, 여자는 다짜고짜 훌쩍이며 하소연을 늘어놓기 시작했다.

"내 딸아이 남편은 결백하답니다, 므슈. 오, 자크! 진정 그만한 사내도 없어요. 정말이지 황금 같은 마음을 가지고 있어요! 그런 사람이 자기 사촌을 죽이다니! 오히려 얼마나 좋아했다고요! 맹세컨대 죄가 없답니다, 므슈! 그런데도 파렴치하게 그의 목숨을 빼앗겠다고요? 아! 므슈, 그렇게 되면 내 딸아이는 죽은 목숨이나 다름없어요."

이들 모두가 사내의 결백에 대한 생각과 절대로 죄 없는 사람이 처형될 리 없다는 신념 속에서 지난 몇 달을 가슴앓이해왔다는 것을 레닌은 쉽게 느낄 수 있었다. 그래서 이제는 불가피하게 되어버린 처형 소식에 모두가 혼비백산하고 있는 것이다.

그는 완전히 쭈그리다시피 하고 있는 가엾은 여자에게 다가갔다. 어여쁜 금발 머리가 앙증맞게 감싸고 있는, 한참 앳되어 보이는 얼굴이 절망으로 일그러져 있었다. 어느새 오르탕스는 그 여자 곁에 다가앉아 자기 어깨 쪽으로 부드럽게 끌어안고 있었다. 레닌이 말했다.

"마담, 당신을 위해 어떻게 해드려야 할지 지금으로선 잘 모르겠군요. 하지만 명예를 걸고 장담하건대, 세상에 어떻게든 당신께 도움이 될 만한 사람이 있다면 그건 바로 이 사람일 겁니다. 따라서 자크 오브리외에 관한 당신 의견에 동참할 수 있도록 제가 묻는 말씀에 차근차근 답변을 주시길 부탁드립니다. 얼마나 명확한 답이냐에 따라 상황은 180도 달라질 수가 있습니다. 일단 그는 결백하지 않습니까?"

"오, 므슈!"

여자는 온몸이 들썩일 정도로 흥분해 있었다.

"알겠습니다. 그 정도의 확신인데도 불구하고 사법당국을 납득시키기 어려우셨으니 이젠 저에게 한번 내보여주십시오. 뭐 지나치게 상세한 얘기를 원하는 건 아닙니다. 굳이 끔찍한 일을 일일이 되새기라고 권하는 게 아니에요. 다만 몇 가지 질문에만 간단히 대답해주시면 그걸로 됩니다. 자, 해보시겠습니까?"

"어서 말씀해보세요, 므슈."

여자는 어느새 시키는 대로 고분고분해졌다. 레닌은 단 몇 마디 말로 여자를 진정시켰고, 무엇이든 응할 태세를 불어넣었던 것이다. 그 모습을 바라보는 오르탕스는 또다시 이 레닌이라는 인물의 위력과 권위, 친화력의 정도를 실감했다.

남자는 먼저 모친과 가스통 뒤트뢰이더러 잠자코만 있으라고 한 뒤 질문을 꺼냈다.

"부군께서 하시는 일은 무엇입니까?"

"남편은 보험 중개사입니다."

"일은 잘되는 편이었나요?"

"작년까지만 해도 그랬죠."

"그럼, 몇 달 전부터는 돈이 좀 딸렸나요?"

"네."

"그리고 살인사건이 터졌고요?"

"지난 3월 어느 일요일이었죠."

"희생자는요?"

"사촌뻘 되는 므슈 기욤이라는 사람이에요. 쉬렌(파리 교외의 마을—옮긴이)에 살았지요."

"도난당한 금액은요?"

"1000프랑짜리 지폐로 60장이라더군요. 그 사람이 바로 전날 오래된 빚을 회수한 돈이었나 봐요."

"남편도 그 돈에 관해 알고 있었습니까?"

"네. 일요일에 그가 남편에게 전화로 얘기를 했으니까요. 자크는 그 정도 금액이면 집에 두지 말고 다음 날 곧장 은행에 갖다 맡기라고 권했답니다."

"그때가 아침이었나요?"

"오후 1시쯤이었어요. 자크더러 곧장 오토바이를 타고 집에 와줄 수 없냐고 하는 모양이었는데, 몸이 피곤해서 나갈 수 없다고 했대요. 그렇게 한나절 내내 집에 틀어박혀 있었답니다."

"혼자 말입니까?"

"네, 혼자요. 하녀가 둘 있긴 한데, 그땐 휴가 중이었거든요. 저는 어머니랑 우리 친구 뒤트뢰이랑 함께 테른 광장의 영화관에 가 있었고요. 우린 저녁이 다 되어서야 므슈 기욤의 사망 소식을 접했답니다. 다음 날 자크는 체포되었고요."

"구체적인 혐의 사실은 뭐랍니까?"

가엾은 여자는 머뭇대는 눈치였다. 아무래도 엄청난 혐의가 씌워진 모양이었다. 결국 레닌이 손짓으로 재촉하자 일사천리로 대답이 튀어 나왔다.

"살인자는 오토바이를 타고 생클루에 나타났다고 했어요. 그런데 그 오토바이 흔적을 조사한 결과 바로 내 남편의 오토바이라는 거예요. 또 남편 이름 이니셜이 새겨진 손수건 한 장과 역시 남편 소유의 권총이 범행에 쓰인 걸로 밝혀졌답니다. 게다가 이웃 사람 한 명이 오후 3시쯤, 우리 그이가 오토바이를 타고 나가는 걸 봤다고 증언했대요. 또 다른 증인은 오후 4시 반쯤 집에 돌아오는 그이를 봤다고 하고요. 그런데 사건이 일어난 시각이 글쎄, 오후 4시라지 뭡니까."

"그래, 자크 오브리외 본인은 뭐라던가요?"

"오후 내내 잠을 자고 있었다고 해요. 아마 그동안에 누군가 와서 창고 문을 열고 오토바이를 훔쳐 탄 채 쉬렌으로 향했을 겁니다. 손수건과 권총은 자루 속에 들어 있던 거니까, 살인자가 얼마든지 사용했어도 그리 놀랄 일도 아니고요."

"음, 일리 있는 설명이군요."

"누가 아니래요! 그런데도 사법당국은 두 가지 반론을 펴더군요. 우선 우리 남편이 오후 내내 집에 머물러 있었으리라고 보는 사람은 이 세상에 아무도 없다는 겁니다. 왜냐하면 그이는 일요일 오후마다 오토바이를 타고 외출을 하는 습관이 있거든요."

"그리고 또 뭐죠?"

여자는 일순 얼굴이 빨개지더니 이렇게 중얼거렸다.

"므슈 기욤의 사무실에서 살인자가 반쯤 마시고 남긴 포도주 병이 발견되었답니다. 그 병에 우리 남편의 지문이 찍혀 있더라는 거예요."

여자는 얘기를 이어나가려고 안간힘을 쓰는 눈치였다. 아울러 레닌의 갑작스러운 개입으로 잠깐 이는 듯했던 무의식적인 희망이 거듭 환기되는 증거들 때문에 폭삭 수그러드는 모양이었다. 여자는 그대로 주저앉더니 일종의 멍한 침묵 속으로 빠져들었는데, 오르탕스가 아무리 쓰다듬고 진정시키려고 해도 좀처럼 그 상태를 빠져나오지 못했다.

잠자코 있던 모친이 주춤주춤 입을 열었다.

"어떻습니까? 그는 결백한 거죠, 므슈? 죄 없는 사람을 벌줄 수는 없는 것 아닙니까? 그럴 권리는 누구에게도 없어요. 내 딸을 저대로 죽게 할 권리가 없다고요. 오, 하느님! 도대체 우리가 무슨 잘못을 저질렀기에 저들이 이다지도 우릴 괴롭히는 겁니까? 우리 가엾은 마들렌……."

뒤트뢰이도 잔뜩 겁에 질린 목소리로 더듬댔다.

"저, 저러다 자살하지나 않을지 걱정입니다. 자크를 기요틴으로 요절낼 거라는 생각을 견디지 못할 거예요. 어쩌면, 오늘 밤 내로, 자살할지 몰라요."

레닌은 방 안을 이리저리 서성댔다.

"이 여자분을 위해 할 수 있는 일이 없는 거예요?"

오르탕스가 조심스레 묻자, 남자는 고민스러운 태도로 대꾸했다.

"지금이 11시 30분이니 내일 아침이면……."

"그럼 죄가 있다고 믿으시는 거예요?"

"모르겠어요, 모르겠습니다. 이 여자분의 확신만으로도 충분히 설득력은 있어요. 결코 등한시할 문제가 아니지요. 누구든 두 사람이 오랜 세월 살을 맞대고 살면서 서로에 대해 그 정도까지 잘못 알고 있을 수는 없는 법이죠. 다만 문제는……."

그는 갑자기 소파 위에 벌렁 누워 담배를 한 대 꺼내 피웠다. 아무도 감히 방해하지 않는 가운데 그는 세 대를 연거푸 피웠고, 이따금 시계를 힐끔거렸다. 1분 1초가 그만큼 절실했다.

마침내 그는 마들렌 쪽으로 돌아앉아 두 손을 내밀어 붙들고는 부드럽게 말했다.

"우선 당신은 자살을 해선 안 됩니다. 마지막 순간까지는 결코 망한 게 아닙니다. 약속하건대, 저 역시 그 마지막 순간까지 결코 단념하지 않을 것입니다. 그러려면 우선 당신의 믿음과 안정된 상태가 필요합니다."

"진정할게요."

그렇게 말은 했지만 여자는 보기에도 안쓰러운 얼굴이었다.

"믿음도 가지셔야 합니다."

"그럴게요."

"그럼 이제부터 저를 기다리십시오. 지금으로부터 두 시간 후에 돌아오겠습니다. 므슈 뒤트뢰이, 우리와 함께 가시지요."

차에 오르면서 그는 젊은이에게 물었다.

"혹시 이곳 파리 시내 레스토랑 중에 그리 멀지 않고 사람 별로 없는 아담한 곳 아십니까?"

"테른 광장에, 내가 사는 건물 1층에 뤼테시아라고 하나 있습니다."

"잘됐군요. 거기라면 아주 편하겠어요."

가는 도중에는 거의 말이 없던 레닌이 가스통 뒤트뢰이를 향해서 이렇게 중얼거렸다.

"내가 알기로는 상당한 금액의 돈을 보관할 경우 지폐번호 따위를 기록해두던데."

"맞습니다. 기욤도 60개에 달하는 지폐번호를 수첩에다 일일이 적어놓았다더군요."

잠시 후, 레닌이 다시 중얼거렸다.

"문제는 죄다 거기 있습니다. 과연 돈이 어디 있느냐는 거죠. 그 돈만 손에 들어오면 만사가 결정되는데 말입니다."

뤼테시아에서는 식사를 하기로 한 밀실에 공교롭게도 전화가 장착되어 있었다. 마침내 오르탕스와 뒤트뢰이 그리고 레닌, 이렇게 셋만 남게 되자 공작은 다짜고짜 수화기를 들었다.

"여보세요? 파리 경시청 부탁합니다. 마드무아젤, 여보세요? 여보세요? 경시청입니까? 미안하지만 치안국에 용건이 있는데요. 매우 중대한 일입니다. 레닌 공작이라고 전해주십시오."

공작은 수화기를 손에 쥔 채 문득 가스통 뒤트뢰이를 힐끗 바라보았다.

"이리로 누구 한 사람 좀 불러들여도 괜찮겠죠? 뭐 큰 방해가 되진 않을 겁니다."

"물론이죠."

공작은 다시 수화기에 귀를 갖다 댔다.

"치안국장님 비서관이라고요? 아, 괜찮습니다, 비서님. 저는 그동안 므슈 뒤두이와 더불어 여러 차례 사건을 맡아오면서 매우 유용한 정보들을 제공해온 사람입니다. 아마 국장님도 레닌 공작이라고 하면 모르지 않으실 겁니다. 오늘은 살인범 오브리외가 자기 사촌한테서 빼앗은 6만 프랑의 소재지를 알려드리려고 합니다만. 저의 제안에 흥미를 느끼신다면 부디 형사 한 명을 테른 광장에 위치한 뤼테시아 레스토랑으로 급파해주셨으면 합니다. 저는 어느 부인 한 분과 오브리외의 친구 므슈 뒤트뢰이와 함께 현장에 있을 겁니다. 그럼, 안녕히 계십시오."

레닌이 수화기를 내려놓고 돌아보자, 오르탕스와 가스통 뒤트뢰이의 황당해하는 얼굴이 자신을 뚫어져라 바라보고 있었다.

오르탕스가 중얼거렸다.

"그럼 알고 있단 얘기예요? 찾아낸 겁니까?"

"천만에요."

공작은 피식 웃으며 대답했다.

"아니, 근데?"

"그냥 아는 척한 것뿐입니다. 늘 하는 방식대로요. 자자, 식사나 합시다."

추시계가 낮 12시 45분을 가리키고 있었다.

"늦어도 20분 후면 경시청에서 보낸 사람이 도착할 겁니다."

"아무도 안 오면요?"

오르탕스가 찌르듯 물었다.

"그럴 리가 있겠습니까! 아, 설사 내가 므슈 뒤두이의 입에서 '오브리외는 결백하다'라는 말이 나오도록 했다손 쳐도, 별 효력은 없을 겁니다. 지금은 처형 바로 전날이에요. 그러니 백날 경찰이나 판관 나리들을 상대로 사형수가 죄가 없다라고 설득을 해봐야 아무 소용이 없단 말입니다! 아무렴요, 이제부터 자크 오브리외는 사형집행인의 소관으로 넘어간 처지란 말입니다. 하지만 6만 프랑이라는 거금이 나타났다고 했을 때는, 모든 걸 뒤엎어버릴 기회가 생기는 겁니다. 아직까지 발견되지 않은 돈의 행방, 그거야말로 현재 혐의 사실에서 가장 취약한 부분이라는 사실을 명심하세요."

"하지만 당신도 전혀 모른다면서요."

"이봐요, 친구. 그런 식으로 불러도 되겠죠? 자고로 어떤 물리적 현상을 설명할 수 없을 때는, 그 현상이 일정한 설명을 취할 수 있을 만한 그럴싸한 가설이라도 세워보는 겁니다. 그러고는 마치 모든 것이 실제로 그리되었던 것처럼 설명을 시도해보는 것이죠. 내가 지금 하는 것도 바로 그런 식입니다."

"다시 말해, 뭔가 추론을 하고 있다는 얘기입니까?"

즉답을 피한 레닌은 식사가 다 끝날 때쯤에서야 이렇게 말했다.

"물론 뭔가 추론을 한 상태입니다. 만약 내게 며칠만이라도 시간적

여유가 있다면, 지리멸렬한 사실들을 관찰한 것뿐만 아니라 내 순수한 직관에 바탕한 이 가설을 우선 하나하나 검증하는 일부터 시도했을 거예요. 하지만 앞으로 남은 시간은 두어 시간밖에 없는 실정입니다. 따라서 전혀 미지의 길이라도, 마치 그를 통해 진실에 도달할 수 있다고 확신하는 것처럼 걸어가보는 겁니다."

"만약 그러다 틀리기라도 하면요?"

"하지만 달리 선택의 여지도 없지요. 게다가 이젠 너무 늦었어요. 누가 노크를 하고 있군요. 아차, 한마디만 짚고 넘어가죠. 앞으로 내가 무슨 말을 어떻게 하든 잠자코만 있어야 합니다. 므슈 뒤트뢰이, 당신도 마찬가집니다."

그는 문을 열어주었고, 붉은 수염에 깡마른 남자가 성큼 들어섰다.

"레닌 공작이십니까?"

"그렇습니다만, 므슈 뒤두이로부터 오신 분이죠?"

"그렇습니다."

곧장 자기소개가 이어졌다.

"모리소 형사반장입니다."

레닌 공작은 즉시 반기며 대응을 해주었다.

"이렇게 신속히 나와주셔서 정말 감사합니다, 형사반장님. 그렇지 않아도 당신의 업무 처리능력은 익히 들어 알고 있던 차입니다. 그중 몇몇 활약상은 정말이지 대단하더군요. 므슈 뒤두이가 당신을 보내주어서 정말 다행입니다."

기분이 좋아진 형사반장은 고개를 깍듯하게 숙여 답례했다.

"므슈 뒤두이는 저더러 성심껏 도우라고 지시하셨습니다. 아울러 광장에 두 명의 형사를 따로 배치해두었는데, 두 사람 다 처음부터 이번 사건을 저랑 함께 맡아오던 형사들입니다."

레닌은 자신 있는 목소리로 내뱉었다.

"그리 오래 걸리지는 않을 겁니다. 굳이 앉으시라고 자리를 권할 필요도 없을 정도이지요. 단 몇 분 만에 끝날 일입니다. 무슨 일 때문에 오신지는 알고 계시죠?"

"므슈 기욤이 도난당한 1000프랑짜리 지폐 60장이 발견되었다는 얘기로 알고 있습니다. 여기 그 지폐번호가 있습니다."

레닌은 일련번호를 유심히 들여다본 뒤 소리쳤다.

"바로 이겁니다! 이제 됐네요!"

모리소 형사는 무척 흥분한 기색이었다.

"국장님은 당신의 발견을 무척이나 중요시하고 있습니다. 자, 어디 있는지 말씀해주실까요?"

레닌은 잠시 침묵을 지키더니 단호한 음성으로 잘라 말했다.

"형사반장님, 잠시 후 당신에게 그 과정을 죄다 공개하겠지만, 지금까지 개인적으로 치밀하게 조사를 해온 결과, 살인범은 쉬렌에서 돌아오자마자 오토바이를 룰 가도의 창고에 들여다 놓고 나서, 곧바로 테른 광장까지 한걸음에 달려와 바로 이 건물로 들어선 것으로 밝혀졌습니다."

"아니, 바로 이 건물로 말입니까?"

"그렇습니다."

"대체 여기 와서 무엇을 했나요?"

"그야 물론 훔쳐온 60장의 지폐를 감춰놓았죠."

"어디, 어떻게 말입니까?"

"6층, 자기가 열쇠를 가지고 있는 아파트 안이지요."

가스통 뒤트뢰이가 화들짝 놀라며 소리쳤다.

"6층이라면 오직 단 한 채의 아파트뿐인데, 거긴 내가 살고 있어요!"

"바로 그렇습니다. 당신이 마담 오브리외와 그 모친과 더불어 영화 구경을 하고 있는 동안을 범인은 이용한 겁니다."

"그럴 수는 없소! 열쇠는 나 혼자만 가지고 있다고요!"

"열쇠 없이 들어갔겠죠."

"하지만 어떤 흔적도 없었는걸요!"

문득 모리소가 끼어들었다.

"잠깐, 정리를 하고 넘어갑시다. 그러니까 당신 말씀은 은행권 지폐 다발이 므슈 뒤트뢰이의 숙소에 은닉되어 있다는 겁니까?"

"그렇소."

"결국 바로 다음 날 아침 자크 오브리외가 체포되었으니, 아직 그 돈이 현장에 있을 것이다 이거지요?"

"내 생각이 바로 그렇습니다."

가스통 뒤트뢰이는 도저히 웃음을 터뜨리지 않을 수 없었다.

"허허, 그것참, 말도 안 되는 소리입니다. 나라도 발견했을 게 아닙니까?"

"찾아보기는 했나요?"

"아뇨. 하지만 언제라도 눈에 띄었을 겁니다. 그래봤자 손바닥만 한 공간뿐이에요. 한번 직접 보시겠습니까?"

"아무리 협소한 공간이라 해도 지폐 60장 정도야 충분히 감출 수 있지요."

"그야 그렇지요. 뭐 감추려고 한다면야 못할 거 있겠습니까. 그래도 다시 말씀드리지만, 열쇠도 하나인 데다 살림을 나 혼자 감당하는 집에 누가 침입했다면 주인인 내가 모르고 있을 리 없지요. 정말이지 이해가 안 되는군요."

그것은 오르탕스도 마찬가지인 듯싶었다. 그녀의 눈동자는 레닌 공작의 눈 속 깊은 곳을 들여다보며 집요하게 속내를 읽으려 했다. 대체 또 무슨 수작을 부리고 있는 걸까? 그가 장담하듯 내뱉는 저 말들을 믿어야 할까? 결국 여자 입에서 이런 말이 튀어나왔다.

"저, 형사반장님, 이왕 레닌 공작께서 지폐가 저 위에 있다고 주장하시니, 그냥 한번 조사해보는 게 간단하지 않을까요? 므슈 뒤트뢰이도 우릴 안내해주실 거죠?"

젊은이는 서슴없이 대답했다.

"당장 그러지요. 그렇게 하는 게 정말 간단하겠네요."

그렇게 해서 모두 네 명은 6층까지 걸어 올라갔다. 뒤트뢰이가 문을 따주었고, 일행은 두 개의 방과 두 개의 다용도실로 이루어진 비좁은 숙소로 들어섰다. 일체가 세심하게 정돈된 공간이었다. 거실 역할을 하는 방에는 언뜻 보아도 안락의자나 그 밖의 걸상들이 아예 정해진 위치에 붙박인 듯 위치해 있었고, 파이프들과 심지어 성냥갑조차 제각각 선반 위에 일정한 자리가 있는 듯했으며, 서로 길이가 다른 지팡이 세 개도 순서대로 세 개의 못에 가지런히 걸려 있었다. 창문 앞의 원형 외발 탁자 위에는 박엽지(博葉紙)가 가득한 모자 상자가 놓여 있었는데, 그 안에 뒤트뢰이는 쓰고 있던 펠트 모자를 정성스레 담았다. 그리고 옆의 뚜껑에다가는 장갑을 단정하게 놓았다. 그런 모든 동작 속에는 그 어떤 사물도 자신이 정해놓은 위치에 정확히 있는 것을 보기 좋아하는 사람 특유의 기계적이고 확고부동한 태도가 배어 있었다. 레닌이 어떤 물건 하나를 슬쩍 건드리자, 그는 즉각 만류하는 동작을 취하더니 다시 모자를 집어 머리에 눌러쓰고는 창문을 활짝 열고 방 안을 등진 채 창틀에 팔꿈치를 기대는 것이었다. 마치 방금 전과 같은 신성모독적인 상황이야말로 정말 견디기 힘든 작태라는 듯이 말이다.

형사가 레닌을 향해 물었다.

"분명 확실하다고 말씀하셨죠?"

"네, 그럼요. 범행이 벌어진 다음, 60장의 지폐는 분명 이리로 옮겨왔습니다."

"그럼 어디 찾아보죠."

워낙 협소한 공간인지라 그리 어려운 일도 아니었고, 수색은 금세 끝났다. 불과 30분 만에 방 안 어느 한구석도 뒤져보지 않은 곳이 없었고, 어느 골동품 하나도 한번 들었다 놓지 않은 것이 없을 정도였다.

"아무것도 없네요. 계속해야 할까요?"

모리소 형사의 말에 레닌이 대꾸했다.

"아뇨. 지폐는 없습니다."

"아니, 그건 또 무슨 말씀이오?"

"누군가 옮겨놓았습니다."

"대체 누가 말입니까? 분명히 하셔야죠!"

레닌은 묵묵부답이었다. 그때 가스통 뒤트뢰이가 갑자기 홱 돌아서더니, 이젠 기가 막히다는 듯 버럭 소리를 질렀다.

"이것 보십시오, 형사 나리. 이분 말씀에 입각해서 내가 대신 분명히 말해볼까요? 요컨대 지금 이곳에 심히 수상쩍은 인간이 있다는 얘기입니다! 즉 살인범이 숨겨놓은 돈다발을 그 수상쩍은 인간이 뒤늦게 발견하고는, 보다 안전한 장소에다 옮겨놓았다는 거지요. 이게 바로 당신 생각 아닙니까, 므슈? 결국 당신은 돈을 훔친 장본인으로 나를 지목하는 거 아니냐고요!"

그는 자기 가슴팍을 세게 두드리며 한 발 앞으로 쓱 나섰다.

"나! 바로 이 나 말이오! 내가 돈다발을 발견했고, 그대로 꿀꺽 삼켰을 거라는 말 아닌가요? 감히 그런 얘기를……."

여전히 레닌은 묵묵부답이었다. 반면 잔뜩 흥분한 뒤트뢰이는 아예 모리소 형사를 한쪽으로 끌어내며 악을 써댔다.

"이것 보십시오, 형사님! 나는 이 모든 희극은 물론, 당신 자신도 모르는 사이에 엮여 들고 있는 이따위 수색에 대해 강력히 이의를 제기하는 바입니다! 사실 당신이 도착하기 전에 저 레닌 공작은 나와 여기 이 여자분을 앞에 두고, 자신은 아무것도 아는 바가 없다고 실토했었습니다. 그저 되는대로 이 일에 뛰어들었을 뿐이며, 무엇이든 닥치는 대로 부여잡고 모든 것을 운에 맡긴 채 한번 따라가보는 것뿐이라고 말입니다. 그렇지 않은가요, 므슈?"

역시 레닌은 꼼짝하지 않았다.

"어디 좀 말해보시죠! 지금껏 증거 하나 없으면서 가당치 않은 사실을 주장해왔으니, 이제 어디 한번 차근차근 설명 좀 해보시라 이겁니다! 그러지 않고 그저 '저 사람이 지폐를 훔쳤소'라고 말하는 건 너무 편리한 짓 아닙니까? 아니, 과연 그 돈다발이 이곳에 있긴 했던 걸까요? 그걸 누가 가져다 놓았단 말이오? 뭐하러 범인이 하필 이 아파트를 은닉 장소로 택했을까요? 이 모든 게 터무니없이 비논리적이고 엉뚱하지 않습니까? 이것 봐요, 므슈! 증거를 대세요, 증거를! 단 한 가지라도 증거를 대고 말하란 말입니다!"

모리소 형사는 당최 어리둥절한 모양이었다. 그는 눈짓으로 레닌의 답변을 청했다.

마침내 공작이 태연하게 툭 내뱉었다.

"분명한 설명을 그토록 원한다니 마담 오브리외가 대신 설명을 해줄 겁니다. 그녀 집에도 전화가 있으니, 자 일단 모두 내려갑시다. 한 1분 안에 모든 게 밝혀질 겁니다."

뒤트뢰이는 그저 어깨를 한 번 으쓱할 뿐이었다.

"시간 낭비겠지만, 뭐 좋을 대로 하십시다!"

그러면서도 사실 그는 매우 초조한 기색이었다. 창가의 작열하는 태양 아래 한참 동안 기대서 있어서 그런지 온통 땀으로 뒤범벅이었다. 그는 얼른 자기 방으로 가서 물병을 하나 들고 와 벌컥벌컥 들이켠 다음, 아까의 그 창가에 놓아두면서 내뱉었다.

"갑시다."

레닌이 빈정대는 투로 뇌까렸다.

"왠지 이곳을 서둘러 벗어나려는 듯하군요?"

"당신을 본때 있게 망신 주고 싶은 마음뿐이오!"

뒤트뢰이는 문을 요란하게 닫으며 외쳤다.

일행은 다시 계단을 내려와 전화가 설치된 바로 그 텅 빈 밀실로 들어갔다. 레닌은 가스통 뒤트뢰이에게 오브리외 집 전화번호를 물은 다음, 수화기를 들고 통화 요청을 했다.

전화는 하녀가 받았다. 방금 마담 오브리외가 발작을 일으켜 혼절을 했고, 지금은 깊은 잠에 빠져 있다고 했다.

"그럼 모친을 바꿔주십시오. 레닌 공작이라고 전해주시고요. 급한 일입니다."

그는 여분의 수화기를 모리소에게 넘겨주었다. 전화기 성능이 좋아서 그런지 상대편에서 말하는 소리가 오르탕스와 뒤트뢰이 모두 어렵지 않게 알아들을 수 있을 만큼 생생하게 흘러나왔다.

"마담이십니까?"

"네, 레닌 공작이시죠? 그래, 무슨 용건이신지요? 뭔가 희망이라도 생겼나요?"

늙은 부인은 애원조로 다그쳐 물었다.

"조사가 아주 만족스럽게 진행되고 있습니다. 기대하셔도 괜찮을 것 같습니다. 이렇게 전화 드린 것은 대단히 중대한 정보를 부탁드리기 위함입니다. 사건 당일 혹시 가스통 뒤트뢰이가 집에 왔었는지요?"
"네. 점심식사 후에 나와 딸아이를 데리러 왔었지요."
"그 당시 기욤 사촌이 6만 프랑을 집에 두고 있다는 사실을 알았나요?"
"네. 내가 얘기해주었거든요."
"자크 오브리외가 몸이 좀 안 좋아서 늘 하던 오토바이 산책을 포기하고, 집에서 잠을 청하리라는 것도 알고 있었나요?"
"네."
"확실합니까?"
"네, 분명 그랬어요."
"그리고 세 사람 모두 영화관에 같이 갔고요?"
"네."
"영화가 상영되는 동안 내내 붙어 있었습니까?"
"아, 그건 아니었어요! 빈자리가 하나 모자라서 그 혼자만 따로 멀찌감치 앉아 있었죠."
"두 분 시야에 보이는 자리였던가요?"
"아뇨."
"하지만 막간이라도 두 분께 왔었겠죠?"
"아뇨. 다 끝나고 나올 때 비로소 다시 만났어요."
"그 사실에 전혀 의심의 여지가 없겠죠?"
"네, 전혀 없어요."
"알겠습니다, 마담. 앞으로 한 시간 후, 그간의 조사 결과를 보고해 올리겠습니다. 아 참, 절대 마담 오브리외는 깨우지 말아주십시오."
"저절로 잠을 깨면 어떡하죠?"
"일단 안심시키고, 신념을 잃지 말라고 해주십시오. 모든 게 점점 잘

되어가고 있습니다. 생각했던 것보다 훨씬 잘 진행되고 있어요."

그는 수화기를 내려놓고는 뒤트뢰이를 돌아보며 지그시 웃었다.

"젊은이, 이제 뭔가가 슬슬 윤곽을 드러내기 시작하는군그래. 자, 어떻게 생각하시는가?"

대체 무슨 뜻으로 하는 말인가? 이 전화통화로부터 대체 어떤 결론을 이끌어냈다는 말인가? 모두가 무겁고 고통스러운 침묵에 짓눌려 있을 뿐이었다.

"형사반장님, 광장 쪽에 인원을 배치시켰다고 하셨지요?"

"두 명 대기 중입니다."

"거기 그대로 대기하는 게 좋겠습니다. 아울러 이 가게 주인한테도 어떤 일이 있어도 우릴 방해하지 말라고 일러주십시오."

모리소가 상황을 정리하고 돌아오자, 레닌은 문을 닫고 나서 뒤트뢰이 앞에 떡 버티고 선 채 경쾌한 어조로 딱딱 끊어 말하기 시작했다.

"정리하겠소이다, 젊은 친구. 그 일요일, 오후 3시에서 5시 사이에 두 부인은 당신을 보지 못한 겁니다. 지금 상황에서는 무척이나 흥미로운 사실이지요."

뒤트뢰이는 곧바로 받아쳤다.

"그야 당연한 사실일 뿐입니다. 또한 그것만으로는 증명되는 게 아무것도 없지요."

"당신이 두 시간은 족히 제멋대로 써먹을 수 있었다는 사실만큼은 증명되는 셈이지요."

"그야 물론 그렇지요. 그래서 나는 그 두 시간을 영화관에서 알차게 보낸 것 아닙니까."

"혹은 다른 장소일 수도 있겠지."

뒤트뢰이는 상대를 쏘아보며 되물었다.

"다른 장소라니?"

"그렇소. 일단 완전 자유의 몸이었을 테고, 내키는 대로 쏘다닐 수 있는 충분한 여유가 있었을 테니까. 예컨대, 쉬렌 쪽이라든가."

젊은이는 한껏 노골적인 농담조로 대꾸했다.

"오호호, 쉬렌은 너무 먼 것 같은데."

"아주 가까운 편이지! 왜냐하면 당신 친구 자크 오브리외의 오토바이를 가지고 있었을 테니까!"

또다시 무거운 침묵이 따랐다. 뒤트뢰이는 사태를 정확히 간파하려고 애를 쓰는 듯 눈썹을 잔뜩 찌푸렸다. 마침내 그의 입에서 혼잣말처럼 일련의 속삭임이 스멀스멀 새어나왔다.

"기필코 볼 장 보겠다는 거로군. 아, 지독한 놈……."

레닌의 손이 상대의 어깨를 덥석 짚었다.

"이제 말싸움은 그만하고, 엄연한 사실만 짚어보도록 하지. 가스통 뒤트뢰이, 당신은 그날 두 가지 중요한 사실을 훤히 꿰뚫고 있는 유일한 사람이었소. 첫째, 기욤 사촌이 6만 프랑의 현금을 집에 두고 있었다는 사실. 둘째, 자크 오브리외가 외출을 할 수 없다는 사실. 그러고 보니, 어딜 어떻게 건드려야 할지 정확한 그림이 떠올랐겠지. 오토바이를 미리 빼돌린 터라, 당신은 영화 상영 도중에 얼마든지 마음먹은 데로 빠져나갈 수 있었어. 결국 쉬렌으로 달려갔고, 기욤 사촌을 살해한 다음, 60장의 은행권 다발을 가져다가 당신 집 안에 숨겨두었지. 오후 5시, 당신은 유유히 두 마나님 있는 데로 돌아왔고 말이야."

뒤트뢰이는 한편으로는 야유하는 듯, 다른 한편으로는 기가 막히다는 듯한 태도로 상대의 얘기를 들었다. 그러면서 마치 증인이라도 되어 달라는 듯이 모리소 형사에게 힐끔힐끔 눈길을 보내면서 중얼거렸다.

"보아하니 정신 나간 사람인 것 같아서 내 뭐라고 원망은 안 하겠소."

그러고는 레닌의 얘기가 다 끝나자마자 너털웃음을 터뜨리는 것이었다.

"허허허허, 거 정말 재미있는 얘기요. 아주 웃겨. 그러니까 이웃 사람들이 보았다는 그 오토바이 타고 들락거렸던 남자도 바로 나란 말이로군?"

"바로 당신이었소. 물론 자크 오브리외의 옷을 뒤집어쓰고 있었지만."

"기욤 사촌의 사무실 포도주 병에 남아 있는 지문도 내 것이고?"

"그 병은 자크 오브리외가 집에서 점심을 들 때 마개를 땄던 병인데, 바로 당신이 증거물 삼아 그곳으로 옮겨놓은 거지."

이제 뒤트뢰이는 정말 재미있다는 태도로 호들갑스럽게 외쳤다.

"갈수록 진풍경이야! 그럼 결국 자크 오브리외가 죄를 몽땅 뒤집어쓰도록 내가 일대 공작을 벌였다?"

"그거야말로 당신한테 돌아갈 혐의를 피하기 위한 가장 확실한 방법일 테니까."

"오, 하지만 자크는 어린 시절부터 내 절친한 친구인데……."

"그뿐만 아니라 그 아내를 사랑하기도 하시지."

젊은이는 펄쩍 뛰면서 악을 썼다.

"보자 보자 하니 이거야 원! 어디다 감히 그런 망발을!"

"그에 관해서는 분명한 증거도 있는걸."

"거짓말! 마담 오브리외에 대해서는 늘 존경하는 마음뿐이었소."

"겉으로 봐선 그렇겠지. 하지만 당신은 그녀를 사랑하고 있소. 아니, 갈망하고 있지. 아니라고는 하지 마시오. 증거를 가지고 있다니까!"

"새빨간 거짓말! 나를 안 지 얼마나 됐다고."

"이봐요, 뒤트뢰이. 이제 그만 털어놓으시지. 증거가 있다니까, 증거가. 잠시 후 치안국장 앞에 대령할 증인들도 확보해놓은 상태란 말이오. 그러니 이만 자백하라고! 어쨌든 후회로 괴로워하는 부분도 있지 않소? 레스토랑에서 신문을 처음 보았을 당시 기겁을 했던 그 기분을 떠올려봐요. 자크 오브리외가 사형을 당하게 되는 겁니다! 그 정도까지 의도한 건 아니었지 않소? 그저 얼마간 형기를 살다 나오는 걸로 충분했을 텐데 말이오. 그런데 난데없이 기요틴이라니. 자크 오브리외가 내일 사형을 당하다니, 그처럼 죄 없는 사내가 말이오! 그러니 최소한 당신 모가지라도 구하려거든 어서 자백을 하시오, 자백을!"

레닌 공작은 상대에게 잔뜩 몸을 기울이고 원하는 한마디를 받아내기 위해서 안간힘을 썼다. 하지만 상대는 끝끝내 뻣대면서 싸늘한 경멸조의 말투로 이렇게 말했다.

"당신, 완전히 돌았어. 당신이 지껄이는 말들 중 어느 하나도 상식에 들어맞는 게 없다고. 당신이 지금까지 늘어놓은 온갖 혐의점들은 몽땅 날조된 가짜에 불과해. 당신이 그토록 호언장담하던 그 지폐 다발, 그거 내 집에서 찾기나 했느냔 말이야!"

이제는 레닌이 잔뜩 흥분해서 주먹을 불끈 쥐었다.

"아, 이놈을 그냥! 어디 두고 보자!"

그는 형사를 한쪽으로 데려가 속삭였다.

"자, 당신 생각은 어떻소? 저 친구, 아주 악질 아니오?"

형사는 살며시 고갯짓을 하며 중얼거렸다.

"글쎄요…… 하지만 지금까지는…… 사실상의 혐의점이 발견된 것도 아닙니다."

"조금만 더 기다려주시오, 므슈 모리소. 므슈 뒤두이와의 면담까지만 기다려줘요. 경시청사에 가면 므슈 뒤두이를 만나볼 수 있겠죠?"

"그렇습니다. 오후 3시까지는 나와 계실 테니까요."

"두고 보세요, 형사반장 나리. 그때 가면 진상을 알게 될 테니까. 내

장담하겠소, 이제 톡톡히 뭔가를 깨닫게 될 거예요!"

레닌은 연신 사태에 자신이 있는 사람처럼 이죽거리고 있었다. 한편 그의 곁에 바짝 붙어 선 오르탕스는 다른 사람은 들리지 않게 나지막한 목소리로 수군거렸다.

"이자가 맞아요?"

레닌은 고개를 끄덕이며 중얼거렸다.

"그야 당연하지! 처음 본 순간부터 나는 한결같았소."

"어머나, 그건 좀 심한 걸요! 그나저나 증거는 뭐죠?"

"그런 건 그림자도 없어요. 그냥 일거에 허물어뜨리려고 그런 건데, 놈이 정신을 바짝 차리는 바람에……."

"아니, 그런데도 이자가 진범이라고 자신한단 말이에요?"

"이자일 수밖에 없소. 처음부터 감이 팍 온 데다, 그 이후 놈에게서 눈을 뗀 적이 없었어요. 내가 서서히 포위망을 좁히면서 자기 주변으로 조사의 고삐를 죄어가는 걸 보고, 점점 불안에 떠는 기색이었단 말이오. 이제는 확실하게 알겠어."

"게다가 마담 오브리외를 좋아한다면서요?"

"논리적으로 그럴 수밖에 없어요. 하지만 아직은 이 모든 게 그저 이론적인 추론일 뿐입니다. 기껏해야 내 개인적인 확신일 뿐이지요. 물론, 당장 기요틴의 칼날을 멈추게 하기 위해선 그 정도만으론 어림없어요. 아, 은행권 다발만 손에 들어오면 므슈 뒤두이가 어떻게든 나서볼 텐데! 그렇지 않으면, 만나본들 나를 비웃는 게 고작일 거요."

"그럼, 이제 어쩌죠?"

그렇게 묻는 오르탕스의 가슴은 불안으로 죄어들었다.

남자는 대답 대신, 일부러 쾌활한 척 방 안을 성큼성큼 거닐면서 손바닥을 연신 비벼대고 있었다. 마치 이렇게 생각하는 듯했다. '모든 게

기막히게 풀려나갈 것이다! 저절로 술술 풀려나가는 사건을 다루다니 이 얼마나 즐거운 일인가.'

"이보시오, 므슈 모리소. 이럴 게 아니라 지금 즉시 경시청사로 이동하는 게 어떻겠소? 국장이 벌써 와 있을 수도 있는 것 아니오? 이왕 이렇게 된 바엔 당장 끝장내는 게 낫겠어요. 어떻소, 므슈 뒤트뢰이? 우리와 동행해주시겠지?"

"까짓, 꺼릴 게 있겠소?"

한껏 되바라진 태도로 대답이 돌아왔다.

그렇게 레닌이 방문을 막 열려는 순간이었다. 느닷없이 복도에서 요란한 소리와 함께 가게 주인이 호들갑을 떨며 달려오는 게 아닌가!

"므슈 뒤트뢰이 여기 계십니까? 아, 므슈 뒤트뢰이, 당신 아파트에 불이 났어요! 지나가던 행인이 알려줬는데, 광장을 지나다 목격했답니다!"

젊은이의 눈에서 불꽃이 번쩍 튀었다. 그와 동시에 입가에 묘한 미소가 슬쩍 머물다 가는 것을 레닌은 놓치지 않았다.

"네 이놈! 들켰어, 이 나쁜 놈아! 저 위에다 불을 놓은 건 바로 네놈이야. 지금쯤 지폐 다발도 다 타들어가고 있겠지?"

그렇게 일갈하면서 레닌은 막 뛰쳐나가려는 상대의 길목을 막아섰다.

뒤트뢰이 역시 고래고래 악을 썼다.

"이거 비키시오! 지금 불이 났다잖소! 열쇠를 나만 가지고 있어서 아무도 들어갈 수가 없단 말이오! 바로 이 열쇠란 말이오! 날 좀 지나가게 해주시오, 이런 젠장!"

레닌은 열쇠를 냉큼 가로챘고, 상대의 멱살을 부여잡으며 외쳤다.

"여기서 꼼짝 마라, 이놈! 이제 게임은 끝난 거나 같아. 아, 지독한 놈 같으니. 이보시오, 므슈 모리소. 지금 당장 바깥의 형사들에게 놈을 철저히 감시하고, 조금이라도 도망칠 기색이 보이면 가차 없이 대가리를 날려버리라고 지시해주겠소? 어때요, 믿을 수 있겠죠? 대가리에 총알을 쑤셔 박아야 합니다."

그는 부리나케 계단을 뛰어 올라갔고, 그 뒤를 오르탕스와 형사반장이 허겁지겁 따랐는데, 특히 모리소 형사반장은 여간 내키지를 않는지 연신 투덜댔다.

"이봐요, 우리와 내내 같이 있던 사람이 어떻게 불을 놓을 수가 있단 말이오?"

"미리 손을 썼겠죠."

"아니, 어떻게 말입니까?"

"그거야 모르지요! 하지만 혐의를 확인시켜줄 종이 다발을 태워버릴 필요가 있을 때, 저절로 일어나주는 화재란 생각할 수 없는 법입니다."

벌써부터 저 위는 떠들썩한 분위기였다. 1층의 종업원들이 죄다 뛰어 올라와서 문을 부수고 있는 모양이었다. 계단 가득 매캐한 냄새가 코를 찔렀다.

마침내 레닌은 현장에 다다랐다.

"다들 좀 비키시오! 여기 열쇠를 가져왔소."

그가 얼른 열쇠를 집어넣고 문을 열었다.

부연 연기가 덜컥 눈앞을 막았는데, 어찌나 지독한지 층 전체가 불길에 휩싸이기라도 한 듯했다. 하지만 실제로는 탈 것이 부족했는지 불길이 제 풀에 수그러들고, 더는 걱정할 수준이 아니라는 것을 레닌은 금세 파악했다.

그는 다짜고짜 형사반장을 붙들고 다급히 말했다.

"이보시오, 므슈 모리소. 우리 외엔 아무도 들이지 마시오. 사소한 훼방꾼도 모든 걸 망칠 수 있어요. 어서 문을 닫고 빗장까지 채우시오. 그래야 안심이니까."

앞쪽으로 나 있는 방에 건너가자, 화재의 원인이 어디서 비롯되었는지 알 수 있었다. 그러고 보니 가구나 벽체, 천장 할 것 없이 그저 연기에 검게 그을렸을 뿐, 전혀 불길이 닿은 흔적조차 없었다. 화재라고는 하지만 사실 방 한가운데 창문 앞에서 그저 자그마한 종이뭉치가 아직까지 부석부석 타고 있을 뿐이었다.

레닌은 이마를 턱 치며 소리쳤다.

"아뿔싸! 이런 멍청한!"

"뭡니까?"

형사의 말에 레닌은 이를 바득바득 갈며 중얼거렸다.

"외발탁자 위에 있던 그 모자 상자였소! 돈다발을 바로 그 안에 감췄었단 말입니다! 우리가 가택수색을 하는 내내 그 안에 얌전히 있었어요."

"그럴 리가!"

"정말이오. 너무 드러나 있는 데다, 손만 뻗으면 닿을 듯 가까이 있어서 아예 신경조차 쓰지 않았던 거요! 버젓이 뚜껑이 열린 모자 상자 안에 자그마치 6만 프랑의 지폐 다발을 놓아두었으리라고 누가 생각이나 했겠소. 더구나 그자가 들어오면서 모르는 척하고 모자를 벗어 넣어두더니만. 그 안을 살펴볼 생각은 꿈에도 하지 않았지. 므슈 뒤트뢰이, 보통 솜씨가 아닌걸!"

하지만 여전히 미심쩍은 눈치의 형사반장이 말했다.

"아니, 아무래도 아니에요. 우리와 붙어 있던 그자가 어떻게 이곳에 불을 놓았겠느냔 말입니다."

"그건 바로 비상시를 가정해서 모든 걸 미리 준비해놓았기에 가능했던 겁니다. 모자 상자, 박엽지 그리고 돈다발, 이 모든 것에 분명히 인화성 물질이 묻어 있었을 거예요. 그리고 방을 나서면서 성냥이라든가,

뭔가 화학약품 같은 것을 훌쩍 던져 넣었겠죠, 누가 알겠습니까!"

"맙소사, 그랬다 하더라도 우리 눈에는 띄었을 게 아니오! 게다가 6만 프랑을 훔치기 위해서 사람 목숨을 앗아간 자가 과연 이처럼 허망하게 그 모든 걸 날려버릴 수가 있단 말입니까? 또 은닉처가 그처럼 감쪽같은데—우리가 그토록 뒤졌는데도 발견하지 못한 걸 보면 인정은 해야겠죠—뭐하러 공연히 불을 지르겠습니까?"

"두려웠던 겁니다, 므슈 모리소. 그 역시 목숨이 달린 문제라는 사실을 간과해선 안 됩니다. 기요틴에 희생될 바에는 뭐든 못하겠습니까? 그런데 그 지폐 다발, 그것만이 유일하게 자신을 궁지로 몰 증거였지요. 어떻게 그걸 방치해둘 수 있겠습니까?"

모리소는 어이가 없다는 표정이었다.

"내 참! 유일한 증거가 돈다발이라."

"물론이지요!"

"하지만 당신이 말한 증인들도 있지 않소? 당신이 지적한 그 모든 혐의 사실들도 말이오? 치안국장 앞에서 공개하겠다고 한 그 모든 얘기들은 다 무엇이었소?"

"다 거짓말이죠!"

그야말로 대경실색한 모리소는 할 말을 잃은 눈치였다.

"정말이지 뻔뻔하군요!"

"당신이라면 뭐 좀 달리 뾰족한 수가 있었겠소?"

"그렇지는 않소만."

"근데 뭘 더 바라는 거요?"

레닌은 털썩 주저앉아 재를 휘저어보았다. 하지만 원래의 모습 일부라도 간직한 종잇조각은 전혀 남아 있는 것이 없었다.

"아무것도 없군. 어쨌든 기가 막힌 일이긴 해! 대체 어떤 식으로 불을 붙인 건지."

다시 몸을 일으킨 그는 무언가를 골똘히 응시하면서 생각에 잠겨 들었다. 그런 모습을 바라보며 오르탕스는 공작이 극한의 정신적 노력을 짜내고 있으며, 그 어둠 속 최후의 실랑이가 일단락되고 나면 승리의 확실한 그림이 그려지든지 아니면 패배를 순순히 자인하게 될 거라는 것을 직감했다.

결과를 기다리느라 지친 그녀가 걱정스러운 표정으로 불쑥 물었다.

"이젠 다 틀린 거죠?"

"아니, 아니요."

레닌 공작은 여전히 생각에 잠긴 채 중얼거렸다.

"아주 망한 건 아니오. 조금 전까지만 해도 완전히 망했다 싶었는데, 방금 서광이 일기 시작했어요. 뭔가 희망이 보인단 말이오."

"오, 제발 이번만큼은 진짜이기를!"

"잠깐, 너무 성급한 기대는 맙시다. 그냥 한번 해보는 거니까. 하지만 꽤 그럴듯한 시도라오. 어쩜 먹혀들지도 모르오."

그는 잠시 묵묵히 있더니, 난데없이 장난기 어린 미소와 함께 혀를 끌끌 차며 말했다.

"하여튼 보통내기는 아니야, 뒤트뢰이. 돈다발 태우는 방법 하며, 정말 기발해! 냉정하기도 하고! 아, 짐승 같은 놈! 참 어지간히도 나를 애먹였군! 대단한 놈이 나셨어!"

빗자루를 찾아온 그는 세심하게 재의 일부를 쓸어다가 옆방으로 옮겼다. 그러고는 같은 방에서 이미 불타버린 것과 똑같은 크기에 생김새도 같은 모자 상자를 하나 가져오더니, 외발원탁 위에 올려놓고 그 안에 그득한 박엽지를 약간 헝클어뜨린 뒤 성냥불을 그어댔다.

순식간에 불길이 솟았고, 상자의 반과 종이 태반을 태울 때쯤 해서 얼른 불을 껐다. 그런 다음, 조끼 안주머니에서 은행권 지폐 한 묶음을 꺼내 그중 여섯 장만 거의 다 태운 뒤, 남은 조각들을 잘 모아서 이미 타버린 상자의 잿더미 속에 그럴듯하게 숨겨두었다.

"이봐요, 므슈 모리소. 마지막으로 한 번만 더 협조 좀 구합시다. 지금 뒤트뢰이한테 가서 그냥 이 말만 전하시오. '당신 들통났소. 다행히 지폐가 다 타지 않았더군. 자, 날 따라오시오.' 그 후 곧장 이리로 데려오는 겁니다."

애당초 치안국장이 지시한 임무를 훨씬 초과해 행동하고 있다는 사실이 못내 불안하고 찜찜한데도 불구하고, 형사반장은 이미 레닌의 막강한 영향력으로부터 벗어날 수가 없는 상태였다. 결국 공작이 시키는 대로 후닥닥 달려나갔다.

레닌은 이제 여자 쪽을 돌아보며 말했다.

"내 계획, 당신은 대충 짐작하겠죠?"

"네. 하지만 위험한 시도예요. 뒤트뢰이가 함정에 빠질 거라고 자신하세요?"

"모든 것은 그의 신경증적인 상태와 순간적으로 얼마나 의기소침해지느냐에 달려 있소. 일거에 결정타를 먹인다면 완전히 허물어뜨릴 수가 있어요."

"하지만 뭔가 사소한 표식으로도 모자 상자가 바뀐 걸 알면 어쩌죠?"

"아, 물론 그에게도 일말의 기회가 있을 수는 있겠죠. 놈은 내가 생각했던 것보다 교활한 녀석이오. 충분히 헤치고 나올 만한 놈이지. 하지만 현재 대단히 불안해하고 있는 것 또한 사실이오. 한없이 초조하다 보면 눈과 귀가 먹먹해지는 법! 아니지, 아니야. 놈이 이번에도 쉽사리 버텨내리라고는 생각지 않소. 기어이 꺾이고 말 거야."

더 이상 두 사람은 아무 말도 하지 않았다. 레닌은 그 자리에 꼼짝도 하지 않았고, 오르탕스도 저 깊은 마음속부터 온통 뒤흔들리고 있었다. 무엇보다 죄 없는 한 남자의 목숨이 달린 문제이다. 전술상의 사소한 실수나 약간의 불운만으로도 열두 시간 후에는 자크 오브리외가 처형되고 만다. 지금 여자의 마음속은 끔찍한 불안과 더불어 격한 흥분과 기대로 요동치고 있었다. 레닌 공작이 과연 어떻게 행동할 것인가? 이 모든 아슬아슬한 시도가 대체 어떤 결과로 귀결될 것인가? 가스통 뒤트뢰이는 어떻게 저항할 것인가? 말하자면 그녀는 지금 삶 자체가 한없이 고양되고 생명력이 한껏 발현하는, 극도로 긴장된 순간을 경험하고 있는 셈이었다.

이윽고 계단에서 발소리가 들려왔다. 몹시 서두르는 남자들 걸음걸이였다. 소리가 점점 가까워졌고, 마지막 층까지 다다랐다.

오르탕스는 공작을 바라보았다. 그는 천천히 자리에서 일어나 귀를 기울였다. 이미 행동에 돌입할 각오로 다져진 얼굴이었다. 복도를 거슬러 발소리가 다가오고 있었다. 그는 순발력 있게 문 쪽으로 달려가며 소리쳤다.

"빨리요! 어서 결판을 냅시다!"

형사들과 가게 종업원 두 명이 앞장서서 들이닥쳤다. 뒤이어 들어선 뒤트뢰이를 그는 덥석 붙들어 당기며 쾌활한 어조로 말했다.

"브라보, 친구! 외발원탁과 물병이라, 아주 멋진 소품들이었어! 아무렴, 걸작이지! 다만 몽땅 실패야!"

"뭐, 뭐요? 무, 무슨 말이오, 대체?"

젊은이는 머뭇머뭇, 더듬더듬 영문을 모르는 것 같았다.

"세상에, 글쎄, 그놈의 불이 박엽지하고 상자 반쪽을 태워버렸지 뭐야! 덕분에 지폐 다발도 다른 것들처럼 홀라당 타버렸지. 단, 깊숙한 속에 파묻혀 있던 몇 장은 무사하더군. 내 말 알겠어? 그 유명한 지폐들 말이야. 범행의 가장 유력한 증거! 자네가 모셔둔 바로 그 자리에 얌전히 있더라 이거야. 기막히게 운이 좋아 불에 타지 않은 거지. 자, 보라고. 여기 일련번호도 선명하지. 어때, 알아보겠어? 아하, 이젠 꼼짝없겠지, 요 망나니 같은 친구야."

젊은이는 바짝 긴장한 태도였다. 눈꺼풀만 심하게 깜박거릴 뿐, 레닌이 이끄는 대로 시선이 따라오지도 않았다. 그는 상자나 지폐에는 눈길 한 번 주지 않고 있었다. 더 이상 생각을 한다거나 본능적인 감각을 두드려보지도 않은 채 그는 대번에 모든 것을 그대로 믿어버렸고, 그만 의자에 쓰러지듯 주저앉아서 격정적으로 흐느끼기 시작했다.

레닌의 말마따나 일거의 결정타가 제대로 먹혀든 셈이었다. 자신의 계획이 보기 좋게 좌절되고, 모든 비밀이 상대에 의해 완전히 까발려졌다고 느낀 파렴치한은 더 이상 스스로를 방어할 기력도 판단력도 없었다. 말하자면 전적으로 게임을 포기했다고나 할까.

레닌은 내처 숨 돌릴 틈 없이 몰아세웠다.

"진작에 그럴 것이지! 그렇게 나오니 그나마 모가지는 건진 셈이야, 애송이. 자, 이제 모든 걸 깨끗이 정리한다는 뜻에서 자백 내용을 아예 적어보게. 여기 만년필. 그래 알아, 자넨 운이 없었어. 작전 하나는 그럴듯하게 짜놓았더군. 특히 마지막 속임수는 놀라웠어! 슬슬 지폐가 부담스러워지기 시작했고, 그걸 아예 없앨 생각을 했겠지. 그 순간, 기막히게 간단명료한 방법을 생각해낸 거야. 자넨 배가 볼록한 물병을 창가에 슬쩍 얹어놓았지. 결국 그 크리스털 물병이 렌즈 역할을 했고, 창문으로 비쳐 드는 태양광선을 모아다가 적절하게 준비해둔 상자와 박엽지 더미로 쏘아 보내준 거지. 한 10분 있으니까 불이 화르륵 붙은 거고. 정말 기발한 발상 아니겠어? 세상 내로라하는 발명품들이 거의 그렇듯, 사소한 우연 속에서 탄생한 걸작 아니냐고! 그야말로 뉴턴의 사과라고

나 할까. 언젠가 물이 가득한 물병을 통과한 햇살이 이끼 언저리라든가 성냥의 유황 덩어리에 맞아떨어져 불꽃이 이는 걸 목격했겠지. 바로 좀 전에도 문득 햇살이 무척 따사로운 걸 느끼자마자 자네는 속으로 '옳다구나!' 한 거야. 그 즉시 물병을 적당한 장소에 갖다 놓은 거고. 정말이지 놀라운 재치였네, 가스통! 자, 여기 이 종이 받아. 그리고 이렇게 적으라고! '므슈 기욤의 살해범은 바로 나입니다'라고 말이야. 자, 어서!"

공작은 젊은이에게 잔뜩 몸을 기울이고 가차 없는 기세를 노골적으로 내세우며, 불러주는 그대로 손을 움직여 글씨를 써 내려가도록 다그쳤다. 뒤트뢰이는 기진맥진한 상태로 끼적이고 있었다.

마침내 레닌이 가라앉은 목소리로 말했다.

"이보시오, 형사반장. 여기 자백서가 있습니다. 이제 이자를 므슈 뒤두이에게 데려가도 좋습니다. 여기 이 종업원들이 아마 기꺼이 증인이 되어줄 것입니다."

그런데 뒤트뢰이가 꼼짝도 하지 않자, 그는 툭 건드리며 말했다.

"어허, 이보게, 그만 몸 좀 풀지 그래! 이미 순순히 털어놓을 정도로 어리석은 마당에 아예 깔끔하게 마무리까지 잘 해내야지, 멍청한 녀석!"

그제야 젊은이는 벌떡 일어나 상대를 노려보았고, 레닌은 내친김에 한마디 더 했다.

"이 친구야, 자넨 한낱 바보에 불과해. 모자 상자와 지폐는 사실 깡그리 타버렸거든. 이 상자는 다른 것이고, 지폐도 내 지갑에서 나온 거지. 미끼를 단번에 꿀꺽 삼키게 만들려고 일부러 아까운 여섯 장이나 태워 먹었다고. 자넨 영문도 모른 채 그저 얼떨떨해하더군. 그렇게 멍청해 보일 수가 없었어! 그러고는 결국 결정적인 증거를 이렇게 턱 넘겨주지 않겠나! 그때까지만 해도 증거라고는 눈곱만큼도 없었던 내게 말이야. 증거도 보통 증거가 아니지. 직접 친필로 써주신 자술서이니까 말이야!

증인들이 즐비한 가운데 자백 내용을 글로 써주셨어! 명심하게, 친구! 바라건대 제발 자네 목이 달아나는 순간이 오거든, 당연한 죗값을 받는다고 생각하라고. 잘 가게, 뒤트뢰이!"

거리로 나서자 레닌은 오르탕스에게 택시를 잡아타고 곧장 마들렌 오브리외의 집으로 가서 모든 사실을 전해달라고 부탁했다.

"당신은 안 가세요?"

오르탕스가 물었다.

"난 할 일이 많은 사람이오. 아주 급한 약속들이지요."

"그래도 기쁜 소식을 알리는 일도 크나큰 즐거움일 텐데."

"그래봤자 곧장 지겨워질 즐거움일 뿐이오. 항상 새롭게 태어나는 즐거움이 있는데, 그건 늘 끝없이 도전하는 가운데 쟁취되는 것이죠. 반면 한번 쟁취하고 나면 어떤 즐거움도 시시해지기 마련이지."

여자는 남자의 손을 꼭 붙잡고서 한동안 그대로 있었다. 기막힌 선행을 그저 스포츠처럼, 그것도 기발한 재주로 멋들어지게 해치우는, 이묘한 사내를 향해 그녀는 찬탄의 말을 아끼고 싶지 않았다. 하지만 정작 입 밖으로는 한마디 말도 꺼내지 못했다. 그저 모든 사건들이 한없이 놀라울 뿐. 치밀어 올라오는 강렬한 감정이 목이 메게 하고, 눈에는 눈물만 그렁그렁 고이게 할 따름이었다.

그런 여자를 가만히 바라보던 남자는 조용히 몸을 기울이며 속삭였다.

"감사합니다. 이미 그걸로 충분한 보상이 되었소."

3
테레즈와 제르맨

10월 2일 아침, 워낙 그윽한 늦가을 날씨로 인해서 에트르타의 별장에 늦게까지 처진 몇몇 가족들은 어슬렁거리며 해변으로 내려왔다. 이 지역 풍광에 아주 독특한 매력을 선사하는 창공의 부드럽고 창백한 빛깔과 대기 중에 떠도는 아스라한 기운만 아니라면, 수평선에 드리워진 구름들과 에트르타의 절벽들에 에워싸인 저 고요한 바다를 바위들의 병풍을 둘러친 하나의 잔잔한 산정호수로 착각할 수도 있을 것 같았다.

"근사하네요……."

오르탕스가 중얼거렸다.

그러고는 잠시 후, 또 이렇게 덧붙였다.

"하지만 우리가 이런 장관을 즐기러 온 것도 아닐 테고, 또 우리 좌측에 보이는 저 기암괴석이 진짜 아르센 뤼팽의 거처였는지 따지러 온 것도 물론 아니겠죠."

레닌 공작이 단호한 어조로 대답했다.

"물론 그건 아니오. 그러고 보니, 당신의 당당한 호기심을 또다시 만족시켜줄 때가 된 것 같긴 한데…… 최소한 부분적으로라도 말이오. 애당초 이곳에 와서 찾아내려고 했던 것을 어언 이틀 동안 찾아 헤맸는데도 도통 가물거리기만 하니……."

"그게 뭔데요? 어디 얘기나 들어보죠."

"그리 길진 않을 거요. 다만 약간의 서론이 필요한데…… 당신도 인정하겠지만 사람들한테 뭔가 도움을 주기 위해선, 내가 언제 행동에 나서야 할지를 알려주는 친구들이 요소요소에 박혀 있어야 하는 법이라오. 대부분 그렇게 당도하는 정보들이 사소하거나 별 흥미가 없는 때는 나 역시 그냥 지나쳐버리고 말지요. 하지만 지난주 내 통신원 중 한 명이 우연히 접수한 어느 전화통화의 경우는 아마 당신도 귀가 솔깃할 겁니다. 파리에 위치한 어느 아파트에서 한 숙녀가 인근 도시의 어느 호텔에 묵고 있는 어떤 떠돌이 신사와 주고받은 교신 내용인데, 도시와 남녀의 이름에 관해서는 오리무중이오. 그들은 스페인어로 대화하면서 동시에, 흔히 우리가 자바네(1875년경 일부러 발명되어 제2제정시대에 유행한 은어적 어법. 자음과 모음 사이에 'av' 혹은 'va'를 붙여서 모르는 사람들은 도저히 알아들을 수 없다—옮긴이)라고 부르는 은어를 차용해 쓰는 데다 음절들을 되는대로 빼뜨리고 발음했다는 겁니다. 사정이 그러하니 워낙 알아듣기가 어려웠겠지만, 그래도 그 두 남녀가 그토록 감추려고 했던 내용 중 대단히 중요해 보이는 몇 가지 요점들은 간신히 파악이 되었다고 해요. 그걸 이리저리 간추려보니 다음과 같은 세 개의 사항들로 정리가 되더랍니다. 첫째, 두 남녀는 서로 남매 간으로 결혼은 했지만 무슨 이유에서인지 기를 쓰고 자유를 되찾으려 애쓰는 제삼자와의 약속을 기다리는 중임. 둘째, 10월 2일 날짜로 정해질 그 약속은 신문 지상의 비밀스러운 광고를 통해 사전 확인되어야만 유효하게 성사될 것임. 셋째,

10월 2일에 약속 당사자들끼리 일단 만나고 나면, 해가 뉘엿뉘엿 기울 무렵 절벽지대로 산책을 나갈 것이고, 그곳에서 바로 그 제삼자가 데리고 나올 제거 대상과 조우하게 될 것임. 이상이 이번 일의 기본 골자라 할 수 있습니다. 나는 당연히 파리의 모든 일간지의 제아무리 사소한 통신란도 빠뜨리지 않고 면밀한 조사를 단행했지요. 그러던 중 바로 그저께 아침 이런 문구를 포착하고야 만 것입니다.

10월 2일 정오. 약속. 3-마틸드

어디까지나 절벽지대가 거론되었기에 나는 범행이 해변에서 발생할 거라는 사실을 곧바로 추론해냈습니다. 게다가 내가 아는 바로는 에트르타에 트루아마틸드(Trois-Mathildes. '세 명의 마틸다'라는 뜻. 에트르타의 절벽지대에 속한 절경지 명칭—옮긴이)라는 장소가 있고, 이름이 그리 흔한 것도 아니어서, 바로 당일 보시다시피 이렇게 사악한 무리의 음모를 저지하러 우리가 이곳까지 오게 된 것입니다."

"과연 어떤 음모일까요? 지금도 범행이 저질러질 거라고 했는데, 단순한 추측 아닌가요?"

"천만에요! 들려온 대화 내용 중에는 결혼 얘기가 있었는데, 그 남매 중 한 명과 제삼자의 남편인지 부인인지 모를 누군가와의 결혼을 왈가왈부했답니다. 그러니 여차하면 제삼자의 남편이든 부인이든, 좌우간 지목된 희생제물이 10월 2일 오늘 저녁, 절벽에서 곤두박질치는 건 자명한 사실입니다. 이 모든 추론은 완벽한 논리를 갖추고 있어서 조금도 의혹의 여지가 없어요."

두 사람은 해변으로 내려가는 계단 앞 카지노의 테라스에 앉아 있었다. 저 아래에는 탈의실이 몇 채 진을 치고 있었고, 그 앞에서 네 명의 남자가 브리지 게임을 하는 동안, 여자들은 자수를 놓으며 수다를 떨고 있었다.

좀 더 멀리, 바다 쪽으로 더 나아가서는 또 다른 탈의실 한 채가 동떨어져 있었고, 대여섯 명의 아이들이 다리를 내놓고 물장난을 치고 있었다.

"이 가을의 풍취와 매력이 어째 나한테는 별 감흥을 주지 않네요. 어쨌든 당신의 모든 추론에 대해 전격적으로 신뢰를 하는 입장이니, 이번에도 그 무시무시한 문제를 모른 척은 할 수 없겠군요."

오르탕스의 말에 레닌은 얼른 대답했다.

"'무시무시하다'는 말, 아주 적절한 표현인 것 같소. 무려 그저께부터 이리저리 뒤척여가며 제아무리 고민해봐도 딱히 해결책이 떠오르지 않아요……."

"그러면 도대체 어떻게 되는 거예요?"

여자는 거의 혼잣말처럼 덧붙였다.

"저기 저 사람들 중에 누가 위험한 거야? 죽음이 이미 희생제물을 선택했다면, 그게 누굴까? 저기 저 흔들의자에 앉아 웃고 있는 금발 아가씨야? 아니면 담배를 피고 있는 저 키 큰 신사야? 도대체 누가 마음속 깊은 곳에 살의를 품고 있는 걸까? 모두가 한없이 평화롭고 즐거워하는 것만 같은데…… 죽음이 저들 가운데 배회하고 있다니, 대체 왜……?"

레닌이 은근한 목소리로 끼어들었다.

"좋아요, 좋아. 당신도 이제 슬슬 의욕이 솟는 모양입니다. 어때요, 내가 늘 뭐라고 했습니까! 모든 것이 생각에 따라 모험이 될 수 있고, 이 세상에 모험만 한 건 없다고 했잖아요! 앞으로 일어날 사태의 입김만으로도 당신은 온몸을 바르르 떨고 있어요. 당신은 주변에서 요동하는 모든 사건에 그런 식으로 동참하는 것이며, 당신의 깊은 존재 속에서 드디어 신비가 눈을 뜨고 있는 겁니다. 보세요, 지금 당도하고 있는 저 부부마저도 당신이 얼마나 예리한 눈빛으로 관찰하고 있는지를! 누가 알겠어요? 저 남자가 자기 아내를 죽이려고 할지 어떨지 말입니다. 아니면 저 숙녀분께서 남편을 감쪽같이 속일 궁리를 하는지도 모르지요."

"댕브르발 부부 말이에요? 세상에, 말도 안 돼! 저렇게 금슬 좋은 부부가 어떻게! 어제 호텔에서 저 부인과 얼마나 오랜 시간 얘기를 나눴는데요! 당신도……."

"오, 물론 나 역시 저 체격 좋은 자크 댕브르발과 골프도 쳤고, 귀여운 두 딸들과는 꼭두각시를 가지고 놀아주기도 했지요."

둘이 그런 얘기를 주고받는 사이 댕브르발 부부는 어느새 코앞까지 다가와 있었고, 서로 몇 마디 얘기를 나누게 되었다. 부인 얘기가, 두 딸은 오늘 아침 가정교사와 함께 파리로 돌아갔다고 했다. 그녀의 남편은 황금빛 턱수염에 무척이나 호탕하고 덩치 큰 인물로, 플란넬 윗도리를 벗어서 겨드랑이에 끼고 성긴 면직물 셔츠 바람의 당당한 상체를 자랑하면서, 더운 열기를 향해 연신 투덜대고 있었다.

"이봐, 테레즈. 탈의실 열쇠 있나?"

레닌과 오르탕스를 지나친 부부가 열 발짝쯤 더 가서 계단에 다다를 즈음, 남자가 여자한테 던지듯 물었다.

"여기 있어요. 신문 읽으시게요?"

"응. 아니면 그냥 함께 산책이나 할까?"

"차라리 이따 오후에 하는 게 어때요? 오늘 아침에는 써야 할 편지가 열 개나 된다고요."

"알았어. 나중에 절벽 위에나 올라가보지."

순간 오르탕스와 레닌은 놀란 눈으로 서로를 마주 보았다. 방금 내뱉은 산책 얘기는 과연 우연의 일치였을까? 아니면 예기치 않게도 저들이야말로 문제의 그 부부인 것일까?

오르탕스는 억지 미소를 지어 보이며 중얼거렸다.

"내 심장이 지금 얼마나 두근거리는지 몰라요. 하지만 도저히 이런 얼토당토않은 일은 믿지 않겠어요. 저 부인이 나한테 뭐랬는 줄 알아요? '우리 그이와 나는 부부싸움 한 번 안 해봤답니다.' 글쎄, 그랬다니까요! 아니에요, 결단코 저 부부는 기막히게 사이좋은 부부예요."

"어쨌든 좀 더 두고 보면 알겠죠. 트루아마틸드에서 저들 중 한 명이 남매를 만나러 오는지 안 오는지 말이오……."

댕브르발 씨가 계단을 내려가는 동안, 아내는 혼자 남아 테라스 난간에 기대서 있었다. 여자의 나른하면서도 섬세한 몸매가 고운 실루엣을 이루었다. 약간 앞으로 나온 듯한 턱선 때문에 얼굴의 옆모습이 더욱 또렷이 부각되는 듯했다. 다만 방심한 상태에서 웃지 않고 있을 때의 얼굴에는 어딘지 고통과 우수의 인상이 담겨 있었다.

그런데 자갈이 깔린 해변에 내려가자마자 잔뜩 허리를 숙인 채 주춤대고 있는 남편을 보자 여자가 냅다 소리쳤다.

"자크, 뭐 잃어버렸어요?"

"어, 열쇠를 그만 떨어뜨렸어……."

여자는 곧바로 남자한테 달려가 함께 주변을 뒤지기 시작했다. 약 2~3분 동안 부부는 우측으로 꺾어져 경사 벽 아랫부분에서 어른거리더니, 어느 순간 오르탕스와 레닌의 시야에서 사라져버렸다. 게다가 저만치 브리지 하는 사람들끼리 때마침 언성이 높아지는 바람에 부부끼리 얘기하는 목소리는 그 속에 파묻혀 들리지 않았다.

오르탕스와 레닌은 거의 동시에 벌떡 일어섰다. 잠시 후, 댕브르발 부인이 천천히 계단을 몇 걸음 올라오고는 멈춰 서서 바다 쪽을 돌아보

았고, 남편은 윗도리를 어깨에 걸친 채, 동떨어져 있는 탈의실을 향해 혼자 걸어갔다. 그런데 도중에서 브리지 하던 사람들이 그를 붙잡아 세우더니 탁자 위에 깔린 카드 패를 보여주면서 증인이 되어달라고 조르는 것이었다. 하지만 그는 간단한 동작으로 거부 의사를 표하고서, 그대로 한 40여 발짝 넘는 거리를 단숨에 걸어가 탈의실 문을 열고 들어갔다.

한편 테레즈 댕브르발은 테라스로 다시 돌아와 10여 분가량 벤치에 앉아 있었다. 그 후 곧장 카지노를 빠져나갔는데, 오르탕스는 잔뜩 몸을 기울여 여자의 뒷모습을 눈으로 좇았다. 여자는 오빌 호텔의 부속 건물로 되어 있는 별장 중 한 곳으로 들어가더니, 잠시 후 그곳 발코니에 모습을 드러냈다.

"지금 시각 11시요……."

레닌이 조용히 중얼거렸다.

"그 여자든 그 남자든, 아니면 카드 게임 하는 사람들 중 하나든 같이 온 여인들 중 하나든, 좌우간 누구든 간에 조만간 약속에 임하게 될 겁니다."

그렇게 20분이 흘러갔고, 또다시 20여 분이 지나갔다. 하지만 누구 하나 심상치 않은 움직임을 보이는 사람은 없었다.

"마담 댕브르발이 아마 떠났나 봐요. 발코니에 더는 없네요."

점점 신경이 예민해지는 것을 느끼며 오르탕스가 은근히 넘겨짚자, 레닌이 화답했다.

"만약 그녀가 트루아마틸드로 간 거라면, 우리도 직접 그리로 가서 확인해보면 되겠지요."

그가 자리에서 천천히 일어서는데, 또다시 카드 게임 하는 사람들끼리 소란이 일면서 그중 이런 말들이 마구 뒤섞여 들려왔다.

"댕브르발한테 한번 물어봅시다!"

"좋소, 그렇게 합시다. 그나저나 흔쾌히 심판이 되어주어야 할 텐데. 아까는 거 되게 무뚝뚝하더군."

곧이어 고래고래 이름을 부르는 소리가 솟구쳤다.

"댕브르발! 댕브르발!"

아마 그제야 사람들은 댕브르발이 창문 하나 없이 어둠침침한 탈의실 안에 처박혀 있다는 것을 깨달은 모양이었다.

"자는 모양인데. 가서 깨웁시다."

"댕브르발! 댕브르발!"

네 사람 모두 탁자를 박차고 일어나 우르르 몰려가며 소리쳐 이름을 불렀다. 하지만 아무런 대답이 없자, 이제는 문을 마구 두드렸다.

"아니, 이봐요! 댕브르발, 자고 있는 거요?"

한편 테라스에서는 벌떡 일어선 세르주 레닌의 왠지 불안해 보이는 기색 때문에, 오르탕스 역시 콩당거리는 가슴을 간신히 달래고 있었다.

"제발 너무 늦은 게 아니었으면!"

그렇게 중얼거리는 레닌에게 오르탕스가 무엇인가를 물으려고 했지만, 남자는 그대로 계단을 구르듯 내려가 문제의 탈의실까지 전속력으로 달음질쳤다. 마침내 목적지에 도착했을 때는 사람들이 막 문짝을 부수려고 하던 찰나였다.

"멈추시오! 정식으로 조사를 해야만 합니다!"

"조사라니, 무슨 조사 말이오?"

그는 우선 두 개의 문짝에 각각 설치된 차양 덧문을 찬찬히 살펴보았고, 윗부분의 가로 블라인드 몇 장이 반쯤 부서져 있는 것을 발견했다. 그는 가까스로 탈의실 지붕에 매달려 그 부서진 틈새를 통해 내부를 힐끔 들여다보았다.

"무슨 일입니까? 뭐가 보여요?"

다급한 질문에 대해 그는 돌아서서 이렇게 대답했다.

"므슈 댕브르발이 대답을 하지 않는 걸로 봐서 매우 심각한 사태가 벌어진 것 같습니다."

"심각한 사태라니요?"

"그렇습니다. 므슈 댕브르발이 중상을 입었거나…… 사망했을지도 모른다고 볼 만한 이유가 있어요……."

"아니, 사망이라니! 방금 전에도 멀쩡하게 우리 앞을 지나쳐갔는데!"

아우성이 이는 것은 당연했다.

마침내 레닌은 단도를 꺼내 자물쇠를 억지로 돌린 뒤, 결국 문짝 두 개를 열어젖히는 데 성공했다.

순간 엄청난 비명 소리가 터져나왔다. 댕브르발 씨는 바닥에 배를 깔고 완전히 널브러진 채, 일그러진 두 손은 각각 윗도리와 신문을 움켜쥐고 있었다. 시뻘건 선혈이 등에서 스며 나와 셔츠를 온통 붉게 적신 상태였다.

"아! 자살을 했어……."

누군가의 입에서 무심코 튀어나온 말에 레닌이 곧바로 발끈했다.

"어떻게 이게 자살일 수가 있소? 상처가 등 한복판, 도저히 손이 가 닿을 수 없는 곳에 나 있는 게 안 보이시오! 게다가 이 안에는 무기라고는 전혀 없질 않소!"

하지만 반론도 만만치 않았다.

"그럼 살인사건이란 말입니까? 그건 불가능합니다. 누가 이 안으로 들어갔다면 우리 눈에 반드시 띄었을 것이오."

그렇게 실랑이 아닌 실랑이를 벌이는 가운데, 어느새 다른 남자들과 여인들, 그리고 물가에서 노닐던 아이들까지 구름처럼 몰려왔다. 레닌은 사람들이 무지막지하게 탈의실로 접근하는 것을 철저히 차단했다. 다행히 무리 가운데 의사가 한 명 있어서, 그만을 안으로 들어오게 했지만 기껏해야 단도의 일격에 의해 사망했다는 사실만 확인했을 뿐이었다.

면장(面長)과 자치단체 감독관이 지역 주민들과 더불어 우르르 몰려왔다. 신속하게 사망자 신원 확인이 이루어졌고, 곧장 시체가 운반되었다.

다시금 발코니에 모습을 드러낸 테레즈 댕브르발에게 이 흉사를 전하기 위해서 벌써 몇몇 사람들이 득달같이 달려갔다.

이렇게 해서 사건은 일단락 지어졌다. 물론 안으로 자물쇠가 멀쩡히 채워져 있는 밀폐된 탈의실 안에서, 그것도 스무 명에 가까운 사람들이 주변에 널려 있는 판국에, 그토록 짧은 시간 동안 어떻게 멀쩡한 사내가 살해당할 수 있었는지에 대해서는 아무것도 밝혀진 바가 없었다. 적어도 그 탈의실에는 희생자 이외에 그 누구도 들락거린 적이 없었다. 댕브르발 씨의 양 어깻죽지 한복판을 찌른 단도 역시 완전히 오리무중이었다. 이 모든 정황은 기막힌 조건을 타고 벌어진 끔찍한 완전범죄이거나, 심지어는 어떤 용한 마술사가 묘기를 부린 것 같은 착각을 불러일으키기에 충분했다.

레닌은 댕브르발 부인 곁으로 몰려간 사람들을 좀 따라가보기를 원했으나, 오르탕스는 그러지 못했다. 너무도 흥분했기 때문이었다. 레닌과 함께 뛰어든 모험의 여정 중에 이처럼 급박한 상황의 한복판에 있어본 것도 이번이 처음이었다. 늘 사건이 벌어지고 난 뒤 해결의 과정만을 구경한 것과는 달리, 지금은 아예 살인이 벌어진 순간을 직접 체험하고 있지 않은가!

여자는 마냥 벌벌 떨면서 더듬거릴 뿐이었다.

"세상에, 끔찍해라…… 가엾어 죽겠네! 아, 레닌, 당신조차 그의 목숨을 구해줄 순 없었어요! 다른 무엇보다 그 점이 제일 마음에 걸려요! 사전에 음모를 알고 있었던 우리가 어떻게든 손을 쓸 수도 있었는데…… 아니, 당연히 손을 써야만 했는데 말이에요."

레닌은 일단 여자에게 각성제를 들이쉬게 한 후, 안정을 되찾자마자 눈동자를 지그시 응시하며 말했다.

"당신은 정녕 이 살인사건과 우리가 막아서려는 음모 사이에 관계가 있다고 생각하는 겁니까?"

"그야 당연하지 않나요?"

여자는 질문 자체가 무척 의외라는 표정이었다.

"결국 우리가 염두에 두고 있는 음모가 남편이 아내에 대해, 혹은 아내가 남편에 대해 꾸민 거라고 본다면, 이번 살인사건은 당연히 므슈 댕브르발의 아내가 저질렀다는 뜻이네요?"

"오, 아니에요! 절대로 그럴 리는 없어요! 일단 마담 댕브르발은 별장을 나선 적이 없어요. 더군다나 그런 참한 여자가 설마 그런 짓을 저질렀으리라고는…… 아니에요. 천만의 말씀이에요…… 분명 다른 게 있을 거예요……."

"다른 거라니요?"

"모르겠어요. 혹시 애당초 두 남매의 얘기를 잘못 알아들었을 수도 있겠죠. 보세요, 벌써 살인사건이 일어난 상황 자체가 그 대화 내용과는 맞지 않잖아요. 시간도 다르고, 장소도 다르고……."

"그러니까 결국 두 일 사이에는 어떤 관계도 없다는 거지요?"

"아, 정말이지 아무것도 모르겠군요. 모든 게 너무도 이상해요!"

여자의 탄식에, 레닌은 말꼬리에 한껏 장난기를 묻혀서 대꾸했다.

"이거 오늘은 우리 학생께서 이 몸을 너무 무시하시는군."

"내가 뭐를요?"

"맙소사! 내 말을 잘 들어보세요. 지극히 간단한 이야기입니다. 바로 당신 눈앞에서, 마치 영화의 한 장면처럼 전개된 일이에요. 그런데도 마치 300리는 떨어진 어느 동굴에서 일어난 일을 남한테 전해들은 것처럼, 덮어놓고 모호하다고만 생각하고 있어요!"

오르탕스는 무척이나 혼란한 모양이었다.

"대체 무슨 말씀이세요? 그런 당신은 뭔가 알겠다는 얘긴가요? 무슨 단서라도 있어요?"

남자는 시계를 슬쩍 들여다본 뒤 말을 이었다.

"물론 전부 다 알지는 못합니다. 하지만 살인사건 자체는 아주 적나라하게 파악하고 있지요. 문제는 그 핵심, 즉 범죄의 심리적 측면에 관해서는 어떠한 단서도 없는 게 사실입니다. 다만 현재 시각이 정확히 정오인 만큼, 트루아마틸드에 약속한 사람이 나타나지 않을 경우 두 남매는 이곳 해변으로 내려올 것입니다. 어때요, 그렇게 되면 내가 고집하는 그 음모라는 것의 정체도 어느 정도 파악할 수 있게 되고, 그것과 이 살인사건과의 관계에 대해서도 알 수 있지 않겠습니까?"

둘은 오빌 호텔의 별장들이 죽 늘어서 있는 광장으로 걸음을 옮겼다. 그곳에는 권양기를 이용해 낚시꾼들이 자신들의 배들을 열심히 끌어올리고 있었다. 벌써부터 구경꾼들이 별장 문 앞에 장사진을 쳤고, 관리인이 두 명씩이나 붙어서 사람들을 막아서고 있었다.

면장은 거칠게 사람들 사이를 비집고 들어갔다. 그는 방금 우체국에서 르아브르에다 통화를 하고 오는 길이었다. 그쪽 검찰지청에서는 오후 시간대에 검사와 수사판사를 이곳 에트르타로 급파해주겠다고 전했다.

"점심 들 시간은 충분히 있겠군요! 앞으로 두세 시간 전에는 어떤 드라마도 펼쳐지지 않을 겁니다. 왠지 대단할 거라는 예감이군요……."

레닌의 말에도 불구하고 두 사람은 매우 서두는 분위기였다. 정신적인 피로함과 알고자 하는 갈증으로 무척 흥분한 상태인 오르탕스는 끊임없는 질문들을 늘어놓았고, 레닌은 그저 적당한 대답으로 일관하면서 눈으로는 식당 유리창 너머의 광장만을 연신 두리번거렸다.

"역시 그들이 나타나나 감시하는 거죠?"

여자가 불쑥 물었다.

"그렇소, 그 남매……."

"정말로 그들이 나타날 거라고 보세요?"

"쉿! 저기 옵니다."

그는 부리나케 밖으로 뛰쳐나갔다.

광장 진입로 어귀에 한 쌍의 남녀가 마치 낯선 곳에 처음 발을 들여놓은 듯, 주춤주춤 걸음을 옮기고 있었다. 오빠로 보이는 남자는 키가 작고 허약한 인상에, 거무죽죽하고 윤기 없는 안색에다 자동차 경주자용 챙 모자를 쓴 차림이었다. 누이동생 역시 키는 작았지만 꽤 다부진데다 넉넉한 망토 차림이 왠지 나이가 상당히 들어 보이는 인상이었는데, 보랏빛 베일 너머로 어렴풋이 드러나는 얼굴은 꽤 예쁘장한 편이었다.

그들은 몰려 있는 사람들을 보자마자 그쪽으로 접근해갔다. 걸음걸이에서부터 벌써 불안과 주저가 엿보였다.

둘 중 누이동생이 먼저 어느 선원에게 접근해 말을 붙였다. 첫마디부터 댕브르발의 사망 소식이 튀어나왔는지, 여자는 대뜸 비명을 지른 뒤 부랴부랴 길을 헤쳐나갔다. 오빠 역시 상황을 파악하자마자 팔꿈치로 사람들을 밀치면서 관리인을 소리쳐 불렀다.

"이보시오, 나는 댕브르발의 친구입니다! 여기 내 명함이오. 프레데릭 아스탱! 내 누이동생은 제르맨 아스탱입니다. 마담 댕브르발의 절친한 친구이지요. 부부는 우리를 기다리고 있었습니다. 약속이 있었단 말이에요!"

그제야 사람들은 순순히 길을 터주었다. 레닌과 오르탕스는 아무 말 없이 그들 뒤에 바짝 붙었다.

댕브르발 부부가 묵었던 곳은 3층, 방 네 개와 거실 하나짜리 객실이었다. 누이동생은 다짜고짜 그 방들 중 하나로 파고들어 시체가 누워 있는 침대 옆에 무릎을 털썩 꿇었다. 테레즈 댕브르발은 침묵에 잠긴 사람들에 둘러싸인 채 거실에서 하염없이 흐느끼고 있었다. 오빠는 그녀 곁에 앉아 두 손을 꼭 감싸쥐고 떨리는 목소리로 중얼거렸다.

"가엾은 내 친구…… 가엾은 내 친구……."

레닌과 오르탕스는 한참 동안 두 남녀를 유심히 바라보았다. 오르탕스는 눈치껏 속삭였다.

"바로 저자 때문에 그녀가 살인? 아, 도저히 그럴 수는 없어!"

"보아하니 둘은 서로 아는 사이입니다. 그런데 프레데릭 아스탱과 그 누이동생은 함께 모의한 제삼자와 아는 사이라고 했어요. 그러니……."

레닌의 대꾸를 오르탕스는 발끈하듯 가로막았다.

"그럴 리는 없다고요!"

온갖 수상쩍은 추측에도 불구하고 오르탕스는 그 슬픔에 젖은 여인에게 지극한 동정심을 느꼈는지, 프레데릭 아스탱이 자리를 뜨자마자 덥석 그 자리를 차지하고 앉아, 댕브르발 부인의 손을 부드럽게 감싸쥐며 위로의 말을 건넸다. 불행한 여자의 눈에서 마구 흘러내리는 눈물이 가슴 깊은 곳까지 뒤흔든 모양이었다.

한편 레닌은 처음부터 두 남매의 행동거지 하나하나에서 시선을 떼지 않았다. 그러고 보니 프레데릭 아스탱은 아까부터 은근히 이곳저곳을 면밀히 훑어보면서, 거실과 방 네 곳을 차례차례 들락거리는가 하면, 사람들을 파고들어 살인이 어떤 식으로 일어났는지 일일이 캐묻고 다니는 것이었다. 그러는 동안 누이동생이 두 차례 다가와 뭔가 말을 건넸고, 남자는 다시금 호의와 동정이 가득 담긴 태도로 마담 댕브르발 곁으로 돌아와 앉았다. 그러더니 결국에는 남매 둘만 한산한 건넌방으로 들어가 따로 오랜 시간 뭔가를 숙의하고는, 마치 만사 의견일치를 본 사람들 같은 표정으로 서로 찢어졌다. 마침내 프레데릭은 자리를 떠났고, 그렇게 해서 뭔지는 모르지만 어딘지 수상쩍어 보이던 행동들은 약 30~40분 만에 마무리 지어진 셈이었다.

바로 그즈음, 별장 앞으로 검사와 수사판사가 탄 자동차가 들이닥쳤다. 생각보다 빨리 당도했다고 생각한 레닌이 오르탕스에게 다급하게 일렀다.

"서둘러야 되겠소. 어떤 일이 있어도 마담 댕브르발과 떨어져 있으면 안 됩니다."

구경꾼들 중에서 유효한 증언을 할 만한 사람들만 즉시 간추려져서 따로 해변에 집결하도록 조치가 취해졌고, 수사판사가 그들을 상대로 초동수사를 진행했다. 그것이 끝나고 나면 이제 댕브르발 부인을 본격적으로 신문할 예정이었다. 아무튼 그곳에 있던 사람들은 감시의 고삐를 늦추지 않는 레닌과 오르탕스 그리고 제르맨 아스탱을 제외하고는 모두 나간 상태였다.

제르맨은 마지막으로 망자 곁에 무릎을 꿇고 얼굴을 두 손에 파묻은 채로 한참 동안 기도를 올렸다. 그런 다음, 천천히 일어나 계단으로 난 문을 열려고 하는 것을 레닌이 불쑥 가로막았다.

"마담, 잠시 드릴 말씀이 있습니다."

여자는 화들짝 놀라면서 얼떨결에 대꾸했다.

"뭔데요? 말씀해보시죠."

"여기 말고 다른 곳에서……."

"어디서 말인가요, 므슈?"

"저쪽 옆으로…… 거실에서 얘길 나누죠."

"싫은데요!"

여자가 갑자기 앙칼지게 나왔다.

"이유가 뭐죠? 비록 다정하게 손도 잡아주지는 않았지만, 그래도 당신은 마담 댕브르발의 친구인 줄 아는데요?"

레닌은 그렇게 던지듯 내뱉은 다음, 생각할 여유를 전혀 주지 않은 채 옆방으로 여자를 끌고 들어가 문을 닫았다. 아울러 허둥지둥 자리를 피해버리려는 댕브르발 부인을 가로막고 이렇게 얘기했다.

"안 됩니다, 마담. 부디 내가 하는 말 잘 들으시기 바랍니다. 마담 아스탱이 있다고 해서 굳이 그렇게 내빼실 필요는 없습니다. 더 이상 지체할 것 없이, 지금 이 자리에서 매우 중대한 얘기를 나눌 일이 있습니다."

결국 서로 마주하게 된 두 여자의 눈빛 속에서는 극심한 증오의 불꽃이 튀었는데, 둘 다 이런 상황에 처한 게 몹시 당혹스러우면서도 가까스로 분노를 참고 있는 기색이 역력했다. 지금까지 두 사람이 서로 친구이거나, 어느 정도까지는 일종의 공범일 거라고 믿어왔던 오르탕스는 마침내 올 것이 오고야 만 상황임에도 불구하고 적잖이 놀란 기색이었다. 그녀는 얼른 테레즈 댕브르발을 자리에 다시 앉혔고, 레닌은 방 한복판에 버티고 선 채 단호한 음성으로 입을 열었다.

"비록 우연히 진실에 접한 입장이지만, 당신들이 내게 필요한 정보를 허심탄회하게 털어놔만 준다면, 내가 두 분 다 구해줄 수도 있을 것이오. 현재 두 분은 모두 어떤 잘못에 대해 책임이 있다는 걸 마음속으로는 알고 있기 때문에, 그에 따르는 위험도 잘 느끼고 있을 겁니다. 하지만 정체 모를 증오심으로 둘 다 몹시 흥분한 상태이기에 내가 나서야 명확히 사태를 보고, 처리할 수 있을 것입니다. 앞으로 30분 후면 수사판사가 이곳으로 들이닥칠 겁니다. 그러니 지금 당장 서로 간에 합의가 이루어져야 합니다."

두 여자는 똑같이 레닌의 말에 펄쩍 뛰었다.

레닌은 더더욱 강경한 어투로 말했다.

"네, 바로 '합의' 말입니다! 좋든 싫든 그렇게 되어야만 합니다. 왜냐하면 당신 둘만의 문제가 아니기 때문입니다. 우선 마담 댕브르발, 당신에겐 어린 두 딸이 있어요. 나 역시 어쩌다 그 두 아이의 운명에 끼어든 판국이니, 이젠 그들을 보호하고 구해주지 않을 수 없습니다. 단 한 번의 실수나 지나친 말로도 아이들의 장래는 끝장입니다. 절대로 그런 일이 일어나서는 안 되는 거죠!"

아이들 얘기가 튀어나오자 댕브르발 부인은 그대로 허물어지면서 마구 흐느껴 울었다. 반면 제르맨 아스탱은 그저 어깨를 한 번 으쓱하고는 곧장 문 쪽으로 다가갔고, 레닌은 또다시 앞을 가로막았다.

"어디 가는 거요?"

"수사판사가 소집한 증인 대상에 나도 끼어 있습니다."

"안 됩니다."

"천만에요. 나도 증언할 내용이 있는걸요."

"당신은 현장에 있지도 않았소. 무슨 일이 어떻게 일어났는지 전혀 모른단 말이오. 솔직히 이번 사건에 대해 알고 있는 사람은 하나도 없소."

"흥, 나는 누가 이 짓을 저질렀는지 안단 말입니다!"

"그럴 리가!"

"바로 테레즈 댕브르발의 짓이오!"

그야말로 울컥하는 분노와 당장이라도 잡아 죽일 듯한 몸짓과 더불어 튀어나온 말이었다.

하지만 댕브르발 부인도 질세라 상대를 향해 벌떡 일어서며 소리쳤다.

"이런 나쁜 년, 당장 나가라! 당장 꺼져! 아, 어쩜 저렇게 파렴치한 여자가 있지!"

오르탕스는 허겁지겁 여인을 진정시키려고 했으나, 레닌이 나지막한 소리로 만류했다.

"내버려두시오, 내가 원하는 바가 이거니까. 둘이 서로 맞부딪쳐야 뭔가 불이 붙어 환하게 밝혀지지."

모욕감을 느낀 제르맨 아스탱은 억지로 여유 있는 척 빈정대느라 입술이 보기 흉하게 일그러졌다.

"파렴치하다고? 왜? 내가 널 고발해서?"

"모조리 다! 모조리 다가 그렇다! 넌 파렴치한 년이야! 알겠니, 제르맨? 넌 비열하고 파렴치한 년이라고!"

테레즈 댕브르발은 마치 그럼으로써 스스로 위안을 느끼는 것처럼 대차게 욕지거리를 토해내기 시작했다. 아닌 게 아니라 그러면서 점점 울화통이 가라앉는 듯했다. 혹은 아마도 더는 실랑이를 벌일 기력조차 없어진 것인지도 몰랐다. 반면 이제는 제르맨 아스탱이 반격을 가할 차례였다. 그녀는 두 주먹을 불끈 쥔 채 나이에 비해 폭삭 늙어 보이는 얼굴을 잔뜩 일그러뜨리며 말했다.

"네 이년! 감히 내게 그따위 말을 지껄여! 네년이 그런 죄를 저지르고도! 네가 죽인 남자가 저렇게 누워 있는데, 어딜 감히 고개를 빳빳이 쳐들고 난리야! 아하, 우리 둘 중 누가 파렴치하다면 그건 바로 네년이야, 네년! 테레즈 이년, 넌 네 남편을 죽였어! 네 남편을 살해했다고!"

자기가 내뱉은 끔찍한 말로 더더욱 분노가 치밀었는지, 와락 달려들어 손을 뻗치는 바람에 손톱이 거의 상대의 얼굴에 닿을 뻔했다. 계속해서 그녀는 고래고래 악을 썼다.

"아, 죽이지 않았다고는 하지 마라! 분명히 경고하건대, 그따위 말할 생각은 하지도 마! 꿈도 꾸지 말라고! 단도가 네 가방 안에 있는 거 다 알아! 내 오빠가 너와 잠시 얘기하면서 가방 속 그 칼에 손을 댔는데, 그만 시뻘건 피가 묻어났다더라! 네 남편의 피 말이다, 테레즈! 설사 내가 아무것도 발견하지 못했다 해도 척 보면 짐작 못하리라고 생각한 거야? 이봐, 테레즈, 난 대번에 진실을 알아챘어. 어떤 선원이 내게 나지막한 소리로 '므슈 댕브르발요? 그 사람 살해당했답니다' 했을 때부터 '아하, 그 여자 짓이야! 테레즈가 죽인 거야!' 했다니까."

테레즈는 아무 대답도, 어떤 발끈하는 기색도 없었다. 그런 그녀를 걱정스러운 눈길로 바라보는 오르탕스는 스스로 완전히 파멸했다고 믿는 사람들에게서나 볼 수 있는 자포자기한 분위기를 느꼈다. 양 볼은 푹 꺼지고 얼굴에는 절망의 그림자가 잔뜩 드리워진 그 모습…… 오르탕스는 측은한 마음에서 어떻게든 말 좀 해보라고 부추기기까지 했다.

"뭐라고 설명 좀 해보세요. 범행이 일어나는 동안 당신은 이곳 발코니에 있었어요. 그런데 어떻게 단도가 가방 안에 있는 거죠? 어떻게 된 거냐고요!"

제르맨 아스탱이 대뜸 끼어들었다.

"흥, 설명 좋아하시네! 저 여자가 그런 걸 과연 할 수 있을까? 까짓 범행이 어떻게 일어난 건지는 상관없어! 누가 뭘 봤고, 못 봤고는 하등 중요치 않다고! 오로지 문제는 증거야. 범행에 쓰인 단도가 바로 가방 속에 있다는 사실이라고, 테레즈. 그래, 바로 너였어…… 네가 그를 죽인 거라고! 결국에는 그렇게 되고 만 거야! 아, 내가 오빠한테 얼마나 얘기를 했는데. '그년이 꼭 저지를 거야'라고 말이야! 프레데릭은 그럴

리 없다며 널 두둔하려고 하더군. 프레데릭은 늘 너한테는 약한 모습을 보여왔어. 하지만 그 역시 마음 깊은 곳에서는 일이 이렇게 될 줄 내다보고 있었지…… 결국 엄청난 일이 벌어지고 만 거야! 등에 칼침을 맞다니! 아, 비겁한 년! 정말 가증스러운 년! 내가 입을 안 열고 가만있을 줄 알았나? 천만에, 난 조금도 망설이지 않았어! 그건 프레데릭도 마찬가지야! 우리는 즉시 증거를 찾기 시작했지. 이제 나는 아주 말똥말똥한 정신으로 기꺼이 너를 정식 고발할 참이야. 이젠 끝장이라고, 테레즈. 넌 망했어. 아무것도 널 구해주지 못해. 네가 그토록 부둥켜안고 있는 그 가방 속에 피 묻은 칼이 들어 있단 말이야. 이제 수사판사가 돌아와 거기서 네 남편의 핏자국을 발견해내겠지. 게다가 남편 지갑도 찾아낼걸. 둘 다 가방 속에 있으니까. 기필코 찾아내게 될 거야……."

그렇게 악을 쓰면서 어찌나 분노로 치를 떠는지, 그녀는 두 팔을 어중간히 뻗고 턱을 덜덜 떨면서 더는 말을 잇지 못할 정도였다.

마침내 레닌이 조용히 테레즈 댕브르발의 가방을 붙들자, 여자는 한층 더 덥석 끌어안았다. 하지만 레닌은 팔에 은근히 힘을 주며 중얼거렸다.

"내게 맡기십시오, 마담. 당신 친구 제르맨의 말이 맞습니다. 이제 곧 수사판사가 들이닥칠 거고, 당신 수중에 단도가 있다는 것만으로도 즉시 체포가 단행될 겁니다. 그렇게 놔둘 수는 없는 노릇이지요. 그러니 내게 모든 걸 맡기세요."

남자의 부드러운 목소리 속에는 테레즈의 저항을 누그러뜨리는 힘이 있었다. 여자의 악착같은 손힘이 서서히 풀리면서 손가락이 하나둘 벌어졌다. 그는 가방을 집어 들고 안을 열더니, 흑단 손잡이가 달린 단도와 회색빛 모로코산(産) 가죽 지갑을 꺼내, 조용히 자기 재킷 안주머니에 집어넣었다.

제르맨 아스탱은 어안이 벙벙한 표정으로 바라보았다.

"당신 미쳤어요? 대체 무슨 권리로……?"

"이런 물건들은 함부로 내둘리면 곤란하지. 이렇게 해두어야 안심이거든. 수사판사가 내 주머니를 뒤질 리는 없을 테니까."

"하지만 내가 가만있지 않을 거요! 죄다 폭로해버리고 말 거라고!"

계속해서 여자가 길길이 날뛰자, 레닌은 빙그레 웃으며 말했다.

"천만에! 그래서는 안 되지. 당신은 아무 말도 하지 않을 것이오. 애당초 사법당국은 이 일과 아무런 관련이 없으니까. 당신들 사이를 갈라놓은 문제는 당신들끼리 해결을 봐야 하는 법이오. 인생살이 사사건건 법에 호소할 수는 없는 일 아니겠소?"

제르맨 아스탱은 차마 입이 다물어지지 않는 눈치였다.

"아무튼 그런 얘기할 권리가 당신한테는 없습니다, 므슈! 도대체 당신 누구요? 이 여자 남자친구라도 됩니까?"

"당신이 이 여자를 공박하는 그 순간부터 그렇게 되었다고도 볼 수는 있겠지요."

"내가 공박한 건 여자한테 죄가 있기 때문입니다. 당신이 누구이든 그걸 부인할 수는 없을 거요. 저 여자는 자기 남편을 살해했어요!"

레닌은 여전히 침착한 태도로 단언했다.

"그걸 부인하는 건 아닙니다. 그 점에 관해서는 우리 둘 다 같은 의견이에요. 자크 댕브르발은 자기 아내한테 살해당한 겁니다. 그러나 다시 한번 말해두지만, 사법당국이 이 진실을 알아서는 안 됩니다."

"이보세요, 므슈. 결국에는 내 입으로 폭로하고야 말 겁니다. 장담하죠. 이 여자는 벌을 받아야만 해요. 사람을 죽였단 말입니다!"

레닌은 천천히 여자에게 다가가 어깨에 가만히 손을 얹고 말했다.

"당신은 방금 전에 나더러 무슨 권리로 참견을 하냐고 물었습니다.

그럼, 당신은 어떻습니까?"

"나는 자크 댕브르발의 친구예요."

"단순히 친구?"

여자는 잠시 당황하는 눈치였다가 다시금 고개를 꼿꼿이 쳐들고 대꾸했다.

"난 친구로서 그의 복수를 하는 게 당연하다고 생각합니다!"

"하지만 당신은 침묵을 지켜야만 할 것이오. 죽은 남자가 침묵을 지켰듯이……."

"죽기 전에 뭘 알았다고 침묵을 지킵니까?"

"바로 그 점을 당신은 착각하고 있는 겁니다. 그 역시 죽기 전에 자기 아내를 고발할 수도 있었어요. 아내를 고발할 시간적 여유가 충분했지만 그러지를 않은 겁니다."

"아니, 왜요?"

"아이들 때문이지요."

제르맨 아스탱은 적어도 겉으로 보기엔 여전히 전의를 거두지 않았고, 똑같은 복수의 의지와 증오심을 불쑥불쑥 내보이고 있었다. 하지만 그러면서도 언제부터인가 레닌의 영향력이 내심 조금씩 느껴지는 것은 어쩔 수가 없었다. 그토록 증오의 열기가 난동을 부리던 자그마한 방 안에서 레닌 공작이 차츰차츰 주도권을 잡아감에 따라, 심연의 나락 직전에서 예기치 않게 손을 내민 이 원군에 대해 댕브르발 부인이 얼마나 위안을 느끼고 있을지 제르맨 아스탱은 실감하고 있었다.

테레즈가 조용히 말했다.

"고맙습니다, 므슈. 사태를 너무도 환히 꿰뚫고 계시면서도, 동시에 제가 사법당국에 자수 못하는 이유가 아이들 때문이라는 점도 알고 계시는군요. 그것만 아니라면 저도 이젠 지긋지긋하답니다……."

이렇게 해서 갑자기 국면이 전혀 다른 양상으로 변해갔다. 이를테면 난투극 속에 달랑 던져진 몇 마디 말로 인해, 죄인은 다시 고개를 들고 안심했고, 탄핵하던 여자는 갑자기 머쓱해지고 불안한 처지가 되고 만 것이다. 아울러 후자는 감히 아무 말도 할 수 없게 되었고, 전자는 비로소 입을 열어 실컷 속내를 털어놓을 순간을 맞이하게 되었다.

"자, 이제 당신도 얘기를 할 수 있을 거라 생각합니다. 또 그래야만 하고요."

"좋아요…… 알겠어요…… 저도 그렇게 생각해요. 저 여자의 말에 대답을 해주겠어요. 더도 덜도 말고 진실을 말하면 되는 거죠?"

테레즈는 또다시 안락의자에 납죽 엎드려 울음을 터뜨렸다. 잠시 후, 그 역시 심적 고통으로 폭삭 상해버린 늙수그레한 얼굴을 들고 나지막한 목소리로 짤막짤막 얘기를 시작했다.

"저 여자는 4년 전부터 내 남편의 정부 노릇을 해왔습니다. 아, 그 사실을 알게 된 이후로 얼마나 괴로웠는지…… 자기들 관계를 내게 알려준 것도 저 여자 본인이었어요. 일부러 심술을 부린 거죠. 자크에 대해 집착하는 그만큼 나를 미워했으니까요. 거의 매일매일이 새로운 상처의 연속이었답니다…… 자기들끼리 만날 약속을 한 걸 가지고 일일이 내게 전화를 걸어 미주알고주알 얘기를 하는 거예요. 그런 식으로 나를 괴롭히다 못해, 아예 내가 자살이라도 하기를 바라더군요. 사실 나 역시 몇 차례 생각 안 해본 건 아닙니다. 하지만 아이들 때문에 용케 견뎌냈죠. 하지만 자크는 점점 더 나약해져갔어요. 저 여자는 남편에게 이혼하라고 다그쳤죠. 남편은 점점 그쪽으로 마음이 기울어갔답니다…… 일단 그녀 치마폭에 완전히 사로잡힌 데다, 마찬가지로 음험하면서 실은 더욱 위험천만한 그 오빠의 위세에도 꼼짝 못하고 눌린 거죠. 나는 모든 걸 피부로 느끼고 있었습니다. 자크는 내게 점점 심하게 대하더군요. 그렇다고 훌쩍 나를 떠날 용기는 없고, 나라는 여자는 자꾸만 걸리적거리기만 할 뿐이고…… 점점 내가 원망스러워졌겠죠. 오, 하느님…… 얼마나 고통스러웠던지!"

"그러기에 진작 그를 놔주었어야지! 세상에 남자가 이혼을 원한다고 목숨을 빼앗는 법은 없어!"

제르맨 아스탱이 불쑥 끼어들자, 테레즈는 고개를 저으며 말을 이었다.

"이혼하잔다고 그를 죽인 건 아니었어! 정말 그가 이혼을 바랐다면 벌써 떠났을 테고, 난들 별수 없었을 거야! 하지만 결정적인 때에 너의 계획이 변했지. 제르맨, 이제는 이혼 가지고는 너 자신이 만족할 수 없게 된 거야. 너는 그에게서 보다 색다른 것을 원하게 되었어. 너와 네 오빠는 이혼보다 훨씬 중요한 무언가를 요구하기 시작했다고. 그 역시 동의했고 말이야. 자기 의지와는 상관없이, 그저 비열하고 나약했기에 하는 수 없이……."

제르맨은 더듬더듬 물었다.

"지, 지금 무슨 말을 하려는 거야? 보다 색다른 거라니……?"

"나의 죽음 말이다!"

"거, 거짓말!"

제르맨 아스탱의 기겁에 찬 외마디 비명이 터져나왔다.

하지만 테레즈는 전혀 목소리를 높이지도 않았고 분노나 앙심 어린 몸짓 하나 없이 그저 이렇게 말했다.

"그래, 내 죽음 말이다, 제르맨. 네가 남편한테 보낸 편지 여섯 통을 보았지. 바보같이 남편은 그걸 지갑 속에 그대로 넣어 가지고 있더군. 다행히 노골적인 단어가 적혀 있지는 않았지만, 누가 봐도 그런 의미가 행간에 담긴 걸 느낄 수 있는 편지들이었어. 그걸 읽는데, 온몸이 부들

부들 떨리더군! 자크가 그 정도까지 가 있을 줄이야! 하지만 그를 죽이겠다는 생각은 단 한순간도 떠오른 적이 없었어. 적어도 나 같은 여자는 마음먹고 사람을 죽이지는 못해, 제르맨. 몰라, 혹시나 정신이 홱 돌아버리면…… 하지만 그것도 훨씬 나중 일이었어. 더구나 네가 잘못해서 그렇게 된 거야…….”

여자는 말하다 말고 문득 레닌 쪽을 돌아보았다. 마치 이제부터 공개하려는 진실의 내용 때문에 큰 물의가 빚어지는 것은 아닌지 답을 구하는 눈치였다.

“걱정할 것 없습니다. 내가 다 책임집니다.”

레닌은 조용히 대답해주었다.

여자는 손등으로 이마를 한 번 쓱 훔쳤다. 아마도 끔찍했던 어떤 장면이 오롯이 떠올라 마음을 힘겹게 만드는 모양이었다. 제르맨 아스탱은 팔짱을 낀 채 꼼짝도 하지 않은 자세에서 눈동자만 불안하게 번득였고, 오르탕스 다니엘은 드디어 범행의 순간이 재현되고 수수께끼 같은 진실의 전모가 밝혀지나 싶은 마음에 마른침을 삼켰다.

여자의 얘기가 이어졌다.

“내가 정신이 홱 돌아버린 건 보다 나중에, 바로 네 잘못 때문이었어, 제르맨. 나는 지갑을 원래 있던 서랍 속에 넣어두고, 아침에도 자크한테 아무 말 안 했지. 내가 안다는 걸 굳이 그에게 밝히고 싶지가 않았던 거야…… 생각만 해도 끔찍한 일인걸! 하지만 내 나름대로 마음은 급해지더군. 편지로 봐선 오늘 비밀리에 이곳에 네가 올 거라고 되어 있었거든…… 우선 도망칠 생각을 했지. 기차에 훌쩍 몸을 싣는 거야. 기계적으로 칼을 챙기게 되더군. 내 몸 하나는 어떻게든 방어할 생각으로 말이야. 그런데 자크와 함께 해변으로 나오자 그런 생각조차 포기하게 되더라고…… 그래, 죽자! 나는 생각했지. 죽고 나면 이 악몽도 깨끗이 끝날 것 아닌가 하고 말이야. 단, 그러면서도 남은 아이들을 위해서 내 죽음이 사고처럼 보이도록 해야겠다 싶었지. 그래야 애기들 아빠가 혐의를 모면할 테니까. 그러고 보니 절벽지대를 산책한다는 너의 발상이 그럴듯해 보이더군. 절벽 꼭대기에서 추락하면 자연스러운 죽음처럼 보일 테니까 말이야. 그런 생각을 하는데, 자크가 자기 탈의실로 가 있겠다고 하더라고. 거기서 곧바로 너를 만나러 트루아마틸드로 직행하려는 생각이었겠지. 그런데 테라스 바로 아래에서 열쇠를 떨어뜨렸다는 거야. 나는 얼른 내려가 그이와 함께 열쇠를 찾기 시작했어. 한데 바로 거기에서…… 오, 제르맨…… 그건 완전히 네 실수였어…… 네 잘못이었다고! 문득 그의 윗도리에서 지갑이 스르륵 떨어졌는데, 그와 함께 웬 사진 한 장이 휩쓸려 나오는 것이었어. 그이는 그것도 모른 채 계속 열쇠만 찾았지. 언뜻 보아도 내가 아는 사진이었어. 얼른 주워 들고 보니, 올해 나와 아이들이 함께 찍은 사진이었지. 그런데…… 아, 그런데 말이야…… 너도 알고 있겠지, 제르맨? 인화지에 있는 여자는 내가 아니라, 바로 너였어! 원래 있던 나를 지우고 네 모습을 조작해 넣은 사진이더군! 바로 제르맨, 너의 얼굴이었단 말이야! 큰애 목에 네 그 한쪽 팔을 두르고, 작은애는 무릎에 천연덕스럽게 앉혀놓은 네 모습…… 그래, 그건 바로 너였어! 네가 내 남편의 아내로 둔갑해 있더라니까! 네가 바로 미래에 내 아이들의 엄마가 되어 있더라는 거야! 네가 아이들을 키우게 되어 있었지! 아, 나는 그만 머리가 돌기 시작했어…… 손에는 칼이 만져지더군…… 자크는 멋도 모르고 내 앞에서 허리를 숙인 채 열쇠만 찾고 있었어…… 나는 그대로 찔렀지…….”

여자의 처절한 고백 속에는 진실 그 자체 이외에는 단 한 마디의 헛소리도 발 디딜 여지가 없을 것 같았다. 그것을 잠자코 듣고 있는 사람들의 마음 깊은 곳에서 찌릿한 비애가 일었고, 특히 오르탕스와 레닌에게는 더없이 비장한 고백으로 다가왔다.

여자는 힘이 부치는지 의자 위에 축 늘어졌다. 그러면서도 입으로는 연신 알아듣기 힘든 넋두리를 늘어놓는데, 그녀 쪽으로 점점 몸을 기울여야 그중 몇 마디 말이라도 겨우 건질 수가 있었다.

"주위에서 소란이 일고 나는 현장에서 붙잡힐 거라 생각했었지…… 한데 아니었어. 공교롭게도 아무도 볼 수 없는 상황에서 그 일이 벌어졌지. 더욱이 자크는 결코 쓰러지지도 않고, 나와 마찬가지로 얼른 몸을 일으키는 것이었어! 그래, 결코 쓰러지지를 않더란 말이야! 내가 분명 칼로 찔렀는데, 그는 전혀 내색을 하지 않고 꼿꼿이 서 있었어! 나는 테라스로 올라가다 말고 다시 그를 돌아보았지. 그이는 상처를 가리려는 목적으로 옷을 어깨에 걸친 뒤, 전혀 비틀거리지도 않고 저만치 걸어가고 있더군. 아니, 조금은 휘청거렸다 해도 그건 나만이 알아볼 수 있는 미미한 정도였어. 심지어 그이는 가던 도중 카드 게임을 하고 있는 친구들과 몇 마디 말도 나누는 것 같았어. 그러고는 곧장 탈의실로 들어가 문을 닫고 사라지더군. 나도 잠시 후 별장으로 돌아왔지. 나는 그만 이 모든 게 끔찍한 악몽이 아닐까 생각하게 되었어…… 사람을 죽이지 않은 거다, 최소한 상처가 치명적이진 않다, 이렇게 말이야. 조만간 멀쩡한 모습으로 자크가 걸어나올 거라고 난 확신하고 있었어. 나는 발코니에서 계속 그쪽만 바라보고 있었지. 만약 단 한순간이라도 그에게 도움이 필요할 거라 생각했다면 나는 곧장 그리로 달려갔을 거야. 하지만 정말로 몰랐어…… 전혀 상상조차 하지 못했다고…… 사람들은 예감이라는 말을 흔히 하지. 하지만 모두가 가짜야. 그때 내 상태는 마치 악몽을 꾸고 난 뒤에 모든 기억이 깨끗이 지워진 것처럼 조용하기만 했었지. 정말이야…… 맹세컨대, 난 아무것도 몰랐어…… 다만……."

거기서 여자는 문득 말을 멈추었다. 복받쳐 오르는 흐느낌 때문에 목이 메는 것이었다.

레닌이 대신 말을 받아주었다.

“사람들이 달려와 알려줄 때가 되어서야 사태를 깨달았다는 얘기죠?”

테레즈는 더듬거렸다.

“네…… 그, 그랬어요. 그제야 내가 한 짓이 감이 오더라고요…… 나는 그만 미칠 것만 같았고, 사람들 앞에서 이렇게 고래고래 소리라도 지를 생각이었어요. ‘바로 접니다! 공연히 찾아 헤맬 것 없어요. 여기 단도가 있습니다. 제가 바로 죄인이에요’ 하고 말이죠. 네, 정말 나는 그렇게 소리 지르려고 했답니다. 그런데 갑자기 가엾은 자크를 보게 된 거예요. 그의 시체를 사람들이 운반해왔던 거죠…… 정말 평온한 얼굴을 하고 있더군요. 아주 아늑한 표정이었어요. 그런 그이 앞에서 나는 내가 해야 할 의무를 깨닫게 되었답니다. 그이가 자신의 의무를 깨달은 것과 마찬가지로요…… 즉, 아이들을 위해 그이는 입을 다물고 조용히 죽어간 겁니다. 그러니 나도 입을 다물어야겠다는 생각이 들 수밖에요. 그이가 희생당한 살인사건의 공동 책임자인 우리 부모가 이제 할 수 있는 일은 어떻게 해서든 그 여파가 아이들에게까지 미치지 않게 하는 것이었습니다. 그이는 죽어가는 바로 그 순간에 그와 같은 생각을 명확히 가지고 있었던 겁니다…… 그야말로 비상한 용기를 발휘했기 때문에 비틀거리지 않고 꿋꿋이 걸어간 거고, 말을 건네오는 사람들에게 대꾸를 해주는가 하면, 급기야는 조용히 문을 닫아걸고 죽음을 맞이할 수 있었던 거예요! 그렇게 함으로써 그는 생의 마지막에 가서야 자신의 모든 잘못을 일소한 셈이고, 또 나를 고발하지 않음으로써 내가 한 짓까지 죄다 용서를 해준 것입니다. 아울러 그건 나에게도 침묵을 지키라고 지시한 것과 같았어요. 그렇게 해서 나를 지키라고 말이죠. 모든 사람으로부터, 특히 제르맨, 너로부터 말이다!”

여자는 일부러 마지막 말에 잔뜩 힘을 주어 내뱉었다. 무의식적으로 남편을 살해했다는 사실 때문에 몹시 뒤흔들린 그녀의 정신력이 이제는 그 남편이 최후의 순간에 보여준 행동을 생각하고, 스스로를 지키려는 마음가짐으로 다시금 활력을 챙기기 시작했다. 정작 부부를 하나는 죽음으로, 하나는 살인으로 몰고 가버린 주동자를 앞에 놓고, 그녀는 두 주먹을 불끈 쥔 채 악착같이 싸우려는 의지로 부르르 떨었다.

한편 제르맨 아스탱은 꿈쩍도 하지 않았다. 아무 소리 하지 않고 듣고만 있던 그녀의 얼굴에는 테레즈가 점점 또렷하게 사태를 짚어감에 따라 더더욱 혹독한 표정이 틀어박히듯이 똬리를 틀었다. 어떤 감정이나 회한도 그녀를 누그러뜨리거나, 돌 같은 그 마음속을 파고들지 못하는 모양이었다. 게다가 얘기의 막바지에 이르러서는 얄팍한 입술 끝에 가벼운 미소까지 스쳤는데, 마치 상황이 돌아가는 모습에 어떤 희열마저 느끼는 분위기였다. 어쨌든 그것으로 먹잇감은 확보했다는 뜻일까?

여자는 천천히 눈길을 돌려 거울 속에 비친 자신의 모자 매무새를 바로 하더니 화장까지 고쳤다. 그러고는 곧장 문 쪽으로 걸어가는 것을 테레즈가 얼른 다가들었다.

"어디 가는 거야?"

"내 맘이지."

"수사판사를 만나러?"

"글쎄. 그럴 수도 있겠군."

"절대 못 나간다!"

"그래? 그럼 여기서 기다리지 뭐."

"결국 모두 털어놓겠다……?"

"그야 당연하지! 네가 순진하게도 모든 걸 털어놓았으니 하는 수 없잖아? 과연 짐작조차 하기 어려웠던 일인데, 네가 친절하게 몽땅 해명을 해주었어.”

테레즈는 여자의 어깨를 부여잡았다.

“좋아. 대신 그와 더불어 나도 수사판사에게 한 가지 더 밝혀줄 게 있어, 제르맨. 물론 너에 관한 얘기지. 내가 파멸하면 너 역시 무사하지는 못할 거야.”

“넌 나를 해칠 수가 없어.”

“네 편지들을 몽땅 공개하고 너를 고발한다고 해도?”

“편지?”

“그래, 나를 죽이기로 결정한 편지 말이야.”

“몽땅 날조된 거짓말인걸! 이봐, 테레즈. 너를 해코지하겠다는 그 대단한 음모는 그야말로 순전히 네 그 불안한 상상 속에서만 존재하는 거라고. 자크도, 나도 네 죽음을 원한 적은 없어.”

“아냐. 넌 분명 그럴 의도가 있었어. 네 편지를 보면 알 수 있어.”

“거짓말이래도! 그건 그저 친구 사이의 편지일 뿐이야.”

“정부와 그 공범 사이의 편지이겠지.”

“어디 증명해보시지.”

“편지는 자크의 지갑 속에 고스란히 들어 있어.”

“아닐걸.”

“무슨 뜻이지?”

“그 편지들은 이제 내 것이라는 얘기야. 내가 미리 수거해두었거든. 아니, 오빠가 대신 수거해 들였다고 하는 게 옳겠군.”

“이런, 파렴치한 것! 그것마저 훔치다니! 당장 돌려주지 못해!”

테레즈는 상대를 거칠게 밀어붙이며 소리쳤다.

“그래봤자 지금 나한테는 없어. 오빠가 가져가서 고이 간직하고 있지.”

"돌려주지 않고는 못 배길걸!"
"이미 이곳을 떴어."
"찾으면 돼."
"물론 사람이야 어디 가서든 찾겠지. 하지만 편지는 아니야. 그런 편지는 빨리 처리를 하는 게 상책일 테니까."
테레즈는 휘청거리면서 절망적으로 레닌을 향해 두 손을 뻗었다.
레닌은 침착하게 말했다.
"저 여자의 말은 모두 진실입니다. 그가 가방 속을 뒤지는 걸 내 눈으로 똑똑히 보았어요. 분명 당신 남편의 지갑을 꺼내다가 저 여자 보는 앞에서 안을 뒤졌고, 다시 가져와 제자리에 돌려놓았습니다. 편지들만 챙겨서 방을 나가더군요."
레닌은 잠시 뜸을 들인 후, 말을 이었다.
"보다 정확히 말하자면, 다섯 장의 편지만 가지고 나갔다고 해야겠군요."
그저 툭 던지듯 내뱉은 말이었지만, 그것이 얼마나 엄청난 의미를 풍기는 말인지 모두가 직감했다. 두 여자가 동시에 그에게 다가들었다. 이 남자가 대체 무슨 얘기를 하려는 것인가? 프레데릭 아스탱이 다섯 장의 편지만 가져갔다면, 나머지 한 장의 편지는 어디 있단 말인가?
"추측컨대 지갑이 해변의 자갈들 위에 떨어졌을 때, 마지막 편지 한 장이 사진과 더불어 빠져나온 게 아닌가 싶습니다. 그걸 므슈 댕브르발이 따로 주워 넣었을 겁니다."
"아니, 그걸 당신이 어떻게 알죠? 어떻게 장담하냐고요!"
제르맨 아스탱은 앙칼진 목소리로 또박또박 다그쳤다.
"침대 곁에 걸어놓은 그의 플란넬 윗도리 호주머니에서 내가 직접 찾아냈습니다. 여기 이겁니다. 제르맨 아스탱이라고 서명이 되어 있더군요. 물론 그 내용은 애인에게 살인을 교사하는 작성자의 의도를 충분히 증명할 만하고요. 나로서는 그처럼 교활한 여자가 이런 어처구니없는 글을 남길 정도로 허술한 구석을 가졌다는 게 의아할 정도였습니다."

제르맨 아스탱은 돌연 얼굴이 납빛이 되면서 어찌나 충격을 받았는지 뭐라고 변명조차 할 엄두를 못 내고 있었다. 레닌은 그런 여자를 향해 계속해서 몰아붙였다.

"내 생각에는 말입니다, 마담. 지금까지 모든 사태의 책임은 전적으로 당신에게 있는 것 같습니다. 당신은 아마 파산 상태일 것이고 돈이 다 떨어졌을 겁니다. 그래서 의도적으로 므슈 댕브르발을 잔뜩 홀린 다음, 그를 부추겨 모든 난관을 무릅쓰고서라도 자신과의 결혼에 매달리게 만들었고, 결국에는 그가 가진 재산에 손을 댈 계획이었지요. 당신이 그처럼 무모할 정도로 이재에 눈이 멀고, 혐오스럽기 짝이 없는 정신의 소유자라는 사실을 증명할 만한 증거 또한 바로 내 손안에 있습니다. 내가 먼저 호주머니를 뒤진 다음, 몇 분 있다가 당신 역시 그 플란넬 윗도리를 뒤지더군요. 내가 이미 여섯 번째 편지를 빼낸 뒤였지만 거기엔 편지 말고도, 마찬가지로 지갑에서 새어나온 게 분명한 종잇장이 하나 있었답니다. 당신이 기를 쓰고 찾았던 것이죠. 다름 아닌 10만 프랑짜리 수표 말입니다. 므슈 댕브르발이 당신 오빠를 주려고 서명까지 해놓은 수표였죠. 뭐 갑부인 므슈 댕브르발의 입장에서 보면 흔한 넥타이핀이나 다를 바 없는 결혼 선물인 셈이지요...... 물론 오빠는 당신의 사주에 의해 그 길로 자동차를 타고 르아브르로 내빼서, 오후 4시 이전까지 그 금액이 예치된 은행을 방문했을 겁니다. 그나저나 이건 지나는 길에 하는 얘긴데, 그는 결코 돈에 손끝 하나 까딱할 수 없을 겁니다. 내가 사전에 은행에다 므슈 댕브르발의 사망 소식을 전하게 했기 때문에, 수표 지급은 즉각 동결되었을 거예요. 요컨대 이제는 당신이 계속해서 이 여자분에 대해 앙갚음하기를 고집한다면, 당신 남매를 함께 엮어 넣을 온갖 종류의 증거가 사법당국의 수중으로 곧장 들어가게 될 것입니다. 또 한 가지 덧붙인다면, 마무리 증언 삼아 지난주 당신 남매 사이의 전화통화 내용을 공개할 수도 있습니다. 자바네가 뒤섞인 스페인어로 나눈 대화 내용 말입니다. 설마 나로 하여금 그런 극단적인 조치까지 취하게 하리라고는 생각지 않습니다. 그 전에 적당한 선에서 합의가 이루어질 수 있으리라 보는데요……?"

레닌의 태도가 어찌나 침착하고 천연덕스러운지, 누구도 자신이 하는 말에 반론을 제기하지 못할 거라고 확신하는 사람 특유의 느긋함이 말투나 표정 하나하나에서 물씬 느껴졌다. 그야말로 전혀 실수할 염려가 없는 사람 같아 보였다. 이미 벌어진 사태를 일목요연하게 제시하는 가운데, 철두철미한 논리에 의거해 외길의 결론을 이끌어내는 솜씨가 여간 아니었다. 그 앞에서는 누구라도 고개를 숙이고 들어가지 않을 수가 없었다.

제르맨 아스탱도 그 점을 충분히 이해하는 눈치였다. 그녀 역시 웬만한 성질이 아닌 데다, 조금만 싸울 희망이 보여도 악착같이 물고 늘어질 만도 할 텐데, 그만 다소곳이 패배를 받아들이는 것이었다. 하긴 저 정도 상대에게 조금만 어설프게 대항하려고 하다가는 그대로 산산조각 깨져버릴 거라는 사실을 깨닫지 못할 만큼 바보도 아니었다. 말하자면 완전히 상대의 손바닥 위에 놓여진 형세라고나 할까. 그런 상황이라면 꼬리를 내리는 것이 상책인 법이다.

여자는 그 어떤 연극도 시도하지 않았고, 구차하게 대든다거나 공연히 어깃장을 놓고 난동을 부리는 따위의 쓸데없는 짓을 꿈꾸는 대신, 깍듯하게 고개를 숙였다.

"좋아요, 합의하겠습니다. 자, 어떻게 하면 되나요?"

"당장 여길 떠나시오."

"만약 내 증언을 요청해오면 어떡합니까?"

"그런 일은 없을 것이오."

"하지만……."

"만에 하나 그런 요청이 들어오면 무조건 아무것도 모른다고 잡아떼시오."

여자는 마침내 문 쪽으로 몸을 돌렸다. 그런데 문턱을 넘어서려다 말고 잠시 머뭇대는가 싶더니 잇새로 중얼거리는 것이었다.

"그 수표는……?"

레닌은 댕브르발 부인을 쳐다보았고, 부인은 이렇게 말했다.

"가지라고 하세요. 그런 돈은 꼴도 보기 싫습니다."

레닌은 수사판사의 조사 과정에서 제기될 질문들에 어떻게 대답해야 할 것이며, 어떤 태도를 취해야 하는가를 자세하게 지도한 뒤, 오르탕스 다니엘과 함께 별장을 빠져나왔다.

저 멀리 해변에서는 수사판사와 검사가 사람들을 모아놓고 한창 신문을 벌이며, 자기들끼리 의논도 하고 이런저런 조치를 취하기도 하는 모습이 내려다보였다.

"세상에…… 지금 당신 호주머니 속에 피 묻은 칼하고 희생자의 지갑이 고스란히 있다는 걸 한번 생각해봐요!"

오르탕스가 떨리는 목소리로 내뱉자, 레닌은 히죽 웃으며 대꾸했다.

"그게 위험하다고 생각하시오? 내 생각에는 이처럼 우스운 상황도 없는 것 같은데……."

"아니, 두렵지도 않나요?"

"뭐가 말이오?"

"뭔가 수상쩍은 낌새라도 채면 어쩌려고요?"

"맙소사! 어림 반 푼어치도 없는 소리요! 우린 이제 저 선량한 친구들 앞에서 우리가 본 바를 있는 그대로 얘기할 것이고, 그럴수록 저들의 머리만 어리둥절하게 만들 겁니다. 왜냐하면 정작 우리가 보았다고 할 만한 건 아무것도 없으니까 말이오. 다만 만약을 대비해서 한 하루나 이틀쯤 계속 이곳에 머물러 사태를 관망하는 게 좋을 거요. 아무튼 사건은 이로써 마무리된 것과 같습니다. 저들은 뭐가 뭔지 모른 채 그냥 이대로 덮어둘 수밖에 없어요."

"그나저나 당신은 이번 사건을 처음부터 꿰뚫어 본 것 같은데…… 대체 어떻게 한 거죠?"

"흔히 그렇듯 공연히 어렵게만 머리를 쥐어짜고 있을 게 아니라, 당연히 떠오를 만한 질문을 나 스스로에게 던져보았더니 자연스레 해답이 떠오르더군요. 한 남자가 자기 탈의실로 들어가 문을 잠갔다. 그리고 30분 후 죽은 채로 발견되었다. 아무도 그 전에 거길 들어간 사람은 없다. 자, 무슨 일이 벌어진 걸까요? 적어도 내게는 대답이 단번에 떠오르더군요. 뭐 곰곰이 생각할 필요도 없었습니다. 범행이 탈의실 안에서 일어난 게 아니니까, 그 전에 이미 저질러진 것일 테고, 그 남자는 탈의실 안에 들어가기 전부터 이미 치명상을 입고 있었던 것이다 이거죠. 그러다 보니 금세 진실의 전모가 떠오르는 겁니다! 정식으로라면 오늘 저녁에 살해당할 운명이었던 마담 댕브르발이 선수를 쳤을 터, 남편이 열쇠를 찾느라 허리를 숙인 틈을 타서 여자가 칼침을 놓았을 수밖에 없다는 거죠. 그러자 남는 건 범행의 동기를 찾아내는 일뿐이었습니다. 마침내 그것까지 파악하고 나서는 전적으로 그녀의 편을 들어주기로 한 것이고요. 일이 그렇게 된 겁니다."

서서히 날이 저물어가고 있었다. 창공의 푸른빛은 좀 더 짙어졌고, 바다는 보다 평온해졌다.

"무슨 생각을 하고 있나요?"

한참 만에 레닌이 조용히 물었다.

"만약 내가 어떤 음모에 휘말려 곤욕을 치를 일이 생긴다면, 그때 나는 무슨 일이 있더라도 모든 점에서 당신을 믿고 의지할 거라는 생각을 하고 있었어요. 내가 지금 이렇게 살아 숨 쉬고 있다는 사실과 마찬가지로, 당신이 나를 끝내 구해줄 거라는 데엔 눈곱만큼도 의심의 여지가 없어요. 그 어떤 어려운 장애가 있어도 말이죠. 당신의 의지력에는 끝이 없는 것 같아요."

여자의 말에 레닌은 나지막이 화답했다.

"당신을 즐겁게 해주려는 나의 욕망에 끝이 없는 것이죠."

4
영화 속 단서

"급사장 역할을 맡은 남자를 눈여겨보십시오."

세르주 레닌의 말에 오르탕스가 반문했다.

"왜요? 뭐가 특별한가요?"

낮 상영 시간을 골라 두 사람은 시내 중심가 영화관에 와 있었다. 여자가 자신과 가까운 인척관계인 어느 여배우를 보여주겠다며 레닌의 손을 잡아끌다시피 데리고 간 곳이었다. 이름은 로즈앙드레. 재혼한 아버지에게서 난 오르탕스의 이복자매로 요즘 매스컴에서 한창 각광을 받는 여배우였다. 하지만 수년 전부터 서로 뭔가로 사이가 틀어져 편지 연락조차 끊어진 상태라고 했다. 로즈앙드레는 유연한 연기력에 호감 어린 마스크를 갖춘 미녀 배우였는데, 어쩐 일인지 연극 무대에서는 별로 두각을 나타내지 못하다가, 최근에 장래가 촉망되는 배우로 스크린에 데뷔했다(이 여배우는 여러모로 모리스 르블랑의 누이동생이자 배우였던 조르제트를 모델로 했다. 1권의 「연보」 참조—옮긴이). 첫 시사회 날 저녁, 자체만

으로는 별로인 영화 「행복한 공주」를, 그녀는 활기 넘치는 연기와 강렬한 미모로 무척이나 돋보이게 만들고 있었다.

때는 상영 중간의 막간 휴식, 레닌은 즉답을 피한 채 이렇게 중얼거렸다.

"형편없는 영화들을 볼 때는 단역들의 연기를 보면서 그나마 위안을 삼는답니다. 저 딱한 친구들이 열 번, 스무 번 일련의 장면들을 반복해야 했음에도 불구하고 막상 '최종촬영' 시, 연기 외의 다른 것에 종종 정신이 팔리는 건 대체 어떤 이유일까요? 어쩔 수 없이 영혼과 본능이 언뜻언뜻 비집고 들어오는 방심한 장면들을 유심히 관찰하는 것은 정말이지 놓칠 수 없는 영화 보기의 재미이죠. 자, 이제 한번 잘 보란 말입니다. 저 급사장 말이오……."

스크린에는 애인들에게 잔뜩 둘러싸인 행복한 공주가 풍성한 식탁을 마주하는 장면이 전개되고 있었다. 그리고 대여섯 명 되는 하인들이 분주히 오고 가며, 퉁퉁한 콧방울에 두툼한 일자 눈썹의 천박하게 생긴, 어느 덩치 큰 사내의 지시를 분주히 챙기고 있었다.

"정말 못생겼네요."

오르탕스가 대뜸 하는 말이었다.

"대체 저 사람 어디가 볼만한 거죠?"

"저자가 당신 동생을 쳐다보는 시선을 좀 살펴보세요. 왠지 필요 이상으로 자주 보는 것 같기도 하고……."

"어머나, 지금까지 내 눈에는 별로……."

오르탕스가 쉽게 수긍하지 않자, 레닌 공작은 더욱 확고한 음성으로 말했다.

"글쎄, 잘 보라니까요! 틀림없이 그는 실제로 로즈앙드레를 향해 뭔가 개인적인 감정을 품고 있습니다. 물론 저 이름 없는 하인 역할과는 하등의 관계가 없는 감정이지요. 실제 생활에서는 아무도 눈치채지 못하게 조심하겠지만, 스크린상에서, 즉 수없이 리허설을 하는 동안에는 동료 연기자들이 별반 신경 쓰지 못할 거라 믿고 다소 방심한 상태로 굴다가 그만 비밀을 노출시키기 마련이지요. 자, 좀 봐요……."

사내는 가만히 선 채 꼼짝도 하지 않았다. 장면은 식사가 다 끝난 상태였다. 공주는 샴페인을 마시고 있었고, 그런 그녀의 모습을 사내는 반짝이는 눈동자를 반쯤 뒤덮은 두툼한 눈꺼풀 너머로 물끄러미 바라보았다.

그러는 가운데 사내의 태도에서는, 레닌이 한껏 의미를 부여했지만 오르탕스로서는 고개만 갸우뚱할 뿐인, 왠지 미묘한 감정 상태가 두 차례나 더 확인되는 것이었다.

"원래 사람을 저런 식으로 바라보는 거예요."

마침내 오르탕스는 그렇게 말해버리고 넘어갔다.

어느덧 장면은 하나의 에피소드가 끝나고 두 번째 이야기로 넘어갔다. 프로그램 해설에는 다음과 같이 소개되어 있었다.

1년의 세월이 흐른다.

행복한 공주는 담쟁이덩굴로 온통 휩싸인, 노르망디 지방의 어느 아담한 별장에서

그녀 자신이 배우자로 선택한 불운한 음악가와 함께 가정을 꾸렸다.

늘 행복해하는 모습일 뿐만 아니라, 매우 매력적이기도 한 공주의 주변에는 각양각색의 구애자들로 항상 붐볐다. 부르주아 귀족, 재산가, 농부 등 모든 남정네들이 그녀 앞에서 맥을 못 추었는데, 특히 거의 반야만인이나 다름없는 털보에다 혼자 외따로 사는 촌뜨기 나무꾼을 그녀는 산책 길에서 매번 마주치기 일쑤였다. 그자는 마침내 무시무시한 도끼를 소지한 채 별장 주위를 배회하는데, 바야흐로 우리 행복한 공주의 신변에 심상치 않은 위협의 조짐이 느껴지는 판국이었다.

갑자기 레닌이 속삭였다.

"이봐요, 저 나무꾼 알아요?"

"아뇨."

"바로 아까 그 급사장이에요. 두 가지 배역을 한 사람한테 시킨 겁니다."

사실이었다. 비록 둔중한 걸음걸이와 나무꾼 특유의 융기한 어깻죽지 등 몸매는 우락부락하게 일그러져 있었지만, 그 속에는 분명 급사장의 풍모가 은밀하게 배어 있었다. 엉망진창으로 헝클어진 수염과 길게 늘어뜨린 덥수룩한 머리털 아래로 조금 전의 그 통통한 콧방울과 일자

눈썹, 그리고 까칠하게 면도한 얼굴이 고스란히 느껴졌다.

멀찌감치 별장에서 공주의 모습이 나타났고, 사내는 얼른 덤불숲 뒤로 몸을 숨겼다. 가끔씩 화면은 사내의 열에 들뜬 눈동자와 살인자의 통통한 손마디를 확대시켜 보여주고 있었다.

"무섭군요. 마치 실제처럼 섬뜩해요."

오르탕스의 말에 레닌이 맞장구를 쳤다.

"그건 저자가 진짜 자기 자신을 연기하고 있기 때문입니다. 생각해 보세요. 앞의 필름과 지금 것을 각각 촬영하는 데엔 최소한 서너 달 기간 정도 차이가 있었을 테니, 그동안 사랑이 성장하지 않았겠습니까? 지금 저자의 눈앞에 있는 건 공주가 아니라, 글자 그대로 로즈앙드레인 겁니다."

그러는 동안에도 사내는 잔뜩 몸을 숙인 채 도사리고 있었고, 공주는 아무것도 모른 채 흥얼거리며 접근해오고 있었다. 무심코 지나치려던 여자는 문득 어떤 소리를 들었고, 그 자리에 뚝 멈춰 서서 해맑은 얼굴로 어딘가를 쳐다보았다. 그런데 그 얼굴이 점차 긴장된 표정으로 바뀌는가 싶더니 점점 불안이 감돌았고, 나아가 두려움에 휩싸이는 것이었다. 마침내 나무꾼은 잔가지들을 거칠게 헤치면서 덤불숲 밖으로 불쑥 튀어나왔다.

이제 두 사람은 서로를 마주 보는 자세가 되었다.

사내는 두 팔을 한껏 벌려 여자를 와락 붙잡았다. 여자는 비명을 질러 도움을 청하려 했으나, 숨이 턱 막혀 목소리조차 나오지 않았다. 겨우 두 팔을 가슴께에 모으고 이렇다 할 저항도 하지 못했다. 결국 사내는 여자를 짐짝처럼 어깨에 들쳐 업은 채 펄쩍펄쩍 달아났다.

레닌이 조용히 속삭였다.

"이제는 아시겠소? 저런 이름도 없는 배우가 만약 로즈앙드레가 아닌 다른 여자를 들쳐 업고 뛴다고 하면, 과연 저렇게 열과 성을 다해 연기를 할 수 있을 것 같습니까?"

나무꾼은 너른 강가, 개흙에 처박히다시피 한 낡은 거룻배 곁에 이르러서야 뜀박질을 멈추었다. 그 안에 로즈앙드레를 누이고 나서 사내는 닻줄을 풀고 기슭을 따라 강을 거슬러 오르기 시작했다.

잠시 후, 장면은 다시 뭍에 내린 사내를 비추면서, 숲 언저리를 지나 키 큰 나무들과 바윗덩어리들을 헤치고 어디론가 파고드는 모습을 보여주었다. 일단 사내는 공주를 내려놓은 다음, 빛이 사선(斜線)으로 스며드는 동굴 입구를 깨끗이 치웠다.

연속적으로 이어지는 장면들 속에서는 남편의 기겁하는 표정과 수색, 그리고 행복한 공주가 족적을 알리려고 일부러 꺾어놓은 잔가지들을 마침내 발견하는 대목까지 일사천리로 진행되었다.

그러고는 곧이어 대단원의 장면이 시작되었는데, 여자가 사내에게 대항해 격렬한 몸싸움을 벌이다가 힘에 부쳐 쓰러지는 순간, 불쑥 동굴 안으로 뛰어든 남편의 권총에서 불이 뿜어졌고, 야수가 쓰러졌고…….

영화관을 나섰을 때는 오후 4시가 다 되어서였다. 레닌은 대기하던 자동차의 운전기사에게 천천히 뒤를 따라오라고 신호했다. 두 사람은 대로변을 따라서 라페 가까지 걸어갔는데, 여자가 불안해할 정도로 한참이나 침묵을 유지하던 레닌이 마침내 불쑥 내뱉는다는 말이 이런 질문이었다.

"당신, 동생을 좋아합니까?"

"네, 아주 많이요."

"하지만 사이가 틀어졌지 않소?"

"내 남편이 활개치던 시절에 그랬었던 거예요. 로즈는 남자들한테 인기가 좋은 여자였거든요. 공연히 그 애를 시기했지만, 별다른 이유가 있었던 거는 아니었지요. 근데 왜 그런 질문을 하세요?"

"글쎄요……. 영화 생각이 계속해서 나를 따라다니는군요. 아까 그 사내의 표정도 무척 수상하고……."

오르탕스는 문득 남자의 팔을 붙들어 세웠다.

"아니, 도대체 뭔데요? 말해보세요! 무슨 생각인 거죠?"

"무슨 생각이냐고요? 글쎄요……. 중요하달 수도 있고, 별것 아닐 수도 있습니다만…… 아무튼 당신 동생이 왠지 위험에 빠져 있다는 생각입니다."

"단순한 추측일 테죠."

"맞습니다. 하지만 어딘지 심상치 않게 보이는 사실들에 기초한 추측입니다. 내 생각에는 아까 납치하는 장면이 단순히 **행복한 공주**에 대한 나무꾼의 만행이기보다는, 한 남자배우가 여자를 탐내서 저지른 폭행처럼 여겨진다는 말입니다. 물론 그 모든 게 단지 영화 속 역할에 한해서 이루어지는 것이니까 사람들은 영문을 모른 채 보고는 있지만, 아마도 로즈앙드레는 다를 거예요. 나는 말입니다, 그자의 눈동자 속에서 의심의 여지없는 정염의 불꽃이 이는 걸 보았단 말이에요. 주체할 수 없는 욕망과 질투, 심지어 살의까지 느껴졌어요. 당장이라도 여자의 목을 조를 태세인 부들거리는 손길, 도저히 자기 것이 될 가망이 없는 여인을 죽음으로까지 내몰 만한 거친 본능이 그자의 태도 여기저기에서 번득거리는 걸 분명 목격했다 이 말입니다."

"글쎄요, 그 당시에는 혹시 그랬을 수도 있겠죠. 하지만 시간이 많이 지났으니 이젠 괜찮을 거예요."

"그렇겠죠…… 그래야 되겠죠. 하지만 아무래도 조사를 좀 해봐야겠습니다."

"뭘 말이에요?"

"영화를 촬영한 소시에테 몽디알 사 말입니다. 저기 회사 사무실이 있군요. 먼저 차에 타서 잠시 기다려주시겠습니까?"

그는 운전기사 클레망을 부른 뒤 곧장 자리를 떴다.

오르탕스는 레닌의 우려가 여전히 시큰둥하게만 느껴졌다. 물론 그 남자배우의 애정연기가 다소 거칠고 극성스럽다는 것은 인정하지만, 어디까지나 좋은 배우의 실감나는 연기력에 불과한 것으로 보일 뿐이었다. 그 이상, 레닌이 간파했다고 주장하는 것과 같은 끔찍한 드라마를 그녀는 도저히 감지할 수가 없었고, 이번에야말로 저 남자가 지나친 상상력으로 공연한 헛수고를 하는 게 아닌가 의심이 들었다.

여자는 남자가 돌아오자마자 다소 빈정대는 투로 물었다.

"자, 어찌 되었는지 좀 물어도 될까요? 여전히 오리무중인가요, 아님 눈이 번쩍 뜨일 사실이라도 물으셨나요?"

"이만하면 충분할 만큼 됐습니다."

남자가 심상치 않은 표정으로 대꾸하자, 여자는 금세 흔들리며 되물었다.

"네? 그게 무슨 뜻이죠?"

비로소 남자는 일사천리로 털어놓았다.

"그자의 이름은 달브레크(역시 당시 르블랑의 여동생 조르제트의 연인이었던 로제 카를이 모델이다—옮긴이). 항상 동료배우들로부터 동떨어져 지내는 과묵하고 내성적인 괴짜라고 하더군요. 그자가 당신 동생에게 특별히 열을 올리고 있다는 건 아무도 눈치채지 못하더군요. 아까 본 두 번째 에피소드에서 그의 연기가 대단히 높은 평가를 받아, 다음 새 영화에도 기용했다고 합니다. 최근까지 파리 근교에서 영화 촬영에 전념했다고 하네요. 그런데 비교적 그의 연기에 다들 만족하고 있던 차에 예기치 못한 사태가 돌발했다고 합니다. 9월 18일 금요일 아침, 소시에테사의 창고 문을 억지로 뜯어 연 그는 으리으리한 리무진을 타고 줄행랑을 쳤다는데, 그 전에 이미 2만 5000프랑의 공금을 깨끗이 털었다지 뭡니까! 회사 측은 즉시 고발을 단행했고, 도난당한 리무진은 드뢰 근방에서 발견되었다고 합니다."

창백하게 질린 표정으로 잠자코 듣던 오르탕스가 슬그머니 끼어들었다.

"지금까지는…… 이렇다 할 관련이……."

"천만에요. 로즈앙드레에 관해서도 알아낸 사실들이 있습니다. 당신 자매는 올 여름 내내 여행을 다녔는데, 한 보름 정도를 뢰르 도(道)에 머물렀다는군요. 마침 그곳이 「행복한 공주」에도 나왔던 별장이 위치한 장소인 데다, 그 별장도 다름 아닌 그녀 소유의 부동산이라는 겁니다. 문제는 파리로 돌아온 그녀가 계약관계로 신대륙에 건너갈 일이 있어 짐들을 몽땅 생라자르 역에 위탁해놓은 뒤, 르아브르에서 하루 묵고 토요일에 배를 탈 요량으로 하필 9월 18일 금요일에 파리를 떠났다고 하네요."

"18일 금요일이라면…… 그 남자가 일을 저지른 바로 그날. 그렇다면 그자가 걔를 납치라도 했다는 얘긴가요……?"

오르탕스가 더듬거리자 레닌은 잘라 말했다.

"이제부터 그걸 알아보는 겁니다! 여보게, 클레망! 대서양 기선회사로 직행하세나!"

이번에는 오르탕스도 함께 사무실까지 동행해 자신이 적극적으로 나서서 묻고 다녔다.

조사는 신속한 성과를 보였다.

대형 여객선 프로방스호에 로즈앙드레라는 이름으로 선실 하나가 예약된 바 있지만, 승객이 나타나지 않아 배는 그냥 출항하고 말았다. 다음 날이 되어서야 로즈앙드레라는 발신자 이름으로 전보 한 장이 르아브르에 당도했는데, 사정이 생겨 지체될 것 같으니 일단 수하물 보관소의 짐들을 신경 써달라는 내용이었다. 전보 발신지는 드뢰이고 말이다.

오르탕스는 휘청거리는 걸음걸이로 사무실을 박차고 나왔다. 이 모든 우연의 일치는 진정 불미스러운 사태로밖에는 해석할 여지가 없어 보였다. 모든 사태가 레닌이 애초에 제시한 심오한 직관에 부합하는 방향으로 전개되고 있지 않은가!

차 안에 타자마자 잔뜩 고개를 숙인 그녀는 경시청사로 가자는 남자의 목소리를 똑똑히 들었다. 파리 중심가를 가로지른 자동차는 금세 경시청사 앞에 멈춰 섰고, 오르탕스는 그냥 차 안에서 기다리기로 했다.

잠시 후, 차 문을 열며 그가 말했다.

"같이 가십시다."

"뭐 새로운 사실이라도 알아냈나요? 정식으로 접수시킨 거예요?"

여자는 자못 걱정스러운 표정으로 다그쳐 물었다.

"접수시키려는 건 아니었고, 단지 모리소 형사를 좀 만나려던 거였습니다. 왜, 지난번 뒤트뢰이 사건 때 함께 일했던 사람 말입니다. 뭔가 정보가 있다면 그를 통해서도 충분히 알아낼 수 있을 거예요."

"그래, 어쩌실 건데요?"

"지금 저기 저쪽 광장에 보이는 작은 카페에 있다고 하네요."

두 사람은 그 길로 곧장 카페로 들어가 형사반장이 앉아 신문을 읽고 있는 외딴 테이블에 동석했다. 그는 곧장 일행을 알아보았다. 레닌은 다짜고짜 악수부터 한 뒤 불쑥 본론을 꺼냈다.

"아주 흥미로우면서도 당신 능력을 한껏 발휘할 만한 사건이 하나 있습니다. 혹시 이미 아는 사건일지도 모르는데……."

"무슨 사건 말입니까?"

"달브레크라고 들어보셨는지?"

모리소는 화들짝 놀라는 기색이었다. 잠시 우물쭈물하던 그가 차분한 목소리로 입을 열었다.

"네, 알고 있습니다. 신문에서 떠든 적이 있지요. 차량 절도에다…… 2만 5000프랑을 날치기한 사건 아닙니까? 아마 내일 신문에서도 일제히 떠들어댈 겁니다. 우리 치안국에서 방금 밝혀낸 사실인데, 알고 보니 달브레크는 작년에 한참 물의를 일으켰던 보석상 부르게 살인사건의 유력한 용의자이기도 하지 뭡니까!"

"내가 아는 건 좀 다른 얘깁니다."

레닌의 말에 모리소 형사는 눈을 반짝였다.

"뭡니까?"

"9월 19일 토요일에 발생한 납치사건 말입니다."

"어, 그럼 알고 계셨군요?"

"그렇습니다."

그제야 형사는 마음을 정한 듯 속 시원히 털어놓기 시작했다.

"정 그렇다면, 좋습니다. 9월 19일 토요일, 백주대로에서 쇼핑을 즐기던 한 숙녀가 그만 세 명의 괴한에 의해 납치되었고, 범인들이 탄 차량은 전속력으로 도주했습니다. 그때도 사실 신문에서 사건 언급을 하긴 했는데, 희생자와 용의자들을 밝히지 않은 채 기사를 내보냈지요. 하긴 그럴 수밖에 없었던 것이 자세한 신원에 관해 전혀 아는 바가 없었거든요. 그러다 바로 어저께 우리 요원들 몇 명이 르아브르로 급파되고 나서야 비로소 놈들 중 한 명의 신원을 파악하기에 이른 겁니다. 즉, 2만 5000프랑과 차량 절도 그리고 납치사건 모두가 같은 동기에 의해서 동일범이 저지른 짓이라는 사실입니다. 다름 아닌 달브레크, 그자 말입니다. 다만 납치당한 여자에 관해서는 아직까지 오리무중이랍니다. 아무리 수사를 해봐도 당최 이렇다 할 정보가 나오질 않고 있어요…….”

오르탕스는 형사의 얘기를 잠자코 듣고 있었지만, 속으로는 온통 혼란 그 자체였다. 여자는 형사의 얘기가 다 끝나고 나서야 한숨부터 내쉬며 중얼거렸다.

“아, 끔찍한 일이로군요. 가엾은 아이…… 이를 어쩌나…… 전혀 희망이 안 보이네…….”

레닌은 얼른 모리소를 향해 사정을 설명했다.

“납치 희생자는 이 숙녀분의 이복자매랍니다. 로즈앙드레라고, 아주 유명한 영화배우죠.”

그러고는 「행복한 공주」라는 영화를 보면서 품게 되었던 의혹들과 개인적으로 벌인 조사활동을 간략하게 간추려 얘기해주었다.

자그마한 테이블 위로 무거운 침묵이 한참이나 머물렀다. 형사반장은 이번에도 역시 레닌의 탁월한 솜씨에 다소 어리둥절하면서 그의 입술만을 살폈고, 오르탕스 역시 그라면 단번에 문제의 핵심을 꿰뚫을 수 있다고 믿는 것처럼 마냥 애원의 눈초리를 보냈다.

레닌이 모리소를 향해 물었다.

“분명 자동차에 세 명의 괴한이 타고 있었단 말입니까?”

“그렇습니다.”

“드뢰에서도 세 명이었나요?”

“아닙니다. 드뢰에서는 두 명의 흔적밖에는 찾을 수 없었습니다.”

“그중 달브레크도 끼어 있었나요?”

“그렇게 생각지는 않습니다. 목격자의 증언에 의하면 그의 인상착의와는 현격한 차이가 있어요.”

레닌은 잠시 생각에 잠기더니 테이블 위에다 큼직한 도로지도를 활짝 펼쳤다.

잠시의 침묵 끝에 레닌은 형사를 향해 물었다.

"요원들을 르아브르에 아직까지 남겨둔 상태입니까?"

"그렇습니다. 형사 두 명이 잠복하고 있지요."

"오늘 저녁 내로 그들에게 전화를 넣으실 수 있겠죠?"

"그러죠."

"아울러 치안국 소속 형사 두 명만 더 차출해주실 수 있습니까?"

"그렇게 하겠습니다."

"자, 그럼 내일 정오에 만날 약속을 하십시다."

"어디서 말인가요?"

"바로 여깁니다."

그러면서 레닌은 손가락으로 지도상의 어느 한 점을 짚었는데, 이른바 '통 참나무'라고 표기된 지점으로, 뢰르 도에 소재한 브로톤 숲 한복판이었다.

레닌은 다시금 목소리에 힘을 주어 말했다.

"여기서 보는 걸로 합시다. 납치가 있던 날 밤, 바로 이곳으로 달브레크가 피신을 했었습니다. 므슈 모리소, 내일입니다. 시간 엄수하십시오. 그 정도 되는 야수를 포획하려면 다섯 명도 그리 많은 숫자는 아닙니다."

형사는 입도 뻥긋하지 못한 채 이 대단한 인물의 예지력에 그저 감탄할 뿐이었다. 그는 식대를 지불한 뒤 자리에서 일어나 절도 있게 꾸벅 인사를 한 다음, 이렇게 중얼거리며 밖으로 나갔다.

"그곳에서 뵙겠습니다, 므슈."

다음 날 아침 8시, 오르탕스와 레닌은 클레망이 운전하는 널찍한 리무진을 타고 파리를 출발했다. 여행 내내 아무도 입을 열지 않았다. 비록 레닌의 비상한 능력을 믿어 의심치 않았으나 오르탕스는 간밤 별로 잠을 이루지 못했고, 이 모험의 결과가 어떻게 나올지 사뭇 불안한 마음에 시달리기만 했다.

그녀는 슬그머니 그런 심정을 내비쳤다.

"남자가 그 숲 속으로 희생자를 데려갔다는 증거가 혹시 있나요?"

레닌은 다시금 지도를 무릎 위에 펼쳐놓고, 일단 르아브르 혹은 키유뵈프(르아브르와 가까운 곳으로 센 강을 건널 수 있는 지점이다)로부터 드뢰(자동차가 발견된 지점이다)까지 선을 죽 그을 경우, 그 선이 바로 브로톤 숲의 서쪽 가장자리에 가 닿는다는 사실을 보여주고는 이렇게 덧붙였다.

"소시에테 몽디알 사에서 들은 바에 의하면, 「행복한 공주」의 촬영지가 바로 브로톤 숲이라고 합니다. 문제는 이겁니다. 로즈앙드레를 휘어잡은 달브레크가 어차피 토요일을 숲 근처에서 보낼 처지에서, 과연 그 숲에 먹잇감을 숨겨두려는 생각을 안 했겠느냐는 거죠! 물론 나머지 두 명은 내처 드뢰까지 직행해서 파리로 들어오고 말입니다. 거기라면 근처에 적당한 동굴도 있을 테고…… 그리로 찾아들지 말라는 법이 없지 않겠소? 불과 몇 달 전에도 비슷하게 납치한 바로 그 여자를 강제로 부둥켜안고 다름 아닌 그곳 동굴로 달음박질쳐 가지 않았던가요? 그의 입장에서 보자면, 지극히 논리적이고 숙명적으로 그때의 만행이 다시 시작된 것과 같습니다. 물론 이번에는 영화가 아니라 완전한 실제 상황 속에서 벌어지는 거지만 말입니다. 결국 영화 속에서 그랬듯 로즈앙드레는 포로가 된 겁니다. 어떤 도움도 가능하지 않죠. 숲은 광대할 뿐만 아니라, 인적이 거의 전무할 정도이니까요. 바로 당일 밤 내지는 이어지는 칠흑 같은 밤 사이에 아마도 로즈앙드레는 모든 걸 포기했을지 모릅니다."

그 말을 들으며 오르탕스는 부르르 몸서리를 쳤다.

"아니면 죽었을지도…… 아! 레닌, 우리가 너무 늦은 것 같아요……."

"왜 그렇게 생각하는 겁니까?"

"생각 좀 해보세요! 벌써 3주가 지났잖아요. 설마 그런 곳에서 그만큼 오랜 시간을 무사히 가둘 수 있으리라 기대하는 건 아니죠?"

"물론 그건 아닙니다. 소시에테 사에서 넘겨짚은 장소는 그저 그 근처 갈림길 부근일 수 있다는 것뿐이지, 아직은 은신처가 이렇다 하게 확실히 떠오른 건 아니에요. 하지만 우리가 반드시 어떤 단서든 찾아낼 수 있을 겁니다."

일행은 정오 조금 못 되어 길에서 대충 끼니를 때웠고, 그대로 브로톤 대수림(大樹林) 속을 파고들었다. 그곳은 옛 로마 시대의 잔영(殘影)과 중세의 흔적을 풍부히 갖춘 고풍 찬연하고 광대한 숲이었다. 종종 그곳을 섭렵한 바가 있던 레닌은 가지가 넓게 퍼져서 전체적으로 커다란 통 모양을 이루고 있어 그 일대의 명물이 된 참나무를 향해 차를 몰게 했다. 일단 전방에 나타난 모퉁이에 차를 세운 다음, 모두 걸어서 나무 있는 곳까지 갔다. 모리소가 네 명의 건장한 사내들과 함께 기다리고 있었다.

레닌이 먼저 말을 건넸다.

"이쪽으로 오시죠. 동굴은 이곳 덤불 가운데 있습니다."

아닌 게 아니라 찾기는 수월했다. 큼직한 바윗덩어리가 돌출한 아래로 나지막한 입구가 무성한 덤불 사이 비좁은 통로를 빠끔히 열어놓고 있었다.

레닌은 선뜻 안으로 기어들면서 손전등을 이리저리 휘둘러 구석구석 낙서와 그림이 어지러이 난무하는 작은 동굴 내벽을 비추었다.

그는 오르탕스와 모리소를 향해 소리쳤다.

"안에는 아무도 없습니다. 다만 그동안 찾아왔던 단서가 좀 있군요. 영화에 대한 기억이 달브레크를 이 「행복한 공주」의 동굴 쪽으로 불러들인 것처럼, 로즈앙드레에게도 그 영화의 기억이 결정적인 영향력을 행사한 것 같습니다. 영화 속에서 족적을 알리기 위해 나뭇가지들을 분질러놓았듯이, 이 동굴 입구에도 최근에 꺾은 것 같은 나뭇가지들이 눈에 띄는군요."

오르탕스가 안타까이 대꾸했다.

"설사 그들이 이곳을 경유해갔다는 증거가 있다 해도, 무려 3주 전 일 아닙니까? 그러니 그다음에야……."

"그다음에는 당신의 동생이 좀 더 외진 구석에 처박히게 되었을 겁니다."

"아니면 아예 죽어서 낙엽 더미 아래 묻혀버렸을지도 모르죠……."

레닌은 답답하다는 듯 발을 두어 번 구르며 대답했다.

"오, 그건 아닙니다! 천만에요! 그자가 고작 어리석은 살인행위나 저지르려고 여태껏 이 모든 짓을 저질렀다는 건 생각할 수 없는 일입니다. 그는 끝까지 인내하며 버틸 겁니다. 협박을 하거나 허기지게 만들면서 희생자를 어떻게든 설득하려고 들 거예요."

"그럼 이제 어쩌죠?"

"찾아봐야죠."

"어떻게 말이에요?"

"지금의 이 미로 같은 상황을 헤쳐나가기 위해서는 아마 「행복한 공주」라는 그 영화의 줄거리 자체가 우리에게 실마리 역할을 해줄 겁니다. 이제 조금씩, 조금씩 영화의 줄거리를 제일 처음으로 거슬러 가보는 거예요. 극(劇)에서 나무꾼은 공주를 이곳으로 데려오기 위해 강줄기를 따라 배를 저어온 후, 숲을 가로질러 들어왔습니다. 센 강은 이곳에서 약 1킬로미터 떨어져 있지요. 자, 지금부터 센 강으로 내려가는 겁니다."

레닌은 그렇게 내뱉고는 성큼성큼 앞장섰다. 그는 조금의 주저함도 없이 마치 예민한 후각으로 길을 찾는 명민한 사냥개처럼, 이리저리 경계의 눈초리를 늦추지 않고 빠른 걸음으로 나아갔다. 약간 거리를 두고 자동차가 따라오는 가운데, 일행은 물가에 모여 있는 일군의 가옥에 다다랐다. 레닌은 그중 어느 뱃사공의 집으로 곧장 접근해 다짜고짜 질문을 퍼붓기 시작했다.

대화는 신속하게 진행되었다. 지금으로부터 3주 전 월요일 아침, 뱃사공은 자기 배 한 척이 사라진 것을 깨달았다. 한 2킬로미터 정도 더 내려가서 기슭의 개흙에 방치되어 있던 그 배를 간신히 찾아냈다고 한다.

"그렇다면 지난여름 영화 촬영이 있었던 별장에서 그리 멀지 않은 곳이로군요?"

"그런 셈이죠."

"영화 속에서 납치당한 여자가 내린 곳이 바로 우리가 있는 이곳이죠?"

"그렇죠. 소위 클로졸리라고 하는 그 일대 장원이 애당초 그 행복한 공주인지 마담 로즈앙드레인지 하는 여자의 소유지랍니다."

"요즘에도 그곳을 개방합니까?"

"아니죠. 벌써 한 달 전에 그 집 여주인이 모든 것을 닫아걸고 떠나버렸는걸요."

"장원지기도 없습니까?"

"전혀요."

레닌은 오르탕스를 돌아보며 말했다.

"틀림없습니다. 바로 그 별장이야말로 놈이 선택한 감옥이에요."

곧장 추적이 재개되었다. 강줄기를 따라 이어진 예선도(曳船道)를, 되도록 풀잎 밟는 소리도 죽여가며 일행은 발걸음을 옮겼다. 잠시 후, 보다 넓은 길이 나왔고 덤불숲 지대를 통과하자 언덕 아래로 생울타리가 가지런히 둘러쳐진 클로졸리가 바라다보였다. 오르탕스와 레닌의 눈에 「행복한 공주」에 나왔던 별장은 전혀 낯설지 않았다. 창문들은 모두 덧문으로 차단되어 있었고, 그곳에 이르는 오솔길들은 잡풀들로 죄다 뒤덮이다시피 했다.

일행은 대략 한 시간가량 덤불 속에 웅크린 채 동태를 살폈다. 형사반장은 초조한 모양이었고, 여자는 이내 의혹에 휩싸여 클로졸리에 동생이 감금되어 있을 거라고는 더 이상 생각할 수 없는 눈치였다. 오로지 고집을 부리는 사람은 레닌뿐이었다.

"분명 저 안에 있습니다. 이건 거의 수학적인 결론이에요. 달브레크가 여자를 감금하기 위해 저기 아닌 다른 곳을 선택했을 가능성은 없어요. 여자가 아는 환경을 일부러 고름으로써 좀 더 고분고분하게 만들기 쉬울 거라 기대했을 겁니다."

마침내 그들이 잠복한 덤불숲을 마주 보고, 별장 건너편으로부터 느리고 둔중한 인기척이 느껴졌다. 아니나 다를까, 어떤 사람 윤곽 하나가 길가로 불쑥 튀어나오는 것이었다. 얼굴을 알아보기에는 약간 무리가 있는 거리였다. 하지만 무거운 걸음걸이, 그 움직임만큼은 레닌과 오르탕스가 영화 속에서 그토록 유심히 살펴본 바로 그 사내를 곧바로 연상시켰다.

이렇게 해서 불과 스물네 시간 만에 세르주 레닌은 배우의 연기가 남긴 희미한 단서들과 간단한 심리학적 추론에만 의존해서 사건의 핵심을 여지없이 파헤친 셈이었다. 영화는 관객에게 환기한 것을 그 속에 출연한 배우 달브레크에게도 똑같이 주입시킨 것이다. 달브레크는 영화 속 상상세계와 똑같이 현실에서도 행동했고, 레닌은 그런 달브레크가 영화에 사로잡혀 거슬러온 바로 그 길을 마찬가지로 한 발 한 발 되짚어 추적해와 결국에는 나무꾼이 행복한 공주를 가두고 있는 현장을 밝혀낸 것이다.

달브레크는 마치 뜨내기 부랑자처럼 여기저기 기운 누더기 옷을 걸치고 있었다. 두 갈래로 된 배낭 속에는 포도주 병목과 더불어 바게트 빵 끄트머리가 언뜻 보였고, 어깻죽지에는 벌목용 도끼자루를 비끄러매고 있었다.

방책 문의 맹꽁이자물쇠가 열려 있는 것을 보고 사내는 부랴부랴 과수원을 가로질러 들어가, 건물 저편까지 일렬로 이어진 관목 오솔길을 따라 사라졌다.

모리소가 덤불숲을 뛰쳐나가려 하자 레닌이 그의 팔을 덥석 붙들었다.

오르탕스가 대신 발끈했다.

"왜 막는 거예요? 저 악당이 집 안에 들어가게 놔두어선 안 되잖아요. 잘못하다가는……."

"반면 공범이 있을지도 모르는 일 아니오? 공연히 경계심만 부추겼다가는 무슨 불상사가 닥칠지 모릅니다."

"어쩔 수 없어요. 무엇보다 당장 동생을 구하는 게 급선무라고요!"

"그러다가 미처 손쓸 겨를도 없이 저쪽에서 먼저 선수 치면 어쩔 셈입니까? 흥분해서 놈이 도끼 한 번만 잘못 휘둘렀다가는 당신 동생의 목숨은……."

결국 일행은 좀 더 시간을 두고 기다리기로 했다. 그렇게 한 시간이 더 흘렀다. 꼼짝 않고 있자니 불안만 가중되는 느낌이었다. 오르탕스는 이따금 훌쩍거리기까지 했지만, 워낙 레닌이 요지부동 버티는 터라 누구도 그의 뜻을 거역할 수가 없었다.

어느덧 사위가 어두워지고 있었다. 황혼의 첫 땅거미가 사과나무들을 뒤덮을 무렵, 빤히 바라보이는 건물 전면의 문이 활짝 열리면서 요란한 함성과 함께 한 쌍의 남녀가 불쑥 모습을 드러냈다. 놀란 듯 기쁜 듯 호들갑을 떨기에 정신없는 것 같은 그 커플은 자세히 보니 남자가 여자를 가슴에까지 번쩍 안아 들고 있었다.

어안이 벙벙한 표정으로 오르탕스가 더듬거렸다.

"그, 그자예요! 그자하고 로즈란 말이에요! 아, 레닌, 어서 구해줘요……."

달브레크는 실성한 사람처럼 웃고 소리치면서 나무 사이를 내달리기 시작했다. 사람 하나를 안고 있으면서도 어찌나 펄쩍펄쩍 도약을 해대는지, 영락없이 쾌락과 살육에 도취한 상상의 숲 속 동물 같았다. 그는 한 손에 도끼를 움켜쥐고 마구 휘둘렀는데, 그 번쩍거리는 날이 휘뜩휘뜩 섬광을 뿌려댈 때마다 겁에 질린 로즈의 비명 소리가 따라나왔다. 그렇게 한동안 과수원을 사방팔방 휘젓고 다니던 사내는 생울타리를 따라 죽 달려가더니, 갑자기 어떤 우물 앞에서 뚝 멈춰 섰다. 그러고는 상체를 약간 숙이면서 마치 여자를 그 캄캄한 구멍 속에 떨어뜨리려는 것처럼 두 팔을 쭉 펴는 것이었다.

정말이지 끔찍한 순간이었다. 결국 만행을 저지르려는 심사인가? 그런데 그것 역시 여자를 겁주어 말을 듣게 하려고 한 것에 불과했는지, 달브레크는 다시금 발길을 돌려 대문 앞까지 곧장 되돌아가 현관으로 들어섰다. 잠시 후, 빗장 지르는 소리가 들렸고 문이 굳건하게 잠기는 분위기였다.

정작 이상한 일은 그런 광경을 보고도 레닌이 꿈쩍도 하지 않는다는 사실이었다. 그는 아예 두 팔을 쩍 벌려 형사들의 움직임을 제지했으며, 옷자락에 매달리다시피 애원하는 오르탕스한테도 막무가내였다.

"동생을 구해주세요…… 저자는 미친 사람이란 말이에요…… 결국 목숨을 앗아가고야 말 거예요…… 제발 부탁입니다……."

바로 그 순간, 사내의 또 다른 만행이 저질러지는 듯한 기운이 집 안에서 일었다. 즉, 양쪽으로 근사하게 늘어진 지붕 정중앙, 박공벽에 뚫린 천창으로 불쑥 모습을 드러낸 사내가 또다시 그 괴팍한 짓거리를 시작했는데, 로즈앙드레를 허공에 번쩍 들어 이리 기우뚱 저리 기우뚱하면서 마치 먹잇감 다루듯 멀찌감치 내던지려는 것이었다!

결정을 못 내려서 저러는 걸까? 아니면 이번에도 단지 위협에 불과한 것일까? 남자는 로즈가 충분히 고분고분해졌다고 판단한 것인지 금세 안으로 모습을 감추고 말았다.

이번만큼은 왠지 오르탕스의 주장이 득세할 것 같았다. 그녀는 얼음장처럼 차갑게 식은 손으로 레닌의 손을 꽉 움켜잡았는데, 어찌나 부들부들 떠는지 레닌은 내심 놀라는 눈치였다.

"오, 제발 부탁입니다! 부탁이에요. 대체 뭘 기다리는 건가요?"

레닌은 하는 수 없이 완강하던 태도를 풀었다.

"좋습니다. 한번 가봅시다. 하지만 결코 서둘러선 안 돼요. 심사숙고해야만 합니다."

"심사숙고라니요! 로즈는…… 로즈는 죽음을 앞두고 있단 말이에요! 아까 도끼 못 보셨어요? 저 인간은 미쳤단 말입니다! 그녀를 죽이고야 말 거예요!"

레닌은 단호한 어조로 말했다.

"우리에겐 아직 시간이 있습니다. 내가 모든 걸 책임지겠습니다."

오르탕스는 걸을 힘조차 없어서 거의 레닌에게 기대야만 했다. 일행은 비로소 언덕을 내려왔고, 무성한 나무들이 절묘하게 은폐하는 지점을 골라 레닌은 여자가 생울타리를 넘을 수 있도록 부축했다. 하긴 막 어두워지는 도중이라 남의 눈에 띌 걱정은 미미한 정도였다.

레닌은 숨을 죽인 채 과수원을 한 바퀴 돌아본 다음, 일행을 이끌고 건물 뒤쪽으로 다가갔다. 달브레크가 처음 집 안으로 들어간 곳이었다. 아니나 다를까, 부엌 문 겸 하인 전용 문이 자그맣게 달려 있었다.

"때가 오면 어깨로 들이받아 손쉽게 들어갈 수 있을 겁니다."

레닌의 속삭임에, 가뜩이나 지금까지 지체한 게 내심 마뜩지 않던 모리소는 대뜸 투덜거렸다.

"때는 이미 왔습니다!"

"아직은 아니에요. 먼저 건물 이면(裏面)에서 무슨 일이 벌어지고 있는지부터 파악하는 게 순서입니다. 내가 나중에 호각을 불면 이 문짝을 부수고 들어와 권총을 뽑고 놈을 덮치는 겁니다. 그 전에는 절대로 안 돼요, 알겠습니까? 그러지 않으면 큰 불상사가 날 수도 있어요."

"만약 저항을 하면 어쩌죠? 보통 악착같은 놈이 아닌 것 같던데……."

"다리에다 갈겨버리세요! 어쨌든 반드시 생포해야만 합니다. 맙소사, 당신들은 모두 다섯이나 되지 않소!"

그러고는 오르탕스만 데리고 가면서 몇 마디 고무적인 말로 용기를 불어넣었다.

"자자, 정신 차려요. 이제야말로 행동에 돌입하는 겁니다! 나를 전적으로 믿으십시오."

"아, 모르겠어요…… 정말 모르겠어요……."

여자의 신음에 레닌은 단호한 음성으로 잘라 말했다.

"난 그렇지 않습니다. 지금까지 모든 사태를 보건대 오리무중인 부분이 있는 건 사실입니다. 하지만 돌이킬 수 없는 사태로 치닫는 걸 경계할 만큼은 이 사건을 꿰뚫고 있어요."

"돌이킬 수 없는 사태가 있다면, 그건 로즈가 죽는 것뿐이에요……."

"그게 아닙니다. 돌이킬 수 없는 사태는 사법당국이 불쑥 개입하는 걸 말하는 겁니다. 그래서 내가 이렇게 선수를 치는 거예요."

둘은 관목숲에 바짝 붙어서 건물을 에둘러 돌아갔다. 레닌은 1층 창문들 중 어느 한 곳 앞에서 걸음을 멈추었다.

"쉿, 들어봐요! 누가 말을 하고 있습니다…… 바로 여기 이 방에서 나는 소리예요."

들리는 목소리만으로는 혼자 얘기하는 건지 여럿인지조차 불빛이 있어야만 제대로 알 수 있을 것 같았다. 덧문을 가리고 있는 철 지난 식물들을 살그머니 헤쳐보니, 잘 들어맞지 않은 문짝 사이로 한 줄기 빛이 비집고 나오는 것이 드러났다.

그는 단도를 꺼내 문짝 사이로 날을 밀어 넣었고, 안쪽 걸쇠를 조심스레 들어 올렸다. 덧문이 조용히 열렸는데, 두터운 커튼이 유리창에 바짝 붙은 채 위쪽만 살짝 벌어진 상태로 창문을 가리고 있었다.

"창틀에 올라설 거예요?"

오르탕스가 걱정스레 속삭였다.

"네. 아예 창문 하나를 들어내야겠어요. 긴급할 경우에는 하는 수 없이 권총을 들이대는 수밖에…… 저쪽에서 공격을 감행해오면 이 호각을 불도록 해요."

그는 조심조심 몸을 일으켜 커튼이 벌어진 높이까지 다다랐다. 한 손은 권총을 움켜쥔 채 조끼 깃 속에 꽂고, 다른 한 손은 절단용 다이아몬드를 꼭 쥔 상태였다.

"그녀가 보여요?"

오르탕스가 속삭였다.
그런데 유리창에 이마를 갖다 대자마자 레닌의 입에선 난데없이 탄성이 비어져 나왔다.
"아! 이, 이럴 수가!"
"쏴요! 그냥 쏴버려요!"
기겁을 한 오르탕스가 다그쳤다.
"그게 아니오……."
"호각을 불까요?"
"아니, 아니요. 절대로 안 돼……."
여자가 벌벌 떨면서 무릎으로 창턱을 짚어 올라갔고, 나머지는 레닌이 끌어 올려서 자기 대신 안을 들여다볼 수 있게 해주었다.
"자, 직접 보시오."
여자는 얼굴을 유리창에 기대었다.
"아……."
마찬가지로 탄성이 새어나왔다.
"자, 어떻소? 뭔가 수상쩍다고는 생각했지만, 이 정도는 아니었는데……."
동양풍의 이국적인 융단 장식과 으리으리한 디방으로 온통 치장된 화려한 실내는 갓 없는 두 개의 등불과 스무 개는 더 되어 보이는 촛불로 눈부시게 밝혀져 있었다. 그중 한 디방에는 로즈앙드레가 영화 「행복한 공주」에서 입고 나왔던 금속 느낌이 나는 의상을 입은 채 반쯤 누운 자세로 있었는데, 기막히게 아름다운 맨어깨 위로는 온갖 보석으로 치장한 머리카락이 자연스레 드리워져 있었다.
달브레크는 그녀의 발치, 방석 위에 무릎을 꿇고 앉아 있었다. 사냥용 반바지에다 딱 달라붙는 속옷 차림의 그는 황홀한 표정으로 여인을 바라보았고, 로즈는 행복에 겨운 표정으로 지그시 미소를 지으며 사내의 머리카락을 어루만졌다. 두 차례에 걸쳐서 여자는 몸을 기울여 처음에는 사내의 이마에, 그다음에는 입술에 기나긴 키스를 해주었고, 그동안 사내의 눈빛은 열락의 정점을 헤매는 것처럼 파르르 떨고 있었다.

정말이지 뜨거운 장면이 아닐 수 없었다! 시선과 입술, 가볍게 떠는 손길, 무엇보다 싱싱한 욕망으로 결합된 두 존재는 분명 격정적이고 유일무이한 사랑을 서로에게 퍼붓는 중이었다. 고즈넉하고 평온하기만 한 이 별장의 분위기 속에서 지금 저들에게는, 서로 나누는 입맞춤과 애무 외에 그 무엇도 안중에 없는 듯했다.

오르탕스는 예기치 못한 광경 앞에서 도저히 눈길을 돌릴 엄두가 나지 않았다. 지금 눈앞에 보이는 저 남자와 여자가, 과연 조금 전만 해도 아슬아슬하게 죽음의 언저리를 맴돌며 끔찍한 작태를 연출하던 그 남녀란 말인가? 저 여자가 과연 내 동생이란 말인가? 오르탕스는 도무지 이해할 수가 없었다. 그녀는 지금 전혀 다른 여인을 보고 있는 것과 같았다. 온몸을 부르르 떨면서 전혀 새로운 감정과 아름다움으로 완전히 변모해버린 낯선 여인이 지금 눈앞에 나른한 자태를 뽐내고 있었다.

오르탕스의 입에서 저도 모르게 중얼거림이 새어나왔다.

"오, 하느님! 재가 저 남자를 사랑하고 있다니! 저런 흉측한 인간을 좋아하다니, 말이 돼?"

"존중해줘야 합니다. 그녀의 감정을 인정해줘야 해요."

레닌의 말에 오르탕스도 대꾸했다.

"네, 그래요…… 어떤 일이 있어도 저 애가 추문에 휘말리고 체포되는 일이 있어선 안 되죠. 저대로 도망치게 해줘야겠어요! 아무도 이 사태의 진상을 모르게 말이에요."

한편 오르탕스는 너무도 흥분한 터라 그만 덤벙대고 말았다. 그냥 살며시 유리창에 이마를 댄 채 보고 있어야 할 것을, 나무 창틀을 주먹으로 건드리며 창문을 심하게 뒤흔든 것이었다. 기겁을 한 방 안의 두 남녀가 화들짝 일어나 사방을 경계하는 것은 당연했다. 레닌은 서둘러 유리창을 떼어내 뭐든 변명하는 말을 던져야겠다는 생각이었다. 하지만 그럴 여유가 없었다. 애인이 경찰에 쫓기는 몸이며 언제든 위험에 처할 수 있다는 것을 잘 아는 로즈앙드레가 덮어놓고 사내부터 문 쪽으로 떠다민 것이다.

달브레크로서는 어쩔 수 없었다. 로즈의 의도는 어떻게 해서라도 사내를 다그쳐서 부엌 문을 통해 도망치게 만들려는 것이었다. 마침내 두 남녀는 함께 문 밖으로 모습을 감추었다.

레닌은 앞으로 일어날 사태를 정확히 내다보고 있었다. 도망자는 틀림없이 레닌 자신이 준비해놓은 매복조에 덜미가 붙들릴 것이다. 아마 전쟁이 한판 치러질 테고, 어쩌면 사람이 죽어나갈 수도 있을 것이다.

그는 부리나케 창턱에서 뛰어내려 건물을 돌아 달려갔다. 하지만 궤적도 길 뿐만 아니라 어두컴컴해서 여기저기 돌부리에 자꾸만 부딪쳤다. 더군다나 사태가 그의 예상보다 급박하게 전개되는 것 같았다. 급기야 그가 건물 맞은편으로 돌아나가는 순간, 느닷없는 총성이 울렸고 고통에 찬 비명이 솟구쳤다.

부엌 문턱, 두 개의 손전등이 비추는 가운데 달브레크가 세 명의 형사들에 의해서 부축된 상태로 축 늘어져 신음하는 모습이 레닌의 눈에 들어왔다. 다리에 관통상을 당한 상태였다.

안에서는 로즈앙드레가 잔뜩 일그러진 얼굴로 뭔가 알아들을 수 없는 말을 흘리면서 팔을 앞으로 쭉 뻗은 채 비틀비틀 걸어나오고 있었다. 오르탕스는 얼른 그녀를 끌어안고 귓속에다 속삭였다.

"나야…… 네 언니. 너를 구해주려고 달려온 거란다. 나를 알아보겠니?"

하지만 로즈는 눈만 휘둥그레진 채 완전히 정신이 나간 표정이었다.

그저 주춤주춤 애인의 덜미를 움켜잡은 남자들에게 다가가더니 더듬대는 것이었다.

"이건 너무한 거예요…… 거기 그 사람은 아무 짓도 하지 않았어요……."

레닌은 조금도 머뭇거리지 않았다. 다짜고짜 부엌 문부터 닫은 다음, 마치 넋이 나간 환자를 부축하듯 여자를 부둥켜안고 오르탕스와 더불어 살롱으로 들어갔다.

당연히 여자는 격렬하게 몸부림을 쳤고, 헐떡거리며 저항했다.

"이, 이건 완전히 범죄행위야. 이럴 권리는 없어. 왜 그이를 잡아가는 거야? 그래, 이제야 알겠다…… 부르게 보석상 살인사건 때문이로군. 오늘 아침 신문에서 기사 난 거 읽긴 했지. 하지만 모두 거짓말이야! 그이가 다 증명할 수 있다고!"

레닌은 앙탈을 부리는 여자를 디방에 간신히 앉히고 단호한 어조로 말했다.

"제발 침착하시오! 당신한테 불리할 만한 말, 함부로 하지 말란 얘깁니다. 어쩔 수 없는 일이에요! 저자는 최소한 절도죄를 범했지 않습니까? 자동차하고 현금 2만 5000프랑하고……."

"그건 내가 미국으로 떠난다니까 질겁을 해서 그런 겁니다. 자동차는 돌려준 거나 다름없고, 돈도 조만간 반환할 거예요. 한 푼도 빠뜨리지 않고 고스란히 말입니다. 안 돼요! 절대로 이럴 순 없습니다. 난 전적으로 자진해서 이곳에 있는 거예요. 난 그이를 사랑합니다…… 이 세상 그 누구보다 사랑해요…… 일생에 단 한 명을 사랑하라면 바로 주저 없이 그 사람을 고를 거란 말입니다…… 그이를 사랑해요……."

가엾은 여자는 더 이상 말을 할 힘도 없었다. 마치 꿈속을 헤매듯 잦아드는 목소리로 자신의 사랑만을 강변했다. 급기야는 탈진한 상태가 되어 펄쩍 몸부림을 치더니 그만 기절해버리고 말았다.

한 시간 뒤, 손목이 꽁꽁 묶인 달브레크는 침대 위에 벌렁 누워 두 눈을 격렬하게 두리번거렸다. 레닌의 차로 모셔온 지역 의사는 다리에 붕대를 감아주며, 다음 날까지 절대 안정을 취해야 한다고 일렀다. 모리소와 그 부하들이 철저한 경비를 서고 있었다.

레닌은 뒷짐을 진 채 방 안을 이리저리 서성였다. 왠지 흐뭇한 기색이었는데, 이따금 눈길을 두 자매에게로 돌리며 마치 그 예술적인 감식안에도 함께 있는 둘의 모습이 그럴듯한 그림으로 비치는 듯 뿌듯한 미소를 짓곤 하는 것이었다.

"이제 어떻게 되는 건가요?"

무심코 반쯤 돌아본 레닌의 표정이 의외로 환한 것을 보고는 오르탕스가 불쑥 물었다.

남자는 두 손을 이리저리 비비면서 중얼거렸다.

"이거 재미있게 됐습니다……."

"뭐가 그렇게 재미있다는 말씀이세요?"

오르탕스의 말투에는 나무라는 심정이 배어 있었다.

"상황이 그렇단 말입니다! 로즈앙드레는 알고 보니 자유의 몸이었고, 완벽한 사랑을 찾아 도주 중이었는데, 하필 그 대상이 누구냐 하면…… 다름 아닌 나무꾼! 머리에는 포마드를 얌전히 바른 채 딱 달라붙는 속옷 차림의 고분고분한 나무꾼과 깊은 입맞춤에 취해 있었다니…… 그것도 우리가 마치 시체라도 찾겠다는 듯, 음침한 동굴 속이나 뒤지고 다닐 동안 말이죠. 아, 분명히 그녀는 갇혀서 고통도 당하긴 했을 겁니다. 틀림없이 납치된 첫날에는 정말 그 동굴 속에 반쯤 죽어 나자빠졌을 거예요. 하지만 다음 날이 되자 금세 생기가 돌아왔죠. 그뿐만 아니라, 단 하룻밤 만에 바람둥이처럼 감정이 동한 셈이지 뭡니까! 천하의 달브레크가 세상에 둘도 없는 백마 탄 왕자처럼 멋지게 보이다니요. 단 하룻밤 만에 말입니다! 무슨 조화인지 하루를 같이 지내자 둘은 마치 서로 없어서는 안 될 존재처럼 각자의 가슴속에 각인되고 말았답니다. 둘은 이제 떨어질래야 떨어질 수 없는 사이가 되었고, 아예 이참에 둘만의 완벽한 피난처를 찾기로 의기투합을 하게 되었습니다. 그게 어디냐고요? 당연히 바로 이곳이죠! 하긴 누가 이곳 클로졸리까지 로즈앙드레를 귀찮게 굴러오겠습니까? 하지만 그저 당분간 피신하는 것만으로는 충분치 않았습니다. 두 연인에게는 그 이상이 필요했지요. 몇 주간의 달콤한 밀월여행요? 허어, 어림 반 푼어치도 없는 소리입니다! 둘은 각자의 전 생애를 서로에게 바치고자 했어요. 어떻게요? 그야, 이전에 한 번 더불어 걸어보았던 매력적이고 아름다운 궤적을 되짚어가며, 새로운 작품을 '촬영'함으로써 꿈이 이루어지는 것이죠! 달브레크는 이미 「행복한 공주」를 통해서 도저히 넘볼 수 없는 꿈을 성취했던 것 아니겠습니까? 이제 희망찬 미래가 바로 코앞으로 다가온 거나 마찬가지입니다! 로스앤젤레스! 미국! 자유와 풍요! 더는 시간을 허비할 이유가 없었죠. 즉시 작전에 들어가는 수밖에요! 그러다가 광기 어린 살인극을 연기하는 리허설 현장이, 질겁한 우리 구경꾼들에게 덜컥 들키고야 만 것입니다. 솔직히 말해서, 나는 그때 이미 진실에 대해 상당 부분 의혹을 품고 있었습니다. 단순히 영화 속의 에피소드를 재연하는 것에 불과하려니 생각했거든요. 하지만 클로졸리의 러브스토리를 짐작하기에는 너무도 동떨어진 상태였죠. 하긴 어쩌겠습니까! 영화에서든 연극에서든 행복한 공주란 으레 끝까지 저항하거나 스스로 목숨을 끊기 일쑤인걸요. 이번에 이 여자분은 죽음보다는 차라리 불명예를 택하리라고 누가 감히 상상이나 했겠습니까!"

이번 모험이 레닌에게는 여간 재미있는 게 아닌 모양이었다.

"아무렴, 큰일날 소리죠! 영화에서는 결코 이런 식으로 일이 진행되지는 않는 법입니다. 바로 그 점 때문에 애당초 내가 길을 잘못 짚었던 거예요. 처음부터 나는 머릿속으로 그 「행복한 공주」라는 영화를 좌르륵 영사해가면서, 이미 지나간 족적에다 내 발자국을 짚어가며 사건을 풀어가기만을 고집했습니다. 행복한 공주가 이런 식으로 행동했었지…… 또 나무꾼은 이런 식으로 덤볐었고 말이야…… 오호라, 그럼 이번에도 그런 식이겠군…… 어디 따라가보지 뭐…… 하지만 천만의 말씀이 된 거죠! 모든 일반적인 법칙과는 달리, 로즈앙드레는 반칙을 한 셈입니다. 불과 몇 시간 만에 처절한 희생자가 세상 어느 공주보다 더욱 사랑스러운 연인으로 변모해버렸으니까 말입니다! 달브레크, 이 맹랑한 친구야! 자네 우리 모두를 아주 보기 좋게 엿 먹인 거야! 영화에서 머리가 지저분하게 치렁치렁하고 고릴라 같은 얼굴을 한 야만인을 본 우리로선 당연히 '아마 저 친구는 현실 속에서도 못 말리는 불한당일 거야'라고 상상하게 되거든! 그런데 실상은, 이거 완전히 돈 후안 아닌가! 아주 웃기는 친구야!"

레닌은 다시금 손바닥을 문질렀다. 하지만 오르탕스가 더는 귀담아듣지 않는다는 것을 깨닫고는 그 정도로 중단했다. 한편 기절했던 로즈가 점차 의식을 회복했고, 오르탕스는 그녀를 부드럽게 감싸 안고서 중얼거렸다.

"로즈, 로즈…… 나야…… 더는 걱정할 거 없어……."

그렇게 꼭 껴안은 채 다정히 얼러주면서 나지막이 저간의 사정 얘기를 들려주었다. 하지만 오랜만에 대하는 자매의 이야기를 듣는 로즈의 얼굴에는 차츰차츰 고통의 그림자가 다시 어른거렸고, 어느새 입술을 질끈 다물고 상체를 꼿꼿이 세운 채 망연자실 앉아 있기만 했다.

레닌은 여자의 고통스러운 심정을 무시해서는 안 되며, 지금으로서는 어떤 이성적인 설득도 로즈앙드레 자신의 심사숙고한 자발적 결심보다 나을 수 없다는 사실을 직감했다.

그는 여자에게 천천히 접근해 부드러운 목소리로 말을 건넸다.

"당신 생각에 전적으로 동감합니다, 마담. 현재로선 무슨 일이 있어도 사랑하는 사람을 변호하고, 결백을 주장하는 게 당신의 의무일 것입니다. 다만 하등의 서두를 필요가 없으며, 애인을 위해서라도 차라리 몇 시간 정도 더 여유를 잡고 당신이 계속해서 희생자인 척하는 게 훨씬 유리할 거라고 생각하는 바입니다. 내일 아침, 당신 생각에 변화가 없다면 내가 나서서 앞으로 어떻게 처신해야 할지를 알려드리도록 하겠습니다. 그때까지는 자매분과 함께 당신 방으로 올라가 이곳에서 철수할 준비를 해두십시오. 차후에 어떤 조사가 있더라도 당신한테 불이익이 될 증거가 나타나지 않도록 서류 일체를 정리하세요. 나를 믿으세요…… 결코 신념을 잃어서는 안 됩니다."

그러고도 오랜 시간 레닌의 충고가 이어졌고, 마침내 여자는 마음을 다잡았다. 결국 얘기해준 대로 시간을 두고 기다리기로 한 것이다.

그렇게 해서 모두들 이곳 클로졸리에서 밤을 보내기로 하고 각자 터를 잡았다. 먹을 것은 풍부했고, 저녁 요리는 형사 중 한 명이 맡기로 했다.

밤에 오르탕스는 로즈와 한 방을 쓰기로 했다. 레닌과 모리소, 그리고 두 명의 형사는 모두 거실 디방에서 새우잠을 청하기로 했고, 나머지 두 명은 부상자와 함께 방을 쓰기로 했다.

그렇게 별 탈 없이 밤이 지나갔다.

아침이 밝자, 전날 클레망의 신고를 받은 헌병대가 이른 시각부터 들이닥쳤다. 달브레크는 일단 도립교도소 의무실에 이송되기로 결정을 보았다. 레닌은 클레망이 미리 별장 앞에 대기시켜놓은 자동차를 흔쾌히 제공해주었다.

아래층의 부산한 기운을 눈치챈 두 자매가 뒤늦게나마 모습을 드러냈다. 보아하니 로즈앙드레는 가만히 두고만 보지는 않을 태세였다. 그런 동생을 오르탕스는 근심 어린 눈길로 좇으면서도, 마냥 평온하기만 한 레닌의 태도 또한 놓치지 않았다.

모든 채비가 끝났고, 이제 남은 것은 달브레크와 두 형사의 늦잠을 깨우는 일밖에 없었다.

그 일은 모리소가 직접 맡기로 하고 방으로 들어섰다. 그런데 두 명의 부하는 완전히 곯아떨어져 있고, 침대 위는 텅텅 비어 있는 게 아닌가! 달브레크가 도주한 것이다.

뜻밖의 사태에도 불구하고 경찰과 헌병대는 생각만큼 크게 동요하는 눈치는 아니었다. 다리에 입은 부상 정도로 볼 때, 도망자는 어차피 얼마 못 가 붙잡히고 말 거라는 게 공통된 생각이었던 것이다. 아울러 두 명의 보초가 전혀 수상쩍은 낌새를 채지 못하도록 감쪽같이 빠져나간 수수께끼 같은 도주극 자체에 고심하는 사람도 없었다. 달브레크는 보나마나 과수원으로 숨어들었음이 분명했다.

즉시 몰이식 사냥조가 편성되었다. 도주극의 뻔한 결과를 놓고, 또다시 혼비백산할 수밖에 없는 로즈앙드레로서는 당장이라도 형사반장을 물고 늘어질 태세였다.

"아무 소리 마십시오."

그렇지 않아도 아까부터 여자의 동태만을 예의 주시하던 세르주 레닌이 부리나케 속삭였다.

깜짝 놀란 여자가 더듬거렸다.

"그를 찾는다잖아요…… 또다시 권총이라도 쏘면……."

"결코 찾아내지 못할 겁니다."

레닌은 단언하듯 내뱉었다.

"아니, 그걸 당신이 어찌 알죠?"

"간밤에 내가 운전기사와 함께 그를 빼돌렸습니다. 식후 커피에 가루약 약간만으로도 형사들을 곯아떨어지게 할 수 있었고요."

여자는 어안이 벙벙한 기색이더니 또다시 안달을 했다.

"하지만 다친 몸인데…… 어딘가에서 죽어가고 있을지도 몰라요……."

"아닙니다."

오르탕스 역시 영문을 모른 채 듣고는 있었지만, 이미 레닌을 향한 든든한 신뢰가 마음 가득히 차오르고 있었다.

그는 나지막한 목소리로 말을 이었다.

"그것보다 마담, 내게 약속을 해주십시오. 앞으로 두 달 후, 그가 완쾌되고 나면 당신이 그에 관해 사법당국에 해명을 해주겠다고 말입니다. 아울러 그와 더불어 미국으로 떠나겠다고 약속해주십시오."

"약속할게요."

"그와 결혼하겠다고 약속하십시오."

"약속합니다."

"그럼 이쪽으로 오십시오. 아무 말도 하지 말고, 조금이라도 놀라는 기색은 금물입니다. 잠시라도 아차 하는 순간, 모든 걸 망치게 될 거예요."

그는 또한 슬슬 난감해하는 모리소를 불러 이렇게 일렀다.

"이보시오, 형사반장. 우린 아무래도 이 숙녀분을 파리로 데리고 가 필요한 조치를 취해주어야 할 것 같습니다. 아무튼 당신의 수사 결과가 어찌 나오든 간에—분명히 성과가 있으리라 믿어 의심치는 않지만—이번 사건으로 필요 이상의 곤욕을 치를 리는 없을 테니 안심하십시오. 오늘 저녁 내가 파리 경시청사로 직접 방문하리다. 이래 봬도 그쪽에 연줄이 상당한 편입니다."

그러고 나서 로즈앙드레를 자동차 있는 곳까지 부축했다. 걸어가는 동안 여자가 몹시 비틀거리면서 자신에게 바짝 매달리는 것을 레닌은 피부로 느꼈다.

간간이 여자의 중얼거리는 소리가 귓가를 스쳤다.

"아, 하느님…… 그이는 살았어…… 이젠 알겠어……."

차 안 클레망의 자리에는 어엿한 운전기사 제복에 모자챙을 잔뜩 낮추고 두꺼운 안경을 걸친 사내가 타고 있었고, 여자는 곧장 그가 자기 연인임을 깨달았다.

"타시죠."

레닌이 짤막하게 말했다.

여자는 달브레크의 바로 옆에 착석했고, 레닌과 오르탕스는 뒷좌석에 나란히 앉았다. 형사반장은 모자까지 깍듯하게 벗어 손에 쥔 채, 자동차 주위에서 비위를 맞추느라 분주했다.

차는 출발했고, 한 2킬로미터를 계속 전진했다. 그렇게 우거진 숲길로 접어들고 나서야 자동차는 멈춰 섰다. 지금까지 그야말로 초인적인 노력으로 고통을 참고 견디던 달브레크가 더는 버틸 수가 없어진 것이다. 레닌은 그를 뒷좌석에 누이고 자신이 운전대를 잡았다. 물론 이번에는 오르탕스가 그의 곁을 차지했다. 루비에에 조금 못 미쳐 또다시 차가 섰다. 달브레크가 원래 입고 있던 너절한 차림새로 길을 걸어가던 운전기사 클레망을 태워야 했던 것이다.

그 후로는 줄곧 침묵의 질주가 이어졌다. 오르탕스는 아무 말도 하지 않았고, 간밤의 사태에 대해 뭐라고 질문할 생각조차 하지 않았다. 하긴 모험의 상세한 면면이나 달브레크를 빼돌린 구체적인 방법 따위가 무슨 대수이겠는가! 그런 것들은 지금 오르탕스에게는 안중에도 없었다. 그녀는 오로지 동생에 대한 생각만을 했고, 그처럼 열렬한 사랑과 정열에 몹시 감명받은 상태였다.

파리가 점점 가까워지는 가운데 레닌은 태연하게 말했다.

"간밤에 달브레크와 얘기를 나누었소. 그는 분명 보석상 살인사건과는 무관하오. 겉으로 보이는 것과는 영 딴판으로 아주 건실하고 정직한 친구였소. 지극히 다정다감하고 헌신적이며, 로즈앙드레를 위해 무엇이든 할 준비가 되어 있는 사내대장부가 틀림없습니다."

그는 또 이렇게 덧붙였다.

"역시 그래요. 사랑하는 여인을 위해서는 세상에 못할 일이 없는 법이지요. 사랑하는 여인을 위해 자신을 희생함은 물론, 기쁨과 행복을 위시해 이 세상에서 좋은 거라면 무엇이든 못해줄 이유가 없는 것이라오……. 그러고도 만에 하나 여인이 지루해한다면, 이제는 그녀를 즐겁게 하고 흥분시킬 만한, 그래서 신나게 웃거나 혹은 울게도 만들 만한 멋진 모험을 듬뿍 선사하는 것이죠."

순간 오르탕스의 눈에 눈물이 핑 돌았고, 온몸은 짜릿한 전율로 부르르 떨렸다. 방금 넌지시 흘린 말이야말로, 초기에는 비교적 허술했지만 함께 불안과 열정 속에 여러 일을 겪는 동안 차츰 둘 사이에서 돈독하게 맺어지고 있는 애정의 끈에 관해서 처음으로 노골적인 언급을 한 것과 마찬가지였던 것이다. 모든 사건들을 제 마음대로 통제하고, 적이든 동지이든 상대의 운명을 항상 가지고 노는 듯한 이 비범한 사내 곁에서, 그녀는 이미 자신의 연약함과 동시에 알 수 없는 불안을 느끼고 있었다. 요컨대 이 남자는 사람을 매혹시키면서도 한편으로는 두려움을 품게 만들었다. 그녀의 정신 속에서 세르주 레닌은 일종의 주인(主人)처럼 여겨졌고, 그 앞에서 스스로 방어해야만 할 적임과 동시에, 보다 자주 골칫덩이면서도 지극히 매력적이고 유혹적인 친구로 다가오는 것이었다.

5
장루이 사건

워낙 아무렇지도 않은 일처럼 순식간에 벌어진 사태라 오르탕스는 어리둥절했다. 두 사람은 그저 한가로이 거닐면서 센 강을 건너고 있었는데, 한 여인의 실루엣이 다리 난간을 훌쩍 뛰어넘어 허공에 몸을 날렸던 것이다. 사방에서 비명과 소란이 이는 가운데 오르탕스는 레닌의 팔뚝을 와락 부여잡고 말했다.

"설마 뛰어들려는 건 아니죠? 절대로 안 돼요!"

하지만 눈 깜짝할 새였다. 남자의 윗도리가 여자 손에 붙들린 채 훌러덩 벗겨지는가 싶더니, 레닌의 몸뚱어리가 단번에 도약을 했고, 그다음…… 그다음에는 온데간데없이 자취를 감추었다. 그로부터 3분 뒤, 오르탕스는 몰려드는 사람들 틈에 휩쓸린 채 강기슭까지 내려가 있었다. 곧이어 창백한 얼굴에 흠뻑 젖은 검은 머리를 축 늘어뜨린 한 여인을 안고 제방의 계단을 걸어 올라오는 레닌의 모습이 보였다.

"죽진 않았습니다. 하지만 어서 병원으로 옮겨야 해요. 인공호흡을 실시하면 괜찮아질 겁니다. 크게 걱정하진 않아도 될 것 같소."

그렇게 말하며 두 명의 경찰관에게 여자를 맡긴 레닌은 몰려든 구경꾼들과 이름을 물어대는 자칭 기자들을 헤치면서, 어안이 벙벙한 오르탕스를 택시에 밀어 넣었다.

잠시 후, 그의 입에서 탄식이 새어나왔다.

"어휴, 난데없이 멱을 감다니! 이런 경우는 나도 어쩔 수가 없어요! 아무튼 누가 물에 뛰어드는 걸 보면 덮어놓고 나 역시 뛰어들 수밖에 없단 말입니다. 아마 우리 조상 중에 사람 구하려다 물귀신 된 구조요원이라도 있었나 봐요……."

그는 일단 숙소로 돌아와 옷부터 갈아입었고, 그동안 오르탕스는 차 안에서 기다렸다. 말끔한 복장으로 돌아온 레닌은 운전기사에게 외쳤다.

"틸지트 가로!"

그러자 오르탕스가 대뜸 물었다.

"어디로 가는 건데요?"

"아까 물에 뛰어든 그 젊은 여자가 어찌 되었나 알아보러 가는 겁니다."

"그럼 주소를 알고 계신 거예요?"

"그래요. 그 여자 팔찌에 새겨진 주소뿐만 아니라 이름까지 재빨리 외워두었지요. 주느비에브 에이마르. 그러니 안 가볼 수 있나요. 오, 그렇다고 무슨 보상이나 바라고 가는 건 아닙니다! 천만에요. 그저 단순한 호기심 때문이랍니다. 사실 공연한 호기심이죠. 지금까지 물에 빠진 여자 구한 적만 10여 차례는 되는데, 그 모두 사연은 뻔했거든요. 한마디로 실연의 아픔! 통속적인 사랑이야기가 전부였지요. 이번에도 두고 보십시오."

둘이 틸지트 가의 건물에 도착하자, 에이마르 양이 아버지와 함께 살고 있는 집에서 막 의사가 나오는 길이었다. 하인 말로는 아가씨 몸은 괜찮은 상태이고, 지금은 잠을 자고 있다는 것이었다. 레닌은 주느비에브 에이마르의 목숨을 구해준 장본인이라고 자신을 소개하며 명함을 전했고, 잠시 후 그녀의 아버지가 눈에는 눈물이 그렁그렁한 채 두 팔을 벌리며 달려나왔다.

나이가 지긋한 데다 다소 약골처럼 보이는 남자였는데, 이쪽에서 뭐라고 묻기도 전에 다짜고짜 처량한 어조로 털어놓기 시작했다.

"벌써 두 번째랍니다, 므슈! 가엾은 것이 글쎄 지난주에는 음독자살을 하려고 했지 뭡니까! 그저 이 아비로서는 목숨이라도 대신 내주고 싶은 심정이랍니다! 그런데도 그저 저 아이는 입에 담는다는 말이 고작 '살고 싶지 않다'는 말뿐이에요. 아, 이러다가 언제 또다시 일을 저지를지 정말 걱정입니다. 끔찍하기도 하지! 세상에, 우리 가엾은 주느비에브가 스스로 목숨을 끊다니요! 도대체 어찌 이런 일이……."

"그러게 말입니다. 아마 결혼이 파경에 이르다 보니 그런 것 아닐까요?"

레닌이 은근히 떠보자, 나오는 대답은 역시 이랬다.

"맞습니다, 결혼이 깨지긴 했지요! 그래도 그렇지, 어떻게 그걸 가지고……."

레닌은 상대의 말을 막았다. 영감이 줄줄이 속내 사정을 늘어놓기 전에, 또다시 두서없는 말들로 시간을 허비하는 것을 막기 위해서였다. 이번에는 레닌 쪽에서 주도적인 태도로 이야기를 진행시켜가기 위해서 먼저 질문을 내밀었다.

"자, 므슈, 이제 차근차근 얘기를 풀어나가는 게 어떻겠습니까? 마드무아젤 주느비에브가 약혼은 한 상태였나요?"

에이마르 씨는 전혀 회피하는 기색 없이 시원스레 대답했다.

"네."

"언제 했나요?"

"지난 봄이었습니다. 부활절 휴가를 보내느라 니스에 있을 때, 우리 부녀는 장루이 도르미발이라는 자를 알게 되었답니다. 그 젊은이는 시골에서 모친과 숙모를 모시고 사는 형편이었는데, 우리가 파리로 돌아온 직후부터 아예 이쪽 동네로 이사를 와서 매일같이 내 딸과 붙어 지내다시피 했지요. 솔직히 말해서 내 입장은 그 장루이 보부아가 그리 탐탁한 편은 아니었답니다."

레닌은 불쑥 말을 끊었다.

"잠깐만요! 방금 전에는 그자가 장루이 도르미발이라고 하지 않으셨던가요?"

"그것도 역시 그자 이름이랍니다."

"그럼 성이 두 개란 말입니까?"

"글쎄요. 아무튼 그 점이 좀 수수께끼지요."

"당신한테는 처음에 어떤 이름으로 소개를 하던가요?"

"장루이 도르미발이라고 했지요."

"그러면 장루이 보부아는 어떻게 된 겁니까?"

"그건 그자를 아는 다른 사람이 내 딸에게 그렇게 소개를 해준 겁니다. 하여튼 보부아이든 도르미발이든 별로 중요치는 않아요. 내 딸아이는 그자를 존경했고, 그 역시 애를 무척이나 사랑했으니까요. 지난여름에는 바닷가에서 거의 떨어져 있는 시간이 없을 정도였어요. 그러더니만 지난달, 장루이가 자기 어머니와 숙모와 함께 지내려고 돌아간 다음, 글쎄 내 딸아이한테 이런 편지가 한 장 달랑 배달되어온 겁니다.

주느비에브

너무도 많은 장애가 우리의 행복을 가로막고 있소.

나는 미칠 듯한 절망감 속에서 그에 굴복할 수밖에 없겠소.

당신을 그 어느 때보다 사랑하지만, 이만 작별인사를 해야 할 것 같소.

잘 지내오, 나를 용서하시오.

그로부터 며칠 후, 딸아이는 처음으로 자살을 시도했답니다."

"아니, 대체 무슨 이유로 그런 갑작스러운 이별을 했단 말입니까? 또 다른 여자가 생긴 건가요? 아니면 정리가 미처 안 된 예전의 여자관계라도 있었던 건가요?"

"오, 므슈, 그런 것 같지는 않습니다. 다만 장루이의 인생에는—이건 주느비에브가 확신해 마지않는 것인데—뭔가 스스로를 속박하고 끊임없이 괴롭히는 일련의 수수께끼가 존재하는 것만은 분명합니다. 지금껏 살아오면서 나는 그처럼 고통에 찌든 사람의 얼굴을 본 적이 없을 정도이며, 처음 그와 대면했을 때부터 일종의 슬픔과 애환이 늘 똬리를 틀고 있다는 느낌이 들었답니다. 심지어 마음을 활짝 열고 사랑에 모든 것을 내맡길 때조차도 말입니다."

"분명 뭔가 사소하지만, 비정상적인 모습들을 보고 그런 느낌이 들었을 텐데요? 두 개의 성을 가진 것도 그렇고…… 혹시 그에 관해서는 직접 물어보신 일이 없습니까?"

"왜요, 있지요. 그것도 두 번이나 물어보았는데요. 처음에는 그저 자기 숙모가 보부아로 불리고, 어머니는 도르미발이라 한다고 하더군요."

"두 번째 대답은 어땠나요?"

"그 반대로 대답하더군요…… 자기 어머니를 지칭할 때는 보부아라 하더니, 숙모는 또 도르미발이라는 겁니다. 그래서 내가 그 점을 지적했더니 금세 얼굴이 붉어지는 거예요. 난 그냥 넘어가버렸죠."

"그가 사는 곳이 이곳 파리에서 먼가요?"

"브르타뉴 지방에서도 한참 구석이에요. 카레에서 8킬로미터 더 들어간 곳에 위치한 엘스뱅 저택에 산답니다."

레닌은 잠시 생각에 잠기더니 이내 작심을 한 듯 영감에게 말했다.

"마드무아젤 주느비에브를 귀찮게 해드리는 게 아닌지 모르겠습니다만, 정확히 이렇게 말씀 좀 전해주시기 바랍니다. '주느비에브, 너를 구해준 신사분이 약혼자를 사흘 이내에 네 품으로 돌아오도록 만드시겠다는구나. 그러니 장루이에게 전달할 편지 한 장만 써드리렴.'"

영감은 놀라는 눈치로 더듬거렸다.

"아니, 정말 그래주실 수 있습니까? 그럼 가엾은 딸애가 영영 죽음의 망상에서 탈피할 수 있을까요? 앞으로는 정녕 행복하게 살아갈 수 있겠습니까?"

그러더니 약간 부끄러워하는 태도로 들릴 듯 말 듯 덧붙였다.

"오, 므슈, 그렇다면 제발 서둘러주십시오. 그렇지 않아도 요즘 우리 애 태도가 왠지 일상생활조차 모조리 망각한 게 아닌가 의심이 들 정도예요. 머지않아 파혼당한 일이 사방팔방 알려지고 나면…… 정말로 이젠 더 이상 살고 싶어 하지 않을 겁니다."

"쉿! 말씀 삼가세요, 므슈. 함부로 해서는 안 될 말이 있는 법입니다."

레닌은 점잖게 타일렀다.

바로 그날 저녁, 레닌은 오르탕스와 더불어 브르타뉴행 기차를 잡아탔다.

다음 날 오전 10시, 카레에 도착한 두 사람은 낮 12시 30분에 간단하게 점심식사를 마친 뒤, 그 지역 유지로부터 차를 한 대 빌려 탔다.

마침내 엘스뱅 저택 앞에 도착하자, 레닌은 차에서 내리면서 부드러운 얼굴로 넌지시 말했다.

"당신, 왠지 창백한 안색이로군요."

"솔직히 이번 사연은 좀 당혹스러운 게 사실이에요. 그런 꽃다운 처녀가 두 번이나 자살을 시도하다니…… 얼마나 용기가 필요했을까요. 그래서 왠지 두려운 생각이……."

"아니, 뭐가 두렵단 말입니까?"

"혹시 이번엔 일이 잘 풀리지 않을까 봐서요. 당신은 조금도 불안하지 않나요?"

"이봐요, 아가씨. 이러다 내가 아주 기분이 유쾌하다고 말을 하면 깜짝 놀라겠군요!"

"유쾌하다니요? 그럴 만한 이유라도 있나요?"

"잘은 모르겠습니다만, 당신 마음을 당혹스럽게 만든 그 사연이 내게는 왠지 익살스럽게만 느껴진단 말입니다. 도르미발과 보부아라…… 글쎄요, 어딘지 모르게 진부하고 케케묵은 냄새가 난다는 말입니다. 내 말이 맞을 테니, 정신 바짝 차리십시오. 자, 가실까요, 아가씨?"

레닌은 그렇게 말하고 중앙의 방책 문을 선뜻 넘었다. 그 양쪽으로는 두 개의 곁문이 나 있었는데, 각각 마담 도르미발이라는 이름과 마담 보부아라는 이름이 새겨져 있었다. 두 개의 문은 중앙의 가로수 길 양편으로 식나무와 회양목 숲 속을 뻗어나간 별개의 오솔길로 통해 있었다.

중앙의 가로수 길을 따라가자 기다랗고 화려하면서도, 전체적으로 지붕이 낮은 낡은 건물이 나타났는데, 양옆으로 두 채의 다소 투박하고 우중충한 익랑(翼廊)이 펼쳐져 있어 그 각 끄트머리가 오솔길에 닿아 있었다. 그러니까 결국 좌측 익랑채에는 마담 도르미발이, 우측 익랑채에는 마담 보부아가 거주하는 셈이었다.

문득 사람 목소리가 오르탕스와 레닌의 발길을 붙잡았다. 가만히 귀를 기울이자, 붉은 포도넝쿨과 백장미로 줄줄이 뒤덮이다시피 한 1층의 어느 창문으로부터 누군가 날카롭게 악을 쓰며 싸우는 소리가 또렷이 들려왔다.

"더 이상 무턱대고 다가가는 건 결례인 것 같아요."

오르탕스의 말에 레닌이 중얼대며 대꾸했다.

"그럴수록 더욱 바짝 다가가야 합니다. 우리는 지금 필요한 정보를 얻고자 여기까지 왔으니까 결례를 범하는 건 어쩌면 당연한 겁니다. 자, 이대로만 곧장 다가가면 아마 한참 서로 싸우느라고 우리 존재를 눈치채지 못할 겁니다."

실제로 떠들썩한 말싸움은 전혀 수그러들 기미를 보이지 않았다. 출입문 바로 옆, 활짝 열린 창문 가까이 다가서자, 장미 꽃다발 뒤로 두 노파가 서로 주먹을 움켜쥔 채 아득바득 고함을 쳐대는 모습이 고스란히 들여다보였다.

널찍한 식당 안, 두 노파는 음식이 치워지지 않은 채 방치된 식탁을 앞에 두고 있었고, 그 너머로는 분명 장루이일 것이 틀림없는 젊은이가 두 성마른 여자들은 안중에도 없이 줄기차게 파이프를 피우며 신문을 읽고 있었다.

둘 중 한 노파는 키가 크고 마른 체형에다 자둣빛 비단 의상을 걸쳤는데, 그 윤기 없는 안색에 비해 너무도 눈부신 금발 머리가 얼굴 주위로 마구 헝클어져 있었다. 키가 작고 더 깡마른 다른 한 명은, 올이 섬세한 면직물 실내복 차림에 분을 잔뜩 바른 얼굴을 더더욱 붉히면서 안절부절못했다.

"아, 고약한 여자 같으니! 어쩜 그리 심술궂을까! 더군다나 이젠 도둑질까지 해!"

한 명이 날카롭게 외치자, 다른 한 명도 질세라 악을 썼다.

"뭐, 내가 도둑질을 했다고!"

"10프랑어치 오리고기 슬쩍한 건 도둑질 아니고 뭐야!"

"입 닥쳐, 망할 년 같으니! 내 화장대 위에 있던 50프랑짜리 지폐는 대체 누가 가져간 거지? 오, 하느님 맙소사! 어쩜 저렇게 지저분하게 살꼬!"

상대는 펄쩍 뛰더니 이번에는 젊은이에게 다그쳤다.

"장, 넌 뭐하는 거니! 저 도르미발 성을 가진 몹쓸 여자가 나를 이토록 능멸하는 걸 두고 볼 거야?"

키가 큰 노파도 가만있을 리 없었다.

"몹쓸 여자라니! 루이 너도 들었지? 네 그 보부아라는 성을 달고 있는 저 늙은 암탉 같은 여편네를 좀 보아라! 제발 입 좀 닥치게 해!"

그러자 이번에는 장루이가 느닷없이 주먹으로 식탁을 쾅! 하고 두드렸고, 그 바람에 놓여 있던 접시들이 요란하게 튀었다.

"제발 두 분 다 저 좀 내버려두세요! 둘 다 대체 왜 이러는 겁니까?"

그러자 두 노파는 졸지에 젊은이를 돌아보며 갖은 욕설을 퍼부어대는 것이었다.

"이런 등신! 이 위선자! 거짓말쟁이! 이 엉덩이에 뿔난 놈아! 누가 바람난 여편네 자식 아니랄까 봐 너 또한 그 모양이냐!"

차마 듣고 있기 민망한 욕설들이었다. 젊은이는 두 손으로 귀를 틀어막고 식탁 앞에서 안절부절못했는데, 마치 인내의 한계에서 오락가락하며 누군가에게든 와락 덤벼들지 않으려고 안간힘을 쓰는 사람 같았다.

이 모든 광경 앞에서 레닌이 조용히 중얼거렸다.

"보십시오, 내 뭐랬습니까? 파리에서는 비극이, 이곳에서는 희극이 벌어지는 것 같다 하지 않았소. 자, 들어가봅시다."

"아니, 저 정신 나간 사람들 한가운데 뛰어들자는 말인가요?"

여자가 발끈하듯 물었다.

"당연하죠."

"하지만……."

"이봐요, 아가씨. 우린 그저 염탐이나 하러 이곳까지 온 게 아닙니다. 행동하러 왔어요! 자고로 바라보는 쪽부터 가면을 벗어야 그만큼 잘 보이는 법이죠."

레닌은 단호한 발걸음으로 다가가 문을 활짝 열고 안으로 들어갔고, 오르탕스도 그 뒤를 따랐다.

당연히 안에 있던 사람들은 화들짝 놀라는 기색이었다. 두 여자는 붉으락푸르락 식식거리면서 싸움을 중단했고, 장루이는 허옇게 질린 얼굴로 벌떡 일어섰다.

모두가 그렇게 어리둥절한 틈을 이용해 레닌은 당차게 선수를 쳤다.

"이렇게 불쑥 소개를 드리는 것을 양해해주시기 바랍니다. 저는 레닌 공작, 이쪽은 마담 다니엘이라고 합니다. 우리는 둘 다 마드무아젤 주느비에브 에이마르의 친구이자, 그녀를 대신해서 여기까지 찾아온 사람들입니다. 여기 그녀가 써서 당신께 전달해달라고 한 편지가 있습니다, 므슈."

그렇지 않아도 난데없는 불청객에 어안이 벙벙하던 장루이는 주느비에브의 이름을 듣자 완전히 평정을 잃는 눈치였다. 자신이 뭐라고 내뱉는지도 잘 모르면서, 일단 레닌의 깍듯한 말투에 장단을 맞추려는 듯 그 역시 주섬주섬 소개를 한다는 것이 이런 어처구니없는 말을 흘리고 말았다.

"여기는 제 어머니 되시는 마담 도르미발이고…… 이쪽은 마담 보부아, 제 어머니이시고……."

꽤 어색한 침묵이 잠시 흘렀다. 레닌은 산뜻하게 인사를 건넸지만, 오르탕스는 마담 도르미발과 마담 보부아 둘 중 누구에게 먼저 악수를 청해야 할지 몰라 망설였다. 어쨌든 상호 간 인사치레가 대충 끝났고, 마담 도르미발과 마담 보부아는 레닌이 장루이에게 건네는 편지를 붙들려고 동시에 손을 내밀며 중얼거렸다.

"마드무아젤 에이마르가 편지를? 아, 정말 뻔뻔하기도 하지! 어디다 감히!"

그제야 다소 냉정을 되찾은 장루이는, 좌측으로는 도르미발 어머니를, 우측으로는 보부아 어머니를 떠다밀다시피 하며 강제로 내보냈다. 그러고 나서 다시 두 방문객한테로 돌아온 그는 편지 봉투를 뜯고 나지막한 목소리로 읽었다.

장루이,

부디 이 편지를 내미는 사람을 진지하게 맞아주세요.

그를 믿으세요.

사랑해요.

주느비에브

젊은이는 약간 둔중한 인상에다 상당히 거무스름하고 광대뼈가 튀어나온 깡마른 얼굴이었는데, 과연 주느비에브의 아버지가 지적했던 우울하고 서글픈 표정을 지니고 있었다. 정말로 매 순간 짓는 인상마다 눈에 보이는 고통의 심정이 확연했고, 침울한 눈빛에서 뭔지 모를 괴로움과 불안의 기색이 역력했다.

짤막한 편지를 읽자마자 그는 황망하게 주변을 둘러보며 주느비에브의 이름을 입술 끝으로 마냥 되뇌었다. 어떻게 행동해야 할지 갈피를 잡지 못하는 모습이었다. 또한 막 어떤 해명을 하려는데 적당한 표현을 찾지 못해 허둥대는 듯도 했다. 갑작스러운 돌발 상황 앞에서 완전히 넋을 잃은 상태였고, 어떻게 대처해야 할지 도무지 모르겠다는 태도였다.

레닌이 보기에 한 번만 다그치면 당장에라도 허물어질 사람 같았다. 그렇지 않아도 지난 몇 달 동안 힘든 상황을 간신히 버텨온 데다, 시골 구석에 처박힌 채 적막과 은둔 속에서 시달릴 대로 시달려온 터라, 외부로부터의 자극에 스스로를 옹골차게 방어한다는 것은 언감생심 꿈도 못 꿀 처지였다. 게다가 이처럼 비루하기 그지없는 자신의 처지가 난데없이 폭로된 마당에 어찌 의연하게 상황에 대처할 수가 있겠는가.

레닌은 놓치지 않고 몰아세웠다.

"이보시오, 므슈. 당신의 결별선언 이후 주느비에브 에이마르는 두 차례나 자살을 시도했었소. 내가 이곳에 온 이유는, 당신의 사랑이 결국 한 여인의 비참한 죽음으로 막을 내려야만 하겠는가 묻기 위해서입니다."

장루이는 그 자리에 털썩 주저앉아 얼굴을 두 손에 파묻으며 내뱉었다.

"오! 자살을 하려고 하다니…… 어떻게 이럴 수가!"

레닌은 조금도 여유를 주지 않았다. 이번에는 어깨를 툭툭 두드리며 허리를 잔뜩 숙인 채 이렇게 말했다.

"잘 생각해보십시오. 우리에게 모든 걸 털어놓는 게 당신한테도 이로울 것입니다. 아까도 말했다시피 우린 주느비에브 에이마르의 친구입니다. 그녀를 돕겠다고 약속을 했고요. 그러니 조금도 주저할 필요가 없습니다."

젊은이는 고개를 번쩍 쳐들고는 지친 표정으로 중얼거렸다.

"상황이 그 지경까지 이르렀는데 내가 어찌 주저할 수 있겠습니까? 방금 당신들도 들었겠지만, 이런 처지에서 뭘 망설이겠냐고요? 이제 내 인생이 어떻다는 건 대충 짐작이 가실 겁니다. 더 이상 뭘 어떻게 털어놓아야 당신들이 모든 걸 이해하고 그 내막을 주느비에브에게 온전히 전달할 수 있을지 모르겠어요. 이 한심하고 처절한 내막을 안다면, 내가 왜 자기 곁으로 돌아갈 수 없는지, 왜 그럴 권리가 내게 없는지, 과연 이해할 수 있을까요……?"

레닌은 오르탕스에게 눈짓을 보냈다. 바야흐로 주느비에브의 아버지로부터 처음 얘기를 들은 지 24시간 만에 이제는 장루이의 고백을 이끌어내는 순간이었다. 두 남자의 입을 통해서 정녕 심상치 않은 사연이 도사리고 있다는 것이 당장이라도 드러날 상황이었다.

장루이는 오르탕스를 위해 안락의자를 내밀었다. 두 사람은 자리에 앉았고, 더는 재촉할 필요도 없이 젊은이의 고백이 시작되었다. 마치 그럼으로써 비로소 마음의 안정을 되찾는 듯 보였다.

"먼저, 이 몸이 살아온 내력에 대해 다소 빈정대듯이 이야기한다 해서 놀라지는 마십시오. 실제로 우스꽝스러운 얘기인 데다가, 아마 당신도 들으면서 실소를 금치 못할 겁니다. 내 인생에서 운명이 얼마나 제멋대로 장난질을 치고 난장판 희극거리를 늘어놓았는지, 아마 어느 미친놈이나 술주정뱅이가 머릿속에서 지어낸 얘기라 생각할지도 모르겠어요. 좌우간 한번 들어보십시오…… 지금으로부터 27년 전, 그 당시 안채 하나 외엔 이렇다 할 건물이 없었던 엘스뱅 저택에는 한 늙은 의사가 살았는데, 보잘것없는 수입을 보충하기 위해 가끔 두어 명 정도의 세입자를 받았습니다. 그러던 중 어느 해 여름인가 마담 도르미발이라는 여성이 그곳을 거친 적이 있고, 이듬해 여름에는 마담 보부아가 와서 머문 적이 있었다고 합니다. 당연히 생면부지일 수밖에 없는 두 여자 중 한 명은 브르타뉴 출신 원양 항해선 선장과, 다른 한 명은 방데 출신의 외무사원과 결혼한 몸이었는데, 공교롭게도 둘 다 임신한 상태에서 남편을 잃게 되었답니다. 세상의 중심에서 동떨어진 시골에 처박혀 사는 처지라, 두 여인은 해산날이 다가오자 바로 이곳에 와 출산을 하고 싶다며 둘 다 똑같이 의사에게 편지를 보내왔다고 합니다. 의사는 마다할 이유가 없었죠. 그해 가을 두 여자는 거의 동시에 이곳에 도착했습니다. 이 식당 바로 뒤에 위치한 두 개의 아담한 방이 그들을 위해 준비되어 있었죠. 의사는 상주할 간호사까지 일부러 고용해둔 상태였습니다. 말하자면 모든 만반의 준비가 갖춰진 상태였다고나 할까요. 두 여자는 배내옷도 구입하고 서로 더할 나위 없이 사이좋게 지냈답니다. 그들은 둘 다 똑같이 아들을 낳기로 결심하고는 각자의 이름을 장과 루이로 미리 결정하기도 했지요…… 그러던 어느 날이었습니다. 저녁 무렵에 왕진을 떠나게 된 의사는 하인과 더불어 이륜마차를 타고 가서 다음 날이 되어야 돌아올 것이라는 언질을 남겼습니다. 그런데 그렇게 주인이 자리를 비운 틈을 타서 하나 있던 하녀가 그만 애인을 만나러 꽁무니를 뺀 것이었습니다. 결국 운명의 몹쓸 짓거리가 일어나기에 적당한 환경이 조성되고 만 셈이었지요. 자정쯤 되었을까, 마담 도르미발이 첫 진통을 호소하기 시작했답니다. 간호사이자 산파 역할도 겸한 마드무아젤 부시놀은 조금도 당황하지 않았습니다. 하지만 약 한 시간이 지나자 상황은 완전히 달라졌답니다. 이번에는 마담 보부아 쪽에서 진통이 시작되었고, 본격적인 드라마가, 아니 웃지도 울지도 못할 희비극이 신음과 비명을 가차 없이 내지르는 두 환자 사이에서 전개되기 시작했던 겁니다. 조금 전까지만 해도 제법 여유가 있던 간호사는 급기야 기겁을 해서 여기저기를 헐레벌떡 오고 가며 난리를 피우는가 하면, 창문을 활짝 열어젖히고 울며불며 의사 선생을 소리쳐 부르다가, 그것도 여의치 못하자 냅다 무릎을 꿇고 신께 도움을 청했습니다…… 첫 번째로는 마담 보부아가 남자아이를 출산했습니다. 마드무아젤 부시놀은 얼른 받아다가 바로 이 식당으로 데려와서 잘 씻긴 다음 미리 준비해둔 요람에 누였지요…… 바로 그때 마담 도르미발 역시 고통에 찬 비명을 내지르지 않았겠습니까. 간호사는 득달같이 달려갈 수밖에 없었고, 홀로 방치된 신생아는 마치 목을 따는 짐승처럼 울부짖다 못해 자지러지고 말았지요. 그뿐만 아니라, 그 소리에 놀라면서도 자기 방 침대에서 꼼짝할 수도 없었던 아기 엄마 역시 그만 실신을 하고 말았답니다…… 여기에 더해 딱 하나 있던 램프의 석유도 바닥이 났지, 심지는 잦아들어가지, 때마침 세찬 바람 소리와 올빼미들의 을씨년스러운 울부짖음 등 어둠침침하고 혼란스러운 분위기 속에서 마드무아젤 부시놀이 얼마나 넋이 나갈 지경이었을지는 아마 짐작이 가실 겁니다. 그렇게 급한 고비를 그런대로 넘긴 뒤, 오후 5시쯤 되어서야 마드무아젤 부시놀은 마담 도르미발의 남자 신생아를 이곳으로 데려와 똑같이 돌보고 씻긴 다음 마찬가지로 요람에 누일 수 있었습니다. 다만 그걸로 일이 다 끝난 게 아니었습니다. 하필 그때, 혼절했던 마담 보부아가 다시 정신을 차려 고래고래 소리를 질렀고 그녀를 돌보러 간호사가 달려 들어가자, 잠시 후 이번에는 마담 도르미발이 비명을 지르며 기절하는 것이었습니다…… 겨우겨우 두 극성스러운 산모를 안정시킨 뒤 지끈지끈 쑤시는 머리에다 완전히 탈진 상태가 되어 이곳 신생아들에게로 돌아온 마드무아젤 부시놀은 정작 혼비백산할 만한 일이 기다리고 있음을 깨달아야 했습니다. 어찌나 정신이 없었던지 두 신생아를 똑같은 배내옷으로 싸놓은 것도 모자라, 아예 하나의 요람에다 나란히 누여놓았던 것이었습니다! 결국 두 신생아 중에 누가 루이 도르미발이고, 누가 장 보부아인지가 모호해져버린 것이지요…… 엎친 데 덮친 격으로 두 아기 중 하나를 살짝 안아 올리자, 온몸이 얼음장처럼 차갑고 숨도 쉬지 않는 게 아니겠습니까! 그 아이는 이미 죽어 있었던 겁니다. 대체 누가 죽고, 누가 산 것인지 알 수가 없게 되어버린 것이죠…… 그로부터 세 시간이 지나고 의사가 돌아왔을 땐 두 여자가 미친 듯이 광분하고 있었고, 간호사는 그들의 침대 앞에 엎드리다시피 한 채 용서를 구하고 있었답니다. 결국 그때 살아남은 아기였던 나 하나를 두고 두 여자가 번갈아가며 보살피는 형국이 되고 말았지요. 두 어머니가 돌아가며 안아주는가 하면 밀어내기도 하는 셈이었습니다. 그러니 대체 나의 정체는 무엇이었겠습니까? 죽은 원양 항해선 선장과 미망인 도르미발 사이의 자식일까요, 아니면 고인이 된 외무사원과 마담 보부아의 아들일까요? 이렇다 하게 내세울 어떠한 단서도 존재하지 않았습니다…… 하는 수 없이 의사는 두 어머니에게 최소한 법적인 차원에서 일체의 친권을 공히 포기하도록 종용하기에 이르렀습니다. 나 스스로 루이 도르미발이든 장 보부아든 마음대로 불릴 수 있도록 말이지요. 하지만 두 여자 다 결사반대를 하고 나서는 것이었습니다. '그 애가 도르미발이라면 굳이 장 보부아라 불릴 이유는 없지 않겠느냐?'라고 한쪽이 말하면, 다른 쪽은 '이 애가 장 보부아일진대 왜 루이 도르미발이라는 이름을 써야 하느냐?'며 대들었지요. 따라서 나는 아예 미지의 아비어미 사이에서 난 자식으로, 장루이라는 이름을 가지게 되었답니다……."

레닌 공작은 내내 잠자코 듣고만 있었지만, 오르탕스는 이야기의 결말이 가까워짐에 따라 억지로 참고 있던 웃음을 그만 피식! 하고 입 밖에 내뱉고야 말았다. 사실 젊은이도 여자가 그러리라는 점을 예상 못한 바는 아니었다.

"죄송합니다…… 그저 신경성이니 양해해주세요……."

여자가 더듬대자, 젊은이는 아무렇지도 않은 듯 부드럽게 대답했다.

"죄송해할 것 없습니다, 마담. 그래서 미리 우스운 얘기일 거라고 말씀드린 겁니다. 내 이야기가 얼마나 어리석고 터무니없는지 누구보다 나 자신이 잘 알고 있는걸요. 네, 정말이지 배꼽을 잡을 만하지요……. 하지만 실제로는 그렇게 우스꽝스럽기만 한 것도 아니랍니다. 어쩔 수 없는 형세에 의해 겉에서 보기에는 희극적으로만 느껴질지 모르지만, 실상은 아주 참담한 상황이라 할 수 있거든요. 방금 당신들이 본 상황도 그 일면이 아니겠습니까? 둘 중 어느 누구도 진짜 어미라고 장담할 수 없고, 또 어미가 아니라는 확신도 없는 지경에서, 무턱대고 장루이라는 사람에게 집착하는 실정입니다. 그 장루이라는 사람은 어쩌면 피 한 방울 안 섞인 완전한 타인일 수도 있고, 그야말로 애틋한 피붙이일 수도 있는 것이죠. 문제는 두 여자가 바로 한 젊은이를 두고 악착같이 애정을 퍼부으며 쟁탈전을 벌이다가, 끝내는 원수지간처럼 서로를 증오하게 되어버렸다는 사실입니다. 둘이 성격이나 교육 정도가 극명히 다른 상태에서 한 지붕 아래 붙어살아야만 하니 말입니다. 둘 중 누구도 자신의 모성을 단념하지 않기 때문에, 어쩔 수 없이 서로 이를 갈면서도 이곳을 떠날 수가 없는 것이죠……. 나는 바로 이와 같은 두 여자의 증오심 속에서 그것을 자양분 삼아 성장해온 거나 다름없습니다. 어쩌다 따뜻한 애정을 갈구하는 어린 마음에 둘 중 한 여자에게 좀 더 다가가기라도 하면 당장에 나머지 한쪽이 멸시와 저주를 강제로 내게 불어넣는 식이었지요. 노의사가 사망한 뒤 이 저택을 구입한 두 여자는 원래 있던 건물 양쪽으로 익랑채를 만들어 갈라져 살면서 시도 때도 없이 나를 들볶았고, 그 와중에 나는 저들의 가해자이자 희생자 노릇을 하면서 그날그날을 연명해온 셈입니다. 어린 시절 내내 괴롭힘만 당했고, 사춘기마저 험악하기 이를 데 없는 분위기 속에서 언제 흘러갔는지 모르게 보내버린 나만큼 이 세상에 힘들게 살아온 사람도 아마 없을 겁니다."

"그럼 두 여자를 떠나면 되지 않겠습니까?"

더 이상 웃을 기분이 아닌 오르탕스가 외치자, 젊은이는 침울한 어조로 대답했다.

"세상에 자기 어미를 버리는 자식은 없는 법입니다. 어쨌든 둘 중 하나가 내 어머니인 건 사실이에요. 바꿔 말해, 자기 자식을 저버리는 어미가 없는 것과 매한가집니다. 두 여자 다 나를 자기 자식으로 믿는 것 역시 어쩌지 못하는 것 아니겠습니까? 결국 우리 세 사람은 마치 갤리선에서 노를 젓는 도형수들처럼 한 자리에 꼼짝없이 얽혀서 옴짝달싹 못하도록 운명지어진 셈이지요. 그저 언젠가는 진실이 밝혀지길 막연히 기대하면서 그 희망과 의혹, 고통과 동정 속에 함께 묶여 있는 꼴이랍니다. 이렇게 셋이서 각자의 거덜난 인생을 상대의 책임으로 미루면서 서로 저주하며 살아가는 것이죠. 아, 지옥 같은 삶입니다! 어떻게 그것을 벗어날 수가 있을까요? 몇 차례 시도를 안 해본 건 아닙니다…… 하지만 소용이 없었어요. 그 지겹도록 끈끈한 악연의 끈은 한 번 끊어지는 듯하다가도 곧장 다시 연결되곤 했습니다. 올여름만 해도 나는 주느비에브를 향한 사랑을 핑계 삼아 나 자신의 이런 팔자를 극복해보려고 했었지요. 내가 엄마라고 부르는 두 여자들을 어떻게든 설득시켜보려고 애를 썼답니다. 하지만…… 결국에는 그들의 온갖 푸념에 부딪치는 건 물론이고, 내 반려자가 될 사람을 향한 즉각적인 증오심에 맞닥뜨려야만 했습니다. 어딜 감히 낯선 이방인을 우리 셋 사이에 끼워 넣으려 하느냐 이거지요. 나는 하는 수 없이 단념해야만 했습니다……. 주느비에브가 나와 결혼해 이곳에 온다 해도 마담 도르미발과 마담 보부아라는 두 여자 사이에서 어떻게 견디겠습니까? 그 여자까지 이 기구한 운명의 굴레 속에 끌어들여 희생시킬 권리가 과연 내게 있을까요?"

얘기를 하면서 점점 기운이 솟는지 장루이는 마치 자신의 결정이야말로 양심에 따른 것이었으며, 당연한 의무감의 발로였음을 알아주길 바라는 듯 특히 마지막 말을 힘주어 내뱉었다. 그러나 사실 그는—이 점에서 레닌과 오르탕스 모두 동감이었다—하나의 나약한 남자에 불과했으며, 어린 시절부터 괴로운 운명처럼 부과되어온 어처구니없는 상황을 과감하게 떨쳐버릴 용기도 능력도 없는 졸장부에 지나지 않았다. 그는 여태껏 그러한 자신의 처지를 마치 거부할 권리가 없는 묵직한 십자가처럼 묵묵히 짊어져오면서도, 동시에 그런 자신의 모습을 수치스러워했다. 그러던 중 주느비에브를 만났고, 웃음거리가 될까 봐 사정을 꼭꼭 숨기다가, 결국 자신의 감옥으로 되돌아와 그저 의미 없는 타성과 비열함 속에 젖어 지금까지 두문불출하고 있었던 것이다.

그는 책상에 자리를 잡고 앉아 급하게 뭔가를 끄적인 다음 레닌에게 내밀며 말했다.

"부탁인데, 마드무아젤 에이마르에게 이 편지와 더불어 나를 용서해 달라는 말 좀 전해주십시오……."

레닌은 아무런 반응도 보이지 않다가, 상대가 재촉하자 마지못해 편지를 받아 들고는 곧장 찢어버렸다.

"왜 이러십니까?"

젊은이는 화들짝 놀라는 눈치였다.

"내가 따로 심부름을 할 필요가 없습니다."

"아니, 왜요?"

"당신이 직접 우리와 함께 갈 것이기 때문입니다."

"내가요?"

"내일 당신은 마드무아젤 에이마르와 함께 있을 것이며, 그녀에게 청혼을 하게 될 것입니다."

레닌을 물끄러미 바라보는 장루이의 시선 속에는, '뭐야, 내가 지금까지 얘기한 내용을 전혀 이해하지 못하고 있잖아!' 하며 답답해하는 눈빛이 담겨 있었다.

한편 오르탕스는 레닌에게 슬그머니 다가가 속삭였다.

"주느비에브가 자살을 기도했고, 결국에는 큰일을 저지르고야 말 거라는 점을 강조해보세요."

"그럴 필요도 없습니다. 내가 말한 그대로 반드시 이루어질 거예요. 앞으로 한두 시간 후에 우리 셋이서 이곳을 떠날 겁니다. 청혼은 어김없이 내일 이루어질 것이고요."

레닌의 말에 젊은이는 어깨를 으쓱하며 이죽거렸다.

"대단히 자신 있게 말씀하시는군요!"

"그렇게 말할 수 있는 몇몇 이유가 있소."

"어떤 이유 말입니까?"

"여러 이유가 있지만, 당신이 내 조사에 협조해줄 의향만 있다면 단 한 가지 이유만으로도 충분할 겁니다."

"조사를 하시겠다니…… 무슨 목적으로 뭘 어떻게 조사한다는 건가요?"

"당신의 이야기가 완벽한 진실이 아니라는 사실을 입증하기 위한 조사 말입니다."

장루이는 발끈하는 기색이었다.

"이보세요, 므슈. 나는 단 한 마디도 사실에 어긋나는 얘기를 한 적이 없습니다."

레닌은 훨씬 더 누그러진 태도로 대꾸했다.

"저런, 내가 표현을 좀 잘못한 것 같군요. 당신은 분명 당신 스스로 진실이라고 믿어 의심치 않은 내용을 이야기했습니다. 다만 그 진실이라는 것이 당신이 생각하는 것과는 차이가 있다는 게 문제이죠."

젊은이는 팔짱을 끼면서 상대를 똑바로 바라보았다.

"이것 보십시오, 므슈. 여하튼 내가 당신보다는 사실에 관해서 더 정확히 알고 있을 가능성이 많은 것 아닐까요?"

"글쎄요…… 왜 그렇게 생각하는지 모르겠군요. 그 참담한 밤에 일어난 일에 관해서는 당신 역시 누군가에 의해 전해들었을 뿐입니다. 마담 도르미발이나 마담 보부아와 마찬가지로 당신에겐 아무런 증거도 없어요."

"무엇에 관한 증거 말입니까?"

장루이는 안달을 내며 버럭 소리쳤다.

"두 신생아가 서로 뒤섞여버렸다는 사실에 관한 증거 말입니다."

"뭐요? 하지만 그 일은 분명한 사실이라고요! 당시 두 신생아는 서로를 식별하게 해줄 어떤 표식도 갖추지 않은 채 같은 요람 안에 방치되었단 말입니다. 직접 아기를 받은 간호사조차 도저히 분간할 수가 없었다고요…….”

레닌은 상대의 말을 얼른 가로막았다.

“고작해야 그 간호사의 사후 설명에 불과하지요.”

“그게 무슨 말씀입니까? 사후 설명이라뇨? 그렇다면 간호사를 의심하는 겁니까?”

“꼭 그렇다고는 하지 않았습니다.”

“그게 그거지, 뭐가 아닙니까! 거짓말을 했다는 얘기 아니냐고요! 그 여자가 무엇 때문에 그런 거짓말을 꾸며댔겠습니까? 그런다고 이득이 될 것도 없을 테고…… 게다가 그때 그 여자는 절망 어린 태도와 눈물 등 여지없이 아이를 혼동해 아찔해하는 모습이었다고 했습니다. 두 여자가 똑똑히 확인한 사실이에요……. 간호사가 하염없이 눈물을 흘리던 모습 말입니다. 그러고도 혹시나 해서 끝까지 추궁을 했었답니다. 방금 말했지만, 굳이 그런 짓을 저질러서 득이 될 게 없지 않습니까?”

장루이는 몹시 흥분한 태도였다. 그런가 하면, 분명 아까부터 문 뒤에서 얘기를 엿듣고 있었을 마담 도르미발과 마담 보부아가 어느새 들어왔는지, 그의 곁에 모여 서서 기겁을 한 채 더듬대기 시작했다.

“아니야…… 그럴 리는 없어…… 우리가 아마 백 번은 추궁을 했을 거야…… 도대체 왜 그런 거짓말을 했겠냐고?”

장루이도 내친김에 레닌 공작을 마구 다그쳤다.

“맞아요, 어서 말해보세요! 설명해보란 말입니다! 이미 확실한 것으로 밝혀진 사실을 뭐하러 이제 와 의심하려는 건지, 그 이유를 털어놔보란 말입니다!”

이제는 테이블을 두드려가면서까지 말을 할 정도로, 레닌 역시 흥분을 감추지 않고 목소리를 높이기 시작했다.

"왜냐하면 그 진실이라는 것이 도저히 납득하기 어렵기 때문입니다! 결코 세상일이라는 게 그런 식으로 돌아갈 수는 없는 노릇입니다. 자고로 운명이 그처럼 교묘하게 뒤틀리기란 쉽지 않습니다. 우연과 우연이 그런 식으로까지 노골적으로 겹치는 경우란 드문 법이에요! 하필 의사와 하인, 하녀 모두가 집을 비운 날 밤, 두 여성이 거의 동시에 진통을 느끼고, 또한 사내아이를 같은 시간대에 분만한다는 것부터가 가능성이 희박한 우연입니다. 굳이 상상조차 하기 힘든 사고를 덧붙일 필요도 없어요! 공교롭게도 그 순간 램프 기름이 떨어지고 심지가 잦아들었다는 얘기는 아예 관두는 게 낫단 말입니다! 천만의 말씀이지요! 산파라는 사람이 자신의 책무를 그런 식으로 엉망진창 처리한다는 건 도저히 있을 수 없는 일입니다. 제아무리 예기치 않은 상황 속에서 당황한다 해도, 직업상의 본능적 감각이라는 게 있는 법입니다. 최소한 두 아기를 놓아둘 때 서로 구분이 될 만한 위치와 자리를 염두에 두기 마련인 겁니다. 설사 별도의 표식 없이 나란히 누여두었다 해도 최소한 좌우측의 구별은 있었을 것 아닙니까? 서로 엇비슷한 배내옷으로 둘둘 말았다 해도 미세한 차이라는 게 있는 법입니다. 굳이 머리를 싸맬 필요도 없이, 무의식적으로 떠오를 만한 기억 속의 뭔가가 있었을 거예요. 신생아를 혼동한다고요? 난 도저히 동의할 수가 없습니다. 나중에 판별이 불가능했다고요? 새빨간 거짓말입니다. 소설 속이라면야 그럴 수도 있겠지요. 온갖 황당무계한 일들을 상상할 수 있고, 별의별 모순도 얼마든지 가능하니까요…… 하지만 현실의 한복판에서는 항상 일정한 고정점이 있어서, 그것을 기준으로 이런저런 사건들이 스스로 일정한 논리적 법칙에 의거해 자연스레 일어나고 또 저무는 법이랍니다. 따라서 나는 부시뇰 간호사가 결코 두 신생아를 혼동할 리가 없었노라고 단언하는 바입니다!"

그렇게 내뱉는 레닌의 말투가 어찌나 단호한지 마치 당일 밤 본인 스스로 현장에 있기라도 한 듯했고, 그 강력한 호소력은 지난 사반세기 동안 조금도 의심할 엄두를 못 냈던 사실을 송두리째 뒤흔드는 느낌이었다.

마침내 두 여자와 그 자식은 이 자신만만한 사내의 주위로 바짝 다가들면서 불안한 표정으로 더듬더듬 질문을 흘렸다.

"그렇다면…… 당신 생각에는 그 여자가 모든 걸 알고 있고…… 결국 진실을 밝혀줄 수 있다는 얘기입니까?"

레닌은 즉시 정정했다.

"꼭 그렇다고는 하지 않았습니다. 다만, 당시 그녀의 행동 속에는 그녀 자신의 진술이나 현실 자체와 상충하는 무언가가 존재한다는 얘기입니다. 현재 당신 세 사람의 운명을 짓누르고 있는 견딜 수 없이 막강한 비밀은 단순히 부주의했던 한순간에서 비롯된 것이 아닙니다. 그녀만 알고, 우리는 전혀 파악하지 못한 무언가가 분명 있어요. 그게 바로 내가 주장하는 바입니다."

장루이는 이 낯선 사내의 아리송한 영향력을 억지로 떨치려는 듯 또다시 발끈했다.

"까짓 주장이야 이러쿵저러쿵 얼마든지 할 수 있겠죠!"

하지만 레닌은 한 치의 물러섬도 없었다.

"실제 일어났던 상황이 그래요! 현장을 직접 보지 않아도 볼 수 있고, 정황 설명을 듣지 않아도 들리는 게 있는 겁니다. 추리와 직관을 통해서도 사실 그 자체보다 더욱 확고한 증거를 얼마든지 얻을 수가 있답니다. 부시뇰 간호사는 틀림없이 양심 한구석에 우리가 모르는 진실의 일단을 숨기고 있어요."

"그 여자 아직 살아 있습니다! 카레에 거주하고 있어요! 이곳으로 불러올 수 있다고요!"

마침내 장루이가 목이 멘 듯한 목소리로 내뱉자, 두 '어머니' 중 한 명이 선뜻 나섰다.

"내가 가마. 내가 데려올게."

하지만 레닌이 얼른 가로막았다.

"안 됩니다. 당신들 셋은 그대로 있어요."

오르탕스가 넌지시 말을 건넸다.

"그럼 내가 갈까요? 차를 잡아타고 가서 그 여자를 설득해 데리고 올게요. 지금 어디 살죠?"

"카레 중심가에 자그마한 잡화점을 하고 있습니다. 운전기사가 잘 안내해줄 겁니다. 이 지역에서 마드무아젤 부시놀을 모르는 사람은 없으니까요."

장루이의 대답에 레닌이 덧붙였다.

"주의해야 할 것은 그 여자에게 사전에 어떠한 언질도 주어서는 안 된다는 겁니다. 뭔가 불안해한다면 오히려 좋아요. 단, 절대로 그녀에게 우리가 무엇을 요구하는지 먼저 알게 해서는 안 됩니다. 성과를 거두려면 우선 그 점부터 명심해야만 해요."

어쨌든 그렇게 해서 약 30여 분 동안 깊디깊은 침묵이 흘러갔다. 이 집의 세련된 예술적 취향을 반영하는 아기자기한 골동품들과 양장본 고서적들, 아름다운 태피스트리 작품들과 근사한 고가구들이 즐비한 방 안을 레닌은 이리저리 서성거렸다. 적어도 이 방만큼은 장루이 그만의 공간이었다. 반면 양쪽 반쯤 열려 있는 문 너머로는 인접한 익랑채가 언뜻 엿보였는데, 어쩌면 그리도 두 노파의 보잘것없는 취향이 물씬 풍기는지 지금 이 방과 너무도 대조되었다. 레닌은 젊은이에게 다가가 중얼거렸다.

"이분들 부자입니까?"

"네."

"당신은 어떻소?"

"두 분 다 이 저택과 그에 딸린 주변 토지를 내 소유로 넘기고자 했습니다. 그래서 이렇게 남의 신세지지 않고 그나마 살아가는 거죠."

"두 사람 다 다른 가족은 있습니까?"

"둘 다 자매들이 있지요."

"그들한테 돌아가 얹혀살 수도 있을까요?"

"네. 이따금 그런 생각을 아주 안 했던 것도 아니랍니다. 하지만…… 므슈…… 어쨌든 그건 당치 않은 일이에요. 그리고 난 정말이지 당신의 이런 개입이 결국 무위로 끝나지 않을까 걱정됩니다. 다시 한번 강조하지만……."

때마침 자동차 소리가 들려 얘기는 거기에서 중단되었다. 두 여자는 벌떡 일어서서 벌써부터 호들갑이었다.

"나한테 맡겨두십시오!"

레닌이 가로막고 나섰다.

"그리고 미리 말씀드리지만 내가 하는 방식에 놀라지는 마십시오. 문제는 그 여자에게 뭘 물어보려는 게 아니라 겁을 주고 어리둥절하게 만드는 겁니다. 당황한 가운데 실토하게 만드는 거죠."

자동차는 잔디밭을 에둘러 다가와 창문 바로 앞에서 멈췄다. 오르탕스가 먼저 내렸고, 손을 뻗어 노파 한 명을 부축했다. 둥근 가두리 장식이 달린 리넨 천 모자를 착용하고, 검은색 벨벳 블라우스와 묵직한 주름치마 차림이었다.

그녀는 꽤나 황망해하면서 안으로 들어섰는데, 족제비처럼 전체적으로 뾰족한 얼굴에 앞니가 보기 흉하게 돌출한 몰골이었다.

그 옛날 의사한테 거칠게 내쫓기다시피 한 방 안으로 불안하게 걸음을 내딛으며 그녀는 더듬더듬 말했다.

"무, 무슨 일인가요, 마담 도르미발? 아, 안녕하셨어요, 마담 보부아?"

두 여자는 묵묵부답이었고, 대신 레닌이 쓱 다가서며 엄한 말투로 말했다.

"무슨 일인지 궁금하시오, 마드무아젤 부시놀? 내가 대신 전해드리지. 아울러 앞으로 내가 하는 얘기를 한마디도 놓치지 않고 새겨듣기를 요구하는 바입니다."

마치 혐의가 분명한 용의자를 앞에 둔 수사판사 같은 투였다.

제법 격식을 갖춘 태도로 레닌은 내리 다그쳤다.

"마드무아젤 부시놀, 나는 지금으로부터 27년 전에 이곳에서 벌어진 사건을 해결하기 위해 파리 시 경찰의 의뢰를 받아 와 있는 몸이오. 그런데 당신이 지대한 역할을 담당했던 그날의 사건을 이리저리 조사해보니, 당신이 진실을 심하게 왜곡했으며, 그 때문에 당시 태어난 신생아 중 한 명의 출생증명서가 정확하게 작성되지 못했다는 증거가 나오더군요. 따라서 아무래도 당신을 지금 즉시 파리로 압송해 변호사를 선임한 상태에서 정식으로 엄격한 신문을 받게끔 해야 할 것 같소."

예상대로 마드무아젤 부시놀은 신음하듯 대꾸했다.

"파리라고요? 변호사까지?"

"그래야만 할 것 같소, 마드무아젤. 현재 당신 앞으로 체포영장까지 발부된 상태요. 단……."

여기서 레닌은 은근한 암시를 내비쳤다.

"단, 지난 과오를 만회할 수 있게끔 지금 당장 모든 걸 자백할 마음의 준비만 되어 있다면 얘기는 달라질 수도 있습니다."

노파는 온몸을 사시나무 떨듯 떨었다. 이까지 달그락달그락 맞부딪치는 꼴이, 도저히 레닌의 제안에 거절할 엄두를 못 낼 것 같았다.

"자, 모든 걸 털어놓을 준비가 되었나요?"

노파는 그래도 한 번 버텨보려고 했다.

"난 아무것도 털어놓을 게 없습니다. 아무 짓도 안 했으니까요."

"그럼 같이 가시죠."

"아, 안 됩니다! 안 돼요! 오, 제발……."

아니나 다를까, 금세 애원조로 돌아서는 노파를 레닌은 더욱 호되게 다그쳤다.

"마음의 준비가 됐냐고 물었습니다."

마침내 노파의 입에서 한숨 섞인 대답이 새어나왔다.

"네…… 됐습니다……."

"지금 당장 털어놓는 겁니다. 기차 시간이 임박한 상태요. 사건은 지금 이 자리에서 즉시 해결을 봐야만 합니다. 이제부터 조금이라도 주저하는 기색이 보이면 즉시 당신을 연행해갈 것이오. 어때요, 내 말 알아듣겠습니까?"

"알겠습니다……."

"자, 어디 한번 솔직하게 털어놔 봅시다. 기만은 절대로 통하지 않아요. 은근슬쩍 얼버무리는 것도 금물입니다."

레닌은 장루이를 가리키며 물었다.

"저분의 어머니는 누구입니까? 마담 도르미발인가요?"

"아닙니다."

"그럼 마담 보부아이겠군요?"

"아니에요……."

두 번의 연속적인 대답에 붕 뜬 침묵이 방 안 가득 차올랐다.

레닌은 시계를 바라보며 단호하게 내뱉었다.

"무슨 뜻인지 어디 해명해보시오."

순간 마드무아젤 부시뇰은 무릎을 털썩 꿇었다. 그러고는 어찌나 나지막하고 탁한 목소리로 이야기를 시작하는지, 모두들 그 중얼거리는 소리를 제대로 듣기 위해 그쪽으로 몸을 잔뜩 기울여야 할 정도였다.

"실은 그날 저녁 누군가가 왔었습니다……. 어떤 신사분이었는데 의사 선생님에게 맡겨야겠다며 한 신생아를 포대기에 꼭꼭 싸서 찾아왔지요. 마침 의사 선생님이 자리를 비우고 없는지라, 밤새도록 기다리게 되었답니다. 결국 그 사람이 모든 걸 저질렀던 거예요."

"뭐라고요? 그자가 무슨 짓을 저질렀다는 얘기입니까? 대체 어떤 일이 있었는지 구체적으로 말해주십시오."

레닌은 그렇게 다그치면서 노파의 두 손을 지그시 그러쥔 채 위압적인 눈길을 보냈다. 장루이와 두 '어머니'는 잔뜩 숨을 죽이며 더욱 바짝 다가들었다. 이제 튀어나올 몇 마디 말에 그들의 인생이 달려 있다 해도 과언은 아니었다.

노파는 마치 고해성사를 하듯 두 손을 모으고 말했다.

"사실 이렇게 된 겁니다. 그날 밤 한 아기가 죽은 게 아니라 둘 다 죽었어요…… 마담 도르미발과 마담 보부아의 신생아가 둘 다 발작을 일으켜 사망했단 말입니다. 옆에서 그것을 지켜보던 신사분이 내게 그러더군요…… 말 한마디 한마디가 죄다 기억납니다. 그의 음성까지도요. 이렇게 얘기했었죠. '일이 이렇게 되고 보니 어쩔 수 없는 결정을 내려야 할 것 같습니다. 내 아이가 정성 어린 보살핌을 받으며 조금이라도 행복하게 자라나기 위해서는 지금의 이 기회를 그냥 흘려보낼 수 없어요. 죽은 아기들 대신에 이 아이를 누여주십시오.' 그는 자기 애의 양육에 드는 비용을 일거에 상쇄하고도 남을 거라면서 상당한 액수의 금액을 건넸고, 나는 선뜻 받아 들었습니다. 이제 문제는 누구 자리에 아기를 누이느냐는 것이었습니다. 그건 곧 아기가 마담 도르미발과 마담 보부아 둘 중 누구의 아들이 되느냐의 문제나 마찬가지였으니까요. 그런데 잠시 생각하던 그가 이러더군요. '둘 중 누구의 애도 아니지요.' 그러면서 앞으로 내가 어떻게 이 일을 수습할 것이며, 자기가 떠난 다음 뭐라고 말을 해야 할 것인지, 일일이 일러주는 것이었습니다. 내가 죽은 아기가 입고 있던 것과 유사한 배내옷과 편물로 그 새로운 아기를 감싸 입히는 동안, 그는 자신이 가져온 포대기로 다른 죽은 아기를 둘둘 만 다음 곧장 떠나버렸답니다."

마드무아젤 부시뇰은 고개를 푹 떨군 채 흐느꼈다. 잠시 후, 레닌은 한결 누그러진 목소리로 말했다.

"솔직히 말해서 지금 당신의 증언은 내가 개인적으로 조사한 내용과 정확히 부합합니다. 그만하면 충분히 참작이 되겠어요."

"그럼 파리로 가지 않아도 되는 건가요?"

"그렇습니다."

"날 데려가지 않는단 말씀이세요? 이대로 돌아가도 됩니까?"

"돌아가셔도 됩니다. 일단 마무리가 되었습니다."

"사방에서 이제 이 일을 두고 왈가왈부하는 건 아닙니까?"

"그렇지 않을 것이오. 아참, 한 가지 더! 그때 그 남자의 이름은 알고 있습니까?"

"말해주지 않았어요."

"그 이후로 또 만난 적은 있습니까?"

"전혀요."

"더 이상 할 말은 없습니까?"

"없습니다."

"지금까지 당신이 고백한 내용을 문서화했을 때 언제라도 서명할 각오는 되었겠죠?"

"네."

"좋습니다. 앞으로 한두 주일 후에 당신한테 소환장이 발부될 겁니다. 그때까지는 철저하게 입조심을 해야만 합니다."

마침내 노파는 일어나 성호를 그었다. 하지만 곧바로 휘청거리면서 레닌에게 몸을 기대야만 했고, 레닌은 노파를 부축해 바깥으로 나가면서 등 뒤로 문을 닫았다.

잠시 후 다시 돌아왔을 때, 장루이와 두 여자는 함께 손을 붙들고 있었다. 지금까지 셋을 옭아매고 있던 증오와 불행의 끈이 갑작스레 끊어지고, 난데없이 온화하고 평화로운 기운이 대신 세 사람을 한데 모이게 만든 것이었다. 여태껏 도저히 상상조차 할 수 없었던 분위기로, 세 사람 모두 훨씬 더 진지하고 다소곳하게 변한 듯했다.

레닌은 오르탕스를 바라보며 말했다.

"자, 서둘러 일을 마무리해야죠. 정작 지금이야말로 결정적인 순간입니다. 어서 장루이를 움직이게 만들어야 할 것입니다."

하지만 아직도 어리둥절한 표정인 오르탕스는 이렇게 중얼거렸다.

"아까 그 여자는 왜 그냥 보내신 거죠? 그 정도 진술로도 충분하단 얘긴가요?"

"사실 그리 만족스럽진 않았습니다. 하지만 무슨 일이 일어난 건지는 해명이 되었지 않소? 더 이상 무얼 바라겠습니까?"

"글쎄요…… 모르겠군요……."

"나중에 다시 얘기해봅시다. 일단은 장루이를 데리고 이곳을 뜨는 게 급선무예요. 지금 당장 말이오. 그렇지 않으면……."

그러더니 레닌은 젊은이를 향해서 말을 건넸다.

"자, 어떻습니까, 당신도 나와 같은 생각이리라 보는데? 마담 보부아와 마담 도르미발, 그리고 당신 셋 모두가 일단 서로 떨어져서 사태를 보다 명확히 이해하고 자유로운 정신 속에서 결정을 내리는 게 좋을 것 같지 않소? 자, 우리와 함께 가십시다. 현재로선 가장 급한 게 바로 당신의 약혼녀인 주느비에브 에이마르르의 목숨을 구하는 일이오."

장루이는 어쩔 줄 모른 채 우물쭈물했다. 레닌은 안 되겠다 싶었는지 이번에는 두 여자 쪽으로 돌아서서 외쳤다.

"어떻습니까, 두 분 생각도 분명 그렇지요?"

두 노파는 동시에 고개를 끄덕였고, 레닌은 장루이를 향해서 말했다.

"보셨소? 우리 모두가 합의를 보았소. 중대한 시기에선 한 발 뒤로 물러나 서로 떨어져 생각할 필요가 있어요. 오, 그리 오래 걸리지는 않을 겁니다…… 한 며칠만 조용히 지내다 보면 어떤 결심이 설 테고, 그 다음에는 얼마든지 당신 마음대로 주느비에브 에이마르르를 버리고 다시 당신 인생으로 돌아갈 수 있을 것이오. 하지만 그 전에 며칠간의 여유는 반드시 필요합니다. 자, 어서 서두르세요, 므슈."

레닌은 장루이에게 생각할 겨를도 주지 않고, 집요한 설득으로 정신없이 몰아붙이며 자기 방으로 들여보냈다.

30분 후, 채비를 차린 장루이는 저택을 벗어나고 있었다.

자동차로 도착한 갱강프 역사를 가로지르며 장루이가 여행 트렁크에 온 정신이 쏠려 있는 모습을 본 레닌이 오르탕스에게 속삭였다.

"아마 결혼을 하고 나서야 돌아오게 될 겁니다. 어때요, 이만하면 모든 게 그럴듯하게 된 거죠? 만족하십니까?"

"네. 어쨌든 가엾은 주느비에브가 이제는 행복해지겠죠……."

아직까지도 오르탕스는 어딘지 어리둥절한 기색이었다.

열차 안에 자리를 잡은 다음 레닌과 오르탕스는 단둘이 식당 칸으로 건너갔다. 저녁식사가 끝나고 나서, 레닌은 식사 내내 자신이 던지는 말에 대답을 하는 둥 마는 둥 하던 여자의 태도를 답답해하며 다그쳤다.

"아니, 대체 왜 그러는 겁니까? 무슨 문제가 있나요, 아가씨? 수심이 가득한 표정입니다!"

"내가요? 천만에요……."

"아닙니다. 뭔가 고민거리가 있어요. 자자, 그러지 말고 어서 속 시원히 털어놓으시죠."

그제야 여자의 입가에 슬며시 미소가 번졌다.

"좋아요, 정 그렇게 내 기분을 알고 싶으시다니 말씀드려야겠군요. 분명 주느비에브 에이마르에 관해서는 나도 만족합니다. 하지만 다른 면에서는…… 이를테면 모험의 관점에서 바라본다면…… 뭔가 미진한 부분이 있는 게 사실이에요."

"솔직하게 말해서, 이번에는 당신을 별로 놀라게 해주지 못했다 이건가요?"

"그리 탁월하다고 볼 순 없죠."

"내가 맡은 역할이 왠지 부차적인 것 같습니까? 원래 역할이 뭔데요? 우린 장루이가 은둔해 있는 현장에 들이닥쳤고, 그의 처량한 신세를 낱낱이 들었습니다. 그리고 과거의 산파도 당당히 출두시켜 자백을 받아냈고요. 그걸로 사건은 해결된 셈 아닙니까?"

"그야 그렇지만, 왠지 모든 게 끝났다는 생각을 하기에는 어딘지 두루뭉술한 기분이 들어요. 실제로 우리가 겪은 다른 사건들에서는 뭐랄까…… 뭔가 좀 더 통쾌하고 속 시원한 기분이었거든요…….”

“그런데 이번 사건은 왠지 개운치가 않다는 건가요?”

“네, 바로 그거예요. 어딘지 덜 마무리가 된 듯한 느낌…….”

“어떤 점에서 그렇게 느껴지나요?”

“모르겠어요…… 아마 그 노파의 자백에서 그런 걸 느끼지 않았나 싶어요. 네, 아마도 그럴 거예요. 너무도 예기치 못한 내용인 데다, 지나치게 간단했거든요!”

레닌은 빙그레 웃으며 말했다.

“맙소사! 당신은 내가 이번 일에 너무 서둘러 종지부를 찍었다고 보는 거로군요! 사실 이번 일은 지나친 해명을 요구해서는 안 되는 사건이었답니다.”

“네?”

“그래요, 만약 그 노파가 시시콜콜 자세한 해명을 했었다면 오히려 그 진위를 의심하게 되었을 겁니다.”

“의심하다니요?”

“사실 그 여자가 한 얘기는 대단한 억지라고 할 수 있어요. 그날 저녁 아기를 데리고 와서 죽은 아기와 바꿔치기해 갔다는 바로 그 신사 말입니다…… 도무지 말이 안 되는 얘기지요. 하긴, 달리 어쩌겠습니까! 애꿎게도 나한테 걸린 그 딱한 아낙네에게 자기 역할에 관련한 준비를 충분히 시킬 시간이 없었거든요!”

오르탕스는 눈을 휘둥그레 뜨고 상대를 쳐다보았다.

“아니, 지금 무슨 말씀을 하시는 거예요?”

“아무래도 시골 여자들이란 머리가 단순하기 마련 아닙니까! 그 여자나 나나 시간은 급하지요…… 하는 수 없이 우리 둘이서 되는대로 각본을 짜버린 겁니다. 어쨌든 그리 형편없는 연기는 아니었어요. 어조도 그 정도면 됐고…… 겁에 질린 표정에다…… 트레몰로로 떨어대는 목소리하며…… 눈물까지…….”

오르탕스는 차마 말을 제대로 잇기가 어려운 모양이었다.

“어머나, 세상에! 이럴 수가! 그럼 모든 걸 애당초 꾸며낸 거란 말인가요?”

“그렇지 않고서는 해결이 불가능했으니까요.”

“대체 언제부터입니까?”

“그곳에 도착한 날 아침부터입니다. 당신이 카레의 호텔에서 화장을 고치는 동안 난 이것저것 정보를 주우러 돌아다녔지요. 당신도 아시다시피 도르미발-보부아 사건은 그 지역에서 모르는 사람이 없을 정도이지요. 수소문한 지 얼마 되지도 않았는데, 당시 산파 노릇을 했던 마드무아젤 부시뇰의 소재지가 단박에 밝혀지더군요. 일단 그녀를 만나자 일은 의외로 쉽게 풀렸습니다. 실제 일어났던 사실을 새롭게 각색한 각본이 순식간에 급조되었고, 그 터무니없는 내용을 모든 사람 앞에서 그럴듯하게 읊조리는 일에 1만 프랑으로 낙찰을 보았답니다.”

“정말이지 얼토당토않은 이야기였어요!”

“오호, 그 정도였습니까? 모두 감쪽같이 믿어놓고서…… 아무튼 중요한 건, 무려 27년이라는 세월을 버텨온 진실을 단번에 허물어뜨려야만 한다는 것이었습니다! 사실 자체에 근거한 만큼 여러 사람 가슴속에 완강히 똬리를 틀고 있던 진실 말입니다. 그래서 수단방법 가리지 않고 무조건 강하게 나간 겁니다. 일단 한바탕 웅변으로 진실에 타격을 가하기로 한 것이죠. 두 신생아를 분간하기가 불가능했다? 천만의 말씀! 당황한 터라 혼동을 했다? 말도 안 돼! 당신들 세 명은 내가 알지 못하는 무언가의 희생이 된 것에 불과하다. 이제 남은 일은 그게 무엇인지를 밝혀내는 것뿐…… 아니나 다를까, 허겁지겁 장루이가 한다는 말이 ‘그건 간단합니다. 마드무아젤 부시놀을 대령합시다!' 그러자 모두들 '그럽시다!' 했고, 결국 마드무아젤 부시놀은 기다렸다는 듯 행차하셔서 내가 달달 외우게 만든 보잘것없는 연설문을 조심조심 되풀이하기에 이른 것입니다. 바야흐로 모두가 나자빠질 깜짝쇼가 벌어진 셈이고, 죄다 어안이 벙벙해진 틈을 타서 나는 젊은이를 감쪽같이 빼돌리는 데 성공한 것이죠!"

하지만 오르탕스는 고개를 가로저었다.

"하지만…… 세 명 모두가 조만간 정신을 차릴 거예요! 곰곰이 사태를 되짚어볼 거란 말이에요!"

"천만의 말씀입니다! 물론 약간의 의심은 가질 수 있겠죠. 하지만 속았다는 확신에 이를 리는 없습니다! 우선 본인 스스로들이 깊게 생각하려고 하지 않을 거예요! 아무렴요! 무려 사반세기에 걸쳐 시달려온 지옥으로부터 이제 겨우 벗어났는데, 뭐하러 다시 그 속에 처박히려 하겠습니까? 그렇지 않아도 천성적인 나약함과 왜곡된 의무감 때문에 벗어날 엄두도 내지 못한 지난 세월도 억울해 죽겠는 마당인데, 가까스로 얻은 자유의 기회를 악착같이 붙들지 말라는 법이 없지 않습니까? 두말하면 잔소리죠! 아마 마드무아젤 부시놀이 제공한 것보다 훨씬 엉뚱하게 들리는 낭설이라 해도 덮어놓고 달려들었을 것이 뻔합니다. 말이야 바른 말이지, 내가 급조한 설명이 진실 자체보다 그리 떨어지는 수준도 아니지 않습니까? 그 정도면 아이고, 고맙습니다! 하면서 받아들일 만하지요. 아니나 다를까, 우리가 떠나기 전부터 마담 도르미발과 마담 보부아 사이에서 벌써 이사 얘기가 오가는 게 내 귀에 들리더군요. 서로 더 이상 보지 않아도 된다는 생각 자체가 이미 두 사람 사이를 우호적으로 만들더라는 겁니다."

"하지만 장루이 생각은요?"

"오호, 장루이라! 그라면 자기의 두 어머니들에 대해 아주 진저리가 나는 사람입니다! 맙소사, 세상에 어미를 둘씩이나 모시다니요! 한 남자로서 그야말로 엄청난 팔자 아니겠습니까! 만약 어미를 둘 모시느냐, 하나도 모실 필요가 없느냐 중에 어느 한 운명을 선택하라면, 아마 요즘 세상에 망설일 사람이 없을 겁니다. 게다가 지금 장루이에게는 사랑하는 주느비에브까지 있어요. 내가 생각하기에 주느비에브를 향한 그의 사랑이, 얄궂은 시어머니를 둘씩이나 모시게 하고 싶지 않을 정도는 된다고 봅니다. 그러니 장루이의 반응에 대해서는 걱정하지 않아도 돼요. 이제 젊은이의 행복은 확실합니다. 당신이 바라는 것도 그것 아닌가요? 중요한 건 도달한 목표 그 자체이지, 거기에 이르기 위해 다소 요상한 수단들을 동원했다는 사실은 아니랍니다. 자고로 이 세상에는 담배꽁초라든가 물병에 의해 불붙어버린 모자 상자 따위를 규명함으로써 해결되는 수수께끼나 사건이 있는가 하면, 사람의 심리를 이용할 필요가 있는 사건, 엄연한 심리학의 도움을 받아야 해결되는 수수께끼도 있는 법입니다."

오르탕스는 묵묵히 남자의 말을 듣더니 한참 만에 이렇게 중얼거렸다.

"그렇다면…… 당신 생각에도 장루이가 진짜 누구의 자식인지는……."

레닌은 눈을 휘둥그레 뜨며 말을 막았다.

"맙소사, 아직도 그 케케묵은 이야기로군요! 이젠 다 끝난 얘기올시다! 그만, 됐어요! 솔직히 말씀드려, 어미가 둘인 사내의 이야기는 이제 소인도 별 흥미가 없나이다!"

상대가 어찌나 장난스레 시침을 떼며 익살맞은 투로 말하는지, 오르탕스는 그만 웃음을 터뜨렸다.

"훨씬 좋군요! 그래요, 그렇게 실컷 웃는 겁니다!"

레닌도 지그시 웃으며 덧붙였다.

"인간이란 눈물을 통해서보다는 웃음 속에서 세상을 훨씬 선명하게 볼 수 있는 법입니다. 더군다나 당신은 매번 기회가 닿을 때마다 활짝 웃어야만 할 이유가 있어요!"

"그게 뭔데요?"

"어여쁜 치아를 가졌거든……."

6
도끼를 든 귀부인

전쟁 전에 발생한 사건들 중 가장 불가해한 것으로 꼽을 만한 건 누가 뭐라 해도 도끼를 든 귀부인이라고 불리는 사건일 것이다. 당시 사건 해결에 관해서는 전혀 알려진 바가 없었는데, 만약 여러 상황이 레닌 공작—이젠 아예 터놓고 아르센 뤼팽이라고 불러야 하는 것이 아닐까?—으로 하여금 지극히 혹독한 방식으로 그 사건에 골몰하게 만들지 않았다면, 그리고 나중에 자신의 고백을 통해서 이렇게 명명백백히 진상을 전할 수 없었다면, 아마 영영 답답한 미궁 속에 처박힐 운명이었을 것이다.

우선 있는 사실부터 되새겨보자. 파리와 그 인근 지역에 거주하며 서로 다른 생활 조건하에 살아가던 20~30대의 여성 다섯 명이 18개월 동안에 걸쳐서 연거푸 실종되는 사건이 일어났다.

사라진 사람들의 이름은 다음과 같다.

마담 라두, 의사 부인

마드무아젤 아르당, 은행가의 여식

마드무아젤 코브로, 쿠르브부아에서 세탁업에 종사

마드무아젤 오노린 베르니세, 재단사

마담 그롤랭제, 화가

이상 다섯 명의 여성은 도대체 왜 집을 나섰는지, 왜 귀가하지 않는 건지, 바깥의 무엇이 그들을 끌어냈는지, 어디에 어떻게 억류되어 있는지 전혀 단서가 없는 상태로 실종되었다.

그뿐만 아니라, 다섯 명 모두 제각각 집을 나선 이후 8일 만에 파리 서쪽 외곽 일대에서 싸늘한 시체로 발견되었는데, 그때마다 예외 없이 머리에 도끼 자국이 선명한 몰골이었다. 피가 낭자한 얼굴에다, 꽁꽁 묶인 채 영양결핍으로 비쩍 마른 몸뚱어리 옆에는, 역시 예외 없는 바큇자국이 발견되어 그곳까지 마차로 운반되었음을 짐작케 했다.

다섯 건의 살인사건이 워낙 서로 유사한지라, 단일 예심하에 수사가 일제히 진행되었지만 결과는 오리무중이었다. 분명한 것이라고는 여자가 실종되었다가 8일 후 시체로 발견되었다는 사실뿐. 그게 다였다.

결박에 사용된 끈도 동일했고, 마차 바큇자국 역시 똑같았다. 또한 이마 꼭대기 정중앙, 수직으로 반듯하게 내리찍은 도끼 자국 역시 천편일률적이었다.

동기? 그러고 보니, 다섯 명의 여자들 모두가 지니고 있던 귀금속이나 지갑, 그 밖의 귀중품들을 죄다 강탈당한 상태였다. 다만 인적이 드문 지점에 죽어 있었던 것을 감안하면, 물건이 없어진 것은 추후에 그곳을 지나던 인근 불량배나 행인의 소행으로 볼 수도 있는 문제였다. 그렇다고 덮어놓고 원한관계에 의한 범행이거나, 뭔가 서로서로 연관 있는 대상들을 싸잡아 처단하려는 계획적인 만행이라 가정해야 할 것인지…… 예컨대 막대한 유산을 가로채기 위해 기존의 상속권자들을 미리부터 처치하는 따위의 사건 말이다. 아무튼 이런저런 가설들이 세워졌다가는 사실 확인과 더불어 금세 무너져버리는 일이 수없이 반복되었고, 흔적을 추적하다가도 이내 포기해버리는 경우가 부지기수였다.

그러던 중 갑작스러운 돌발사태가 일어났다. 거리의 청소부가 보도 위를 쓸던 중 자그마한 수첩 하나를 주웠고, 곧장 근처 경찰서로 가져갔다.

모두 백지에 불과한 그 수첩에서 딱 한 장 뭔가가 기입된 페이지에는 살해당한 여자들 명단이 시기순으로 적혀 있었는데, 특이한 것은 이름 옆에 **라두 132, 베르니세 118** 식으로 세 자리 숫자가 부기되어 있다는 점이었다.

하긴 이미 세상 사람 모두 그 끔찍한 희생자 명단을 꿰어 찰 정도로 사건 자체가 유명한 마당에, 아무나 그런 것을 끄적일 수 있다며 가벼이 넘길 만도 한 일이었다. 문제는 다섯 명의 이름뿐 아니라, 또 한 명의 여자 이름, 즉 모두 합해 여섯 명의 희생자 명단이 적혀 있다는 사실이었다. 그렇다, **그롤랭제 128** 바로 아래에 **윌리엄슨 114**라는 새로운 이름이 분명히 있었다! 과연 여섯 번째 살인을 암시하는 것일까?

일단 이름만으로 봐도 영국 출신이라는 것이 분명한 만큼 수사 범위가 압축될 수 있었고, 무척이나 신속한 진전을 보았다. 그 결과, 보름 전 오퇴유의 한 가정집에서 간호사로 일하던 허베트 윌리엄슨이 영국으로 돌아가기 위해 자리를 내놓고 떠났는데, 미리 편지를 받고 기다리던 고국의 자매들은 그 이후 전혀 동생의 소식을 듣지 못하고 있다는 사실이 확인되었다.

수사에 박차가 가해졌고, 그러던 중 우체국 직원 한 명이 뫼동 숲에서 시체 한 구를 발견했다는 제보가 들어왔다. 확인 결과, 아니나 다를까 실종된 미스 윌리엄슨이었으며 두개골 정중앙이 갈라져 있었다.

당시 대중의 혼비백산한 반응은 이 자리에서 굳이 환기할 필요도 없을 것이다. 분명 살인자의 손으로 작성되었을 그 명단을 바라보면서 사람들은 처절할 정도로 몸서리를 치는 분위기였다. 무엇보다 끔찍한 점은 '언제 내가 누굴 죽였고…… 언제는 누굴 죽였고……' 하는 식으로 마치 부지런한 장사꾼의 거래장부처럼 범행일지를 작성했다는 사실이다. 그렇게 꼬박꼬박 셈한 결과가 바로 여섯 구의 시체로 구체화된 셈이었으니…….

필적학자를 위시한 전문가들이 만장일치로 내놓은 견해는 일반의 예상을 훌쩍 뛰어넘는 것이었다. 즉, 문제의 명단을 작성한 사람이 '지극히 섬세한 감성과 상상력, 그리고 세련된 예술적 취향을 겸비하고 교육 정도가 매우 높은' 여인이라는 사실이었다. 그로부터 모든 신문들은 일제히 도끼를 든 귀부인이 출현했다며 난리였고, 숱한 기사를 게재하면서 용의자의 심리 상태와 관련된 기발한 가설들을 무차별 늘어놓기 시작했다. 이로써 범인이 그저 평범한 '아무나'가 아니라는 사실만큼은 확고해진 셈이었다.

어쨌든 월등한 혜안을 과시하면서, 수수께끼로 점철된 상황에 유일한 빛을 비추어준 장본인은 그 수많은 신문기사들 중 하나를 작성한 어느 젊은 기자였다. 여섯 명의 희생자 이름과 나란히 적혀 있는 숫자들을 파고들던 그는, 혹시 그것이 범행들 사이의 시간차, 즉 날수를 표기한 것에 불과하지 않을까 생각했다. 일단 거기까지 생각이 미치자, 이제는 실제로 날짜 확인만 하면 되었다. 금세 그의 가설이 사실과 정확히 부합한다는 것이 밝혀졌다. 다시 말해서 마드무아젤 베르니세가 납치된 것은 마담 라두가 납치된 날부터 정확히 132일이 지난 다음이었고, 코브로가 납치당한 것은 마드무아젤 베르니세가 납치된 118일 이후의 일이었던 것이다.

더 이상 우물쭈물할 이유가 없었다. 사법당국으로서도 주어진 상황에 정확히 부응하는 하나의 결론을 정식으로 인정할 수밖에…… 즉 숫자들은 범행들 사이의 시간적 간격을 의미한다는 사실 말이다. 도끼를 든 귀부인의 계산은 그토록 한 치의 오차도 없었다.

한편 그것은 새로운 경보가 울렸음을 의미했다. 즉, 지난 6월 26일에 실종된 마지막 희생자 미스 윌리엄슨이 114라는 숫자를 달고 있다면, 정확히 그 날수만큼이 경과하는 10월 18일에 또 다른 범행이 발생할 것이라는 점을 인정해야 하지 않겠는가? 살인자의 비밀스러운 의도에 의해 끔찍한 사태가 여전히 반복될 것이라고 믿어야 하는 게 아닌가? 언제까지나 이 지긋지긋한 숫자 놀음에 매달려 최후의 희생자가 언제, 어떻게 발생할까 끝없이 전전긍긍해야 할 게 아닌가?

이처럼 난감한 문제를 둘러싼 떠들썩한 논란은 논리적으로 따져 새로운 참극이 발생할 것으로 예상되는 10월 18일 직전까지 끊이지를 않았다. 그러다 보니 레닌 공작과 오르탕스가 저녁에 만날 약속을 정하느라 전화통화를 하던 당일 아침에도, 자연스레 최근 신문에서 읽은 기사 내용을 거론하게 되었다.

"조심하십시오! 혹시라도 길을 걷다가 도끼를 든 귀부인과 마주치기라도 하면 무작정 맞은편 보도로 피하세요."

반농담조로 호들갑을 떠는 레닌에게 오르탕스도 장난스레 맞장구를 쳤다.

"그래도 그 아리따운 귀부인께서 끝내 나를 납치해버리면 어떻게 할까요?"

"그럼 길가에다 흰색 조약돌이라도 뿌려놓으세요. 그리고 최후의 도끼날이 번뜩하는 순간까지도 결코 포기하지 말고 이렇게 중얼거리세요. '나는 하나도 두렵지 않아. 그가 나를 구해줄 테니까.' 오, 물론 여기서 '그'는 바로 나죠. 아무튼 행운을 빕니다. 이따 저녁때 봐요, 아가씨."

레닌은 그날 오후 내내 이런저런 잡무를 처리했고, 4시부터 7시까지는 모든 신문들을 사들였다. 그 어디에도 납치 소식은 찾아볼 수가 없었다.

저녁 9시, 그는 미리 칸막이 관람석을 예약해둔 짐나즈 극장으로 향했다.

9시 반, 오르탕스는 모습을 드러내지 않았고, 레닌은 별다른 생각 없이 전화를 걸어보았다. 하녀는 마담이 아직 집에 들어오지 않았다고 이야기했다.

갑작스럽게 불안에 휩싸인 레닌은 몽소 공원 근처에 오르탕스가 임시로 머물고 있는 아파트로 득달같이 달려갔고, 그녀를 위해서 일부러 그가 배치시킨 충직한 하녀를 보자마자 다그쳐 물었다. 하녀 얘기로는 주인마님이 집을 나간 것은 오후 2시로, 손에 편지를 쥐고 우체국에 간다고 했단다. 그런데 옷을 갈아입으러 다시 들어오겠다던 사람이 그 이후 감감무소식이었다.

"편지라면, 누구한테 보내는 거였소?"

"므슈께 보내는 거였습니다. 수신인이 분명 레닌 공작, 이렇게 되어 있었어요."

자정까지 기다렸지만 오르탕스는 나타날 기미도 보이지 않았고, 상황은 다음 날로 넘어가도 마찬가지였다.

마침내 레닌은 하녀에게 단단히 일렀다.

"이 일에 대해 입도 뻥끗해선 안 됩니다. 누가 묻거든 그냥 '주인마님이 시골에 먼저 가 계시는데 저도 곧 합류할 겁니다'라고만 하시오."

그야말로 불 보듯 뻔한 상황이었다. 오르탕스가 갑자기 실종된 이유는 그날이 10월 18일이라는 사실만으로도 충분한 설명이 되는 셈이었다. 오르탕스는 도끼를 든 귀부인의 일곱 번째 희생자가 된 것이다!

레닌은 속으로 중얼거렸다.

'가만있어 보자…… 납치는 항상 도끼로 내리치기 8일 전에 발생하지. 따라서 현재 정확히 7일 동안의 시간이 고스란히 남아 있는 셈이야. 만약을 고려해서 6일 남았다고 치지. 그럼 오늘이 토요일이니까, 다음 주 금요일 정오까지는 오르탕스가 풀려나야만 얘기가 된다. 그러기 위해서는 늦어도 목요일 저녁 9시에는 그녀가 있는 곳을 알아내야만 해…….'

레닌은 서재 벽난로 위에 걸어놓은 게시판에다가 굵은 글자로 이렇게 적어놓았다.

목요일 저녁 9시

그러고는 하인더러 식사 때나 우편물이 배달된 경우를 제하고는 절대로 방해하지 말라고 못 박은 뒤, 방에서 한 발짝도 나가지 않는 완전 칩거에 들어갔다.

그는 거의 움직이지도 않고 나흘을 그렇게 지냈다. 지난 여섯 번의 살인사건 기사가 실린 신문들을 모조리 모아들여 몇 번이고 되풀이해 읽고 또 읽은 다음, 모든 창문의 덧문과 커튼을 닫고 빗장도 걸어 잠근 뒤, 불빛 하나 없이 디방에 길게 누워 깊은 생각에 잠겨 들었다.

그렇게 어느덧 화요일 밤이 되었는데도 제일 처음에서 별다른 진전이 없었다. 여전히 한 치 앞도 분간 못할 어둠뿐이었다. 무엇을 어떻게 해야 할지 작은 실마리라든가 희망의 조짐 같은 것은 찾아볼 엄두도 나지 않았다.

어마어마한 자제력과 자신의 능력에 대한 끝없는 확신의 소유자이면서도 이번에는 왠지 불안감에 이따금 몸서리가 쳐지는 것은 어찌할 수 없었다. 과연 제시간에 문제를 해결할 수 있을까? 이대로 가다가는 명확한 전망을 얻으리라는 보장이 전혀 있을 것 같지 않았다. 이제 젊은 아가씨의 죽음은 불가피한 결말처럼 느껴질 정도였다.

레닌은 몹시 괴로웠다. 겉으로 보기보다 훨씬 더 깊고 강력한 감정이 그와 오르탕스 사이를 맺어주고 있었던 것이다. 처음의 호기심과 욕망, 단순히 아리따운 아가씨를 보호하고 즐겁게 해주면서 삶의 여유를 맛보게 해주고 싶다는 욕심은, 이제 글자 그대로 사랑의 감정으로 변해 있었다. 그러면서도 막상 두 사람은 정작 자기 자신들의 문제가 아닌 제삼자의 문제를 둘러싼 모험의 시간들만을 함께해왔기에, 둘 다 자신의 감정을 있는 그대로 인식하지는 못하고 있었다. 하지만 뜻밖의 직접적인 위협에 직면하자, 레닌은 오르탕스가 삶에서 차지한 자리를 새삼 실감했으며, 그녀가 어딘가에 갇혀서 고통받고 있는데도 자신은 아무것도 할 수 없다는 사실에 어마어마한 좌절감을 느꼈다.

열에 들떠 문제를 이리저리 뒤집어보면서 그는 밤새도록 초조함에 시달렸다. 벌써 수요일 아침이 밝았고, 끔찍한 시간의 흐름은 여전했다. 도무지 어찌할 바를 몰라 허둥대기만 하는 레닌은 마침내 처박혀 있는 것도 질렸는지 창문을 온통 열어젖히고 집 안을 이리저리 서성거리다가, 강박적인 수수께끼로부터 도망이라도 치듯 후다닥 밖으로 뛰쳐나갔다.

'오르탕스가 고통을 당하고 있다. 오르탕스가 천 길 낭떠러지에 떨어지려 하고 있어. 도끼가 바로 코앞에 있어. 나를 부르고 있다고. 내게 애원하고 있어. 근데도 난 아무것도 할 수가 없다니…….'

그렇게 속으로 수없이 되뇌며 여섯 명의 희생자 명단을 보고 또 보던 오후 5시쯤이었다. 문득 찾고 있던 진실이 신호를 보내는 것처럼, 내면 어딘가로부터 번쩍하는 무엇인가가 뇌리를 치고 오르는 게 아닌가! 정신 한 켠이 퍼뜩 소스라칠 정도의 불꽃이었다. 그렇다고 사위가 다 환하게 밝혀지지는 않았지만, 분명 어디로 향해 가야 할지를 말해주기에는 충분한 불빛이었다.

달아오를 대로 달아오른 레닌의 두뇌 속에서 그 즉시 작전이 수립되는 것은 물론이었다. 그는 운전기사 클레망을 시켜, 다음 날 광고에 굵직한 글씨로 게재될 문안을 재빨리 적어 각 유력 일간지에 전달함과 동시에, 두 번째 희생자인 마드무아젤 코브로가 일하고 있던 쿠르브부아의 세탁소에 가보도록 했다.

목요일, 레닌은 또다시 꼼짝도 않고 지냈다. 오후가 되자, 광고에 대한 반응으로 몇 군데에서 편지들이 당도하는가 하면 두 건의 전보도 날아들었다. 하지만 기대했던 내용은 전혀 아닌 것 같았다. 그러다가 오후 3시, 드디어 뭔가 만족스러운 내용을 담은 파리 시내용 기송(氣送) 속달우편 용지 한 장이 트로카데로 소인이 찍혀 날아들었다. 레닌은 우선 전보용지를 한참 이리저리 살펴보며 필체를 유심히 검사하더니, 지금까지 모아온 신문을 꼼꼼히 뒤적이고는 나지막한 목소리로 결론을 내렸다.

"음, 이 방향으로 잡으면 되겠어……."

그는 『파리 사교계 인명록』을 뒤져서 다음 주소를 찾아냈다.

므슈 드 루르티에바노
전직 식민지 총독
클레베 가도, 47번지 2구역

그는 곧장 자동차로 달려가면서 소리쳤다.

"클레망, 클레베 가도 47번지 2구역일세!"

얼마 후, 레닌은 호화판 장정의 고서들이 으리으리하게 들어찬 어느 널찍한 서재로 발걸음을 들여놓았다. 드 루르티에바노 씨는 아직은 정정한 나이의 신사였는데, 약간 희끗한 턱수염과 함께 상냥한 태도와 눈에 띄는 기품, 친화력을 겸비한 점잖은 태도가 대하는 이로 하여금 호의와 신뢰감을 절로 느끼게 만들었다.

"총독 각하, 실은 귀하께서 도끼를 든 귀부인의 희생자 중 한 명을 알고 있다는 기사를 작년 어느 신문에서 읽은 바 있어 이렇게 찾아뵙게 되었습니다. 오노린 베르니세라고 합니다만……."

레닌의 말에 드 루르티에 씨는 다짜고짜 탄식을 내뱉었다.

"아, 그렇습니다! 알다마다요! 내 아내가 일당을 주고 고용한 재봉사였습니다. 가엾은 아가씨였어요……."

"그나저나 내 주변에서도 한 여인이 지난 여섯 명의 희생자들과 똑같은 방식으로 실종된 상황입니다."

드 루르티에 씨는 펄쩍 뛰다시피 했다.

"뭐라고요? 그것참 이상하네…… 신문이란 신문은 샅샅이 훑는 편이지만, 10월 18일에는 아무 일도 일어나지 않은 걸로 아는데요."

"그렇지 않습니다. 내가 사랑하는 마담 다니엘은 분명히 10월 18일에 납치당했습니다."

"하면, 오늘이 24일인데……."

"그렇습니다. 즉, 내일 오후에 살인사건이 발생할 예정이지요."

"맙소사! 무슨 일이 있어도 막아야 합니다!"

"옳으신 말씀입니다. 바로 그러기 위해 지금 총독 각하의 협조가 절실한 것이죠."

"그래, 신고는 해놓은 상태입니까?"

"아닙니다. 현재 직면한 수수께끼 같은 상황은 거의 완벽에 가까울 만큼 오리무중인지라, 제아무리 예리한 시선이라도 도저히 틈입할 수 없는 지경입니다. 요컨대 지문이라든가 탐문수사, 현장조사 등의 일반적인 방법 가지고는 그 어떤 단서도 기대하기 어려운 실정이지요. 지난 여섯 차례의 경우에서 하등 효과가 없었던 방식을 굳이 일곱 번째 사건에 들이댄다 한들, 아까운 시간만 낭비하는 꼴입니다. 현재 우리가 대적해야 할 적은 보통 교활하고 명민한 게 아닙니다. 전문 탐정이 용을 쓴다고 걸려들 만한 흔적은 아예 기대하지 않는 게 상책이에요."

"그럼 여태껏 무얼 했단 말입니까?"

"일단 지금처럼 행동에 나서기 전까지 무려 나흘 동안 생각에 생각만 거듭했습니다."

드 루르티에바노 씨는 상대를 잠시 바라보더니 약간 빈정대는 투로 말했다.

"그래, 그 명상의 결론은 무엇인지요?"

레닌은 조금도 흔들림 없이 대답했다.

"먼저 이 모든 사건들을 지금껏 누구도 가져보지 못한 총체적인 시각으로 바라보게 되었답니다. 그러다 보니 잡다하기만 할 뿐 오히려 시야를 흐리는 가설들은 모조리 걷혀지고, 가장 일반적인 의미가 떠오르더군요. 즉, 범행의 동기 자체가 도저히 가늠할 수 없다는 전제하에, 거의 유일하게 용의선상에 오르는 대상이 하나 있더라 이겁니다."

"그 대상이 누구입니까?"

"다름 아닌 정신병자입니다!"

드 루르티에 씨는 화들짝 놀랐다.

"정신병자라니! 그럴 수가!"

"총독 각하, 사람들이 도끼를 든 귀부인이라고 편히 부르는 여인은 바로 정신 나간 여자입니다."

"그렇다면 어딘가에 수용되어 있을 것 아닙니까?"

"글쎄요, 알 수 없지요……. 혹시 겉으로는 멀쩡하게 보여서 사람들의 관심을 끌지 않지만, 언제라도 야수의 본능과 광기에 몸을 내맡길 수 있는, 반쯤 정신 나간 군상에 속해 있을지 누가 알겠습니까! 사실 그런 존재들보다 더 가식적이고, 은근하면서 집요한 독종은 없는 겁니다. 그런 부류일수록 지극히 논리정연하면서도 엉뚱하며, 매우 치밀하면서도 내면적으로는 엉망진창인 법입니다. 더할 나위 없이 위험한 존재인 셈이죠. 이상의 모든 특성이 이른바 도끼를 든 귀부인의 행태에서 고스란히 확인되고 있는 겁니다. 한 가지 생각만을 집요하게 물고 늘어지면서 똑같은 행위를 주기적으로 반복하는 것이야말로 광인의 특징이지요. 아직은 도끼를 든 귀부인을 사로잡고 있는 그 생각이 무엇인지 정체는 알 수 없습니다만, 그로 인해 초래된 행위가 어떤 것인지, 그 한결같은 속성만은 이미 확인된 상황입니다. 예컨대 희생자들은 항상 똑같은 끈으로 묶여 있었습니다. 납치된 후 같은 시일이 경과한 뒤에 죽임을 당했습니다. 똑같은 도구로 똑같은 위치에 똑같은 공격을 받아 숨졌습니다. 즉, 도끼를 이마 정 가운데에 수직으로 내리찍었지요. 보통의 살인범이라면 조금은 변화를 보이는 법입니다. 손이 떨린다든가, 약간 빗나가게 내리친다든가 말입니다. 하지만 도끼를 든 귀부인은 전혀 흔들림이 없습니다. 마치 자라도 가지고 재가며 내리친 것처럼, 도끼의 날이 조금도 빗나가지 않고 예리하게 이마 한복판을 찍었습니다. 과연 이 자리에서 또 다른 증거를 들이대고, 그 밖의 숱한 사례를 들먹일 필요가 있을까요? 아마 그렇지는 않을 겁니다. 단연코 수수께끼의 열쇠는 손에 쥐어진 거나 다름없습니다. 마치 한 치의 오차도 없는 괘종시계나 단호하게 떨어지는 기요틴의 칼날처럼, 오로지 정신병자만이 그처럼 무지막지하면서도 정교한 범행을 연거푸 저지를 수 있다는 것에 아마 동감하시리라 믿습니다."

드 루르티에바노 씨는 고개를 끄덕이며 중얼거렸다.

"그래요, 그렇군요……. 그런 각도로 이번 사건 전체를 충분히 조망할 법도 합니다. 아니, 정말 그렇게 보아야 옳다는 생각이 드네요. 다만 그 정신 나간 여자에게서 일련의 수학적인 논리정연함을 인정한다 해도, 대체 희생자들 사이에 어떤 상관관계가 있는지는 모르겠습니다. 여자가 그저 닥치는 대로 도끼를 휘둘렀을 뿐, 왜 이런저런 희생자를 골랐는지가 도무지 오리무중 아닙니까?"

레닌은 기다렸다는 듯 소리쳤다.

"아, 총독 각하! 지금 그 질문이야말로 이 사람 역시 처음부터 골머리를 앓아오던 의문점이랍니다! 모든 것을 일거에 함축할 정도로 중대한 문제인 만큼 어찌나 낑낑대며 씨름을 했는지! 왜 다른 여자가 아니고 오르탕스 다니엘이냐 이거죠! 하고많은 여자들 중에 왜 하필 오르탕스일까? 왜 마드무아젤 베르니세일까? 무엇 때문에 미스 윌리엄슨이 당한 걸까? 과연 전체적인 조망대로 이 모든 살인극의 배후에 한 광인의 기발하고도 맹목적인 논리가 숨어 있는 거라면, 희생자를 노리는 데 뭔가 의도적인 선택이 개입했었던 게 분명한데…… 도대체 어떤 선택이 작용한 것일까? 희생자들에게 무슨 특징이나 결함 혹은 치명적인 표식이라도 있어서 도끼를 든 귀부인의 표적이 되어온 것일까? 분명 희생자를 고른 것만은 사실인데, 과연 어떤 기준에 의거해 고른 것일까?"

"그래, 씨름을 한 결과 답은 나왔나요?"

조심스러운 물음에 레닌은 잠시 뜸을 들인 뒤 말을 이었다.

"그렇습니다! 답을 발견한 건 물론이요, 애당초 희생자들의 명단을 좀 더 면밀하게 관찰했었다면 훨씬 앞당겨 발견해냈을지도 모릅니다. 하지만 진실의 섬광이란 항상 그렇게 진이 다 빠질 정도로 골머리를 앓은 뒤에야 번쩍하고 불이 붙는 모양입니다. 수십 번을 들여다보고 또 본 끝에야 그 사소한 부분이 눈에 들어오지 뭡니까!"

"무슨 말씀인지 도통 모르겠군요……."

드 루르티에바노 씨는 어리둥절한 표정으로 중얼거렸다.

"총독 각하, 먼저 한 가지 주목해야 할 점이 있습니다. 어떤 사고나 범죄행위 혹은 공적으로 물의가 될 만한 일에 여러 사람들이 연루되었을 경우, 그들을 지명하는 데엔 일정한 원칙이 있는 법입니다. 그런데 이번 경우에는 신문이 마담 라두나 마드무아젤 아르당, 마드무아젤 코브로에 대해서는 오로지 가문의 성만으로 언급을 한 것에 반해, 유독 마드무아젤 베르니세와 미스 윌리엄슨을 지명할 때만 이름인 오노린(Honorine)과 허베트(Herbette)를 함께 명기했습니다. 만약 그렇지 않고 여섯 명 전원에 대해 그런 식으로 보도를 했다면, 아마도 골머리 앓을 일은 애당초 없었을 겁니다."

"그건 또 왜 그런가요?"

"여섯 명의 불행한 여자들 사이에 어떤 관계가 있는지를 대번에 알아챘을 테니까 말입니다. 나 역시 이름까지 거명된 두 여성과 오르탕스 다니엘을 나란히 놓고 비교해보고는 불현듯 깨닫게 되었거든요. 자, 한번 잘 생각해보십시오. 세 명의 여자 이름을 나란히 놓고 잘 살펴보세요……."

드 루르티에바노 씨는 얼굴이 하얗게 질린 채, 몹시 흥분한 듯 말을 제대로 잇지 못했다.

"무, 무슨 말씀입니까? 대체…… 무슨 얘기예요?"

레닌은 또박또박 끊어가며 단정한 어조로 이야기를 풀어갔다.

"무슨 말이냐 하면, 지금 우리 앞에 있는 세 개의 이름들은 공교롭게도 모두 같은 철자로 시작하는 데다, 확인해보면 아시겠지만 똑같은 개수의 철자로 이루어져 있다는 말입니다. 게다가 지금이라도 당장 마드무아젤 코브로가 고용되어 있던 쿠르브부아의 세탁업자에게 문의를 해보면, 그녀 이름이 일래리(Hilairie)라는 것을 알 수 있을 겁니다. 역시 같은 철자로 시작하고, 똑같은 개수의 철자로 된 이름이지요. 이만하면 더 이상 따져볼 필요도 없습니다. 어때요, 확실하지 않습니까? 모든 희생자들의 이름이 공통된 특징을 가지고 있는 겁니다. 이제 수수께끼의 열쇠는 어느 정도 손아귀에 쥐어진 거나 다름없습니다. 미친 여자의 희생자 선택 방식이 시원스레 해명된 셈이지요. 무고하게 개죽음을 당한 여자들 사이에 상관관계가 있다는 사실은 더 이상 의심의 여지가 없습니다. 범인이 그들을 선택한 방식을 보면 진저리가 쳐질 정도의 광기가 느껴져요…… 하나같이 H 자로 시작하면서 모두 여덟 글자로 이루어진 이름의 소유자를 희생제물로 고른 겁니다! 어때요, 무슨 말인지 이해가 되십니까? 이름의 글자 수가 모두 여덟인 데다, 첫 글자 역시 알파벳의 여덟 번째 글자인 H 자이고, 나아가 그 '8'이라는 문제의 숫자 또한 H로 시작하는 단어인 겁니다(프랑스어에서 8은 huit(위트)로 읽는다—옮긴이)! 결국 항상 H 자가 문제되고 있다 이 말입니다! 더군다나 흉기로 사용된 것 역시 도끼(프랑스어로 hache(아쉬)—옮긴이)가 아니겠습니까! 이러니 그 도끼를 든 귀부인이 어찌 정신병자라고 하지 않을 수 있겠습니까?"

레닌은 문득 말을 멈춘 뒤, 드 루르티에바노 씨에게 한층 다가서며 물었다.

"무슨 일입니까, 총독 각하? 어디 편찮으신 것 같습니다."

상대는 이마에 진땀을 흘리면서 더듬더듬 대꾸했다.

"아, 아무것도…… 아니오…… 다만…… 이 모든 얘기가 너무 혼란스럽군요. 희생자 중 한 명과도 아는 사이였고……."

레닌은 외발원탁에 놓여 있는 물병에서 물을 한 잔 따라 드 루르티에바노 씨에게 내밀었고, 남자는 몇 모금 허겁지겁 들이켠 뒤 가까스로 몸을 가누고 목소리를 가다듬으며 말했다.

"좋습니다…… 당신의 가정을 받아들이기로 하죠. 하지만 그로부터 뭔가 실질적인 소득이 있어야 할 겁니다. 정작 손에 들어오는 성과 말입니다."

"그렇지 않아도 모든 신문에다 다음과 같은 광고를 실었습니다.

> 숙련된 요리사 일자리 구함
> 오후 5시 이전까지 서면으로 연락 바람
> 에르미니(Herminie), 오스망 대로…….

어때요, 이젠 내 뜻을 아실 만하죠? 사실 이름이 H로 시작하면서 모두 여덟 개의 글자로 이루어진 경우는 좀 고리타분하기도 하거니와 무척 드문 편이지요. 에르미니(Herminie), 일래리(Hilairie), 허베트(Herbette) 등…… 그런데 바로 그런 이름들이야말로, 왠지 이유는 모르겠지만 문제의 미친 여자에게 특별한 의미를 지니는 것입니다. 이를테면 너무도 절실해서 그런 이름 없이 살아갈 수가 없는 거지요. 오로지 그런 이름을 가진 여자들을 물색하기 위해서 그녀는 자신에게 남은 판별력이든 사고력이든 지성이든, 하여간 멀쩡하다 할 수 있는 정신력을 있는 대로 긁어모으고 있을 게 틀림없습니다. 그렇게 해서 찾고 또 찾겠죠. 숨죽여 지켜보고 있을 겁니다. 무슨 의미인지도 모른 채 신문의 깨알 같은 철자들을 닥치는 대로 주워섬기면서, 오로지 눈에 걸리는 몇 개의 글자, 일정한 대문자가 나타나주기만을 학수고대하고 있을 거예요. 따라서 내가 신문에 낸 광고의 에르미니라는 굵은 글자가 그 여자의 광기 어린 시선을 끌어당길 거라는 데엔 의심의 여지가 없는 겁니다. 오늘 동이 트면서부터 그 여자는 내가 쳐놓은 함정에 빠질 일만 남은 셈이지요……."

"그럼 정말 그 여자로부터 편지가 오긴 온 겁니까?"

드 루르티에바노 씨가 안달을 내며 묻는 질문에 레닌은 느긋한 음성으로 대답했다.

"에르미니라는 여자에게 일자리를 제안한다는 취지로 몇몇 부인들로부터 평범한 전갈이 쇄도하더군요. 그중에서 유독 눈길을 끄는 기송 속달우편이 하나 있었습니다."

"누구한테서 온 겁니까?"

"직접 읽어보시죠, 총독 각하……."

드 루르티에바노 씨는 얼른 레닌의 손에서 종이를 낚아채고는 힐끗 서명을 훑어보았다. 먼저 그는 전혀 다른 것을 예상했다는 듯 움찔 놀라는 기색이었다. 그러더니 속이 후련해질 정도로 유쾌한 웃음을 대차게 터뜨리는 것이었다.

"왜 웃으시는 겁니까? 기분이 무척이나 흡족하신 모양이로군요."

"흡족하다기보다는…… 다만 이 편지에 아내 서명이 되어 있어서……."

"그럼 달리 걱정하시는 바라도 있었습니까?"

"오, 뭐 그런 건 아니고요. 단지 막상 내 아내가 편지를 보냈다고 하니……."

그는 왠지 말끝을 흐리더니 레닌에게 불쑥 물었다.

"실례지만, 이것 말고도 몇 장의 편지를 받았다고 하신 것 같은

데…… 왜 다른 것은 다 제쳐두고 하필 이 편지에 무슨 단서가 있을 거라고 생각하셨나요?"

"보시다시피 마담 드 루르티에바노라고 서명이 되어 있지 않습니까? 마담 드 루르티에바노라 하면 희생자 중 한 명인 오노린 베르니세를 재봉사로 고용한 분이시지요."

"그나저나 그 사실은 어디서 들으셨나요?"

"당시 신문들을 통해서 알았습니다."

"단지 그 사실 때문에 유독 이 편지를 주목한 겁니까?"

"그렇습니다. 아울러 이곳에 들어서면서부터 내가 잘 찾아왔다는 느낌이 들긴 했습니다."

"그건 또 왜 그런가요?"

"글쎄요…… 잘은 모르겠습니다. 어떤 징후랄까…… 사소한 뭔가가…… 아무튼 지금 마담 드 루르티에바노를 뵈올 수 있겠는지요?"

"그렇지 않아도 그랬으면 하던 참이었습니다, 므슈. 따라오시죠."

전직 식민지 총독은 복도를 통해 어느 아담한 거실로 앞장섰고, 그곳에는 행복에 겨운 표정의 한 아름다운 금발 귀부인이 세 명의 아이들에 둘러싸여 앉아 공부를 가르치고 있었다.

여자는 금세 자리에서 일어났고, 드 루르티에 씨는 간단히 손님 소개를 한 뒤 이렇게 말했다.

"쉬잔, 이 기송 우편 당신이 보낸 건가?"

"오스망 대로, 마드무아젤 에르미니 앞으로 보낸 것 말인가요?"

여자는 눈을 반짝이며 되묻더니 내처 대답했다.

"네, 제가 보냈어요. 당신도 알지만, 우리 하녀가 그만두었잖아요. 그동안 사람을 물색하던 중이었죠."

그때 레닌이 불쑥 끼어들었다.

"실례합니다, 마담. 한 가지만 짚고 넘어가죠. 그 주소는 어디서 얻으신 건가요?"

여자는 잠시 안색이 달아올랐고, 남편은 다그치듯 말했다.

"대답해봐요, 쉬잔. 주소는 어디서 구했냐니까?"

"전화로 누가 알려줬어요."

"누가?"

잠시 머뭇거리더니 여자는 기어 들어가는 목소리로 대답했다.

"당신 옛날 유모가요……."

"펠리시엔이?"

"네."

드 루르티에 씨는 갑자기 대화를 끊더니 더 이상의 질문을 할 여유도 주지 않고, 레닌을 자기 서재로 데리고 나갔다.

"이제 이 기송 우편물이 자연스러운 경로를 밟아 보내졌다는 걸 아셨을 겁니다. 펠리시엔은 내 옛날 유모였는데, 지금은 파리 근교에 살면서 내가 생활을 보조해주고 있지요. 아마 그녀가 신문에 난 광고를 보고 마담 드 루르티에에게 귀띔을 해준 모양입니다."

그는 억지로 웃는 얼굴을 해 보이며 말을 이었다.

"그나저나…… 설마하니 내 아내를, 도끼를 든 귀부인으로 의심하는 건 아니겠죠?"

"천만에요."

"그럼 이걸로 사건은 끝난 겁니다. 아, 적어도 내 입장에선 그렇다는 말이죠. 나로서 할 수 있는 일은 다 한 셈이니까요. 당신의 추리는 잘 알아들었습니다만, 안타깝게도 큰 도움을 드리지는 못한 것 같군요."

그는 부랴부랴 문 쪽을 가리키며 이 껄끄러운 방문객을 내보내려 하더니만, 갑자기 진이 빠지는지 또다시 물을 벌컥벌컥 들이켜고는 그대로 의자에 주저앉고 말았다. 도무지 얼굴이 말이 아니었다.

레닌은 흡사 전의를 상실해 목을 내놓고 있는 적을 바라보듯 물끄러미 상대를 바라보았다. 이제는 마무리하는 일밖에 남지 않았다고 판단한 그는 옆자리에 가만히 앉으며 상대의 팔뚝을 덥석 붙들었다.

"총독 각하, 속내를 털어놓지 않으시면 오르탕스 다니엘은 기어이 일곱 번째 희생자가 되고 말 것입니다."

"아무 할 말이 없소! 대체 내가 무얼 안다고 이러는 거요?"

"진실 말입니다! 내 설명을 듣고 진실을 깨닫게 되었잖습니까! 지금 이렇게 곤혹스러워하는 모습이 무엇보다 확실한 증거나 다름없습니다. 사실 난 단순한 협조자를 구하러 이곳에 온 사람입니다. 하지만 예기치 않은 행운으로 참다운 인도자를 만난 기분입니다. 자, 서로 시간을 낭비해서는 안 됩니다."

"이것 보시오, 므슈! 내가 뭔가를 안다면 왜 입을 다물겠소?"

"그야 추문이 두려워서이지요. 내 만만치 않은 직관력에 의하면, 당신의 인생 속에는 반드시 숨기지 않으면 안 될 뭔가가 있습니다. 그런 것을, 이 끔찍한 참극에 관련한 진실이 느닷없이 눈앞에 드러나자, 당신은 기겁을 한 거예요. 그게 만약 만천하에 알려지는 날엔 온갖 수치와 불명예를 뒤집어쓸까 봐 전전긍긍하는 것이죠. 그래서 당연히 해야 할 의무로부터 자꾸만 뒷걸음질치고 있는 겁니다."

드 루르티에 씨는 묵묵부답이었다. 레닌은 좀 더 몸을 가까이하고 상대의 두 눈을 노려보면서 중얼거렸다.

"추문은 없을 것입니다. 자초지종은 이 세상에 나 혼자만 알고 넘어갈 겁니다. 나로 말할 것 같으면 당신 못지않게 사람들의 주의를 끄는 건 질색입니다. 왜냐하면 오르탕스 다니엘을 사랑하는 사람으로서, 그녀의 이름이 이런 불미스러운 사건으로 세간에 오르내리는 걸 원치 않기 때문입니다."

그렇게 두 남자는 서로 한동안 상대를 응시했다. 레닌의 표정이 어찌나 단호해 보였는지, 드 루르티에 씨는 이 사내야말로 원하는 얘기를 듣지 않고는 결코 물러서지 않을 거라는 것을 느꼈다. 하지만 입술이 좀처럼 떨어지지가 않았다.

"당신은 착각한 겁니다…… 사실이 아닌 걸 사실로 오해하고 있어요……."

순간 레닌의 가슴속에는 고집스레 입을 다물려는 이 남자를 그대로 놔두다가는 오르탕스 다니엘의 목숨은 끝장이라는 확신이 무섭도록 몰아쳤고, 그와 더불어 견딜 수 없는 울화통이 치밀었다. 그는 마침내 수수께끼의 열쇠가 손만 뻗으면 닿을 곳에 있기라도 하듯이 드 루르티에 씨의 멱살을 와락 움켜쥐고 길길이 소리쳤다.

"허튼소리 그만하시오! 한 여자의 목숨이 경각에 달려 있단 말이오! 당장 말하시오, 어서! 그렇지 않으면……."

드 루르티에 씨는 금세 힘이 부치는 것을 어쩔 수 없었다. 어떠한 저항도 불가능할 정도였다. 레닌의 완력이 무섭거나 그 폭력에 굴복한다기보다는, 여하한 장애도 인정치 않으려는 불굴의 의지와 강력한 정신력에 지레 압도되는 기분이었다. 그는 간신히 더듬더듬 내뱉었다.

"다, 당신 말이 옳소. 모든 걸 무릅쓰고 죄다 털어놓는 게 내가 당연히 해야 할 도리이지요……."

"글쎄, 굳이 무릅쓸 일도 없다니까…… 내 약속하겠소. 다만 오르탕스 다니엘을 구하기만 하면 됩니다. 이제 조금만 더 머뭇거리다가는 모든 게 끝장입니다. 어서 털어놓으세요! 자질구레한 얘기는 집어치우고, 사실들만 말해봐요!"

그제야 드 루르티에 씨는 팔꿈치를 책상에 기대고 양손으로 이마를 감싼 채, 가급적 간단히 말하고 끝내려는 투로 닫혔던 입을 마지못해 열기 시작했다.

"사실 마담 드 루르티에는 내 아내가 아닙니다. 내 성을 사용할 정당한 권리를 가진 이 세상 하나뿐인 여자와는 내가 식민지 주재 젊은 공무원이었을 때 결혼했었지요. 그 여자는 정신이 좀 허약하고 이상한 사람이었습니다. 이따금 터무니없을 정도의 광기와 무의식적인 충동에 몸을 내맡기다시피 했지요. 아무튼 우리는 쌍둥이 아들을 두었고, 그녀는 금이야 옥이야 두 아이를 극진히 보살폈답니다. 그러면서 본인 자신도 점점 정신적 건강을 되찾아갔지요. 그러던 어느 날, 어처구니없는 사고가 일어났지 뭡니까! 그녀가 보는 앞에서 자동차가 두 아이를 그대로 깔아뭉개버린 것이었습니다. 가엾은 여자는 그 바람에 아예 완전히 미쳐버렸지요…… 다만 당신이 아까 말한 것처럼, 보통 때는 멀쩡해 보여 잘 드러나지 않는 조용한 광기였습니다. 그 후로 얼마 있다가 알제리의 한 도시에 부임하자마자, 나는 그녀를 프랑스 본국으로 데려와 나를 키워주었던 한 선량한 노파에게 맡겼습니다. 그러고 나서 2년 후에 나는 내 삶에 다시금 기쁨이 되어준 다른 여자를 사귀게 되었지요. 아까 보았던 바로 그 여자 말입니다. 그녀는 현재 내 아이들을 낳아 기르면서 정식 아내로 행세하고 있습니다. 이런 마당에 내가 어찌 과거의 일로 그녀를 희생하라 할 수 있겠습니까? 저 피비린내 나는 참극에 이름이 오르내리면 우리 가족의 삶은 그대로 풍비박산 나지 않겠습니까?"

레닌은 잠시 생각에 잠기더니 물었다.

"원래 부인 성함은 무엇입니까?"

"에르망스(Hermance)입니다."

"에르망스라…… 역시 똑같은 H로 시작하고…… 똑같이 여덟 글자로군."

"당신이 아까 희생자들의 이름을 놓고 비교했을 때 내 머릿속에 퍼뜩 떠오른 생각도 바로 그겁니다. 이름이 에르망스이고 정신이 돌았다는 사실 말입니다. 유력한 증거가 될 만한 모든 요소들이 속속들이 머릿속에 떠오르더군요."

"하지만 희생제물들을 선별하는 방식은 밝혀냈어도 살인행각 자체는 어찌 설명할 수 있느냐가 문제입니다! 대체 그 광기의 정체가 뭐냐는 거지요! 지금도 광기에 시달리고 있나요?"

"요즘은 좀 덜한 편입니다. 하지만 워낙 끔찍한 충격을 경험한 터라…… 두 아이가 눈앞에서 처참하게 압살당하는 광경을 본 그 순간부터 그 죽음의 이미지가 밤낮으로 사정없이 그녀의 정신을 몰아쳤던 겁니다. 불면증으로 잠을 제대로 이루지 못했거든요. 그 고통이 어떠했을지 한번 상상해보십시오! 낮이면 낮, 밤이면 밤, 시도 때도 없이 아이들이 죽어 나자빠지는 영상을 눈앞에서 본다고 생각해보세요!"

"아무리 그렇다 해도, 사람을 죽임으로써 그 무시무시한 영상을 쫓아버리는 건 아니지 않습니까?"

레닌이 짚고 넘어가자 드 루르티에 씨는 문득 생각에 잠기며 말했다.

"아닙니다……. 어쩌면 그럴지도 몰라요……. 최소한 그렇게 해서 잠을 잘 수만 있다면 지긋지긋한 영상이 잠잠해질 수도 있겠죠."

"도저히 이해가 안 되는군요."

"미친 여자에 관한 일이니 당연히 이해가 어렵겠지요. 고장난 머릿속에서 벌어지는 일이 얼마나 비정상적이고 엉뚱하겠습니까."

"그건 그렇군요. 그런데 당신의 지금 얘기를 증명할 만한 사실이라도 있는 겁니까?"

"그렇습니다. 말하자면 나 역시 의식하지 못하다가 오늘에서야 제대로 주목하게 된 사실들이 있지요. 우선 수년 전으로 거슬러 올라가서,

내 유모가 아침에 곤히 자는 에르망스의 모습을 처음으로 목격한 날이 있습니다. 글쎄, 자기가 목 졸라 죽인 개를 두 손으로 보듬어 안고 있더라지 뭡니까! 그런 유사한 일이 세 번이나 더 일어났었답니다."

"아니, 그렇게 하고 나서 잠을 잔다는 겁니까?"

"그렇습니다. 일단 한 번 그러고 나면 며칠 밤을 내리 이어서 깊은 잠에 곯아떨어지는 겁니다."

"그럼 결국?"

"살인행각이 끝난 뒤 신경의 긴장이 일거에 풀리면서 온몸의 진이 빠지고, 잠을 잘 수 있는 상태에 돌입한다는 거지요."

레닌은 몸서리를 치지 않을 수 없었다.

"바로 그겁니다! 틀림없어요! 살인, 아니 살인을 하려고 애쓰는 태도 자체가 잠을 불러들이는 거예요! 처음에는 짐승을 상대로 만족하던 것이 여자들로 이어져 다시금 재발한 겁니다. 결국 그녀의 광기는 한마디로 요약해, 상대를 죽여서 그 잠을 빼앗는 데 있는 셈입니다! 자신의 잠이 모자라니까, 남의 잠을 강탈하는 거예요! 바로 그겁니다! 그녀가 제대로 잠을 이루기 시작한 게 2년 전부터 아닙니까?"

"2년 전부터…… 잠을 잘 수 있었지요."

드 루르티에 씨가 더듬대며 말하자, 레닌이 달려들 듯 어깨를 와락 움켜잡으며 말했다.

"그러면서도 여자의 광기가 위험하게 뻗어나갈 것을 생각지 않았단 말입니까? 그 아늑한 잠의 맛을 방해해선 안 된다고 생각한 건가요? 빌어먹을, 안 되겠어요! 어서 서두릅시다!"

둘은 누가 먼저랄 것도 없이 문 쪽으로 내달렸다. 그러다 느닷없이 울리는 전화벨 소리에 드 루르티에 씨가 덜컥 멈춰 서며 중얼거렸다.

"그곳에서 온 전화입니다."

"그곳이라뇨?"

"매일 이맘때만 되면 유모로부터 전화가 걸려옵니다. 소식을 전하는 거죠."

그는 후다닥 수화기 두 개를 집어 들고 하나를 이쪽으로 건넸고, 레닌은 필요한 질문들을 소곤소곤 귀띔해주었다.

"아, 펠리시엔 당신이에요? 그녀는 좀 어떤가요?"

"그럭저럭 괜찮습니다, 므슈."

"잠은 잘 자요?"

"지난 며칠 동안은 그리 잘 잔다고는 볼 수 없네요. 간밤엔 아예 한숨도 못 자더군요. 기분도 보통 침울해 있는 게 아니랍니다."

"지금은 뭐하고 있나요?"

"방에 처박혀 있어요."

"펠리시엔, 어서 가보세요. 그녀를 혼자 있게 해선 안 됩니다."

"그럴 수가 없네요. 문을 안으로 잠갔거든요."

"오, 안 돼요, 펠리시엔! 문을 부수고라도 들어가세요! 내가 곧 그리로 가겠소. 여보세요…… 여보세요…… 아, 이런…… 통화가 끊어졌어!"

두 남자는 그 즉시 집을 박차고 나왔다. 레닌은 드 루르티에 씨를 자동차 안으로 밀어 넣으며 물었다.

"주소가 어떻게 됩니까?"

"빌다브레이입니다."

"오호라! 마치 거미줄 한복판에 자리 잡고 먹잇감을 기다리는 거미처럼, 거기서 꿍꿍이수작을 꾸미고 있었군. 아, 가증스러운!"

레닌은 몹시 흥분한 상태였다. 바야흐로 전체 사건의 괴물 같은 진상이 그 전모를 드러내는 순간이 아닌가!

"맞아요, 그 여자는 짐승들한테 했듯이 잠을 빼앗으려고 사람들을 닥치는 대로 죽이고 다녔던 겁니다! 항상 똑같은 강박관념이 작용했던 거예요. 그것도 별의별 불가사의한 미신과 잡탕 같은 습속(習俗)이 제멋대로 버무려진 상태로 말입니다. 그 여자한테는 먹잇감이 자기 이름과 비슷해야 목표가 이루어진다는 생각뿐이었고, 무조건 오르탕스나 오노린 같은 이름의 소유자만 처단하면 자신이 쉴 수 있다고 믿은 겁니다. 논리도 근거도 도저히 정상인으로선 가늠할 수 없는 광기 어린 사고방식이었지만, 그녀는 도저히 그로부터 벗어날 수가 없었던 거지요. 일단 그런 상태였으니 덮어놓고 대상을 물색하러 두리번거릴 수밖에 없었지요. 희생제물을 찾아내야만 했습니다. 일단 먹잇감을 찾아내면 냉큼 납치해서, 그 또한 숙명적으로 정해진 여드레라는 시일 동안 가만히 돌보고 관찰하기만 합니다. 그러다가 결정적인 순간이 오면 두개골 한복판을 정확하게 도끼로 내리쳐, 그 틈새를 통해 잠을 빨아들이고 그것에 흠뻑 취하는 거죠. 결국 또 일정 기간 동안은 행복한 망각 상태에 빠져드는 겁니다. 사실 거기에도 설명 안 되는 광증이 포함되어 있어요! 범행과 범행 사이의 그 수수께끼 같은 일정 기간은 대체 무슨 수로 정한 거냐 이겁니다! 왜 어떤 희생자는 120일이라는 수면 가능 기간을 확보해주는데, 다른 희생자는 125일을 확보해주는 걸까요? 정말 미친 짓 아닙니까! 정녕 종잡을 수 없으면서도 터무니없을 게 뻔한 계산법 아니고 뭐냔 말입니다! 평균적으로 120일에서 125일이 지나고 나면 새로운 희생제물이 필요했어요. 이미 그런 식으로 여섯 명이나 처형된 데다, 이제 일곱 번째 희생자가 제 순서를 기다리고 있단 말입니다! 아, 이보세요, 당신 책임이 얼마나 막대한지 아십니까? 그런 괴물을 그대로 방치하다니요!"

드 루르티에 씨는 아무런 항변도 하지 않았다. 오히려 잔뜩 풀 죽은 모습과 창백한 안색, 떨리는 손만이 지금 얼마나 후회와 자책감 속에서 괴로워하는지를 여실히 보여줄 뿐이었다.

그는 연신 중얼거렸다.

"그 여자가 나를 속였어요……. 겉으로 보기엔 얼마나 양순하고 조용하기만 한지! 게다가 요양소에 안전하게 들어가 있는지라……."

"아니, 그런데 어떻게?"

"요양소 건물은 널찍한 정원 안 여기저기 산재한 별채들로 이루어져 있답니다. 에르망스가 거주하는 별채는 유독 다른 동들과 떨어져 있더군요. 거기엔 우선 펠리시엔이 머무는 방이 있고, 그다음이 에르망스의 방이며, 그 외에도 두 개의 고립된 방들이 딸려 있답니다. 그중 맨 마지막 방은 바깥 들판 쪽으로 창문이 나 있는데, 내 생각에는 아마 그 방에 희생자들을 감금해놓았던 것 같아요."

"그럼 시체들을 운반한 걸로 되어 있는 마차는?"

"요양소의 마사가 하필 그 별채와 가까운 거리에 위치해 있는데, 경마용으로 말 한 필과 마차가 한 대 있지요. 에르망스는 분명 한밤중에 자리에서 일어났을 테고, 시체를 꽁꽁 묶어 창문을 통해 바깥으로 끌어냈을 겁니다."

"유모라는 사람은 그동안 뭘 했단 말입니까?"

"펠리시엔은 너무 나이가 들어서 귀가 보통 어두운 게 아니지요."

"하지만 밝은 대낮에라도 여자가 왔다 갔다 분주히 구는 걸 보았을 거 아닙니까? 뭔가 둘 사이에 공모관계가 있다고 생각해야 하는 것 아닌가요?"

"아, 절대로 그럴 리는 없습니다. 펠리시엔 역시 에르망스의 위선에 깜빡 속아 넘어간 게 틀림없습니다."

"내가 낸 미끼 광고를 그 유모라는 사람이 재깍 마담 드 루르티에에게 전화로 알려준 건?"

"너무도 자연스러운 일이죠. 일단 말이나 생각이 이따금 정상인 빰칠 정도인 에르망스가, 아까 당신이 말한 대로 이해하진 못하면서 신문을 줄기차게 훑어보다가 문제의 그 광고를 포착했을 겁니다. 그녀는 내가 새로 하녀를 구한다는 사실을 어떻게든 들어서 알고 있었을 테고, 펠리시엔에게 전화를 걸어 알려주라고 귀띔해주었겠죠."

"음, 그렇군요……. 역시 내가 예감했던 그림과 크게 다르지 않아요."

레닌은 천천히 중얼거렸다.

"그 여자는 앞으로의 먹잇감마저 서서히 비축해놓으려고 했던 겁니다. 지금 당장이야 괜찮겠지만, 일단 오르탕스가 죽고 나서 또 일정량의 잠이 떨어지게 되면, 여덟 번째 희생제물을 어디서 찾아야 할지 미리 준비해두겠다는 계산인 거죠……. 그나저나 그 모든 가엾은 희생자들을 대체 무슨 수로 유인한 건지가 의문이군요! 과연 어떻게 했기에 오르탕스 다니엘이 그런 정신병자의 손아귀에 떨어졌을까요?"

자동차는 제법 달리고 있었지만, 그 속도가 아무래도 양에 차지 않는지 레닌은 얘기 중간중간 운전기사에게 투덜대곤 했다.

"클레망, 좀 시원스레 밟게나! 이거 도대체 뒤로 가는 거야, 앞으로 가는 거야?"

너무 늦을지도 모른다는 생각에 더럭 겁이 났고, 갑자기 가슴이 조여드는 것처럼 고통스러웠다. 흔히 정신병자의 논리라는 것은 제멋대로 기분에 따라 좌우되기 마련이며, 정신을 가르고 지나다니는 위험천만하고 괴상망측한 사념에 휘둘리기 십상이다. 지금의 이 미친 여자는 자칫 날짜 가는 것을 착각해서, 마치 한 시간 너무 일찍 종을 쳐버리는 고장난 시계처럼 결말을 앞당길지도 모르는 일이다.

누가 알겠는가, 또다시 어지럽혀진 단잠 때문에 정해진 시점까지 기다리지 않고 당장 행동에 나서려고 할지…… 혹시 바로 그런 속셈으로 지금 방에 틀어박혀 있는 건 아닐까? 맙소사, 지금 이 시각에도 감금당한 오르탕스는 얼마나 끔찍한 고통을 겪고 있겠는가! 살인마의 일거수일투족에 얼마나 끔찍한 몸서리를 치고 있겠는가!

"좀 더 빨리, 클레망! 아니면 내가 직접 운전대를 잡을 거야! 좀 더 속력을 내라니까!"

그러다 보니 어느새 빌다브레이에 도착해 있었다. 우측으로 급한 경사를 이루고 있는 비탈길로 접어들어 담벼락을 따라가자 긴 철책이 나왔다.

"살살 돌아서 가야겠다, 클레망. 그렇지 않습니까, 총독 각하? 상대에게 경계심을 불어넣으면 곤란하니까요. 문제의 별채는 어디쯤입니까?"

"바로 맞은편입니다."

드 루르티에바노 씨가 단호한 말투로 대답했다.

내친김에 좀 더 멀리 거리를 둔 곳에서 하차했다.

레닌은 인적이 없는 엉성하게 닦여진 길 가장자리 비탈로 달려 올라갔다. 주변은 거의 밤이나 다름없이 어두웠다. 문득 드 루르티에 씨가 손가락으로 어딘가를 가리켰다.

"저기…… 후미진 건물입니다. 1층 창문이 보이죠? 고립된 두 방 중 한 곳이 바로 저깁니다. 저 창문을 통해서 야밤에 들락거리는 거죠."

"하지만 언뜻 보니 쇠창살이 설치된 것 같은데……."

"그렇죠. 있긴 있습니다. 때문에 오히려 사람들의 의심을 따돌릴 수가 있는 거죠. 하지만 분명 사람 하나 지나다닐 틈새가 확보되어 있을 겁니다."

1층 전체가 조금 높다랗게 돋우어진 지하 저장실 위에 자리 잡고 있었다. 레닌은 잽싸게 기듯이 다가가 석조 기단(基壇)을 딛고 올라섰다.

아니나 다를까, 창살 하나가 떨어져 나가 넉넉한 공간이 형성되어 있었다.

레닌은 고개를 들이밀어 유리창에 얼굴을 갖다 대고 안을 엿보았다.

방 안은 어두운 편이었지만, 저 깊숙이 두 여인의 윤곽이 눈에 들어왔다. 하나는 매트리스에 뻗은 상태였고, 다른 하나는 그 곁에 가만히 앉아 있었다. 앉은 여자는 이마를 두 손으로 짚은 채 누운 여자를 물끄러미 응시하고 있었다.

"저 여자입니다…… 다른 여자는 묶여 있군요."

어느새 곁으로 기어 올라온 드 루르티에 씨가 나지막이 속삭였다.

레닌은 유리장수가 가지고 다니는 절단용 다이아몬드를 호주머니에서 꺼내, 주의를 끌지 않게끔 조용조용 유리창 한 구획을 잘라냈다.

그러고는 오른손을 쑥 집어넣어 창문 고리를 붙들고 조심스레 돌리기 시작했다. 물론 왼손에는 권총을 잔뜩 움켜쥔 채였다.

"설마 쏘려는 건 아니겠죠?"

혹시나 하는 마음에 드 루르티에바노 씨가 웅얼댔다.

"그래야만 한다면 어쩔 수 없죠!"

마침내 창문 전체가 스르륵 밀렸다. 그런데 미처 레닌이 간파하지 못했던 장애물이 있을 줄이야……. 창가에 기대놓은 걸상 하나가 그 바람에 기우뚱하더니 바닥으로 쓰러지는 것이 아닌가!

하는 수 없이 후다닥 안으로 달려들자마자 권총은 내던지고 미친 여자를 낚아채려고 몸을 날렸다. 하지만 여자 쪽도 가만히 앉아 당할 위인은 아닌 듯, 부리나케 문을 열고 비명을 내지르며 달려나가기 시작했다.

드 루르티에 씨가 얼른 뒤쫓으려 했으나, 레닌이 매트리스 쪽으로 몸을 숙이며 내뱉듯 말했다.

"그럴 필요 뭐 있겠습니까? 일단 사람부터 구하는 게 상책입니다."

다행히 오르탕스는 무사했다.

부랴부랴 결박한 끈부터 풀었고 답답한 재갈을 빼주었다. 소리를 듣고 달려온 늙은 유모로부터 레닌은 얼른 등불을 받아 들고 오르탕스를 비춰보았다.

순간 레닌은 어이가 없을 수밖에 없었다. 해쓱해진 얼굴에 신열로 이글거리는 퀭한 눈망울을 하고서도 오르탕스 다니엘은 빙그레 웃고 있는 것이었다.

"기다리고 있었어요…… 단 한시도 좌절하지 않고서 말이에요…… 당신을 믿었거든요……."

그렇게 중얼거리던 여자는 금세 정신을 잃었다.

그로부터 한 시간가량을 속절없이 별채 주변을 이 잡듯 뒤지다가 결국 미친 여자를 발견한 곳은 지붕 밑 다락방의 큼직한 벽장 속이었다. 목을 매단 상태였다.

오르탕스는 잠시도 그곳에 있는 것을 견딜 수 없어 했다. 아닌 게 아니라, 늙은 유모가 광녀의 자살 소식을 요양소 측에 알릴 때쯤에서는 아무래도 별채에 아무도 없는 게 나았다. 레닌은 펠리시엔에게 어떻게 처신해야 하는가를 자세하게 일러준 다음, 운전기사와 드 루르티에 씨의 도움을 받아 오르탕스 다니엘을 차로 운반해 집으로 데리고 갔다.

회복은 신속하게 이루어졌다. 이틀 뒤, 레닌은 오르탕스에게 어떤 경위로 미친 여자를 알게 되었는지 조심스레 물었고, 이런 대답을 들었다.

"간단한 얘기예요. 이미 당신한테도 밝힌 바 있지만, 내 남편이라는 사람의 정신 상태가 그리 썩 정상은 아니잖아요……. 그래서 실은 이곳 빌다브레이에서 요양을 하고 있는데, 이제 와서 솔직히 말하지만 지금껏 아무도 모르게 가끔 문병을 오고 있었거든요. 결국 이래저래 기회가 생겨 그 가엾은 광녀와 몇 마디 얘기를 나누게 되었고, 그녀는 언제 한 번 자기 좀 보러 와달라고 청했답니다. 여하튼 그 여자나 나나 둘 다 외로운 신세들이었으니 죽이 맞는 부분도 없진 않았겠죠. 그래서 별채를 방문했던 건데, 느닷없이 내게 달려들더니 소리도 지르기 전에 꼼짝달싹 못하게 만드는 거예요. 처음에는 그저 장난이려니 했죠. 실제로 정신병자로서 장난을 치는 게지 싶은 면도 없지 않았어요……. 그 직후부터는 태도가 여간 부드럽고 온화한 게 아니었거든요. 그러면서도 사람을 대책 없이 굶기기는 했지만요."

"그런데 두렵지도 않았단 말입니까?"

"뭐가요? 굶어 죽는 거요? 천만에요! 게다가 좀 더 나중에는 가끔가

다 무슨 변덕이 들었는지 먹을 것을 갖다주기도 했거든요……. 물론 기본적으로 당신이 올 거라고 굳게 믿었고 말이에요!"

"그건 그렇지만…… 정작 위험했던 건…… 어쩌면 정말 끔찍한 사건이……."

"끔찍한 사건이라니, 그게 뭔데요?"

여자는 해맑은 얼굴로 물었다.

레닌은 움찔하지 않을 수 없었다. 지극히 당연하면서도 일견 참 알다가도 모를 일인데, 오르탕스는 단 한순간도 자신의 처지를 눈치채지 못했고, 아직까지도 자기가 얼마나 무시무시한 지경에 빠졌었는지를 조금도 깨닫지 못하는 것이었다. 일명 도끼를 든 귀부인과 자기가 방금 겪은 모험을 서로 비교해보려는 생각을 차마 하지 못하고 있는 셈이었다.

레닌은 언젠가 사건의 진상을 제대로 밝혀줄 날이 오겠지 하고 넘어가기로 했다. 그로부터 며칠 후, 오르탕스 다니엘은 당분간 조용히 요양을 하는 것이 좋겠다는 의사의 권유를 받아들여서 프랑스 한복판에 위치한 바시쿠르라는 마을 근방 친척 집으로 떠나게 되었다.

7
눈 위의 발자국

바시쿠르 경유, 라 롱시에르발(發)

11월 14일

파리 시, 오스망 대로, 레닌 공작 귀하

소중한 친구에게

아마 지금쯤 당신은 나를 배은망덕한 여자라고 생각할 겁니다. 이곳에 당도한 지 벌써 3주가 다 되어가는데 편지 한 장 없으니 말입니다. 감사하다는 말 한마디 안 적어 보내니까 말이에요. 하지만 당신이 나를 얼마나 끔찍한 죽음의 위협에서 끄집어내주었는지, 그 무시무시한 사건의 비밀이 어떤 것이었는지는 충분히 깨닫고 있답니다! 하지만 어쩌겠어요! 절대로 조용하게 홀로 지낼 필요가 있다는걸요……. 만약 파리에 그대로 머물러 있었다면, 그래서 당신과 더불어 계속 치열한 모험에 뛰어들었다면 어땠을까요? 오, 큰일날 소리지요! 이젠 지긋지긋하답니다! 타인이 치르는 모험은 무척 흥미진진할지 몰라도, 자신이 직접 겪어서 어쩌면 목숨까지도 위험할 수 있는 모험이라면…… 아, 정말이지 끔찍해요! 난 아마 최근에 겪은 그 사건을 평생 잊지 못할 겁니다…….

하여튼 이곳 라 롱시에르는 평온함 그 자체랍니다. 내 사촌언니 앙투아네트 에르믈랭은 혹시라도 깨지진 않을까, 이 몸을 애지중지 보살펴 주고 있어요. 그에 따라 나도 점점 예전의 혈색을 되찾으며 그런대로 잘 지내고 있답니다. 사실 너무 잘 지내는 터라, 이젠 남의 일 같은 건 더 이상 참견할 마음이 일지를 않는군요. 그러니 이건 당신이 한번 생각 좀 해주세요(당신이라는 남자는 정말이지 못 말리는 문지기 노파처럼 남의 일에 언제든 참견할 준비가 되어 있는, 한마디로 호기심덩어리이니까 이런 얘기를 드리는 겁니다). 실은 어제 무척이나 흥미로운 만남을 지켜보았답니다. 앙투아네트를 따라 바시쿠르의 어느 주막에 놀러가 널찍한 홀에서 촌부들과 섞여 차를 마시며 얘길 나누고 있었어요. 마침 장날이라 사람이 북적거리는 편이었지요. 근데 느닷없이 남자 두 명하고 여자 한 명이 들이닥치면서 우리는 대화를 중단해야만 했습니다.

남자 하나는 눈처럼 새하얀 구레나룻을 두른 불그스레하고 쾌활한 얼굴에 셔츠 자락을 길게 늘어뜨린 뚱뚱한 농부였고, 조금 젊어 보이는 다른 한 명은 성깔이 만만치 않아 보이는 깡마르고 누리끼리한 얼굴에 코르덴 옷을 입고 있었습니다. 두 사람은 똑같이 사냥용 엽총을 어깨에 비스듬히 멘 상태였지요. 그 둘 사이에 소매 없는 갈색 빛깔 망토에 챙 없는 모피 모자를 쓰고, 지나치게 창백해서 실제보다 더 야위어 보이는 얼굴의 여자 한 명이 깡마르고 자그마한 몸집을 드러내며 서 있는 겁니다. 어딘지 모르게 풍기는 우아함과 기품에, 영 예사로운 느낌이 아니었어요.

에르믈랭이 이렇게 중얼거리더군요.

"둘이 부자 사이고, 그 집안 며느리란다."

"그래? 저 매력적인 여자가 저렇게 촌스러운 남자 아내란 말이야?"

"그뿐만 아니라 드 고른 남작의 며느리지."

"남작이라고? 아니, 저기 저 살집 좋은 노인네가 남작이란 말이야?"

"옛날에는 성에서 살던 아주 귀한 가문의 자손이지. 그런데도 한결같이 촌부로 살아왔어. 아주 대단한 사냥꾼에다 술고래이고 억센 트집쟁이라, 늘 송사에 휘말리는 위인이란다. 덕분에 재산은 아마 거의 바닥난 상태일 거야……. 그 아들인 마티아스는 토지에는 별 관심 없는 대신 좀 더 야심이 많아서 법학을 공부한 다음 미국으로 건너갔었어. 그러다 얼마 안 있어 돈은 떨어졌고, 에라 모르겠다 고향으로 돌아온 그는 이웃 마을의 어느 처녀한테 홀딱 반하고 말았지. 아직까지 그 이유는 모르지만, 처녀는 딱하게도 사내의 청혼을 받아들였단다……. 그 결과 지금까지 근 5년 동안을 마치 은둔자처럼, 죄수처럼, 바로 근처 작은 저택에서 살고 있어. 흔히들 **우물의 집**이라고 부르는 곳이지."

나는 이렇게 물었죠.

"그럼 두 부자 사이에 끼어 살겠네?"

"그렇지는 않고, 아버지는 마을 끄트머리에 있는 어느 외딴 농가에서 살아."

"어쨌든 분위기를 보니 마티아스 선생이 마누라 꽤나 들볶는 타입인 것 같은데?"

"거의 호랑이 수준이라고나 할까……."

"아무 이유 없이?"

"응. 워낙 나탈리 드 고른은 본성부터가 정직하고 고결한 여자이거든. 그렇기 때문에, 몇 달 전부터 잘생긴 어느 기사(騎士)님이 저택 주변을 심심찮게 배회한다고 해서 그녀를 나무랄 수는 없는 일이야. 그런데도 드 고른 가문은 길길이 날뛰었지."

"저런, 시아버지까지도?"

"그 미남 기사님은 옛날에 드 고른 가문의 성채를 매입했던 사람들의 후손이라든가 그래. 그 때문에 드 고른 영감이 열받을 만도 했지. 제롬 비냘이라고 하는데, 나도 잘 알고 무척 호감이 가는 데다 돈도 엄청 많은 사내란다. 그리고 이건 영감이 술에 잔뜩 취했을 때 떠든 얘긴데, 그가 글쎄 나탈리 드 고른을 납치하리라 장담했다는 거야. 자자, 지금도 뭐라고 하네, 한번 들어보자……."

그러고 보니 일군의 사람들이 영감을 둘러싸고 술을 권하며 이런저런 질문을 해대고 있었는데, 이미 얼큰하게 취한 그는 뭐라고 실컷 떠들고 있더군요. 근데 울화통을 터뜨리다가도 이따금 걸쭉한 웃음을 토해내는 것이 어찌나 우스꽝스럽던지…….

"내 장담하건대 고 뺀질이 녀석은 헛물을 켜고 있는 거야! 이쪽 동네에서 괜히 어설픈 짓거리를 하거나, 우리 아가를 흘낏거려봤자라고…… 여긴 사냥 금지구역이라 이 말씀이야! 어디 겁 없이 접근만 해봐. 그대로 내 엽총 맛을 보여줄 테니까. 안 그러냐, 마티아스?"

그러면서 영감은 며느리의 손을 덥석 움켜잡고는 이렇게 빈정대는 거예요.

"아무렴, 우리 아가도 처신 똑바로 하고 있고말고! 안 그러냐, 나탈리? 사내놈들 지긋지긋하지?"

젊은 여자가 너무 당혹스러워서 얼굴이 빨개지자, 남편이 옆에서 투덜대더군요.

"아버지, 제발 입 좀 조심하세요. 큰 소리로 떠들 얘기가 따로 있지."

그러자 영감은 대뜸 받아쳤답니다.

"자고로 명예라는 것은 공개적으로 탁 터놓고 따져보아야 하는 거야!

나로 말하자면 드 고른가의 명예가 다른 무엇보다 소중해. 그따위 파리지앵 냄새가 물씬 풍기게 겉멋만 번지르르한 풋내기가 넘볼 만한 가문이 아니라고…….”

그러다 문득 말을 멈추더라고요. 웬일인가 봤더니, 방금 안으로 들어선 누군가가 영감의 말이 끝나기를 기다리고 서 있는 거예요. 승마 복장을 하고 말채찍을 손에 든 건장한 체격의 사내였는데, 다소 거세 보이기까지 하는 박력 넘치는 인상에다, 빈정대는 듯한 웃음기 어린 서글서글한 눈매가 예사롭지 않았습니다.

그때 내 사촌이 이러더군요.

“어머나, 제롬 비냘이야…….”

사내는 전혀 당혹해하는 기색이 아니었어요. 제일 먼저 나탈리를 보더니 정중하게 허리를 숙여 인사를 건넸고, 이어 마티아스 드 고른이 자기 쪽으로 한 발 다가들자, 한껏 꼬나보는 자세가 마치 이렇게 내뱉는 듯한 거예요.

‘오호라, 그래서 어떡할 건데?’

아무튼 사내의 태도가 하도 오만방자하다고 보았는지, 드 고른가의 부자는 엽총을 허겁지겁 부여잡고 당장 사냥이라도 하려는 것처럼 위협적인 자세를 취했답니다. 특히 아들은 여간 험악한 눈치가 아니었어요.

그런데도 제롬은 전혀 개의치 않는 태연한 분위기였고, 잠시 후 주막 주인한테 이렇게 외치는 거예요.

“바쉐르 영감을 보러 왔는데, 그 양반 가게 문이 닫혀 있더군요. 미안하지만 내 해진 권총집 좀 그한테 맡겨주시겠소?”

그러면서 권총집을 주인에게 건넸고, 또 히죽 웃으며 덧붙였습니다.

“만약에 필요할지도 모르니 권총은 가지고 있겠습니다. 누가 압니까, 당장 써먹을 일이 생길지…….”

그는 여전히 다른 사람은 안중에도 없는 태도로, 은제 담뱃갑에서 담배 한 대를 꺼내 라이터로 불을 붙여 피워 문 채 느긋하게 밖으로 나가더군요. 창문 밖을 보니 그는 말 위로 훌쩍 올라타고는 타닥타닥 멀어져가고 있었습니다.

드 고른 영감은 코냑 한 잔을 게걸스레 들이켜며 이랬습니다.

"빌어먹을 녀석!"

그러자 아들이 얼른 손으로 입을 막으면서 억지로 앉히는 것이었습니다. 나탈리 드 고른은 옆에서 흐느껴 울기 시작하고…….

아무튼 그런 일이 있었어요. 뭐, 당신이 보기에는 별로 흥미롭지도 않은 평범한 일 같을지도 모르겠네요. 뭔가 비밀스러운 부분이 없으니까요. 당신이 이렇다 하게 나서서 참견할 구석도 없어 보이죠. 정말이지 나는 당신이 이 일에 혹시나 개입할 구실을 찾으려 들지 않기를 바라는 심정으로 있답니다. 만약 그랬다가는 매우 부적절한 참견이 될 거예요. 나라고 가엾은 희생자처럼 보이는 그때 그 여자의 안녕을 바라는 마음이 왜 없겠어요. 하지만 분명히 말해서, 이젠 제발 다른 사람들 문제는 그들 나름대로 헤쳐나가도록 놔두고, 우리의 산전수전 경험은 이 정도로 만족했으면 해요…….

레닌은 편지를 다 읽고, 다시 거듭해 읽더니 이렇게 말했다.

"좋았어, 썩 잘된 거야. 우리의 요지경 모험을 더 이상 진행하기가 싫어졌다는 거잖아. 이번만 해도 일곱 번째인 데다, 바로 그다음이 계약상 특별한 의미를 띠는 여덟 번째 모험이니 더 나아가기가 싫은 게 당연하지. 사실 내심은 무지하게 바라면서도…… 꺼려지는 거야."

그는 손바닥을 비벼대면서 생각했다. 이 편지는 여자가 서서히 레닌의 영향력에 사로잡혀가고 있다는 사실을 말해주는 소중한 증거인 셈이다. 그녀가 이 남자에 대해 찬탄과 믿음, 불안과 두려움, 그러는 가운데 조심스러운 애정이 가미된, 무척이나 복잡한 감정에 빠져 있다는 확신이 들었다. 지금까지는 일종의 동지애로써 모험의 동반자 노릇을 해왔기에 별다른 불편함을 느끼지 않았지만, 어느새 자신의 감정에 대해 불안한 기분이 들었고, 약간의 새침기가 섞인 수줍음을 내세우며 모든 것을 회피하려는 게 분명했다.

바로 당일 밤, 즉 일요일 밤에 레닌은 주저 없이 기차에 몸을 실었다.

얼마나 지났을까, 기차에서 내린 퐁피냐라는 마을에서 바시쿠르까지 약 8킬로미터의 거리를 그는 하얗게 눈 덮인 길을 따라 부지런히 걸어갔다. 서서히 동틀 무렵이 되자 그는 자신의 이 무모한 행보가 결코 무의미하지는 않을 것 같다는 직감이 들었다. 실은 간밤에 우물의 집 방향으로부터 세 발의 총성이 울렸었다며 사람들이 여기저기서 수군거리는 것이었다.

'사랑과 우연의 신께서 내 편을 들어주시려나……. 남편과 연인 사이에 싸움이 벌어진 거라면 내가 제때에 나타나주는 셈이니까 말이야.'

그런 생각을 하며 주막에 들어서는데, 헌병들에 둘러싸인 한 농부가 이렇게 호들갑을 떨고 있었다.

"분명 세 번 총성이 울렸습니다. 똑똑히 들었다고요!"

주막의 종업원도 맞장구를 쳤다.

"저도 들었습니다. 세 번이었어요. 아마 자정쯤 되었을 겁니다. 저녁 9시부터 내리기 시작하던 눈발이 잦아지더니…… 요란한 총성이 세 번 들판 가득 울려 퍼지는 거예요. 탕! 탕! 탕! 하고 말입니다."

그 밖에도 다섯 명의 촌부가 비슷한 증언을 해주었지만, 들판을 등지고 배치되어 있었던 헌병반장 이하 부하들은 전혀 그 소리를 듣지 못한 모양이었다. 그때였다. 스스로를 마티아스 드 고른 님을 모시는 사람들이라 소개하는 한 농장 일꾼과 또 한 여자가 자기들은 그저께부터 휴가 중이었는데, 이제 막 저택에 돌아가 보았더니 문이 모두 잠겨 들어갈 수가 없었노라며 하소연을 하는 것이었다.

"담장 문부터 단단히 잠겨 있는 거예요, 헌병 나리. 이런 적은 정말 처음이랍니다. 여름이건 겨울이건 아침 6시만 되면 므슈 마티아스가 손수 문을 여는데 말이에요. 근데 지금이 벌써 8시잖습니까! 아무리 소리쳐 불러보아도 아무 반응이 없어요. 그래서 하는 수 없이 여기까지 돌아온 겁니다."

그러자 듣고 있던 헌병이 말했다.

"그럼 아예 드 고른 영감에게 알리지 그랬어요. 같은 방향으로 조금만 더 가면 사시지 않습니까?"

"맙소사, 그렇군요! 그 생각을 미처 못했군요……."

"자, 함께 가봅시다!"

헌병반장이 선뜻 나섰다.

그렇게 해서 헌병들 두 명이 반장을 수행했고, 그곳에 모인 촌부들과 따로 부른 열쇠 수리공이 우르르 움직였다. 레닌은 그들 틈에 은근슬쩍 끼어들었다.

일행은 얼마 안 가 마을 끄트머리쯤에 위치한 드 고른 영감의 집 정원 앞에 다다랐고, 레닌은 오르탕스가 묘사한 그대로의 영감 모습을 알아보았다.

자신의 마차에 말을 매고 있던 영감은 일행이 몰려온 것을 보자마자 다짜고짜 가가대소하기 시작했다.

"탕! 탕! 탕! 총소리 때문에 이렇게 납신 건가들? 하지만 이보시오, 헌병반장. 마티아스의 엽총에는 탄환이 두 발밖에는 안 들어간답니다!"

"문은 왜 잠겨 있는 거죠?"

"녀석이 아직 곯아떨어져 있을 게요. 그뿐입니다. 실은 어젯밤에 나한테 와서 술을 한 병, 아니 두 병…… 어쩜 세 병 정도 비웠거든. 그래서 아마 나탈리와 함께 늘어지게 늦잠에 취해 있을 거요."

마차라고 해봐야 조각조각 기운 방수포를 덮은 짐수레에 불과했는데, 영감은 그 위로 훌쩍 올라타고는 채찍을 철썩 휘두르며 덧붙였다.

"자, 또 봅시다, 친구들! 당신들을 난리 떨게 한 그 세 차례 총소리 때문에 월요일 퐁피냐에서 열리는 장에 가는 걸 그만둘 수는 없는 노릇이오. 이 방수포 밑에 송아지 두 마리가 있는데, 너무 오래 기다리게 하면 못 쓰니까. 자, 다들 잘해보쇼, 친구들……."

그러고는 곧장 길을 떠나는 것이었다.

레닌은 헌병반장에게 다가가 자신을 소개했다.

"나는 라 롱시에르에 사는 마드무아젤 에르블랭의 친구 되는 사람입니다. 아직 남의 집을 방문하기에는 너무 이른 시간인지라 이렇게 시간을 때우고 있는 중인데, 이왕이면 그동안 **우물의 집** 주변을 함께 둘러보았으면 하는데요. 마드무아젤 에르블랭은 마담 드 고른과도 친분이 있는 만큼, 내가 뭔가 도움이 될 수 있다면 좋겠습니다. 일단 저택 내부에서 별일이 없어야 하지 않겠습니까?"

"설사 무슨 일이 있었다 해도, 이 눈 위에 남겨진 흔적으로 마치 지도를 보듯 그 진상을 파악해낼 수 있을 겁니다."

그렇게 대꾸하는 반장이라는 사내는 꽤 융통성 있고 똑똑해 보이는 데다 호감 어린 인상의 젊은이였다. 알고 보니 그는 처음부터 기막힌 명석함을 발휘하여, 전날 밤 귀가하던 마티아스의 발자국과 더불어, 각각 다른 두 방향에서 섞여 든 농장 일꾼과 하녀의 발자국을 눈여겨보아 둔 상태였다. 어쨌든 일행은 그렇게 해서 저택의 담장 앞까지 도달했고, 열쇠 수리공의 도움으로 어렵지 않게 문을 땄다.

그때부터는 새하얀 눈 위로 마티아스 한 사람의 발자국밖에는 나 있지 않았는데, 그 궤적이 길가의 나무 있는 곳까지 빗나갔을 정도로 급격한 곡선을 그리는 것으로 봐서, 분명 아버지와 코가 삐뚤어지도록 마셔댔던 모양이었다.

마구 금이 가고 폐허나 다름없이 낡은 우물의 집 건물들에 이르기까지는 200여 미터를 더 가야 했다. 웬일인지 대문은 열린 상태였다.

"들어갑시다."

반장이 짧게 말했다.

그런데 반장은 문턱을 넘기가 무섭게 중얼거렸다.

"저런…… 드 고른 영감이 여기까지 들러보지 않아서 모르고 있는 거야. 분명 싸움이 있었어."

아닌 게 아니라 거실이 온통 뒤집어져 있다시피 했다. 부서진 두 개의 걸상과 뒤집힌 탁자, 여기저기 깨져 흩어진 도자기와 유리잔들이 격렬했던 싸움을 증언했다. 그런가 하면 큼직한 괘종시계는 11시 30분을 가리킨 채 바닥에 나자빠져 있었다.

농장 하녀의 안내를 받아 일행은 2층으로 급히 올라가보았다. 마티아스도 그 아내도 온데간데없었고, 방의 문짝은 침대 밑에서 발견된 망치로 처참하게 부서져 있었다.

레닌과 헌병반장은 부랴부랴 아래층으로 내려왔다. 거실은 복도 하나를 사이에 두고 뒤쪽 부엌과 연결되는데, 그곳 출구를 통해 과수원에 속한 아담한 뜨락으로 나가게 되어 있었다. 그 뜨락의 구석 한 켠에 자리 잡은 우물가를 지나야 밖으로 나갈 수가 있는 것이다.

그런데 부엌 문턱에서부터 우물에 이르기까지 적당히 쌓인 눈 위에, 마치 누군가 질질 몸을 끌고 갔던 것처럼 불규칙하게 쓸린 흔적이 남아 있었다. 아울러 우물 주위로 발을 어지럽게 구른 자국들은 그곳쯤에서 또다시 몸싸움이 재개되었다는 사실을 말해주었다. 헌병반장의 예리한 눈은 마티아스의 발자국과 함께 보다 우아하고 섬세한 누군가의 발자취를 어렵지 않게 간파해냈다.

그것은 저 혼자 과수원 방향으로 곧장 뻗어 있었다. 한 30여 미터를 따라가보자 바로 근처에 브라우닝 권총이 떨어져 있었는데, 한 촌부가 그저께 제롬 비냘이 주막에서 꺼내 보였던 것과 유사하다고 증언했다.

헌병반장은 즉시 탄창을 조사해보았다. 아니나 다를까, 일곱 발 중에 세 발이 이미 발사된 상태였다.

이제 사태의 큼직한 윤곽은 대충 그려진 것과 같았다. 헌병반장은 일단 사람들을 현장에 더 이상 접근하지 않도록, 그래서 모든 발자국들이 그대로 보존되도록 조치했다. 그런 뒤, 우물가로 돌아와 허리를 숙이고 뭔가를 한참 살펴보면서 농장 하녀에게 몇 가지 꼬치꼬치 물은 다음, 레닌에게 다가서며 이렇게 중얼거렸다.

"이제야 훤하게 드러나는 것 같습니다."

레닌은 상대의 팔을 덥석 붙들며 다그쳤다.

"단도직입적으로 말해주시오, 반장. 아까도 말씀드렸지만, 내 친구 마드무아젤 에르믈랭은 제롬 비냘과도 아는 사이이고 마담 드 고른과는 꽤 돈독한 관계이기 때문에, 그녀와 관련된 일이라면 나 역시 웬만큼 아는 처지입니다. 혹시 머릿속에 그리고 있는 그림이라도?"

"머릿속으로 뭘 그리는 건 없습니다. 단지 어젯밤 누군가 이곳에 왔었다는 사실을 확인하는 것뿐이에요."

"아니, 어디로 말입니까? 이 집으로 향한 발자국이라면 므슈 드 고른의 것밖에 없었는데요."

"그건 또 하나, 좀 더 고급스러운 장화 발자국의 주인공이 눈이 내리기 전에 이미 도착해 있었기 때문에 그리된 겁니다. 즉, 저녁 9시 이전에 이미 와 있었던 거죠."

"그렇다면 아마 거실 구석에 숨은 채, 눈이 내린 다음에 집으로 돌아오는 므슈 드 고른을 기다리고 있었단 얘기로군요?"

"바로 그렇습니다. 마티아스가 모습을 나타내자 곧바로 달려들었겠죠. 격렬한 몸싸움이 일어났을 테고, 마티아스는 부엌 쪽으로 달아났을 겁니다. 범인은 우물가까지 추격해서 결국 총을 세 방 쐈었던 겁니다."

"그럼 시체는요?"

"우물 속에 있겠죠."

레닌은 즉각 이의를 표했다.

"허허, 저런…… 너무 지나치게 넘겨짚는 것 아니오?"

"이것 보십시오, 므슈. 지금은 눈이 모든 걸 말해주고 있습니다. 그것도 아주 간명하게 말이죠. 일단 몸싸움이 있은 다음, 세 발의 총알이 발사되었고, 둘 중 한 사람만 현장을 걸어서 벗어나 농장을 떠났습니다. 그런데 그 궤적에 남겨진 발자국이 마티아스 드 고른의 것이 아니에요. 그렇다면 과연 마티아스 드 고른은 어디에 있는 걸까요?"

"하지만 이 우물은…… 조사가 가능하겠습니까?"

"안 됩니다. 이 우물은 바닥을 탐지할 수가 없어요. 그래서 이 지역 명물이 된 거고, 저택 전체를 우물의 집이라고까지 부르게 된 겁니다."

"그렇다면 정말 당신 생각은?"

"다시 말하지만 눈이 오고 난 다음에는 단 한 사람 마티아스만이 도착했고, 미지의 침입자만이 떠난 겁니다."

"그럼 마담 드 고른은요? 똑같이 살해당해서 남편과 함께 우물 속으로?"

"그런 건 아니고요…… 납치당했죠."

"납치라?"

"망치로 부서져버린 문짝을 생각해보세요."

"아니, 잠깐만요, 반장. 당신 얘기는 눈이 온 뒤 이곳을 떠난 건 낯선 침입자 하나뿐이라고 하지 않았습니까?"

"한번 허리를 숙이고 여기 이 발자국들을 잘 살펴보세요. 눈 아래의 흙이 거의 다 드러날 정도로 깊숙이 찍혀 있는 게 보일 겁니다. 이건 틀림없이 뭔가 무거운 짐을 짊어진 사람의 발자국이에요. 침입자는 분명 마담 드 고른을 어깨에 짊어진 채 이곳을 벗어난 겁니다."

"그렇다면 이 길로 쭉 가면 어떤 출구가 있다는 얘기일 텐데……."

"맞습니다. 마티아스 드 고른이 항상 열쇠를 소지하고 다니던 쪽문이 하나 있지요. 물론 그 열쇠는 침입자의 수중으로 넘어갔을 테고요."

"그 쪽문은 들판으로 통해 있겠군요?"

"그렇죠. 그곳으로 뻗은 지방도로를 약 1.2킬로미터만 가면…… 어디에 도달하는지 아시겠습니까?"

"어디죠?"

"바로 성의 한쪽 켠에 이르게 되지요."

"아, 제롬 비냘의 성 말이군요!"

레닌은 잇새로 탄식처럼 중얼거렸다.

"제기랄! 이거 문제가 심각해졌군……. 만약 그곳까지 정말 흔적이 남아 있다면 더는 빼도 박도 못하는 거야!"

사방으로 도독하게 눈이 쌓여서 완만한 기복을 이룬 들판을 수색한 끝에, 과연 성에 이르기까지 계속 이어져 있는 발자취가 드러났다. 특히 비질이 되어 있는 넉넉한 철책 주변에서 레닌은 마을 반대 방향으로 두 개의 마차 바큇자국이 뻗어나간 것을 발견했다.

헌병반장은 초인종을 울렸다. 중앙 통로의 제설작업에 여념이 없던 관리인이 손에 빗자루를 든 채 부리나케 달려왔다. 그의 말에 따르면,

제롬 비냘은 오늘 아침, 사람들이 아직 잠자리에 있는 이른 시각에 손수 마구를 챙겨서 마차를 타고 어디론가 외출했다는 것이다.

"그렇다면 이미 한참 멀리 가 있을 테니까 바퀴자국을 따라갈 수밖에 없겠군……."

레닌의 말에 헌병반장이 나섰다.

"그럴 필요 없어요. 보나마나 철로를 따라갔을 겁니다."

"그럼 내가 방금 떠나온 퐁피냐 역으로 갔단 말입니까? 그렇다면 어차피 마을을 거쳐야 했을 텐데……."

"그렇겠죠. 다만 방향을 달리 해서 특급열차가 정차하는 도청 소재지로 향했다면 얘기가 다르지요. 다행히 거긴 검찰지청이 위치한 곳이기도 합니다. 오전 11시 전에는 떠나는 열차가 없을 테니까, 일단 전화해서 역을 감시하게만 만들면 될 겁니다."

레닌은 헌병반장을 감탄의 눈길로 바라보며 말했다.

"당신 판단이 옳은 것 같소. 수사를 진행하는 솜씨가 놀라울 정도입니다."

두 사람은 그렇게 헤어졌다.

레닌은 당장이라도 라 롱시에르로 달려가 오르탕스 다니엘을 만나보고 싶었지만, 곰곰이 생각해보니 사태가 보다 순순히 풀리기 전에는 찾지 않는 게 좋을 것 같다는 판단이 들었다. 그래서 마을 주막으로 다시 돌아가 다음과 같은 전갈을 대신 보내기로 했다.

너무도 소중한 친구에게.

편지를 읽어보니, 아마도 당신은 감정이 무척 동해서 제롬과 나탈리의 사랑을 어떻게든 지켜주고 싶다는 생각인 것 같소. 한데 지금의 상황을 보면 그 신사숙녀 두 분께서는 든든한 후원자인 당신에게 한마디 상의도 없이, 마티아스 드 고른을 우물 깊숙이 처박아버리고 줄행랑을 친 듯합니다.

어쨌거나 내가 즉각 당신을 만나러 가지 않는 걸 양해해주시오. 이번 일은 엄청나게 꼬여 있어서 아무래도 문제 해결에 골몰하기 위해서는 당신 곁을 잠시 떠나 있는 게 좋겠다는 생각입니다…….

시각은 10시 30분이었다. 레닌은 들판으로 걸어나와 뒷짐을 진 채 어슬렁거리기 시작했다. 그러면서도 새하얗게 펼쳐진 아름다운 경관에는 눈길 하나 던지지 않았다. 점심식사를 하러 다시 안으로 들어온 다음에도, 주변을 에워싸고 사건 얘기로 떠들썩한 주막의 손님들은 전혀 아랑곳하지 않고 혼자만의 깊은 생각에 잠겼다.

그는 2층 자기 숙소로 올라가 꽤 오랜 시간 잠을 청했고, 문득 노크 소리에 깨어 일어나 문을 열었다.

"어, 다…… 당신이……."

어리둥절해 중얼거리는 레닌 앞에는 오르탕스가 조용히 서 있었다.

둘은 서로의 손을 지그시 맞잡은 채 한동안 아무 말 없이 마주 보았다. 마치 어떤 생각도, 말도 이 재회의 기쁨에 끼어들 수 없을 것만 같았다. 급기야 먼저 입을 연 것은 레닌이었다.

"내가 잘 온 거죠?"

여자는 부드럽게 대답했다.

"네, 그래요…… 실은 기다리고 있었거든요……."

"기다릴 것이 아니라 좀 더 빨리 와달라고 했으면 더 나을 뻔했어요. 사건이란 기다려주질 않는 법인데, 내가 너무 늦게 도착하는 바람에 이젠 제롬 비냘과 나탈리 드 고른 사이의 일이 아예 오리무중이 되어버렸어요."

"아니, 그럼 여태 모르고 있었나요?"

여자의 깜짝 놀란 표정에 레닌은 어리둥절해 물었다.

"뭘 말입니까?"

"두 사람 다 체포했대요. 둘이서 특급열차를 타고 같이 도망치려고 했다는군요."

그러자 레닌은 이렇게 반발했다.

"체포라니…… 당치 않은 말입니다. 그렇게 마구잡이로 잡아들이면 곤란하죠. 우선 철저한 조사부터 거쳐야 합니다."

"지금 그렇지 않아도 조사에 착수해 있어요. 현재 사법당국에서 수색 중이죠."

"어딜 말입니까?"

"그야 물론 성이죠. 근데 두 사람 다 결백하니…… 그렇죠? 두 사람 다 결백한 거죠? 당신도 나 못지않게 그들이 죄가 없다고 생각하는 거죠?"

하지만 레닌의 대답은 이랬다.

"지금으로선 어떻다고 단정을 내릴 수가 없는 상황입니다. 다만 모든 것이 그 두 사람한테 불리하게 돌아가고 있다는 점만은 말해주고 싶군요. 딱 한 가지 사실만 빼고 말이죠. 즉, 모든 것이 그 두 사람에게 너무나도 불리하게 되어 있다는 사실! 그처럼 일방적으로 불리한 증거들이 거듭해서 드러나는 경우란 드문 법입니다. 살인을 저지르면서 그처럼 어리숙하게 있는 단서, 없는 단서 남겨놓는 경우란 찾아보기 힘들어요. 그런 점만 빼고는 전체가 오리무중이고 모순덩어리랍니다."

"그럼 이제 어쩌죠?"

"그저 황당할 따름이오……."

"하지만 이번에도 뭔가 계획이 있을 것 아니에요?"

"아직까지는 속수무책입니다. 아, 제발 그 제롬 비냘이라는 사람과 나탈리 드 고른이라는 여성을 직접 만나, 스스로 변호하는 얘기를 들어볼 수만이라도 있다면! 하지만 나더러 직접 질문을 할 수 있게 해주기는커녕 경찰의 신문 과정에 입회를 허용할 리도 없을 테니…… 더군다나 지금쯤은 모든 게 끝나 있을 겁니다."

그러자 여자가 말했다.

"성에서의 신문은 끝났겠지만, 저택 안에서 마저 하게 될 거예요."

"그들을 저택으로도 데리고 갔단 말인가요?"

"네, 검찰지청 소속 차량을 운전했던 기사 중 한 명이 얘기한 바로는 그렇다네요."

레닌은 갑작스러운 탄성을 내질렀다.

"오! 그렇다면야 만사 오케이지요! 우물의 집이라…… 가서 제일 좋은 자리를 차지하는 겁니다. 그래서 그들이 진술하는 것을 보고 듣는 가운데 단 한 마디 말, 단 한 번의 억양 변화, 눈 한 번 깜빡이는 것 등 일말의 단서라도 취할 수만 있다면 충분히 희망을 가져볼 만합니다. 자, 어서 갑시다!"

그는 부랴부랴 여자를 대동하고 아침에 밟았던 길을 따라, 역시 열쇠수리공이 따주었던 문 앞까지 도달했다. 저택의 주변 경비를 위해 미리 배치된 헌병들의 발자국은 눈 위로 이미 그럴듯한 통로를 만들어놓은 상태였다. 운 좋게도 오르탕스와 레닌은 남의 눈에 띄지 않게 살금살금 건물로 다가가 옆벽의 창문을 통해 하인 전용 계단이 걸쳐진 통로로 진입할 수 있었다. 그리 높지 않은 계단 끝에는 작은 방이 있었는데, 타원형의 자그마한 창을 통해 1층의 거실을 내려다볼 수 있었다. 사실 아침에 이곳을 방문했을 때 레닌은 이 창문이 안쪽에서 헝겊으로 가려져 있는 것을 유심히 보아두었던 것이다. 그는 헝겊을 거두고 유리창 일부를 절단했다.

잠시 후, 집 반대편, 아마도 우물 주변으로부터 사람들 목소리가 들리는가 싶더니 점점 또렷해졌다. 이내 몇몇 사람들이 집 안으로 들어섰고, 그중 일부는 2층으로 올라갔다. 그런가 하면 헌병반장이 웬 젊은 사내와 함께 모습을 드러냈는데, 이쪽에서는 젊은이의 훤칠한 실루엣만을 알아볼 수 있을 뿐이었다.

"제롬 비냘이에요!"

오르탕스가 내뱉자, 레닌이 목소리를 낮추어 화답했다.

"그렇군요. 먼저 마담 드 고른부터 자기 방으로 데리고 올라가 신문할 모양입니다."

15분가량이 흐르자, 2층으로 올라갔던 사람들이 다시 내려와 거실로 들어섰다. 보아하니 검사보와 서기, 경찰서장과 두 명의 경찰관이었다.

마침내 맨 마지막으로 마담 드 고른이 들어섰고, 검사보는 제롬 비냘에게 앞으로 나오라고 명령했다.

과연 제롬의 얼굴은 오르탕스가 편지에서 묘사했던 그대로 박력 넘치는 인상이었다. 그 어디에도 불안이나 초조감은 눈곱만큼도 없었고, 오로지 결단력과 강인한 의지만이 똘똘 뭉쳐 보였다. 반면 나탈리는 체구도 왜소한 데다 왠지 위축되어 보이는 인상이었지만, 눈동자만큼은 마찬가지로 차분함과 안정감을 내비쳤다.

검사보는 일단 어지럽혀진 집 안의 가구들과 싸움의 흔적들을 면밀히 둘러본 뒤, 여자에게 의자를 권하고 제롬에게는 이렇게 말했다.

"므슈, 지금까지는 차후에 수사판사께서 다시 정식으로 하게 될 신문 절차를 일단 약식으로 해본 것에 불과합니다. 즉, 당신과 마담 드 고른의 행보를 잠시 접고 이리로 호송하게 한 데에 매우 중대한 사유가 있다는 점을 납득시키는 의미에서, 우선 사소한 몇 가지 질문만을 했던 겁니다. 이제 당신은 지극히 불합리하다고 여겨지는 혐의사항에 대해서는 얼마든지 거부할 수 있다는 점을 말씀드립니다. 자, 그럼 부디 정확한 진실을 기대해볼까요?"

제롬은 즉시 대답했다.

"이보십시오, 검사보님. 나한테 덧씌워지는 온갖 혐의점들에 대해서는 전혀 개의치 않습니다. 검사보님도 기대한다고 방금 말씀하셨지만, 그야말로 진실이 밝혀지면 그깟 어설픈 혐의점들은 순식간에 날아가버릴 테니까요!"

"바로 그것을 밝혀내기 위해 우리가 지금 이곳에 온 겁니다, 므슈."

"좋습니다. 얘기는 이렇게 된 거예요……."

젊은이는 잠시 뜸을 들이더니 청명하고 소탈한 말투로 이야기를 시작했다.

"나는 마담 드 고른을 무척이나 사랑하고 있습니다. 처음 그녀를 본 순간부터 내 마음속에는 한없는 애정이 들어찼지요. 아울러 사랑이 크고 강렬하면 할수록 늘 그녀의 명예가 더럽혀져서는 안 된다는 걱정에 끊임없이 시달려야만 했습니다. 그녀를 사랑하지만, 그보다 더 그녀를 존중한 거죠. 아마 그녀도 얘기했을 테지만 지금 내 입으로 거듭 말씀드리지요. 사실 그녀와 나는 오늘 밤에서야 처음으로 서로 말을 나누었습니다……."

그는 나지막한 목소리로 얘기를 이어갔다.

"나는 그녀가 불행할수록 더욱 그녀를 존중했습니다. 그녀의 삶이 매순간 고문의 연속과도 같았다는 것은 만인이 다 아는 공공연한 사실입니다. 남편이라는 사람은 지독한 증오심과 말도 안 되는 질투로 사사건건 그녀를 괴롭혔지요. 한번 하인들한테 물어보십시오. 분명 나탈리 드 고른이 그동안 걸어온 고난의 길이 어떠했는지, 얼마나 구박을 당하면서 온갖 학대를 견뎌왔는지 죄다 얘기해줄 겁니다. 나는 그저 불의와 불행이 판을 칠 때 누구라도 구원의 손길을 내밀 수 있다는 생각 하나로, 바로 그녀가 걸어온 그 고난의 길에 종지부를 찍어주고 싶었을 뿐입니다. 나는 이 문제로 세 차례나 드 고른 영감을 찾아가 제발 좀 어떻게든 손을 써달라고 통사정을 했었습니다. 하지만 그 영감탱이의 내부에는 자기 며느리에 대한 마찬가지의 증오심이 도사리고 있다는 사실만을 확인해야 했습니다. 그것은 자기보다 아름답고 고결한 것을 대할 때 숱한 못난 인간들이 느끼는 시기심이라고 할 만한 것이었습니다. 마침내 나는 나 자신이 행동에 나서야겠다고 마음먹지 않을 수 없었습니다. 결국 바로 어젯밤, 마티아스 드 고른을 요리할 작전에 들어갔지요…… 다소 무모하긴 했지만, 일단 입장이 정해진 만큼 반드시 성사시켜야만 하는 작전이었습니다. 여기서 검사보님께 분명히 맹세하건대, 나는 애당초 마티아스 드 고른과 얘기로 사태를 해결하겠다는 생각밖엔 없었습니다. 그의 생활 속에서 일정한 압력을 행사할 만한 구석들을 알고 있던 터라, 그런 점들을 내세워 압박을 가함으로써 내 목적을 이룰 생각이었답니다. 요컨대 상황이 지금처럼 엉뚱하게 틀어진 건 전적으로 내 책임이 아니란 말입니다……. 아무튼 난 9시 조금 못 된 시각에 이곳에 도착했습니다. 하인들이 집에 없다는 건 물론 알고 온 거죠. 그가 직접 문을 열어주더군요. 역시 혼자였습니다."

그 순간, 검사보가 말을 막았다.

"이것 보시오, 므슈! 당신 지금 그 말은, 방금 전에 마담 드 고른과 마찬가지로 진실과 완전히 어긋나는 발언이 아니오? 마티아스 드 고른은 어제 밤 11시가 되어서야 귀가했단 말입니다! 명명백백한 증거가 둘씩이나 있어요. 첫째, 그의 부친으로부터 증언이 있었고, 둘째, 저녁 9시 15분부터 11시까지 내렸던 눈 위의 발자국이 말해주고 있단 말입니다!"

하지만 제롬 비냘은 자신의 악착같은 태도가 다소 밉보일 수 있다는 것은 안중에도 없이 이렇게 강변했다.

"검사보님, 나는 어디까지나 있는 그대로의 사실을 이야기하지, 몇 가지 단서를 근거로 적당히 해석될 수 있는 바를 말하고자 하는 게 아닙니다……. 다시 말합니다. 여기 이 괘종시계는 내가 이곳에 들어섰을 당시, 분명 9시 10분 전을 가리키고 있었습니다. 므슈 드 고른은 내가 무슨 도발이라도 하는 줄 알고 얼른 엽총부터 빼 들더군요. 나는 아예 내 권총을 손이 닿지 않을 만큼 멀리 탁자 위에 밀어놓고는 의자를 골라 앉았습니다……. 난 말했어요. '할 얘기가 있어서 이렇게 찾아왔소. 내 말에 귀 기울여주기를 바랍니다'라고 말이죠. 그는 묵묵부답, 미동도 하지 않더군요. 결국 나는 갑작스러운 제안에 앞서 으레 포석으로 깔 만한 사전 설명도 없이 무턱대고 준비해온 말들을 쏟아내기 시작했답니다. '지난 몇 달 이래로 당신의 재정 상태에 관해 세밀한 조사를 해왔소. 그 결과, 당신이 가진 모든 부동산은 저당 잡힌 상태이고, 지불기한이 다가오는 어음들도 상당한 반면, 도무지 그 모든 걸 제대로 이행하기가 불가능한 상황이더군요. 그렇다고 당신 아버지한테 기대기도 어려운 입장일 겁니다. 그 양반 자신이 몹시 어려운 처지이니까요. 요컨대 당신은 파산 지경이라고 할 수 있습니다. 실은 그런 당신을 돕기 위해 내가 이렇게 온 것이오.' 그는 여전히 입을 다문 채 나를 뚫어져라 쳐다보더니 슬그머니 자리에 앉더군요. 즉, 내 태도가 그리 싫지만은 않다는 뜻이 아니고 뭐겠습니까! 나는 얼른 호주머니 속에서 은행권 다발을 꺼내 그의 면전에 내밀며 내처 말했답니다. '여기 6만 프랑이 있소. 당신 소유의 이 우물의 집과 그에 딸린 토지들, 그 밖의 모든 저당 잡힌 것들을 죄다 떠안겠단 말이오. 이 금액이면 아마 그 모든 걸 다 친

값의 두 배는 될 거요.' 순간 그의 눈빛이 반짝거리더군요. 그러면서 이렇게 중얼거렸습니다. '조건은?' 난 그랬죠. '딱 하나, 당신이 영영 미국으로 떠나는 겁니다.' 검사보님, 우린 그렇게 약 두 시간가량 얘기를 나누었답니다. 분명 나의 제안에 모욕감을 느낀 것은 아니었어요. 나 역시, 상대가 어떤 인간인지 아예 몰랐다면 애당초 그런 제안을 내놓으려고 하지도 않았을 겁니다. 그런데 그자는 무작정 더 많은 걸 요구하는 것이었어요. 그것도 마담 드 고른의 이름만은 어떻게든 피해가는 기색이 역력한 채로 악착같이 더 뜯어내려 하는 겁니다. 물론 나는 단 한 마디도 그녀 얘기는 꺼내지 않은 상태였고요. 그와 나는 마치 무슨 송사를 둘러싸고 서로 타협점을 찾아 이리저리 머리를 굴리는 사람들 같았습니다. 실은 한 여인의 운명과 행복이 달린 문제였는데 말이죠. 그렇게 지긋지긋한 씨름을 하던 끝에 결국 나는 그가 요구하는 바를 몽땅 수용하기로 했답니다. 우린 서로 합의에 도달했고, 나는 그것을 되도록 신속하게 확정하기를 원했죠. 우린 편지를 두 개 교환했는데, 그중 하나는 이 **우물의 집**을 합의된 금액으로 확실히 넘긴다는 내용이었고, 다른 하나는 그들 부부 간 이혼이 발효되는 즉시 미국에 있는 그에게 같은 금액을 추가로 보낸다는 내용이었습니다……. 이로써 일이 마무리된 셈이었지요. 당시만 해도 나는 그가 정직하게 모든 계약에 합의했다고 믿어 의심치 않았습니다. 나를 보는 눈도 더 이상 연적이나 위험인물이 아니라, 오히려 경제적인 도움을 준 귀하신 신사로 보는 것 같았지요. 심지어 내가 빠른 길로 귀가할 수 있게 해주겠다며, 들판을 향한 쪽문 열쇠까지 내주는 것이었습니다. 그런데 불행히도 나중에 가서야 깨달은 거지만, 그곳을 나오기 위해 망토와 모자를 집어 들면서 그만 그자가 서명한 부동산 이전 계약서를 깜빡했지 뭡니까! 그걸 보고 순간적으로 마티아스 드 고른의 뇌리에는, 내 불찰을 밟고 넘어 생각지도 못한 이득을 챙길 생각이 퍼뜩 스쳤던 겁니다. 부동산도 지키고, 마누라도 지키면서…… 돈도 손에 넣자는 거였죠! 그는 잽싸게 종이부터 감추고는, 총의 개머리판으로 내 머리를 가격했습니다. 그뿐만 아니라 와락 달려들어 두 손으로 목을 졸라대는 것이었어요. 하지만 그 모든 게 큰 오산이었죠……. 워낙 그자보다 완력이 한 수 위인 내 실력을 간과한 셈이었으니까요. 난 얼마 몸싸움도 벌이지 않고 그를 제압해버렸고, 바닥에 굴러다니던 줄로 몸뚱어리를 단단히 결박했답니다……. 검사보님, 그자가 재빨리 마음을 바꾼 것만큼이나 이쪽 역시 그에 대한 대응이 신속했습니다. 어차피 그가 거래를 받아들인 이상, 적어도 내가 정작 관심 있어 하는 부분에 한해서만큼은 당장 약속 이행에 들어가도록 강요했으니까요. 나는 그 길로 성큼성큼 2층에 쳐들어갔답니다. 그때 제 생각으로는, 틀림없이 마담 드 고른은 그곳 방에 숨어서 아래층의 떠들썩한 소동을 듣고 있으리라 믿어 의심치 않았거든요. 나는 손전등을 앞세우며 세 개의 방을 죄다 훑었어요. 그런데 네 번째 방이 열쇠로 잠겨 있는 것이었습니다. 마구 두드렸지만 아무런 대답이 없더군요. 사실 나는 그때 도저히 나 자신을 주체할 수 없는 지경이었습니다. 이미 뒤져본 방들 중 한 곳에서 망치를 봐둔 터라, 당장에 그것을 가져와 문을 때려 부수기 시작했지요. 아니나 다를까, 그 안에는 나탈리 드 고른이 기절한 채 바닥에 쓰러져 있는 것이었습니다. 나는 얼른 그녀를 안아 들어 1층으로 내려오자마자 부엌으로 빠져나갔습니다. 바깥의 새하얗게 쌓인 눈을 보니 내 발자국을 통해 쉽게 따라붙을 거라는 생각이 들더군요. 하지만 별 대수이겠냐 생각했습니다. 굳이 마티아스 드 고른의 추적을 따돌릴 필요가 없을 테니까요. 생각해보십시오. 이미 6만 프랑의 주인인 데다, 이혼이 성사되는 그날로 같은 금액을 송금하겠다는 약속증을 확보해놨겠다, 기존의 부동산까지 그대로 차지한 상황에서,

나탈리 드 고른 따위야 그대로 내게 넘기더라도 아마 웃는 낯으로 떨어져 나갈 만하지 않겠습니까? 그래도 우리 사이에 달라질 건 아무것도 없는 셈이죠. 다만 가만히 앉아서 개평을 기다리는 대신, 내가 먼저 나서서 탐내던 판돈을 덥석 그러쥐었다고나 할까! 솔직히 내가 걱정한 건 마티아스 드 고른의 반격이 아니라, 나탈리 드 고른이 혹시 내게 기분 나빠 하거나 비난을 터뜨릴지 모른다는 점이었습니다. 난데없이 들이닥친 남자에게 붙들려가는 자신의 처지를 놓고 그녀가 과연 어떤 반응을 보일까 걱정이었죠……. 검사보님, 아마 마담 드 고른도 솔직하게 털어놓았을 겁니다. 내가 결코 아무 비난받을 이유가 없었다는 걸요. 사랑은 사랑을 부르게 마련이니까요. 그날 밤 내 집에 함께 온 그녀는 흥분을 감추지 못하고 나를 향한 그녀 자신의 감정을 솔직히 고백했답니다. 내가 자기를 사랑해온 것과 마찬가지로 자기 역시 나를 사랑해왔었다고 말입니다. 결국 우리 두 남녀의 운명은 처음부터 서로 뒤엉켜 있었던 겁니다. 그렇게 해서 오늘 새벽 5시, 결코 사법당국이 뒤를 쫓으리라고는 눈곱만치도 생각지 못한 채, 우리는 둘만의 미래를 향해 길을 떠난 것입니다."

제롬 비냘의 이야기는 거기에서 끝났다. 일사천리로 쏟아내는 모습이 마치 외워둔 이야기를 뇌까리는 것 같았다.

모두가 잠시 한숨 돌리는 분위기였다.

한편 타원형 창문 너머 숨어 있는 오르탕스와 레닌은 지금까지 단 한 마디도 빠뜨리지 않도록 귀를 기울이고 있었다.

"그럴듯한 얘기네요……. 어쨌든 앞뒤가 맞는 것 같아요."

여자의 중얼거림에 레닌이 짚고 넘어갔다.

"그래도 이론의 여지는 남습니다. 자, 들어봐요. 결코 만만치 않은 문제점들 가운데서도 특히……."

그러나 레닌이 하려던 말은 이미 검사보의 입에서 나오고 있었다.

"그 와중에 므슈 드 고른은 대체 어떻게 된 겁니까?"

"마티아스 드 고른 말씀입니까?"

제롬은 어리둥절한 표정으로 되물었다.

"그렇소. 지금까지 아주 진솔한 어조로 말씀하신 일련의 사태들에 관해서는 나 역시 인정해 마지않겠지만, 당신은 유감스럽게도 가장 중요한 요점을 누락시켰단 말입니다. 즉, 마티아스 드 고른의 신상에 관계된 문제 말이오! 당신은 분명 그를 이곳에 묶어놓았다고 했습니다. 그런데 오늘 아침 현장엔 아무도 없더란 말입니다."

"그야 당연하지요. 결국에는 나와의 거래를 수용한 이상, 결박을 풀고 미련 없이 떠났을 수도 있잖겠습니까?"

"대체 어디로 말입니까?"

"글쎄요, 자기 아버지 집으로 향했을지 모르죠."

"하지만 발자국이 없질 않습니까? 주변에 곱게 쌓인 눈이야말로 지극히 공평무사한 증인 아니겠습니까? 당신과 그자의 난투극이 끝난 다음 당신의 족적은 눈 위에서 확인이 되는데, 왜 그의 것만 보이지 않는 건지 모를 일입니다. 분명 집으로 들어오긴 했지만, 다시 나가진 않았다는 말입니다. 대체 어디 있는 걸까요? 아무런 발자취도 없어요. 아니면 혹시……."

검사보는 갑자기 목소리를 한껏 낮추며 말을 이었다.

"우물에 이르는 길에 몇몇 발자국이 있긴 한데…… 우물 주변에도 그렇고…… 거기서 아주 극렬한 몸싸움이 또 한 차례 있었다는 증거로 볼 수 있겠는데…… 그 이후가…… 그 이후가 오리무중이란 말이거든."

제롬은 그저 어깨를 으쓱할 뿐 대답은 시큰둥했다.

"이것 보세요, 검사보님. 또 그 얘기로군요. 내게 살인혐의를 씌우시겠다 이건데…… 그에 대해선 대꾸할 필요조차 느끼지 않습니다."

"그렇다면 우물에서 20여 미터 떨어진 지점에 당신의 권총이 발견된 사실에 관해서는 대답을 해줄 수 있겠소?"

"그 또한 의도가 뻔하므로 마찬가지로 대꾸하지 않겠습니다."

"아울러 간밤에 세 차례 총성이 울린 점과 당신 권총에 총알 세 발이 비어 있다는 우연의 일치에 대해서는?"

"역시 마찬가지지요. 분명히 말하지만 당신이 생각하듯이 우물가의 마지막 몸싸움은 있지도 않았습니다. 나는 므슈 드 고른을 여기 이곳에다 묶은 채 방치해두었고, 내 권총 역시 탁자 위에 내버려두고 떠났소. 간밤에 들렸다는 세 차례 총성은 내가 쏜 것이 결코 아닙니다!"

"그렇다면 정녕 기막힌 우연의 일치라는 겁니까?"

"그야 사법당국이 밝혀낼 문제이지요. 나의 유일한 의무는 진실을 있는 그대로 말하는 것일 뿐, 그 이상을 요구할 권리는 당신한테 없습니다.

"하지만 그 '진실'이라는 것이 관찰된 사실들과 정면으로 배치된다면 어쩌겠습니까?"

"그렇다면 관찰된 사실에 문제가 있는 거겠죠."

"좋습니다. 단 사법당국에서 당신의 진술에 대한 확인 절차가 이루어질 때까지, 나로선 당신 신병을 검찰지청에 인계할 수밖에 없다는 점 이해하시리라 믿습니다."

그러자 제롬은 한껏 걱정스러운 표정으로 물었다.

"마담 드 고른은 어떻게 되는 겁니까?"

검사보는 아무 대답도 하지 않았다. 그러고는 경찰서장과 몇 마디 얘기를 나누더니, 경찰관 한 명에게 자동차 두 대 중 한 대를 문 앞까지 대령하라고 지시했다. 마침내 그는 나탈리 쪽으로 돌아서며 말했다.

“마담, 지금까지 므슈 비냘의 진술을 잘 들으셨으리라 믿습니다. 정확히 당신의 진술과 일치하고 있더군요. 특히 므슈 비냘은 자신이 들쳐업고 나갈 때 당신은 혼절한 상태였다고 합니다. 그래, 길을 가는 내내 혼절해 있었나요?”

제롬의 태연자약한 태도가 여자의 마음에도 전달된 듯 침착한 대답이 나왔다.

“성에 도착해서야 정신이 들었습니다.”

“그것참 이상한 일이로군요. 온 마을이 발칵 뒤집힐 정도로 요란했던 세 발의 총성도 전혀 못 들었다는 겁니까?”

“전혀 못 들었습니다.”

“우물 근처에서 무슨 일이 벌어졌는지도 모르고요?”

“제롬 비냘이 얘기하시는 대로 아무 일도 일어나지 않은 것으로 알고 있습니다.”

“그럼 당신 남편은 어찌 된 겁니까?”

“그건 모르지요.”

“이것 보세요, 마담. 당신은 사법당국에 적극적으로 협조를 해야 할 처지입니다. 짚이는 점이 조금이라도 있으면 우리에게 알려줘야만 해요. 혹시 무슨 사고라도 일어난 건 아닌지, 남편께서 아버지를 만나뵙고 너무 많이 취해 비틀거리다가 얼떨결에 우물에 빠졌는지도 모르는 일 아닙니까?”

“그이는 아버님 집에서 귀가할 때 취해서 돌아온 적이 지금까지 한 번도 없습니다.”

“하지만 아버지 얘기는 달랐습니다. 부자 둘이서 포도주를 두세 병이나 마셨다고 해요.”

"그건 아버님이 뭔가 착각을 한 거겠죠."

"하지만 눈(雪)이 착각할 리는 없겠죠, 마담!"

어느덧 검사보의 말투에는 짜증이 묻어 있었다.

"발자국이 온통 지그재그로 말이 아니었습니다."

"그이는 눈이 내리기 전인 저녁 8시 반에 귀가했습니다."

마침내 검사보는 주먹으로 탁자를 내리쳤다.

"맙소사! 여보세요, 마담! 지금 당신이 하는 말은 엄연한 물증마저 무시하고 있습니다! 저 새하얀 눈처럼 공평무사한 증거가 어디 있다고 이러십니까! 뭔가 확인될 수 없는 사항들에 배치되기만 해도 그런대로 넘어가겠습니다! 하지만 이건 눈 위의 발자국이란 말입니다…… 새하얀 눈에 찍힌 흔적이라고요!"

그쯤에서 검사보는 흥분을 자제했다.

창문 밖으로 자동차가 도착하는 것이 보이자, 검사보는 갑자기 마음을 정한 듯 나탈리에게 이렇게 말했다.

"아무쪼록 사법당국에 최대한 협조해주시기 당부드리며, 이곳 저택에 당분간 머물러주시기 바랍니다."

그런 다음, 헌병반장더러 제롬 비냘을 자동차로 모시라 일렀다.

이로써 두 연인의 뜻은 일단 좌절된 셈이었다. 둘이 모처럼 결합하자마자 서로 헤어져서 따로따로 혹독한 공격에 맞서 싸워나가야 할 처지가 된 것이다.

제롬은 나탈리에게 한 걸음 다가섰다. 둘 사이에 고통스러운 눈빛이 오고 갔다. 남자는 깍듯하게 고개를 숙여 인사를 건넨 뒤 헌병반장의 인솔을 받아 출구 쪽으로 걸음을 떼었다.

바로 그때였다.

"잠깐! 멈추시오, 반장! 제롬 비냘, 당신도 꼼짝 말고!"

난데없이 터져나온 호령에 검사보를 위시한 모든 사람들이 소리나는 쪽으로 고개를 쳐들었다. 목소리는 거실 벽 상단으로부터 새어나왔다. 타원형의 창문이 활짝 열리면서 레닌이 불쑥 상체를 들이밀며 호들갑을 떨었다.

"모두들 내 말 들어보시오! 할 애기가 좀 있습니다. 무엇보다 지그재그로 난 발자국 얘기 말이오. 거기에 모든 문제가 달려 있는 겁니다. 마티아스는 그날 술을 마시지 않았습니다……."

이제 그는 두 다리를 창밖으로 내민 자세였고, 어안이 벙벙한 채 자신을 말리려고 하는 오르탕스에게 연신 중얼거렸다.

"여기 꼼짝 말고 있어요. 누가 여기까지 와서 당신을 귀찮게 할 리는 없을 겁니다."

그러고는 훌쩍 거실로 뛰어내렸다.

검사보는 어리둥절한 표정이었다.

"아니, 어디서 불쑥 나타나는 거요? 당신은 누구십니까?"

레닌은 먼지가 뽀얗게 묻은 옷을 툭툭 털면서 대꾸했다.

"이거 미안하게 됐습니다, 검사보님. 보통 사람들과 마찬가지 방식을 따랐어야 하겠지만, 워낙 마음이 급해서 그만…… 더군다나 저 위가 아니라 그냥 문을 통해 들어섰다면 앞으로 할 내 얘기가 별 효과를 거두지 못할 것 같아서요."

검사보는 다소 흥분한 기색으로 바짝 다가들며 다시 물었다.

"대체 누구시냐고 물었소!"

"레닌 공작입니다. 오늘 아침 헌병반장의 초동수사 때 동행했지요. 안 그렇습니까, 반장? 그 이후로 나 혼자서 이리저리 조사하고 돌아다녔지요. 그러자 신문 과정에도 직접 참관할 수 있었으면 하는 욕망이 일었고, 부득이 저 위 자그마한 골방에서 둥지를 틀고 기다리게 되었답니다."

"아니, 어떻게 감히! 누구 허락을 받고……."

"진실을 밝혀내기 위해서는 이 정도는 무릅쓸 수밖에 없었습니다. 만약 저곳에 숨어서 엿듣지 않았다면, 정말 중요한 단서들에 대해 까마득히 모른 채 지나쳤을지 모릅니다. 예컨대 마티아스 드 고른이 털끝만큼도 취하지 않았었다는 사실도 모르고 지나갔겠죠. 그런데 바로 거기에 수수께끼의 해답이 있었던 겁니다. 그걸 깨닫자, 금세 문제가 풀리더군요."

그러고 보니 검사보로서는 우스꽝스러운 상황에 봉착한 꼴이었다. 신문 절차에 필수적인 보안 유지를 그만 등한시한 데다, 이제는 이 난데없는 침입자에게 감히 반발을 하기도 어려운 처지가 된 것이다. 그는 마지못해 투덜댔다.

"아무튼 빨리 끝냅시다. 그래, 원하는 게 뭐요?"

"그저 잠시만 주목해주면 됩니다."

"왜 그래야 하는데요?"

"그야 물론 므슈 비냘과 마담 드 고른의 결백을 증명하기 위해서죠."

언제든 행동에 나설 때라든가, 모든 결말이 오직 자신의 손에 달려 있을 때마다 어김없이 나타나곤 하던 침착하고도 느긋하기 그지없는 태도가 이번에도 드러나고 있었다. 타원형의 창문 너머에서 여전히 숨죽이고 지켜보는 오르탕스의 가슴은 즉각적인 신뢰감과 함께 두방망이질하기 시작했다.

'이제 저들은 살았어! 역시 내가 갈구했던 대로 저 남자는 딱한 여자를 절망과 감옥에서 안전하게 구해주려는 거야!'

오르탕스의 마음은 말할 수 없는 감격으로 복받쳐 올랐다.

그런 심정은 제롬과 나탈리도 마찬가지였다. 갑자기 공중에서 솟아

나듯 나타난 이 낯선 사내가 서로 손을 잡도록 허락이라도 해준 것처럼, 둘은 서로에게 성큼 다가가 떨리는 희망을 가까스로 다스린 채 서 있었다.

검사보는 어깨를 한 차례 으쓱하며 말했다.

"그 결백이라는 것도 때가 되면 예심 과정에서 죄다 밝혀지게 되어 있소. 그때 가서 당신도 소환하도록 하죠."

"그보다는 지금 당장 밝혀내는 것이 좋을 겁니다. 이런 일은 조금만 지체하면 좋지 못한 결과가 나올 수도 있어요."

"그래서 지금 나도 이렇게 바쁜 것 아니오!"

"한 2~3분만 짬을 내주시면 충분합니다."

"이런 사건을 고작 2~3분 안에 풀어내겠다니!"

"더도 말고 딱 그 정도입니다."

"그렇게 자신 있습니까?"

"이제 와선 그렇습니다. 오늘 아침부터 골이 다 빽적지근하게 생각을 해왔거든요."

검사보는 그제야 이 엉뚱한 신사가 도저히 상대를 놔줄 위인이 아니며, 차라리 이쪽에서 양보를 하는 것이 상책이라는 판단이 들었다. 그는 다소 빈정대는 투로 내뱉었다.

"그래, 당신의 그 빽적지근해진 골이 마티아스 드 고른의 행방을 알려줬습니까?"

레닌은 시계를 힐끗 보더니 말했다.

"지금쯤은 파리에 가 있을 겁니다."

"파, 파리라고? 그럼 살아 있단 말이오?"

"살아 있는 정도가 아니라, 무척 건강한 상태일 겁니다."

"그거 듣던 중 매우 반가운 소리로군요! 그렇다면 우물가의 그 어지러운 발자국과 권총이 떨어져 있는 것, 그리고 세 차례의 총성은 다 어떻게 된 거요?"

"모두 조작된 거지요."

"허어, 그것참…… 대체 누가 조작을 했단 말입니까?"

"몽땅 마티아스 드 고른 자신의 작품이랍니다."

"말도 안 돼! 대체 무슨 목적으로?"

"자신을 죽은 것처럼 믿게 해서, 궁극적으로는 므슈 비냘한테 모든 혐의가 돌아가게 할 목적으로 일을 꾸민 것이죠."

"가설은 꽤 그럴듯하군요…… 므슈 비냘, 당신 생각은 어떻소?"

검사보의 여전히 비아냥대는 말투에, 제롬은 이렇게 대답했다.

"나 역시 그런 식으로 추측을 하고는 있었습니다. 나와 그렇게 대판 싸우고 나서 혼자 남겨진 시간 동안, 마티아스 드 고른은 충분히 새로운 흉계를 꾸밀 수도 있었을 거예요. 물론 증오심을 있는 대로 만족시킬 만한 내용이겠죠. 아내에 대한 감정도 애증으로 얼룩져 있는 데다 나는 죽이고 싶도록 미웠을 테니, 분연히 일어나 복수를 감행하지 않을 이유가 없었겠죠."

"하지만 꽤나 막대한 대가를 치르는 복수일 텐데…… 당신 말대로라면 마티아스 드 고른은 차후에 당신으로부터 6만 프랑의 거금을 추가 지급받기로 되어 있지 않소?"

"그 금액은 다른 곳에서 뜯어낼 생각이었을 겁니다, 검사보님. 드 고른 가문의 재정 현황을 조사해본 결과 부자 모두 엄청난 규모의 생명보험에 가입을 해놓은 상태였습니다. 그러니 아들이 죽으면 그 아비가 보험금을 타서 나중에 아들에게 보상을 해주면 되는 거죠."

검사보는 지그시 미소를 띠며 말했다.

"그러니까 결국 이 모든 조작극이 드 고른 영감과 아들의 합작품이라

이거로군."

레닌이 놓치지 않고 맞장구를 쳤다.

"바로 그렇게 된 겁니다! 아버지와 아들의 죽이 착착 맞아떨어진 거지요."

"그럼 아들은 당연히 그 아비 집에 있겠습니다?"

"아마 간밤에는 그곳에 있었을 겁니다."

"그다음에는요?"

"퐁피냐에서 기차를 탔을 겁니다."

"나 참…… 그래봤자 모두가 추측일 뿐이오!"

"확신입니다."

"마음으로야 아무리 확신이 든다 해도, 물증이 없질 않소, 물증이……."

검사보는 상대의 대꾸를 기다리지 않았다. 이만하면 충분한 아량을 베푼 셈인 데다, 더 이상 인내력에도 한계가 있다고 판단했는지 대뜸 진술 청취를 마무리 지으려고 했다.

"확실한 물증이 없어요. 확실한 물증이……."

그는 모자를 쓰면서 같은 말을 되풀이했다.

"특히…… 당신의 얘기 중 그 어떤 사항도, 저 움직일 수 없는 증거인 백설이 얘기해주는 바를 조금이나마 뒤집을 만한 위력이 없습니다. 예컨대 아버지 집으로 가려면 마티아스 드 고른이 어쨌든 이곳을 나섰어야 할 텐데, 과연 어디로 나갔단 말입니까?"

"맙소사! 그야 므슈 비날이 얘기한 바 그대로 아버지 집 쪽으로 나간 거죠."

"눈에는 발자국이 남아 있지 않아요."

"아뇨. 발자국은 있습니다."

"그건 이리로 올 때 찍혔던 발자국이지, 나갈 때 만들어진 게 아닙니다."

"하지만 결국 그게 그겁니다."

"아니, 그건 또 무슨 소리요?"

"걷는 방법이 단 하나만 있는 건 아니지요. 반드시 앞으로만 걸으라는 법은 없지 않겠습니까?"

"아니, 앞으로 걷지 않고 그럼 어떻게 걷는단 말이오?"

"'뒷걸음질'이라는 게 있지요, 검사보님……."

아무렇지도 않은 듯 간명하게 내뱉은 이 말은 금세 거기 모인 모든 사람들의 입을 막아버렸다. 사람들은 마치 뒤통수를 맞은 듯 그 간단한 말의 의미를 헤아렸고, 비로소 수수께끼를 현실 속으로 끌어들임으로써, 도저히 밝혀질 것 같지 않던 진실의 내막이 지극히 자연스러운 현상처럼 일거에 드러나는 것을 느꼈다.

레닌은 한술 더 떠, 뒷걸음질로 창가에 다가가며 말했다.

"예컨대 창가로 다가가고 싶을 때, 나는 물론 똑바로 앞을 보고 걸어갈 수도 있겠지만, 이렇게 등을 돌린 채 뒷걸음질을 쳐서 다가갈 수도 있는 겁니다. 어느 방법을 쓰든 목적지에 도달할 수가 있지요."

그러고는 곧장 목소리에 잔뜩 힘을 주어 덧붙였다.

"자, 정리하겠습니다! 어둠이 내리기 전인 저녁 8시 반, 므슈 드 고른은 아버지의 집에서 귀가합니다. 그 시간에 눈은 오지 않았기 때문에 당연히 아무런 발자국도 없습니다. 이어서 저녁 9시 10분 전, 므슈 비날이 방문을 하는데, 이때 역시 눈이 내리기 전이므로 발자국은 남지 않았습니다. 두 남자 사이에 회담이 시작되고, 거래가 성립됩니다. 그러다 느닷없이 몸싸움이 벌어지지요. 결과는 마티아스 드 고른의 패배입니다. 그러다 보니 어느새 세 시간이 흘러가버렸습니다. 므슈 비날은 마침내 마담 드 고른을 들쳐 업고 줄행랑을 쳤으며, 마티아스 드 고른은 길길이 날뛰며 분개하다가, 언뜻 혹독한 복수의 가능성에 혹해서 교묘한 흉계를 꾸미기 시작합니다. 즉, 지난 세 시간 동안 소리 없이 내려서 쌓였고, 지금은 아주 믿음직한 증인 노릇을 하고 있는 저 백설을 절묘하게 이용해 적을 파멸시킨다는 계획 말입니다. 그는 우물 속에 떨어지는 걸로 자기 자신의 거짓 죽음을 그럴듯하게 조작한 뒤, 한 발 한 발 뒷걸음질을 쳐서 새하얀 눈의 백지 위에다 집을 떠나는 것이 아닌, 도착하는 족적을 멋들어지게 새겨 넣습니다. 자, 어떻습니까? 이만하면 더없이 명확한 해명이 되는 것 아닌가요, 검사보님? 새하얀 눈의 백지 위에다 집을 떠나는 것이 아닌, 도착하는 족적을 멋들어지게 새겨 넣었다 이 말입니다!"

이제 검사보는 더 이상 빈정댈 엄두가 나지 않았다. 이 성가시고도 엉뚱해 보이는 사나이가 갑자기 충분히 주목할 만한 위인이며, 결코 조소의 대상이 되어선 안 되는 인물이라는 자각이 덜컥 들었던 것이다.

그는 더듬더듬 물었다.

"그, 그럼…… 자기 아버지 집에서는 어떤 식으로 떠난 것 같습니까?"

"그야 마차로 떠났죠."

"마차를 본 사람은?"

"그의 아버지이고요."

"그걸 어떻게 압니까?"

"오늘 아침, 헌병반장과 함께 그 영감을 만나러 갔는데, 마침 습관대로 장을 보러 나가면서 마차 꾸리는 걸 보게 되었답니다. 아들은 그 마차를 덮고 있던 방수포 아래에 누워 있었던 거죠. 그렇게 무사히 빠져나간 마티아스 드 고른은 퐁피냐에서 기차를 탔고, 지금은 파리에 있는 겁니다."

레닌의 해명은 약속한 그대로 5분이 미처 안 되어서 모두 끝났다. 전체를 오로지 명징한 논리와 진실 가능성에 초점을 두고 추론한 것이다. 그럼에도 불구하고 어느 한 대목 이론을 제기할 만큼 모호한 구석은 찾아볼 수 없었다. 어둠은 걷히고 진실이 찬란하게 드러나는 느낌이었다. 마담 드 고른은 기쁨의 눈물을 글썽였고, 제롬 비냘은 단번에 사태의 흐름을 역전시킨 이 낯선 수호천사에게 복받치는 감사의 시선을 보내고 있었다.

마침내 레닌이 다시금 말을 이었다.

"그 눈 위의 흔적이라는 것을 한번 눈여겨 살펴봅시다, 여러분! 오늘 아침 반장과 내가 저지른 실수는 이른바 살인자의 것으로 추정되는 발자국에만 골몰했고, 마티아스 드 고른의 발자국은 별달리 주목하지 않았다는 점입니다. 도대체 왜 그것에는 관심을 쏟지 않았던 걸까요? 실제 문제의 매듭은 바로 거기 있는데 말입니다!"

말이 끝나기가 무섭게 모두들 과수원으로 나와 발자국을 따라가보았다. 그리 오래 들여다보지 않아도 많은 발자국들이 무척이나 어색한 것이, 디딜 때마다 머뭇머뭇, 때로는 발끝이 때로는 발뒤꿈치가 보다 깊게 찍히면서 발걸음을 내딛는 행보에 따라서 중구난방으로 전개되어 있다는 사실이 적나라하게 드러났다.

레닌이 말했다.

"어쩔 수 없이 어색한 자국이 나는 게 당연하지요. 뒷걸음질치는 행보를 정상적으로 걸을 때와 마찬가지 수준으로 정돈하기 위해서는 대단한 연습이 전제되지 않으면 불가능합니다. 보시다시피 지그재그식 걸음걸이를 택한 걸 보면, 드 고른 부자도 아마 그 점을 절감했던 게 틀림없습니다. 그래서 드 고른 영감은 나중에 일부러 헌병반장에게 자기 아들이 술에 잔뜩 취해 돌아갔다는 말을 슬쩍 내비친 것이죠."

레닌이 또 덧붙였다.

"바로 그 거짓말이 들통나는 순간, 뭔가 나의 뇌리를 퍼뜩 스치고 지나가는 게 있었습니다. 마담 드 고른이 남편은 전혀 취한 적이 없다고 했을 때, 느닷없이 눈 위의 발자국 생각이 났고, 사건의 전모를 순식간에 떠올리게 된 것입니다."

그제야 검사보는 처음부터 다시 한바탕 전쟁을 치러야 한다는 것을 감수하면서 실소를 터뜨렸다.

"허허허, 그것참…… 그럼 이제 가짜로 사망한 인간을 뒤쫓는 일만 남은 거로군!"

그런데 레닌은 불쑥 이렇게 말하는 것이었다.

"뭐하러 그럽니까? 마티아스 드 고른은 잘못한 게 없는걸요. 그저 우물 주위로 발을 구르며 다녔고, 자기 것이 아닌 권총을 허공에다 세 발 쏜 다음 멀찌감치 내던지고 나서 자기 아버지 집으로 뒷걸음질쳐서 얌전히 걸어간 것뿐이에요. 딱히 법적으로 나무랄 일을 저지른 건 아니랍니다. 그를 잡아서 무얼 요구할 수 있겠습니까? 6만 프랑요? 글쎄요, 내 생각에는 므슈 비냘도 그럴 마음이 없을 것 같은데요…… 별달리 고발할 생각이 없지 않습니까, 므슈 비냘?"

"물론 그럴 생각은 없습니다."

제롬은 깍듯하게 대답했다.

"또 뭐가 있더라, 아, 생명보험! 그 점에 관해서는 영감이 실제로 보험 지불을 요구했을 때에 비로소 문제가 되는 것이죠. 그리고 만약 그런 일이 벌어진다면 나로선 정말 의외일 겁니다…… 오, 마침 이 자리에 영감이 오는군요! 굳이 미룰 것 없이 당장 우리 모두 해결을 보자고요!"

정말로 드 고른 영감은 호들갑을 떨며 안으로 들어왔다. 살집이 통통한 얼굴에는 제법 상심한 데다 거친 분노의 표정까지 드러나 있었다.

"내 아들 어디 있어? 저놈이 기어이…… 오, 내 가엾은 마티아스가 죽다니! 비냘, 이런 죽일 놈!"

영감은 제롬을 겨냥해 주먹을 들어 보였다.

검사보가 불쑥 끼어들었다.

"한마디만 합시다, 므슈 드 고른. 혹시라도 이번 일로 보험 신청을 할 의향이 있으신가요?"

"그럼요!"

자기도 모르게 영감의 입에서 튀어나온 말이었다.

"하지만 당신 아들은 버젓이 살아 있습니다. 심지어 들리는 얘기로는, 그자가 꾸민 졸렬한 음모의 하수인으로서, 당신은 마차의 방수포 아래 아들을 숨기고 역까지 모셔다 드렸다고 하던데요."

영감은 대번에 땅에다 침을 퉤 뱉고는, 마치 엄숙한 맹세라도 하려는 듯 손을 쭉 뻗어 잠시 그대로 멈추었다. 그러다가 문득 생각을 고쳐먹었는지 언뜻 비굴한 표정이 어른거리는가 싶더니, 금세 얼굴이 풀어지고 태도도 한층 누그러지면서 겸연쩍게 웃음을 터뜨리는 것이었다.

"헤헤헤…… 마티아스, 그놈의 자식! 그럼 녀석이 죽은 체하려 했단 말입니까? 아, 이런 허풍쟁이가 있나! 결국 나한테 보험금을 타게 해서 자기 배를 채우겠다는 거였어? 아비가 그런 지저분한 짓을 할 거라 생각하다니! 녀석아, 넌 아비를 잘 모른다, 이놈!"

그러고는 무슨 재미난 이야기로 우스워 죽겠다는 듯이 저 혼자 킬킬거리면서 뒤도 돌아보지 않고 꽁무니를 빼기 시작했다. 그 와중에도, 되도록 아들이 남긴 눈 위의 발자국에 자신의 쇠징 박힌 장화 발이 정확히 겹치도록 조심조심 디디면서 걸음을 떼었다.

잠시 후, 오르탕스를 데리러 저택 안으로 돌아왔을 때 레닌은 여자가 사라지고 없는 것을 발견했다.

그는 곧장 그녀의 사촌 에르믈랭을 찾아가 인사를 했다. 오르탕스는, 미안하지만 먼저 실례하겠으며, 너무 피곤해서 좀 쉬고만 싶다는 말을 대신 전하도록 아예 사촌언니에게 부탁해놓은 상태였다.

레닌은 돌아나오며 속으로 중얼거렸다.

'좋았어! 모든 게 잘되어가고 있군. 그녀는 분명 나를 피하기 시작한 거야. 그럼 결국 나를 사랑하고 있다는 얘기…… 서서히 결말이 가까워 오는군.'

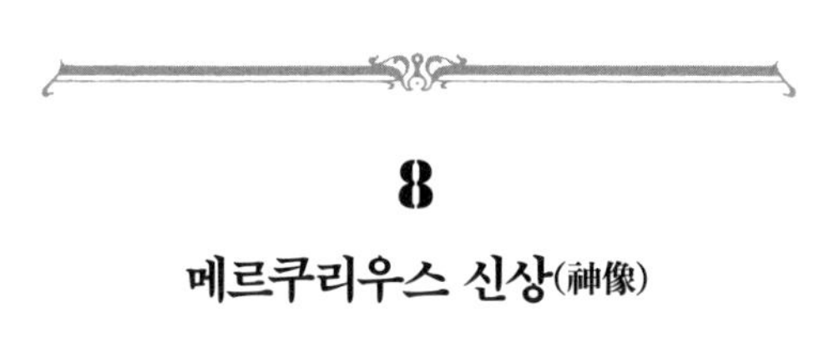

8
메르쿠리우스 신상(神像)

마담 다니엘 귀하
라 롱시에르, 바시쿠르 경유
11월 30일

너무도 소중한 벗에게

또다시 2주가 지나도록 편지가 없군요. 이제는 우리의 협조관계의 종착역이나 다름없는 저 12월 5일 이전에 편지를 받으리라는 기대를 더는 하지 않고 있습니다. 아울러 하루라도 빨리 그날이 오기를 바라요. 그래야 이미 당신을 즐겁게 해주지 못하는 이 계약에서 당신 스스로 자유로워질 수 있을 테니까요. 물론 나로서는 지난 일곱 차례의 전투 모두, 우리가 함께 일궈낸 찬란한 승전행진일 뿐만 아니라, 무한한 기쁨과 열광의 뜻깊은 경험이었노라고 자평하는 바입니다. 그동안 나는 인생을 좀 더 활기차고 살맛 당기는 것으로 만들어가는 당신의 모습을 가까이에서 즐겁게 바라보며 살 수 있었소. 내가 느끼는 행복감은 너무도 강렬해서 차마 당신에게 표현할 수도 없을 정도였으며, 그저 당신을 즐겁게 해주고 열정적으로 헌신하고 싶다는 것 말고는 진정 깊은 속내를 드러내지는 않았습니다. 그리고 이제 당신은 더 이상 이 든든한 동반자와 함께하는 걸 원하지 않게 되었어요. 나로 말하자면 '언제든 당신 뜻대로 하소서'입니다!

다만 이제 모든 걸 중단하기로 한 마당에, 평소 내가 우리의 마지막 모험이 될 거라 생각해온 게 무엇이었으며, 최후에는 어떤 목표를 위해 매진하리라 예상해왔는지, 잠깐 이 자리를 빌려 얘기해도 될지 모르겠습니다. 처음부터 단 한시도 내 기억 속에서 지워본 일이 없는 당신의 말 한마디, 그걸 이 자리에서 상기해주어도 되겠는지요?

당신은 이렇게 말했었지요.

"블라우스 깃을 여미는 버클 하나를 찾아주는 일이에요. 금세공 틀 속에 박힌 홍옥수로 된 골동품인데, 어머니가 할머니한테서 물려받은 걸 다시 저한테 물려주신 거지요. 그것으로 인해 두 분 다 행복하셨고, 나 역시 행복했었다는 건 이미 알 만한 사람들은 다 아는 사실이랍니다. 한데 그게 그만 보관함에서 없어지고 나서는 불행하게 되었어요. 그걸 좀 찾아주세요, 수호천사님……."

그래서 내가 물건을 잃어버린 시기가 언제냐고 물었더니, 당신은 빙그레 웃으면서 이랬습니다.

"한 7년인가…… 아니 8년, 9년인가…… 잘 모르겠네요. 어디서 잊어버렸는지도, 어떻게 없어졌는지도, 아무래도 도통 모르겠어요."

그건 차라리 나를 시험해보겠다는 처사요, 도저히 이루어낼 수 없는 불가능한 조건을 내건 거나 다름없었습니다. 하지만 나는 약속했고, 진정으로 그걸 지키고 싶었습니다. 인생을 보다 호의적으로 바라보게 하기 위해 내가 노력해온 모든 것은, 당신이 그토록 갈망하는 그 부적을 손에 넣지 못한다면 아무런 쓸모가 없는 일이 되어버릴 겁니다. 사소한 미신 따위라고 대수롭지 않게 치부할 일이 결코 아니지요. 그런 것들은 종종 우리의 가장 바람직한 행위들을 추동하는 원리가 되어주기도 하니까요.

그러니 소중한 벗이여, 당신이 한 번만 더 나를 돕는다면 반드시 승리를 하고야 말 것입니다. 그간 나 혼자서 기약한 날짜에 쫓기는 바람에 일이 잘 안 풀리기도 했지만, 지금이라도 당신이 게임을 계속하겠다는 마음만 가져준다면 모든 게 순조롭게 풀릴 수 있는 상황이랍니다.

어때요, 계속할 거죠? 우린 어디까지나 서로에게 지켜야만 할 약속을 한 사이입니다. 이제 얼마 안 남은 시간 동안에 우리는 인생의 책자 속에 여덟 편의 아름다운 무용담을 기록해야 할 처지에 있습니다. 우리의 활력과 이성, 인내심, 수완 그리고 약간의 영웅심을 마음껏 쏟아부은 이야기들을 말입니다. 이제 그 여덟 번째 이야기만 남았습니다. 12월 5일, 괘종시계의 종소리가 저녁 8시를 알리기 전에 그 이야기를 완성하는 건 오로지 당신이 행동에 나서느냐 아니냐에 달려 있습니다.

바로 그날, 당신은 내가 얘기하는 방식대로 행동해야 할 것입니다.

우선 제일 먼저—부디 내 지시를 엉뚱하다고 치부하지 말기를 바랍니다. 그 하나하나가 성공을 위한 필수적인 요건들을 대변하는 것입니다—당신 사촌의 집 정원에서 가느다란 골풀 줄기를 세 개만 잘라 한데 모아 잘 꼬아서, 흡사 시골에서 흔히 보는 아동용 말채찍처럼 만들어놓으십시오.

그런 다음 파리에 가서 정교하게 다듬은 흑옥 구슬 목걸이를 구입해, 되도록 균등한 알이 모두 합해 일흔다섯 개가 되도록 길이를 줄이십시오.

그다음 겨울 망토 속에 청색 모직 드레스를 받쳐 입고, 모자는 챙 없는 것으로 다갈색 나뭇잎 장식이 가미된 것을 착용하십시오. 목에는 닭털로 만든 긴 목도리를 걸치되, 장갑도 반지도 끼지 마십시오.

그런 차림으로 당신은 오후에 센 강 좌안을 따라 생테티엔 뒤 몽 성당으로 향하십시오. 정각 오후 4시, 그곳 성수반 앞에 은으로 된 묵주를 손에 쥐고 묵주기도를 올리는 검은 옷차림의 노파 한 명을 볼 수 있을 겁니다. 당신이 다가가면 그 노파는 다짜고짜 성수를 내밀 텐데, 그때 당신은 준비해온 흑옥 구슬 목걸이를 건네십시오. 그러면 노파가 구슬을 일일이 세고 나서 다시 돌려줄 것입니다. 이제 당신은 그 노파의 뒤를 따라서 센 강의 지류 하나를 건너, 생루이 섬의 어느 한적한 거리로 접어들어 어떤 집 앞까지 도달할 텐데, 그 안으로는 당신 혼자 들어가야 합니다.

건물 1층에서 당신은 윤기 없는 혈색에 꽤 젊은 남자 한 명을 보게 될 겁니다. 그에게 망토를 벗어 보이며 이렇게 말하십시오.

"블라우스 깃을 여미는 버클을 찾으러 왔습니다."

이때 그 젊은 친구가 아무리 놀라거나 당황해도 절대 태연하게 굴어야 합니다. 어찌 되었든 그가 있는 앞에서는 침착을 유지하십시오. 만약 그가 당신한테 왜 자신에게 말을 거는지, 그걸 왜 여기서 찾으려고 하는지 등 이런저런 질문을 한다 해도, 절대 어떠한 설명도 해서는 안 됩니다. 당신이 할 수 있는 대답은 오로지 이런 식이어야만 합니다.

"나는 내 것을 찾으러 왔을 뿐입니다. 나는 당신을 모르고, 당신 이름도 모르지만, 당신한테 이런 식으로 대할 수밖에 없습니다. 나는 반드시 그 버클을 되찾아야만 합니다."

나는 그 젊은이가 당신 앞에서 어떤 연극을 꾸민다 해도 당신이 내가 일러준 태도를 끝끝내 견지하기만 하면 일이 성공하리라고 확신합니다.

다만 대결은 짧은 시간 안에 끝내야만 하며, 그 결과는 성공에 대한 당신의 신념과 자신감에 전적으로 달려 있을 것입니다. 그야말로 초전에 박살을 내야만 하는 싸움이라고 하겠습니다. 그러니 담대하게 나서십시오. 그러면 승리할 것입니다. 반면 조금이라도 머뭇대거나 불안한 마음을 내보이면 그에게서 아무것도 얻어낼 수 없습니다. 그는 여차하면 당신을 타고 올라가 순식간에 전세를 뒤집어놓을 것입니다. 타협이란 있을 수 없습니다. 오로지 즉각적인 승리 아니면 패배가 있을 뿐입니다.

만약 후자의 경우가 닥친다면, 미안하지만 또다시 내 협조를 받아들여야 하겠지요. 어쨌든 지금까지 당신을 위해서 많은 일들을 할 수 있었고, 또 앞으로도 할 수 있다는 점에 대해 나로서는 오로지 당신께 감사할 따름입니다. 나의 기쁨이자 삶 자체인 한 여인에게 더욱더 헌신할 마음뿐이라는 사실을 분명히 못 박으며, 아무 조건 없이 이상 내 간절한 충고를 건네는 바입니다.

오르탕스는 편지를 다 읽고 나서 서랍 속에 팽개치듯 던져 넣으며 내뱉었다.

"가지 않을 거야."

옛날에는 행운을 가져다준다고 믿었던 그 보석에 대단한 중요성을 부여했었지만, 시련의 기간이 끝났다고 느껴지는 요즘에는 그 정도로 관심이 가지가 않았다. 아울러 새로운 모험의 순번에 해당하는 그 8이라는 숫자를 도저히 묵과할 수가 없었다. 만약 이번 모험에 뛰어든다면 또다시 질긴 인연의 쇠사슬에 얽매일 것이고, 저 레닌이라는 수수께끼 같은 남자와 더더욱 가까워져 결국 그의 교묘한 술수에 여지없이 넘어갈 게 뻔했다.

마침내 정해진 날을 이틀 앞둔 시점이 왔지만 그녀의 결심에는 변함이 없었다. 하루 전날 아침에도 처음에는 마찬가지였다. 그런데 조금 지나자 갑자기, 심지어 이런저런 핑계를 대며 머뭇거리지도 않고 훌쩍 정원으로 달려나간 그녀는 골풀 줄기 셋을 꺾어, 어렸을 적 자주 그랬던 것처럼 정성스레 꼬았고, 정오가 되자 기차에 몸을 싣고 있었다. 그녀의 내부로부터 엄청난 호기심이 부글거리는 것이 사실이었다. 레닌이라는 사내가 제공하는 모험거리는 그녀로서는 거부할 수 없는 신선하고도 흥미진진한 열광을 보장해주었다. 정말이지 너무도 유혹적인 제안이 아닐 수 없었다. 흑옥 구슬 목걸이와 가을 정취가 물씬 풍기는 나뭇잎 장식 모자, 은제 묵주를 든 노파 등등…… 도무지 종잡을 수 없는 수수께끼의 매력에 어떻게 저항할 수 있으며, 레닌에게 자신이 능력을 과시할 수 있는 절호의 기회를 어찌 마다할 것인가!

여자는 연신 미소를 지으며 생각했다.

'다음은 뭐였지? 그래, 파리로 가보라고 했지…… 근데 8시가 내게 위협적인 건 어디까지나 파리에서 까마득히 떨어진 알랭그르의 버려진 고성에서 얘기잖아. 맞아, 오로지 그곳에 처박혀 있을 그 케케묵은 괘종시계만이 위험한 시각을 알릴 수 있는 거라고!'

저녁이 되어서야 여자는 파리에 발을 디딜 수 있었다. 드디어 12월 5일 아침, 흑옥 구슬 목걸이를 구입한 뒤, 그녀는 예정대로 일흔다섯 개로 구슬 수를 줄였다. 물론 청색 드레스에 다갈색 잎 장식을 한 챙 없는 모자 차림이었고, 정각 오후 4시에 정확히 생테티엔 뒤 몽 성당으로 들어섰다.

가슴이 요란하게 두방망이질했다. 이번에는 그야말로 혼자였고, 그러다 보니 이성적인 판단보다는 공연한 기우 때문에 포기해버린 든든한 후원자의 힘이 새삼 절실했다. 혹시나 근처에 그 남자가 있나 하는 심정으로 사방을 두리번거렸다. 하지만 아무도 없었다…… 오로지 성수반 옆에서 검은 옷 차림으로 서 있는 노파만이 시야에 들어왔다.

오르탕스는 곧장 그쪽으로 걸어갔다. 과연 노파는 은제 묵주를 손가락으로 만지작거리고 있었는데, 젊은 여자가 다가서자 다짜고짜 성수를 내밀고는 오르탕스의 흑옥 구슬들을 하나하나 세기 시작했다.

잠시 후, 노파의 입에서 중얼거림이 새어나왔다.

"일흔다섯이라…… 음, 좋아. 따라오시구려."

노파는 더 이상 한마디도 없이 종종걸음으로 가로등 불빛 아래를 걸어갔다. 그렇게 투르넬 교각을 건너 생루이 섬으로 들어서더니, 곧장 교차로로 통하는 인적 뜸한 거리로 접어들었다. 그러고는 마침내 철제 발코니를 겸비한 어느 낡은 건물 앞에 당도했다.

"들어가시오."

툭 던지듯 짧게 내뱉은 다음, 노파는 또다시 종종걸음으로 멀어져갔다.

1층 거의 전부를 차지하는 것은 꽤 멋진 외양을 자랑하는 상점이었다. 전깃불로 휘황찬란하게 밝혀진 전면의 유리창 너머로는 오래된 가구와 물건들이 어지럽게 쌓여 있었다. 오르탕스는 잠시 동안 멍한 눈길로 여기저기를 더듬으며 그 자리에 서 있었다. 언뜻 간판을 보니 다음과 같이 상호와 주인 이름이 새겨져 있었다.

—메르쿠리우스 신에게—

팡카르디

보다 더 위쪽에는 2층 기저 부분을 따라 약간 돌출해서 일종의 벽감이 마련되어 있었고, 그 안에 테라코타 작품으로 메르쿠리우스 신상이 안치되어 있었다. 날개 달린 다리 중 한쪽만을 땅에 짚은 채, 손에는 메르쿠리우스 고유의 사장(蛇杖)을 쥐고 잔뜩 멋을 부리는 자세였는데, 오르탕스가 보기에 너무 속력을 내서 앞으로 달리다가 그만 몸의 균형을 잃고 금방이라도 거리 바닥에 곤두박질칠 것처럼 느껴졌다.

"좋아. 어디 해보는 거야!"

그녀는 나지막한 목소리로 중얼거리며 문 손잡이를 돌려서 안으로 들어섰다.

문짝에 달린 방울 소리가 제법 요란했는데도 손님을 맞으러 나오는 사람은 하나도 없었다. 상점 전체가 텅텅 빈 것 같았다. 그런데 구석까지 들어가보자 가게 뒷방이 연달아 두 개 드러나면서 골동품과 고가구 등 상당한 가치가 있을 것 같은 물건들이 수북이 쌓여 있었다. 오르탕스는 겹겹이 늘어선 찬장과 콘솔, 화장대들 사이를 구불구불 비집고 들어갔고, 두 개의 계단을 걸어 올라 마침내 마지막 방에 도달했다.

그곳에는 한 남자가 개폐식 책상 앞에 단정히 앉아 장부들을 뒤적이고 있었다. 그는 고개도 쳐들지 않은 채 이렇게 중얼거렸다.

"마담, 천천히 구경하시고…… 필요한 게 있으면 언제든 불러주십시오."

그 방은 매우 기이한 종류의 물건들이 독차지하고 있어서 마치 중세 연금술사의 작업실 같은 분위기를 물씬 풍겼다. 예컨대 박제된 올빼미라든가 해골을 포함한 유골들, 구리 증류기, 케케묵은 천문 관측의, 그리고 세계 방방곡곡에서 수집된 듯한 온갖 부적들이 벽면을 가득 채우다시피 주렁주렁 매달려 있었는데, 그중에서도 손가락 두 개를 액땜의 표시로 치켜든 상아나 산호로 만든 수상(手像)들이 대다수를 차지했다.

"뭐 특별히 찾으시는 물건이라도 있습니까, 마담?"

급기야 팡카르디 씨는 책상 뚜껑을 닫고 천천히 일어서며 말했다.

'바로 이자로군…….'

오르탕스는 속으로 중얼거렸다.

남자의 안색은 윤기가 없는 정도를 넘어, 그야말로 누렇게 뜨다시피 했다. 그의 두 갈래로 갈라진 회색빛 턱수염은 얼굴을 보다 길쭉하게 보이게 했고, 훌러덩 까진 이마 아래로는 불안한 듯 흔들리는 두 눈동자가 민감한 빛을 뿌리고 있었다.

아직 모자 베일도, 망토도 벗지 않은 상태에서 오르탕스는 이렇게 말했다.

"블라우스 깃을 여미는 버클을 찾으러 왔습니다."

"이곳을 한번 보시지요."

남자는 어느 한 유리 진열장으로 곧장 여자를 안내했다.

그러나 진열장 안을 한 번 쓱 훑어본 오르탕스의 반응은 이랬다.

"아니에요…… 이게 아니에요…… 내가 원하는 건 이게 아니고요…… 그냥 버클이 필요해서 온 게 아니고, 옛날에 제 보석함에서 잃어버린 버클을 찾으러 온 것입니다."

여자는 상대의 휘둥그레진 눈동자와 기겁을 한 표정에 적잖이 어리둥절해졌다.

"글쎄요…… 이곳에 그게 있을까…… 아무래도 번지수를 잘못 찾아오신 듯합니다만…… 대관절 어떻게 생긴 건데 그러십니까?"

"홍옥수로 만들어졌고, 금세공 틀 속에 박아 넣어진 거예요. 만들어진 연대는 한 1830년 정도 되고……."

남자는 이내 고개를 저으며 중얼거렸다.

"그런 건 모르겠는데요…… 그런데 왜 하필 저희 가게에서 그걸 찾는 거죠?"

여자는 얼른 베일과 망토를 열어젖혔고, 남자는 무슨 끔찍한 광경을 대하기라도 하는 듯이 비틀비틀 뒷걸음질을 치면서 중얼거렸다.

"처, 청색 드레스…… 챙 없는 저 모자…… 아, 이럴 수가! 흑옥 구슬 목걸이라니!"

그중에서도 골풀 줄기 세 개를 함께 꼬아 만든 채찍을 보고 제일 강력한 정신적 충격을 받은 모양이었다. 그는 손가락으로 여자를 가리킨 채 온몸을 덜덜 떨더니, 마침내 물에 빠진 사람처럼 두 팔마저 허우적거리면서 의자에 벌렁 나자빠져 곧장 정신을 잃었다.

오르탕스는 꼼짝도 하지 않았다. '그자가 어떤 연극을 꾸민다 해도 뱃심 좋게 모르는 척하고 있어야 합니다'라던 레닌의 충고가 머릿속을 점령하고 있었던 것이다. 비록 지금 젊은이가 별다른 수작을 부린다고는 볼 수 없었지만, 그래도 오르탕스는 침착하고 냉정한 태도를 견지하려고 스스로를 가다듬었다.

그렇게 한 1~2분이 흐른 뒤에야 팡카르디 씨는 정신을 회복했고, 이마에 흥건한 땀을 쓸어내면서 자신을 추스르려는 듯 떨리는 목소리로나마 말했다.

"도대체 무슨 이유로 내게 그런 걸 요구하는 거요?"

"왜냐하면 그 버클을 가지고 있는 게 당신이니까요."

그 말에 대놓고 부인하는 대신 남자가 대뜸 되물었다.

"누가 그런 말을 합니까? 그걸 당신이 어떻게 알아요?"

"누가 얘기해줘서 아는 게 아닙니다. 엄연한 사실이니까 그냥 아는 거죠. 내 잃어버린 버클이 이곳에 있을 거라는 확신과 반드시 그것을 되찾으리라는 의지를 가지고 이곳에 온 겁니다."

"그럼 내가 누구인지, 내 이름이 무엇인지도 압니까?"

"난 당신을 모릅니다. 이름도 당신 가게 간판을 보기 전까지는 전혀 몰랐고요. 당신은 나한테 잃어버린 물건을 돌려줄 사람일 뿐입니다."

그는 여간 동요하는 기색이 아니었다. 물건들이 차지하고 남은 비좁은 공간을 이리저리 서성거리다가, 이따금 가구들이 위태롭게 흔들릴 정도로 손에 닿는 부분을 가리지 않고 두드려댔다.

오르탕스가 느끼기에 이제 상대는 완전히 이쪽 수중에 말려든 것 같았다. 그녀는 남자의 정신적 혼란을 틈타 아주 위압적인 목소리로 버럭 소리를 질렀다.

"대체 그 물건이 있는 곳이 어디입니까? 엄숙히 요구하니, 당장 내 물건을 내놓으세요!"

팡카르디는 순간 풀이 죽은 모습이었다. 두 손을 모은 채 고통에 찬 신음을 연신 흘리던 그는 마침내 포기했는지 이렇게 중얼거렸다.

"정말 그 물건을 찾겠다는 말입니까?"

"그러고 싶습니다. 당연히 그래야만 하고요."

"좋아요, 좋아…… 그래야만 하겠죠…… 동의합니다."

"자, 그러니 어서 털어놓아요!"

여자의 목소리는 한층 단호해졌다.

"말로 할 게 아니라 써드리겠습니다. 내 비밀을 낱낱이 적어드릴게요. 그럼 내 문제는 이제 깨끗이 정리되는 겁니다."

그는 다시 책상으로 돌아가 종이에다 뭔가를 휘갈기고는 봉인하면서 이렇게 덧붙였다.

"자, 여기 내 비밀이 담겨 있습니다. 나의 인생 전부라고 할 수 있어요."

그러더니 거의 동시에 종잇장들 아래 감춰두었던 권총을 관자놀이에 가져다 대고 순간적으로 방아쇠를 당기는 것이었다!

오르탕스는 잽싸게 남자의 팔을 후려쳤다. 그 바람에 간발의 차이로 탄환이 빗나가 대신 큼직한 체경(體鏡)을 박살 내버렸다. 하지만 팡카르디는 마치 총상을 입기라도 한 것처럼 그 자리에 쓰러져 신음을 하기 시작했다.

너무도 뜻밖의 상황에 오르탕스는 냉정을 잃지 않으려고 안간힘을 써야만 했다.

'레닌이 경고했었어. 대단한 배우 기질을 가진 자라고 말이야. 이자가 아직 봉투도 권총도 손에서 놓지 않고 있는 한, 결코 호락호락하게 보여선 안 돼…….'

그런 생각을 다잡으면서도 그녀는 이런 난데없는 자살소동과 요란한 총성 때문에 거의 혼비백산한 자신의 모습을 인정하지 않을 수 없었다. 정신을 추스르던 모든 기력이 마치 한꺼번에 풀어 헤쳐지는 짚단처럼 와해되어버릴 것만 같았고, 발치에서 버둥거리는 이 남자의 페이스에 서서히 말려들고 있다는 느낌마저 들었다.

마침내 기진맥진한 상태로 여자는 털썩 주저앉았다. 역시 레닌이 예견한 대로 대결은 채 몇 분도 지속되지 않았지만, 여자 특유의 연약한 신경 때문에 승리를 거의 거머쥐었다 싶은 순간 실제로 무너진 쪽은 오르탕스가 되고 만 것이다.

반면 팡카르디 씨는 상황이 역전되는 기미를 결코 놓치지 않았다. 그는 괴로운 신음 연기를 노골적으로 중단하고는, 벌떡 일어나 유연한 몸놀림으로 자세를 가다듬더니 빈정대는 투로 외쳤다.

"이제부터 우리끼리 조촐한 대화를 나누기 위해서는, 일단 멋모르고 들이닥치는 손님부터 차단하는 게 낫겠지요?"

그는 한걸음에 출입구로 달려가 폐점을 알리는 철판을 내려뜨린 다음, 경쾌한 걸음걸이로 여자에게 돌아왔다.

"어휴! 하마터면 내가 당하는 줄 알았지 뭐요! 이보세요, 마담. 조금만 더 버텼어도 당신이 이기는걸 그랬어⋯⋯ 하긴 나도 참 순진하기도 하지! 아까는 당신이 정말 하느님의 심부름꾼처럼 과거로부터 불쑥 솟아난 사람인 줄 알았다니까! 내게 빚을 갚으라고 말이지. 자칫 순순히 해달라는 대로 해줄 뻔했잖아⋯⋯ 아하, 마드무아젤 오르탕스—내가 아는 이름이 그러니, 그런 식으로 불러도 괜찮겠지?—당신은 말이야. 소위 말하는 뱃심이 부족했어."

계속해서 이죽거리며 그는 여자 곁에 자리를 잡고 앉아 심술 사나운 표정을 들이대고 내뱉듯 말했다.

"자, 이제 진지하게 털어놔 보실까? 이 모든 수작은 누구 작품이지? 물론 당신 혼자 생각해낸 건 아니겠고, 그렇지? 당신이 꾸몄을 만한 일이 아니야. 자, 누구지? 나는 일평생 정말로 깨끗하게 살아왔어. 지극히 조심조심 정직하게 살아왔지. 딱 한 번만 빼고 말이야. 그 버클만 빼고⋯⋯ 하지만 그 일도 이젠 완전히 정리되고, 저 과거 속에 영영 파묻혀버렸다고 생각했는데, 갑자기 이렇게 불쑥 솟아났단 말이야! 대체 어찌 된 걸까? 도무지 궁금해 죽겠어…….”

오르탕스는 더 이상 버텨볼 생각조차 못했다. 공공연히 거칠게 나오는 태도와 일견 우스꽝스럽기도 한 역겨운 인상을 앞세우며 남자는 지금 은근한 위압감으로 여자를 압박해 들어오고 있었던 것이다.

“말씀하시지! 궁금해 죽겠단 말이오! 진짜 미지의 적이 존재하는 거라면, 뭔가 알아야 나도 방어를 할 수 있을 게 아니오! 대체 어떤 놈이오? 누가 당신을 여기까지 부추겼느냐 이거요? 뒤에서 당신을 조종한 게 누구야? 내가 차지한 행운에 자극받은 어떤 경쟁자가 있어서 끝내 버클을 자기 것으로 하겠다는 건가? 이런 빌어먹을…… 어서 놈의 이름을 대라니까! 아니면…….”

오르탕스는 남자가 권총을 다시 주우려 한다고 느꼈고, 허둥지둥 몸을 피하려고 발버둥을 쳤다.

결국 두 사람 간에 거친 실랑이가 일어났고, 그 와중에 오르탕스는 상대의 도발 때문이기보다는 그 우락부락한 생김새에 질리다 못해 고래고래 비명을 지르기 시작했다. 그런데 어느 한순간, 팡카르디 씨는 정신 나간 사람처럼 두 팔을 어중간하게 뻗은 채 꼼짝 않고 오르탕스의 머리 너머를 멍하니 바라보는 것이었다.

“거기…… 대체 누구시오? 여긴 어떻게 들어왔지?”

그는 목이 멘 소리로 더듬거렸다.

오르탕스는 돌아보지 않고서도 레닌이 도우러 왔다는 것을 직감했다. 이 골동품 상인을 갑자기 혼비백산하게 만든 것은 신기루처럼 눈앞에 나타난 침입자의 모습이었던 것이다. 아니나 다를까, 지극히 우아한 누군가의 실루엣이 안락의자들과 소파들 사이로 스치듯 빠져나오는가 싶더니, 레닌 바로 그가 조용하게 걸어나왔다.

“누, 누구시오? 도대체 어디서 나타난 거요?”

팡카르디의 거듭되는 질문에 레닌은 천장을 가리키며 매우 상냥한 어조로 대꾸했다.

"저 위에서 왔습니다."

"저 위라니?"

"그래요, 2층 말입니다. 석 달 전부터 그곳에 세를 들어 살고 있는 사람입니다. 조금 전부터 이상한 소리가 들리기에…… 누군가 도움이 필요하다 느꼈지요. 그래서 이렇게 온 겁니다."

"하지만 어떻게 이곳에 들어올 수 있었느냔 말이오?"

"그야 물론 계단을 통해서……."

"계단이라니, 어떤 계단?"

"상점 저쪽 구석의 철제 계단 말입니다. 당신 전 주인 역시 내가 머무는 층의 세입자였는데, 바로 그 계단을 통해 직접 상점을 드나들었었지요. 그걸 당신이 막아버렸고, 난 그걸 다시 개방했을 뿐입니다."

"아니, 무슨 권리로! 이건 분명 무단침입에 해당합니다!"

"사람 목숨을 구하는 일에는 무단침입도 다소 허용되는 법이지요."

"다시 말하지만…… 대체 당신 정체가 뭐요?"

"레닌 공작이라 합니다. 여기 이 마담의 친구이지요."

레닌은 오르탕스에게 허리를 깍듯이 숙여 손등에 입을 맞추며 말했다.

그제야 팡카르디는 기가 막히다는 듯 중얼거렸다.

"아, 이제야 알겠군. 배후 조종자가 바로 당신이야. 모든 걸 꾸며서 여자를 보낸 게 바로 당신이라고……."

"그렇소, 바로 나예요. 므슈 팡카르디, 바로 납니다!"

"그래, 무슨 속셈으로 이러는 거요?"

"뭐 굳이 속셈이랄 것도 없이 지극히 단순합니다. 결코 폭력을 사용하겠다는 건 아니고, 단지 몇 마디 얘기나 나누자는 거지요. 그래서 내가 찾으러 온 물건을 당신이 토해내도록 하자는 거지…….”

“뭘 말이오?”

“블라우스 깃을 여미는 버클.”

“그것만은 절대로 안 돼!”

골동품 상인의 반응은 즉각적이고도 완강했다.

“그렇게 호들갑 떨 건 없소. 어차피 그럴 줄은 알고 있었으니까.”

“세상 누가 나서도 나로 하여금 그걸 내주도록 만들지는 못할 것이오.”

“그럼 당신 아내를 불러내야 할까? 마담 팡카르디라면 지금의 이 상황을 당신보다 훨씬 현명하게 접수할 것 같은데…….”

아닌 게 아니라, 이 난데없이 나타난 상대 앞에서 더는 혼자가 아니라는 생각은 팡카르디의 입장에서도 달갑지 않을 이유가 없었다. 마침 바로 가까이에 호출벨이 있었고, 그는 얼른 손을 뻗어 세 차례 벨을 울렸다.

레닌은 스스로 화색을 돋우며 오르탕스를 향해 외쳤다.

“좋았어! 어때요, 친구? 므슈 팡카르디께선 참으로 친절도 하시죠? 방금 전까지만 해도 당신을 겁에 질리게 했던 고삐 풀린 마귀는 이제 온데간데없이 사라져버렸소. 아무렴…… 므슈 팡카르디가 고분고분하고 깍듯한 자세를 되찾기 위해선 그저 건장한 사내와 대면하기만 하면 된답니다. 정말이지 양처럼 온순한 사람 아니오? 하긴 그래서 좀 걱정도 되지…… 왜냐하면 양처럼 고집불통인 짐승도 또 없으니까.”

그쯤 해서 골동품 상인의 사무실과 나선형의 계단 중간에 드리워진 벽걸이용 양탄자가 슬쩍 걷히는가 싶더니 한 여인이 모습을 드러냈다. 나이는 언뜻 30대쯤 되어 보였는데, 매우 검소한 옷차림에 앞치마까지 둘러서 그런지 여주인이기보다는 부엌의 식모 같은 분위기였다. 다만 얼굴 생김새만은 제법 애교 있고 호감 어린 편이었다.

그런데 오르탕스는 그 여자한테서 옛날 자신이 어렸을 때 시중을 들던 하녀의 얼굴을 알아보고 깜짝 놀랐다.

"어머나! 당신, 뤼시앤 아니에요? 당신이 마담 팡카르디?"

여자 역시 오르탕스를 알아보고 적잖이 당혹해하는 눈치였다.

레닌이 먼저 입을 열었다.

"당신 남편과 나, 두 사람은 매우 복잡하게 얽힌 사건을 정리하기 위해 마담 팡카르디, 당신의 도움이 필요하다는 결론을 내렸습니다. 당신 스스로 대단히 중요한 역할을 맡았던 사건이지요."

여자는 불안한 기색을 전혀 숨기지 않고 가만히 걸어와, 자신에게서 눈을 떼지 않는 남편에게 말했다.

"대체 무슨 일이죠? 날더러 어떡하란 말이에요? '사건'이라니, 그게 뭐죠?"

팡카르디는 목소리를 잔뜩 낮추며 대답했다.

"버클…… 블라우스 옷깃 여밀 때 쓰는 그 버클 말이야."

그 몇 마디 중얼거림만으로도 마담 팡카르디는 상황의 심각함을 더없이 분명하게 간파했다. 일부러 태연자약한 체하지도 않았고, 그렇다고 쓸데없는 소동을 부리는 것도 아니었다. 그저 걸상에 주저앉으며 한숨처럼 이렇게 내뱉었다.

"후…… 알겠어요. 설명을 하죠. 마침내 마드무아젤 오르탕스가 추적에 성공한 거예요. 아, 이제 우린 망했군요!"

갑작스러운 적막이 자리 잡았다. 싸움이 일어나는가 싶었는데, 이미 부부가 나란히 승자의 관용만을 바라보는 패자의 태도로 돌변한 것이다. 여자는 꼼짝도 하지 않고 시선마저 고정시킨 채 느닷없이 흐느껴 울기 시작했다. 그런 여자를 굽어보는 가운데 레닌의 일장연설이 시작되었다.

“자자, 이제 모든 걸 정리 좀 해야겠죠, 마담? 그래야 사태가 더욱 분명해질 것이며, 이번의 이 만남을 통해 자연스러운 해결책이 도출될 수 있을 겁니다. 지금으로부터 9년 전, 그때 당신은 어느 시골에서 마드무아젤 오르탕스의 시중을 들어주고 있었고, 같은 시기 므슈 팡카르디를 알게 되어 서로 사랑하는 사이가 됩니다. 공교롭게도 두 연인 모두가 코르시카 출신이었습니다. 즉, 인생살이의 행불행이라든가 길조니 흉조니 하는 온갖 미신들이 개인의 삶 속에 지대한 영향력을 미치는 지방 사람이라는 얘기지요. 하필 그런 두 연인의 귀에, 행운을 가져다준다는 여주인의 블라우스 버클에 관한 소문이 우연찮게 흘러들게 된 겁니다. 그러던 중 어느 기분 울적한 날, 당신은 므슈 팡카르디의 부추김을 받아 그만 그 물건에 손을 대고 말지요. 그로부터 여섯 달이 지난 어느 날, 당신은 자리를 박차고 나와 명실공히 마담 팡카르디가 됩니다. 이것이 바로 일시적인 유혹에 저항했다면 지금까지 떳떳한 삶을 살아올 수 있었던 두 분이 어처구니없게 저질렀던 사건의 전모입니다…… 그 이후, 행운의 부적을 소유한 사람들로서, 그 영험한 효력에 대한 믿음과 자신감을 내세워 두 사람이 어떻게 성공했으며, 오늘날 최고의 골동품 상점의 주인이 될 수 있었는지는 굳이 내 입으로 떠벌릴 필요도 없을 것입니다. 현재 ‘메르쿠리우스 신에게’라는 그럴듯한 상호의 점포를 꾸려나가면서 당신들은 아마 그 모든 성공의 원인이 다름 아닌 블라우스 버클에 있다고 확신해 마지않을 겁니다. 그러니 그걸 내준다는 건 곧 파산과 가난을 의미한다고 생각하겠지요. 당신들의 인생 전체가 바로 그 자그마한 장식용 버클에 집중되어 있다 해도 과언이 아닙니다. 그 이상의 물신(物神)이 없는 셈이죠. 가정을 보호하고 이끄는 소박한 수호신이라고나 할까. 저 뒤죽박죽 쌓여 있는 잡동사니들 속 어딘가에 그 수호신께서 몸을 감추고 계십니다. 우연한 기회로 내가 당신들 일에 개입하지만 않았어도, 아마 세상 어느 누구도 그런 사연을 눈치채지 못했을 겁니다. 다시 말하지만 그 일만 제외하면 당신들처럼 선량하게 살아온 사람도 없을 테니까요."

그쯤에서 레닌은 잠시 숨을 돌린 뒤 다시 말을 이었다.

"그러고 보니 한 두 달쯤 되었어요. 당신들 과거의 족적을 냄새 맡고 나서 이곳에 세까지 든 나는, 계단을 사용할 수 있게 되면서부터 이렇다 할 방해 없이 비교적 세밀한 조사를 벌일 수 있었답니다…… 하지만 아직은 완전한 성공에 도달하지 못했으니 그 두 달이라는 시간이 어느 면에서는 헛수고에 불과할지도 모를 상황입니다. 내가 상점을 발칵 뒤집어놓을 정도로 여기저기 쑤시고 다닌 건 하느님도 아마 인정하실 겁니다. 가구 하나 들여다보지 않은 게 없어요. 심지어 바닥 마루판 하나하나 들춰보지 않은 것이 없을 정도입니다. 하지만 결과는 별무소득이더군요. 다만 부수적인 소득은 조금 있었습니다. 팡카르디, 당신의 사무실 비밀 캐비닛 안에서 작은 노트 한 권을 낚았는데, 그동안 얼마나 자신의 죄를 뉘우치고 천벌을 받을까 봐 전전긍긍해왔는지가 고스란히 담겨 있더라 이겁니다…… 정말이지 톡톡히 실수를 한 거죠! 세상에 그런 속내 얘기를 글로 남겨놓다니! 아무튼 자세히 읽은 결과, 그중에서도 가장 중요한 의미를 지니면서, 어디서 어떻게 당신 두 사람을 공격할 것인지 힌트가 되어준 대목 일부에 특히 주목하게 되었답니다. 이런 내용이었죠.

'내가 도둑질한 그 여자가 눈앞에 나타난다면…… 뤼시앤이 그 보석을 슬쩍하는 동안 정원을 서성이던 그때 그 모습대로만 지금 내 눈앞에 나타난다면…… 청색 드레스에 갈색 잎사귀 장식이 달린 챙 없는 모자에다 흑옥 구슬 목걸이, 그리고 당시 늘 지니고 다니던 골풀로 엮은 말채찍을 지닌 모습으로 말이다! 그렇게 나타나서 나한테 이러는 거야. '원래 나의 물건이었던 것을 당신에게 요구하러 왔습니다.' 그렇게만 된다면 나는 하느님이 이 모든 일을 조종했으며, 이제는 신의 뜻에 따라야 한다는 걸 인정하리라…….'

이상이 당신이 직접 끄적여놓은 내용이오, 팡카르디. 아울러 당신이 궁금해하던 마드무아젤 오르탕스의 작전이기도 하지요. 저 여인은 내 지시에 따라 당신이 상상했던 모습 그대로 연출하고, 당신 말마따나 과거로부터 불쑥 솟아난 것입니다. 여자 쪽이 조금만 더 침착했더라면 아마 단판 승부로 게임은 끝났었을 겁니다. 하지만 유감스럽게도 당신은 정말이지 기막힌 연극을 벌였고, 자살소동을 그럴듯하게 꾸며대서 여자의 심기를 순간적으로 어지럽히는 일에 성공했습니다. 그 결과 당신은 신의 섭리나 징벌이라는 것은 애당초 없고, 단순히 왕년의 희생자가 도발을 해온 것에 지나지 않는다는 사실을 깨닫게 되었지요. 따라서 하는 수 없이 내가 직접 이렇게 나서는 수밖에 없었던 겁니다. 자, 그러니 이제는 결론을 지읍시다. 팡카르디…… 버클은 어디 있소?"

버클 얘기가 나오자 다시금 오기가 불끈 치미는지 골동품 상인은 악착같이 내뱉었다.

"그것만은 안 되오!"

"그럼 당신은, 마담 팡카르디?"

"나도 실은 그게 어디 있는지 모릅니다."

여자도 완강하기는 매한가지였다.

"좋습니다. 그럼 행동으로 들어가지요. 마담 팡카르디, 당신에게는 애지중지하는 일곱 살 난 아들이 한 명 있는 줄 압니다. 오늘처럼 매주 목요일에는 숙모 집에서 혼자 돌아오게 되어 있지요. 그 아이가 오는 길목에 실은 내 친구 두 명을 미리 배치시킨 상태입니다. 별도의 지시가 없을 시, 가볍게 납치하도록 약속이 되어 있지요."

마담 팡카르디는 기겁을 했다.

"오, 내 아들! 제발 부탁입니다! 그 애만큼은 제발…… 정말이지 나는 아무것도 몰라요. 저이가 나한테는 아무 말도 해주지 않았단 말입니다."

레닌은 계속 몰아세웠다.

"다음, 오늘 저녁을 기점으로 검찰에 고발이 들어갈 것입니다. 물론 아까 언급한 노트가 증거로 제출될 예정이고요. 결국 사법당국이 나설 테고, 가택수색이 단행될 것이며……."

그럼에도 불구하고 팡카르디는 고집스레 침묵을 고수했다. 마치 이런 모든 위협이 전혀 와 닿지 않을뿐더러, 강력한 물신의 호위를 받고 있어서 스스로를 무적이라고 생각하는 듯했다. 단지 그의 아내만은 레닌의 발 앞에 몸을 던지다시피 한 채 처절하게 더듬댔다.

"안 돼요, 안 됩니다…… 제발 이렇게 빌어요…… 그럼 감옥행을 피할 수 없을 거예요…… 우리 애 문제도 마찬가지예요…… 오, 제발 부탁입니다……."

그 모습에 마음이 흔들렸는지 오르탕스는 레닌을 한쪽으로 데려가 속삭였다.

"불쌍한 여자예요! 그녀를 봐주세요."

레닌이 빙그레 웃으며 답했다.

"진정하세요. 아이한테는 아무 일도 일어나지 않을 테니까."

"하지만 친구들이 배치되어 있다고 했잖아요?"

"허세를 좀 부려본 것뿐이오."

"검찰청 고발 문제는요?"

"그 또한 단순한 위협에 불과하오."

"아니, 그럼 어쩔 셈이에요?"

"저들을 일단 질겁하게 해서 정신을 뒤흔든 다음, 딱 한마디의 정보가 될 만한 말을 튀어나오게 하면 되는 겁니다. 우린 지금까지 모든 방법을 다 써봤소. 이제 남은 방법은 이것밖에 없어요. 더군다나 이런 방법으로 거의 매번 성공해왔지 않소! 지난 모험들을 한번 되새겨봐요."

"하지만 기대하는 말이 튀어나오지 않으면 어떡해요?"

레닌은 더욱 낮아진 목소리로 속삭였다.

"반드시 튀어나오게 해야만 합니다. 필연적으로 그래야만 해요. 시간이 다가오고 있습니다."

두 사람의 시선이 치열하게 마주쳤다. 순간 여자의 얼굴이 새빨갛게 달아올랐다. 방금 남자가 언급한 '시간'이란 곧 8시를 말한다는 데 문득 생각이 미쳤던 것이다. 그렇다, 남자는 그 8시의 종소리가 울리기 전까지 이 일을 깔끔하게 마무리 지어야 할 입장이 아닌가!

레닌은 부부를 향해 일갈했다.

"그럼 좋소. 이제 둘 중 하나를 선택하면 될 것이오. 우선 아이가 실종되고, 당신 둘은 감옥에 수감되는 길이 있습니다. 감옥행은 당신 자백이 기록된 노트로 봐서 명약관화한 수순이 될 것이오. 그게 아니라면, 내가 지금 제안하는 것을 전격 수용하는 겁니다. 즉, 물건을 원상복귀시키는 대가로 내가 제공하는 2만 프랑을 받아들이는 것입니다. 실제 가격은 360프랑도 채 안 되는 물건값치고는 어마어마한 액수일 것이오."

하지만 아무런 반응이 없었고, 팡카르디 부인은 연신 눈물만 훌쩍였다.

레닌은 금액을 늘려서 다시 한번 설득을 시도했다.

"그 두 배로 쳐주지…… 아니면 세 배? 이런 빌어먹을! 팡카르디, 당신도 대단한 욕심쟁이로군! 정 그렇다면 좋소! 아예 지저분한 우수리 없이 화끈하게 10만 프랑 합시다!"

그는 상대가 이만하면 물건을 건네리라는 것에 추호도 의심을 하지 않는 듯 아예 손바닥을 쫙 펴서 내밀기까지 했다.

먼저 구부리고 들어온 것은 역시 마담 팡카르디였다. 그녀는 남편에 대해 불편한 심기를 울컥 드러내며 거침없이 내뱉었다.

"이제 그만 털어놓아요! 말을 하란 말이에요! 대체 어디에 숨긴 거예요? 계속 그렇게 혼자 고집 피울 거예요? 자꾸 그러다 보면 결국 파멸밖에는 없다고요! 우리 아이는 또 어쩔 셈이냐고요! 이봐요, 이젠 말하라니까요……."

그 모습을 바라보며 오르탕스는 어깨를 으쓱하고는 이렇게 중얼거렸다.

"레닌, 이건 정말 정신 나간 짓이에요. 버클은 그냥 싸구려 물건이라고요."

"걱정할 것 없습니다. 놈은 결국 아무것도 받아내지 못할 테니까. 그나저나 저자 몰골을 좀 봐요. 여간 당혹해하는 게 아니잖소? 내가 노리던 게 바로 저거지…… 아하, 저것 좀 보라니까! 정말 재미있단 말이야. 사람들을 혼비백산하게 만드는 것 말이오! 자신이 생각하고 말하는 것에 관해 완전히 자제심을 잃게 만드는 것! 질풍노도처럼 심신을 송두리째 뒤흔들어버리는 혼란 속에서 반짝하는 불티가 과연 어디에서 튈지를 지켜보는 일이란! 저것 좀 봐요! 저 꼴을 좀 보라고! 하찮은 돌 조각 하나에 10만 프랑이라…… 그게 싫다면 감옥으로 들어갈 것이고…… 이거야말로 머리가 빙빙 도는 판 아니겠소!"

과연 레닌의 지적대로 골동품 상인의 몰골은 말이 아니었다. 안색은 납빛이었고, 덜덜 떠는 입술 가장자리는 새어나오는 침으로 흥건히 젖어 있었다. 누가 봐도 그의 내부에서 두려움과 탐욕 등 서로 상충하는 감정들이 전 존재를 요란하게 들끓게 하는 걸 느낄 수 있었다. 그러다가 어느 한순간 세차게 떠들어대기 시작했는데, 도무지 무슨 말을 하는 건지 스스로 전혀 의식도 하지 못하면서 마구잡이로 내뱉는 형국이었다.

"10만 프랑이든, 20만 프랑이든! 50만 프랑이든! 아니, 100만 프랑이든! 다 웃기는 얘기야! 수백만 프랑이면 뭐해? 모두 탕진해버리고 나면 아무것도 남는 게 없는데…… 홀라당 날아가버리고 나면 그뿐이라고…… 오직 중요한 건 그대의 길흉을 좌우하는 운명이려니…… 근데 지난 9년간 운명은 내 편이었거든. 운명이 그동안 내게 섭섭지 않게 해주면서 나를 배반하지 않았는데, 이제 내가 그것을 버려? 도대체 왜? 이유가 뭔데? 두려워서? 감옥에 갈까 봐? 내 아들 때문에? 어리석은 생각이야! 내가 먼저 운명의 손을 놓지 않고, 나를 위해 힘을 써달라고 간구하는 한, 결코 험한 일이 내 신상에 일어날 수는 없어. 운명은 이제 내 친구이자 충직한 하인이라고. 그런 운명이 바로 그 버클에 깃들어 있는데, 난들 어쩌겠어? 나도 어쩐 일인지는 몰라. 그냥 홍옥수로 된 건데…… 하긴 불이라든가 황산, 금 성분을 담고 있는 다른 돌들처럼, 자기 안에 행복의 성분을 함유하고 있는 기적의 돌들도 얼마든지 있을 수 있는 거지……."

레닌은 사내가 내뱉는 말 한마디, 억양 하나도 놓치지 않고 저울질을 하면서 시선을 떼지 않았다. 골동품 상인은 이제 자신감을 거의 회복한 사람처럼 안정된 모습으로 날카로운 미소까지 표표히 날리고 있었다. 그는 절제된 동작으로 레닌의 바로 코앞까지 걸어왔는데, 그 태도 속에서 점점 굳어지는 결의가 느껴졌다.

"수백만 프랑을 준다고 해도 나는 원치 않는답니다, 므슈. 현재 내 수중에 있는 자그마한 돌 조각은 사실 그것의 수배에 달하는 가치가 있어요. 물건을 내게서 빼앗기 위해 그토록 모든 걸 내걸다시피 하는 것만 봐도 알겠다고요…… 오호라, 지난 수개월 동안 그것만 찾으러 돌아다녔다고 했죠? 당신이 이리저리 눈에 닥치는 대로 들쑤시는 동안, 아무것도 모르던 나는 전혀 방어를 하고 있지 않았소! 하긴 방어할 이유가 없잖아? 고 자그마한 물건이 알아서 방어를 해주고 있을 테니까. 그것 자체가 발각되는 걸 싫어하는 거고, 앞으로도 그런 일은 없을 겁니다. 지금 있는 곳에 아주 만족하며 있을 뿐이지…… 그런가 하면 온갖 바람직하고 정당한 일들을 만족스러운 방향으로 이끌어가고 있단 말이거든…… 모든 게 이 팡카르디의 행운이라고요? 그야 이 동네 골동품 상인이라면 모르는 자가 없을 정도랍니다. 까짓, 지붕 위에라도 올라가 '그래, 나는 운이 좋다!'라고 떠들어댈 수도 있어요. 심지어 행운을 주관한다는 신을 떡하니 수호신으로 모셔놓기까지 했잖소! 이름하여 메르쿠리우스! 그 역시 나를 든든하게 보호해주고 있지. 자, 보세요, 내 가게 어딜 가나 메르쿠리우스상 천지라니까! 저 위를 좀 보세요! 저 선반 위에 즐비하게 늘어선 소형 조각품들…… 간판에 있는 것과 똑같은 모습들이죠. 파산한 어느 유명 조각가가 직접 서명까지 한 작품들인데, 모두 내게 판 것들입니다. 하나 드릴까요, 므슈? 그것도 당신에게 행운을 가져다줄 것입니다. 어디 하나 골라보세요! 당신의 기도가 실패한 데 따른 위로의 뜻으로 이 팡카르디가 주는 선물이라 생각하세요! 어때요, 괜찮죠?"

실제로 그는 방금 말한 선반 바로 밑에 발판을 기대 세운 뒤, 소형 조각상 하나를 끄집어 내려 레닌의 품 안에 얌전히 건네주었다. 그러고는 자신의 도발적인 태도 앞에서 적이 갈피를 못 잡고 주춤한다고 생각했는지 더없이 신나게 웃어젖혔다.

"크허허허허…… 브라보! 선물을 받았어! 선물을 받았다고! 이로써 모든 타협이 이루어진 거야! 이봐요, 팡카르디 여사. 이제 더 이상 그리 부어 있을 필요 없어요. 당신의 애틋한 자식도 무사히 돌아올 거고, 감옥 같은 건 걱정 안 해도 돼! 안녕, 또 봅시다, 마드무아젤 오르탕스! 잘 가시오, 므슈! 내게 인사할 일이 있을 때는 이제부터 천장을 세 번만 두드리시오! 자, 또 봅시다…… 당신 선물은 가져가셔야지…… 메르쿠리우스가 당신에게 행운을 가져다주길 빕니다! 안녕, 친애하는 공작님! 안녕, 마드무아젤 오르탕스!"

그는 호들갑을 떨어대면서 두 사람을 철제 계단 있는 데로 몰아갔고, 한 사람씩 팔을 잡아끌면서 계단 꼭대기에 숨겨진 쪽문 앞까지 일일이 데려다주었다.

무엇보다 이상한 일은 레닌이 이 모든 사태를 순순히 받아들였다는 사실이다. 그는 아예 저항할 기미조차 보이지 않았다. 마치 무슨 잘못을 범해 혼나고 있는 아이처럼 이리저리 이끄는 대로 끌려가 문 앞에 서고 말았다.

결국 그가 호기 있게 팡카르디 앞에 제안을 늘어놓았을 때로부터, 지금 조각상을 품에 안은 채 기고만장한 팡카르디에게 떠밀려 쪽문 앞에 초라하게 서기까지 걸린 시간은 기껏해야 5분 남짓에 불과했다.

레닌이 세 들어 사는 2층의 거실과 식당은 거리를 향하고 있었다. 식당에는 2인분의 식사가 차려져 있었다.

레닌은 오르탕스에게 거실 문을 열어주며 말했다.

"조촐하게나마 요깃거리를 마련해두었습니다. 내가 생각하기로는 어떠한 경우라도 날이 저물 무렵이면 당신을 맞이할 수 있도록 사태가 순조롭게 흘러갈 거라 보았고, 그러면 함께 저녁을 들 수 있을 거라 예상했거든요. 어쩌면 우리의 마지막 모험에서 베푸는 내 마지막 호의일지 모르니, 부디 사양은 하지 않기를 바랍니다."

오르탕스는 순순히 응했다. 사실 싸움이 이상하게 끝난 데 대해 여간 찜찜한 게 아니었다. 여태까지 보아왔던 양상과는 전혀 닮은 데가 없었던 것이다. 더구나 이로써 계약의 조건이 완결된 것도 아니니 굳이 새침하게 거절할 이유도 없었다.

레닌은 일단 하인에게 필요한 지시를 할 게 있다며 잠시 자리를 떴다가, 약 2분 뒤 돌아와 오르탕스를 식당으로 안내했다. 때는 저녁 7시를 조금 넘긴 시각이었다.

식탁에는 제법 화사한 꽃이 장식되어 있었다. 그리고 정중앙에는 방금 팡카르디 씨에게서 선물로 받은 메르쿠리우스상이 덩그러니 놓여 있었다.

"행운의 신께서 우리의 만찬을 주관하시기를!"

무척이나 쾌활한 기분처럼 보이는 레닌은 이렇게 그녀와 마주하고 있어서 얼마나 기쁜지 모르겠다며 마구 호들갑을 떨었다.

"아, 당신 참 그동안 짓궂게도 굴더군요! 아예 문을 닫아거는가 하면…… 편지 한 장 주지도 않고…… 정말이지 매정하기 이를 데 없었습니다. 내가 얼마나 괴로워한 줄 아십니까? 결국 나로서는 뭔가 대단한 수단을 모색해야만 했고, 엄청난 미끼로 당신을 유인해내야만 했답니다. 솔직히 내가 보낸 멋진 편지, 썩 괜찮았죠? 청색 드레스에, 세 갈래 골풀 가지라…… 그런 걸 어찌 무시할 수 있었겠습니까! 거기다 더해 내가 직접 꾸며낸 몇 가지 수수께끼들도 살짝 첨가했죠. 일흔다섯 개의 구슬이 달린 목걸이라든가, 은제 묵주를 돌리는 노파 등등 말입니다…… 어쨌든 당신을 보고 싶었고, 그날이 바로 오늘입니다! 정말 와주셔서 다시 한번 감사합니다!"

그러고는 어떻게 도둑맞은 보석의 종적을 찾아냈는지 줄줄이 풀어내기 시작했다.

"아마도 당신은 내게 그 조건을 내걸면서 설마 완수해내리라고는 보지 않았을 거예요. 하지만 그건 대착각이었답니다. 적어도 처음 얼마간은 수월하게 풀려나갔었어요. 무엇보다 그 버클에 담긴 부적이라는 특수한 성격이 냄새를 맡는 데 결정적인 단서가 되어주었거든요. 우선 당신 주변 사람들, 특히 가까이서 시중을 들었던 하인들 중에서 그와 같은 미신적 요인이 일정한 영향력을 미칠 수 있는 자가 있나 조사해보는 걸로도 충분했죠. 그러던 중 조사 목록 가운데 코르시카 출신인 마드무아젤 뤼시앤이라는 이름이 눈에 확 띄는 것이었습니다. 거기가 바로 출발점이었어요. 그다음부터는 저절로 술술 풀려나간 거나 마찬가지지요."

오르탕스는 남자를 어리둥절한 눈길로 바라보았다. 도대체 무슨 생각으로 방금 전에 어처구니없이 패퇴한 입장을 저리도 태연하게 넘길 수 있단 말인가. 실제로는 골동품 상인에게 깨끗이 농락당해서 여지없이 패배해놓고, 오히려 자신이 승리자인양 굴고 있지 않은가.

도저히 그대로 모른 척하고 있을 수는 없었다. 상황을 분명히 짚고 넘어갈 요량으로 그녀는 약간의 실망감과 환멸이 묻어나는 말투로 내뱉었다.

"술술 풀려나갔을지는 몰라도 결정적인 순간에 덜컥하고 걸린 것 아닌가요? 도둑이 누구인지는 알아냈지만, 도난품을 되찾는 데엔 실패했으니까요……."

꼬집으려는 의도가 노골적으로 드러나는 태도였다. 어쨌든 여자에겐 처음부터 레닌의 실패에 익숙해질 기회가 전혀 주어지지 않았던 것이다. 무엇보다 실패한 처지를 아무렇지도 않게 수용하는 남자의 알 수 없는 태도가 여간 짜증스러운 게 아니었다. 그를 생각하면 떠오르던 모든 희망의 이미지들이 포말처럼 부서져버리는 것을 여자는 견딜 수가 없었다.

남자는 아무런 대꾸도 하지 않았다. 그 대신 샴페인을 잔 두 개에 가득 따른 뒤, 시선은 식탁 위의 메르쿠리우스상에 고정시킨 채, 그중 한 잔을 들고 천천히 비우기 시작했다. 그는 마치 무언가에 도취한 사람처럼 조각상을 빙그르르 돌려가며 중얼거렸다.

"조화로운 선을 이룬다는 건 얼마나 경이적인 일인가! 색깔보다는 선이 훨씬 나를 열광시킨단 말이야! 정확한 균형과 비례, 형태 안에 담긴 모든 경이로운 요소들…… 당신으로 말하자면, 그 푸른 눈동자 빛깔이나 강렬한 머리 색깔도 물론 사랑하지만, 정작 나를 흥분으로 온통 들뜨게 만드는 건, 당신의 그 계란형 얼굴, 그 목덜미와 어깨로 내려오는 그윽한 곡선이라오! 여기 이 조각상도 한번 자세히 봐요. 팡카르디의 말이 맞았어요. 이건 분명 대단한 예술가의 작품일 겁니다. 이 섬세하면서 단단한 근육질 다리를 좀 봐요. 금방이라도 날렵하게 도약을 할 것 같은 실루엣을 이루고 있지 않소? 정말 멋져…… 다만 한 가지 사소한 결점이라면…… 오, 물론 당신은 아마 간파해내지 못했을 테지만……."

"웬걸요! 나도 알아요! 애당초 바깥 간판을 볼 때부터 느끼고 있었어요. 바로 자세가 약간 불안한 걸 얘기하려는 거 아닌가요? 체중이 실린 다리에 너무 몸을 기우뚱하는 느낌이잖아요. 자칫 앞으로 넘어질 것 같은 불안한 자세 말이에요."

오르탕스가 발끈하자, 레닌은 얼른 맞장구를 쳤다.

"잘 맞혔어요! 물론 그걸 꼬집어내려면 상당 수준 숙달된 심미안을 갖춰야 할 만큼 거의 눈에 띄지 않는 결점이긴 해요. 하지만 논리적으로만 볼 때 이 멋쟁이 신께서는 체중이 쏠리는 걸 이기지 못해, 결국에는 물리적 법칙에 의해 앞으로 거꾸러져야만 하게 되어 있는 셈입니다."

거기에서 잠시 뜸을 들인 뒤 그는 말을 이었다.

"이곳에 온 첫날 그 결점이 눈에 들어오더군요. 그러니 내 어찌 납득할 만한 결론 없이 잠잠할 수가 있었겠소! 당시만 해도 나는 물리적 법칙을 위반한 것에 충격을 받았어야 함에도, 실은 미학적 법칙에 어긋났다며 놀라워하고 있었답니다. 마치 예술과 자연이 서로 별개인 것처럼 말이죠! 별다른 근원적 이유가 없어도 중력의 법칙이 얼마든지 교란될 수 있다는 듯 말입니다……."

"지금 무슨 말씀을 하시는 거죠?"

오르탕스는 속내를 도무지 가늠할 수 없이 이상야릇한 이와 같은 얘기에 답답한 마음이 일었는지 다그쳐 물었다.

"지금 대체 무슨 얘기를 하는 거냐고요?"

레닌은 아무렇지도 않은 듯이 대꾸했다.

"오, 별거 아니에요! 그저 이 메르쿠리우스상이, 마치 그러지 않으면 안 될 이유라도 있는 것처럼, 앞으로 거꾸러지지 않고 있는 것을 그때 진작 깨닫지 못한 게 의외라는 것뿐입니다."

"그럼 무슨 특별한 동기가 있어서 그렇다는 얘긴가요?"

"글쎄요…… 내가 상상하기론, 팡카르디가 모종의 속셈으로 조각상을 만지작거리다가 균형을 잃게 되었지만, 결국 뭔가 이 작은 신상을 뒤쪽에서 당겨주는 요인이 있는 바람에, 이처럼 아슬아슬한 자세를 유지할 수 있다는 겁니다."

"뭔가가 뒤쪽에서……?"

"그래요. 보통이라면 조각상을 아예 접착시켜놓을 수도 있었겠죠. 하지만 이건 그렇지가 않았습니다. 팡카르디가 그동안 내내 2~3일에 한 번씩은 사다리를 놓고 기어 올라가 조각상을 들어 올린 뒤 깨끗하게 먼지를 털어내는 모습을 내 눈으로 직접 보아왔거든요. 그렇다면 이제 남은 가능성은 단 하나이지요. 즉, 평형추 구실을 하는 게 따로 있다는 겁니다!"

오르탕스는 흠칫 몸서리를 쳤다. 이제야 어리둥절하던 정신도 환하게 밝아오는 느낌이었다. 그녀는 이렇게 중얼거렸다.

"평형추라…… 그렇다면 당신 생각에는 그게…… 조각상의 받침대에……?"

"안 될 이유도 없죠!"

"그럴 리가! 만약 그게 사실이라면 팡카르디가 왜 하필 이 조각상을 당신께 내주었겠어요?"

"그가 내게 준 건 이 조각상이 아니었습니다!"

레닌은 선언하듯 말했다.

"이건 내가 직접 가져온 거예요."

"아니, 언제…… 어디서요?"

"방금 당신을 거실에서 기다리게 한 뒤, 가게 간판 바로 위, 신상을 모셔두는 작은 벽감 바로 옆의 창문을 타고 넘어가 슬쩍 바꿔치기한 겁니다. 요컨대 정작 내가 관심 있어 하던 바깥의 조각상을 가져오는 대신, 팡카르디가 내게 선물한, 아무 흥미도 없는 조각상을 대신 그 자리에 세워두고 온 것이죠."

"하지만 아까 그건 앞으로 기울어 있지 않았잖아요?"

"그렇죠. 가게 안 선반에 즐비한 신상들과 마찬가지로 반듯한 자세죠. 하지만 팡카르디가 예술가는 아니랍니다. 균형에 이상이 생긴 건 꿈에도 눈치채지 못할 거예요. 앞으로도 계속해서 행운이 따른다는 생각을 하며 지낼 겁니다. 결국 그게 그거인 셈이니까요. 여하튼 지금 눈앞에 있는 이 조각상이 바로 간판 위에 있던 바로 그 메르쿠리우스상입니다. 자, 이제 어쩔까요? 받침대 뒤쪽 납 함지 속에 얌전히 들어가서 메르쿠리우스 신의 균형을 잡아주고 있는 당신의 버클을 꺼내려면 어차피 이 조각상을 때려 부수어야 할 텐데……."

"오, 안 돼요! 안 돼! 그럴 필요까진 없어요."

오르탕스의 다급하면서도 나지막한 목소리였다.

이번 사건에서 레닌의 놀라운 직관력과 수완, 재치 등 모든 것은 지금 이 순간 직전까지 철저히 어둠 속에 가려진 상태나 마찬가지였다. 하지만 이제 그녀도 여덟 번째 모험이 완결되었으며, 사태가 이미 그에게 유리한 방향으로 돌아갔다는 자각을 하기에 이르렀다. 물론 최종 마감으로 정한 시각은 아직 이르지 않은 상태였지만…….

레닌은 얄밉게도 바로 그 점을 환기해주었다.

"지금 8시 15분 전이로군요."

갑작스레 묵직하고 거북한 침묵이 두 사람을 덮쳐 눌렀고, 둘 다 조금이라도 먼저 움직이는 것을 서로 내켜하지 않았다. 그런 상태를 깨기 위해서 레닌이 농을 던지기 시작했다.

"저 선량한 므슈 팡카르디 말입니다! 내게 정보를 술술 내주어서 얼마나 고마운지. 그렇지 않아도 처음부터 이자를 잔뜩 자극하기만 하면 내게 모자랐던 단서들을 어느 정도 취할 수 있겠다 싶었지요. 그건 마치 누군가의 손에 부싯돌을 쥐여준 다음, 자신을 위해 불을 피우도록 움직이게 만드는 것과 같았습니다. 과연 자그마한 불티가 튀긴 했지요. 내게 그 불티는 그자가 행운의 부적인 홍옥수 버클과 행운의 신인 메르쿠리우스를 무의식중에 서로 연관 지어서 생각한다는 바로 그 사실이었지요. 그것 하나만으로도 충분했으니까요. 나는 결국 그가 실제로도 보석을 조각상 속에 감춰두었기 때문에, 그와 같은 연상이 이뤄졌다고 본 겁니다. 아울러 거의 동시에, 바깥에 약간 기우뚱하고 서 있는 메르쿠리우스 신상이 뇌리를 퍼뜩 스친 겁니다!"

레닌은 갑자기 말을 중단했다. 언뜻 자신이 흘리는 말들이 그저 허공중에 흩어지고 있다는 느낌이 들었던 것이다. 아닌 게 아니라, 여자는 손으로 이마를 짚고 있는 바람에 눈마저 가린 채 멍하니 미동도 하지 않고 있었다.

실제로 그녀는 아무 소리도 듣지 않고 있었다. 이 특별한 모험의 대단원이나, 레닌의 행동거지에는 더 이상 관심이 없는 듯했다. 오직 머릿속을 하염없이 맴도는 것은 지난 석 달 동안 정신없이 경험했던 모험들과 그 속에서 자신에게 온갖 헌신을 마다하지 않았던 사내의 놀라운 행위들이었다. 그가 밟아왔던 어마어마한 행적들, 목숨을 구한다든지, 고통을 덜어준다든지, 죄를 응징한다든지…… 초지일관 가는 곳곳마다 참다운 질서를 바로 세워왔던 그 숱한 선행의 궤적이 마치 영사된 장면들처럼 좌르르르 펼쳐지고 있었다. 그에게는 불가능이란 없어 보였다. 일단 무슨 일에든 관여하면 반드시 성사시키고야 말았다. 그가 추구한 목표는 이미 달성된 것과 다름없다는 느낌이 들었다. 그러면서도 죽을 힘을 다해 용을 써서 그렇게 되는 게 아니라, 그저 자신의 능력을 잘 알고 자신을 가로막을 상대는 결코 존재하지 않는다는 것을 확신하는 사람으로서, 언제나 느긋하고 침착하게 일을 해치웠다.

자, 그러니 그를 거부하기 위해 무슨 짓을 할 수 있겠는가? 왜, 어떻게 그에 대해서 스스로를 방어해야 하는 것인가? 그가 여자의 굴복을 원할진대, 과연 강제로라도 그렇게 할 방도를 모르고 있을까? 그야말로 마지막 단계가 이전의 다른 것들보다 어려워서 망설이고 있는 걸까? 설사 지금 당장은 이 자리를 모면할 수 있다고 하자. 그러나 이 망막한 세상에서 그의 집요한 추적을 따돌릴 만한 은신처가 과연 있을까? 사실 처음 그와 대면한 바로 그 순간부터 결말은 정해진 거나 다름없을 터였다. 왜냐하면 천하의 레닌 공작이 결국에는 이러이러하게 되리라 선언하지 않았던가!

이런 모든 생각에도 불구하고 여자는 여전히 도망갈 구석을, 뭔가 대항할 무기를 끊임없이 찾았다. 그녀 생각에는, 설사 남자가 여덟 번째 조건을 완수하고 홍옥수 버클을 8시 종이 울리기 전에 돌려준다 해도, 그 종소리가 다른 어느 곳도 아닌 알랭그르 성채의 괘종시계여야 하기에 아직은 자기 쪽에도 기회가 있다는 계산이었다. 어차피 계약은 계약이니까. 문제의 그날, 레닌은 그토록 갈망하는 여인의 입술을 뚫어져라 바라보며 이렇게 얘기했던 것이다.

"낡은 구리 진자는 다시 움직이기 시작할 것이고, 약속한 그날, 기필코 여덟 번의 종소리를 다시금 울릴 것입니다. 그러면……."

여자는 고개를 쳐들어 그를 바라보았다. 남자도 그동안 꼼짝하지 않은 채 진지하고 침착한 눈빛 속에서 기다리고 있었다.

그 순간, 여자는 마음속에서 주물럭거리고만 있던 말들을 죄다 내뱉을 뻔했다.

'아시다시피…… 우리는 어디까지나 알랭그르의 괘종시계여야 한다고 합의를 했었어요. 물론 다른 모든 조건은 충족되었습니다. 하지만 아직 그것만은 이루어지지 않았어요. 따라서 나는 아직 자유예요, 그렇죠? 아직은 약속을 지킬 의무가 없단 말이에요. 그 약속도 내가 손수 한 게 아니라 저절로 하늘에서 떨어진 듯이 정해진 거지만…… 아무튼 난 아직 자유예요…… 홀가분한 몸이라고요…….'

그러나 정작 말을 할 여유는 없었다. 정확히 바로 그 순간, 그녀의 등 뒤로부터 이제 막 종을 울리기 직전의 괘종시계에서나 날 법한 기계 맞물리는 소리가 철커덕하고 들린 것이다.

그러더니 즉각 하나, 둘, 세 번의 종소리가 울려왔다.

오르탕스의 입가로 신음 소리가 새어나왔다. 석 달 전, 황량한 성의 적막을 그야말로 초자연적인 방식으로 깨뜨리면서 두 사람을 모험의 길로 동댕이친 저 알랭그르의 낡은 괘종시계 타종 소리를 그녀는 또렷이 감지했다.

여자는 속으로 세고 있었다. 괘종시계는 정확히 여덟 차례 종소리를 들려주었다.

가냘프게 중얼거리며 여자는 얼굴을 두 손에 묻었다.

"아! 괘종시계…… 그게 이곳에 와 있다니…… 녀석의 목소리를 알아보겠어……."

더 이상은 아무 말도 하지 않았다. 이미 레닌의 뜨거운 시선이 자신에게 쏟아지고 있다는 것을, 그럼으로써 모든 기력을 송두리째 앗아가고 있다는 것을 보지 않고도 느낄 수 있었다. 다른 때 같았으면 그러다가도 금세 제 기력을 회복할 수도 있을 것이나, 이제 그녀는 더 이상 그리 단단한 여자가 못 되었고, 저항하기를 원치 않기에 결코 이 사내를 거부하려고 들지 않았다. 모든 모험은 이제 끝이 났다. 다만 한 가지 남은 거라면, 그저 기대감만으로도 다른 모든 험난한 모험의 기억을 깨끗이 지울 만한 무언가가 있었다. 다시 말해서 사랑의 모험, 이 세상 모험 중에서도 가장 가슴 떨리고 감미로운, 가장 상찬할 만한 모험 말이다. 여자는 운명의 질서를 받아들이기로 했다. 그것도 앞으로 일어날 모든 일을 온 마음을 열고 기꺼워하는 자세로…… 이유는 그녀 마음속에도 어느덧 사랑의 기운이 들어차 있기 때문이었다. 사랑하는 사람이 홍옥수 버클을 손에 쥐여주는 바로 그 순간, 그녀는 잃었던 환희가 자신의 삶 속에 다시금 찾아 돌아온다는 생각에, 저도 모르는 미소를 머금었다.

괘종시계의 종소리가 두 번째로 울리기 시작했다.

오르탕스는 눈길을 들어 레닌을 바라보았다. 그래도 아주 잠시 망설임이 일었다. 하지만 흡사 무언가에 취한 한 마리 새처럼 이미 어떠한 저항도 할 수 있는 상태가 아니었다. 이윽고 여덟 번째 종소리가 울렸고, 여자는 남자의 품에 안기며 그윽한 입술을 내밀었다.

결정판 아르센 뤼팽 전집 6

1판 1쇄 발행 2018년 7월 2일
1판 3쇄 발행 2021년 4월 20일

지은이 모리스 르블랑 **옮긴이** 성귀수
펴낸이 김영곤 **펴낸곳** (주)북이십일 아르테
키즈융합부문 이사 신정숙
융합사업2본부 본부장 이득재
문학팀 김유진 김연수 원보람 **디자인** 김형균
영업마케팅 본부장 김창훈
영업팀 허소윤 윤송 이광호
마케팅팀 정유진 김현아 진승빈
제작팀 이영민 권경민

출판등록 2000년 5월 6일 제406-2003-061호
주소 (우 10881) 경기도 파주시 회동길 201(문발동)
대표전화 031-955-2100 **팩스** 031-955-2151

ISBN 978-89-509-7566-1 04860
978-89-509-7560-9 (세트)

아르테는 (주)북이십일의 문학 브랜드입니다.

결정판 아르센 뤼팽 전집 1권

괴도신사 아르센 뤼팽 | 뤼팽 대 홈스의 대결 | 아르센 뤼팽, 4막극

결정판 아르센 뤼팽 전집 2권

기암성 | 813 | 아르센 뤼팽의 어떤 모험 | 암염소 가죽옷을 입은 사나이

결정판 아르센 뤼팽 전집 3권

수정마개 | 아르센 뤼팽의 고백

결정판 아르센 뤼팽 전집 4권

호랑이 이빨

결정판 아르센 뤼팽 전집 5권

포탄 파편 | 황금삼각형

결정판 아르센 뤼팽 전집 6권

서른 개의 관 | 아르센 뤼팽의 귀환 | 여덟 번의 시계 종소리

결정판 아르센 뤼팽 전집 7권

칼리오스트로 백작부인 | 아르센 뤼팽의 외투 | 초록 눈동자의 아가씨

결정판 아르센 뤼팽 전집 8권

바네트 탐정사무소 | 부서진 다리 | 불가사의한 저택 | 바리바 | 이 여자는 내꺼야 | 에메랄드 보석반지

결정판 아르센 뤼팽 전집 9권

두 개의 미소를 가진 여인 | 아르센 뤼팽과 함께한 15분 | 강력반 형사 빅토르

결정판 아르센 뤼팽 전집 10권

백작부인의 복수 | 아르센 뤼팽의 수십억 달러 | 아르센 뤼팽의 마지막 사랑